Nora Roberts

Raison ou tentation ?

Nora Roberts

Raison ou tentation ?

Traduction française de
JEANNE DESCHAMP
CHRISTIANE COZZOLINO

HARLEQUIN

Titres originaux :

PARTIE 1 : LESSONS LEARNED
PARTIE 2 : MIND OVER MATTER

Ces romans ont déjà été publiés en 2018

HARPERCOLLINS FRANCE
83-85, boulevard Vincent-Auriol, 75646 PARIS CEDEX 13
Service Lectrices — Tél. : 01 45 82 47 47

www.harlequin.fr

ISBN 978-2-2804-3760-8

ENVOÛTANTE PASSION

1

Bon, d'accord, il était beau. Très beau même. Et riche aussi. Talentueux, sans l'ombre d'un doute. Et indiscutablement très… sexy.

Une belle palanquée d'atouts personnels, mais rien qui soit de nature à perturber Juliet Trent. Concentrée sur son travail, elle pouvait dire que ce genre de particularités n'influait pas sur la qualité de ses prestations. Pour elle, un auteur, c'était un titre à défendre. Rien d'autre. Si le physique et la personnalité de ce client constituaient un plus, elle ne voyait en cela qu'un avantage à exploiter sur le plan professionnel.

Pour le reste, le sex-appeal ravageur de ce monsieur ne faisait pas l'ombre d'une différence à ses yeux. Elle avait déjà croisé des hommes somptueux dans sa vie. Des hommes riches aussi. Et des talentueux. Même si, elle devait l'admettre, elle n'en avait encore jamais rencontré aucun qui réunît à lui seul l'ensemble de ces qualités. Une chose était certaine : elle n'avait encore jamais eu l'occasion de travailler avec un tel oiseau rare.

C'était maintenant chose faite.

Grâce au physique, au charisme et au talent de Carlo Franconi, collaborer avec lui serait un jeu d'enfant : voilà ce qu'on lui avait annoncé. Pourtant, derrière la porte close de son bureau, Juliet posait un regard plutôt sévère sur la photo qu'elle tenait entre les mains. Son instinct lui disait que la compagnie du *signore* Franconi lui vaudrait plus de complications que d'agréments.

Le sourire qu'il semblait lui adresser avait un fond d'arrogance et ses yeux sombres en amande exprimaient un amusement appréciateur. Juliet se demanda s'il avait été photographié par une femme. Il avait d'épais cheveux noirs. Rien de tapageur et d'excessif — juste la désinvolture nécessaire pour désarmer et séduire. Sous la chevelure, l'ossature faciale énergique, la courbe hardie du sourire, le nez droit et les sourcils expressifs composaient un visage de nature à saboter jusqu'au plus solide bon sens féminin. Don de la nature ou savante fabrication ? Juliet n'en savait rien, mais elle pressentait qu'elle aurait à se servir de ces attributs en les tournant à son avantage. Elle soupira. Si on ne prenait pas un minimum de précautions, une tournée promotionnelle aux côtés d'un d'écrivain pouvait virer très vite au cauchemar relationnel.

Et dire qu'elle allait devoir se démener pour faire vendre un banal livre de recettes !

Elle soupira de nouveau. Que cela lui plaise ou non, *L'Art de Franconi : la pasta en mode majeur* était le titre le plus important qu'elle ait eu à promouvoir jusqu'à présent. Et elle ne prenait jamais son travail à la légère.

Elle adorait son métier d'attachée de presse. Et, pour le moment en tout cas, se trouvait satisfaite de Trinity Press, la maison d'édition qui l'employait depuis deux ans. Son emploi actuel avait été précédé d'une demi-douzaine d'autres qui l'avaient promenée d'éditeur en éditeur, au gré d'un parcours en rapide progression. Elle avait à présent vingt-huit ans, et les ambitions qui avaient présidé à ses débuts, presque une décennie plus tôt, n'avaient rien perdu de leur vigueur. Elle avait travaillé, étudié, trimé — en un mot, elle avait tout donné — pour s'élever de son premier poste comme réceptionniste à celui qu'elle occupait actuellement et obtenir qu'on lui attribue un bureau personnel ainsi qu'une assistante. Mais même si elle avait rempli ses objectifs, elle n'était pas prête à lever le pied pour autant.

Encore deux ans, avait-elle calculé, et elle serait parée pour le prochain grand saut : créer sa propre agence de relations publiques. Bien sûr, il lui faudrait commencer modestement. Mais c'était l'idée de monter quelque chose par elle-même qui la stimulait. Les contacts et l'expérience accumulés l'aideraient à asseoir ses ambitions une fois le cap des trente ans franchi. Et cette idée la séduisait.

« Un client est un client » : tel était le premier principe qu'elle avait appris en communication — qu'on soit chargé de promouvoir un *best-seller* international en voie d'adaptation au cinéma ou un mince recueil de poésie dont les ventes compenseraient à peine l'avance sur recettes.

Pour le moment, elle se retrouvait avec un livre de cuisine sur les bras ainsi qu'un chef italien réputé enjôleur. Franconi n'en était pas à son coup d'essai, si l'on pouvait s'exprimer ainsi. Il avait des antécédents aussi bien avec les femmes que dans l'édition. La presse people internationale faisait son miel de ses frasques sentimentales et le nom de Franconi était connu même de ceux qui ne s'intéressaient pas à sa cuisine. Ses précédents succès de librairie lui valaient aujourd'hui les services d'une attachée de presse pour sa tournée de promotion.

Ses deux premiers livres de cuisine s'étaient vendus comme des petits pains. Non sans raison, d'ailleurs, Juliet devait l'admettre. Elle était incapable de faire frire un œuf sans que l'aventure se solde par un désastre, mais elle savait reconnaître la classe et le talent d'un chef. Avec Franconi, une simple platrée de *farfalle* pouvait se parer de la grâce d'un corps de femme gainé de dentelle noire. Il avait l'art de faire du plat le plus banal une véritable expérience érotique.

Erotique... Juliet se renversa contre son dossier et, les

pieds nus posés sur le bureau, agita gaiement les orteils. Le sex-appeal ! Voilà sur quoi ils mettraient l'accent, pour la communication. Avant la fin de leur tournée de vingt et un jours, elle aurait fait de Carlo Franconi le chef le plus torride du monde. Pas une femme dans tous les Etats-Unis qui ne fantasmerait sur un dîner en tête à tête préparé dans l'intimité par le chef italien. *Paste italiane* et séduction avec ambiance tamisée.

Un dernier coup d'œil à la photo publicitaire la rassura sur la capacité de son client à soutenir un tel plan. Oui, son irrésistible sourire en coin disait clairement qu'il tiendrait le choc.

En attendant, il lui restait encore des tonnes de travail préparatoire à accomplir. Mettre au point le programme d'une tournée était un combat ; s'y tenir, un challenge. Elle aimait l'un et l'autre.

Elle souleva le combiné du téléphone tout en faisant le constat résigné qu'elle s'était de nouveau cassé un ongle. Elle appela son assistante sur la ligne interne.

— Deb ? Mets-moi en communication avec Diane Maxwell, s'il te plaît. Elle est directrice de programmation à Los Angeles. Sur le *Simpson Show*.

— Waouh. Tu t'attaques directement au gratin ?

Juliet fit entendre un petit rire très peu professionnel.

— Le gratin, ça me semble approprié, quand il s'agit de cuisine, non ?

Elle replaça le combiné et griffonna hâtivement quelques notes. Aucune raison de ne pas viser le sommet. Au moins, si elle se cassait la figure, elle chuterait en beauté.

En attendant sa communication, Juliet parcourut son bureau du regard. Rien de grandiose, mais le lieu témoignait des échelons gravis depuis qu'elle s'était trouvée au pied de l'échelle. Déjà, premier point : elle disposait d'une fenêtre. Aujourd'hui encore, le souvenir des boxs aveugles où elle avait fait ses débuts lui donnait des frissons. Mais elle n'en était plus là. Vingt étages en dessous d'elle, New York courait, paradait, se bousculait, jouait des coudes dans le flux saccadé et trépidant d'un quotidien chaotique. Elle avait appris, elle aussi, à se frayer un chemin sur les trottoirs grouillants de monde. Le rythme de New York lui était entré dans la peau, si différent de celui de la banlieue plutôt débonnaire de Harrisburg qui l'avait vue naître et grandir.

Son enfance dans les quartiers bien sages où seuls les étrangers enfreignaient les limitations de vitesse et où jamais un brin d'herbe ne dépassait des gazons manucurés de chaque côté des clôtures grillagées ne l'avait pas empêchée de s'acclimater sans difficulté à New York. Elle l'aimait, sa ville d'adoption, avec son rythme, son audace, son énergie. Pour rien au monde elle n'aurait regagné les calmes zones suburbaines où bourdonnaient les abeilles et les tondeuses, et où tout le monde savait qui vous étiez et ce que vous faisiez dans la vie. Elle préférait l'anonymat. Et l'individualisme décomplexé des foules citadines.

Si sa mère s'était coulée dans le moule de la parfaite femme au foyer des banlieues pavillonnaires, elle n'aurait suivi son exemple pour rien au monde. Elle était fille de son époque, indépendante, autonome et en pleine ascension sociale. Son appartement dans les West Seventies, elle l'avait meublé avec soin, attention et, avant tout, à sa manière. Elle avait la patience nécessaire pour avancer un pas après l'autre dans ses réalisations. A condition bien sûr que le résultat soit à la hauteur ! Elle pouvait s'enorgueillir d'un parcours professionnel sans faute et d'un bureau qu'elle aménageait petit à petit pour l'adapter à ses goûts. Cette appropriation progressive d'un lieu n'avait rien d'anodin. Il lui avait fallu quatre mois pour choisir les plantes qui convenaient à son espace de travail, du gracieux palmier aréca qui touchait presque le plafond à la délicate rose du désert qui fleurissait sur l'appui de fenêtre.

Pour l'instant, il lui fallait prendre son parti de la fade moquette beige, mais l'immense affiche de Dalí sur le mur en face de la fenêtre apportait une énergie nouvelle à la pièce. Le miroir biseauté donnait une illusion d'espace et une touche d'élégance. Elle avait des visées sur une grande jarre orientale assez clinquante dans laquelle elle placerait un imposant bouquet de plumes de paon aux couleurs tout aussi tape-à-l'œil. Si elle attendait encore un peu, le prix passerait d'exorbitant à scandaleusement élevé. Et là, elle ferait son offre.

Alors qu'elle se présentait à tous, et se voyait elle-même, comme un esprit purement pratique, elle craquait immanquablement chaque fois qu'elle tombait sur une bonne affaire. D'où un équilibre bancaire quelque peu précaire, nettement moins solide en tout cas que la vieille armoire de famille dans sa chambre. Elle n'était pas frivole, cependant. Et aurait été horrifiée qu'on lui appliquât ce qualificatif. Sa garde-robe était équilibrée, entretenue avec soin et adaptée à ses besoins. Vingt paires de chaussures, cela pouvait paraître excessif à certains, mais elle avait une justification toute prête : elle passait souvent dix heures par jour debout et ses pieds meurtris méritaient une touche de luxe. Dans tous les cas de figure, elle les avait gagnées, ces chaussures — de la solide paire de baskets aux escarpins noirs de base en passant par les sandales de soirée à talons hauts. Elle les avait gagnées à force de réunions, aussi longues qu'innombrables, à force d'attente dans les aéroports, à force d'heures passées vissée au téléphone à tenter de convaincre ses interlocuteurs. Elle les avait gagnées au fil des tournées de promotion avec les écrivains — tournées au cours desquelles le hasard l'avait aussi bien confrontée au brio intellectuel et à l'humour qu'à l'ineptie, l'ennui ou la grossièreté pure et simple. Quoi qu'il en soit, les résultats devaient être les mêmes : des médias, encore des médias et toujours des médias.

Elle avait appris à traiter avec tous les spécimens du monde de la presse, du grand reporter du *New York Times* au pigiste d'une feuille de chou locale. Elle savait comment charmer les équipes des émissions télévisées, des maîtres reconnus aux imitateurs anxieux. Cet apprentissage avait été une véritable aventure pour elle et, comme elle ne s'en était autorisée que très peu dans sa vie personnelle, ses succès professionnels en étaient d'autant plus doux.

L'Interphone bourdonna : voilà, le moment était venu de mettre en application ce qu'elle avait appris et de décrocher pour *il signore* Franconi une participation à une émission qui battait des records d'audience.

Une fois qu'elle l'aurait obtenue, il aurait intérêt à tirer le maximum de l'opportunité offerte, songea-t-elle en décrochant. Sinon, elle trancherait son beau cou sexy avec un de ses propres couteaux de chef !

— Ah, *mi amore*. *Squisito*.

Carlo n'avait pas eu besoin de travailler sa voix pour la rendre langoureuse. Ses accents enveloppants, caressants, étaient garantis d'origine et de nature à affoler la pression sanguine de n'importe quelle femme. Il en jouait, bien sûr. Pourquoi ne l'aurait-il pas fait ? Un homme qui refusait d'utiliser les talents que la nature lui avait donnés, se plaisait-il à répéter, n'était qu'un sous-imbécile.

— *Bellissimo*, murmura-t-il.

Dans l'anticipation du plaisir, son regard se fit rêveur.

La chaleur, dans la pièce, frisait la touffeur humide, mais il aimait ces atmosphères moites et brûlantes. Contrairement au froid, le chaud fouettait les sangs. Le soleil qui entrait par les belles fenêtres anciennes avait pris une subtile texture d'or. Le léger rougeoiement de la lumière parlait de la fin du jour et évoquait déjà les plaisirs de la nuit à venir. De riches odeurs flottaient dans l'air et il les humait une à une. C'était passer à côté des couleurs de la vie que de ne pas faire pleinement usage de tous ses sens. Et le credo de Carlo était de ne surtout jamais passer à côté de rien.

Il considérait sa passion du moment avec un œil de connaisseur. Caresser, choyer, flatter : il était prêt à donner beaucoup de lui-même dans ses quêtes et conquêtes. Peu lui importait d'avoir à leur consacrer quelques minutes ou quelques heures — parfois même des jours ou des semaines. Le processus, l'attente, les gestes en eux-mêmes apportaient un contentement égal à celui qu'il tirait du résultat. Comme une danse, avait-il toujours pensé. Ou un chant. Un air des *Noces de Figaro* joué en sourdine pendant qu'il faisait œuvre de séduction.

Pour lui, le décor devait être planté, car la vie était une scène de théâtre qui, plus que le simple plaisir, appelait la délectation.

— *Bellissimo,* chuchota-t-il de nouveau, en se penchant sur l'objet de son adoration.

La sauce aux palourdes s'enroula voluptueusement autour de sa cuillère lorsqu'il la remua. Il en cueillit une petite quantité, qu'il porta à ses lèvres lentement, savourant le plaisir du moment et fermant à demi les yeux avant de la goûter.

— Parfait. *Succulento*, déclara-t-il avec satisfaction.

Laissant la sauce de côté, il accorda la même amoureuse attention à la confection de son *zabaglione.* Il était persuadé qu'aucune femme au monde ne résisterait aux arômes de cette préparation riche et subtile, réveillée par l'élan du marsala. Car c'était, comme toujours, une femme qu'il attendait.

Selon lui, la cuisine se devait, au même titre que la chambre à coucher, d'être un lieu de volupté. Rien de fortuit dans le fait qu'il fût devenu l'un des chefs les plus admirés et respectés du monde, ainsi que le plus captivant des amants. Il y voyait au contraire la marque du destin. Le savant aménagement de sa cuisine la rendait propice à la séduction des sauces et des épices comme sa chambre l'était à la séduction des femmes. Oui, Carlo Franconi croyait dur comme fer que la vie devait être dégustée comme le plus raffiné des mets. Sans qu'une miette de plaisir se perde.

Le bruit du heurtoir sur sa porte d'entrée se réverbéra sous les hauts plafonds de sa maison. Carlo murmura quelques mots à l'intention de sa sauce encore frémissante, puis dénoua son tablier. Parcourant le couloir, il déroula les manches de sa chemise, mais ne s'immobilisa pas devant l'un des antiques miroirs du vestibule pour ajuster sa tenue. Il n'était pas tant vaniteux que sûr de lui.

Il ouvrit sa porte à une femme de haute taille et d'allure imposante, à la peau couleur de miel et aux yeux sombres et expressifs. Le cœur de Carlo en fut touché comme chaque fois qu'il la voyait.

— *Ma come bella sei!*

Lui prenant la main, il pressa les lèvres au creux de sa paume, ses yeux souriants accrochés aux siens.

— Tu restes à jamais ma seule, mon unique…

Un instant, elle le considéra en silence, belle et immobile dans la lumière du soir, avec ce sourire qui n'était destiné qu'à lui. Il aurait fallu qu'elle soit bien naïve pour ne pas savoir qu'il accueillait de la même façon des dizaines et des dizaines d'autres femmes. Naïve, elle avait depuis longtemps cessé de l'être. Mais elle l'aimait de toute son âme.

— Quel art du boniment, mon Carlo!

Elle enfouit la main dans ses cheveux. Ils étaient vivants, drus, vigoureux. Irrésistibles, comme lui.

— Est-ce que c'est une façon d'accueillir ta mère, franchement!

De nouveau, il porta les doigts à ses lèvres.

— C'est l'accueil que je réserve à toute jolie femme.

Sur un éclat de rire, il la serra dans ses bras et l'embrassa avec affection sur les joues.

— Et voici comment j'accueille ma mère. Heureux l'homme qui peut accueillir la même femme des deux façons !

Laura Franconi se mit à rire tout en lui rendant son étreinte.

— Avec toi, toutes les femmes sont belles !

— Mais seule l'une d'entre elles est ma mère.

Le bras passé autour de sa taille, il l'entraîna dans le vestibule. Laura nota avec approbation que la maison de son fils était, comme toujours, d'une propreté méticuleuse, même si le style en était un peu trop baroque à son goût. Elle se demandait souvent comment son employée de maison s'arrangeait pour garder toutes ces boiseries tarabiscotées exemptes de poussière et ces innombrables fenêtres vierges de toute salissure. Pour avoir passé quinze années de sa vie à faire le ménage chez les autres et quarante à nettoyer chez elle, elle savait que l'exploit n'était pas mince.

Elle s'attarda un instant devant l'une des nouvelles acquisitions de son fils : une immense chouette en ivoire tenant d'une serre un petit rongeur prisonnier. Avec un peu de chance, une épouse saurait canaliser les goûts de Carlo et les orienter sur des voies moins excentriques...

— Je te sers un apéritif, *mamma* ?

Carlo se dirigea vers le placard de verre fumé dans lequel il rangeait les alcools et en sortit une mince bouteille noire, ainsi que deux petits verres en cristal.

— Il faut absolument que tu goûtes ce nectar ! Il m'a été envoyé par quelqu'un de cher.

Laura posa son sac à main sur une console et accepta le verre. A la première gorgée déjà, les saveurs explosaient en bouche, fruitées, puissantes et enveloppantes comme le baiser d'un amant. Dotées du même pouvoir enivrant.

Elle haussa un sourcil et trempa de nouveau les lèvres dedans.

— C'est fameux !

— Evidemment que ce moscata d'Asti est exquis. Les goûts d'Anna sont excellents.

Anna, bien sûr. Plus amusée qu'exaspérée, Laura secoua la tête. L'expérience lui avait appris que l'exaspération ne payait pas avec les hommes. Encore moins avec un homme aimé.

— Tu n'as donc que des « amitiés » féminines, Carlo ?

— Non.

Il fit tourner le vin dans le verre gravé.

— Mais celle-ci en est bien une. Anna m'a envoyé cette bouteille en cadeau de mariage.

— Cadeau de... *quoi* ?

Carlo se mit à rire.

— Son mariage à elle. Elle voulait un mari. Je ne pouvais pas satisfaire à cette exigence, mais nous nous sommes séparés bons amis.

Il leva la bouteille en guise de preuve.

— Tu n'aurais pas dû la faire analyser avant de commencer à boire ?

Carlo fit tinter le bord de son verre contre le sien.

— Oublierais-tu que je reste toujours en excellents termes avec mes ex ?

— C'est vrai que tu te débrouilles plutôt bien pour ça.

Elle prit place sur un sofa avec un léger haussement d'épaules et ajouta :

— Le bruit court que tu aurais actuellement dans ta vie une actrice française.

— Tu as l'ouïe fine, comme toujours.

Laura leva son verre au niveau de son visage, faisant mine d'étudier la robe du vin.

— Et… naturellement… elle est très belle ?

— Naturellement.

— Mais ce n'est pas la peine d'espérer qu'elle me donnera des petits-enfants ?

Carlo s'assit à côté d'elle en riant.

— Tu en as déjà six, *mamma*. Et un septième est en route. Tu ne trouves pas que tu es un peu exigeante ?

— Six petits-enfants, peut-être. Mais aucune descendance du côté de mon fils !

Elle lui tapota l'épaule.

— Je ne désespère pas, cela dit…

— Si je rencontrais une femme comme toi, peut-être.

— Inutile d'y compter, *mio caro*. Je suis un modèle unique.

C'était bien l'avis de Carlo. Il n'en dit rien cependant et orienta la conversation sur ses quatre sœurs et leur progéniture. Lorsqu'il contemplait cette femme, belle, fine comme un roseau, il avait du mal à voir en elle la mère de famille qui avait trimé dur pour les élever, tous les cinq, et presque sans aide. Même si elle avait une certaine propension à rager et tempêter, il ne se souvenait pas de l'avoir jamais entendue se plaindre ; ses vêtements étaient toujours raccommodés avec soin et ses sols d'une propreté impeccable, pendant que son père passait d'interminables mois en mer.

Son père… Lorsqu'il se concentrait fortement — ce qui ne lui arrivait pas souvent —, Carlo revoyait une vague silhouette sèche et nerveuse, une peau mate, une moustache noire, un visage souriant. Mais nulle émotion n'accompagnait ces souvenirs — ni regret ni ressentiment. Son père était marin lorsque ses parents s'étaient rencontrés et marin il était resté. Chacun allait au-devant de son destin : c'était, pour Carlo, une croyance inébranlable. Mais si ses sentiments pour son père restaient ambivalents, ceux qu'il éprouvait pour sa mère étaient empreints de respect et puissants.

Laura Franconi avait soutenu chacun de ses enfants dans ses ambitions. Lorsqu'il avait décroché une bourse pour étudier à l'université, puis eu l'opportunité d'entrer ensuite dans une prestigieuse école hôtelière en France, elle l'avait laissé partir sans hésiter. Sur la fin, elle avait même complété les maigres revenus qu'il retirait de ses jobs d'étudiant grâce au petit capital qui lui avait été versé par l'assurance, lorsque son mari avait fini par disparaître, avalé par la mer qu'il aimait si passionnément.

Six ans auparavant, Carlo avait été en mesure de lui retourner cette faveur à sa manière. La boutique de mode qu'il lui avait achetée pour son anniversaire avait concrétisé un rêve qui était le leur depuis toujours. De son côté, il voyait sa mère enfin heureuse. Pour Laura, c'était un nouveau départ.

Carlo avait grandi au sein d'une famille nombreuse et bruyante. Il en gardait d'assez joyeux souvenirs. Un garçon qui vit au milieu d'une tribu de filles apprend à les comprendre, à les apprécier — à les admirer aussi. Il connaissait les rêves des jeunes filles, leurs petites vanités, leurs doutes et leurs fragilités. Jamais il n'entamait d'histoire avec une femme si elle ne lui inspirait pas d'emblée autant d'affection que de désir. Si le sexe seul menait la danse, il savait qu'il n'y aurait pas d'amitié à la fin, seulement du ressentiment. En ce moment même, son amitié amoureuse avec l'actrice française touchait à son terme. Dans quelques semaines, elle débuterait un nouveau tournage et lui-même sillonnerait les Etats-Unis pour assurer la promotion de son livre de recettes. Leurs chemins s'écarteraient d'eux-mêmes, et les choses s'arrêteraient là.

— Tu pars bientôt aux Etats-Unis, je crois ?

— Mm… Oui.

Est-ce que sa mère avait lu dans ses pensées ? Les femmes avaient cette faculté par moments.

— Dans deux semaines.

— Tu pourras me rendre un service ?

— Toujours.

— Essaie d'être attentif à la façon dont les femmes s'habillent, là-bas. Je songe à ajouter quelques modèles à mes collections. Les Américaines n'ont pas froid aux yeux, à ce qu'on dit. Et on vante beaucoup leur esprit pratique.

— Pas trop pratique, j'espère !

Il fit tourner son moscato d'Asti dans son verre.

— Cette année, justement, l'attachée de presse qui m'accompagnera dans ma tournée est une femme. Une certaine Juliet Trent.

Il vida son verre et accueillit avec plaisir la sensation chaude et stimulante qui lui montait à la tête.

— Je te promets de me pencher de *très* près sur sa garde-robe.

Il eut un sourire insolent, mais Laura ne cilla pas.

— Tu es vraiment trop bon pour moi, Carlo.

— Bien sûr que je suis bon. Je vais d'ailleurs te nourrir comme une reine. Et pas plus tard que maintenant.

Il ignorait à quoi ressemblait cette Juliet Trent, mais il n'allait pas tarder à le savoir. Grâce aux courriers qu'il avait reçus d'elle, il était déjà parvenu à la conclusion qu'elle correspondait au type d'Américaine que lui avait décrit sa mère : énergique, efficace et dotée de tonnes de bon sens. De très belles qualités pour une attachée de presse.

Quant à son physique… Il en avait encore tout à découvrir… Mais, comme sa mère le lui avait fait remarquer, il était toujours capable de débusquer la beauté chez une femme. Comme tout un chacun, il avait un faible pour les jolies filles, bien sûr, mais il avait également l'art de creuser pour trouver la beauté intérieure. Et ces plongées dans les profondeurs nourrissaient d'autres sphères de son esprit que son seul sens esthétique.

Juliet savait déjà à quoi ressemblait Franconi. Elle le repéra sans difficulté à sa descente d'avion, flanqué d'une femme aux courbes voluptueuses, juchée sur des talons acrobatiques. Bien qu'encombré d'une volumineuse serviette en cuir et d'une valise Gucci à roulettes, il passa les portes sécurisées avec élégance et panache, comme si sa rousse et lui évoluaient dans une salle de bal. Ou une chambre à coucher.

Juliet nota le jean couture, la veste qui portait la griffe d'un styliste italien célèbre et la chemise déboutonnée au col. Carlo Franconi avait l'aisance et l'allure d'un voyageur aguerri. A son doigt brillait une chevalière en or et diamant, le type même de bijou masculin qui aurait fait prétentieux et vulgaire sur n'importe quel homme, mais pas sur lui.

Elle, à côté, devait avoir l'air affreusement coincée, formelle et… moite.

Elle avait pris soin d'arriver à Los Angeles la veille pour se donner le temps de régler tous les détails. Carlo Franconi n'aurait plus rien d'autre à faire qu'à jouer de son charme, répondre aux questions et signer des piles de bouquins.

En le regardant porter la main de la rousse à ses lèvres, elle songea qu'il en dédicacerait sans doute des quantités appréciables. Il avait tout ce qu'il fallait pour susciter des vocations culinaires, même chez les plus réfractaires à la cuisine. Avant de se porter à sa rencontre, Juliet prit soin d'effacer toute trace d'amusement sarcastique de son visage. La rousse voluptueuse jeta un dernier regard nostalgique derrière elle, avant de poursuivre son chemin en solitaire.

— Monsieur Franconi ?

Carlo se détourna de la jeune femme rousse qui avait été sa voisine de siège, et qui s'était montrée de très agréable compagnie sur le vol depuis New York. Le premier regard qu'il posa sur Juliet éveilla chez lui un intérêt immédiat, ainsi qu'une de ces bouffées de désir comme les femmes en suscitaient très souvent chez lui. Juste une attirance physique — un élan auquel il pouvait ne pas donner suite. Ou savourer, comme c'était le cas à cet instant.

Cette Juliet Trent n'avait pas seulement de très jolis traits; son physique tout entier retenait l'attention. Sa peau très pâle aurait dû lui donner un aspect fragile, mais ses pommettes larges et marquées contrebalançaient ce côté vulnérable et conféraient à son visage une forme ravissante. Elle avait de grands yeux avec des cils fournis, mis en valeur par l'ombre à paupières grise qui soulignait le vert lumineux de ses iris. Il devinait sur ses lèvres une très légère touche de brillant et approuva intérieurement : sa bouche généreuse au dessin délicat ne requérait aucun artifice. Mais sans doute la jeune femme était-elle assez avisée pour le savoir.

Quant à sa chevelure, elle oscillait entre le châtain et le blond, avec un éclat naturel, subtil et doux. Elle les portait suffisamment longs derrière pour pouvoir les relever si elle le souhaitait. Plus courts et asymétriques devant, ce qui lui permettait certainement d'adopter différents styles, du sophistiqué au « décoiffé savant », selon l'humeur ou la nécessité du moment. Pour l'heure, ils étaient défaits, sans apprêt particulier et très sages.

Estimant que Franconi avait passé assez de temps à la détailler, Juliet lui tendit la main.

— Juliet Trent... Bienvenue en Californie.

Lorsqu'il la lui prit, elle songea — trop tard — qu'elle aurait dû deviner qu'il y porterait les lèvres. Son raidissement de surprise ne dura qu'une fraction de seconde, mais, à la façon dont il haussa les sourcils, elle sut qu'il l'avait perçu.

— Merci. L'accueil d'une très belle femme fait qu'un homme se sent chez lui n'importe où.

Il avait une voix incroyable qui évoqua à Juliet de la crème qui monte lentement pour se répandre sur une moelleuse substance chocolatée. Bien… C'était une bonne chose… Comme ça au moins, sa voix ferait merveille sur les ondes. Quant à son compliment, elle choisit de le prendre à la lettre. Songeant à la rousse, elle lui adressa un sourire spontané.

— Alors, vous avez dû vous sentir chez vous durant tout le vol, monsieur Franconi.

Même si l'italien était sa langue maternelle, Carlo maniait l'anglais avec aisance. Il était assez polyglotte pour saisir les sous-entendus dans plusieurs langues.

Il accueillit sa remarque avec un petit rire.

— J'ai passé un très agréable voyage, en effet.

— Mais fatigant, ajouta-t-elle, retrouvant toute sa rigueur professionnelle. Je peux vous aider à porter quelque chose ? Donnez-moi votre attaché-case, si vous voulez.

Il haussa les sourcils, surpris par cette proposition. Se décharger de son fardeau sur une femme ? Il était pour l'égalité, bien sûr. Mais elle s'arrêtait pour lui aux frontières de la galanterie.

— Non, merci. Je préfère le porter moi-même.

Elle lui indiqua le chemin et lui emboîta le pas.

— Le trajet jusqu'au Beverly Wilshire nous prendra une demi-heure. Mais une fois installé, vous aurez tout l'après-midi pour récupérer. Ce soir, en revanche, j'aimerais passer en revue avec vous l'emploi du temps de la journée de demain.

Il avait un faible pour sa façon de marcher. Elle n'était pas grande, mais se mouvait en longues enjambées gracieuses qui faisaient glisser sa robe rouge sur ses hanches.

— On dîne ensemble ce soir et on en profite pour faire le point ? suggéra-t-il.

Elle lui jeta un rapide regard en coin.

— Comme vous voudrez.

N'oublie pas que pendant les trois prochaines semaines, tu es à son entière disposition, Juliet.

D'une ondulation gracieuse, elle esquiva un individu massif encombré d'une montagne de bagages. Oui, décidément, Carlo aimait la façon dont elle se mouvait. C'était une femme capable de prendre soin d'elle-même sans en faire toute une histoire.

— 19 heures, pour le dîner ? Vous êtes invité demain à une émission télévisée qui démarre à 7 heures du matin. Je vous conseille donc de ne pas vous coucher trop tard.

7 heures du matin ? Que faisait-elle du décalage horaire ?

— Vous avez décidé de me faire travailler comme un forçat, apparemment…

— C'est ma vocation, monsieur Franconi.

Elle franchit les portes automatiques et fit signe à la limousine qu'elle avait retenue. Pendant que le chauffeur chargeait la valise de Franconi dans le coffre, elle lui adressa un sourire.

— Je pense que vous serez satisfait de la tournée que nous avons programmée pour vous. Je sais que vous avez été accompagné par Jim Collins lors de vos précédents voyages aux Etats-Unis. Il vous transmet ses amitiés.

Il hocha la tête.

— Jim est content d'être monté en grade ?

— Il a l'air, oui.

Carlo s'attendait à la voir monter dans la limousine la première, mais elle fit un pas en arrière et attendit. Comprenant qu'il devait faire cette concession au code de conduite de la femme active américaine, Carlo se glissa alors à l'intérieur.

— Et vous, mademoiselle Trent, êtes-vous satisfaite de vos nouvelles fonctions ?

Elle prit le siège en face du sien et le gratifia d'un regard droit, limpide et d'une fermeté exemplaire.

— Oui.

Il allongea les jambes devant lui — des jambes dont sa mère disait qu'elles avaient continué de pousser bien au-delà de la longueur nécessaire. Il aurait préféré prendre lui-même le volant, après toutes ces heures d'avion depuis Rome où il avait déjà dû céder les commandes. Mais puisqu'il n'était pas question de conduire, il décida de se satisfaire du confort opulent et légèrement soporifique de la limousine. Il mit la musique en marche et reconnut l'allegro — léger mais vibrant — d'une symphonie de Mozart. S'il avait été au volant, il aurait mis de la pop. Bruyante, exubérante, déchaînée.

— Vous avez lu mon livre, mademoiselle Trent ?

— Oui, bien sûr. Je serais incapable de défendre un ouvrage sans le lire.

Elle se cala au fond de la banquette.

— J'ai été favorablement impressionnée par votre sens du détail et la clarté de vos explications. Votre livre n'est pas juste un outil à utiliser en cuisine. Il a quelque chose de chaleureux, d'amical.

— Mm...

Il nota la fine bande latérale en dentelle qui ornait ses collants — ses bas, peut-être ? Sa mère serait intéressée d'apprendre que LA femme américaine censément pragmatique ne dédaignait pas une touche de frivolité. Et ce qui l'intéressait, lui, c'était qu'une femme comme Juliet Trent s'autorisât, quoique discrètement, le registre de la séduction.

— Avez-vous déjà essayé une des recettes du livre ?

— Moi ? Je ne m'y risquerais pas ! Je ne cuisine pas.

— Vous ne...

Son attention alanguie passa soudain en mode alerte.

— … cuisinez pas *du tout*, vous voulez dire ?

Elle ne put s'empêcher de sourire. Il avait vraiment l'air choqué.

En voyant sa bouche parfaite s'incurver sur ce sourire, Carlo réagit de façon très *concrète*. Il avait envie d'elle, de nouveau. Une envie un peu plus insistante. Un peu plus soutenue.

— Il faut savoir reconnaître ses domaines d'incompétence, monsieur Franconi. La prudence veut que j'évite de toucher à une casserole.

— Je pourrai vous apprendre, si vous le souhaitez.

Il fut surpris de sa propre proposition. Carlo Franconi n'avait pas l'habitude d'offrir son expertise à la légère.

— M'apprendre à cuisiner ?

Elle se mit à rire. Se détendit même au point de laisser son talon glisser hors de son escarpin, alors qu'elle balançait un pied délicat d'avant en arrière.

— Oh ! Je ne crois pas, non.

— Je suis un très bon pédagogue, lui assura-t-il avec un lent sourire.

De nouveau, elle le gratifia de son regard calme de tueuse.

— Je n'en doute pas. Mais ce que je sais, moi, c'est que je suis une piètre élève.

— Quel âge avez-vous, Juliet ?

La voyant sur la défensive, il lui adressa un sourire charmeur et reprit :

— La question est discourtoise lorsqu'une femme est parvenue à un certain palier de sa vie. Un palier dont vous êtes encore très loin.

— Vingt-huit ans.

Elle lui avait répondu si froidement qu'il ne put s'empêcher de rire.

— Votre visage paraît plus jeune, mais votre regard

plus âgé. Ce serait pour moi un grand plaisir de vous donner quelques cours de cuisine.

Elle le croyait volontiers. Elle percevait clairement les sous-entendus, elle aussi.

— Malheureusement, répliqua-t-elle, notre emploi du temps ne nous en laissera pas l'opportunité.

Il accepta son refus de bonne grâce et regarda un instant par la vitre. Mais le paysage autoroutier ne présentait aucun intérêt.

— Avez-vous prévu une étape à Philadelphie, comme je vous l'avais demandé ?

— Nous y passerons une journée complète avant de prendre l'avion pour Boston. Puis nous terminerons la tournée par New York.

— Bien, bien… J'ai une connaissance, là-bas, que je n'ai pas revue depuis presque un an.

Juliet ne doutait pas qu'il eût des « connaissances » en jupon aux quatre coins de la planète.

— Vous êtes déjà allée à Los Angeles, Juliet ?

— A plusieurs reprises, oui. Mais toujours pour raisons professionnelles.

— Je n'ai jamais eu non plus l'occasion d'y passer du temps pour les loisirs. Que pensez-vous de la ville ?

Comme il l'avait fait un instant plus tôt, elle jeta un coup d'œil indifférent par la vitre.

— Je préfère New York.

— Pourquoi ?

— Plus de punch. Moins de frime.

Sa réponse lui plut. Il l'examina avec une attention plus soutenue.

— Vous connaissez Rome ?

— Non. Je ne suis encore jamais allée en Europe.

Il lui sembla percevoir une pointe de regret dans sa voix.

— Lorsque vous irez, ne manquez pas de visiter la

Ville éternelle. Elle n'a été bâtie qu'à force de volonté et de détermination, elle aussi.

Juliet laissa cette idée jouer dans son esprit, un sourire rêveur aux lèvres.

— Quand je pense à Rome, j'imagine des fontaines et des palais, du marbre et des églises

— Vous en trouverez. Mais vous trouverez beaucoup plus que ça encore !

Le mot « marbre » s'accordait au visage de Juliet : ses traits auraient mérité d'être sculptés. Comme sa voix calme et pure de résonner sous les hauts plafonds des cathédrales.

— Rome a été conquérante, puis elle a chuté, et s'est relevée à la force du poignet. Une femme intelligente comprend ces alternances d'essor et de déclin. Une femme romantique comprend la musique des fontaines.

La limousine s'immobilisa devant l'hôtel.

— Je crains de ne pas être quelqu'un de très romantique.

— Comment une femme prénommée Juliet ne le serait-elle pas ?

Elle secoua la tête.

— Le choix du prénom, c'est ma mère. Pas moi.

— Et Roméo ? Vous n'êtes pas à sa recherche ?

Juliet se pencha pour prendre son attaché-case.

— Non, monsieur Franconi.

Il descendit de voiture avant elle et lui proposa sa main pour l'aider à sortir à son tour. Lorsque Juliet le rejoignit sur le trottoir, il ne recula pas pour lui laisser de l'espace, laissant leurs deux corps s'effleurer. Un effleurement léger, très léger. Respectueux, même. Comme deux étrangers se frôlent parfois sans le vouloir, sur la voie publique. Lorsque le regard de Juliet vint soutenir le sien, il n'était pas sur la défensive mais calme et direct.

Il sentit alors l'*attirance*. Pas seulement le désir physique, qui fonctionnait chez lui indifféremment avec n'importe quelle femme. Mais l'attirance, la vraie, celle qui vous allait droit aux tripes et qui concernait cette femme-ci et aucune autre. Ainsi, il lui faudrait déguster ses lèvres. Il était souvent amené à se faire une opinion par le goût, après tout. Mais il prendrait son temps. Certaines créations étaient longues à concevoir et exigeaient des préparations compliquées s'il voulait obtenir une pleine satisfaction. Comme Juliet, il ne visait que la perfection.

— Certaines femmes n'ont pas besoin de chercher, murmura-t-il. Elles ont juste à se dérober, à esquiver, à se soustraire. Et à choisir.

— Certaines femmes, répliqua-t-elle sur le même ton feutré, choisissent de ne rien choisir du tout.

Elle lui tourna délibérément le dos pour payer la course. Puis elle s'adressa au chasseur qui attendait.

— J'ai déjà la clé de votre chambre, monsieur Franconi, annonça-t-elle en la remettant au porteur. Je serai juste en face de votre suite, de l'autre côté du couloir.

Sans même tourner la tête dans sa direction, elle suivit alors le groom à l'intérieur de l'hôtel, jusqu'aux ascenseurs.

— Si cela vous convient, je réserve une table ici même, pour 19 heures. Quand vous serez prêt, vous n'aurez qu'à frapper à ma porte.

Jetant un regard à sa montre, elle fit un rapide calcul et en conclut qu'avec le décalage horaire, elle avait le temps de passer trois appels à New York et un autre à Boston avant l'heure de fermeture des bureaux.

— Si vous avez besoin de quoi que ce soit, passez simplement commande et demandez qu'on le mette sur la note de votre chambre.

Elle sortit de l'ascenseur. Tout en avançant dans le couloir à grands pas et sans cesser de parler, elle tira la fermeture Eclair de son sac et en sortit une autre clé.

— Je pense que la suite que nous vous avons réservée devrait répondre à votre attente, monsieur Franconi.

Carlo l'observait, notant l'économie, la vivacité de ses gestes.

— Je n'en doute pas.

— Alors à 19 heures donc.

Elle était déjà en train d'ouvrir sa chambre, laissant au chasseur le soin de montrer la suite à Carlo. Dès qu'elle se serait débarrassée de sa veste et de ses chaussures, elle appellerait…

— Juliet ?

Elle s'immobilisa et ses cheveux glissèrent sur son épaule lorsqu'elle tourna la tête vers lui. Le regard de Carlo accrocha le sien et le tint un instant prisonnier.

— Gardez toujours ce même parfum. Sensuel sans rien de floral, féminin sans être vulnérable. Il vous va bien.

Alors qu'interdite, elle continuait à le regarder par-dessus son épaule, il disparut à l'intérieur de sa suite. Elle entendit ensuite le chasseur lui désigner poliment les particularités de son installation. Sur une remarque de Carlo, il s'interrompit et tous deux se mirent à rire.

Elle poussa sa porte avec plus de force que nécessaire et la referma en s'y adossant de tout son poids. Pendant un instant, elle demeura là, sans bouger, à attendre que ses fonctions vitales se remettent en marche.

Son professionnalisme lui avait permis de ne pas bredouiller, bégayer, cafouiller et se couvrir de ridicule. Il l'avait aidée à garder un contrôle juste suffisant pour dissimuler son trouble. Mais sous l'attachée de presse efficace et distante, il y avait une femme. Et le contrôle qu'elle avait dû exercer sur elle-même lui avait pris une énergie folle. Même si elle était persuadée qu'aucune femme au monde ou presque ne pouvait rester de marbre face à Carlo Franconi en mode séduction, cela n'avait rien de réconfortant pour son ego de se dire qu'elle faisait partie d'un groupe statistique aussi vaste et indifférencié.

Franconi n'avait pas besoin de le savoir — il ne le

saurait jamais d'ailleurs —, mais son pouls se montrait capricieux depuis qu'il avait pris sa main pour y poser les lèvres. Pouls qui n'avait toujours pas retrouvé son rythme et sa régularité. *Bon, ça suffit. Arrête tes idioties, maintenant, Juliet !*

Elle jeta son sac à main sur une chaise, puis jugea prudent de suivre son exemple. Ses jambes n'étaient plus très solides, tout à coup. Elle poussa un long, long soupir. Il ne lui restait plus qu'à attendre que ses forces lui reviennent.

Bon, d'accord, il était très beau. Et riche aussi. Talentueux, sans l'ombre d'un doute. Et indiscutablement… très sexy. Tout cela, elle l'avait su avant même de le rencontrer. Le problème, c'est qu'elle n'était pas certaine de savoir comment y faire face. Pas du tout aussi certaine qu'elle aurait dû l'être.

2

Juliet faisait partie de ces femmes qui excellaient à jongler avec des plannings serrés, des océans de détails à régler, de crises mineures à affronter. Et elle adorait ça. Ces petits défis permanents la maintenaient vivante, en alerte, l'intérêt toujours en éveil. Si son travail avait été facile, elle n'en aurait pas retiré le même plaisir. Mais elle faisait aussi partie de ces femmes qui aimaient paresser dans un bain délicatement parfumé et dormaient de préférence dans des lits surdimensionnés. Ces deux aspects d'elle-même, estimait-elle, préservaient sa santé mentale. Le premier lui donnant le sentiment de mériter le second.

Après avoir laissé Carlo devant la porte de sa suite, elle passa une heure et demie au téléphone, puis une autre heure à réajuster l'emploi du temps du lendemain. Une demande d'interview était arrivée in extremis et devait être insérée. Elle inséra donc. Un quotidien envoyait un journaliste et un photographe à la séance de dédicace. Elle devait noter et retenir leurs noms. Elle nota alors, souligna et stocka le tout dans sa mémoire. Vu le rythme que prenait cette tournée, ils auraient de la chance s'il leur restait deux heures en tout pour souffler ! Mais rien n'aurait pu lui faire plus plaisir que ce programme échevelé.

Une fois son organisation au point, elle se sentit plus que prête pour son bain. Le lit, malheureusement, devrait encore attendre. A 22 heures au plus tard, se promit-elle,

elle serait en boule sous sa couette et dormirait du sommeil du juste.

S'octroyant quarante-cinq minutes de douceur parfumée, elle se glissa dans la baignoire. Une fois immergée dans l'eau chaude, elle ne prévoyait, planifiait ni ne programmait plus rien. Elle désactivait la moitié active et professionnelle de son cerveau et ne songeait plus qu'à barboter en toute félicité.

Se relaxer, d'abord — il lui fallait bien dix minutes pour y parvenir. Rêvasser ensuite — elle pouvait alors se laisser aller à imaginer que la baignoire, blanche et de taille standard, était bien plus grande et entourée d'une jungle de plantes exotiques. En marbre noir, peut-être, et de taille à accueillir confortablement deux personnes. C'était une secrète ambition de Juliet de pouvoir s'offrir un jour ce luxe. Le symbole ultime de la réussite à ses yeux. Elle se serait hérissée si quelqu'un avait qualifié ce rêve de romantique. « Pragmatique, tout simplement pragmatique », aurait-elle riposté. Pour qui travaillait d'arrache-pied, un lieu de ressourcement était indispensable. Et pour elle, c'était la salle de bains.

Son peignoir fétiche était accroché à la porte. Court, de soie vert émeraude et plutôt sexy. La soie n'était pas un luxe, à ses yeux, mais plutôt une nécessité pratique. Son contact sur la peau faisait partie du rituel de détente. Elle disposait de si peu de temps pour cela qu'elle devait mettre tous les éléments de son côté. Comme les flacons de vitamines alignés à côté du lavabo. Lorsqu'elle était en déplacement, elle se bourrait de compléments alimentaires pour tenir le rythme.

Après le moment de rêverie vint celui où ses sens s'éveillèrent doucement. Elle avait une conscience plus fine, plus sensuelle de la chaleur de l'eau sur sa peau, du léger crépitement des bulles soyeuses, de la vapeur parfumée qui se dégageait du bain.

Il lui avait dit de ne pas changer de parfum.

A ce souvenir, un début de tension lui noua les épaules. Ah non ! Elle attrapa résolument le savon au délicat parfum de santal et le passa sur ses bras. Elle ne laisserait pas Carlo Franconi empiéter sur son temps personnel ! Ce serait sa règle de conduite numéro un.

Il s'était amusé à dessein à lui faire perdre ses moyens. Et il y avait réussi. Pleinement réussi, même, ce dont elle dut convenir avec un hochement de tête crispé. Mais cela ne se reproduirait pas. Elle était payée pour assurer la promotion de son livre, pas celle de son ego. Pour le défendre, ce livre, elle était prête à se dépenser sans compter, à donner tout son temps, ses idées, son énergie… Mais il était hors de question que ses sentiments entrent dans la danse !

Franconi ne retournerait pas à Rome dans trois semaines avec un petit sourire de triomphe aux lèvres. Ou, si triomphe il y avait, il porterait uniquement sur le nombre de livres vendus. Elle se faisait fort d'étouffer dans l'œuf l'attirance aiguë qui s'était un instant fait jour. Il pourrait orner son tableau de chasse de toutes les conquêtes américaines possibles et imaginables, il pourrait toujours attendre qu'elle figure sur la liste !

De toute façon, il ne l'intéressait pas sérieusement. Elle avait simplement eu en le voyant une pulsion purement sexuelle. Anonyme, pour ainsi dire. Aucune affinité intellectuelle n'entrait en jeu, en tout cas. Franconi n'était pas son type. Les hommes, elle les aimait constants plutôt que clinquants, sincères plus que charmeurs. Comme elle avait la tête sur les épaules, ce serait d'un homme grave, sérieux et réfléchi qu'elle se mettrait en quête lorsque le moment serait venu. Autrement dit, pas avant trois ans. Lorsqu'elle aurait mis sa propre agence sur les rails et qu'elle serait financièrement indépendante. Oui, dans trois ans environ, une fois ses objectifs professionnels atteints, elle pourrait envisager une relation amoureuse qui s'insérerait harmonieusement dans le parcours qu'elle s'était tracé.

Voilà. Affaire réglée.

Elle ferma les yeux avec un petit soupir d'aise : encore un problème de résolu. Mais l'eau chaude, la vapeur et les bulles ne lui apportaient plus la même sensation de détente. Avec un rien de rancœur, elle retira la bonde et se leva pour laisser l'eau ruisseler sur sa peau. En face d'elle, le grand miroir au-dessus des lavabos était couvert d'une buée légère, et lui renvoyait d'elle une image brumeuse et indécise.

Etonnant, songea-t-elle, qu'une femme nue puisse paraître si pâle, si douce, si vulnérable. Dans sa tête, elle se voyait forte, terre à terre, solide. Mais, dans le miroir embué, elle découvrait une autre Juliet, plus fragile, plus pensive.

Plus érotique ? Elle fronça les sourcils. Pourquoi regretter que son corps ne présentât pas de courbes plus généreuses ? Ses longues jambes fines et nerveuses lui permettaient de se déplacer vite et ses hanches un peu garçonnes s'accommodaient à merveille de la ligne stricte de ses tailleurs, qui lui donnaient une silhouette énergique. Des formes voluptueuses n'auraient pas été un plus pour elle sur le plan professionnel.

Son visage démaquillé paraissait trop jeune, trop confiant. Et ses cheveux, livrés à eux-mêmes, lui donnaient un air rebelle et passionné.

Jeune, fragile, rebelle et passionnée. Aucune des qualités requises pour une femme qui se préparait à faire une carrière musclée. Par chance, vêtements, coiffure et maquillage permettaient de gommer certains aspects physiques et d'en mettre d'autres en avant. Elle attrapa un drap de bain, l'enroula autour d'elle, puis elle prit une serviette plus petite pour essuyer la buée sur la glace. Assez de flou artistique ! Pour réussir, il s'agissait d'y voir clair.

Jetant un coup d'œil aux tubes et aux flacons devant elle, elle entreprit de recréer son image professionnelle. Comme le silence impersonnel des chambres d'hôtel l'attristait, elle alluma la télévision pendant qu'elle s'habillait. Super. Un vieux film avec Humphrey Bogart et Lauren Bacall. Voir ces deux stars de jadis à l'écran la détendit plus efficacement que son bain moussant. Tout en enfilant des bas gris fumé, puis en ajustant les brides de son fin body noir en dentelle, elle écoutait les répliques qu'elle connaissait presque par cœur. Il y avait tant de passion contenue entre les deux personnages… Prise par l'intrigue, elle enfila machinalement la petite robe noire et droite qu'elle avait préparée avant de prendre son bain.

Tout en attachant son collier, elle s'assit sur le bord du lit, à présent complètement absorbée par ce qui se passait à l'écran. Elle souriait, sous le charme. Ce qui ne l'aurait pas empêchée d'être choquée et incrédule si quelqu'un s'était amusé à la taxer de sentimentalité.

Elle tressaillit lorsqu'un coup discret fut frappé à sa porte. *19 h 02. Flûte !* Elle avait perdu un quart d'heure à traînasser. Pour se rattraper, elle enfila simultanément chaussures et boucles d'oreilles, puis attrapa son sac, le tout en douze secondes pile. Elle se hâta vers la porte, prête à s'excuser auprès de Carlo, pour l'avoir fait patienter.

Une rose… Juste une rose, de la couleur des joues des jeunes filles lorsqu'elles s'empourprent de plaisir. Carlo la lui tendit, et elle ne trouva rien à lui dire. Lui, en revanche, ne resta pas frappé de mutisme.

— *Siete cosi bella…*

Avant qu'elle ait eu le temps de parer à la manœuvre, il portait déjà sa main à ses lèvres.

— Certaines femmes paraissent froides ou sévères en noir. Chez d'autres, en revanche…

Il prit le temps de la considérer, d'un regard ouvertement admiratif. Et sa façon de sourire rendait presque sympathique la manière dont il l'examinait de la tête aux pieds.

— ... le noir se fait écrin, souligne et magnifie leur féminité. Mais je vous dérange, peut-être ?

— Non, non. Bien sûr que non. J'étais juste...

— Ah, tiens ! Mais je le connais, ce film !

Sans attendre d'y être invité, il entra dans la pièce, les yeux rivés sur le téléviseur. La chambre en perdit d'un coup son impersonnalité. La présence de Carlo l'électrisait, comme si c'était sa mission sur terre de dynamiser les atmosphères en les saturant de son inépuisable énergie.

— *Le Grand Sommeil !* Je ne compte plus les fois où j'ai vu ce film.

Les visages des deux acteurs, à la personnalité marquée, dominaient l'écran. Celui de Bogart, plissé, les paupières lourdes, le regard las ; Bacall, lisse, belle, explosive, le défi d'aimer dans les yeux.

— *Passione,* murmura Carlo.

Sur ses lèvres, le mot semblait fait pour être dégusté, comme un miel ambré et liquide. Juliet se surprit à déglutir.

— Un homme et une femme peuvent s'apporter beaucoup de choses sur le plan intellectuel, mais sans la passion physique, le reste paraît un peu morne, *no* ?

Elle se ressaisit. Hors de question de commencer à parler désir avec Carlo Franconi, sans quoi le sujet ne resterait pas théorique très longtemps.

— Peut-être.

Elle ajusta son sac sur son épaule, prit son porte-documents. Et garda la rose à la main.

— Nous avons un emploi du temps très chargé, demain, monsieur Franconi. Et il serait bon de nous y préparer. Je propose que nous nous y mettions sans tarder.

Les bras nonchalamment croisés, il la gratifia d'un

sourire paisible. Elle était convaincue que des centaines de femmes avaient été mises en confiance par ce même sourire. Pas elle.

Il actionna sans même la regarder la touche d'arrêt de la télécommande.

— Vous avez raison, Juliet. Il serait temps de nous y mettre.

Que pensait-il de Juliet Trent ? D'emblée, Carlo s'était posé la question avec curiosité. Il laissa venir la réponse par bribes, au fil de la soirée, au fur et à mesure que ses impressions d'elle se précisaient.

Premier point : elle était belle. Et son attirance pour les jolies femmes n'avait jamais été une faiblesse à ses yeux. Juliet, par chance, n'éprouvait pas le besoin de dissimuler sa beauté naturelle sous un écran d'austère sévérité. Elle ne mettait pas non plus ses atouts physiques en valeur au point de créer une impression d'artifice. Elle avait su trouver un équilibre plaisant : un talent qu'il appréciait chez une femme.

Deuxième point : elle était ambitieuse. Une qualité, là encore, de son point de vue. Les belles femmes sans ambition avaient très vite tendance à l'ennuyer.

Troisième point : elle se méfiait de lui comme de la peste. Cette particularité-là l'amusait beaucoup. En dégustant son deuxième verre de chassagne-montrachet, il décida que cette suspicion envers lui était somme toute assez flatteuse. Une femme comme elle, dotée d'une assurance certaine, ne se prémunissait que contre les hommes qui l'attiraient.

La gente féminine dans sa grande majorité était sensible à son charme. Ce qui n'était que justice à ses yeux, puisqu'il était sensible au sien. Qu'elles soient petites ou grandes, rondes ou minces, jeunes ou vieilles, les femmes étaient pour lui un objet de fascination, de plaisir et de partage. Il les respectait — peut-être comme seul un homme élevé dans un milieu cent pour cent féminin pouvait le faire. Mais le respect n'empêchait en rien le plaisir.

Et il se préparait à passer d'excellents moments avec Juliet.

— Demain matin à la première heure, premier plateau télévisé : vous serez l'invité du jour de l'émission « Hello, L.A. ».

Juliet passait ses notes en revue pendant que Carlo testait les amuse-bouches.

— C'est une émission à forte audience, qui cible les téléspectateurs de toute la côte Ouest et pas seulement de Los Angeles. L'émission est animée par Liz Marks. Vous verrez, c'est quelqu'un de plutôt plaisant, mais pas une nature exubérante. Apparemment, l'exubérance ne passe pas très bien, à Los Angeles. En tout cas, pas avant 10 heures du matin.

— Tant mieux !

— Liz Marks a reçu un service de presse, bien sûr. Mais pensez à mentionner votre titre dès les premières minutes de l'interview, si jamais elle omettait de le faire. Vous disposez de vingt minutes, vous aurez donc amplement l'occasion de placer cette information. Ensuite, de 13 à 15 heures, vous aurez une séance de dédicace à la librairie Books, sur Wilshire Boulevard.

Juliet mit un rappel pour penser à confirmer le rendez-vous avec le libraire, le lendemain matin. Il s'agissait de passer les derniers détails de la séance de signature en revue.

— Il faudra que vous fassiez un peu de promotion, bien sûr, mais je vous le rappellerai juste avant votre passage à l'antenne. Et mettre l'accent, bien entendu, sur le fait que vous avez choisi la Californie pour commencer votre tournée de vingt et un jours aux Etats-Unis.

— Mm… Pas mal, cette verrine. Soupe glacée de petits pois à l'huile de noisette. Vous voulez goûter ?

— Non, merci. Mangez, mangez… Ne vous occupez pas de moi.

Tout en cochant sa liste, Juliet attrapa son verre de vin sans même s'attarder sur sa robe et sa couleur. Le restaurant était calme et élégant, mais elle serait restée concentrée de la même manière sur son ordre du jour s'ils s'étaient trouvés dans un bar surpeuplé d'Hollywood, entourés d'une foule bruyante.

— Tout de suite après l'émission télévisée, vous aurez une interview dans une radio locale, suivie d'un brunch avec un journaliste du *Times*. Vous avez déjà eu un article dans le *Los Angeles Tribune*. Au cas où vous ne l'auriez pas reçu, je vous ai apporté la coupure. Il ne serait pas inutile de parler de vos deux parutions précédentes, mais concentrez-vous surtout sur votre dernier-né. N'hésitez pas à mentionner en passant les villes principales qui jalonneront votre tournée : Denver, Dallas, Chicago. Après le brunch, nous filerons à la librairie. Ensuite, vous passerez brièvement dans le journal télévisé du soir, après quoi nous dînerons avec deux représentants du livre. Après-demain…

Carlo l'arrêta d'un geste ferme.

— Stop ! Une journée à la fois. Comme ça, je serai moins susceptible de passer mes nerfs sur vous.

— Dans ce cas…

Juliet referma son agenda et s'intéressa à son verre de vin.

— De toute façon, c'est à moi de gérer le déroulement pratique de vos journées. Votre boulot à vous, c'est de répondre aux questions, de signer des livres et de charmer à tout-va.

Il fit tinter son verre contre le sien.

— Alors, ça devrait fonctionner entre nous. Charmer est une vocation chez moi.

Juliet se demanda si c'était d'elle ou de lui qu'il se moquait.

— D'après ce que j'ai vu, c'est un exercice dans lequel vous excellez, monsieur Franconi.

— C'est un don de la nature chez moi, *cara*.

Ses yeux sombres, logés au creux d'orbites marquées, pétillaient d'humour. Il ne semblait que trop facile de se laisser happer par ce regard.

Il riait à la fois d'elle et de lui, conclut Juliet. Difficile de ne pas le prendre en affection pour cette sympathique capacité à se tourner lui-même en dérision, mais avisé de s'en garder, néanmoins.

Lorsque le serveur posa sa viande devant elle, Juliet effleura son assiette d'un regard distrait. Carlo, lui, étudia son dos de sandre aux petits légumes confits comme s'il examinait un tableau de maître. Ou plutôt non, il le caressait des yeux comme s'il avait devant lui une femme jeune, belle et sensuelle.

— Les apparences, *cara Giulietta*, sont essentielles. Que ce soit pour un plat ou pour nous autres, bipèdes.

Il lui sourit, tout en prélevant une première fourchetée.

— Et dans les deux cas, elles peuvent être trompeuses.

Juliet le regarda tester sa première bouchée, lentement, les yeux mi-clos. Elle sentit un étrange frisson monter de la base de sa colonne vertébrale. Pour explorer la peau d'une femme, il s'y prendrait de la même façon, elle en était certaine. Avec cette même lenteur. *Adagio ma non troppo*.

Le verdict de Carlo tomba :

— Plaisant. Pas plus. Mais pas moins non plus.

Tout en s'attaquant plus prosaïquement à son carré d'agneau, elle ne put réprimer un petit rire ironique.

— Vous auriez fait mieux, bien sûr.

Il haussa les épaules avec une arrogance tranquille.

— Bien sûr que j'aurais fait mieux. C'est comme si vous compariez une jolie gamine avec une femme au sommet de sa beauté.

Lorsqu'elle leva les yeux, il lui tendit sa fourchette. Et arrima son regard au sien.

— Goûtez...

Ce simple mot lui enflamma le sang.

— Dans la vie, il ne faut jamais passer à côté d'une seule saveur, Juliet.

— Si vous le dites.

Elle ouvrit la bouche. Mâcha en fermant les yeux. La chair était goûteuse, la sauce prononcée, presque piquante sur la langue, et assez riche.

— C'est bon.

— Bon, oui. Rien de ce que prépare Franconi n'est simplement « bon ». Le bon, je le jette à la poubelle, je le donne aux chiens dans la rue.

Juliet se mit à rire, ce qui fit les délices de Carlo.

— Tout ce qui n'est pas hors du commun est ordinaire, dit-il encore.

Sans presque s'en rendre compte, Juliet glissa les pieds hors de ses escarpins.

— Difficile de soutenir le contraire. Mais je reconnais que je ne suis pas spécialiste. J'ai toujours considéré le fait de se nourrir comme une simple nécessité biologique.

— Une simple nécessité ?

Carlo secoua la tête d'un air navré. Ce n'était pas la première fois qu'il entendait quelqu'un émettre cette opinion. Mais, chaque fois, c'était le même choc, le même sentiment de sacrilège.

— *Madonna santa,* vous avez encore beaucoup à apprendre, Juliet ! Lorsqu'on sait apprécier la vraie gastronomie, ça dépasse tout autre plaisir, hormis celui de faire l'amour. L'art culinaire, ce sont des odeurs, des textures, des saveurs. Manger avec pour seul but de se remplir l'estomac ? C'est ni plus ni moins qu'un acte de barbarie !

— Désolée…

Elle goûta alors avec plus d'attention une bouchée de sa pièce d'agneau. Mais ce n'était pour elle qu'un morceau de viande. Il ne lui serait jamais venu à l'esprit de considérer le fait de s'alimenter comme une activité sensuelle ou amoureuse. Elle n'y voyait qu'une habitude plus ou moins plaisante qui servait à se maintenir en vie.

— C'est la raison pour laquelle vous êtes devenu cuisinier ? Parce que vous trouvez que manger, c'est sexy ?

Il tiqua.

— Pas cuisinier. *Chef*.

Elle sourit, laissant transparaître pour la première fois une pointe de légèreté et d'espièglerie.

— Il y a une différence ?

— Est-ce que vous faites la différence entre un cheval de labour et un pur-sang ? Entre le plâtre et la porcelaine ?

Tout au plaisir de la conversation, elle effleura le bord de son verre de la pointe de la langue.

— Pour certains, elle se chiffre surtout en dollars, la différence.

— Pas du tout, *mi amore,* pas du tout ! L'argent est parfois le résultat, jamais la cause. Un cuisinier, dans votre pays, c'est quelqu'un qui prépare des hamburgers avec de la viande industrielle, en employant de la mauvaise huile, pour des gens qui attendent au comptoir, leur bouteille en plastique pleine de mauvais ketchup à la main. Alors qu'un chef, lui, crée…

Il décrivit un grand cercle de la main.

— … une expérience artistique.

Juliet se concentra sur son verre. Si elle garda les cils baissés, elle ne dissimula pas son sourire.

— Je vois.

Même s'il pouvait parfois s'offenser d'un regard et se montrer sans pitié avec un détracteur, Carlo appréciait son style.

— Vous riez, Juliet. Mais vous n'avez pas encore goûté à du Franconi !

Il attendit que son regard, à la fois narquois et réservé, vienne soutenir le sien.

— En tout cas, pas encore.

Juliet soupira mentalement. Il avait décidément l'art de tourner les affirmations les plus simples en invites érotiques ! Passer trois semaines en sa compagnie sans céder trop de terrain promettait d'être un exercice hautement acrobatique.

— Vous ne m'avez toujours pas dit pourquoi vous avez choisi de devenir chef.

— Il existe différentes façons d'embrasser une vocation artistique. Moi, je ne sais ni peindre ni sculpter. Et je n'ai ni la patience ni le talent qu'exige la poésie.

Elle nota avec un étonnement mêlé de respect qu'il parlait avec le plus grand sérieux.

— Mais la peinture, la sculpture et les poèmes traversent les siècles. Alors qu'il n'y a pas plus éphémère qu'un… un soufflé, par exemple.

— Mais la recette, elle, demeure. On peut le faire et le refaire. L'art n'est pas forcément coulé dans le bronze, Juliet. Ce qui fait sa force, c'est qu'il est toujours invention, miracle, dépassement. J'ai une amie…

Il songeait à Summer Lyndon — Summer Cocharan, désormais.

— … ses pâtisseries ont l'air faites par les anges. Quand vous en dégustez une, vous vous retrouvez sur un nuage, à flotter dans des hauteurs quasi spirituelles.

— Faut-il parler d'art, de magie ou de religion, dans ce cas ?

— Des trois à la fois. Et je pense que vous, Juliet, vous vous alimentez bien trop chichement.

Elle réagit comme il l'avait espéré, en cherchant son regard.

— Je suis contre l'excès sous toutes ses formes, monsieur Franconi. Ils conduisent à l'imprudence.

Il leva son verre.

— Alors, je bois à la mesure, à l'équilibre.

Le sourire était de retour. Charmeur. Redoutable.

— Avec prudence, bien sûr.

Adage numéro un : tout pouvait toujours aller de travers à tout moment.

En tant qu'attachée de presse, Juliet devait repérer les obstacles, les anticiper et les lever dans la mesure du possible. A cet égard, vingt minutes de direct, un lundi matin à 7 h 30, pouvaient s'avérer un vivier inépuisable. On priait pour que le meilleur arrive et on finissait par s'accommoder d'un « pas trop mauvais ». Même une perfectionniste comme elle ne tablait pas sur une réussite, le premier jour d'une tournée.

Curieusement, elle fut incapable de s'expliquer pourquoi elle fut contrariée de l'obtenir.

L'émission s'était passée magnifiquement. Il n'y avait rien, strictement rien à redire. La caméra avait cessé de filmer depuis un bon moment, à présent, mais Liz Marks et Carlo parlaient et riaient toujours avec autant d'animation. Cet homme était vraiment un manipulateur de première ! Il avait pris les commandes de l'émission avec une subtilité admirable, aveuglant l'animatrice par ses manœuvres de charme. A deux reprises, il avait réussi à faire pouffer comme une jeune fille cette femme de télévision aguerrie qui avait derrière elle dix bonnes années d'expérience dans ce type d'émission. Une fois, même, si stupéfiant que cela pût paraître, Juliet avait vu Liz Marks rougir.

Si elle en doutait encore, cet exploit en était la preuve : Franconi avait un talent inné incontestable pour charmer. Juliet remonta la bride de son pesant attaché-case sur son épaule avec un long soupir. Cette qualité ne pouvait que lui faciliter la tâche, pourtant, entre deux bâillements discrets, elle râlait sous cape.

Elle dormait toujours très bien dans les chambres d'hôtel. *Toujours*. Mais la nuit précédente avait été l'exception. Elle aurait pu convaincre une autre qu'elle-même que son insomnie était due à un excès de caféine combiné au trac lié au tout début de tournée. Elle savait qu'il n'en était rien. Elle était capable de boire un litre de café à 22 heures et de s'endormir sur commande une heure plus tard. Elle avait un excellent sommeil. Le problème, c'est qu'elle avait failli rêver de Carlo. Si elle ne s'était pas secouée à 2 heures du matin pour se réveiller, le mal aurait été fait. Or ce n'était pas pensable de commencer ainsi, alors que la tournée s'annonçait longue et importante. S'il lui fallait choisir entre l'épuisement et les divagations fantaisistes, elle préférait endurer une honnête fatigue due au manque de sommeil.

Etouffant un nouveau bâillement, Juliet regarda sa montre. Liz Marks avait passé son bras sous celui de Carlo et semblait décidée à rester cramponnée à lui jusqu'au moment où on le lui arracherait de force. Nouveau soupir. Ce serait à elle, apparemment, de tenir le rôle de la méchante.

— Mes félicitations, Liz, très bonne émission, vraiment, dit-elle alors.

Elle lui offrit délibérément sa main tendue. Liz Marks dégagea son bras de celui de Carlo, à contrecœur visiblement.

— Merci, euh…

— Juliet. Juliet Trent, lui rappela-t-elle sans se départir de son plus adorable sourire.

— Juliet est mon attachée de presse, expliqua Carlo, même si elles avaient été présentées moins d'une heure plus tôt. Elle veille jalousement sur mon emploi du temps.

— Eh oui, comme une mère lionne. Je suis d'ailleurs au regret d'avoir à vous enlever Carlo. Vous pourrez l'entendre dans moins d'une demi-heure sur les ondes radio.

— S'il le faut...

Oubliant sa présence sur-le-champ, Liz tourna de nouveau un regard ébloui vers son invité du jour.

— Débuter la journée avec vous fut un enchantement, Carlo. Dommage que vous ne restiez pas plus longtemps à L.A.

— Je ne pars qu'à regret, lui assura Carlo de sa voix de velours.

Puis il se livra à son baisemain rituel. Juliet rongeait son frein. Elle avait l'impression de vivre un film des années trente. Il ne manquait plus que les gémissements des violons.

— Encore merci pour tout, Liz.

Elle lui adressa le plus diplomate des sourires, tout en saisissant Carlo par le bras pour l'entraîner hors du studio. Autant ménager l'animatrice. Elle aurait sans doute encore besoin d'elle à l'avenir.

— Nous sommes un peu pressés, marmonna-t-elle, tandis qu'ils se frayaient un chemin vers la sortie.

L'émission était bouclée et elle avait autre chose sur le feu.

— Le magazine radio dont vous serez l'invité est une émission très écoutée à Los Angeles. La programmation est variée, tournée vers la musique actuelle. Vu le créneau horaire, ils touchent principalement la tranche des dix-huit/trente-cinq ans. Un public qui achète facilement et qui complétera de façon intéressante celui de Liz Marks, essentiellement féminin et qui se situe dans une tranche d'âge plus élevée.

Carlo, qui écoutait avec toutes les apparences du respect, atteignit le premier la limousine et ouvrit lui-même la portière.

— C'est important pour vous ?

— Bien sûr !

Distraite par ce qui lui semblait être une question absurde, elle en oublia ses réflexes professionnels et monta en voiture avant lui.

— Nous avons un programme promotionnel solide sur Los Angeles.

Inutile de mentionner pour le moment qu'ils seraient beaucoup moins occupés dans quelques autres villes.

— Une émission de télé matinale dont la réputation de sérieux est solidement établie, une radio populaire, déclara-t-elle, deux interviews avec des journalistes de presse, deux passages aux JT et le *Simpson Show*.

Elle nomma cette dernière émission avec une pointe d'exultation. Le *Simpson Show* compenserait le trou qu'elle creusait dans le budget, en promenant Franconi en limousine.

— Donc, vous êtes contente ?

— Oui, bien sûr.

Elle fouilla dans son sac pour en sortir son agenda et vérifier le nom de son contact à la station de radio.

— Alors pourquoi cet air contrarié ?

— Je ne comprends pas.

— Vous avez un pli de contrariété juste… là, expliqua-t-il en passant le doigt entre ses deux sourcils.

Juliet esquissa un mouvement instinctif de recul. Carlo se contenta de pencher la tête sur le côté et de l'observer avec intérêt.

— Vous avez beau continuer de sourire et de parler d'une voix calme et polie, ce pli trahit votre irritation.

— Je suis très satisfaite de votre émission de ce matin.

— Mais... ?

O.K., il l'aurait cherché.

— Ce n'est pas un spectacle très édifiant de voir une femme se couvrir de ridicule. Liz Marks est une digne mère de famille, comme son comportement de ce matin ne l'indique pas.

Carlo haussa les épaules.

— Je regarde toujours si une femme porte ou non une alliance. Et puis, je n'ai fait que suivre vos instructions. J'avais mission de faire du charme, non ?

— Peut-être que le mot « charme » a un sens différent en Italie que chez nous.

— Venez vous en rendre compte par vous-même. Comme je vous le disais, Rome est une ville faite pour vous.

Elle lui jeta un regard noir.

— J'imagine que ça vous titille agréablement l'ego, toutes ces femmes en extase qui se tortillent autour de vous ?

Il lui adressa le plus attrayant, le plus naturel, le plus détendu des sourires.

— J'adore ça !

Des petites bulles de rire montèrent à la gorge de Juliet, mais elle les ravala. Il était hors de question de se laisser charmer à son tour.

— Il vous arrivera d'avoir affaire à des hommes, au cours de cette tournée, monsieur Franconi.

— Je vous promets de ne pas faire de baisemain à Simpson.

Cette fois, le rire partit de lui-même. Pendant quelques instants, Juliet s'abandonna sans retenue à sa gaieté. Carlo vit alors — trop brièvement — la jeunesse, l'énergie foisonnante qui se cachaient sous la discipline de fer. Il aurait aimé la garder ainsi un peu plus longtemps — rieuse, à l'aise avec lui, avec elle-même. Un défi intéressant, au demeurant. Actionner les bons mécanismes pour amener plus souvent le rire dans ses yeux. Il aimait les challenges. A fortiori lorsqu'une femme était en jeu.

— Juliet…

Elle releva la tête. Son prénom dansait sur ses lèvres avec un effet de velouté que seul un séducteur italien était à même de produire.

— Soyez sans inquiétude. Votre Liz, si sagement mariée, s'est juste autorisé un petit flirt sans lendemain avec un homme qu'elle ne reverra sans doute jamais. Ça ne fait de mal à personne. Qui sait ? Grâce à cette rencontre, son mari et elle connaîtront peut-être un supplément de plaisir, cette nuit, dans le lit conjugal.

Juliet le considéra un instant avec l'attitude si droite, si pragmatique qui était la sienne.

— Vous avez une bien haute opinion de vous-même…

Il sourit sans savoir si c'était un soulagement ou un regret d'avoir affaire à une fille comme elle, si différente des femmes auxquelles il était accoutumé.

— Je me vois simplement tel que je suis, *cara* : un homme qui a atteint un niveau d'excellence dans son domaine professionnel. Tout individu qui a du caractère imprime sa marque sur ce qui l'entoure. Aimeriez-vous quitter ce monde sans que votre passage ait laissé une trace, une onde, un sillon ?

Non. Elle ne voulait pas se racornir et s'user sans avoir d'abord donné la pleine mesure d'elle-même. Mais elle n'offrirait pas à Carlo la satisfaction d'acquiescer platement.

— Disons que certains d'entre nous tiennent à créer plus de sillons que d'autres.

— Je n'ai jamais aimé faire les choses à petite échelle.

— Faites attention. Vous allez finir par confondre votre moi véritable avec votre image publique au point de ne plus savoir les démêler.

La limousine s'était immobilisée. Mais avant que

Juliet ait pu attraper la poignée, il lui avait saisi la main. Cette fois, lorsqu'elle tourna les yeux vers lui, elle ne vit pas le chef italien galant, affable, truculent à ses heures, mais un homme de pouvoir. Un homme conscient que la puissance qu'il portait en lui pouvait le mener très loin.

Elle ne fit pas un geste pour se dégager, mais se demanda combien d'autres femmes avant elle avaient eu l'occasion de voir l'éclat de l'acier sous le velours.

— Je n'ai pas besoin de cultiver une quelconque *image*, Juliet.

Sa voix était douce, charmante. Très belle. Et effilée comme un rasoir.

— Franconi, c'est Franconi *e basta*. Prenez-moi tel que vous me voyez, ou allez au diable.

D'un mouvement souple, il descendit de la limousine, puis se tourna et lui prit de nouveau la main pour l'aider à descendre à son tour. Le geste était courtois, respectueux, banal même. Il disait néanmoins tout de leurs positions respectives : il était un homme, elle une femme. Dès l'instant où elle eut les deux pieds sur le trottoir, elle retira sa main.

Après les deux émissions et le brunch, Juliet laissa Carlo dans la librairie déjà envahie par une armée d'admiratrices alignées devant la table de dédicace, prêtes à patienter le temps qu'il faudrait pour échanger deux mots et un regard avec le beau Carlo Franconi. Elle était restée avec lui pour la rencontre avec le journaliste et son photographe. Mais, estimant qu'un homme comme lui pouvait se passer de son aide pour affronter la horde relativement disciplinée de ses adoratrices, elle trouva alors refuge dans un réduit étouffant pour passer quelques coups de fil sans être dérangée. D'abord à New York, où son assistante avait finalisé de nouveaux rendez-vous pour la tournée. Juliet prit les noms, les dates, les numéros et les adresses, en s'éventant tant elle suffoquait dans ce placard amélioré.

A Denver, rien ne se débloquait, hélas, mais à Dallas… Juliet se mordilla la lèvre tout en enregistrant les informations que Deb lui communiquait. Dallas promettait d'être une étape fabuleuse. Elle doublerait peut-être sa dose quotidienne de vitamines pour tenir le coup pendant ces vingt-quatre heures-là, mais avec le programme qu'elle venait de mettre au point, les ventes du bouquin devraient décoller de façon spectaculaire.

Elle prit congé de son assistante et composa le numéro de son premier contact à San Francisco. Dix minutes plus tard, elle avait les dents serrées et la mâchoire comme du béton. Bien sûr, ce n'était pas la faute du responsable des animations du grand magasin s'il était au lit, fauché par la grippe. Elle était désolée, sincèrement désolée que ce pauvre homme soit malade. Mais avant de se mettre en congé, est-ce qu'il n'aurait pas pu déléguer ses fonctions à une personne pourvue d'un minimum de compétences ?

Une démonstration culinaire ? Oui, oui, bien sûr, pas de souci, elle avait pensé à tout, lui assura la gamine à la voix de fausset qu'elle avait en ligne. Comme ce serait sympathique, d'ailleurs ! Des rallonges ? Oh là là, aucune idée. Une table ? Des chaises ? Ah, mince ! Vous croyez, vraiment ? Bon, elle allait essayer de se débrouiller, mais il ne fallait pas espérer la lune.

Avant la fin de la conversation, Juliet fouillait déjà dans son sac à la recherche de son tube d'aspirine. Il était clair que sa présence s'imposerait au moins deux heures avant le début de la séance. Ce qui l'obligerait à revoir son emploi du temps.

Une fois ses appels passés, elle regagna la partie publique de la librairie ses deux aspirines à la main, espérant que quelqu'un lui trouverait un verre d'eau et un endroit pour s'asseoir.

Mais personne ne prit acte de sa présence. Même si elle était revenue du désert en rampant sur le ventre, on ne lui aurait pas accordé plus d'attention. La petite librairie, plutôt élégante, était secouée par un rire général. Aucun libraire, aucun vendeur ne se tenait plus à la caisse. Un aimant avait pris place dans le coin au fond à gauche de la pièce. Et cet aimant avait pour nom Franconi.

Il n'y avait pas que des femmes dans le public. Juliet nota bon nombre de silhouettes masculines émaillant la foule. Certains de ces hommes avaient peut-être été traînés là plus ou moins contre leur gré. Mais aucun n'avait l'air de s'ennuyer. On aurait dit qu'ils se trouvaient à un cocktail, les verres et les canapés en moins.

Englouti par la foule, Carlo Franconi n'était même plus visible, constata Juliet en se frayant un chemin vers l'arrière du magasin. Il était entouré, enveloppé, phagocyté. Ses comprimés d'aspirine toujours à la main, elle s'estima heureuse de pouvoir se terrer dans un coin en silence. Franconi avait beau ramasser toute la gloire, elle n'aurait pas voulu se trouver à sa place pour un empire.

Jetant un coup d'œil à sa montre, elle vit qu'il restait encore une heure. Réussirait-il à venir à bout d'une foule pareille dans le temps qui lui était imparti ?

Renonçant à trouver tabouret et verre d'eau, elle glissa ses cachets dans la poche de sa jupe et commença à fureter parmi les livres en rayon.

— C'est quelque chose, quand même, ce Franconi ! entendit-elle murmurer de l'autre côté du présentoir. Il est intéressant, non ?

— A qui le dis-tu ? Je te bénis de m'avoir amenée ici de force.

— Les amies sont là pour ça, ma vieille.

— Je pensais que je m'ennuierais à mourir. Mais je me sens comme une ado au concert de son idole. Il a un tel…

— … charisme ? Si un homme comme lui devait entrer

dans ma vie, je te promets que je ne laisserais plus en ressortir.

Curieuse de découvrir les visages qui allaient avec les voix, Juliet contourna le rayon. A quoi s'attendait-elle au juste ? Elle n'aurait su le dire. Des étudiantes ? De jeunes mères de famille ? Elle découvrit deux femmes d'une bonne trentaine d'années, exerçant visiblement des professions de haut niveau.

L'une d'elles jeta un coup d'œil à sa montre de luxe.

— Zut. Il faut que je file ! J'ai une réunion à 15 heures.

— Je pars avec toi. Je retourne au tribunal.

Chacune fourra son livre de recettes dédicacé dans sa serviette en cuir.

— Et cette façon qu'il a de t'embrasser le poignet en te regardant droit dans les yeux. Avec n'importe quel autre homme, ça ressemblerait à du mauvais cinéma. Alors qu'avec lui…

— La classe, je te dis ! A ce stade-là, ce n'est même plus de la classe, d'ailleurs, c'est de la grâce.

Sur cette observation — ou cette expression de regret —, les deux amies se fondirent dans la foule.

A 15 h 15, Carlo signait toujours, mais l'assistance s'était suffisamment éclaircie pour que Juliet puisse le voir à l'œuvre. Du charme, il en avait à revendre, indubitablement. Personne n'arrivait à sa table, son livre en main, pour se faire expédier avec un autographe rapide et un sourire impersonnel. Il leur parlait. Prenait plaisir à faire leur connaissance, même. Aussi bien la vieille dame fragile qui sentait la lavande que la jeune mère un peu harassée, un bébé mal luné calé sur une hanche. Comment trouvait-il les mots justes pour s'adresser à chacun d'eux ? Pour Juliet, cela restait un mystère. Mais chacun repartait comblé, emportant avec lui un rire, un sourire — un soupir.

Cela dit, ce n'était que le premier jour de la tournée.

Franconi ne tiendrait peut-être pas aussi vaillamment ce rythme pendant trois semaines d'affilée. L'avenir le lui dirait. En attendant, elle calcula qu'elle pouvait encore lui laisser un quart d'heure avant de commencer à le pousser en direction de la sortie.

Malgré la demi-heure supplémentaire, ce fut la croix et la bannière pour l'extirper des griffes de ses derniers admirateurs enthousiastes. Juliet vit alors se dessiner un scénario qui se répéterait probablement pendant la durée de la tournée. A Carlo le déploiement de charme, de sex-appeal et d'authentique gentillesse ; à elle, le rôle nettement moins gratifiant du cerbère de service. Ce pour quoi elle était payée, en fait.

Elle commença alors à diriger les gens vers la sortie, en leur expliquant que la présence de leur chef italien préféré était requise ailleurs. A 16 heures, il ne restait plus qu'une poignée d'irréductibles. Juliet leur arracha Carlo avec des excuses et une main de fer.

— La séance s'est vraiment très bien passée, déclara-t-elle en le poussant sur le trottoir. L'un des vendeurs m'a dit qu'ils ont craint un instant de se trouver à court d'exemplaires. Tout Los Angeles sera à ses fourneaux ce soir pour cuisiner des pâtes. C'est fascinant, non ? Considérez que vous avez encore remporté une belle victoire.

— *Grazie.*

— *Prego.*

Elle referma sur eux la portière de la limousine.

— Nous n'aurons pas toujours un temps de battement suffisant pour dépasser d'une heure l'horaire prévu, en revanche. A l'avenir, si vous pouviez garder un œil sur l'horloge et commencer à accélérer le mouvement une demi-heure environ avant la fin, ça me faciliterait la tâche. Il vous reste une heure et quart avant la prise d'antenne aux studios de…

— Parfait !

Actionnant un bouton, Carlo demanda au chauffeur de ralentir.

— Mais…

— Même moi, j'ai besoin de relâcher un peu la vapeur de temps en temps.

Il ouvrit le bar et en examina le contenu.

— Du cognac. Exactement ce qu'il nous faut.

Sans lui demander son avis, il lui tendit un verre.

— Vous, au moins, vous avez eu deux heures pour vous détendre et faire du lèche-vitrines, reprit-il en se renversant contre son dossier, ses grandes jambes allongées devant lui.

Juliet songea à l'heure qu'elle avait passée à se débattre au téléphone, puis à l'énergie qu'elle avait dû déployer pour arracher *il signore* Franconi à son fan-club. Pendant tout ce temps, elle avait à peine eu le temps de s'asseoir, mais elle ne dit rien. Le cognac coula dans sa gorge, lui apportant brûlure et réconfort.

— Votre passage au journal télévisé devrait durer entre quatre minutes et quatre minutes et demie. Ça vous paraît peut-être bref, mais vous serez surpris de découvrir la quantité d'informations qu'on peut caser dans ce court laps de temps. Donnez le titre du livre et annoncez la séance de dédicace, ainsi que la démonstration culinaire à l'université, demain après-midi. Mettez également l'accent sur les aspects sensuels et esthétiques de vos réalisations ; ce sera à mon avis une approche très payante. Et s'il vous reste encore un peu de temps, vous…

— Souhaitez-vous vous charger de l'interview à ma place, Juliet ?

Il avait posé la question avec une politesse exquise. Un peu trop exquise. Bon, songea Juliet, il lui arrivait donc d'être grincheux, lui aussi.

— Vous êtes très à l'aise à l'antenne, monsieur Franconi, mais…

— Carlo.

Avant qu'elle ait pu ouvrir son agenda, il lui posa la main sur le poignet.

— Arrêtez une fois pour toutes avec vos ridicules « monsieur Franconi » et laissez vos fichues notes de côté pour le moment. Dites-moi, ma chère et très organisée Juliet Trent… Pourquoi sommes-nous ensemble ici ?

Elle voulut reprendre sa main, mais il la retint d'une poigne ferme, et, pour la seconde fois ce jour-là, elle eut un aperçu de ce que Carlo Franconi recelait en lui de force, de détermination, de puissance.

— Pourquoi nous sommes ici ? Pour assurer la promotion de votre ouvrage.

— Aujourd'hui, tout s'est bien passé, *si o no* ?

— Oui, jusqu'ici, mais…

— Aujourd'hui, tout s'est bien passé. Point final.

Il commençait à l'irriter avec ses interruptions permanentes !

— J'irai sur votre plateau télé, je dirai ce qu'il y a à dire, puis j'irai à votre dîner d'affaires et je jouerai le jeu, là aussi. Même si je préférerais de loin passer la soirée dans ma chambre avec une bouteille de bon vin, quelques amuse-bouches et vous. Pour vous voir enfin sans vos attributs d'attachée de presse, vos tenues de femme d'affaires et vos conseils de coacheuse de choc.

Non, elle ne s'autoriserait pas à frissonner. Elle ne s'autoriserait pas non plus à montrer la moindre réaction.

— Si je suis ici avec vous, répondit-elle d'une voix froidement professionnelle, c'est pour maximiser les répercussions de votre tournée en termes de vente de livres. Tout en soignant votre image, bien sûr. Rien d'autre.

— Je le crois volontiers.

Il lui avait donné raison, mais sa main n'en glissa pas moins jusqu'à sa nuque. Avec douceur et une fermeté suffisante pour qu'elle ne puisse s'écarter.

— Il reste que nous avons une heure de tranquillité devant nous. Alors prenez le temps de respirer et oubliez vos listes et vos plannings, *per favore.*

D'un coup, Juliet prit conscience que la limousine sentait le cuir. Le cuir, le luxe et Carlo. Affectant une nonchalance qu'elle était loin de ressentir, elle reprit une gorgée de cognac.

— Mes listes et mes plannings, comme vous l'avez vous-même souligné ce matin, c'est la part de boulot qui me revient.

— Alors, accordez-vous une heure de congé.

Avant qu'elle puisse répliquer, il haussa un sourcil.

— Chut ! Détendez-vous... Je suis sûr que vos pieds vous font un mal de chien. Otez donc vos chaussures. Et sirotez tranquillement votre cognac.

Il cala sa propre boisson dans le support prévu à cet effet, puis il prit son attaché-case et le posa par terre de manière à ce que rien ne les sépare plus.

— Détendez-vous..., répéta-t-il.

Elle se tendit au contraire et il ne fut pas mécontent de le constater.

— Je n'ai pas l'intention de faire l'amour avec vous à l'arrière d'une voiture. Une autre fois, peut-être. Mais pas aujourd'hui.

Il sourit en voyant la colère étinceler dans ses yeux. Parce qu'il avait perçu le doute et l'excitation, juste avant que son regard vert d'eau ne se dérobe.

— Un jour, bientôt, je trouverai le moment approprié pour vous séduire, Juliet... Tout est question de lieu, d'atmosphère, de climat psychologique.

Il se pencha si près d'elle qu'il sentit son souffle irrégulier lui glisser sur les lèvres. Elle le repousserait, s'il passait dès à présent à l'étape suivante. Le combat sensuel qui aurait pu s'ensuivre ne lui aurait pas déplu. Le rose aux joues délicates de Juliet ne venait ni d'un pot ni d'un tube, mais d'un trouble physique presque palpable. La lueur dans son regard le mettait au défi d'agir ou presque. Elle pensait qu'il irait au bout de son élan, qu'il la plaquerait contre le siège, sa bouche fermement pressée contre la sienne. Et elle était là, à l'attendre, immobile, le souffle retenu. A la fois troublée et parée pour riposter.

Il sourit de nouveau, laissant ses lèvres en suspens, si près qu'elles la touchaient presque, jusqu'au moment où il sentit la tension en elle atteindre le même degré d'intensité que la sienne. Il laissa alors son regard descendre sur sa bouche de manière à en savourer par l'imagination le goût, la texture, la douceur. Elle garda le menton levé, même lorsqu'il se risqua à passer doucement le pouce sur ses lèvres qui s'entrouvraient déjà.

Faire ce qu'on attendait de lui n'avait jamais été son style. D'un mouvement souple, il reprit sa place, croisa les pieds au niveau des chevilles et ferma les yeux.

— Enlevez donc vos chaussures, marmonna-t-il d'une voix assoupie. Nos deux emplois du temps devraient se fondre à la perfection.

A la stupéfaction de Juliet, il s'endormit. Sur-le-champ. Elle crut d'abord qu'il faisait semblant, mais non. Il dormait du sommeil du juste, comme s'il lui avait suffi d'actionner un interrupteur.

Elle reposa bruyamment son verre et croisa les bras. Elle était en colère. Furieuse qu'il ne l'ait pas embrassée ! Mais pourquoi, puisqu'elle l'aurait repoussé, de toute façon ?

Parce qu'elle avait eu *envie* de ses baisers ? Non, sûrement pas. Les yeux rivés sur le paysage urbain qui défilait derrière la vitre teintée, elle secoua pensivement la tête. Il l'avait juste privée d'une opportunité de sortir ses griffes.

Dommage… Elle aurait trouvé un certain plaisir à faire couler du sang italien.

3

Leurs valises étaient bouclées et chargées dans la limousine. Par mesure de précaution, Juliet avait fait un tour éclair dans la suite de Carlo pour s'assurer qu'il n'avait rien laissé derrière lui. Elle se souvenait encore d'un auteur de thriller qui avait oublié à huit reprises sa brosse à dents orthodontique sur une tournée qui totalisait neuf étapes. Un petit contrôle rapide juste avant le départ prenait moins de temps que de tourner la nuit dans les rues d'une ville inconnue à la recherche d'une pharmacie de garde.

En réglant la note, elle avait eu la bonne surprise de constater que Carlo s'était montré très raisonnable et n'avait pas abusé du service d'étage. Avec un peu de chance, elle finirait la tournée sans dépassement de budget. Ils avaient quitté le Wilshire sans stress ni bousculade. Elle croisait les doigts pour que le trajet en avion jusqu'à San Francisco se passe dans des conditions aussi favorables.

Quant au *Simpson Show*, elle n'osait y penser.

Inutile de faire à Carlo un topo sur le public cible de l'émission. Il avait passé suffisamment de temps aux Etats-Unis à l'occasion de ses précédentes tournées et autres périples professionnels pour savoir que la réalisation en public d'un authentique *tartufo* ainsi que les dix minutes de causerie à l'antenne seraient déterminantes pour l'avenir de son livre. L'émission de Bob Simpson était suivie depuis quinze ans par toute l'Amérique. Autant dire que l'homme était une institution ! Une invitation de sa part pouvait booster les ventes d'un livre jusque dans les zones les plus reculées des Etats-Unis.

Ou stopper net la carrière de l'opus en question.

Elle n'en revenait toujours pas d'être parvenue à décrocher une invitation pour le *Simpson Show* ! C'était une première et un énorme bond en avant dans sa carrière. Il ne lui restait plus qu'à croiser les doigts très fort pour que Carlo ne lui gâche pas la mise.

Elle alla jeter un coup d'œil dans le réfrigérateur en coulisses pour s'assurer que le dessert préparé par Carlo dans l'après-midi n'avait pas subi de dommages. Comme il s'agissait d'une préparation semi-glacée, elle avait besoin de passer quelques heures au congélateur avant d'être considérée comme terminée. D'où le subterfuge… Carlo réaliserait sa recette en direct sur le plateau, puis il serait en mesure de présenter le dessert achevé, grâce à celui déjà préparé.

Même s'il avait déjà passé en revue tous les ingrédients et ustensiles dont il aurait besoin avec le réalisateur et le chargé de production, Juliet procéda à une seconde vérification de son côté. Bon… Tout était là. La crème fleurette, les amandes mondées que personne dans l'équipe ne s'était encore avisé de piler, le sucre, le chocolat et la poudre de cacao amer. A force de tout contrôler, elle se surprenait à imaginer qu'elle pourrait réaliser elle-même la recette. Cela dit, elle remerciait le ciel de ne pas avoir à se livrer à une démonstration culinaire devant des millions de téléspectateurs.

Lui, en revanche, ne semblait pas ravagé par l'angoisse, songea-t-elle alors qu'ils s'installaient dans la « green room » — la zone de réception où les invités de l'émission attendaient leur tour de passer à l'antenne. Carlo commença par gratifier d'un de ses généreux sourires une jeune femme blonde à la tenue minimaliste et pailletée, affalée sur le canapé, puis il alla leur chercher du café au distributeur.

Café était d'ailleurs un bien grand mot pour le breuvage qu'il obtint et à qui le qualificatif de mixture tiède et fade aurait mieux convenu. Juliet n'en prit qu'une gorgée, puis laissa son gobelet de côté.

La jeune femme blonde qui devait passer juste avant Carlo était apparemment la nouvelle coqueluche d'une série populaire et elle tremblait de nervosité à l'idée d'être cuisinée par Bob Simpson. Carlo s'assit à côté d'elle sur le canapé et commença à bavarder comme s'ils étaient de vieux amis. Quelques minutes plus tard, lorsque la porte de la green room s'ouvrit de nouveau, la fille ne tremblait plus, mais riait aux éclats.

La green room n'était pas verte du tout mais beige — d'un beige terne et triste —, exiguë et l'air conditionné fonctionnait mal. Ce lieu relativement minable avait pourtant vu passer pas mal de célébrités en devenir, qui avaient patienté là en se rongeant les sangs. Ou en puisant du courage dans une flasque de whisky.

Carlo avait troqué le café imbuvable contre un simple verre d'eau. Confortablement installé sur le canapé, le bras nonchalamment posé sur le dossier, il paraissait aussi à l'aise que s'il se préparait à recevoir quelques bons amis chez lui. Juliet, elle, regrettait de ne pas avoir glissé quelques antiacides dans son sac.

Elle fit mine de vérifier une énième fois leur planning, pendant que Carlo faisait son numéro de charme à la star en herbe et que le *Simpson Show* se déroulait en sourdine sur l'écran au fond de la pièce.

La porte s'ouvrit de nouveau. Juliet leva alors la tête pour voir entrer… un singe. Un chimpanzé aux longs bras, engoncé dans une veste de smoking, et qui se mit à déambuler dans la pièce en tenant la main d'un grand homme maigre au regard fatigué et au sourire nerveux. Moyennement rassurée, Juliet chercha Carlo des yeux. Ce dernier salua les deux arrivants d'un signe de tête, puis retourna à son tête-à-tête avec la jeune femme blonde sans paraître autrement troublé par cette apparition.

Au moment même où Juliet s'enjoignait de rester calme, le chimpanzé sourit, renversa la tête en arrière et émit un son prolongé et éloquent.

La jeune actrice pouffa de rire. Mais, smoking ou pas smoking, elle était manifestement prête à bondir si l'animal faisait un pas de plus dans sa direction.

— Tiens-toi comme il faut, Timothy !

Le grand homme maigre toussota en balayant la pièce du regard.

— Timothy a joué dans un film. Le tournage s'est terminé la semaine dernière, expliqua-t-il à la cantonade. Il souffre de fatigue nerveuse. C'est le contrecoup du stress.

La jeune actrice se leva lorsqu'on vint l'appeler et se trémoussa jusqu'à la porte dans un léger cliquetis métallique. Carlo la suivit des yeux, l'air satisfait. Elle semblait nettement plus sûre d'elle que lorsqu'il était entré, un quart d'heure plus tôt. Elle lui décocha un sourire enamouré.

— Souhaitez-moi bonne chance, Carlo.

— Faites-vous confiance !

Sous l'œil écœuré de Juliet, la poupée Barbie lui envoya un baiser du bout des doigts. Le dresseur de singe, lui, se détendait à vue d'œil.

— J'avoue que c'est un soulagement qu'elle sorte. Timothy est surexcité quand il voit une blonde.

— Mm…, murmura Juliet.

Ses propres cheveux oscillaient entre le blond et le châtain, selon la lumière et l'humeur. Avec un peu de chance, Timothy les considérerait comme bruns et peu stimulants.

Quelques minutes plus tard, l'homme manifesta de nouveau son inquiétude.

— Mais ils n'ont pas prévu de limonade ? Je les ai pourtant prévenus que Timothy en buvait toujours avant de passer devant les caméras. Ça lui calme les nerfs.

Juliet se mordit le bout de la langue pour contenir un éclat de rire. Carlo et Timothy échangèrent un regard empreint de tolérance mutuelle, comme s'ils se comprenaient à la perfection.

— Il a l'air plutôt calme, votre Timothy, dit Carlo.

— Vous voulez rire ? C'est un paquet de nerfs !

Habituée à résoudre les problèmes des uns et des autres, Juliet lui adressa un sourire rassurant.

— C'est sans doute juste un oubli, la limonade... Vous devriez peut-être demander à l'un des assistants ?

— Vous avez raison.

L'homme tapota la tête de Timothy et ressortit dans le couloir en laissant le singe derrière lui.

— Hé ! Mais...

Juliet se leva à demi, puis se rassit. Le chimpanzé s'était immobilisé au milieu de la pièce, ses longs doigts en appui sur le sol.

— Je ne suis pas certaine que Tarzan ait été bien inspiré de laisser Cheeta ici.

— Timothy, rectifia Carlo. Il me paraît tout ce qu'il y a de plus sympathique, ce garçon.

Il gratifia le singe d'un sourire engageant.

— Et je suis impressionné par son style vestimentaire. Je lui demanderais bien l'adresse de son tailleur.

Juliet examina le visage du chimpanzé qui clignait des yeux en la considérant d'un air avenant.

— A votre avis, dit-elle, assez peu rassurée, il a un tic nerveux ou il me fait des avances ?

Carlo haussa les sourcils, visiblement amusé.

— Je pencherais pour la seconde hypothèse. Comme il est vêtu avec élégance, on peut supposer que nous avons affaire à un singe de bon goût. Qu'est-ce que tu en dis, Timothy ? Elle te plaît, ma Juliet ?

Timothy rejeta la tête en arrière et fit entendre une suite de sons qui pouvaient vouloir signifier à peu près tout et son contraire.

— Vous voyez ? Je vous avais bien dit que vous lui plaisiez !

Sensible à l'humour par l'absurde, Juliet éclata de rire. Le son de son rire parut plaire à Timothy et, se voyant sans doute en terrain conquis, il trottina jusqu'à elle sur ses jambes arquées. Paraissant toujours sourire, il posa la main sur un de ses genoux dénudés. Cette fois, Juliet eut la certitude qu'il lui avait adressé un clin d'œil.

— Un sacré séducteur, ce Timothy ! déclara Carlo. Il y va franco, pour une première approche.

— Certaines femmes apprécient les avances claires et directes.

Rassurée de voir le singe aussi bien disposé, Juliet scruta ses traits.

— Il me rappelle quelqu'un, dit-elle, en coulant un regard suave à Carlo.

— Ce doit être le sourire…

Timothy se percha familièrement sur ses genoux et passa un de ses longs bras autour de ses épaules.

— Eh bien… Il me plaît assez, ce singe, je dois dire.

Riant de plus belle, Juliet étudia le visage du chimpanzé levé vers elle.

— Je crois qu'il a vos yeux, Carlo.

— Hum, Juliet ? Je pense que vous devriez…

— Même si son regard a peut-être un peu plus de profondeur que le vôtre. Il doit être intelligent, ce Timothy.

— Je veux bien croire qu'il le soit, en effet.

Carlo toussota dans sa main, tout en suivant des yeux les doigts agiles du chimpanzé.

— Juliet, si vous…

— Naturellement qu'il est doué. C'est un acteur !

Prenant plaisir au jeu, Juliet échangea une nouvelle série de sourires avec le chimpanzé enamouré.

— Aurais-je déjà vu un de tes films, Timothy ?

— Je ne serais pas surpris d'apprendre qu'ils sont classés X.

Elle chatouilla l'animal sous le menton.

— Allons, allons, Carlo, vous avez l'esprit tordu.

— C'est juste une supposition.

Il laissa son regard courir sur elle.

— Dites-moi, Juliet, vous ne sentez pas un… courant d'air ?

— Un courant d'air ? Non. Je trouve surtout qu'on meurt de chaud, ici. Et ce pauvre Timothy, engoncé dans son smoking…

Elle fit claquer sa langue et le chimpanzé claqua des mâchoires en retour.

— Juliet ? Considérez-vous que les vêtements puissent être révélateurs de la personnalité de qui les porte ? Qu'ils puissent avoir fonction d'appel, si vous voyez ce que je veux dire ?

— Mm… ?

Distraite de son tête-à-tête avec Timothy, elle haussa les épaules et aida le singe à rectifier son nœud de cravate.

— J'imagine que oui.

— Alors permettez-moi de vous dire que je trouve intéressant le fait que vous portiez de la dentelle noire translucide sous votre robe-chemisier plutôt stricte.

— *Quoi ?*

Le regard de Carlo glissa une nouvelle fois sur elle.

— Juste une observation, *mi amore*. Un simple constat visuel.

Juliet se figea. Ne bougea plus que la tête. Et sa bouche s'ouvrit aussi grand que sa robe. Le chimpanzé si mignon et si élégamment vêtu avait entrepris de la lui déboutonner avec une dextérité proprement diabolique.

Carlo posa sur le singe un regard non dénué de respect.

— Sacrée technique ! J'aurais beaucoup à apprendre de lui.

— Espèce de sale…

Carlo porta la main à son cœur.

— Ah non, pas moi. Je ne suis qu'un innocent spectateur.

Juliet se leva abruptement, envoyant le chimpanzé au sol. Tandis qu'elle se réfugiait dans les toilettes adjacentes, elle entendit le rire de deux mâles — l'un étant un singe, l'autre un rat pour le moins !

Pendant le trajet jusqu'à l'aéroport, Juliet observa un silence d'une accablante politesse.

— Allons, *cara*, l'émission s'est bien passée, non ? Non seulement le titre du livre a été mentionné trois fois, mais ils ont même fait un gros plan sur la couverture. Mon *tartufo* a fait l'unanimité et ils ont adoré mon anecdote sur l'élaboration d'un long dîner sensuel *all'italiana* !

— Pour être le roi de l'anecdote, vous êtes le roi de l'anecdote, ça oui.

— Juliet… C'est le singe qui s'en est pris à vos boutons, pas moi.

Il poussa un long soupir plutôt satisfait. Il ne se souvenait pas d'avoir jamais pris autant de plaisir à une… démonstration.

— Si j'avais été le déshabilleur, je peux vous assurer que nous aurions manqué l'émission.

Elle lui jeta un regard assassin.

— Dire que vous n'avez rien trouvé de plus intelligent à faire que de raconter cette histoire stupide à l'antenne !

Savez-vous combien de millions de téléspectateurs suivent cette émission ?

Dans la faible lumière à l'arrière de la limousine, elle vit les yeux de Carlo briller d'amusement.

— Avouez quand même que c'était drôle ! Et tous ces millions d'amateurs de télé aiment les bonnes histoires.

— Tous mes collègues auront vu cette émission !

Consciente qu'elle se tenait mâchoire crispée, Juliet fit un effort pour les détendre.

— Non seulement vous vous êtes contenté de rester tranquillement assis, pendant que cette petite créature aux mains lestes se livrait à de douteuses facéties, mais *en plus* vous propagez l'histoire sur les ondes !

— Allez, soyez bonne joueuse ! N'oubliez pas que j'ai tenté de vous prévenir à trois reprises au moins.

— Je n'ai aucun souvenir de mises en garde d'aucune sorte.

— Parce que vous étiez tellement émerveillée par votre idylle avec Timothy que vous n'aviez d'yeux et d'oreilles que pour lui. Je confesse que j'étais assez ébloui de mon côté.

Son regard glissa comme à regret sur sa robe-chemisier sagement reboutonnée.

— Vous avez une texture de peau assez extraordinaire. Je reconnais que j'ai eu un petit moment de distraction. Voilà, je vous fais mon *mea culpa*. Homme faible que je suis, je m'en remets entièrement à votre indulgence.

— Taisez-vous donc.

Elle croisa les bras sur sa poitrine et regarda droit devant elle, sans plus prononcer un mot jusqu'au moment où la limousine s'immobilisa devant leur terminal. Le chauffeur chargea leurs volumineux bagages sur un chariot. Elle tendit leurs billets à Carlo, puis régla le coût de leurs déplacements, avec une petite pensée inquiète pour son budget. Elle avait réussi à faire passer le service de limousine à Los Angeles mais, après cela, il leur faudrait se contenter de taxis et de voitures de location. Une plus juste mesure de la réalité des choses !

Carlo, son sac en cuir sur l'épaule, procéda à l'enregistrement de leurs valises en plaisantant avec l'hôtesse. Juliet étouffa un bâillement. La fatigue des deux journées précédentes, bien remplies, commençait à se faire sentir. Et encore, elle n'avait pas eu de dessert compliqué à réaliser sur un plateau de télévision. Si Carlo était humain, il devait être aussi exténué qu'elle. Même s'il l'irritait de mille manières, elle devait reconnaître qu'il était de bonne composition.

— Il nous reste une demi-heure avant de nous présenter à la porte d'embarquement. Vous voulez boire un verre ? demanda-t-elle.

Il lui sourit avec une spontanéité désarmante.

— Vous me proposez une trêve ?

Elle lui rendit son sourire malgré elle.

— Non, un verre.

— O.K.

Ils trouvèrent un bar sombre et bourré de monde et se frayèrent un chemin jusqu'à une table.

— Qu'est-ce que vous transportez dans vos énormes valises ? demanda-t-elle avec curiosité.

— Toute ma garde-robe. Vingt costumes, quinze paires de chaussures…

Elle secoua la tête.

— Je ne vous crois pas.

— Et vous avez raison. J'emporte toujours une bonne partie de mon matériel avec moi. Mes couteaux, mes spatules en inox. Mon propre vinaigre et ma propre huile d'olive.

— Vous allez transporter de l'*huile* et du *vinaigre* à travers tout le pays, pendant trois semaines ? C'est de la folie furieuse, non ?… Une vodka-pamplemousse, s'il vous plaît, demanda-t-elle à la serveuse.

— Un armagnac, pour moi.

Carlo reporta son attention sur elle après avoir ébloui la serveuse d'un regard.

— Nulle part aux Etats-Unis, je ne trouverai de qualité comparable à celle de mes produits. La cuisine est un art raffiné, Juliet. Lorsque je vous aurai donné quelques cours, vous comprendrez mieux ce que je veux dire.

— Vous avez à peu près autant de chances de m'enseigner la cuisine que de vous envoler pour San Diego en pédalo ! En revanche, vous aurez l'occasion de déployer vos talents aux aurores demain matin, puisque vous ferez vos *linguine alle vongole* pour la chaîne de télé locale de San Diego. L'émission commence à 8 heures. Il faudra donc que nous soyons aux studios à 6 heures.

A une heure pareille, Carlo ne voyait qu'une chose civilisée à faire : déguster un petit déjeuner pour deux au lit. A la rigueur, arrosé de champagne.

— Qu'est-ce qui pousse les Américains à se lever à l'aube pour se coller devant un poste de télévision ?

— Je lancerai un sondage pour le savoir, répondit-elle d'une voix absente. En arrivant aux studios, vous réaliserez votre recette et nous la mettrons de côté, exactement comme vous l'avez fait aujourd'hui pour le *tartufo*. A l'antenne, vous en détaillerez toutes les étapes, mais vous n'aurez pas le temps de terminer la cuisson. Et maintenant, bonne nouvelle…

Elle s'interrompit pour remercier la serveuse qui s'était frayé un chemin, plateau levé, pour poser leurs boissons devant eux.

— … la bonne nouvelle, donc : il y a eu un malentendu avec les studios et il faudra que nous apportions nous-mêmes les ingrédients. Vous me ferez une liste de ce dont vous aurez besoin. Une fois que vous serez installé à l'hôtel, j'irai en vitesse faire les courses. Il y aura sûrement un magasin ouvert toute la nuit.

Carlo recensa alors mentalement les ingrédients nécessaires à sa spécialité. Il trouverait certainement quelques bons produits sur les étals américains, mais s'estimait heureux d'avoir emporté deux ou trois produits de base dans ses valises. Même s'il ne cuisinait pas pour des spécialistes, il ne prenait pas ses réalisations à la légère.

— C'est normal, pour une attachée de presse, d'aller faire des courses à minuit passé ?

Elle lui adressa une mimique adorable qui le laissa sous le charme. C'était la première fois qu'elle lui souriait sincèrement.

— En tournée, la prise en charge de l'organisation et des contingences relève des fonctions de l'attachée de presse. Vous me ferez donc une liste en précisant les quantités.

— Ce ne sera pas nécessaire…

— Mais…

Il fit tourner doucement son armagnac dans son verre.

— Je viens avec vous.

— Vous n'auriez pas votre comptant de sommeil. Même en prévoyant une courte sieste dans l'avion, ça vous fera une nuit de tout juste cinq heures.

Elle fouillait déjà dans son sac à la recherche d'un stylo.

— La vôtre ne sera pas plus longue.

Quand elle ouvrit la bouche pour répondre, il lui coupa la parole à sa manière silencieuse, d'un haussement de sourcils.

— Disons que je ne laisserai pas le soin de choisir mes fruits de mer à un amateur.

Juliet ne répondit pas et le regarda avaler sa gorgée d'armagnac dans cet état de recueillement profond où le plongeait la moindre expérience sensorielle. Etait-il réellement inquiet à l'idée de lui confier ses achats ? Ou appartenait-il plutôt à cette espèce désormais surannée que l'on appelait « gentleman » ? Malgré sa réputation de coureur invétéré et quoique passablement imbu de lui-même, il faisait manifestement partie de cette minorité d'hommes spontanément prévenants envers les femmes. Prévenants et non condescendants. Elle décida que, tout compte fait, elle lui pardonnait l'épisode avec Timothy.

— Buvez. Nous avons un avion à prendre.

Elle leva son verre et le fit tinter contre le sien. Peut-être en signe d'amitié.

— *Salute.*

Après cela, l'ambiance entre eux resta des plus pacifiques. Ils montèrent dans l'avion. Juliet indiqua sa place à Carlo et s'assura qu'il était bien installé. Elle refit un rapide calcul et dut se rendre à l'évidence : le temps de faire les courses, il serait minuit largement passé. *Ouille!* Avec un maximum de caféine, de la levure de bière et quelques vitamines, elle réussirait peut-être à aller jusqu'au bout de sa journée du lendemain.

— C'est juste un saut de puce. Vous aurez à peine le temps de fermer l'œil. A tout de suite, Carlo.

Elle voulut poursuivre son chemin dans l'allée centrale, mais il la retint par le poignet.

— Où partez-vous comme ça ?

— A ma place.

Il pointa le siège voisin du sien.

— Pourquoi ne voyagez-vous pas à côté de moi ?

— Parce que je suis en classe économique.

Elle avait hâte de s'asseoir. Elle dut s'aplatir contre le siège pour laisser la place aux passagers qui arrivaient derrière elle.

— Et pourquoi ça ? C'est idiot !

— Carlo… Je bloque le passage.

— Je veux une réponse !

Elle soupira comme une mère confrontée aux caprices d'une progéniture déraisonnable.

— Parce que l'éditeur qui vous publie et qui m'emploie

fait voyager ses auteurs à succès en classe affaires. Mais pas l'attachée de presse de base que je suis.

Elle prit un coup de sac de voyage dans la hanche. A coup sûr, elle aurait un bleu le lendemain !

— Maintenant, si vous voulez bien me lâcher, ça m'éviterait de me faire massacrer à chaque passage.

— Il n'y a quasiment personne en classe affaires. Il suffirait de faire surclasser votre billet.

Juliet réussit à se dégager.

— Arrêtez de vous rebeller contre le système, Carlo.

— Je ne me conforme *jamais* au système, lança-t-il en la regardant poursuivre son chemin dans l'allée.

Oui, vraiment, il aimait sa façon de se mouvoir.

— Monsieur Franconi !

Une hôtesse au sourire enthousiaste se penchait déjà sur son siège.

— Puis-je vous apporter quelque chose à boire après le décollage ?

— Quel vin blanc servez-vous ?

Pas très original, comme appellation, songea-t-il quand elle lui eut fourni la réponse, *rien de trop rébarbatif non plus*.

— Vous avez sans doute remarqué la jeune femme avec qui j'étais en conversation, il y a à peine une minute ? Des cheveux couleur de miel et le menton volontaire…

Le sourire de l'hôtesse ne perdit rien de son éclat, même si elle jugeait probablement regrettable qu'il ait l'esprit occupé par une autre femme.

— Bien sûr, monsieur Franconi.

— Apportez-lui un verre de votre vin blanc. Avec mes compliments.

Juliet aurait apprécié son siège côté couloir si son voisin n'était pas déjà en train de ronfler bruyamment. *Les joies du voyage*, songea-t-elle, fataliste, en retirant ses escarpins. Et comme elle avait de la chance, elle remonterait en avion dès la nuit suivante. Un vrai bonheur…

Cesse de te plaindre, Juliet. Lorsqu'elle aurait sa propre agence, elle enverrait quelqu'un d'autre sur les tournées de cauchemar.

L'homme à côté d'elle continua de ronfler, même pendant le décollage. De l'autre côté de l'allée, une femme à la voix suraiguë discutait à bâtons rompus avec son voisin. Juliet sortit quelques documents de son attaché-case et se mit au travail.

— Madame ?

Etouffant un bâillement, elle leva les yeux vers l'hôtesse.

— Excusez-moi, mais je n'ai rien commandé.

— Avec les compliments de M. Franconi.

Juliet accepta le verre de vin et regarda en direction de la classe affaires. Dieu qu'il était enjôleur, cet homme ! Il cherchait à déjouer ses résistances en déployant une offensive de charme.

Le pire, c'est que ça marchait !

Oubliant son agenda, elle soupira et ferma les yeux. Elle eut à peine le temps de finir son verre avant l'atterrissage, mais l'effet détente était là. Au point qu'elle n'avait plus qu'une envie : un lit douillet et une chambre aux rideaux tirés. Dans une heure — ou deux —, se promit-elle en récupérant son sac sous le siège.

Carlo l'attendait à l'avant de l'appareil en compagnie d'une très jeune et très belle hôtesse. Ni elle ni lui n'affichaient le moindre signe de fatigue.

— Ah, Juliet ! Deborah que voici vient de m'indiquer un très bon magasin ouvert vingt-quatre heures sur vingt-quatre où je devrais pouvoir me procurer les produits de qualité dont j'aurai besoin.

Juliet jeta un coup d'œil à la charmante et filiforme créature brune et réussit à lui sourire.

— Comme c'est pratique !

Il prit la main de Deborah et — oh, surprise ! — effleura ses doigts de ses lèvres.

— *Arrivederci.*

Juliet observa son manège d'un œil luisant d'ironie.

— Vous ne perdez jamais une occasion, n'est-ce pas ? déclara-t-elle dès qu'ils furent descendus d'avion.

— Chaque instant de vie est un instant à déguster, Juliet.

Elle ajusta son sac sur son épaule et se dirigea vers l'aire de récupération des bagages d'un pas martial.

— Quelle émouvante philosophie ! Vous devriez vous la faire tatouer, cette petite phrase.

— Où ?

Elle n'eut pas besoin de le regarder pour savoir qu'il souriait.

— Là où elle ressortira de la façon la plus attrayante, bien sûr.

Ils durent attendre leurs valises plus longtemps qu'elle ne l'aurait souhaité. Et lorsqu'ils eurent enfin rassemblé leurs bagages, les effets relaxants du vin s'étaient malheureusement dissipés. Mais fatigue ou pas fatigue, la journée était encore loin d'être terminée.

Elle leur trouva un taxi et donna l'adresse de l'hôtel. Comme elle se glissait sur le siège, à côté de Carlo, elle le surprit à sourire.

— Qu'est-ce qu'il y a de si drôle ?

— Vous êtes si efficace, Juliet. J'adore vous voir en pleine action.

— C'est un compliment ou une insulte ?

— Je n'insulte jamais les femmes.

Il le dit avec une telle simplicité qu'elle le crut. Contrairement à elle, Carlo affichait une enviable décontraction. Et il ne semblait même pas épuisé par sa longue journée.

— Si nous étions à Rome, je vous emmènerais dans

une petite taverne obscure pour boire un vin rouge qui monte à la tête et écouter de la musique.

Frissonnant dans la fraîcheur humide de la nuit, elle remonta la vitre.

— La tournée vous prive d'une vie nocturne digne de ce nom…

— Jusqu'à présent, je ne m'ennuie pas. La compagnie est assez stimulante.

— Demain, vous serez stimulé à souhait. Je vais vous tuer à la tâche.

Carlo dissimula un sourire en songeant à la vie qu'il avait menée depuis son plus jeune âge. A douze ans, déjà, il gagnait un peu d'argent en faisant la plonge. A quinze, il était serveur et passait tout son temps libre à étudier les sauces et les saveurs. Plus tard, à Paris, il avait combiné travail et études en gagnant sa vie comme cuisinier en second, le soir, dans un restaurant. Aujourd'hui encore, ses journées de travail dépassaient régulièrement les douze heures. Mais tous les détails de son passé ne figuraient pas dans la petite biographie léchée que Juliet avait rédigée pour les besoins de la communication.

— Travailler ne me dérange pas tant que le boulot m'intéresse. Et je crois que sur ce point, nous sommes semblables, vous et moi…

— Je travaille par nécessité, rectifia-t-elle. Mais c'est plus facile quand on aime ce qu'on fait.

— Je suis persuadé que le plaisir favorise la réussite. On voit que c'est le cas pour vous. L'ambition, sans une certaine forme de joie, devient glaciale et laisse un goût fade dans la bouche une fois qu'elle est satisfaite.

— Mais je suis ambitieuse.

— Ah, ça oui, j'en suis convaincu.

Il se tourna pour l'examiner, déclenchant en elle des palpitations.

— Mais vous n'êtes pas froide.

Juliet songea qu'il aurait été plus confortable pour elle qu'il ait eu tort sur ce point.

— Ah, nous voici à l'hôtel…

Soulagée de pouvoir s'affairer de nouveau, elle se pencha pour parler au chauffeur.

— Attendez-nous ici, s'il vous plaît. Nous déposons juste nos bagages. Nous avons encore une course à faire.

Laissant un chasseur prendre leurs valises, elle se dirigea vers la réception. Carlo lui emboîta le pas.

— Nos chambres bénéficient d'une vue magnifique sur la baie, semble-t-il. Un vrai gâchis sachant que nous n'aurons même pas le temps de l'admirer… M. Franconi et Mlle Trent, annonça-t-elle au réceptionniste de garde.

Un calme profond régnait dans l'hôtel. *Heureux les endormis paisiblement allongés dans leurs lits !* songea Juliet en repoussant une mèche vagabonde qui lui tombait devant les yeux. Elle était tellement fatiguée qu'elle voyait flou.

— Nous repartons aux aurores demain matin et nous n'aurons pas le temps de repasser dans la journée, alors soyez attentif à ne rien oublier dans votre chambre, Carlo.

— Je le serai. Mais vous vérifierez de toute façon par vous-même.

Elle lui jeta un regard en coin en signant son formulaire.

— Disons que c'est inclus dans le service.

Elle mit sa clé dans sa poche.

— Les bagages peuvent être montés tout de suite, indiqua-t-elle au chasseur en lui glissant discrètement un billet dans la main. Nous devons ressortir un moment, M. Franconi et moi.

Carlo la surprit en passant son bras sous le sien, tandis qu'ils sortaient de l'hôtel.

— C'est un aspect de vous que j'aime bien.

— Quel aspect ?

— Votre générosité. La plupart des gens en auraient

profité pour se dispenser de donner un pourboire au porteur.

Elle haussa les épaules.

— C'est facile d'être généreux avec l'argent d'autrui.

Carlo ouvrit la portière de leur taxi et s'effaça pour la laisser monter.

— Vous auriez pu — comment dit-on déjà ? — arnaquer le groom. Empocher le pourboire après l'avoir inscrit sur votre note de frais.

— Pour cinq dollars ? Ça ne vaut pas la peine d'être malhonnête !

— Rien ne vaut la peine que l'on triche.

Il donna l'adresse du magasin au chauffeur.

— Mon instinct me dit que si vous essayiez de mentir — je parle d'un véritable mensonge —, votre langue vous en tomberait de la bouche.

L'image la fit sourire.

— Je la perdrais souvent, cette pauvre langue, alors ! N'oubliez pas que je travaille dans la communication. Si je ne mentais pas, je serais au chômage.

— Je pensais à un authentique mensonge.

— N'y a-t-il pas contradiction dans les termes ?

— Peut-être êtes-vous trop jeune, Juliet, pour connaître la gamme nuancée des semi-vérités, des faux et vrais mensonges… Ah, magnifique ! Nous y voici. C'est quelque chose que j'aime bien dans votre pays. S'il vous prend une envie de chocolat au beau milieu de la nuit, rien ne vous empêche de la satisfaire. Tout y est éminemment pratique.

— Je suis ravie que l'Amérique fasse votre bonheur…

Elle se pencha vers le chauffeur.

— Attendez-nous encore un moment, s'il vous plaît.

Ils descendirent en hâte de la voiture.

— J'espère que vous avez votre liste de courses bien en tête. Si demain matin, en arrivant aux studios, vous

vous apercevez qu'il vous manque du poivre rose en grain ou Dieu sait quoi d'approchant…

— Franconi connaît ses recettes.

Il passa un bras autour de ses épaules, l'attira contre lui et l'entraîna dans le magasin.

— Votre première leçon de cuisine appliquée, ma chère Juliet : savoir choisir ses produits.

Il la conduisit d'abord au rayon fruits de mer où, avec force claquements de langue et marmonnements, il saisit et rejeta chaque coquillage tour à tour. Juliet avait vu des fiancées émues mettre moins de temps à se décider pour une alliance que Carlo Franconi pour sélectionner ses palourdes.

Elle se rendit utile ensuite en poussant le Caddie, pendant qu'il furetait dans les rayons, attentif au moindre détail. Il touchait à tout — boîtes, barquettes, bouteilles. Pendant qu'elle attendait patiemment, il soulevait, soupesait, faisait glisser un doigt d'artiste sur une étiquette et lisait toute la liste des ingrédients. Amusée par ce cérémonial, elle regardait cligner sa chevalière sous les néons.

— C'est affolant toutes les cochonneries qu'ils collent dans ces infâmes plats industriels cuisinés ! dit-il en reposant une boîte sur une étagère.

— Attention ! C'est mon alimentation de base que vous critiquez.

— Je suis surpris que vous ne soyez pas encore gravement malade.

— La nourriture préemballée a libéré la femme américaine de l'esclavage domestique.

— Et détruit plusieurs générations de papilles gustatives.

Malgré l'heure tardive, il prit tout son temps pour choisir ses épices et aromates avec le plus grand soin. Deux sachets et un pot d'origan de marques différentes furent ouverts et reniflés avant qu'il ne fixât son choix.

— Je sais que je viens de vous dire que j'adorais l'esprit

pratique de vos compatriotes, Juliet, mais c'est quand même autre chose de parcourir un vrai marché romain en plein air pour faire ses achats ! Discuter avec mes producteurs attitrés qui présentent des légumes ramassés le matin même ; trouver la pêche du jour sur les étals. Tout est en boîte, ici, même la musique !

Il parcourut chaque rayon sans en manquer un seul, mais la fascination avait chassé la fatigue de Juliet. Elle n'avait encore jamais vu personne faire ses courses comme Carlo Franconi. C'était un peu du même ordre que de visiter un musée avec un étudiant aux Beaux-Arts.

Il fronça les sourcils en examinant les différentes farines proposées. Juliet craignit un instant qu'il ne déchire un paquet pour en tester le contenu.

— C'est une bonne marque, ça ?

Elle ne se souvenait pas de la dernière fois qu'elle avait eu l'occasion d'acheter ce genre d'ingrédient.

— C'est celle qu'utilise toujours ma mère, mais…

— Très bien. Je la prends, alors. Il faut toujours faire confiance aux mères.

— La mienne n'a jamais été la reine des fourneaux.

Carlo plaça la farine dans le Caddie d'un geste déterminé.

— Une mère est une mère !

— Drôle de considération pour un homme dont toute mère devrait se méfier.

— Pour les mères, j'ai le plus grand respect. Il se trouve que j'en ai une, moi aussi. Bon, maintenant, il nous faut des champignons, des poivrons et de l'ail. Ni en poudre. Ni en boîte. Frais.

Il inventoria les légumes en touchant, pressant, reniflant. Juliet regarda prudemment autour d'elle pour s'assurer qu'aucun vendeur ne les voyait. C'était une chance, tout compte fait, qu'ils fassent leurs courses à minuit plutôt qu'à midi — à cette heure-ci, au moins, il y avait un minimum de personnel dans le magasin.

— Carlo..., murmura-t-elle malgré tout, ce n'est pas tellement dans nos habitudes de tripoter les produits comme ça.

— Si je ne touche pas, comment faire la différence entre ce qui est bon et ce qui est simplement beau ?

Il lui adressa un clin d'œil par-dessus l'épaule.

— Je vous ai déjà dit que la nourriture avait beaucoup de points communs avec les femmes.

— Ah, ça, c'est raffiné, comme compliment !

— Oh ! Regardez ces cèpes ! Ils les ont empilés dans une barquette avec un film plastique dessus. C'est scandaleux !

Secouant la tête d'un air choqué, il retira le plastique.

— Carlo ! Non ! Vous ne pouvez pas faire ça !

— Je ne vais pas acheter des champignons inutilisables. Voyez comme ceux-là sont petits et vilains...

Il commença à trier tranquillement le contenu de la barquette.

— Ecoutez, vous pourrez jeter tous les champignons que vous voudrez quand nous serons de retour à l'hôtel.

Guettant le gérant de nuit du coin de l'œil, Juliet entreprit de récupérer les cèpes qu'il avait rejetés.

— Achetez deux barquettes au lieu d'une, s'il le faut.

— C'est du gaspillage. Vous ficheriez votre argent en l'air comme ça ?

— Pas mon argent, celui de l'éditeur, se hâta-t-elle de rectifier, en plaçant la barquette ouverte dans le Caddie. Il sera très heureux de gaspiller un peu d'argent pour la bonne cause. Enthousiaste même.

Carlo secoua la tête.

— Non, je ne peux pas acheter pour jeter. C'est immoral.

Mais lorsqu'il voulut ressortir la barquette du chariot, Juliet s'interposa.

— Carlo, si vous ouvrez un second paquet, nous allons nous faire arrêter et nous passerons la nuit au commissariat.

— C'est plus honorable que de payer pour des champignons qui finiront à la poubelle.

Elle sourit, mais resta ferme.

— Non.

Avant qu'elle ait pu réagir, il lui caressa les lèvres du bout de l'index.

— Bon, je le fais pour vous. Mais c'est contre mes principes.

— *Grazie*. Vous avez tout ce qu'il vous faut ?

Son regard suivit paresseusement le chemin que son doigt venait de tracer avec une infinie lenteur.

— Non.

— Que vous faut-il d'autre ?

Il fit un pas en avant. Et comme elle n'avait pas anticipé la manœuvre, elle se retrouva prise en étau entre le Caddie et lui.

— Aujourd'hui, c'est le jour des premières leçons, murmura-t-il en prenant son visage entre ses mains.

Elle aurait dû en rire. L'idée même qu'il puisse tenter quoi que ce soit sous les néons glacés du rayon légumes d'un hypermarché relevait de l'hypothèse la plus comique. Carlo Franconi, l'homme qui cultivait l'art de la séduction avec autant d'exigence et de précision que celui de la gastronomie, soignait forcément ses décors.

Mais ce qu'elle lut dans ses yeux ne lui donna pas envie de rire.

Lorsqu'il sentit la douceur de sa peau sous ses doigts, Carlo songea que certaines femmes avaient besoin de lenteur. De lenteur et de temps. Certaines femmes savaient pour ainsi dire dès la naissance ; d'autres restaient dans le questionnement.

Avec Juliet, il serait attentif à ne rien bousculer, car il comprenait. Il croyait comprendre, en tout cas.

Elle ne résista pas, mais ses lèvres s'entrouvrirent de surprise. Il y posa les siennes avec douceur, mais pas comme s'il demandait une permission. Les yeux de Juliet lui avaient déjà donné la réponse.

Il ne se hâta pas. Peu lui importait qu'ils se trouvent dans un endroit public où les lumières étaient froides et la musique préfabriquée. Il lui fallait là, maintenant, goûter à la poésie de ses lèvres. Alors, il goûtait. Et goûtait encore. Sans contraindre ni exiger.

Elle se raccrocha au Caddie derrière elle, les doigts enroulés sur la barre en métal, tout en se demandant pourquoi elle ne se dérobait pas. Elle n'avait qu'un geste à faire pour l'écarter d'elle et sortir à grands pas offusqués du magasin. Il n'avait aucune prise physique sur elle, ne la retenait pas. Ses mains encadraient juste son visage, vivantes et chaudes, sans être insistantes cependant. Elle pouvait bouger. Agir. Elle le devait !

Elle ne le fit pas.

Le pouce de Carlo glissa sous son menton, traçant une lente caresse. Sous ses doigts, il sentit son pouls qui s'affolait. Il ne brusquait rien, n'exigeait rien, n'envisageait pas d'aller plus loin, d'ailleurs, que ce simple effleurement rêveur. Mais lui qui croyait déjà tout savoir, tout deviner, n'avait pas prévu qu'une saveur unique, entêtante et inconnue viendrait frapper ses sens étonnés.

Ni l'un ni l'autre ne sut qui fit le pas suivant. Peut-être l'amorcèrent-ils d'un même mouvement. La bouche de Carlo avait cessé d'être indolente ; celle de Juliet avait perdu de sa passivité. Elles se rencontrèrent, fougueuses, et demeurèrent soudées.

Les doigts de Juliet ne se raccrochaient plus au métal du Caddie mais à la largeur des épaules de Carlo. Leurs corps s'accordaient. A la perfection. Elle aurait dû y voir un avertissement. Donner sans réfléchir ne faisait pas partie de ses pratiques. Jusqu'à maintenant du moins. En donnant, elle recevait aussi, mais c'était un nouvel équilibre comptable qu'elle n'avait encore jamais envisagé.

Les lèvres de Carlo étaient généreuses. Chaudes contre les siennes. Ses mains tenaient toujours son visage, mais plus fermement à présent. Elle n'aurait pu s'éloigner si facilement. L'idée de l'écarter et de se détourner lui était sortie d'ailleurs de l'esprit.

Lui pensait connaître de la femme tout ce qu'il était possible d'en attendre, glace, feu ou tentation. Mais la leçon, en cet instant, était pour lui autant que pour elle. Avait-il déjà éprouvé cette chaleur particulière ? Goûté à une douceur semblable à celle de Juliet ? Non, car il s'en serait souvenu. Il n'oubliait jamais ni saveurs ni sensations. Jamais.

Il connaissait la morsure, l'emportement du désir. Mais il ignorait tout de cette ardeur rêveuse qui soulève, emporte et balaie la raison, et vous arrache à vous-même. Il ignorait ce type particulier de vertige qui n'était pas un simple étourdissement des sens. Il se laissa aller à l'expérience. Et sut qu'il ne l'oublierait plus jamais.

Il savait aussi qu'un homme avisé se donne toujours le temps du recul lorsqu'il se trouve à l'extrême bord d'une falaise, un pied déjà dans le vide. Lâchant une exclamation sourde, il reprit son souffle. Et ses esprits.

Désarçonnée, Juliet dut se raccrocher au Caddie pour conserver son équilibre, se traitant tout bas d'idiote.

— C'était bien, dit Carlo doucement. Vraiment très bien, Juliet.

Elle n'était pas une oie blanche, se souvint-elle, effarée de sentir son cœur cogner de cette façon. Mais une femme de son époque. Forte. Indépendante. A l'aise avec elle-même et avec sa sexualité.

— Je suis ravie de votre approbation ! répondit-elle aigrement.

Il lui prit la main avant qu'elle ne se mît à pousser violemment le Caddie en direction des caisses.

— Ce n'est pas de l'approbation que j'exprime, *cara*, mais une forme de reconnaissance.

— Dorénavant, contentez-vous d'être reconnaissant pour le travail que je fais, d'accord ?

D'un geste nerveux, elle reprit sa liberté de mouvement. Indifférente au soin que Carlo avait mis à choisir ses produits, elle les plaça sans ménagement sur le tapis roulant.

— Vous n'avez pas élevé d'objections, lui rappela-t-il.

Il lui avait fallu un moment pour reprendre son équilibre, à lui aussi. Mais il s'était bien ressaisi. Suffisamment pour lui sourire avec assurance.

Juliet l'aurait étranglé.

— Si je n'ai pas élevé d'objections, comme vous dites, c'est pour éviter une scène embarrassante en public.

Il sortit lui-même les poivrons avant qu'elle leur fît un sort.

— Je vois que pour ce qui est de mentir, vous commencez à faire des progrès.

Elle le fusilla du regard.

— La vérité, vous ne seriez pas capable de la reconnaître, même si vous tombiez dedans tête la première !

— Faites donc attention à ces champignons, *cara*. Je ne voudrais pas qu'il leur arrive quelque chose. J'ai une affection toute particulière pour eux, maintenant.

Elle jura suffisamment fort pour surprendre la caissière. Carlo sourit de plus belle et songea à la leçon numéro deux.

A prévoir, bien sûr. Et sans trop attendre.

4

Il y avait des jours où les choses semblaient vouées à aller de travers, mais s'arrangeaient *in extremis*. Et puis il y en avait d'autres où c'était la dégringolade sans fin…

Juliet attribua une partie de sa mauvaise humeur du matin à une seconde nuit d'insomnie, tout aussi agitée que la première. Ce n'était pourtant pas le moment de dilapider son précieux capital sommeil ! Pour ce qui était de l'insomnie, elle tenait le coupable. Mais ce n'était pas vraiment une consolation, puisqu'elle aurait préféré mourir plutôt que d'en faire ouvertement le reproche à Carlo. Quant au désastre chez Gallegher's, il l'aurait fait bouillonner de rage de la même manière, si elle avait eu huit bonnes heures de sommeil à son actif. Sauf que le bouillon n'aurait peut-être pas débordé de la marmite.

Pour commencer, Carlo avait insisté pour l'accompagner dans le grand magasin avant que sa présence sur place ne soit nécessaire. Ou désirée. Or Juliet n'avait aucune envie de passer deux heures d'une journée qui promettait d'être longue et difficile avec, dans les jambes, un chef italien sûr de lui, suffisant et égocentrique. Un chef italien qui avait l'air, *en plus*, de revenir tout droit de deux semaines noyées de soleil à se faire bronzer à Palm Beach.

Et à en juger par la mine réjouie qu'il arborait, tandis qu'ils faisaient le court et humide trajet en taxi entre les studios et le centre commercial, il ne manquait pas de sommeil, *lui*. Alors que toutes les affiches vantaient le climat ensoleillé de la Californie, il pleuvait dru — le genre de pluie à grosses gouttes qui, en l'espace d'une minute, avait réduit à néant les efforts de Juliet pour se composer quelque chose qui ressemblait à une coiffure.

Carlo regardait par la vitre, appréciant la balade en ville. Il aimait la danse joyeuse de la pluie dans les flaques. Il n'avait même pas pesté lorsqu'il avait entendu tomber les premières gouttes à l'aube, à une heure où il aurait normalement dû être endormi.

— C'est agréable, ce son. Très cosy, comme on dit chez vous. Le paysage semble plus subtil.

Interrompue dans sa contemplation morne du ciel, Juliet tourna la tête vers lui.

— Pardon ?

Il nota les légers cernes sous ses yeux. Bien. Leur baiser de la veille ne l'avait donc pas laissée indifférente.

— La pluie… Elle change le visage du monde.

En temps normal, Juliet aurait partagé son impression. Courir jusqu'à la bouche de métro la plus proche sous l'orage ne lui avait jamais fait peur. Pas plus que de flâner sous la bruine sur la Cinquième Avenue. Mais aujourd'hui, elle considérait comme son bon droit de voir le côté négatif de l'affaire.

— Votre jolie pluie poétique risque de vous priver d'au moins dix pour cent du public, pour votre démonstration culinaire.

Il haussa les épaules avec une nonchalance non feinte.

— Et alors ?

S'il y avait une chose dont elle n'avait pas besoin en ce moment, c'était de ce genre d'acceptation détachée.

— Carlo, si nous faisons tout ça, c'est dans le but d'obtenir le maximum de couverture médiatique.

Il lui tapota la main.

— Vous ne songez qu'aux chiffres, Juliet. Pensez plutôt

à mes *pasta con pesto*. Dans quelques heures, tout le monde n'aura plus qu'elles en tête.

— Je ne suis pas aussi centrée que vous sur les plaisirs de la nourriture, marmonna-t-elle.

Elle n'en était pas moins impressionnée qu'il ait pu préparer amoureusement sa première platée de *linguine* à 6 heures du matin, puis la seconde devant les caméras deux heures plus tard. Les deux avaient été un sommet de raffinement et de savoir-faire à l'italienne. Carlo lui-même, vaquant à ses fourneaux, avait eu l'air d'une star de cinéma en vacances plus que d'un chef cuisinier en activité. Et c'était précisément l'image qu'elle s'était employée à donner de lui depuis le début. Son interview, durant l'émission du matin, s'était déroulée à la perfection. Elle soupira. Ce constat aurait dû la réjouir, mais il n'avait servi qu'à accroître son pessimisme quant à la suite de leur programme.

— Avec un emploi du temps comme celui d'aujourd'hui, l'idée même d'avaler quoi que ce soit me retourne l'estomac.

— C'est parce que vous n'avez pas pris de petit déjeuner, ce matin.

— Des pâtes aux fruits de mer à 8 heures du matin ? Vous appelez ça un petit déjeuner, vous ?

— Mes *linguine* sont bonnes à toute heure.

Juliet salua cette affirmation d'un petit rire sec et s'élança hors du taxi pour courir jusqu'à l'entrée du centre commercial. Carlo réussit néanmoins à arriver avant elle et lui tint la porte ouverte.

— *Grazie.*

Une fois à l'abri, elle passa la main dans ses cheveux tout en se demandant si elle pouvait espérer obtenir un café dans un délai raisonnable.

— Vous n'avez rien à faire du tout pendant les deux heures qui viennent, Carlo.

L'idée de l'avoir sur le dos pendant la mise en place n'était pas faite pour améliorer son humeur.

— Parfait. Je vais en profiter pour me balader, alors.

Les mains dans les poches, il regarda autour de lui. Le hasard avait voulu qu'ils aient choisi l'entrée du centre commercial qui donnait pile sur le rayon lingerie.

— Je trouve vos grands magasins fascinants !

Elle laissa fuser un petit rire sarcastique en le regardant manipuler avec intérêt le bord en dentelle d'un minuscule caraco.

— Je vois ça, oui. Vous pouvez venir d'abord avec moi là-haut, si vous le souhaitez.

— Oh, non. Ne vous inquiétez pas pour moi, je vais trouver à me distraire.

Une vendeuse — le genre de fille que l'on avait envie de regarder deux fois plutôt qu'une — ajusta un déshabillé sur un cintre en lui adressant un sourire éblouissant.

— Je pense que je vais me promener un peu pour me faire une idée de ce qu'on trouve dans vos magasins... A priori, je suis déjà sous le charme, ajouta-t-il, en rendant son sourire à la vendeuse.

Observant l'échange, Juliet fit un effort pour ne pas laisser tomber une remarque acerbe.

— Très bien. Veillez juste...

— ... à me trouver au troisième étage pour l'animation, à 11 h 45, conclut-il.

A sa façon amicale et bon enfant, il l'embrassa sur le front. Elle se demanda comment il pouvait la toucher comme le ferait un gentil tonton et la faire frissonner à la manière d'un amant.

— Croyez-moi, Juliet, aucune parole tombée de vos lèvres ne sombre jamais dans l'oubli.

Il lui prit la main et lui caressa la paume avec le pouce. Un geste qui n'avait plus rien d'avunculaire.

— Je vous achèterai un cadeau.

— Ce n'est pas nécessaire.

— Une nécessité, non. Un plaisir, oui. Ce qui est nécessaire est rarement plaisant.

Juliet dégagea sa main en essayant de ne pas laisser son imagination divaguer sur ce que Carlo Franconi avait à offrir à une femme en termes de plaisirs non nécessaires.

— S'il vous plaît, soyez à l'heure, Carlo.

— J'excelle dans l'art du timing, *mi amore*.

Elle n'en doutait pas. Comme elle ne doutait pas non plus qu'il se fût mis à flirter avec la fille du rayon lingerie, à peine avait-elle tourné le dos pour se diriger vers l'ascenseur.

Dix minutes plus tard, cependant, elle avait oublié le penchant de Carlo pour séduire tout ce qui lui tombait sous la main. Elle avait plus urgent à gérer... La petite assistante à la voix flûtée assurait toujours le remplacement du responsable habituel des animations, cloué au lit par sa grippe. Elise était jeune, mignonne ; elle avait tout de la pom-pom girl, le physique et le côté déluré qui allait avec. Mais elle était complètement dépassée.

— Bon... Si nous nous mettions au travail, Elise ? suggéra aimablement Juliet, résolue à rester optimiste. Carlo Franconi aura besoin d'un espace pour cuisiner, au rayon cuisine. Tout a été prévu ?

Elise lui sourit à pleines dents.

— Bien sûr ! J'ai demandé à mes collègues du rayon sport qu'ils nous prêtent une table de camping pliante.

Juliet se répéta mentalement plusieurs fois que la diplomatie était une des règles fondamentales en relations publiques avant de reprendre :

— Je pense que nous aurons besoin de quelque chose d'un peu plus solide. Peut-être un des îlots, afin que M. Franconi puisse cuisiner tout en restant face au public. Nous en étions convenus avec votre collègue.

— Ah...

Le regard d'Elise se vida un instant de toute expression, puis son visage s'éclaira de nouveau.

— Ah, mais oui ! Pourquoi pas ?

— Pourquoi pas, en effet, acquiesça Juliet avec une patience qu'elle jugea angélique. Nous avons prévu de réaliser un plat assez simple pour faciliter la démonstration. Vous avez bien la liste de tous les ingrédients ?

— Ah, oui, oui. La recette a l'air délicieuse, d'ailleurs. Je suis végétarienne, vous savez ?

Juliet voulait bien le croire. Avaler une platée de boulgour devait être le point culminant des journées de cette fille !

— Elise, je suis désolée si je vous donne l'impression de vous bousculer, mais il est important que nous procédions à la mise en place le plus rapidement possible.

— Mais bien sûr.

Coopérative en diable, Elise lui adressa un de ses sourires inaltérables.

— Qu'aimeriez-vous savoir ?

Juliet éleva une muette prière pour rester calme. Elle songea aux échanges qu'elle avait eus avec son collègue, un homme qui, très clairement, maîtrisait son métier.

— M. Francis est-il vraiment très malade ?

Elise hocha la tête et ses cheveux, d'une blondeur toute californienne, volèrent autour de son visage.

— Affreux ! On ne le reverra pas avant la semaine prochaine.

Rien à espérer de ce côté-là, donc. Faisant alors contre mauvaise fortune bon cœur, Juliet planta son regard le plus professionnel dans le sien.

— Bon, allez, on démarre ! Qu'est-ce que vous avez prévu ?

— Eh bien, nous avons un nouveau robot ainsi que de très jolis bols du rayon articles ménagers.

Juliet faillit se détendre.

— C'est très bien. Et pour le piano de cuisson ?

Elise sourit.

— Le piano de cuisson ?

— M. Franconi ne peut pas cuisiner sans cuisinière. C'était indiqué sur la liste que nous vous avons fournie.

— Ah... Il nous faudra de l'électricité pour ça, je suppose ?

Juliet croisa les mains pour éviter de les crisper dangereusement.

— Vous supposez bien. Pour le robot aussi, nou aurons besoin d'une prise.

— Je pense que je ferais mieux de voir avec le service d'entretien.

— Oui, vous feriez bien, en effet.

Tact. Diplomatie. Juliet se répéta les deux mots comme un mantra, alors que ses mains la démangeaient de saisir la chère Elise par le cou et de serrer, serrer...

— Pendant ce temps, je vais faire un tour côté cuisines. Pour choisir celle qui conviendra le mieux.

— Génial ! Peut-être que M. Franconi pourra donner son interview sur place ?

Juliet fit deux pas avant de stopper net.

— Quelle interview ?

— Avec la chroniqueuse gastronomique du *Sun*. Elle vient à 11 h 30.

Juliet consulta son planning pour leur étape à San Diego avec un calme et une attention qui faisaient illusion, même si elle en connaissait chaque mot par cœur.

— Il n'y a pas d'interview prévue à cette heure.

— Ça s'est décidé à la dernière minute. J'aurais peut-être dû vous prévenir ?

Sourire réjoui de la demoiselle ; profonde inspiration de Juliet. Si elle commençait tout de suite, elle parviendrait certainement à tout mettre en place dans les temps.

— Comment puis-je joindre la direction ?

— Dans mon bureau. Je vais vous montrer. Je peux faire quelque chose, sinon ?

Un choix de réponses cinglantes vinrent à l'esprit de Juliet. Restant *diplomate*, elle les rejeta une à une.

— Apportez-moi un café bien serré. Avec deux sucres.

Puis elle releva ses manches et se mit au travail.

A 11 heures, la cuisine du chef était fin prête. L'îlot, le piano de cuisson, les ingrédients : tout y était. Un coup de fil et un minimum de subtilité avaient suffi pour qu'elle obtienne en prime deux superbes bouquets, gracieusement offerts par la fleuriste du centre commercial.

Elle en était à son troisième café et envisageait de s'en faire apporter un quatrième, lorsque Carlo apparut, déambulant, dans son champ de vision.

— Ah, Carlo ! Je désespérais de vous voir.

Elle vida le fond de son gobelet.

— J'ai bien cru que j'allais devoir organiser une battue pour vous retrouver.

— Une battue ?

Il jeta un coup d'œil négligent sur le décor qu'elle avait planté pour lui.

— Je suis venu dès que j'ai entendu l'appel.

— C'était le cinquième.

— Ah bon ?

Il se tourna vers elle pour lui adresser un sourire serein. Juliet se sentait échevelée, rouge et à bout de nerfs. Lui avait l'air de sortir tout droit des pages glacées de *Vogue Hommes International*.

— Je viens juste de l'entendre. Il faut dire aussi que j'ai passé pas mal de temps avec un casque sur la tête à écouter quelques merveilleux enregistrements d'opéra. Italien, bien sûr.

— J'en suis ravie pour vous.

Elle passa une main lasse dans ses cheveux déjà passablement en bataille.

— Est-ce qu'il y a un problème, Juliet ?

— Oui, et il se prénomme Elise ! Trois fois, j'ai été sur le point de commettre un meurtre par strangulation lente. Si cette fille me sourit encore une fois, je pourrais bien passer à l'acte.

Elle balaya ces considérations d'un geste impatient de la main. Ce n'était pas le moment de se laisser aller à des fantasmes meurtriers, même s'ils soulageaient délicieusement son humeur.

— Disons, pour résumer, que l'organisation n'était pas tout à fait au point.

— Mais vous avez tout réglé à la perfection.

Il se pencha pour examiner le piano de cuisson, comme un coureur automobile ferait le tour de son véhicule avant les 24 Heures du Mans.

— Parfait !

— Estimez-vous heureux de pouvoir cuisiner à l'électricité et pas seulement à la force de votre imagination, marmonna-t-elle. Et vous avez une interview dans une demi-heure avec une chroniqueuse gastronomique du *Sun*, une certaine Marjorie Ballister.

Concentré sur le robot, il salua la nouvelle d'un simple mouvement d'épaules.

— Si je l'avais su à l'avance, poursuivit Juliet, j'aurais pu me renseigner sur son style et ses préférences. Mais…

— *Non e importante.* Vous vous tourmentez beaucoup trop, Juliet.

Elle l'aurait volontiers embrassé. Par gratitude — uniquement par gratitude, bien entendu —, mais elle l'aurait embrassé. Considérant que ce ne serait pas très avisé, elle se contenta de lui sourire.

— J'apprécie votre attitude, Carlo. Après avoir passé une heure à batailler avec l'inepte, l'insupportable et le bizarre, c'est un soulagement pour moi d'être avec quelqu'un qui prend les choses comme elles viennent.

— Franconi prend toujours la vie comme elle vient.

Juliet s'effondrait sur une chaise, prête à s'accorder cinq minutes de répit bien mérité, lorsque la foudre s'abattit avec la violence d'un orage d'été.

— *Madre de dio!* C'est quoi, cette plaisanterie ? On se moque de moi ?

Elle se releva d'un bond pour fixer le pot d'épices que Carlo tenait à la main.

— Quelqu'un a décidé de saboter mon travail, c'est ça ?

Quelle mouche l'avait piqué, tout à coup ? Pourquoi hurlait-il comme s'il venait de subir un affront majeur ?

— Comment ça, saboter votre travail ? Où est le problème ?

Il lui secoua le pot sous le nez.

— Là ! Il est *là*, le problème ! Quel nom donnez-vous à cette *chose* ?

— C'est du basilic, je crois…

Elle sentit un début d'insécurité la gagner sous le regard furibond qu'il dardait sur elle.

— C'est bien ce que vous aviez indiqué sur votre liste, non ?

— Du basilic ! Vous osez appeler ça du basilic !

Il partit dans une vigoureuse tirade en italien.

N'oublie pas que c'est ton boulot de rester calme, Juliet.

— Carlo, regardez : c'est indiqué « basilic », là, en grosses lettres.

Il proféra un juron particulièrement énergique et lui colla le pot dans les mains.

— Dans toutes vos super notes, est-il écrit quelque part que Franconi cuisine avec du basilic séché ?

— Du basilic, c'est du basilic, riposta-t-elle entre ses dents serrées. b-a-s-i-l-i-c.

— *Frais*. Sur votre liste, c'est marqué « frais ». Même le dernier des amateurs n'aurait pas l'idée de préparer une sauce au pesto avec du basilic séché ! Ai-je l'air d'un amateur, Juliet ?

Elle ne lui dirait pas de quoi il avait l'air. Plus tard, peut-être, admettrait-elle en privé que la colère lui allait comme un gant. Sa rage lui donnait une allure assez spectaculaire. Ténébreuse, déraisonnable, mais spectaculaire.

— Carlo, je suis bien consciente que la situation ici n'est pas aussi idéale que nous pourrions le souhaiter l'un et l'autre, mais…

— Je n'ai pas besoin que ce soit parfait ! Je peux cuisiner dans une bouche d'égout, s'il le faut. Mais je ne transige *jamais* sur la qualité de mes ingrédients, vous m'entendez ? Jamais !

Elle ravala — non sans difficulté — sa fierté, son humeur et son opinion. Un petit quart d'heure seulement les séparait de l'interview.

— Je suis désolée, Carlo. Si vous pouviez juste accepter de faire une concession, exceptionnellement, nous…

— Une *concession* ?

Il prononça le mot avec une telle répugnance qu'elle comprit que la bataille était perdue.

— Vous demanderiez à Picasso de faire une *concession* ? De tricher un peu avec ses couleurs ?

Juliet glissa le pot dans sa poche, vaincue.

— Bon. Quelle quantité de basilic frais vous faut-il ?

— Trois bouquets.

— Vous les aurez. Autre chose ?

— Un mortier et un pilon. En marbre.

Juliet regarda sa montre. Elle avait trois quarts d'heure pour dégoter le tout.

— O.K. Assurez l'interview. Moi, je m'occupe des courses. Nous démarrons la démonstration à midi.

Il ne lui restait plus qu'à croiser les doigts pour que quelqu'un ait eu l'heureuse idée d'ouvrir une épicerie fine dans un rayon de dix kilomètres.

— Souvenez-vous de donner le titre de votre livre et de mentionner la prochaine étape de la tournée. Nous aurons une démonstration dans un autre Gallegher's à Portland, ça fera le lien. Tenez…

Elle fouilla dans son sac et en sortit une photo.

— Vous pourrez toujours remettre votre charmant portrait à la journaliste du *Sun*, si je ne suis pas de retour à temps. Elise n'a rien dit au sujet d'un photographe.

— Vous avez envie de prendre cette jeune évaporée par la peau du cou pour l'émincer en fines lamelles, pas vrai ? Je ne vous ai encore jamais entendue jurer comme ça, *sotto voce*.

— Je la découperais sans hésitation, oui. Tenez, prenez aussi un exemplaire du livre au cas où. La journaliste pourra le garder si elle le souhaite.

— Je me charge d'elle. Occupez-vous de mon basilic.

Quelques fiévreux coups de fil plus tard, Juliet avait obtenu l'adresse d'un magasin spécialisé en produits méditerranéens. Le trajet frénétique, sous une pluie toujours battante, ne contribua en rien à améliorer son humeur. Sans parler du prix d'un pilon et d'un mortier en marbre. Jetant un coup d'œil à sa montre, elle se dit qu'elle n'avait pas le temps d'avoir des humeurs. Fourrant dans un sac ce qu'elle considérait être les excentricités de Carlo, elle regagna au pas de course le taxi qui l'attendait.

A 11 h 50 très précisément, elle sortait, trempée jusqu'aux os, de l'ascenseur au troisième étage. La première chose qu'elle vit fut Carlo, nonchalamment installé dans un fauteuil en rotin, en grande conversation avec une quinquagénaire rondelette munie d'un carnet et d'un stylo. Il avait l'air irrésistible, affable et… *sec*. L'idée de lui enfoncer son satané pilon dans l'oreille lui traversa fugitivement l'esprit.

— Ah, Juliet !

Carlo se leva à son approche, charmant comme à son habitude.

— Il faut que vous fassiez la connaissance de Marjorie. Figurez-vous qu'elle est passée récemment par Rome et qu'elle connaît ma cuisine.

— Et j'ai adoré chaque bouchée ! Comment allez-vous ? Vous devez être *la* Juliet Trent dont Carlo vient de me chanter les louanges.

Chanter les louanges ? Non, elle ne se laisserait pas amadouer par une manœuvre aussi simpliste ! Elle posa son sac sur la table et échangea une poignée de main avec Marjorie.

— Enchantée. J'espère que vous pourrez rester pour la démonstration ?

— Je ne la manquerais pour rien au monde. Ne serait-ce que pour la dégustation qui suivra, précisa-t-elle avec un sourire lumineux à l'intention de Carlo.

Juliet en ressentit une pointe de soulagement. Au moins un point positif dans tout ce désastre. Ou elle se trompait fort, ou Carlo était sur le point de faire l'objet d'un article dithyrambique.

Son chef italien préféré avait déjà puisé ses bouquets de basilic dans le sac. Il y plongea aussitôt le nez.

— Très bien. Parfait. C'est tout à fait ça. Excellent !

Il soupesa le mortier et le pilon.

— Vous verrez, Juliet, qu'une partie du public a déjà commencé à s'installer autour de notre scène improvisée. Nous nous sommes donc réfugiés ici, Marjorie et moi, sachant que vous nous verriez en sortant de l'ascenseur.

— Très bonne initiative.

Ils s'étaient bien débrouillés, tous les deux, il fallait le reconnaître. Rien à dire de ce côté-là. Cherchant Elise des yeux, Juliet la vit papoter joyeusement au sein d'un petit groupe. Au moins une qui n'était pas tourmentée par l'inquiétude ! constata-t-elle avec une ironie mauvaise.

Mais elle s'était résignée à n'attendre aucune aide de sa part. Bien... Cinq minutes aux toilettes pour procéder à une remise en état générale et elle devrait réussir à tenir le timing.

— Vous avez tout ce qu'il vous faut, à présent, *maestro* ?

N'échappèrent à Carlo ni la pointe d'irritation dans sa voix ni sa main, qu'il attrapa entre les siennes.

— *Grazie, cara mia*. Vous avez été merveilleuse.

Elle aurait préféré retrousser les lèvres et pousser un feulement de fauve en colère. Mais elle lui rendit poliment son sourire.

— Je fais mon travail, rien de plus. Il vous reste encore quelques minutes avant d'entrer en scène. Si vous voulez bien m'excuser un instant, j'ai quelques petits détails à régler et j'arrive.

Elle garda une démarche digne et posée tant qu'elle fut dans leur champ de vision, puis elle courut jusqu'aux toilettes, tirant déjà sa brosse de son sac pour gagner quelques précieuses secondes.

Carlo sourit en inspectant amoureusement son basilic.

— Qu'est-ce que je vous avais dit ? Elle est fabuleuse !

— Et si jolie..., acquiesça Marjorie. Même mouillée et les nerfs à vif.

Avec un rire joyeux, Carlo délaissa son basilic pour prendre les deux mains de la journaliste dans les siennes. Il avait besoin de toucher. Toujours.

— Vous êtes perspicace, Marjorie. Très perspicace. Je savais que vous me plairiez.

Marjorie fit entendre un petit rire charmé, qui disait sa sensation d'avoir perdu d'un coup vingt ans et dix bons kilos. Rajeunir les femmes était un des talents de Carlo, talent dont il usait avec une générosité inlassable.

— Une dernière question, Carlo, avant que votre

merveilleuse miss Trent ne vous enlève à moi. Vous arrive-t-il encore de vous envoler pour Le Caire ou São Paulo, afin de réaliser l'une de vos créations pour quelque milliardaire enchanté, en échange d'une rémunération vertigineuse ?

Il y avait eu un temps, en effet, où c'était devenu pour lui une habitude de cuisiner d'un bout à l'autre de la planète.

Il garda le silence un moment, revivant les années de sa carrière où son succès était devenu international. Globe-trotter des fourneaux, il avait fait les voyages les plus spectaculaires, les plus glamour, un peu partout dans le monde, apportant le raffinement de la gastronomie italienne tantôt à un prince, tantôt à un magnat des affaires, tantôt à une rentière riche à millions. Cette période de sa vie avait été enivrante, riche en rencontres.

Puis il avait ouvert son propre restaurant et avait découvert qu'un lieu de création stable lui apportait des satisfactions beaucoup plus profondes que l'éclat, même médiatisé, d'une performance unique.

— Ça m'arrive encore, mais de façon très épisodique. Il y a deux mois, le duc d'Ollières fêtait son anniversaire. Comme c'est un vieil ami, un client fidèle, et qu'il a la faiblesse d'adorer ma cuisine, j'ai accepté. Mais mon restaurant est une maîtresse exigeante. Il ne me laisse plus le temps de vagabonder.

Une pensée lui traversa soudain l'esprit et son regard sur Marjorie se fit perplexe.

— Peut-être ai-je besoin de plus de stabilité, avec les années qui passent ?

— Tant qu'à vous stabiliser, vous auriez pu le faire aux Etats-Unis.

Elle referma son carnet.

— Je suis persuadée que si vous ouvriez un Franconi's ici, à San Diego, les clients arriveraient en avion d'un peu partout dans le pays.

Il prit l'idée, la soupesa, comme il avait soupesé le basilic, et la rangea dans un coin de son esprit.

— Qui sait ? C'est une possibilité intéressante.

— Et une interview fascinante. Merci encore !

Marjorie fut sensible au fait qu'il se lève courtoisement pour lui serrer la main. Féministe affirmée, elle goûtait la politesse authentique et le charme sincère.

— Je me réjouis à l'idée de déguster une fourchetée ou deux de *pasta* après la démonstration. Mais voici votre Juliet, je vous laisse. Je vais essayer de me trouver une bonne place assise.

Marjorie croyait dur comme fer qu'il n'y avait pas de fumée sans feu. Lorsqu'elle avait prononcé le prénom de son attachée de presse, Carlo Franconi avait vivement tourné la tête et quelque chose avait vacillé dans son regard. Pas de doute, la flamme était bien là et son rayonnement perceptible, même à quelques mètres.

Avec le sèche-mains et sa brosse, Juliet avait réussi à imposer un minimum de discipline à sa chevelure. Une touche de ceci, un soupçon de cela, et son maquillage avait repris forme. Son imperméable sur le bras, elle avait retrouvé un air de calme compétence. Un air seulement. Elle était disposée à admettre qu'elle avait bu un café de trop.

— L'interview s'est bien passée ?

Carlo nota avec plaisir qu'elle avait pris le temps de se remettre un peu de parfum.

— Mieux que bien.

— Parfait. Vous me donnerez les détails plus tard. Il est temps de démarrer.

— Juste une minute…

Il porta la main à sa poche.

— Je vous avais dit que je vous achèterais un cadeau.

Elle fut parcourue d'un frémissement qu'elle attribua aussitôt aux méfaits de la caféine.

— Carlo… Je vous ai dit que ce n'était pas nécessaire. D'ailleurs, nous n'avons pas le temps de…

— On a *toujours* le temps.

Il ouvrit lui-même la petite boîte et en sortit un délicat cœur en or accroché à une chaîne. Elle s'était attendue à quelque chose comme un ballotin de chocolats.

— Oh ! Je…

Les mots, c'étaient son métier et, tout à coup, elle n'en avait plus un seul à sa disposition !

— Carlo, vraiment, vous ne pouvez pas…

— Ne dites jamais à Franconi qu'il ne peut pas, murmura-t-il en lui accrochant la chaîne autour du cou.

Il procéda sans tâtonnement ni maladresse, en homme habitué à accomplir ces petites tâches pour une femme.

— J'ai trouvé qu'il était très simple, finement exécuté, élégant. Donc fait pour vous.

Il fit un pas en arrière pour juger de l'effet, plissa les yeux, puis hocha la tête.

— Oui, c'est tout à fait ce que je pensais.

Impossible de se souvenir qu'elle avait couru comme une folle sous la pluie battante pour lui trouver son fichu basilic, lorsqu'il lui souriait ainsi. Même son exaspération face à l'incurie d'Elise glissait vers l'oubli.

Elle porta la main au pendentif et le caressa du doigt.

— Il est très beau.

Ses lèvres s'incurvèrent spontanément, avec douceur. Carlo se promit de faire en sorte de susciter plus souvent cette réaction.

— Merci.

Des cadeaux, il en avait tant offert qu'il en avait perdu le compte depuis longtemps. Il avait assisté aussi à toutes formes de manifestations de gratitude. Mais quelque chose lui disait qu'il n'oublierait jamais le simple « merci » de Juliet.

— *Prego.*

— Ah, Juliet !

Elle tourna les yeux pour découvrir qu'Elise l'observait. Cadeau ou pas cadeau, elle sentit sa mâchoire se durcir.

— Oui, Elise ? Vous n'avez pas encore fait la connaissance de Carlo Franconi, je crois ?

— Elise m'a redirigée vers vous, Juliet, lorsque vous m'avez fait appeler tout à l'heure, précisa Carlo d'un ton apaisant.

Elise les gratifia de son sourire tout-terrain.

— Je le trouve super, votre bouquin de recettes, monsieur Franconi. Tout le monde est impatient de vous voir vous mettre à vos casseroles.

Elle ouvrit un petit carnet dont la couverture était décorée d'un motif de marguerites.

— Si vous voulez bien m'épeler le nom de votre plat, ce sera plus facile pour faire l'annonce.

Juliet mit en œuvre tout son charme et sa diplomatie pour pousser fermement la demoiselle en direction de la porte.

— Elise, j'ai tout le vocabulaire en tête. Qu'en diriez-vous, si je me chargeais de la présentation ?

Nouveau sourire inaltérable.

— Ce serait top. Et plus facile pour moi.

— Alors allons-y… Carlo, si vous voulez bien patienter par là une seconde.

Avant qu'il ait pu répondre, elle prit le basilic, le mortier et le pilon et se dirigea d'un pas assuré vers la scène qu'elle avait préparée. Avec le plus grand naturel, elle disposa le tout sur l'îlot, puis se tourna vers l'assistance. Une centaine de personnes, estima-t-elle. Peut-être un peu plus. Pas mal du tout pour une journée de pluie !

— Bonjour à tous.

Sa voix au timbre clair portait assez loin. Et l'espace était suffisamment circonscrit pour qu'ils puissent se passer de micro. Une chance inestimable, en l'occurrence, car la douce Elise avait aussi négligé ce détail « mineur ».

— Tout d'abord, merci. A vous d'être venus si nombreux et aux magasins Gallegher's pour avoir mis à notre disposition ce très beau cadre pour notre démonstration culinaire.

A quelques pas de là, Carlo jubilait en la regardant. Comme il l'avait dit à la journaliste, il trouvait Juliet fabuleuse. *Fantastica*. Qui aurait pu penser, à la voir ainsi, à l'aise et souriante, qu'elle était debout depuis l'aube et qu'elle n'avait cessé un instant de courir depuis qu'elle était levée ?

— Nous avons tous plaisir à nous nourrir, parfois même un peu trop...

Cette affirmation suscita les rires murmurés qu'elle escomptait.

— ... mais un expert m'a expliqué que s'alimenter, ça peut être tout autre chose que de satisfaire de banals besoins élémentaires. La dégustation de certains mets pourrait provoquer l'équivalent d'un choc artistique, comme on en vit parfois en découvrant une œuvre d'art. Certains parmi nous n'aiment pas se mettre à leurs casseroles, mais ce même expert m'a assuré que l'art culinaire était aussi exigeant que les arts dits « nobles ». Cet après-midi, cet expert, Carlo Franconi, partagera avec vous son art, sa magie et son expérience, en réalisant devant vous sa version toute personnelle des célèbres *trofie al pesto genovese*.

Juliet lança les applaudissements, mais fut relayée aussitôt par l'ensemble du public. Carlo apparut alors et elle s'effaça pour se fondre dans la foule.

Il salua l'assistance en faisant pétiller un de ses sourires.

— Heureux l'homme qui a le privilège de cuisiner pour autant de belles femmes à la fois ! Certaines d'entre vous ont-elles des maris ?

Sa question provoqua des rires sous cape et des mains se levèrent.

— Tant que ça ? Quel dommage ! Je me contenterai de faire la cuisine, alors.

Juliet savait qu'il avait choisi cette spécialité ligure parce qu'elle était rapide à réaliser, mais, au bout de cinq minutes à peine, elle comprit que personne n'aurait bronché s'il s'était lancé dans une préparation longue, laborieuse et compliquée. Que cuisiner soit un art majeur restait encore à prouver, mais elle était d'ores et déjà convaincue que Carlo avait de la magie dans les doigts.

Ses mains étaient aussi sûres et habiles que celles d'un chirurgien ; sa langue enjôlait comme celle d'un politicien. Elle le regardait mesurer, râper, découper, mélanger et n'aurait pas été mieux divertie si elle avait assisté à une bonne représentation de théâtre.

Une personne dans le public s'enhardit à poser une question. D'autres, aussitôt, suivirent son exemple. Juliet connut un moment d'inquiétude ; elle redoutait que Carlo en fût déconcentré. Mais, à l'évidence, il ne demandait pas mieux que d'interagir avec l'assistance. Cuisiner n'était pas pour lui un travail dont il devait s'acquitter : il passait un bon moment, avec d'autres, à partager sa passion.

Il fit appel à une jeune femme pour venir l'assister, en faisant observer que tous les grands chefs avaient besoin d'aide et d'inspiration. Son assistante improvisée fut chargée de remuer délicatement les *trofie* dans l'eau. Naturellement, il fit tout un cinéma pour lui enseigner la technique exacte, sans se priver de poser sa main sur la sienne pour la guider. Un seul geste comme celui-là et c'étaient dix livres de cuisine de plus qui partaient à la vente !

Juliet se moqua de ses calculs. Carlo enjôlait pour le plaisir et non pour faire du chiffre. Il était drôle et sans artifice, même s'il prenait la qualité de son basilic un peu trop au sérieux. Sans artifice et généreux. Elle porta machinalement la main au pendentif qui reposait au creux de son cou. Il était aussi d'une prévenance peu commune et d'une exigence qui l'était encore moins. Il n'y avait rien d'ordinaire chez lui.

Alors qu'elle le regardait rire avec son public, elle sentit ses préventions fondre. La sensation s'accompagna d'un soupir et elle se prit à rêver. Certains hommes avaient ainsi la faculté de plonger dans la rêverie même les femmes les plus pragmatiques.

Une jolie quadragénaire, assise à côté d'elle, se pencha vers sa voisine.

— Il a une sacrée aura sexuelle, ce type ! Ça doit se bousculer au portillon, pour passer dans son lit.

Juliet se ressaisit et laissa retomber sa main. Oui, Carlo plaisait aux femmes tout comme les femmes plaisaient à Carlo. Elle ne doutait pas que liste d'attente il y avait. D'un geste délibéré, elle glissa les mains dans les poches de sa jupe. Elle ferait mieux de se souvenir qu'elle misait à fond sur cette image publique de séducteur. Qu'elle la cultivait, même. Tout comme elle ferait bien de garder à la mémoire cette affirmation de Carlo, à savoir que ce n'était pas une image qu'il se donnait, mais sa nature véritable.

Si elle commençait à croire ne serait-ce que la moitié de ce qu'il lui racontait, elle pourrait se retrouver, elle aussi, sur cette liste d'attente, à faire le pied de grue. Cette pensée suffit à la ramener à la réalité. Aucune envie de se faire épingler sur son tableau de chasse !

Lorsque les *trofie* furent avalées jusqu'à la dernière et que Carlo eut fini de répondre aux questions, il envisagea le plaisir de s'asseoir un instant sans autre objectif en tête que de savourer un petit vin blanc moelleux bien frappé.

Mais Juliet lui tendait déjà sa veste.

— Excellente prestation, Carlo.

Tout en parlant, elle l'aida à l'enfiler.

— Vous pouvez quitter la Californie avec la satisfaction d'avoir remporté un beau succès.

Il soupira.

— J'en conclus que nous fonçons à l'aéroport ?

Elle perçut une pointe de lassitude dans sa voix et lui adressa un sourire réconfortant.

— Juste le temps de récupérer nos valises à la consigne de l'hôtel. La consolation, c'est que vous pourrez dormir dans le taxi, puis dans l'avion jusqu'à Portland.

Une perspective suffisamment tentante pour le décider à pleinement coopérer.

Ils sortirent de l'ascenseur au rez-de-chaussée et se dirigèrent vers l'entrée ouest, où le taxi que Juliet avait commandé était censé les attendre. Elle soupira de soulagement en constatant qu'il s'y trouvait bien.

— A quelle heure arrivons-nous à Portland ?

— 19 heures et des poussières.

Une pluie furieuse battait les vitres du taxi. Juliet s'exhorta au calme. Tous les jours, des avions décollaient par tous les temps, *et en toute sécurité*.

— Demain matin, vous serez l'invité d'honneur de « Personnalités d'aujourd'hui », mais à 9 h 30seulement. Autrement dit, petit déjeuner à une heure civilisée et nous passerons en revue le programme après une bonne nuit de sommeil.

Avec une célérité née d'une longue habitude, elle vérifia chaque élément de sa liste San Diego pour s'assurer que le programme avait été accompli. Elle eut tout juste le temps de parcourir la liste Portland avant que le taxi ne s'immobilise devant l'entrée de leur hôtel.

— Attendez-moi ici, ordonna-t-elle autant à Carlo qu'au chauffeur. Nous sommes un peu justes pour l'avion.

Entre le moment où elle sortit du taxi et celui où les valises furent posées dans le coffre, Carlo nota que sept minutes seulement s'étaient écoulées. Il s'amusait à la chronométrer ; elle battait régulièrement des records d'efficacité.

— Maintenant, vous aussi, vous pouvez dormir jusqu'à Portland, Juliet.

— Non, j'ai encore du travail. Ce que j'apprécie dans les transports aériens, c'est que je peux imaginer être dans mon bureau et oublier que je suis suspendue dans les airs à une distance effrayante de la terre ferme.

— Vous ne m'aviez pas dit que vous aviez peur en avion.

— Seulement quand il vole… Mais je préfère ne pas y penser pour le moment.

Elle se renversa contre le dossier de la banquette, ferma les yeux dans l'idée de s'accorder quelques secondes de détente… et fut réveillée par un baiser avant même d'avoir compris ce qui lui arrivait.

Désorientée, elle soupira et noua les bras autour du cou de Carlo. Ses lèvres étaient apaisantes. Si douces. Tout à coup, le baiser ne fut plus doux du tout mais brûlant.

— *Cara*…

La réaction de Juliet avait surpris et enchanté Carlo.

— C'est criminel d'avoir à vous tirer d'un si doux sommeil.

— Mmm ?

Lorsqu'elle souleva les paupières, leurs deux visages étaient très proches. Elle avait encore la sensation de chaleur sur ses lèvres, percevait les battements incontrôlés de son cœur. Se rejetant soudain en arrière, elle chercha fébrilement la poignée.

— Ce n'était pas inscrit à votre programme, ça !

— Exact. Mais l'expérience était instructive quand même… J'ai déjà réglé le chauffeur, Juliet, précisa-t-il en la voyant fouiller dans son sac. Les bagages sont enregistrés et nous embarquons porte cinq.

Glissant un bras sous le sien, il la guida, encore à demi endormie, jusque dans le terminal.

— Ce n'était pas à vous de prendre ça en charge.

Elle aurait dégagé son bras si elle avait eu l'énergie de marcher seule.

— Si je vous accompagne en tournée, c'est pour...

— ... assurer la promotion de mes œuvres complètes, je sais. Si ça peut vous soulager, il m'est arrivé de faire la même chose lorsque je voyageais avec votre prédécesseur.

Soulagée, elle le fut, en effet. Et elle se sentit un peu ridicule d'avoir sorti ses griffes.

— J'apprécie votre aide, Carlo, vraiment. Si je réagis un peu vivement, c'est juste par manque d'habitude. Vous seriez surpris de voir le nombre d'auteurs qu'il faut materner en tournée. Sans compter ceux qui se laissent servir comme des princes et se moquent du reste.

— Vous seriez surprise de voir le nombre de chefs mal lunés qui ont toutes sortes d'exigences déraisonnables.

Elle songea au basilic et lui adressa un sourire faussement sceptique.

— Non, vraiment ?

Même s'il avait perçu son ironie, Carlo poursuivit, tandis qu'ils franchissaient le contrôle :

— Toujours à s'emporter, jurer, tempêter et à jeter des projectiles. Ça finit par donner mauvaise réputation à notre corps de métier... Ah, ça y est, ils ont commencé l'embarquement. J'espère qu'ils auront un bordeaux correct à nous proposer.

Juliet étouffa un bâillement et lui emboîta le pas.

— Il me faut ma carte d'embarquement, Carlo.

— Je l'ai ici.

Il présenta les deux à l'hôtesse et ils montèrent à bord.

— Hublot ou couloir, Juliet ?

— Aucune idée. Passez-moi ma carte, que je voie mon numéro de siège...

— Nous avons les 2A et 2B. Je vous laisse choisir.

Un passager se fraya un chemin dans l'allée en la bousculant. Assaillie par la fatigue, elle éprouva une épuisante impression de déjà-vu.

— Carlo, s'il vous plaît ! Je suis en classe touriste, alors…

— Non, votre réservation a été modifiée. Prenez le hublot.

Sans lui laisser le temps de protester, il la guida jusqu'à son siège et s'installa à côté d'elle.

— Comment ça, ma réservation a été modifiée ? Laissez-moi rejoindre ma place avant que ça ne pose un problème.

— Votre place est ici. Tenez, regardez.

Carlo lui tendit sa carte et allongea les jambes.

— *Dio*. Ça fait du bien de se poser !

Juliet vérifia son numéro de siège : c'était bien le 2A. Une erreur à l'enregistrement, sans doute.

— Je vais voir avec le chef de cabine pour arranger ça.

— Il n'y a rien à voir avec le chef de cabine, Juliet ! Attachez donc votre ceinture et reposez-vous…

Disant cela, il se pencha sur elle pour s'en charger lui-même.

— Je vous ai pris des places en première sur tous les vols jusqu'à la fin de la tournée.

Juliet tenta de défaire la ceinture qu'il venait de boucler.

— Mais… Vous ne pouvez pas faire ça !

— On ne dit jamais « Tu ne peux pas » à Franconi.

Il se concentra sur sa propre ceinture.

— Vous travaillez aussi dur que moi, pourquoi faudrait-il que vous voyagiez dans des conditions de moindre confort ?

— Parce que je suis *payée* pour vous accompagner sur cette tournée, Carlo. Laissez-moi passer. Je veux régler ce problème avant le décollage.

— Non !

C'était la première fois qu'elle lui entendait cette voix inflexible.

— Je préfère votre compagnie à celle d'un inconnu ou d'un siège vide.

Lorsqu'il tourna la tête vers elle, son regard était semblable à sa voix.

— Je vous veux ici avec moi. *Basta.*

Juliet ouvrit la bouche, puis la referma. Professionnellement, elle se trouvait en terrain miné, quoi qu'elle fasse. Sa mission consistait à dorloter son auteur et à satisfaire à ses demandes — dans les limites du raisonnable. Personnellement, elle avait compté sur la distance durant les vols pour reprendre ses esprits. Et son équilibre. Avec Carlo, même une courte distance pouvait être utile.

Soit, il faisait preuve de générosité et était attentif à ses besoins. D'un autre côté, il se montrait têtu comme une mule. Mais avec un peu de diplomatie…

Elle lui adressa un sourire patient.

— Carlo…

Il l'arrêta le plus simplement du monde : en posant sa bouche sur la sienne, avec une calme et irrésistible détermination. Il la maintint ainsi un moment, une main contre sa joue, l'autre enserrant la sienne qui s'était figée sur ses genoux.

Juliet vit le sol de l'avion s'incliner et une sensation de vide se fit dans sa tête.

Nous décollons, songea-t-elle vaguement, tout en devinant que l'appareil n'avait pas encore quitté le sol.

La langue de Carlo toucha brièvement la sienne, puis, de nouveau, il n'y eut plus que ses lèvres. Il passa la main dans ses cheveux, puis reprit place sur son siège.

— Et maintenant, rendors-toi, Juliet, dit-il en passant le plus naturellement du monde au tutoiement. Ce n'est de toute façon pas l'endroit que je choisirais pour aller plus loin.

Le silence, parfois, était la meilleure forme de diplomatie. Juliet ferma alors les yeux et, sans un mot, se laissa glisser dans le refuge ouaté du sommeil.

5

Les montagnes Rocheuses, les canyons, les ruines indiennes, les torrents et les trembles : quoi de plus fascinant que l'Etat du Colorado ? Le seul ennui, c'est qu'une chambre d'hôtel restait une chambre d'hôtel.

Ils n'avaient pas eu une seconde à eux dans l'Etat de Washington. Juliet avait couru du début à la fin de leur séjour de trois jours. Il lui avait fallu réfléchir, travailler, planifier debout. En permanence sur ses deux pieds ou presque. Mais les résultats avaient été à la mesure de ses efforts. Spectaculaires, même. Ils avaient réussi à tenir un planning si serré que son patron, à New York, devait en avoir le tournis. Le rapport qu'elle rédigerait sur ce début de tournée ressemblerait au rêve de tout attaché de presse.

Mais s'ouvrait à présent le chapitre Denver…

Le peu de couverture médiatique qu'elle avait réussi à obtenir justifierait à peine le prix de leurs billets d'avion. Une seule émission télévisée à une heure inhumainement matinale et un misérable article dans les pages gastronomiques d'un journal local. Une séance de dédicace qui ne serait couverte ni par la télévision ni par la radio. Autrement dit, trois fois rien ou presque. Et aucun journaliste de la presse n'avait confirmé sa venue. Minable…

Juliet coupa à regret le jet brûlant de la douche, ce matin-là, s'enroula dans un drap de bain et sortit du fond de sa valise un ensemble encore propre. Comme ils passaient enfin deux nuits de suite dans le même hôtel, elle s'était empressée de donner ses autres vêtements à laver.

Par chance, Carlo n'avait aucune démonstration culinaire programmée. Gastronomique ou pas gastronomique, l'idée même de nourriture lui soulevait le cœur.

Avec un peu de chance, ils retourneraient à l'hôtel tout de suite après le passage télé. Ce qui lui permettrait de se rendormir une heure, puis de prendre son petit déjeuner dans sa chambre tout en répondant à ses messages. La séance de dédicace ne commençait qu'à midi et leur départ n'était prévu que le lendemain matin.

Elle se dit qu'en se raccrochant très fort à cette perspective, elle tiendrait peut-être le coup pendant l'émission télévisée. Tout en cherchant une paire de collants de la couleur adéquate, elle étouffa un bâillement. Pour la première fois depuis le début de la tournée, ils disposeraient d'une soirée entièrement libre, sans avoir à divertir qui que ce soit ni à être divertis. Un bon repas tranquille, pas trop loin de l'hôtel, puis une vraie nuit de sommeil. Le rêve ! Un rêve qui l'aiderait à tenir sa fatigue en respect.

Elle se força à avaler deux cuillerées de levure de bière en flocons. Elle était déjà habillée de pied en cap, lorsqu'elle s'aperçut qu'elle avait oublié de se maquiller. Qu'à cela ne tienne... Elle se débarrassa de sa veste en lin et retourna dans la salle de bains. On frappa alors à la porte de sa chambre. Elle alla jeter un coup d'œil au judas, dans un mélange de suspicion et de mauvaise humeur, et eut une vision rapprochée du visage de Carlo. Il avait un sourire jusqu'aux oreilles et louchait tant et plus.

— Hé ! Tu es en avance ! protesta-t-elle en lui ouvrant. J'en ai encore pour cinq...

Elle se tut en humant le plus suave, le plus stimulant des arômes. Baissant les yeux, elle vit alors le petit plateau, la cafetière et les deux tasses.

— Du café ! chuchota-t-elle.

— Eh oui.

Carlo entra avec son offrande.

— Je pensais que tu serais prête, même si le service d'étage, lui, dort encore.

Il se dirigea vers la table, regardant autour de lui, et constata que la chambre de Juliet était à peine grande comme le quart de sa suite. Il posa le plateau.

— Et voilà ! La Maison Franconi sert à domicile.

— Quelle idée de génie !

Elle était tellement sincère qu'il ne put s'empêcher de rire.

— Comment as-tu réussi ce coup de maître ? Le service de restauration n'ouvre que dans une demi-heure.

— J'ai une petite cuisine dans ma suite. Rien de grandiose, mais avec tout le nécessaire pour faire un café acceptable.

Elle but une première gorgée, noire et brûlante, et ferma les yeux de plaisir.

— Acceptable ? Il est excellent !

— Evidemment. C'est moi qui l'ai fait.

Juliet rouvrit les yeux, hésita un instant.

Non, elle ne ternirait pas sa gratitude par le coup de griffe du sarcasme. Ils avaient réussi à s'entendre trois jours d'affilée, ou presque. Et avec le secours de la douche, de la levure et du café, son humeur s'améliorait de minute en minute.

— Bois ton café tranquillement, Carlo. Je finis de me préparer.

Persuadée qu'il s'assiérait, Juliet prit sa tasse et passa dans la salle de bains pour se coiffer et se maquiller. Elle appliquait son fond de teint lorsque Carlo apparut et s'adossa au jambage de la porte.

— *Mi amore*, ça ne te choque pas que nos modalités d'hébergement soient si peu pratiques ?

— Si peu pratiques ?

L'intimité de la situation troublait Juliet. Elle s'efforça

cependant de n'en rien laisser paraître, tout en poursuivant son maquillage.

— Toi, tu loges dans ce placard à balais…

L'espace était si restreint d'ailleurs que le subtil parfum de Juliet avait imprégné jusqu'au moindre recoin de la pièce.

— Alors que je dispose d'une suite grande comme une maison, avec deux salles de bains, un lit assez large pour y dormir à quatre et un clic-clac.

Juliet prit son pinceau à blush.

— C'est le minimum pour une star de votre envergure, *signore* Franconi.

— L'éditeur ferait des économies si nous partagions la suite.

Elle chercha son regard dans le miroir. Il avait un air grave et concentré, comme un homme qui n'aurait eu en tête que des considérations de coût et de praticité. Elle l'aurait peut-être pris au sérieux si elle n'avait connu le personnage.

— L'éditeur peut se le permettre, répondit-elle d'un ton léger. Tout ce qui est déductible des impôts fait les délices du service comptable.

Avec un haussement d'épaules, Carlo reprit une gorgée de café. Il s'était attendu à pareille réponse. Les raisons pour lesquelles il avait envie de partager sa suite avec elle tombaient sous le sens. Mais il n'y avait pas que la composante sexuelle. Que Juliet soit à ce point moins bien logée que lui, alors qu'ils voyageaient ensemble, choquait son sens éthique.

— Il faudrait ajouter un peu de blush à gauche, Juliet…

Elle lui jeta un regard surpris dans le miroir, mais il ne s'y attarda pas : son attention venait d'être attirée par le déshabillé de soie émeraude dont il apercevait le reflet dans la glace. Il l'imaginait dedans. Puis il l'imagina sans rien du tout.

Juliet plissa les yeux pour examiner ses joues et finit par

constater que Carlo avait raison. Elle reprit son pinceau et rectifia l'asymétrie.

— Tu es très observateur.

— Mm ?

Il avait de nouveau le regard posé sur elle, mais, mentalement, il avait troqué la chemise stricte qu'elle portait sur une jupe droite contre le petit déshabillé provocant.

— La plupart des hommes n'auraient pas vu la différence.

Elle sélectionna un crayon vert pour souligner le contour de ses yeux.

— Chez une femme, je remarque tout, jusqu'au moindre détail.

Une fine couche de buée ternissait le haut du miroir, reste des vapeurs de sa douche. De nouvelles images mentales, tout aussi excitantes que les premières, se multiplièrent dans l'esprit de Carlo.

— Ça te change, ce que tu fais, là.

Juliet se mit à rire.

— C'est un peu le but. Améliorer la façade…

— Je ne dirais pas ça…

Il fit un pas de plus dans la salle de bains afin d'examiner Juliet par-dessus son épaule. Une intimité tranquille, aussi familière pour lui qu'elle était inconfortable pour elle.

— Sans tous ces crayons et ces tubes, ton visage est plus jeune, plus vulnérable, mais pas moins attirant que lorsque tu te maquilles. Il n'est pas mieux ou moins bien, mais différent.

Il prit tout naturellement sa brosse sur l'étagère et commença à la lui passer dans les cheveux.

— J'aime tes deux visages.

Juliet avait du mal à garder le contrôle de ses gestes. Elle reposa son crayon et se rabattit sur sa tasse de café. Se rappelant qu'il n'y avait rien de tel qu'une dose de cynisme pour tuer l'émotion dans l'œuf, elle lui adressa un sourire empreint d'ironie.

— On sent que tu es en terrain connu, avec une femme qui se maquille dans une salle de bains.

Il aimait la façon dont sa chevelure ondulait doucement et gonflait sous la brosse, comme un champ de blé mûr.

— J'en ai tellement l'habitude, Juliet…

Son sourire se durcit.

— Je n'en doute pas une seconde.

Carlo perçut la raillerie, mais continua tranquillement de démêler ses cheveux, tout en cherchant son regard dans le miroir.

— Entends-le comme tu veux, Giulietta. Mais n'oublie pas que j'ai grandi en compagnie de cinq femmes. Tes petites fioles et tes poudriers n'ont aucun secret pour moi.

Elle avait oublié ce détail… Peut-être parce qu'elle avait choisi de ne rien mémoriser de ce qui le concernait, à l'exception de son livre. Mais à présent, elle ne pouvait s'empêcher de se questionner : dans quelle mesure une femme devenait-elle transparente aux yeux d'un homme qui les avait toujours fréquentées et de si près ? Un pli se creusa entre ses sourcils. D'une main ferme, elle saisit son tube de mascara.

— Vous étiez très soudés, dans ta famille ?

— Nous *sommes* très soudés, rectifia-t-il. Ma mère est veuve. Elle tient une boutique de prêt-à-porter à Rome qui marche très bien.

Il ne lui serait pas venu à l'esprit de préciser qu'il avait financé l'achat du magasin en question.

— Mes quatre sœurs et moi vivons dans un rayon de trente kilomètres autour de chez notre mère. Nous ne partageons peut-être plus la même salle de bains, mais pour le reste, pas grand-chose n'a changé.

Juliette tenta d'imaginer l'enfance de Carlo. L'ambiance semblait avoir été intime, chaleureuse, chez les Franconi. Difficile pour elle de faire surgir des représentations d'une fratrie unie.

— Ta mère doit être fière de toi.

— Elle le serait beaucoup plus si j'apportais ma quote-part à la horde grandissante de ses petits-enfants !

Cette idée la fit sourire. Cette situation-là, elle la connaissait beaucoup mieux.

— J'imagine, oui.

Carlo reposa la brosse.

— Tu devrais laisser tes cheveux comme ça… Et toi ? Ta famille ?

— Mes parents vivent en Pennsylvanie.

Il se débattit un instant avec les particularités géographiques américaines.

— Tu pourras faire un saut chez eux lorsque nous serons à Philadelphie, alors !

D'un geste sec, elle reboucha son tube de rouge à lèvres.

— Non. Je n'aurai pas le temps.

— Je vois…

Il avait l'impression qu'il commençait à voir un peu plus clair, en effet.

— Tu as des frères ? Des sœurs ?

— Une sœur.

Se rangeant à l'avis de Carlo pour ses cheveux, Juliet les laissa défaits et se glissa hors de la salle de bains pour se mettre en quête de sa veste.

— Elle est devenue médecin, comme mon père et mon grand-père, a épousé un anesthésiste et, avant l'âge de trente ans, a mis au monde deux enfants, fille et garçon.

Carlo voyait de mieux en mieux.

— Elle est en parfaite conformité avec l'idéal familial, alors ?

— Carrie ? Oui. Dans le droit fil de la tradition des Trent.

— Nous ne sommes pas tous coulés dans le même moule.

— C'est le moins que l'on puisse dire, en ce qui nous concerne, ma sœur et moi.

Elle attrapa son sac et son attaché-case.

— Tu es prêt ? D'après les indications, il faut environ un quart d'heure pour faire le trajet jusqu'aux studios.

Carlo hésita à ajouter quelque chose, puis finit par lui emboîter le pas sans rien dire. Tant de gens se promenaient avec des blessures d'enfance qui se voyaient comme le nez au milieu de la figure, tout en s'imaginant ne rien laisser transparaître ! Pour le moment, il laisserait Juliet dans l'illusion qu'il n'avait rien remarqué.

Comme les indications étaient claires et la circulation pas trop dense, Juliet conduisit la voiture de location avec une parfaite maestria. Carlo se rendit utile en faisant le copilote, enchanté par l'allure posée et compétente de sa conductrice.

— Tu ne m'as pas encore fait la liste des stations de notre chemin de croix du jour, au fait… Au prochain feu, tu tourneras à droite.

Un coup d'œil dans le rétroviseur et Juliet changea de voie pour négocier le carrefour. Elle n'avait aucune idée de la façon dont il réagirait à la nouvelle que leur programme de la journée tenait en deux lignes.

— J'ai décidé de t'accorder un break, annonça-t-elle gaillardement.

Certains auteurs râlaient tant et plus au moindre signe de relâchement de leur couverture médiatique.

— Ce matin, tu as un passage télé. Puis il y aura une séance de dédicace dans une librairie du centre.

Il attendait manifestement qu'elle déroule la longue liste habituelle des manifestations. Comme elle ne disait rien, il tourna la tête vers elle, les sourcils levés.

— Et après ?

— C'est tout.

Malgré tous ses efforts pour rester positive, des accents de contrition perçaient dans sa voix.

— Ce sont des choses qui arrivent, Carlo, dit-elle, se tournant vers lui, lorsqu'ils s'arrêtèrent à un feu rouge. Il y a des jours où rien ne marche. Nous n'avions déjà pas grand-chose ici, mais il se trouve en plus que notre visite coïncide avec le début du tournage d'une grosse production. Tout le film se passe à Denver. Cet après-midi, il n'y a pas un journaliste de presse, pas une équipe télé, pas un photographe qui ne couvre l'événement. Nous, nous n'existons plus.

— Nous n'existons plus ? Tu veux dire qu'il n'y aura pas d'autre émission télé, pas de déjeuner avec des journalistes, pas de dîner avec des sommités ?

— Non, je suis désolée. Sincèrement. C'est juste que…

— *Fantastico !*

Il lui attrapa le visage à deux mains et l'embrassa avec enthousiasme.

— N'oublie pas de me donner le nom de ce film. Même si c'est un navet, j'irai le voir, par gratitude !

Le petit nœud de tension qui lui avait coupé la respiration se desserra d'un coup.

— Je vois que tu prends la nouvelle au tragique…

— Je me sens comme un prisonnier à qui on vient d'accorder sa liberté conditionnelle. Tu croyais vraiment que je serais contrarié ? *Dio !* Ça fait une semaine que nous vivons à un rythme insensé !

Elle repéra la tour de la télévision et prit à gauche.

— Et tu n'as jamais fait entendre l'ombre d'une plainte. Tu as été admirable, Carlo.

C'était le meilleur moment pour l'admettre, puisqu'il ne leur restait que deux minutes à passer en tête à tête dans la voiture.

— Les autres auteurs avec qui je suis partie en tournée n'ont pas toujours été aussi coopératifs.

Le compliment le surprit. Et il adorait être surpris par une femme. Il enroula une mèche de ses cheveux autour d'un doigt.

— Tu m'as pardonné pour le basilic, alors ?

Elle sourit et faillit porter la main au petit cœur qu'il lui avait offert.

— Le basilic ? Quel basilic ?

Il l'embrassa sur la joue avec une si amicale impulsivité qu'elle ne protesta pas.

— Tu as bon cœur, Juliet. C'est une forme de beauté en soi.

Il avait décidément le pouvoir de la faire fondre avec un minimum d'efforts. Elle le sentait, luttait contre de toutes ses forces mais, par moments, s'autorisait à ne plus rien combattre du tout. Avec une spontanéité qui ne lui ressemblait pas, elle releva les cheveux sur le front de Carlo.

— On y va ? C'est le moment de réveiller Denver !

En tant qu'attachée de presse, elle aurait dû être d'une humeur de chien à cause de cette journée de quasi-inactivité, car, dans son rapport final, les blancs allaient forcément apparaître, ce qui n'était pas un bon point pour elle. En tant que personne, elle était sur un nuage.

Comme elle l'avait prévu, elle fut de retour dans sa chambre à 8 heures. A 8 h 03, elle avait ôté tous ses vêtements et se glissait, nue et enchantée, entre ses draps encore froissés. Pendant soixante minutes, elle dormit d'un trait, d'un sommeil profond et sans rêves. Ou, si rêve il y eut, elle n'en garda aucun souvenir. A 10 h 30, elle avait passé tous ses coups de fil de la journée et avalé un petit déjeuner pantagruélique. Le temps de rafraîchir un peu son maquillage et ce fut l'heure de rejoindre Carlo à la réception.

Qu'elle le trouvât confortablement installé sur un canapé en compagnie de trois femmes n'aurait pas dû l'irriter. Encore moins la surprendre. Et pourtant… Rentrant ses griffes, elle afficha un sourire de circonstance et avança en direction du quatuor. Alors seulement, elle remarqua que les trois femmes étaient pourvues de formes impressionnantes. Cela non plus n'aurait pas dû l'étonner.

— Ah, Juliet !

Carlo était tout sourires — un concentré de charme et d'urbanité. Elle ne prit même pas la peine de se demander pourquoi elle avait une envie folle de le gifler.

— Toujours ponctuelle !

Il se leva et s'inclina devant ses trois grâces.

— Mesdames, ce fut un plaisir.

— *Bye bye*, Carlo !

L'une d'elles lui jeta un regard assez brûlant pour faire fondre du plomb.

— N'oubliez pas que si un jour vous passez par Tucson…

— Comment oublierais-je ?

Juliet le regardait faire, partagée entre l'exaspération et le fou rire. Il glissa son bras sous le sien et ils s'éloignèrent d'un pas tranquille.

— C'est où Tucson ?

— Tu n'arrêtes donc jamais ?

— Je n'arrête jamais quoi ?

— De collectionner les femmes.

Il haussa un sourcil stupéfait.

— Juliet, on collectionne les boîtes d'allumettes, pas les femmes.

— Certains semblent ne pas faire grande différence entre les unes et les autres.

Il ouvrit la portière côté conducteur, mais lui bloqua le passage lorsqu'elle voulut monter en voiture.

— Ceux-là, s'ils existent, ne méritent pas qu'on leur accorde une pensée.

— Qui étaient-elles, ces trois maîtresses femmes, d'ailleurs ?

Carlo ajusta sobrement le bord de son borsalino gris taupe.

— Ces dames se sont retrouvées ici pour assister à une convention de culturistes version féminine…

Un rire étouffé lui échappa malgré elle.

— Ah, je vois. La culture du muscle !

— … qui n'est peut-être pas la forme de culture que je préfère, conclut Carlo avec une grimace désopilante.

Juliet demeura silencieuse un moment, puis n'y tint plus et éclata de rire. Elle ne s'était encore jamais autant amusée en tournée qu'avec lui. Il était peut-être temps de l'admettre.

— Pour ton information, Tucson est dans l'Arizona. Et cette ville ne figure pas sur notre itinéraire.

Ils seraient arrivés à l'heure pour la séance de dédicace s'ils n'étaient pas tombés sur une déviation. A cause du tournage du film, la circulation était détournée, ralentie, et les conducteurs d'humeur exécrable. Juliet passa vingt minutes à zigzaguer, négocier et jurer, jusqu'au moment où elle découvrit qu'elle venait de décrire un grand cercle.

— Nous sommes déjà passés ici, je crois, déclara Carlo avec tout le calme d'un maître zen en méditation profonde.

Elle se demanda si elle allait l'assassiner.

— Ah, vraiment ? fit-elle d'une voix exagérément suave.

Carlo se contenta de changer de position pour se détendre les jambes.

— La configuration de la ville est intéressante… Je pense que si tu prenais à droite au prochain carrefour, puis à gauche deux croisements plus loin, nous retomberions sur le droit chemin.

— La libraire a pourtant spécifié qu'il fallait passer par…

— C'est sûrement une femme formidable, mais j'ai l'impression qu'un certain chaos règne en ville aujourd'hui.

Chaos qui ne semblait pas l'affecter le moins du monde, d'ailleurs. Un coup de Klaxon impérieux derrière eux fit sursauter Juliet. Amusé, Carlo se contenta de tourner la tête pour voir d'où venait la protestation.

— En tant que conductrice new-yorkaise, tu devrais être habituée au bruit et à la fureur.

— Je ne conduis jamais en ville !

— Moi si. Fais-moi confiance, *mi amore.*

Sûrement pas, non.

Elle tourna malgré tout à droite au carrefour suivant. Après dix minutes passées à avancer au pas, ils atteignirent le second croisement, où elle prit à gauche, comme Carlo le lui avait suggéré. Ils se retrouvèrent effectivement sur le « droit chemin », comme il disait. Résignée, elle se prépara à l'entendre triompher. Mais son seul commentaire fut :

— A Rome, on avance plus vite qu'ici.

Incroyable ! Comment alors anticiper les réactions d'un homme qui ne se mettait pas en rage lorsqu'il avait motif à le faire et ne se vantait pas, même si, contre toute attente, la vie lui donnait raison ?

— *Tout* avance plus vite que la circulation, aujourd'hui. Même une colonie d'escargots !

Elle approchait enfin de l'adresse qu'on lui avait donnée. Mais en plein centre-ville, les places de stationnement étaient chères. Juliet fit un rapide bilan du pour et du contre et finit par s'immobiliser en double file devant la librairie.

— Ça t'ennuie si je te dépose ici ? Nous sommes déjà en retard. Je trouve un endroit où me garer et je te rejoins dès que je peux.

— Comme tu voudras. C'est toi le chef.

Après trois quarts d'heure passés dans les pires embouteillages, il ne montrait toujours pas le plus petit signe de mauvaise humeur.

— Si tu ne me vois pas arriver dans une heure, envoie une fusée de détresse.

— Je ne m'inquiète pas pour toi. Je sais que tu te débrouilleras magistralement.

Consciente de ses responsabilités, Juliet attendit de le voir disparaître à l'intérieur de la librairie avant de se lancer de nouveau à l'assaut de la circulation.

Après un nouveau calvaire de vingt minutes, elle poussa enfin la porte d'une petite librairie à l'atmosphère feutrée.

Dès l'entrée, elle découvrit avec consternation que le lieu était quasiment désert. Un homme de haute taille, avec des lunettes sévères et une allure compassée, avança à sa rencontre.

— Bonjour. Puis-je vous aider ?

— Je suis Juliet Trent. L'attachée de presse de Carlo Franconi.

— Ah oui. Par ici, s'il vous plaît.

Impassible, il la conduisit jusqu'au pied d'un escalier.

— M. Franconi signe à l'étage. Il est regrettable que les problèmes de circulation aient découragé le gros de notre clientèle. Il est vrai aussi que nous ne sommes pas coutumiers de ce genre de manifestation.

Il lui adressa un petit sourire pensif.

— La dernière fois que nous avons organisé une signature, c'était… voyons, cet automne, avec J. Jonathan Cooper. Vous avez dû entendre parler de lui. Il a écrit *Métaphysique et Métaphore*. En trois volumes.

— Mm…

Juliet ravala un soupir. Lorsqu'on s'échouait sur le sable, il n'y avait rien d'autre à faire qu'à attendre le retour de la marée.

Elle repéra Carlo dans une élégante alcôve, installé dans

une causeuse. Une femme d'une quarantaine d'années, dotée d'une paire de jambes qui valait le détour, se tenait à côté de lui. Un spectacle tellement prévisible que Juliet avait presque cessé de s'en effarer. Ce qui la surprit, en revanche, c'était que Carlo ne regardait pas sa voisine. Son intérêt était entièrement mobilisé par le jeune garçon assis en face de lui.

— Ben… ça fait trois étés, maintenant, que je suis embauché pour travailler dans leurs cuisines. Je n'ai pas le droit de me mettre aux fourneaux, bien sûr. Mais je les vois faire. A la maison, je cuisine dès que je peux. Enfin, le week-end, surtout. Parce qu'avec l'école et le boulot, je n'ai pas trop de temps.

— Pourquoi ?

Le garçon s'interrompit net au milieu de son flot d'explications.

— Pourquoi quoi ?

— Pourquoi cuisines-tu ? Ah, tiens, Juliet !

Mais Carlo ne lui accorda qu'une attention distraite. Il était manifestement absorbé par sa conversation avec le garçon.

— Parce que…

L'adolescent tourna les yeux vers sa mère, puis reporta son regard sur Carlo.

— Eh bien… euh… parce que ça m'éclate. J'aime choisir des ingrédients, faire des essais, des mélanges ! Mais pas n'importe comment. Il faut être super précis. Et prudent aussi, bien sûr. Des fois, ça peut être magnifique, mais alors vraiment magnifique. C'est beau, quoi. Et puis, ça sent bon. C'est… je ne sais pas… Ça me passionne, en gros !

Carlo hocha gravement la tête.

— C'est une bonne réponse.

Le garçon afficha un sourire radieux.

— J'vous ai pas dit que j'avais déjà vos deux autres

livres. Et j'ai essayé toutes les recettes. L'autre fois, chez ma tante, je leur ai fait votre risotto aux fleurs de courgettes.

— Et alors ?

— Ils ont aimé. Mais vraiment, quoi. Ça leur a trop plu.

— Tu as envie d'apprendre ?

— Ben ouais…

Le visage de l'adolescent s'assombrit soudain et il frotta nerveusement les mains sur son jean.

— L'école hôtelière, on n'a pas trop les moyens de payer. Mais j'espère apprendre sur le tas.

— A Denver ?

— N'importe où. A condition qu'on me laisse faire autre chose que la plonge et le ménage.

La mère du garçon se leva.

— Viens, Steven. Nous avons déjà monopolisé M. Franconi beaucoup trop longtemps.

Une poignée de personnes tournait à présent autour de la table, le livre de recettes sous le bras. La mère de l'adolescent serra la main de Carlo lorsqu'il se leva à son tour.

— Je vous remercie beaucoup, monsieur Franconi. Steven était fou de joie à l'idée de vous rencontrer.

— Ça a été un plaisir pour moi, en tout cas.

Même s'il se montrait courtois avec la mère, on sentait que son intérêt allait au fils.

— Tu me laisses tes coordonnées, Steven ? Je connais quelques restaurateurs ici, aux Etats-Unis. Si j'entends dire qu'ils cherchent un commis, je te le ferai savoir.

Steven en fut si interloqué qu'il ne put que bafouiller.

— Trop cool. Merci.

Sa mère nota alors une adresse et un numéro de téléphone sur un bout de papier. Sa main ne tremblait pas, mais, lorsqu'elle releva la tête pour le tendre à Carlo, l'émotion brillait dans ses yeux. Il songea à sa propre mère et prit le papier ainsi que la main tendue.

— Vous avez de la chance d'avoir un fils comme Steven, madame Hardesty.

Pensive, Juliet suivit la mère et le fils des yeux, notant que Steven jetait un dernier coup d'œil derrière lui, l'air mi-confondu, mi-ébloui.

Ainsi, Carlo avait une sensibilité. Un cœur qui n'était pas ouvert qu'à l'*amore*. Mais lorsqu'elle le vit glisser le papier dans sa poche et se tourner en souriant vers l'acheteur suivant, elle se demanda ce qu'il adviendrait de sa promesse.

La séance ne fut pas une franche réussite. Six exemplaires seulement avaient été vendus. Mais ce n'était pas tout. Il y eut également l'Incident. Comme Juliet méditait, dans la librairie quasiment vide, sur l'idée de sortir dans la rue et de faire la femme-sandwich avec une pancarte « Lisez FRANCONI » sur le dos, une petite dame rondelette entra, les trois livres de Carlo sous le bras. Juliet s'en réjouit, songeant que ce serait flatteur pour son ego. Tout se passa bien, jusqu'au moment où la malheureuse prononça des mots qui figèrent d'un coup l'expression de Carlo.

Intriguée, Juliet tendit l'oreille.

— Je vous demande pardon, madame ?

Juliet ne l'avait encore jamais entendu s'exprimer sur ce ton. Sa voix était coupante comme l'acier.

— Euh… Je vous disais que je m'apprêtais à placer vos livres sur une étagère de cuisine, à côté de ceux de Maxime LaPointe. J'adore cuisiner.

Carlo posa la main sur la pile d'ouvrages devant lui, à la manière d'un parent protecteur couvant un enfant menacé.

— Vous placeriez *mes* livres à côté des pompeuses élucubrations de ce cuisinier d'opérette ? Je ne vous félicite pas, madame !

Ouille ! Intervention d'urgence requise.

— Ah, je vois que vous avez acheté les trois exemplaires en même temps ! dit Juliet aimablement. Vous devez être passionnée de gastronomie ?

— J'aime beaucoup la cuisine. Mais…

— Attendez d'avoir essayé quelques-unes de ces recettes de *pasta*. J'ai eu l'occasion de déguster les plats préparés par Carlo Franconi. Une merveille ! Surtout avec le basilic frais.

Juliet entreprit de tirer doucement sur les trois ouvrages posés sur la table, devant Carlo, et rencontra une résistance. Bravant son regard furieux, elle le foudroya à son tour et, d'un geste sec, récupéra les livres.

— Tenez… J'envie les convives à qui vous servirez ses *fettucine alla papalina*. Vous n'avez pas fini d'entendre des compliments !

Tout en gardant un ton affable, elle entraîna la malheureuse à distance prudente de la ligne de feu.

— Vous avez également une recette fabuleuse de…

— LaPointe est un imposteur, vous m'entendez ?

La voix tonitruante de Carlo les poursuivait. La petite dame jeta un regard inquiet derrière elle. Juliet lui adressa alors un clin d'œil et prit le ton de la confidence.

— Ah, les hommes… Ils ont parfois des susceptibilités surprenantes, vous ne trouvez pas ?

— Ah, ça, on peut le dire !

Serrant ses trois livres de recettes contre sa poitrine, la dame descendit les marches aussi vite qu'elle le put et trottina hors de la librairie sans demander son reste.

Juliet fonça alors sur Carlo.

— Qu'est-ce qui t'a pris, on peut le savoir ?

— Ce qui m'a pris ?

Il se leva, se dressant comme une tour devant elle, et Juliet se sentit soudain minuscule.

— Comment a-t-elle osé prononcer ce nom-là devant moi ? Associer les livres d'un *artiste* avec le ramassis d'inepties et de recettes bricolées par un escroc notoire à la réputation fabriquée de toutes pièces ? LaPointe est…

— Ecoute-moi bien, Carlo, car je ne le répéterai pas : je me contrefiche de ce LaPointe !

Appuyant fermement sur ses épaules, elle l'assit de force sur le petit canapé.

— Ce dont je ne me fiche pas, en revanche, c'est de la façon dont tu as fait fuir la malheureuse poignée de clients qui se sont déplacés pour te rencontrer. La moindre des politesses vis-à-vis de ces gens, c'est de te comporter correctement !

Il avait accepté de s'asseoir uniquement parce qu'il admirait la façon dont elle lui en avait intimé l'ordre. Juliet était fascinante. Il décida qu'il serait plus sage de laisser dériver ses pensées sur elle que sur ce *bastardo* de LaPointe. En fait, il serait plus sage de penser à n'importe quoi, y compris au sang et à la famine, plutôt qu'à ce misérable gâte-sauce.

L'après-midi s'étira, interminable. Tout ce que Carlo en retenait de bon, c'était sa conversation avec le gamin. Il vérifia que son adresse était toujours dans sa poche. Il appellerait son amie Summer, à Philadelphie, et lui parlerait de Steven Hardesty.

Mais à part Steven et la petite dame malavisée qui avait fait monter sa tension en prononçant le nom de son vieil ennemi, les distractions avaient été rares. Il avait été à deux doigts de s'ennuyer. Et s'il y avait une chose qu'il redoutait plus encore que la maladie et la cuisine bâclée, c'était l'ennui !

Il lui fallait un peu d'action. Un challenge, peut-être, même insignifiant ? Il jeta un coup d'œil à Juliet, en grande discussion avec un vendeur. Le défi qu'elle représentait n'avait rien de mineur. S'il avait éprouvé quantité d'émotions en compagnie de cette femme, l'ennui n'était pas du nombre. Auprès d'elle, son intérêt restait constamment éveillé. Sexuellement ? Cela allait sans dire. Mais intellectuellement, tout autant. Et ça, c'était un grand plus.

Il comprenait les femmes. Il n'en tirait aucune fierté, car, comme il s'était plu à le rappeler à Juliet, il les fréquentait depuis le berceau. Il avait plaisir à être auprès d'elles. Il les aimait au lit, bien sûr, mais il les appréciait aussi pour leur compagnie, leur amitié, la satisfaction de collaborer avec elles. Mais rares étaient celles qu'il avait envie de connaître sous tous ces aspects. Juliet, si. Ce n'était pas tant une décision rationnelle chez lui que la perception d'une nécessité interne. La convaincre de lui faire don de son amitié serait aussi stimulant — et gratifiant — que de la persuader de faire l'amour avec lui.

Pas de manœuvre trop précipitée donc, résolut-il, étudiant son profil. Avec une femme comme elle, il serait plus facile d'obtenir son corps que sa confiance. Il lui restait deux semaines pour décrocher l'une et l'autre. Avec un sourire rentré, il décida de lancer sa campagne pour de bon.

Il leur fallut une bonne demi-heure pour gagner à pied le parking couvert où Juliet avait fini par garer leur voiture de location.

— Cette fois, je prends le volant, annonça-t-il, tandis que l'écho de leurs pas résonnait sur le sol en béton.

Avant qu'elle puisse ouvrir la bouche pour protester, il plaida sa cause.

— Tu peux bien m'accorder ce petit moment de bonheur, Giulietta. Je viens de survivre de justesse à deux heures d'ennui profond. Il n'y a pas de raison que tous les plaisirs soient toujours pour toi !

— Si c'est ta vision des choses.

Elle posa les clés dans sa main tendue, soulagée de constater qu'il semblait avoir recouvré sa bonne humeur.

— Si j'ai bien compris le programme, nous avons quartier libre à partir de maintenant ?

— Exact. Tu es libre comme l'air jusqu'à demain.

Avec un petit soupir d'aise, elle se cala sur son siège et attendit qu'il démarre.

— Dîner à 20 heures alors. Tu ne t'occupes de rien. Je prends tout en charge.

Elle avait envisagé sa soirée autrement : plateau-repas dans sa chambre, vieux film à regarder de son lit, adossée contre une mer d'oreillers, et chassa à regret cette vision de rêve. Elle était payée pour satisfaire les caprices de son auteur.

— Tout ce que tu voudras.

La voiture bondit hors de la place de parking avec un crissement de pneus qui la fit sursauter.

— Tout ce que je voudrai ? Je saurai te rappeler cette promesse, *Giulietta mia* !

Il traversa le bâtiment tout de béton comme un bolide et en sortit sans même marquer un arrêt.

— Carlo…

— Je propose une coupe de champagne pour fêter notre première semaine de tournée. Tu aimes les bulles ?

— J'adore, oui… Carlo ! Le feu est orange !

Il le passa sans se soucier des couleurs, frôla le pare-chocs d'un vieux coupé cabossé et poursuivit sa route.

— Tu n'as rien contre la nourriture italienne ?

— Aucune, non. Mais si tu pouvais…

Elle se cramponna à la poignée.

— Carlo ! Ralentis ! Le camion !

— Je ne vois que lui, *carissima*.

Il contourna le véhicule *in extremis*, passa un nouveau feu à l'orange très mûr et négocia un virage délicat à droite.

— Tu as des projets, pour cet après-midi ?

Juliet porta la main à sa gorge, se demandant si elle parviendrait à émettre un son.

— Je pensais profiter du hammam de l'hôtel. Mais encore faut-il que je survive jusque-là.

— Parfait. Pendant ce temps, j'irai faire quelques courses.

Il zigzagua d'une voie à l'autre, alors que les voitures roulaient presque pare-chocs contre pare-chocs, et Juliet suivit ce ballet, la mâchoire serrée d'angoisse.

— A qui faudra-t-il notifier ton décès ?

Carlo éclata de rire, puis il freina enfin devant l'hôtel.

— Ne t'inquiète de rien. Profite tranquillement des vapeurs brûlantes. Et viens frapper à ma porte à 19 heures.

Juliet hésita. Materner, accompagner, divertir, telle était l'essence de sa mission. Devait-elle cependant aller jusqu'à risquer sa vie ? Son éditeur estimerait sans doute que oui.

— Je viens avec toi, si tu veux, suggéra-t-elle, stoïquement.

— Non, non. Inutile. Je me débrouillerai.

Une main sur le volant, il se pencha et l'attrapa par le cou.

— Détends-toi cet après-midi, Juliet, chuchota-t-il contre ses lèvres. Et pense à moi lorsque la chaleur humide glissera sur ta peau et que tes muscles, un à un, se relâcheront, jusqu'à ce que ton corps entier ne soit plus que volupté et abandon.

Face au péril, Juliet choisit la fuite. Elle se précipita hors de la voiture, voulut lui ordonner de conduire prudemment, mais il était déjà reparti en trombe. Offrant une courte prière pour la cause des fous du volant italiens, elle regagna sa chambre.

A 19 heures, elle se sentait régénérée, au moral comme au physique. Elle avait transpiré toute sa fatigue au hammam, réveillé ses énergies dans la piscine et poussé l'hédonisme jusqu'à s'offrir une séance de massage. La vie, tout compte fait, avait ses bons côtés... Une dernière touche de parfum et hop, elle était prête à ressortir. Son rapport sur Denver attendrait le vol pour Dallas, le lendemain matin, d'autant plus qu'elle n'avait rien à mentionner dedans ou presque. Il ne lui restait donc qu'une seule préoccupation sérieuse pour la soirée : se nourrir. Son estomac lui rappelait d'ailleurs avec insistance qu'il était temps de passer à table.

Un rapide coup d'œil dans le miroir lui confirma que sa robe en maille ivoire devrait convenir pour à peu près n'importe quelle circonstance — à supposer du moins que Carlo ne se soit pas mis en tête de la traîner dans une baraque à hot dogs. Elle attrapa son sac et traversa le couloir, espérant qu'il ait choisi un restaurant à proximité de l'hôtel. L'idée de repartir à l'assaut des embouteillages du centre-ville la décourageait d'avance.

Il lui ouvrit la porte, les manches de sa chemise relevées. Une chemise ample, en coton et très chic, mais son regard fut surtout attiré par le relief de sa musculature. Il lui arrivait donc de soulever autre chose que des louches et des spatules... Sa seconde impression sensorielle suivit la première de près : les fumets. Aromatiques. Erotiques.

Carlo lui prit les deux mains.

— Tu rayonnes, Juliet !

La regarder était un enchantement pour lui. Il aimait la clarté de lait de sa peau, respirait avec bonheur les notes poudrées de son parfum, mais, plus que tout, il aimait voir l'hésitation mêlée de confusion dans son regard, alors qu'elle humait les arômes flottant dans la pièce.

Narines frémissantes, Juliet ferma à demi les yeux.

— Intéressante, ton eau de toilette, Carlo. Mais les notes de fond sont un peu épicées, non ?

— *Innamorata,* une sauce Franconi ne se porte pas comme un parfum. Elle est faite pour être...

Il lui embrassa le dos de la main.

— ... anticipée et savourée, conclut-il en portant son autre main à ses lèvres, puis en lui embrassant l'intérieur de la paume.

Une femme intelligente ne se laissait pas troubler par des tactiques d'approche aussi éculées ! Pourtant, Juliet dut lutter contre les frissons qui couraient le long de ses bras.

— Une sauce Franconi ?

Elle dégagea ses mains des siennes, puis les noua dans son dos.

— Figure-toi que j'ai trouvé un petit magasin totalement extraordinaire ! Avec les meilleurs produits. Ils avaient même un vin excellent. Italien, bien sûr.

— Ça va sans dire, répondit mécaniquement Juliet.

Elle avança d'un pas prudent à l'intérieur de la suite.

— Tu as passé l'après-midi à cuisiner ?

— Oui. Rappelle-moi d'ailleurs demain de toucher deux mots au propriétaire à propos de la qualité de ses plaques de cuisson. Mais je ne m'en suis quand même pas trop mal sorti, vu les circonstances.

Juliet songea qu'il serait imprudent de s'intéresser à ses réalisations, alors qu'elle n'avait aucune intention de dîner seule avec lui dans sa suite. Si elle avait été de pierre, peut-être, aurait-elle eu la force de ne pas se diriger vers la kitchenette. Mais l'eau lui montait à la bouche et ses pieds avançaient tout seuls.

— Oh là là…

Ravi, Carlo glissa un bras autour de sa taille et la guida jusqu'à ses fourneaux. La petite cuisine ressemblait à un champ de bataille après la défaite. Juliet n'avait encore jamais vu pareille quantité de poêles et de casseroles entassées dans un évier. Toutes les surfaces étaient maculées d'éclaboussures. Mais les fumets, les arômes… Un aller simple pour le paradis !

— Nos sens sont les portes qui nous ouvrent sur le monde. Ce sont eux qui nous gouvernent, tous autant que nous sommes. On commence par l'olfaction, puis l'imagination se met en marche.

Ses doigts se mouvaient avec délicatesse sur sa taille.

— L'imagination est si puissante, parfois, qu'elle permet de sentir les saveurs frémir à fleur de papilles avant même d'avoir porté quoi que ce soit à la bouche.

— Mm...

Consciente de manquer de la plus élémentaire circonspection, Juliet le regarda soulever le couvercle d'une cocotte. Le bouquet d'arômes qui s'en dégagea était si précieux qu'elle dut fermer les yeux pour mieux s'en pénétrer.

— Oh ! Carlo...

— Puis notre regard, alors, entre en scène. Et l'imagination fait un nouveau bond en avant.

Il resserra la pression de son bras jusqu'au moment où elle ouvrit les yeux pour scruter l'intérieur de la cocotte. Odorante, épaisse, riche en ingrédients nobles, la sauce Franconi mettait le regard en joie. Et l'estomac aussi. Celui de Juliet fit entendre un grognement de pur bonheur.

— C'est beau, n'est-ce pas ?

— Oh oui !

Elle n'avait pas conscience que sa langue venait de glisser sur ses lèvres. Carlo, si.

— Troisième étape : l'ouïe...

Juliet entendit alors le frémissement de l'eau qui commençait à bouillir dans la grande casserole voisine. Carlo mesura à vue la quantité de *fusilli lunghi* adéquate et la fit glisser dans l'eau d'un geste expert.

— Vois-tu, Giulietta, il y a comme ça des unions parfaites forgées par le destin.

Il remua doucement les pâtes à l'aide d'une écumoire.

— Pris séparément, la sauce et les *fusilli* ne présentent que peu d'intérêt. Mais, une fois unis, ils sont divins... Mais viens... Je veux d'abord te servir un verre de ce magnifique Brunello di Montalcino. Le champagne sera pour plus tard.

Juliet s'éclaircit la voix. Il était temps de se *positionner* avec fermeté. Pas de prendre *position* à côté des fourneaux.

— Carlo, je crois qu'il y a un malentendu. Je n'avais pas compris que tu avais l'intention de préparer un dîner ici…

— J'ai toujours aimé faire des surprises aux gens que j'apprécie.

Il versa le vin à la robe grenat, et lui tendit un verre.

— Et j'avais envie de cuisiner pour toi.

Juliet aurait trouvé plus facile de refuser, s'il l'avait dit autrement. Elle aurait trouvé plus facile de refuser, si sa voix avait été moins chaleureuse, moins profonde — tout comme son regard. Tout comme les sensations qu'il s'entendait à susciter en elle. Sous la peau et sur la peau.

— C'est vraiment très généreux de ta part, Carlo, mais…

— Tu as pu passer un peu de temps au hammam ?

— Oui, oui… Mais comme je te le disais, je préfère…

— Ça t'a détendue. Je le vois.

Elle soupira et prit machinalement une gorgée du vin qu'elle s'était promis de refuser.

— Eh bien, la détente, chez moi, vient en cuisinant. Ce soir, nous dînerons ensemble, tranquillement. Les hommes et les femmes le font depuis des siècles. C'est devenu une coutume très civilisée, tu sais…

Elle releva le menton par bravade.

— Tu te moques de moi !

— Un peu. Mais gentiment.

Plongeant dans le réfrigérateur, il en sortit un petit plateau.

— Commence par goûter mes *antipasti*.

Juliet choisit une pointe d'asperge marinée.

— Ça n'aurait pas été plus reposant pour toi de dîner dans un restaurant ?

— Ça l'est, bien sûr. Mais j'apprécie aussi de prendre un repas dans l'intimité.

Il posa le plateau et elle recula d'un pas. Il la regarda faire avec curiosité, puis lui sourit.

— Je te trouble ?

Elle avala sa bouchée tant bien que mal.

— Bien sûr que non. Ne sois pas ridicule !

Il posa son verre et fit un pas dans sa direction. Juliet se trouva acculée contre le réfrigérateur.

— Carlo...

— Chut ! Nous allons juste tenter une expérience.

Il effleura alors de ses lèvres l'une de ses joues, puis l'autre. Il entendit sa respiration se suspendre pour finir par s'échapper sur un frisson. La tension, la nervosité ne lui auraient posé aucun problème. Sans le frémissement des nerfs, les plaisirs de la chair restaient ternes, comme une sauce sans aromates. Mais la peur ? Etait-ce cela qu'il avait entrevu dans son regard ? La nervosité, il aurait joué avec, se serait amusé à l'exacerber, même. Mais la peur, c'était différent. La peur le déconcertait, le freinait. Et le touchait au cœur par la même occasion.

— Je ne te ferai pas de mal, Juliet.

Son regard revint soutenir le sien sans faiblir. Mais ses doigts restaient crispés, prêts à se refermer en poings.

— Tu crois ça ?

Il lui prit la main, desserrant ses doigts un à un. La réponse, il la fit pour lui-même autant que pour elle :

— Je le sais. Et maintenant, mangeons.

Juliet attendit qu'il ait tourné le dos pour laisser monter le tremblement qu'elle avait réussi à contenir. Envoyant soudain promener ses réflexes élémentaires de prudence, elle vida d'un trait le reste de son vin. Il se pouvait que Carlo ne lui veuille aucun mal. Mais il n'était pas exclu qu'elle s'en fasse elle-même.

A ses fourneaux, Carlo ne faisait pas dans l'agitation mais dans la minutie. En vérité, il était exactement le même dans une kitchenette d'hôtel que lorsqu'il œuvrait en public, face aux caméras. Juliet apporta le peu d'aide qu'elle se sentait capable de fournir : elle mit la table.

C'était une erreur de dîner avec lui dans sa suite, elle en avait parfaitement conscience, mais qui aurait la force morale — ou le masochisme — nécessaire pour résister à l'odeur des *fusilli lunghi alla trapanese,* made by Carlo Franconi ? Elle n'était pas naïve et saurait tenir ses distances, se promit-elle. Le moment de peur paralysante qu'elle avait ressenti un instant plus tôt était passé. Elle dégusterait un repas trois étoiles arrosé de deux verres de ce somptueux vin toscan, puis elle retraverserait le couloir et dormirait ses huit heures d'affilée. Car, dès le lendemain, le manège infernal reprendrait de plus belle.

Elle choisit un anchois à la truffe sous le regard satisfait de Carlo.

— Voilà qui est mieux ! Tu es disposée à te faire plaisir.

Elle s'octroya une chaise avec un léger haussement d'épaules.

— Ecoute… Si l'un des meilleurs chefs au monde décide de cuisiner pour moi en privé, qui suis-je pour faire la fine bouche ?

— Pas *un* des meilleurs. *Le* meilleur.

— Ça te détend réellement de faire la cuisine ?

Il leur servit à chacun une assiette pleine.

— En fait, ça dépend des moments. Parfois, ça calme et parfois, ça excite. Il arrive même que ce soit une souffrance. Mais c'est toujours de l'ordre de l'exaltation… Ah, non, non ! Ne les coupe surtout pas !

Il secoua la tête.

— *Dio mio,* c'est quelque chose, ces Américains ! Enroule les *fusilli* autour de ta fourchette.

— Avec moi, ça ne marche jamais. Ça glisse, ça colle, ça dérape.

— Attends…

Posant les mains sur les siennes, il guida son geste. Et nota que son pouls restait régulier. Mais rapide.

— Voilà… comme ça…

Lui tenant toujours la main, il l'aida à porter la fourchette à ses lèvres.

— Goûte maintenant.

Elle obtempéra, consciente du regard de Carlo posé sur elle. Les saveurs explosèrent alors sur sa langue ; le poivré filtra à travers l'aromatique, des accords variés se déclinèrent. Déjà, elle ne pensait plus qu'à la bouchée suivante.

— Ooooh... C'est un péché majeur, je crois.

Rien n'aurait pu faire plus plaisir à Carlo. Il reprit en riant sa propre place et mania ses *fusilli* avec une admirable dextérité.

— Les péchés mineurs font les plaisirs mineurs. Lorsque Franconi cuisine, se nourrir n'a plus rien à voir avec la satisfaction mécanique d'un besoin élémentaire.

Elle ne put qu'en convenir.

— Je te l'accorde. Pourquoi n'es-tu pas obèse ?

— *Prego ?*

Juliet savoura encore une fourchetée et soupira.

— Si j'étais capable de cuisiner ce genre de merveille, je serais ronde comme un potiron.

Il rit doucement en la regardant manger. Voir quelqu'un qu'il appréciait se délecter de ses créations l'enchantait. Après des années et des années, il ne se lassait toujours pas de ce plaisir.

— Ta mère ne t'a pas appris à faire la cuisine ?

— Elle a essayé.

Juliet porta son verre à ses lèvres.

— Mais il semble que je n'aie jamais réussi à me distinguer dans aucun des domaines où ma mère aurait souhaité que j'excelle. Ma sœur joue magnifiquement du piano ; moi, je me souviens à peine de mes gammes.

— Qu'est-ce que tu aurais aimé faire, plutôt que de potasser ton solfège ?

— Jouer en troisième base.

Le vieux rêve oublié lui était revenu à la mémoire. Elle pensait l'avoir enterré depuis longtemps, en même temps qu'une demi-douzaine d'autres frustrations adolescentes de la même eau.

— Ma mère avait des ambitions très classiques, pour nous. Elle s'était mise en tête de faire de nous deux jeunes personnes d'une féminité exquise. Sans parler de la vocation familiale pour la médecine, bien sûr. Comment peut-on être une Trent et envisager de gagner sa vie autrement qu'en soignant son prochain ? Cela dit, elle en a quand même eu une sur deux, ce n'est pas si mal.

— Tu crois qu'elle n'est pas fière de toi ?

Telle une flèche, la question vint se ficher dans une cible dont Juliet ignorait qu'elle se trouvait exposée. Ses doigts se resserrèrent sur le pied de son verre.

— Ce n'est pas tant une question de fierté que de déconvenue, je pense. Je n'ai pas répondu aux attentes de mes parents et, au lieu de manier le stéthoscope, je passe ma vie pendue au téléphone. Je crois qu'ils en sont encore à se demander quelle erreur ils ont commise pour avoir engendré une fille aussi atypique.

— Leur seule erreur est de ne pas avoir su t'accepter telle que tu es.

— Peut-être, murmura-t-elle. Il se peut aussi que je me sois appliquée à devenir ce que je suis uniquement pour le plaisir pervers de me distinguer de ma sœur et du reste de la famille. Je n'ai pas encore réussi à trancher.

— Ta vie actuelle te rend malheureuse ?

Surprise, elle leva les yeux vers lui. *Etait-elle malheureuse ?* Exaspérée, parfois. Harassée et sous pression assez souvent. Mais malheureuse ?

— Non.

— Ne serait-ce pas la réponse à ta question ?

Juliet garda les yeux rivés sur son visage. Il était bien autre chose que beau, riche, talentueux… et très sexy.

Ses qualités étaient beaucoup moins superficielles que celles qu'elle lui avait d'abord attribuées avec cynisme.

— Carlo...

Pour la première fois, elle prit l'initiative de le toucher. Simplement en posant sa main sur la sienne. Mais il considéra qu'il s'agissait d'un bond géant en avant.

— Tu sais que tu es un type plutôt bien dans l'ensemble ?

Il ne put résister à la tentation d'entrelacer ses doigts aux siens.

— Bien sûr. Je pourrais même te donner des références.

Juliet reprit ses distances en riant.

— Je n'en doute pas !

Avec plaisir, concentration et même franche et vigoureuse gourmandise, elle vida son assiette. Carlo approuva.

— *Bravissima*. Et maintenant, le dessert.

Juliet gémit et secoua la tête.

— Carlo, non ! Je suis incapable d'avaler ne serait-ce qu'une miette de plus.

— Tu verras, ça passera tout seul.

Il s'était levé avant qu'elle ait eu la force de réitérer son refus.

— C'est une vieille, vieille tradition italienne qui remonte au temps de la royauté. Le cheese-cake américain a ses qualités, mais voici la *Torta di noci e cioccolato dell'Artusi*.

L'apparence du dessert était déjà un péché de gourmandise.

— Carlo, je te préviens : je n'y survivrai pas !

— Juste une part minuscule à déguster avec le champagne.

Il fit sauter le bouchon d'un mouvement du poignet expert et sortit deux flûtes.

— Assieds-toi sur le sofa. Ce sera plus confortable.

Juliet s'exécuta et comprit pourquoi les Romains de l'Antiquité mangeaient allongés. Elle aurait pu se rouler en boule et s'endormir de bonheur en quelques secondes. Mais le champagne pétillait, éveillant de nouveau ses sens.

Carlo apporta une seule petite assiette pour deux.

— Voilà. Nous allons partager. C'est trois fois rien.

— Une bouchée grand maximum, alors, prévint-elle, résolue à ne plus déroger à une seule de ses décisions.

Mais une fois qu'elle eut le goût de la pâtisserie en bouche, onctueuse, chocolatée, avec la consistance de la noix et la légère amertume des cédrats confits, elle ne put qu'enchaîner sur une seconde cuillerée avec un soupir de défaite.

— Carlo, tu es un magicien !

— Un *artiste*, rectifia-t-il.

— Tout ce que tu voudras.

Luttant contre la tentation, elle éloigna d'elle le gâteau et se replia sur le champagne.

— Là, il faut vraiment que je m'arrête.

— Oui, je m'en souviens. Tu es opposée à toute forme d'excès et de laisser-aller.

Ce qui ne l'empêcha pas de remplir de nouveau son verre. Elle y plongea les lèvres, grisée par les arômes de fleurs blanches et l'aura de luxe que distillait la plus raffinée des boissons à bulles.

— Contre le laisser-aller, oui. Mais pour ce qui est de l'art de se faire plaisir avec les bonnes choses, j'ai révisé mes positions.

Glissant les pieds hors de ses escarpins, elle le regarda en riant par-dessus son verre.

— Je suis convertie, Carlo.

— Tu sais que tu es un bonheur pour les yeux ?

Les lumières étaient tamisées, la musique poignante, l'atmosphère tiède et riche en parfums. Carlo envisagea de résister. Il n'avait pas oublié la peur qu'il avait décelée un peu plus tôt dans les yeux de Juliet. Mais en cet instant, il n'en restait plus trace. Elle était sereine, libérée de son habituelle réserve. Et le désir dont il avait ressenti les tiraillements depuis qu'elle avait frappé à la porte de la suite n'était pas retombé.

Après une expérience gastronomique comme ils venaient d'en vivre une, les sens étaient magnifiés. Il le percevait chez elle. Il avait compris très tôt par ailleurs qu'hommes et femmes auraient tort de regarder de haut les trésors mutuels qu'ils pouvaient s'apporter.

Il ne résista pas, et prit son visage entre ses mains. Ainsi, il pouvait plonger les yeux dans ses yeux, sentir sa peau et commencer à imaginer goûter la saveur de ses lèvres. Cette fois, il ne vit ni peur ni méfiance dans son regard vert d'eau. Peut-être était-elle prête pour la leçon numéro deux ?

Juliet aurait pu refuser. La nécessité de le faire lui traversa l'esprit. Mais les mains de Carlo sur sa peau étaient à la fois si fortes et si douces ! Jamais encore on ne l'avait touchée de cette manière. Elle savait, à présent, comment il l'embrasserait, et au plaisir anticipé venait se mêler la tension de l'attente. Elle savait et elle aspirait à le retrouver.

Consciente de son désir et disposée à le revendiquer, elle enserra les poignets de Carlo. Pas pour le repousser, mais pour le toucher, tandis qu'elle prenait l'initiative de chercher ses lèvres. Pendant un long moment, ils demeurèrent ainsi, s'accordant le temps de savourer ce premier avant-goût de baiser. Puis lentement, mutuellement, ils réclamèrent d'aller plus loin.

Carlo la sentait si fragile dans ses bras qu'il était tout près d'oublier à quel point elle était forte et compétente. Il y avait en lui une envie de conserver précieusement plutôt que de prendre et de consommer. Malgré la brûlure du désir, et alors même qu'elle se donnait — confiante, vulnérable —, il sentait monter en lui l'appel de la douceur.

Y avait-il jamais eu homme au monde pour la tenir avec

cette attention, cette tendresse ? Avait-elle jamais rencontré pareille patience ? Le cœur de Carlo battait fort contre le sien. Elle percevait ses palpitations, comme le pouls éperdu d'un grand animal sauvage. Mais sa bouche était si tendre, ses caresses si rêveuses… Comme s'ils avaient été amants depuis des années, comme s'ils avaient la vie devant eux pour s'aimer, et s'aimer encore.

Pas de hâte. Pas d'exigence. Pas de frénésie. Rien que plaisir et lenteur. Le cœur de Juliet s'ouvrit. Comme une rose en bouton qui se déplie avec réticence, mais finit par devenir fleur. Et par l'ouverture, Carlo entra.

Lorsque le téléphone fit entendre sa sonnerie aiguë, il jura et elle poussa un soupir. Ils étaient sur le point l'un et l'autre de prendre tous les risques, de se donner toutes les chances.

— Juste un instant, murmura-t-il.

Encore en état de rêve, elle lui caressa la joue.

— D'accord.

Pendant qu'il répondait, elle ferma les yeux, déterminée à rester dans sa bulle de plaisir.

— Ah, c'est toi, *carissima* !

Carissima ? Carissima ! La tendresse dans sa voix amena Juliet à soulever les paupières. Avec un rire chaleureux, Carlo se lança dans un flot enthousiaste d'italien chantant. Et elle qui ne voulait penser à rien se remit à penser quand même.

De l'affection… C'était de l'affection qui transpirait dans chaque mot prononcé. Inutile de connaître la langue pour l'entendre. Tournant la tête, elle vit Carlo sourire alors qu'il parlait à son interlocutrice invisible. Résignée, Juliet se rabattit sur son champagne. Il ne lui était pas facile de reconnaître qu'elle s'était ridiculisée. Encore moins d'admettre qu'elle souffrait.

Depuis le début, pourtant, elle connaissait la réputation de Carlo Franconi ! L'homme était coureur et le revendiquait. Peut-être, oui, était-elle femme à savoir ce qu'elle voulait ; peut-être, oui, était-ce lui qu'elle désirait. Mais accepter d'être une parmi tant d'autres ? Non !

Reposant son verre, elle se leva.

— *Si, si. Ti amo.*

Juliet se détourna sur ce « je t'aime ». Comme les mots d'amour glissaient avec aisance sur sa langue ! Que ce soit en italien, en polonais ou en anglais. Et comme ces mots pouvaient se vider facilement de leur sens, quelle que soit la langue.

— Ah, les interruptions malencontreuses ! Désolé, Juliet.

Elle tourna la tête et lui jeta un de ses regards inflexibles.

— Ne sois pas désolé, surtout. Le dîner était incomparable et je t'en remercie. Nous quittons l'hôtel demain à 8 heures.

— Attends…

Il traversa la suite luxueuse en quelques enjambées et la prit par les épaules.

— Qu'est-ce qui se passe ? Tu es en colère ?

Elle tenta de se dégager, mais échoua.

— En colère ? Je ne vois pas pourquoi je le serais !

— Les femmes n'ont pas toujours besoin d'avoir une raison logique pour passer d'un seul coup de la tendresse à la fureur.

Même s'il avait énoncé ce constat sans agressivité, elle se hérissa.

— J'ai bien conscience que tu as atteint un haut niveau d'expertise en ce qui concerne la femme en général, Carlo. Mais est-ce que tu sais ce que te dit la femme en particulier qui se tient devant toi ? Qu'il y a des limites à ne pas franchir, comme tenir quelqu'un dans ses bras d'un côté, et parler d'amour à quelqu'un d'autre de l'autre.

Il leva la main en signe d'incompréhension.

— Je ne te suis pas, Juliet. Mon anglais n'est peut-être pas à la hauteur.

Elle le foudroya du regard.

— Ton anglais est impeccable. Et si j'en juge par ce que je viens d'entendre, ton italien aussi.

— Mon italien ?

Elle vit éclore un grand sourire sur ses traits.

— Au téléphone, tu veux dire ?

— Oui. Au téléphone. Et maintenant, si tu veux bien m'excuser…

Il attendit qu'elle ait atteint la porte.

— Oui, j'avoue… J'avoue que j'ai des sentiments profonds pour la personne qui vient de m'appeler. Elle est belle, elle est intelligente, sa conversation est fascinante et je n'ai encore jamais rencontré de femme qui soit tout à fait comme elle.

Furieuse, Juliet fit volte-face.

— Comme c'est touchant. Puis-je te féliciter ?

— Je crois, oui. Il s'agit de ma mère.

Elle revint sèchement sur ses pas pour prendre son sac qu'elle avait presque oublié.

— Je pensais qu'un homme doté d'une expérience et d'une imagination comme les tiennes serait capable d'inventer mieux.

— Capable, je le serais, oui.

Il la retint de nouveau. Avec moins de douceur. Et plus tout à fait la même patience.

— Si ç'avait été nécessaire. Je ne suis pas quelqu'un qui a l'habitude de se justifier. Mais si je le fais, je ne mens pas.

Juliet prit une profonde inspiration, avec la brusque certitude qu'il lui disait la vérité. Non seulement elle n'aurait jamais dû lui tomber dans les bras, mais encore, avec sa petite scène de jalousie déplacée, elle venait d'achever de se ridiculiser.

— Je suis désolée. Dans l'un ou l'autre cas, ça ne me regarde pas.

— En effet.

Il lui prit le menton entre les doigts et ne le lâcha pas.

— J'ai vu de la crainte dans tes yeux, tout à l'heure. Et j'ai pensé que j'étais en cause. Maintenant, je crois que n'est pas de moi que tu as peur, mais de toi-même.

— Brillante analyse, mon cher !

— Tu m'attires, Juliet. Et sur bien des plans. Je sais que nous ferons l'amour tôt ou tard. Mais j'attendrai que la peur ait disparu de la scène.

Elle était partagée entre l'envie de lui hurler dessus et celle de fondre en larmes. Carlo le perçut clairement, mais ne dit rien.

— Bonsoir, Carlo. Nous avons un vol tôt, demain matin.

Il la laissa partir, mais demeura un moment sans bouger, même après avoir entendu sa porte se refermer, de l'autre côté du couloir.

6

Dallas était Dallas, une ville qui s'affichait sans complexe, ne se revendiquait que d'elle-même. Une ville grande, riche et arrogante à la manière texane. Son architecture futuriste, ses gratte-ciel vertigineux, l'entrelacs compliqué de ses échangeurs formaient un ensemble qui détonait avec les belles maisons anciennes du quartier d'Oak Cliff. Dans la chaleur de l'air flottaient des odeurs de pétrole, de parfums de luxe et la poussière des prairies. Dallas était Dallas, mais ne s'était jamais coupée de ses racines profondes.

Il y régnait l'effervescence propre aux villes à la croissance rapide. Elle bruissait d'une énergie très américaine que rien ne semblait pouvoir affaiblir. Juliet, pour sa part, n'aurait pas vu de différence s'ils s'étaient trouvés au fin fond de la Guinée équatoriale.

Depuis leur dernier soir à Denver, Carlo se comportait exactement comme si rien ne s'était passé — ni dîner intime, ni baisers, ni caresses, ni éclats de voix. Juliet se demandait s'il le faisait exprès pour la rendre folle. Il restait un compagnon de route coopératif et affable. Mais elle savait désormais ce qui se dissimulait derrière la façade. Sous le charme volubile et léger se cachait une force inflexible. Elle l'avait vue. On pouvait même dire qu'elle l'avait éprouvée dans sa chair. Et il aurait été mensonger d'affirmer qu'elle n'admirait pas cet aspect de lui.

Coopératif, il l'était depuis le tout début et avec une belle constance. Juliet devait reconnaître qu'elle n'avait encore jamais accompagné un auteur aussi âpre à la tâche. Même si, sur le papier, ces tournées promotionnelles paraissaient très glamour, elle savait d'expérience qu'elles tournaient vite à l'épreuve pour les auteurs. A partir de la deuxième semaine, il devenait difficile de sourire autrement que sur commande. Carlo, lui, tenait le rythme.

Mais il exigeait la perfection, telle que lui-même la concevait, et ne lâchait rien tant qu'il ne l'avait pas obtenue.

A cela s'ajoutait son charme : personne ne savait enchanter son public comme lui. Il incarnait le summum de la classe et de l'élégance, un atout, estimait Juliet, qui facilitait incontestablement son travail d'attachée de presse. Non, le charme de Carlo Franconi, personne ne songeait à le nier. Jusqu'au moment où son regard devenait de glace. Elle en savait quelque chose !

Il avait donc ses failles et ses défauts, comme tout un chacun. Défauts qui auraient dû suffire à l'éloigner de lui. Etablir des listes scrupuleuses de « pour » et de « contre » l'avait toujours aidée, même lorsque l'objet de son évaluation était un homme. Mais le problème, avec Carlo, c'était que les défauts n'y changeaient rien : il restait toujours aussi attirant.

Et il le savait. Encore un aspect de lui à prendre en compte. Dans la liste des avantages et inconvénients, sa vanité faisait contrepoids à sa générosité sans limites. L'image qu'il s'était forgée de lui-même et de son métier dépassait les frontières de l'arrogance. Mais encore une fois, cette image était pondérée par sa prévenance et son respect inné d'autrui.

La vérité, c'était que Carlo ne se résumait pas à une simple liste de qualités et de défauts. Il y avait aussi chez lui des aspects non quantifiables. La façon dont il souriait. La manière dont il prononçait son nom. Et même la très professionnelle, la très pragmatique Juliet Trent avait du mal à trouver un point faible susceptible de neutraliser ces petits détails irrésistibles.

Les deux journées à Dallas furent telles qu'elle dut tourner avec des nuits de six heures, des cocktails multivitaminés et des océans de caféine. Au rythme où ils avançaient, le creux de Denver était compensé. Elle le sentait aux crampes qui lui martyrisaient les mollets.

Quatre minutes au journal télévisé national, un grand entretien dans un des meilleurs magazines du pays, trois articles dans des quotidiens de la ville et deux séances de dédicace où ils écoulèrent chaque fois tous les exemplaires disponibles en librairie. D'autres manifestations figuraient au programme, mais ces prestations-là avaient été les plus glorieuses. Son retour à New York se ferait en triomphe et son éditeur en tomberait à ses pieds.

Un triomphe durement gagné, si l'on ajoutait au programme déjà chargé de la journée les dîners organisés avec des journalistes de presse qui commençaient à 22 heures et durant lesquels elle luttait pour ne pas piquer du nez dans son tiramisu. Elle avait des douleurs à l'estomac à force d'enchaîner les repas trop copieux et s'était réapprovisionnée en aspirine et sels antiacides. Mais les succès obtenus compensaient largement ces petits désagréments. Elle aurait dû être enthousiaste.

Elle était malheureuse comme les pierres.

Cette fille le rendait fou ! songeait Carlo en se préparant, stoïque, à affronter un énième journaliste pour une énième interview. Comment faisait-elle pour parvenir encore à afficher ce sourire exquis, cette politesse inaltérable ? Car pour être polie, elle l'était ! Sa mère ne lui avait peut-être pas appris à cuisiner, mais elle lui avait inculqué des manières parfaites.

Quant à sa compétente… Il n'avait encore jamais rencontré personne, homme ou femme, qui l'égalât dans ce domaine. Il avait toujours admiré cette qualité particulière chez une compagne et l'exigeait chez ses collaborateurs. Juliet, en l'occurrence, était l'une et l'autre, le temps de cette tournée. Précise, rapide, d'un calme imperturbable au milieu des crises et capable de mobiliser une énergie inépuisable face aux cataclysmes.

Que des qualités admirables…

Et pourtant, pour la première fois de sa vie, il envisageait sérieusement d'étrangler une femme de ses mains.

Car en dehors de la politesse et de la compétence, Juliet ne faisait plus preuve à son égard que d'indifférence. Elle se comportait comme si rien d'autre ne les liait qu'une succession interminable de rendez-vous professionnels, de manifestations et de salons. Elle agissait comme s'il n'y avait pas eu ce jaillissement de désir, cette perfection des caresses, ce subtil et silencieux dialogue entre deux corps en synergie.

Il savait pourtant que la flamme était là.

La façon dont elle l'avait embrassé en témoignait. C'était avec l'assurance d'un désir mature et assumé qu'elle s'était portée à sa rencontre. Sa bouche contre sa bouche. Son corps contre son corps. Il n'y avait pas eu d'indifférence dans ses baisers, aucune réserve dans ses caresses. Il avait senti sa force et sa malléabilité, ses exigences et ses attentes, ses soupirs et sa fragilité, mais à aucun moment de l'indifférence. Alors que maintenant…

Ils venaient de passer deux jours entiers ou presque en compagnie exclusive l'un de l'autre, mais il n'avait rien vu dans ses yeux, rien entendu dans sa voix qui trahît autre chose que la simple courtoisie professionnelle. Ils mangeaient ensemble, se déplaçaient ensemble, travaillaient ensemble, faisaient tout ensemble à part dormir.

Et pourtant, rien. Pas un regard. Pas un signe de connivence. Pas un geste amical ou tendre.

Il commençait à en avoir plus qu'assez de cette indifférence polie. Mais il ne se lassait pas de Juliet elle-même.

Il était même disposé à reconnaître qu'il pensait à elle très souvent. Pourquoi pas, après tout ? Avoir l'esprit monopolisé par une femme n'était pas inhabituel chez lui. Lorsqu'un homme cessait d'avoir des femmes en tête, il pouvait tout aussi bien être mort.

Il la désirait et pas qu'un peu. On pouvait même dire que plus il la voyait, plus elle l'obsédait. Elle n'était pas la première sur laquelle il jetait son dévolu et l'abstinence sexuelle n'avait jamais été sa tasse de thé. Lorsqu'un homme ne désirait plus, il *était* mort.

Mais…

Il trouvait étrange que tant de « mais » émaillassent sa réflexion chaque fois que ses pensées tournaient autour de Juliet. Toujours était-il qu'il se surprenait à méditer à son sujet un peu trop souvent à son goût. Avoir envie d'une femme à en hurler ne le dérangeait pas. Au contraire, même. Mais avec Juliet, la sensation d'inassouvi commençait à devenir sacrément inconfortable.

Certes, son confort moral et sa santé mentale n'en étaient pas menacés, mais elle était si insupportablement indifférente !

Il était temps d'agir… Il se promit alors, durant les quelques heures qu'il leur restait à passer à Dallas, d'amener l'inébranlable Juliet Trent à sortir de sa fichue coquille.

Il avait à son programme, ce jour-là, un énième déjeuner avec une journaliste dans un de ces établissements à la fois luxueux et interchangeables dont il commençait à avoir assez. Il aurait préféré boire une bonne bière mexicaine dans une petite *cantina* servant une authentique cuisine tex-mex, sans raffinement ni chichis. Il se promit de se rattraper à Houston, quoi qu'il arrive.

Ce fut à peine s'il remarqua que la journaliste était très jeune et dévorée par la nervosité, lorsqu'ils la rejoignirent à la table. Il s'était donné pour challenge de trouver la faille dans le bouclier de politesse de Juliet. Et tant pis s'il devait user de coups bas pour parvenir à ses fins !

— Ah, monsieur Franconi ! Enchantée… Je suis vraiment ravie que vous ayez inclus Dallas dans votre tournée.

La jeune femme attrapait déjà son verre d'eau pour s'éclaircir la voix.

— Charles Van Ness m'a demandé de vous transmettre ses excuses. Il se réjouissait énormément à l'idée de vous interviewer.

Carlo lui sourit, mais ses pensées étaient ailleurs.

— Charles Van Ness ?

— Le rédacteur gastronomique du *Dallas Tribune*, précisa Juliet, tout en dépliant sa serviette en lin blanc sur ses genoux.

Comme elle lui avait donné, un quart d'heure plus tôt, toutes les indications sur la question, elle espérait qu'il détecterait l'ironie sous le ton suave.

— Jenny Tribly, que voici, a dû prendre sa place à la dernière minute.

— Mais bien sûr !

Carlo compensa son moment d'inattention en mettant la dose de charme voulue dans son sourire.

— Je suis certain que vous le remplacerez magnifiquement.

En tant que femme, Jenny n'était pas insensible aux accents caressants de sa voix. En tant que journaliste, elle avait conscience de l'immense opportunité que représentait cette interview. Elle essuya ses paumes moites sur sa serviette.

— Tout s'est décidé dans la plus grande confusion, à la dernière minute. Il se trouve que Charles est en salle d'accouchement.

Carlo haussa un sourcil amusé.

— C'est original.

— Au chevet de sa femme, bien sûr.

— Une naissance, donc ? Je propose que nous levions un verre à la santé du nouveau-né.

Il fit signe à la serveuse.

— Mademoiselle ? Apportez-nous trois margaritas, s'il vous plaît. Des vraies. En respectant bien les proportions du cocktail d'origine. Le choix vous convient-il, mesdames ?

En réponse, il obtint un petit signe de tête assez réservé de Juliet et un sourire reconnaissant de Jenny Tribly.

Résolue à tirer le meilleur parti du coup de chance inattendu que représentait cette rencontre, cette dernière ouvrit un carnet sur ses genoux, et commença sans attendre.

— Vous êtes satisfait de votre tournée jusqu'à présent, monsieur Franconi ?

— C'est toujours un bonheur pour moi de venir dans votre pays.

Il posa sa main sur celle de Juliet avant qu'elle ait eu le temps d'anticiper son geste.

— Surtout lorsque je voyage en compagnie d'une femme aussi belle.

Juliet entreprit de retirer discrètement sa main, mais celle de Carlo y était solidement arrimée. Pour un homme capable de réussir les sauces les plus délicates et les plus aériennes, il avait une poigne de boxeur.

Sans qu'un mot fût prononcé, leurs deux volontés s'affrontèrent alors, même si la voix de Carlo gardait toute sa suavité.

— Je dois vous dire, Jenny — je peux vous appeler Jenny, n'est-ce pas ? —, que Juliet est une femme extraordinaire. Sans elle, je ne serais plus rien.

Juliet répondit d'une voix tout aussi suave, mais le coup qu'elle lui donna sous la table fut, lui, nettement moins amical.

— Je me charge de l'organisation pratique. Mais l'artiste, c'est Carlo.

— Nous formons un duo plutôt admirable, qu'en pensez-vous, Jenny ?

Ne sachant où se situer au milieu de cet échange, Jenny sourit poliment et ramena la conversation sur des rives plus sûres.

— Carlo Franconi, l'écriture de livres de cuisine n'est pas votre seule activité. Votre restaurant, à Rome, attire des clients du monde entier. Et il vous arrive également de voyager pour mettre vos talents de cuisinier au service de personnalités en vue. Il y a quelques mois, votre présence a été signalée à bord d'un yacht de luxe, sur la mer Egée, où Dimitri Azares, le grand armateur grec, a eu la chance de déguster vos *Saltimbocca alla romana*.

Carlo rassembla ses souvenirs.

— Pour son anniversaire, oui. Sa fille avait tout organisé et lui avait fait la surprise.

Son regard glissa sur Juliet, dont la main rétive restait prisonnière de la sienne.

— Et Juliet vous confirmera que j'adore surprendre.

— Ah oui…

Jenny Tribly toussota et but une gorgée d'eau.

— Avec tant de réussite et de succès, aimez-vous encore les gestes élémentaires de votre métier ?

— La plupart des gens considèrent le fait de cuisiner comme une corvée ou, au mieux, comme un hobby. Mais comme je le disais encore récemment à Juliet…

Il entrelaça ses doigts aux siens.

— … se nourrir est un art. Comme faire l'amour, d'ailleurs. Les deux font appel à la gamme entière des sens et devraient exciter, stimuler, transporter, éclairer !

Il glissa un pouce sous la main prisonnière, et en caressa la paume.

— Tu t'en souviens, Juliet ?

Elle avait essayé de ne pas se souvenir. De se convaincre qu'oublier était possible. Mais la caresse insistante de Carlo ressuscitait chaque sensation vécue entre ses bras.

— Carlo Franconi croit fermement à la sensualité — voire à l'érotisme — de l'art culinaire, dit-elle avec son plus beau sourire. Son talent rare pour mettre cette croyance en actes fait de lui l'un des chefs les plus inventifs du moment.

— *Grazie, mi amore.*

Carlo porta sa main crispée à ses lèvres.

De la pointe de son escarpin, elle chercha le mocassin de Carlo et appuya fort, avec l'espoir de lui broyer un os.

— Vos lecteurs et vous-mêmes, Jenny, découvrirez que le nouveau livre de Carlo, *L'Art de Franconi : la pasta en mode majeur*, décrit à merveille sa technique, son style, ses innovations, tout en plaçant les recettes les plus élaborées à la portée d'un cuisinier amateur.

Lorsque leurs cocktails furent servis, Juliet tenta de tirer un petit coup sec sur sa main, pensant que Carlo relâcherait peut-être un instant son attention. Elle aurait dû se douter que ce serait sans espoir.

Il leva son verre.

— A la santé de l'enfant à naître ! C'est toujours exaltant de boire à la vie à tous ses stades, n'est-ce pas, Juliet ?

Jenny trempa les lèvres dans l'immense verre à cocktail.

— Carlo Franconi, avez-vous expérimenté vous-même chaque recette que contient votre livre ?

A n'importe quel autre moment, une question aussi idiote aurait immédiatement provoqué sa colère, mais, cette fois, Carlo était trop occupé pour la laisser éclater.

— Mais naturellement, chère amie, naturellement, répondit-il distraitement.

Il prit une gorgée de son cocktail, savourant la combinaison équilibrée de l'acidulé, du sucré et de l'amer. Puis son regard se posa sur Juliet.

— Je suis un homme entier. Lorsque je me passionne pour quelque chose, je m'y consacre pleinement. Un bon repas, comme je le dis souvent, se déroule un peu comme une étreinte amoureuse.

La pointe du crayon de Jenny Tribly se brisa. Elle se hâta d'en sortir un autre de son sac.

— Comme une étreinte amoureuse ?

— Oui. Le début est lent, presque expérimental. Une petite mise en bouche pour ouvrir l'appétit et faire fleurir l'attente. Puis les saveurs changent. On passe, avec l'entrée, à quelque chose qui reste léger, frais, qui maintient les sens en éveil sans les submerger pour autant. Puis survient l'apothéose : le déploiement abouti des saveurs, des épices et des chairs. La variété des combinaisons est infinie. Tous les sens sont mobilisés, l'esprit n'est plus orienté que sur le plaisir. Il importe alors de ne rien bousculer et de prendre tout son temps. Enfin vient le dessert, concession à la douceur, à la détente, au moelleux laisser-aller.

Juliet eut droit à un sourire riche de sous-entendus.

— Ce moment devrait être savouré à l'envi. Lentement. Jusqu'à ce que le palais soit satisfait et le corps repu — ivre de satiété, si l'on peut dire.

Jenny avait écouté en ouvrant de grands yeux troublés.

— Fascinant ! J'achèterai un exemplaire de votre livre, Carlo.

Avec un rire amusé, il ouvrit le menu.

— Je me sens un appétit de géant, tout à coup !

Juliet commanda une petite salade qu'elle picora pendant la demi-heure suivante, sans vraiment y toucher. Quant à Jenny, elle fit un sort au plat du jour, enchaîna avec appétit sur une tarte aux abricots, puis poussa une exclamation de surprise en regardant sa montre.

— Oh ! Mon Dieu ! Il est tard. Il faut que je vous laisse. Merci pour l'interview, Carlo. J'ai appris quantité de choses, aujourd'hui. Je ne m'attablerai plus jamais devant le rôti dominical avec désinvolture, désormais.

Carlo se leva en souriant.

— Ce fut un plaisir, Jenny.

La jeune femme se tourna vers Juliet.

— Je ferai passer une copie de l'article à votre éditeur.

— Merci.

Lorsque Juliet lui serra la main, Jenny la surprit en la retenant un instant entre les siennes.

— Vous ne connaissez pas votre chance, Juliet. Bonne fin de tournée à vous deux.

— *Arrivederci.*

Carlo souriait toujours lorsqu'il se rassit pour finir son café.

— Tu peux m'expliquer ce que signifie ce cinéma ?

Il s'était attendu à cette sortie orageuse. N'avait espéré que ça, même.

— Je crois que j'ai bien sorti… comment on dit, déjà ? Mon baratin ? Mon argumentaire de vente ?

— Ça ressemblait plus à une pièce de théâtre en trois actes.

Elle régla l'addition avec des gestes calmes et délibérés.

— La prochaine fois, demande-moi mon avis avant de m'inclure dans la distribution.

— Dans la distribution ?

S'il feignait l'incompréhension, c'était uniquement pour achever de la mettre en fureur. Le succès de l'opération fut total.

— Tu as donné à cette femme la nette impression que nous étions amants.

— Juliet, je lui ai juste fait passer le message en tout point sincère que je te respecte et que je t'admire. Si elle en tire d'autres conclusions, c'est son problème.

Juliet se leva, replaça posément sa serviette sur la table et attrapa son sac.

— Salaud !

Carlo ne la quitta pas des yeux, tandis qu'elle sortait du restaurant la tête haute. Aucun terme d'affection n'aurait pu lui faire plus plaisir. Une femme indifférente ne traite pas un homme de salaud en ce genre de circonstance. Il sortit à son tour en sifflotant et la trouva qui fulminait devant la voiture de location, se débattant pour introduire la clé dans la serrure. Une femme indifférente insultait rarement les objets inanimés.

— Tu veux que je conduise jusqu'à l'aéroport ?

— Surtout pas, non !

Après un nouveau juron, Juliet réussit à déverrouiller la portière. Calme… Elle resterait calme… Il était hors de question qu'elle lui offre la satisfaction de laisser exploser sa colère !

Sauf qu'il la rendait folle. Folle. Folle.

Elle abattit les deux mains à plat sur le capot.

— O.K., parlons franchement. C'était quoi, au juste, le but de cette mise en scène ?

Squisita ! Ses yeux verts avaient le tranchant d'une lame.

— Mise en scène ?

— Le coup de la main sur la main, les allusions appuyées, les regards lourdement complices !

— J'aime te tenir la main, ce n'est pas du théâtre. Quant à te regarder, je suis incapable de m'en empêcher.

Ulcérée, elle contourna la voiture pour venir se planter devant lui.

— Ton attitude n'avait rien de professionnel et tu le sais !

— C'est vrai. Mon attitude était entièrement personnelle.

Il avait l'art de couper court à ses arguments.

— Ne recommence pas, Carlo.

— *Madonna santa…*

Sa voix resta mesurée ; ses gestes ne trahirent aucune hâte. Et pourtant, elle se retrouva prise en étau entre la voiture et le corps de Carlo avant d'avoir eu le temps de voir venir le traquenard.

— Je suis prêt à accepter tes ordres tant qu'il s'agit de respecter des programmes et des horaires. Mais pour tout ce qui touche à ma vie privée, je ferai comme il me plaira.

Elle n'avait rien anticipé, voilà pourquoi elle avait perdu l'avantage. C'était, en tout cas, l'analyse qu'elle ferait plus tard. Pour l'heure, Carlo lui avait saisi les épaules et son regard ne quitta pas le sien lorsqu'il leur imprima une secousse. Ce ne fut pas l'approche séductrice et calculée à laquelle elle s'était préparée, mais un assaut impulsif, qui la priva un instant de réaction. Sa bouche sur la sienne était pure exigence. Ses mains semblaient animées d'une force animale. Elle n'eut pas le temps de se raidir, de lutter ou même de penser. Il l'entraîna avec lui dans un voyage impérieux fait de touffeur et de lumière. Elle ne résista pas. Plus tard, lorsqu'elle chercherait à se convaincre qu'elle l'avait fait, elle se mentirait.

Des piétons passaient devant eux sur le trottoir; des voitures roulaient sur la chaussée. Ni elle ni lui n'en avaient conscience. La chaleur écrasante de cet après-midi texan se réverbérait autour d'eux, renvoyée par le béton et l'asphalte, chargeant l'air jusqu'au bourdonnement. Mais le seul feu qu'ils percevaient était intérieur.

Juliet lui agrippait les hanches, les lâchait, les reprenait. Une voiture passa à vive allure, la musique à pleine puissance hurlant par les vitres ouvertes. Elle ne remarqua rien. Même si elle avait refusé de boire du vin à midi, elle était ivre de celui qu'elle buvait à ses lèvres.

Plus tard, bien plus tard, Carlo prendrait le temps de réfléchir à la signification de ce moment. A ce quelque chose qui était en train de se produire et qui sortait de son domaine d'expérience. Car toucher Juliet, ce n'était pas comme toucher d'autres femmes. Goûter sa bouche — que ce fût avec légèreté, en profondeur ou par jeu — n'était pas comme embrasser une autre femme. Les émotions qu'il ressentait étaient neuves, alors qu'il était persuadé de connaître déjà toute la gamme existante.

Il en était de même pour les sensations. Elles étaient la base même de son métier, de son talent. Il les cultivait avec la même application dans sa vie privée. Mais c'était la première fois qu'elles se présentaient à lui sous cette forme. Avec cette vertigineuse intensité. Tout homme invité à explorer un nouveau champ relationnel et qui s'en détournait, par peur de l'inconnu, manquait de courage à ses yeux.

L'intimité, il connaissait aussi. Il l'avait toujours recherchée. L'exigeait même, que ce soit dans son métier ou dans ses affections. Mais c'était la première fois qu'il la vivait à un tel degré.

Par principe, il ne reculait jamais devant la nouveauté. Il fonçait droit dessus, au contraire. Même si une appréhension discrète mais tenace se faisait sentir, il la bravait sans hésiter.

Plus tard... Ils s'agrippaient l'un à l'autre, se disant qu'ils reviendraient à la raison plus tard. Le temps ne signifiait plus rien, sur ce trottoir anonyme de Dallas. Le présent contenait en lui l'intégralité du futur.

Carlo finit par rompre le baiser, mais maintint Juliet serrée contre lui. Il fut choqué de découvrir que ses mains étaient agitées de tremblements. Il avait déjà brûlé de désir pour une femme. Jusqu'à la souffrance, même. Mais jusqu'à en trembler ? Jamais.

— Il nous faut un endroit où aller, Juliet. Un lieu où nous serons seuls. Nous ne pouvons pas continuer à faire comme si de rien n'était.

Elle secoua la tête. L'être de passion en elle ne demandait qu'à acquiescer, à se remettre entre ses mains. Mais l'être de raison savait que ce serait le début de la fin. Qu'elle perdrait tout contrôle sur elle-même, sa vie, son avenir.

— Non, Carlo.

Sa voix était moins ferme qu'elle ne l'avait espéré, mais elle maintint ses positions.

— Nous devons arrêter de mélanger le professionnel et le privé. Il nous reste encore deux semaines de tournée.

— Qu'il nous reste deux jours, deux mois ou deux ans, je veux les passer à faire l'amour avec toi !

Juliet se ressaisit suffisamment pour prendre conscience qu'ils se tenaient enlacés sur la voie publique.

— Carlo, ce n'est ni le lieu ni le moment.

— Le meilleur moment est toujours le moment présent, *cara*...

Il lui prit le visage entre les mains.

— Ce n'est pas contre moi que tu luttes, mais contre...

Il n'avait pas besoin de terminer sa phrase. Elle savait que la guerre qui faisait rage en elle était une guerre interne. Entre désir et raison. Tentation et sécurité. Une lutte qui menaçait de la déchirer. Et même si elle recollait ensuite les morceaux, elle n'était pas certaine que le tout ainsi recréé correspondrait encore à la Juliet qu'elle connaissait — ou croyait connaître.

— Carlo, nous avons un avion à prendre.

Il prononça quelques mots en italien, dont elle fut heureuse de ne pas comprendre la signification, puis lui demanda :

— Plus tard, tu accepteras de prendre le temps de parler avec moi ?

Elle lui attrapa les poignets pour tenter de le repousser.

— Non. En tout cas pas de ça.

— Alors, nous resterons ici jusqu'à ce que tu changes d'avis.

Ils étaient l'un et l'autre capables d'obstination. Un entêtement qui ne pouvait que les mener dans une impasse partagée.

— Nous avons des engagements, Carlo. Un horaire à respecter.

— Nous avons aussi une *attirance réciproque* à respecter.

— Je ne vois pas de quoi tu veux parler.

Il haussa un sourcil.

— Ah non ?

— L'avion ne nous attendra pas, Carlo.

— O.K. Nous allons le prendre, ton avion. Mais à condition que nous parlions à Houston.

— Carlo, n'essaie pas de me forcer la main.

— Qui force la main à qui, en ce moment ?

Elle n'avait pas de réponse facile à lui offrir.

— Très bien. Je prends immédiatement des dispositions pour me faire remplacer !

Il secoua la tête.

— Tu ne le feras pas. Tu as trop d'ambition. Abandonner une tournée en cours de route desservirait ta carrière.

Elle serra les dents. Il la connaissait déjà trop bien.

— Je tomberai malade.

Il sourit, cette fois.

— Tu es trop fière pour choisir la fuite.

— Ce n'est pas une question de fuite…

Mais de survie.

— … c'est une question de priorités.

Il posa un baiser léger sur le bout de son nez.

— Les priorités de qui ?

— Carlo, nous avons à faire.

— En effet. Un tas de choses, même.

— O.K., je vais être plus claire : contrairement à toi, je ne couche pas avec toutes les personnes qui m'attirent.

Il sourit sans se sentir le moins du monde offensé.

— Tu me flattes, *cara*.

Elle réprima un soupir. Il n'y avait que lui pour lui donner envie de rire alors qu'elle tremblait de colère.

— Ce n'était pas intentionnel.

— J’adore te voir sortir tes griffes.

— Alors tu vas apprécier les deux prochaines semaines. Allons-y, maintenant, nous avons encore un long trajet jusqu’à l’aéroport.

Courtois comme toujours, il lui ouvrit la portière.

— C’est toi le chef.

Une femme naïve aurait pu penser qu’elle venait de remporter le combat haut la main. Mais Juliet n’était pas une femme naïve.

7

Juliet était passée maîtresse dans l'art de planifier. C'était sa spécialité tout autant que de promouvoir un titre. Et puisqu'elle était capable de gérer le temps avec la plus grande précision, rien de plus facile que de surcharger un planning, lorsque les circonstances le justifiaient. Si elle se démenait suffisamment et précipitait les choses comme il le fallait, elle pourrait étoffer leur programme au point qu'il leur serait impossible de trouver une minute pour parler d'autre chose que de travail. Elle comptait sur Houston pour lui faciliter la tâche.

Ce n'était pas la première fois qu'elle travaillait avec Big Bill Bowers. L'homme était un personnage haut en couleur, un fort caractère, chargé d'organiser des manifestations autour du livre pour Books, l'une des plus grandes chaînes de librairies de l'Etat. Big Bill avait tout le Texas dans sa poche et n'avait pas honte de le faire savoir. Il avait un faible pour les histoires à rallonge, la bière fraîche et les véritables bottes de cow-boy de chez Stallion.

Juliet l'aimait bien parce qu'il avait l'esprit vif, qu'il était solide comme un roc et faisait toujours tout pour lui faciliter la tâche. Elle le bénissait d'autant plus — étant donné l'aspect très particulier de cette tournée — qu'il était prolixe et qu'il avait une conception essentiellement tribale de l'existence. Tant qu'il serait là, Carlo et elle n'auraient pas un moment d'intimité. Dès l'instant où leur avion aurait touché le tarmac de Houston International, le Texan, qui portait allègrement ses cent trente kilos sur son mètre quatre-vingt-dix, considérerait qu'il lui revenait de les prendre en charge.

Le hall des arrivées était noir de monde, mais impossible de manquer Bill : il suffisait de chercher des yeux un taureau coiffé d'un Stetson.

— Ah, la petite Juliet… Toujours belle comme un ange !

Soulevée dans une étreinte vigoureuse, Juliet perdit un instant le contact avec la terre ferme. Lorsqu'il la laissa retomber sur ses pieds, elle se tâta discrètement les côtes pour vérifier qu'il n'y avait rien de cassé.

— Ça fait du bien de te voir, Bill. Je me fais toujours une joie de venir à Houston. Tu as l'air en pleine forme !

— A cause de la vie saine et abstinente que je mène, ma chérie.

Il laissa éclater un rire tonitruant qui fit se tourner vers eux de nombreuses têtes. Juliet sentait son humeur s'améliorer à vue d'œil.

— Carlo Franconi. Bill Bowers… Carlo, tu as intérêt à filer doux avec ce monsieur ! Non seulement il est fort comme un Turc, mais c'est aussi l'homme qui assurera la promotion de ton livre dans la plus grande chaîne de librairies du Texas.

— Je promets d'être le plus accommodant des chefs italiens en tournée.

Une main énorme, taillée comme un battoir, broya celle de Carlo.

— Bienvenue au Texas, Franconi.

La même patte puissante s'abattit ensuite sur son épaule avec une force propre à faucher un arbre. La cote de Carlo augmenta d'un point dans l'estime de Juliet lorsqu'elle vit qu'il recevait sans vaciller cette énergique manifestation de cordialité.

— Merci, Bill.

— L'Italie, je n'y ai jamais mis les pieds, mais j'apprécie la cuisine de chez vous. S'il y en a une qui sait préparer les spaghettis, c'est ma femme ! A s'en faire éclater la panse. Tenez, donnez-moi votre truc…

Avant que Carlo ait pu émettre une objection, Bill lui avait arraché des mains sa précieuse valise d'ustensiles. Juliet ne parvint pas à dissimuler un sourire narquois en voyant le regard inquiet avec lequel Carlo couvait ses possessions.

— Bon, allez, on s'échappe ? Je déteste presque autant les aéroports que les hôpitaux, moi. Ma voiture est juste là.

Il se dirigea vers la sortie à grandes enjambées et Juliet, juchée sur ses talons, lui emboîta le pas comme elle le put.

— J'ai vérifié vos réservations d'hôtel, ce matin. Tout est en ordre.

— Merci, Bill. Tu es merveilleux, comme toujours. Comment va Betty ?

— Toujours le pire caractère de cochon que la Terre ait jamais porté, s'esclaffa Bill avec une fierté manifeste. Et ça ne va pas en s'arrangeant. Depuis que les enfants sont partis, elle n'a plus que moi à tyranniser.

— Mais tu es toujours aussi fou d'elle.

— Que veux-tu ? Avec les années, on cultive un certain stoïcisme !

Il sourit, dévoilant une dent en or.

— Pour le moment, vous n'avez rien à faire à l'hôtel, pas vrai ? Alors, nous allons commencer par montrer à l'ami Carlo comment on conçoit la vie chez nous, à Houston.

Tout en marchant, il balançait la mallette dans sa grande main. Carlo se rapprocha avec un sourire diplomate.

— Excellent programme ! Mais je pourrais peut-être vous débarrasser de cette valise…

— Pensez-vous ! Mais qu'est-ce que vous trimballez là-dedans ? Un bœuf entier découpé en quartiers ?

— C'est la batterie de cuisine de monsieur, répondit Juliet avec un sourire innocent. Carlo est un peu caractériel, quand on touche à ses spatules.

Bill approuva d'un signe de tête.

— Un homme a le droit d'être caractériel, lorsque ses outils de travail sont en jeu.

Il porta la main à son Stetson pour saluer une jeune femme dont la jupe courte et les talons effilés mettaient en valeur les longues jambes.

— Je me sers toujours du marteau que mon père m'a donné quand j'avais huit ans.

— J'accorde la même valeur sentimentale à mes ustensiles, renchérit Carlo.

Ce qui ne l'avait pas empêché de remarquer la paire de jambes, nota Juliet. Un regard de connivence, très masculin, passa entre les deux hommes, une ébauche de complicité, devina-t-elle, qui avait plus à voir avec la jeune femme qu'ils venaient de croiser qu'avec leurs outils fétiches.

— Comme j'imagine que vous avez eu votre content de restos chic et d'atmosphères feutrées, je vous ai organisé un petit barbecue tout simple à la maison. Vous pourrez relâcher la pression, piquer une tête dans la piscine si ça vous chante et manger de la nourriture qui ressemble à de la nourriture.

Juliet avait déjà assisté à un « petit barbecue tout simple » chez Bill. La notion de « petit » englobait pour lui un bœuf entier grillé, quelques dizaines de poulets et pas loin d'un porc complet. Le tout arrosé d'hectolitres de bière. Cela signifiait également qu'elle ne verrait pas sa chambre d'hôtel avant cinq bonnes heures.

— Ça ne se refuse pas, dit-elle néanmoins. Carlo, on ne commence vraiment à vivre qu'une fois qu'on a goûté une grillade de Bill sur un feu de bois de mesquite. C'est une authentique saveur de la région.

Carlo lui saisit le coude.

— Alors, commençons par vivre…

Son ton appuyé l'amena à tourner la tête vers lui.

— … puis nous passerons aux choses sérieuses, n'est-ce pas, Juliet ?

Ils vécurent donc, se mêlant à la centaine d'invités que Bill avait réunis. Un groupe de sept musiciens jouait avec un inlassable enthousiasme. De grands rires et des bruits d'éclaboussures s'élevaient de la piscine séparée de la terrasse par des buissons couverts de grandes fleurs rouges exotiques, dont le parfum suave et solaire leur parvenait par moments, entre deux bouffées de viande grillée et l'arôme puissant du bois de mesquite brûlé. Surveillée d'un regard d'aigle par son hôte qui ne cessait de remplir son assiette, Juliet mangea deux fois plus qu'elle ne l'aurait fait d'ordinaire.

Elle aurait dû se réjouir de voir Carlo pris d'assaut par une douzaine de Texanes en Bikinis ou robes bain de soleil qui se découvraient un intérêt aussi soudain que passionné pour l'*arte culinaria*, même si la plupart d'entre elles ne connaissaient sans doute pas la différence entre un ouvre-boîtes et un moule à soufflé.

Elle aurait dû se réjouir aussi d'avoir une cour masculine empressée autour d'elle. Mais c'était à peine si elle parvenait à retenir les noms et les visages : son regard était irrésistiblement attiré vers Carlo, qui riait avec une grande brune sculpturale pudiquement vêtue de trois mini-triangles de tissu et de deux bouts de ficelle.

La musique était forte et le soleil de plomb. Juliet avait dû troquer sa tenue de ville contre un short et un débardeur puisés au fond de sa valise. Depuis le début de la tournée, c'était la première fois qu'elle avait l'occasion de s'asseoir à l'extérieur et de faire le plein de soleil au lieu de courir dans des espaces fermés, son attaché-case sous le bras.

Même si les sentiments que lui inspirait son voisin de transat — un hercule sans grande conversation dont le torse nu luisait d'huile solaire — oscillaient entre l'ennui poli et la franche exaspération, elle était décidée à profiter de ce moment de relâche.

C'était la première fois que Carlo voyait Juliet aussi dévêtue. Il avait déjà deviné, à sa façon de marcher, qu'elle avait de très longues jambes. Et il ne s'était pas trompé. Elles semblaient commencer au niveau de la taille et s'étirer, fines, galbées, d'une pâleur toute new-yorkaise. Elles étaient si fascinantes que tenir un semblant de conversation à la grande brune assise à côté de lui devenait un véritable pensum.

Cela ne lui ressemblait pas d'avoir l'esprit occupé par une femme distante d'une bonne dizaine de mètres, alors qu'il en avait une autre — belle et intéressante — juste sous la main. Cela relevait presque de l'anomalie, mais le fait était là. La femme près de lui portait un parfum musqué, aux accents séducteurs. Mais la mémoire olfactive de Carlo était imprégnée de celui de Juliet, plus léger, moins tapageur et tout aussi enivrant.

En compagnie d'autres hommes que lui, remarquait-il, elle ne se montrait ni tendue ni excessivement réservée. Il but une rasade de bière en la regardant replier ses longues jambes sous elle et rire avec les deux hommes assis de chaque côté de son transat. Elle ne se raidit même pas lorsque l'un des deux, un jeune adonis gonflé aux hormones, posa la main sur son épaule et se pencha sur elle pour lui glisser quelque chose à l'oreille.

Concevoir de la jalousie pour ce genre de broutille ne lui ressemblait pas non plus. Il se considérait comme un spécialiste en émotions fortes, mais n'avait jamais expérimenté celle-ci. Il avait toujours pensé que les femmes de sa vie avaient droit au flirt et à la liberté autant que lui. Mais cette règle ne semblait pas s'appliquer pour Juliet. Si elle laissait ce *buffone* haltérophile et luisant la toucher une seconde fois, il…

Il n'eut pas le temps d'aller au bout de sa pensée. Juliet laissa fuser un nouveau rire, posa son plateau à côté d'elle et se leva. Il ne put entendre ce qu'elle dit à l'homme assis à côté d'elle, mais la vit se détourner et entrer dans la grande maison basse dont le style évoquait un ranch.

Quelques instants plus tard, l'haltérophile au torse nu s'extirpa de son transat et la suivit.

— Alors là, non ! Il ne faut pas exagérer !

— Pardon ?

La beauté brune au corps de déesse s'interrompit au milieu de ce qu'elle avait cru être une conversation intime. Ce fut à peine si Carlo lui accorda un regard.

— Excusez-moi un instant.

Marmonnant tout bas, il s'éloigna dans la direction prise par Juliet. Son regard luisait d'une détermination meurtrière.

Lasse de repousser des avances grossières, Juliet se retira dans la maison en passant par la cuisine. Elle était d'humeur massacrante, mais se félicitait d'avoir réussi à garder une maîtrise héroïque d'elle-même. Elle n'avait pas arraché les yeux de l'adonis de pacotille à la main baladeuse ; elle n'avait pas étranglé Carlo et sa brune sculpturale. Elle regarda sa montre et décida de passer un rapide coup de fil à son assistante à New York. Mais avant d'avoir pu faire le premier geste, elle se sentit brusquement décoller du sol, soulevée par des bras de colosse.

— Tu n'as pas grand-chose sur les os, mais le peu de chair que tu as est un vrai bonheur pour les yeux !

Le premier réflexe de Juliet fut de placer un bon coup de coude dans les côtes de l'imbécile. Elle se retint de justesse.

— Tim…

Au prix d'un effort marqué, elle réussit à garder un ton policé, tout en regrettant que la musculature de son interlocuteur semblât lui tenir lieu d'intelligence.

— Lâche-moi, s'il te plaît. J'ai un coup de fil urgent à passer.

— Alors que nous sommes en pleine fête, poupée ?

Il la retourna sans effort et l'assit sur le plan de travail.

— Tu n'as pas besoin d'appeler quiconque, alors que tu as l'ami Tim à ta pleine et entière disposition.

Juliet jaugea la situation. Au lieu de lui envoyer un coup de pied sous la ceinture — ce qu'elle aurait pu faire très facilement, compte tenu de sa position —, elle se contenta stoïquement de lui tapoter l'épaule. C'était le voisin de Bill, après tout.

— Tu sais ce que je pense, Tim ? Que tu devrais retourner dehors. Ce serait dommage de priver ces dames de ta présence.

— J'ai une idée beaucoup plus stimulante…

Il prit appui sur le plan de travail, une main de chaque côté de ses hanches, et ses dents étincelèrent comme dans une caricature de publicité pour dentifrice.

— Et si on se faisait une petite fête en aparté, toi et moi ? Je suis sûr que les filles de New York sont époustouflantes, au lit.

Si elle n'avait pas eu une si piètre opinion de lui, elle se serait sentie offensée pour les femmes en général et New York en particulier. Mais venant de si bas…

— Nous, les filles de New York, quand nous disons non, c'est non. Maintenant, laisse-moi tranquille, Tim.

— Allez, Juliet…

Il glissa un doigt dans le décolleté de son débardeur.

— J'ai un grand lit très, très confortable à deux pas d'ici.

Elle lui repoussa le poignet. Voisin ou pas voisin, fini de prendre des gants, maintenant !

— Si tu allais faire un petit plongeon, Tim ?

Il sourit et sa main remonta le long de sa cuisse.

— Un plongeon, oui... C'est exactement l'idée que j'ai en tête.

— Excusez-moi...

La voix de Carlo était si calme et si douce qu'elle donnait froid dans le dos.

— Je vous conseille de trouver rapidement un autre usage pour vos mains, poursuivit-il depuis le pas de la porte, ou vous pourriez ne plus être en mesure de vous en servir du tout.

— Carlo !

Juliet soupira, mais pas de soulagement. Elle n'était pas d'humeur à faire l'objet d'un sauvetage chevaleresque.

Tim fit jouer ses pectoraux huilés.

— Vous ne voyez pas que nous sommes occupés, cette demoiselle et moi ? Laissez-nous tranquilles.

Carlo s'approcha alors, les pouces glissés dans les poches de son jean. Il avait l'air aussi hors de lui que lorsqu'il avait découvert le pot de basilic séché. Autant dire qu'il était susceptible de faire n'importe quoi !

Juliet jura tout bas, poussa un nouveau soupir et tenta d'éviter l'altercation.

— Et si nous allions rejoindre les autres au bord de la piscine ?

— Excellente idée !

Carlo lui tendit la main pour l'aider à descendre, mais Tim s'interposa.

— Vas-y tout seul, mon pote. Nous avons à causer, Juliet et moi.

— Est-ce que tu souhaites poursuivre cette conversation, Juliet ? demanda Carlo, glissant un regard entendu vers elle.

— Nous avons largement épuisé tous les sujets, en ce qui me concerne.

Elle pesta tout bas. Si elle se laissait glisser du plan de travail, elle se retrouverait plaquée contre Tim. A sa grande contrariété, elle ne pouvait rien faire. Le sourire de Carlo restait affable, mais son regard, froid, déterminé, était terrifiant.

— Vous avez entendu, je crois ? Juliet n'a plus rien à vous dire. Et il semble que vous lui bloquiez le passage.

— Hé ! Tu es sourd ou quoi, l'Italien ? Ne marche pas sur mes plates-bandes, O.K. ?

Tim attrapa les pans de la chemise de Carlo.

— Arrêtez immédiatement, tous les deux !

Visualisant déjà son auteur préféré avec un œil au beurre noir et le nez en sang, Juliet attrapa un énorme bocal de verre sur le plan de travail, avec l'intention d'en assener un bon coup sur la tête de Tim. Mais avant qu'elle ait pu le soulever, le colosse poussa un grognement, se plia en deux et resta dans cette position.

— Tu peux reposer ce bocal, Juliet, suggéra Carlo d'un ton placide. Et maintenant, partons, si tu veux bien…

Comme elle restait figée, il lui prit le bocal des mains, le replaça sur le plan de travail, puis la souleva pour la remettre sur ses pieds.

— Vous voudrez bien nous excuser, lança-t-il sur le ton de la plus extrême courtoisie au cow-boy encore groggy.

Puis, prenant Juliet par la main, il l'entraîna dans le jardin.

— Mais… Qu'est-ce que tu lui as fait ?

— Juste le strict nécessaire.

Juliet tourna la tête vers la porte de la cuisine. Si elle n'avait pas vu la scène de ses propres yeux…

— Tu l'as frappé ?

— Pas très fort.

D'un signe de tête, Carlo salua un petit groupe d'invités qui prenaient le soleil.

— Ce Texan a le torse plus musclé que le cerveau.

— Mais…

Elle jeta un coup d'œil à ses mains, des mains longues et fines, plutôt élégantes, que l'on n'associait pas, à première vue, au combat de rue.

— Mais ce type est une montagne de muscles !

Carlo haussa les sourcils, tout en sortant ses lunettes de soleil de la poche de sa chemise.

— Une forte masse corporelle n'est pas toujours un avantage. J'ai grandi dans un quartier où la rue s'est chargée de mon éducation. Tu es prête à t'en aller d'ici ?

Non, sa voix n'avait rien d'agréable, tout compte fait. Elle était froide. Glaciale, même. Elle s'en hérissa, et calqua son ton sur le sien :

— Je suppose que je devrais te remercier ?

— Ça dépend. Pas si tu avais plaisir à te faire peloter par King Kong. Il ne faisait peut-être que répondre à tes signaux.

Juliet s'immobilisa net.

— Quels signaux ?

— L'invite non verbale et néanmoins éloquente qu'émettent les femmes lorsqu'elles sont sexuellement attirées par un homme.

Juliet prit une profonde inspiration et compta jusqu'à dix, le temps, espérait-elle, de mettre sa mauvaise humeur au pas, mais la technique échoua.

— Il est peut-être plus massif que toi, mais pas beaucoup plus stupide, finalement ! Vous n'êtes pas si différents que ça.

Même à travers les verres sombres de ses lunettes, elle vit la colère étinceler dans ses yeux.

— Tu compares ce qu'il y a entre nous avec ce qui s'est passé dans cette cuisine ?

— Tout ce que je dis, c'est que certains hommes semblent ne pas comprendre le sens du mot « non ». Je ne nie pas que l'élégance de ton approche est sans comparaison avec les méthodes expéditives de Tim. Mais, au final, votre objectif est le même : vous envoyer en l'air !

Il laissa tomber la main qui reposait sur son bras. Puis, d'un geste délibéré, enfonça les mains dans ses poches.

— Si je me suis mépris sur tes sentiments, Juliet, je te prie de m'excuser. Contrairement à ce que tu sembles penser, ça ne m'excite pas du tout de forcer la main à une femme ou de lui mettre la pression. Souhaites-tu partir ou rester ?

De la pression, elle en ressentait, pourtant. Un peu partout, même. Au niveau de la gorge. Derrière les paupières. Mais elle ne pouvait s'offrir le luxe de la laisser déborder.

— Je préférerais rentrer à l'hôtel. Je voudrais travailler un peu, ce soir.

— Très bien.

Il la planta là pour se mettre à la recherche de leur hôte.

Trois heures plus tard, Juliet finit par admettre qu'elle n'arriverait pas avancer sur son planning, du moins pas ce jour-là. Elle avait essayé toutes les méthodes possibles et imaginables pour se détendre. S'immerger une demi-heure dans un bain chaud, écouter un trio de Schubert en regardant le soleil se coucher par la baie vitrée. Comme rien n'avait marché, elle avait vérifié par deux fois leur emploi du temps marathon du lendemain. Ils seraient pris sans discontinuer de 7 heures à 17 heures. Et leur avion pour Chicago décollerait une heure plus tard.

Leurs occupations ne leur laisseraient pas une seconde pour réfléchir, discuter ou s'inquiéter des remous survenus dans leur relation au cours des dernières vingt-quatre heures. C'était l'objectif qu'elle s'était fixé. Mais impossible pour autant de se concentrer sur leur programme de deux jours à Chicago. Ses pensées étaient irrémédiablement accaparées par l'homme qui se trouvait à quelques pas, de l'autre côté du couloir.

Jamais elle n'aurait imaginé Carlo capable d'une telle froideur. Lui qui était toujours si exubérant, empressé, chaleureux. Exaspérant aussi, mais il exaspérait avec tant de charme et de verve ! En se murant dans ce silence glacé, il la laissait dans un vide abyssal.

Non ! Le vide abyssal, elle s'y était précipitée elle-même. Peut-être aurait-elle pu accepter la situation, si elle avait été dans son bon droit. Mais les torts étaient de son côté, même si, à aucun instant, elle n'avait encouragé cet âne dopé aux stéroïdes à lui sauter dessus. Maintenant encore, l'idée que Carlo ait pu en douter la faisait fulminer, mais…

Mais elle ne l'avait pas remercié d'être venu à son secours alors qu'il l'avait sortie d'un mauvais pas. Même si elle répugnait à l'admettre et qu'elle détestait se sentir redevable, Carlo lui avait ôté une sacrée épine du pied.

Prise dans les affres du dilemme, Juliet abandonna sa table de travail pour arpenter la chambre. Terminer la tournée avec un Carlo froid et distant était, sans l'ombre d'un doute, ce qu'elle pouvait espérer de mieux. Les problèmes personnels se résoudraient d'eux-mêmes pour la bonne raison qu'ils n'auraient plus que des échanges professionnels. D'un certain côté, on pouvait donc dire que l'incident avec Tim était tombé à pic. Que les torts soient imputables à l'un ou l'autre importait peu ; l'essentiel, c'était le résultat.

Juliet embrassa du regard la petite chambre impersonnelle où elle tournait en rond depuis des heures.

Non, elle ne pouvait pas laisser les choses en l'état.

Elle noua la ceinture de son peignoir autour de sa taille et traversa le couloir.

Ce n'était pas la première fois qu'une femme le mettait en rage et Carlo devait bien admettre qu'une explosion d'émotions pimentait agréablement l'existence. Ce n'était pas la première fois non plus qu'une femme lui compliquait la vie. Sans frustrations, ni batailles perdues, comment apprécier pleinement la victoire ?

Mais la douleur ? La blessure ? Cela, il ne connaissait pas encore. C'était une possibilité qu'il n'avait même jamais envisagée. L'irritation, la fureur, le désir, la passion, le rire et les cris, d'accord. Un homme habitué aux femmes — mère, sœurs, amantes — ne concevait pas de relation d'où ces péripéties seraient absentes. Mais la douleur, c'était autre chose…

La blessure était plus intime que le désir, plus élémentaire que la colère. Ouvrant une brèche vers les profondeurs de l'être, elle réveillait des chagrins enfouis au goût lointain d'enfance, faisait vaciller les certitudes, creusait un abîme sous les pieds.

Etre taxé de coureur, de don juan, de tombeur — ou de tout autre terme dont on qualifiait un homme qui appréciait les femmes — ne l'avait jamais affecté. Ses histoires d'amour duraient ce qu'elles duraient : le temps que mettait la passion charnelle à flamber puis à retomber. Mais il ne vivait jamais ces relations avec désinvolture, encore moins avec cynisme. Lorsque le désir s'estompait, l'amitié prenait la relève. Au cœur de la tempête, il arrivait qu'il y eût des éclats de voix, des mots durs échangés. Mais il s'arrangeait toujours pour que la rupture s'opère sur une note cordiale et dans le respect mutuel.

Il lui vint à l'esprit qu'avec Juliet, il y avait eu déjà plus de conflits et de mots durs échangés qu'avec n'importe laquelle de ses amies précédentes. Alors qu'ils n'étaient même pas amants.

Et qu'ils ne le seraient jamais.

Il se versa un verre de vin et retourna s'asseoir dans

un confortable fauteuil club en cuir. Il ferma les yeux. Il ne manquerait plus qu'il fasse l'amour avec une femme incapable de voir la différence entre cette brute semi-abrutie aux mœurs d'orang-outang et lui ! Que ferait-il d'une femme qui ne comprenait rien à la beauté de la sexualité et parlait de... — comment avait-elle dit, déjà ? — « s'envoyer en l'air » pour qualifier la danse d'amour entre deux êtres. *Dio,* quelle horreur !

Il ne voulait pas d'une femme capable de le mettre dans cet état insupportable, au milieu de la nuit et au milieu de la journée. Il ne voulait pas d'une femme capable de blesser avec le tranchant de ses mots.

Il ne voulait rien de tout ça. Et pourtant, il désirait Juliet au point d'en être possédé.

Le coup frappé à la porte de sa chambre suscita un froncement de sourcils. Le temps pour lui de se lever et de poser son verre, on frappa de nouveau.

Si Juliet avait eu le contrôle de ses nerfs, elle aurait plaisanté en découvrant Carlo dans un kimono de soie à motif de flamants roses. Mais elle était elle-même en peignoir, pieds nus et les mains nouées devant elle, comme une petite fille.

— Je voulais juste te dire que j'étais désolée.

Il finit d'ouvrir la porte.

— Entre, Juliet.

— Je tenais à m'excuser.

Elle hésita un instant sur le seuil, souffla un grand coup, puis se risqua à l'intérieur de la suite.

— J'ai été affreuse avec toi, cet après-midi, alors que tu venais de me sauver la mise avec beaucoup d'élégance. J'étais en colère parce que tu as insinué que j'avais encouragé cet imbécile à me tripoter. J'avais de bonnes raisons d'être énervée, tu en conviendras.

Les bras maintenant croisés sur la poitrine, elle arpenta la pièce.

— Non seulement la remarque était injustifiée, mais encore je la considère comme une insulte. Même si, contre toute vraisemblance, elle avait été fondée, tu n'avais rien à dire, alors que toi-même te pavanais au milieu d'un harem !

— Quoi ? *Je me pavanais au milieu d'un harem ?*

Carlo remplit un second verre de vin et le lui tendit.

— Parfaitement ! Avec cette amazone brune à la tête d'une horde déchaînée !

Elle but une gorgée.

— Partout où nous allons, il y a toujours au moins une demi-douzaine de femmes à te tourner autour en émettant force « signaux », comme tu dis ! Est-ce que je me permets de faire des réflexions pour autant ?

— Eh bien, je me souviens de…

— Une fois, juste *une* fois, l'interrompit-elle avec véhémence, je rencontre un problème avec un crétin qui se prend pour un dieu du sexe et toi, tu en déduis que je l'ai bien cherché ! Deux poids, deux mesures, en somme. Ce n'est pas possible d'avoir des idées aussi machos !

Avait-il déjà rencontré une femme capable de le faire basculer d'un instant à l'autre dans des états d'esprit aussi opposés ? Il ne s'en plaignait pas, cela dit.

Il examina le contenu de son verre, puis demanda :

— Tu es venue ici pour faire acte de contrition ou pour me jeter l'opprobre ?

Elle le gratifia d'un regard noir.

— Je ne sais plus très bien pourquoi je suis venue, mais c'était clairement une erreur.

— Hé ! Attends !

Il leva la main alors qu'elle s'apprêtait à ressortir comme une tornade.

— Il serait peut-être plus sage que j'accepte les excuses que tu m'as présentées en entrant.

Cette fois, le regard de Juliet devint carrément meurtrier.

— Mes excuses, tu sais ce que tu peux en…

— … et que je te présente les miennes à mon tour, coupa-t-il. Est-ce que ça remet les pendules à l'heure ?

— Je ne l'ai pas encouragé, Carlo.

C'était la première fois qu'il lui voyait cette moue boudeuse — enfantine et si féminine à la fois. Irrésistible.

— Et moi, je ne recherche pas la même chose que cet imbécile.

Il s'approcha, si près qu'il aurait pu la toucher.

— J'attends de toi infiniment plus, Juliet.

— Je sais. Ou du moins, il me semble le savoir.

Elle n'en recula pas moins d'un pas.

— Peut-être ai-je simplement *envie* de le croire ? Je ne suis pas une grande spécialiste des aventures sans lendemain.

Elle se passa la main dans les cheveux avec un petit rire amer.

— Je devrais pourtant m'y connaître, puisque mon père les collectionne. Toujours dans la plus grande discrétion, cela dit. Ma mère accepte de fermer les yeux, tant qu'il ne s'affiche pas ouvertement.

Les situations de ce genre, Carlo les connaissait pour en avoir constaté les méfaits chez des amis proches et des gens de sa famille. Il savait les cicatrices et les désillusions qu'elles engendraient.

— Juliet, tu n'es pas ta mère.

Elle releva la tête ; ses yeux étincelèrent.

— Non. Et je travaille d'arrache-pied pour ne jamais lui ressembler ! Ma mère est belle, intelligente, et qu'a-t-elle fait de sa vie ? Rien. Elle a renoncé à sa carrière, à son estime de soi, à son indépendance pour devenir une femme de ménage améliorée, doublée d'une nounou. Mon père l'a encouragée à arrêter son travail d'infirmière, soi-disant pour offrir un plus grand confort de vie à sa petite femme.

Elle s'interrompit pour répéter d'un ton dégoûté :

— *Sa petite femme!* Résultat, sous prétexte d'avoir une meilleure vie, plus de temps libre, elle s'est retrouvée enfermée dans une existence étriquée. C'était elle qui s'occupait de ma sœur et moi; les repas devaient être prêts pour le retour de mon père. Et inutile de préciser *qui* repasse les chemises de monsieur! Je ne dis pas que j'ai eu un mauvais père. Il a toujours été super avec Carrie et moi. Jamais un mot plus haut que l'autre. Il n'oubliera jamais l'anniversaire de ma mère, lui offre des fleurs. Mais la façon dont ils vivent, c'est lui qui la dicte. Et comme il est seul maître à bord, il s'octroie quelques discrets plaisirs annexes.

— Ta mère n'a jamais songé à divorcer?

— Je lui ai posé la question, il y a quelques années, avant de partir pour New York.

— Et alors?

Juliet scruta sombrement le fond de son verre.

— Elle reste parce qu'elle l'aime. C'est une raison suffisante à ses yeux.

— Tu aurais préféré qu'elle le quitte?

— J'aurais préféré qu'elle vive *sa* vie.

— Il ne la tient pas enfermée, Juliet. Ta mère a fait ses choix. Tout comme tu fais les tiens.

— Je refuse de subordonner ma vie à celle d'un autre! Jamais je ne me mettrais en position d'être humiliée à ce point… Pour personne, précisa-t-elle en relevant fièrement la tête.

— Tu penses que toutes les relations homme/femme sont aussi déséquilibrées?

Elle reprit une gorgée de vin, haussa les épaules.

— Peut-être que je manque d'expérience pour en juger.

Il garda le silence un instant. L'infidélité, il connaissait. Il en avait ressenti aussi les effets à sa façon.

— Je ne me souviens pas bien de mon père, reprit-il

finalement. Je le voyais très peu. Lui aussi avait une maîtresse exigeante.

Elle tourna son visage vers lui, mais il ne vit aucune surprise sur ses traits. Comme si la chose, pour elle, allait de soi.

— La seule différence, c'est que son adultère à lui, c'était avec la mer qu'il le commettait. Il disparaissait pendant des mois tandis que ma mère nous élevait, se tuait au travail, attendait, attendait et attendait encore. Lorsqu'il revenait enfin, elle lui ouvrait les bras sans un reproche et il lui jurait qu'il ne repartirait plus jamais. Mais l'appel de sa maîtresse était toujours le plus fort. Lorsqu'il est mort en mer, ma mère est restée inconsolable. Elle l'aimait et elle avait fait son choix.

— C'est cruel.

— Sans doute. Tu croyais que l'amour était fair-play ?

— Non, et c'est bien pour cette raison que je n'en veux pas.

Il se souvint alors d'une autre femme — une amie — qui lui avait dit la même chose dans un moment de crise.

— Tout être humain aspire à l'amour, Juliet, mais certains en ont plus conscience que les autres, c'est tout.

— Non.

Elle secoua la tête avec une conviction née du désespoir.

— L'affection, le respect, l'admiration, oui. Mais pas l'amour. L'amour nous dépossède d'une part de nous-mêmes.

Carlo soutint son regard.

— Peut-être. Mais tant que nous n'avons pas aimé, rien ne nous prouve que cette « part de nous » que nous perdrions en aimant nous est réellement nécessaire.

— C'est peut-être plus facile pour toi de raisonner ainsi. Tu as eu beaucoup de femmes dans ta vie.

Sa réponse aurait dû l'amuser. Mais elle mit brusquement en lumière un vide dont il avait jusque-là méconnu l'existence.

— Des femmes, oui. Mais je n'ai jamais connu l'amour durable. J'ai une amie — il pensait à Summer — qui m'a dit un jour que l'amour était comme un manège, un carrousel. Peut-être savait-elle de quoi elle parlait.

— Et une histoire brève, qu'est-ce que c'est ?

Une fragilité particulière dans sa voix lui fit tourner la tête. Il fit un nouveau pas dans sa direction. Avec lenteur, cette fois.

— Un manège aussi, Juliet. Seulement, nous n'en faisons qu'un tour.

Comme ses mains tremblaient un peu, Juliet posa son verre.

— Je crois que nous nous comprenons.

— Sur certains points seulement…

— Carlo…

Elle hésita à poursuivre. Mais sa décision n'était-elle pas déjà prise au moment où elle avait traversé le couloir ?

— Je n'ai jamais eu beaucoup de temps à consacrer aux carrousels, mais je voudrais en faire un tour avec toi.

Il ne réagit pas tout de suite. Etrangement, lui, le grand amateur de femmes, se trouvait pris au dépourvu. Avec certaines conquêtes, il brandissait l'étendard de la passion et les enveloppait d'un torrent de paroles brûlantes. Avec d'autres, il lâchait les rênes du désir et ils tombaient enlacés sur le premier tapis venu. Mais rien de ce qu'il avait vécu jusqu'à présent ne lui paraissait compter vraiment à côté de cette première fois avec Juliet.

Les mots de la séduction lui étaient toujours venus avec la plus grande spontanéité. L'amour était pour lui une langue familière dont il pensait maîtriser la syntaxe. Mais cette fois, il était incapable d'émettre un son. Même un murmure aurait gâché la belle simplicité de ce que Juliet venait de lui dire. Il garda donc le silence.

Et l'embrassa. Pas avec la passion ravageuse qu'elle déchaînait parfois en lui ; pas non plus avec la respectueuse hésitation qu'elle suscitait par moments. Il l'embrassa avec l'authenticité et la reconnaissance propres aux amants de longue date. S'ils s'avançaient l'un vers l'autre avec des besoins différents, des attentes distinctes, leurs lèvres jointes les effacèrent. L'amour entre eux serait novateur ; ils s'aventureraient en territoire inexploré.

Juliet s'était préparée à la flamboyance verbale qui semblait l'essence même de Carlo. Peut-être s'était-elle même attendue à voir luire dans ses yeux sombres une étincelle de triomphe. Mais cette fois encore, il la surprit. Cette fois encore, il lui offrit de l'inattendu, du neuf, de l'insoupçonné, la gravité de ses lèvres posées sur les siennes, tout simplement.

La pensée l'effleura — mais elle la rejeta aussitôt — qu'il ne se sentait pas plus qu'elle en terrain connu. Et côte à côte, ils marchèrent jusqu'à la chambre.

En temps normal, Carlo aimait à soigner le décor pour une grande scène de séduction. Pour n'importe quelle autre femme, il aurait prévu une brassée de fleurs au parfum poivré, une musique où battait le pouls de la passion. Il aurait offert la lumière tendre des bougies et le rire, sous forme de champagne. Mais pour Juliet, il ne disposait que d'un grand silence dépouillé et de l'éclat d'une demi-lune. La femme de chambre avait ouvert le lit, mais n'avait pas tiré les rideaux. La lumière blanche jouait avec les ombres et se fondait dans la clarté des draps.

Debout près du lit, il embrassa les paumes de Juliet. Au creux frais de ses mains, il retrouva l'écho léger de son parfum. A son poignet affolé battait le cœur de son désir. Lentement, sans la quitter des yeux, il dénoua la ceinture de son déshabillé. Puis il porta les mains à ses épaules et fit glisser le vêtement, qui tomba à ses pieds avec un léger murmure de soie.

Il ne la touchait pas et son regard ne quittait pas son visage. Par-delà la nervosité, par-delà le désir, une calme certitude s'était emparée de Juliet. L'ombre d'un sourire incurva ses lèvres lorsqu'elle porta les mains à la taille de Carlo et dénoua son kimono. A son tour, avec des gestes légers et sûrs, elle repoussa la fine étoffe de ses épaules.

Face à face dans leur nudité, ils étaient vulnérables, fragilisés par leur attente, leur espoir — fragilisés l'un par l'autre. Et ce fut dans cette lumière pâle et blanche, noyée d'ombre, que chacun porta le premier regard sur l'autre.

Carlo avait une silhouette déliée sans être maigre. Juliet était svelte et douce. Sa peau parut plus pâle encore lorsqu'il y posa sa main brune. Sa main à elle, sur son épaule, semblait encore plus fine, plus délicate.

Leurs corps se joignirent avec une infinie lenteur. Il n'y avait pas de hâte. Rien que la longue patience du temps amoureux.

Le matelas ploya, les draps bruissèrent. Des sons tranquilles, apaisés. Allongés côte à côte, ils se donnèrent le plaisir rêveur né de baisers explorateurs, du glissement des chairs effleurées.

Peut-être Juliet avait-elle toujours su qu'il en irait ainsi, que ce serait aussi simple. Aussi inéluctable. Sa peau naissait à la vie partout où se posaient les mains de Carlo. Sa bouche se faisait exigeante, ses lèvres accaparaient, mais avec patience. Il la caressait comme on apprivoise, l'aimait comme si sa chair n'avait encore jamais connu le contact d'un homme. Alors qu'elle s'enfonçait dans une langueur incandescente, elle songea confusément que d'une certaine manière, c'était, en effet, la première fois.

L'innocence, oui. Carlo la percevait chez elle, une innocence non pas physique, mais émotionnelle. Et, si invraisemblable que cela pût paraître, il découvrait la même en lui. Libres, comme intouchés par les étreintes passées, ils se rencontraient dans la nouveauté de l'innocence.

Les mains de Juliet se mouvaient sans hésiter. Mais elles caressaient comme si elle était malvoyante et cherchait à se faire une représentation de son amant à travers l'ouïe, l'odorat, le toucher. Elle humait sur lui l'odeur de son gel douche, goûtait la richesse du vin sur ses lèvres.

Carlo ne prononça qu'un seul mot :

— Juliet...

Sur ses lèvres, son prénom sonnait comme un chant, comme les syllabes d'ouverture d'un poème. Elle eut alors le sentiment de se dissoudre, de flotter dans un espace aquatique.

Son corps se mouvait avec le sien, en rythme, d'un commun accord. A chaque caresse, elle anticipait l'endroit où il la toucherait, juste avant de sentir ses doigts glisser sur elle. Puis ses lèvres traçaient un lent parcours sensuel dont elle espérait qu'il ne prendrait jamais fin.

Elle était si menue. Comment avait-il pu passer à côté de sa fragilité ? En lui faisant l'amour, il lui était facile d'oublier son énergie, son assurance, le côté directif de sa personnalité. Il pouvait lui donner de la tendresse et attendre l'éclosion, la lente montée du feu, le déploiement d'une sensualité qui s'ouvrait comme une fleur délicate, pétale après pétale.

Son cou était long et d'une blancheur émouvante sous la clarté de la lune. Au creux palpitant de sa gorge, son parfum était retenu prisonnier. Intensifié. Excitant. Il s'attarderait là pendant que le sang se précipiterait dans les veines. Celles de Juliet et les siennes.

Sa langue trouva la courbe subtile d'un sein, en chercha la pointe, s'y enroula. Lorsqu'il l'aspira dans sa bouche, elle prononça son nom dans un gémissement, les poussant l'un et l'autre vers de plus hauts paliers de désir.

Il y avait tant à découvrir, à toucher, à embrasser ! Carlo vivait un émerveillement continu, un embrasement qui faisait peu à peu céder les digues de sa maîtrise. Des sons montaient dans la chambre — un souffle accéléré, un soupir, une prière —, des sons de plaisir, rien que de plaisir. Leurs odeurs se mêlaient. Sous la lune, ils n'étaient plus qu'une seule forme indistincte. Les draps étaient brûlants, entortillés autour de leurs deux corps soudés. Une première fois, avec sa langue, avec ses doigts, Carlo l'amena jusqu'à l'orgasme. Juliet se cramponna aux draps froissés tandis que son corps submergé de plaisir se tordait, frissonnait, emporté par un irrépressible torrent de volupté.

Il vint en elle alors que, faible encore et le souffle erratique, elle s'ouvrait pour l'accueillir, reprendre avec lui le voyage à parcourir à deux.

Carlo en avait le vertige — une sensation heureuse qui lui avait toujours été si étrangère. Il voulait se perdre en Juliet, paupières closes, s'enfouir en elle jusqu'à disparaître. Et en même temps, paradoxalement, l'aimer les yeux grands ouverts, pour ne manquer aucune expression sur son visage.

Il voyait ses lèvres entrouvertes, percevait le son précipité de son souffle. Elle se mouvait avec lui, avec une douce indolence dans un premier temps, puis plus vite, toujours plus vite, jusqu'au moment où ses doigts s'agrippèrent à ses épaules.

Elle cria, ouvrit grand les yeux. Plongeant dans ce miroir offert, Carlo vit le reflet noyé, presque éperdu, de l'éblouissement qu'il avait voulu lui donner.

Alors seulement, donnant libre cours aux exigences de son propre plaisir, il laissa jaillir sa jouissance.

8

Etaient-ils nombreux à avoir été initiés à la splendeur de ce mystère ? Lovée contre Carlo, dans un état de réception totale, Juliet découvrait qu'elle avait vécu jusque-là dans une ignorance sexuelle dont elle venait de sortir en triomphe quelques minutes plus tôt. Etait-il normal de se sentir si faible ? Car faible, elle l'était. Mais pas vide.

Elle avait donné plus qu'elle n'aurait imaginé donner ; s'était risquée plus loin qu'elle n'aurait dû oser le faire. Elle aurait dû en éprouver du remords. Ce n'était pas le cas. Plus tard, peut-être, établirait-elle sa liste de « Pourquoi oui », « Pourquoi non ». Pour le moment, elle voulait juste baigner dans la lumineuse torpeur d'après l'amour.

— Tu es bien silencieuse…

Le souffle de Carlo courut sur sa tempe, suivi de la pression de ses lèvres.

Les yeux clos, elle esquissa un sourire paresseux.

— Tu n'es pas bavard non plus.

Frottant sa joue contre ses cheveux, Carlo tourna les yeux vers la fenêtre éclairée de lune. Il n'était pas bavard, en effet, et en cela ne se reconnaissait plus. Les mots ne lui venaient pas avec la facilité habituelle. Ce qu'il ressentait, il ne l'avait encore jamais éprouvé avec une autre femme. Avec Juliet, il était entré dans l'inconnu. Mais comment pouvait-il le lui expliquer et espérer être cru ? Il avait déjà bien assez de mal à le croire lui-même. Et pourtant…

Il constatait qu'il était plus difficile de mettre des mots sur la vérité que de trouver les paroles de la séduction.

— Je te sens toute menue quand je te tiens comme ça contre moi. Ça me donne envie de te garder là très, très longtemps.

— Je suis bien dans tes bras.

L'aveu avait été plus facile à prononcer qu'elle ne l'aurait pensé. Avec un petit rire, elle tourna la tête de manière à voir son visage.

— Vraiment très bien, même.

— Tu ne verras donc pas d'objection si je te garde contre moi pendant les quelques prochaines heures ?

Elle lui embrassa le menton.

— Les quelques prochaines minutes, plutôt. Il faut que je retourne dans ma chambre.

— Pourquoi ? Il ne te plaît pas, mon lit ?

Elle se blottit un peu plus confortablement encore et songea que ce serait merveilleux de ne plus jamais avoir à bouger de là.

— Ton lit ? Je crois que je l'adore. Mais j'ai encore quelques modifications d'emploi du temps à faire pour Chicago avant de me coucher. Et demain matin, c'est réveil à 6 h 30. Alors…

— Tu t'agites trop.

Il posa un doigt sur ses lèvres et se pencha au-dessus d'elle pour attraper le téléphone.

— Et tu peux te lever aussi facilement de mon lit que du tien.

Découvrant qu'elle aimait la façon dont son corps pesait sur le sien, elle se prépara à se laisser convaincre.

— Peut-être, oui. Qu'est-ce que tu fais ?

— Chut ! Ici, la chambre 922. Carlo Franconi, oui. Réveillez-moi à 6 heures, s'il vous plaît. Merci.

Il replaça le combiné, roula sur le dos et l'attira sur lui.

— Voilà. Tout est réglé.

— J'ai entendu ça, oui.

Couchée sur Carlo de tout son long, elle croisa les bras sur sa poitrine et posa son menton sur ses mains.

— Mais tu leur as dit d'appeler à 6 heures et nous n'avons pas besoin de nous lever avant la demie.

— Absolument.

Les mains de Carlo glissèrent lentement de ses épaules à ses reins.

— Ça nous laissera une petite demi-heure pour… nous réveiller en douceur…

Elle eut un rire heureux et pressa les lèvres sur son torse. Pour cette fois — mais cette fois seulement —, elle acceptait de lui déléguer l'organisation de leur emploi du temps.

— Très pragmatique, ta décision. Et… tu crois que nous pourrions prendre aussi une demi-heure pour nous endormir en douceur ?

— C'est déjà inclus dans le planning.

Lorsque le téléphone sonna, le lendemain, Juliet grogna et s'enfonça sous les couvertures. Pour la seconde fois, elle se retrouva enfouie sous Carlo, alors qu'il tendait le bras vers l'appareil pour décrocher. Elle ne protesta pas, préférant se tenir coite au cas où la sonnerie n'aurait été qu'un élément de son rêve.

— Allons, allons, Juliet, ne fais pas la taupe !

Il suivit d'une main caressante la courbe de sa hanche.

— Je ne fais pas la taupe, je dors !

Il lui mordilla l'épaule. Elle était merveilleuse au petit matin. Toute chaude de sommeil et alanguie, dans un irrésistible état d'abandon. Les matins étaient faits pour la sensualité, la paresse. Pouvoir la réveiller ainsi, au rythme de ses baisers, laissait augurer une journée comme il les aimait.

Juliet s'étira comme une chatte, sans ouvrir les yeux. D'ordinaire, le matin se résumait pour elle à prendre une douche rapide et à avaler une tasse de café debout. Elle n'avait jamais imaginé qu'une journée pût démarrer de façon aussi somptueuse.

— Qu'est-ce que tu entends par « faire la taupe » ? demanda-t-elle d'une voix endormie.

Sa peau était plus douce, plus claire que le lait et Carlo se trouvait d'humeur à laper.

— C'est un animal qui dort beaucoup, non ?

Comme l'esprit de Juliet était embrumé de sommeil et de désir, il lui fallut un moment pour rectifier.

— La marmotte !

— *Prego ?*

— On dit : « faire la marmotte », chez nous. « Etre une taupe », c'est tout à fait autre chose.

— Bah, ce sont de jolis petits animaux, l'une et l'autre.

Elle entrouvrit un œil. Carlo avait les cheveux hirsutes et un début de barbe lui assombrissait les joues. Mais lorsqu'il souriait, il avait l'air aussi vif et reposé que s'il avait dormi douze heures. Il était tout simplement magnifique !

— C'est un animal que tu veux, Carlo ?

Avec un soudain regain d'énergie, elle roula sur lui. Ses mains étaient agiles, sa bouche avide. En l'espace de quelques secondes, elle réussit à le rendre fou. Elle n'avait jamais été agressive, mais trouva à son goût son grognement de surprise et les battements accélérés de son cœur. Sa propre montée de fièvre fut immédiate. Il lui plaisait que les mains de Carlo soient moins douces, moins patientes qu'elles ne l'avaient été la veille. Cette frénésie presque désespérée l'exaltait.

Carlo Franconi était connu pour son vaste éventail

de compétences culinaires et sexuelles. Mais Juliet, avec son innocence, le déconcertait et le rendait fou de désir en même temps. Avec un gloussement de triomphe, elle se pencha pour l'embrasser, fouillant sa bouche avec sa langue, cherchant les saveurs secrètes, généreuses, le suc caché de son être. Lorsqu'il tenta de la faire rouler sous lui pour la prendre, elle se déroba. Frustré, le souffle court, il jura alors contre ses lèvres.

Il ne se départait jamais de son élégance avec les femmes, d'habitude. Même s'il faisait l'amour avec passion, il gardait toujours son style, son panache. En cet instant pourtant, alors que Juliet s'envolait sur lui avec la gracieuse frénésie d'une Walkyrie fragile, il n'avait plus ni technique ni savoir-faire ; il n'était plus que désir aveugle et haletant. Il détestait œuvrer dans la précipitation, cependant. Lorsqu'il cuisinait, c'était avec méthode, étape par étape. Il essayait, expérimentait, goûtait. En amour, il procédait de la même manière ; il estimait qu'il convenait de prendre son temps, comme pour déguster un vin précieux ; chacun des sens devait avoir son content du festin.

Mais comment faire l'amour en gourmet, en esthète, alors que Juliet lui faisait perdre toute notion de civilisation ? Lorsque les sens, sollicités, s'enchevêtraient, il devenait impossible d'y remettre de l'ordre. Se trouver mené, emporté était nouveau et grisant pour lui. A cette ivresse, il décida de ne pas opposer de résistance. Mais il entraînerait Juliet avec lui.

Il lui agrippa les hanches presque avec rudesse et, en l'espace de quelques minutes, ils furent aspirés l'un et l'autre dans une folle spirale d'où ils retombèrent sans force, dans un long râle partagé...

Carlo avait encore un peu de peine à reprendre sa respiration, mais il tenait Juliet solidement serrée contre lui. Ce qu'elle avait déclenché en lui, il aurait été incapable de le définir, mais il savait d'ores et déjà qu'il ne voulait pas le perdre. La pensée que Juliet non plus l'effleura, mais il écarta cette considération. Trop dangereux. Ils avaient le reste de la tournée pour eux. Et il avait toujours eu pour philosophie, en amour, de se concentrer sur le présent.

Juliet se blottit étroitement contre lui tout en déclarant :

— Il faut que je m'extirpe de ce lit d'urgence. Dans quarante minutes, nous devons être fin prêts à la réception.

— Où Big Bill nous attend.

— Bravo, monsieur l'auteur. Je vois que tu as ton planning en tête.

Elle se pencha pour attraper son déshabillé et l'enfila avant de se lever. Un sourire effleura les lèvres de Carlo lorsqu'elle lui tourna le dos pour nouer sa ceinture. Ce réflexe de pudeur était plutôt attendrissant chez une femme qui venait de lui faire l'amour avec une aussi belle absence d'inhibition.

— Je bénis Bill d'avoir proposé de nous conduire. Circuler à Houston est un cauchemar fait d'échangeurs à répétition.

Il admira le haut fuselé de ses cuisses, caressé par la soie émeraude.

— Tu aurais pu me laisser le volant.

— Oui, mais comme je tiens à la vie, je suis doublement reconnaissante à Bill. Je vais appeler pour qu'on vienne prendre nos bagages dans trente-cinq minutes. Assure-toi de ne rien…

— … oublier dans ma suite, je sais ! Juliet, n'ai-je pas déjà fait la preuve de mes capacités à voyager comme un grand garçon ?

— Juste un rappel amical.

Elle amorça le geste de regarder son poignet pour vérifier l'heure et se souvint qu'elle ne portait pas de montre.

— Le passage télé ne devrait pas te poser de problème. C'est un nommé Jacky Torrence qui anime l'émission et de façon assez décontractée. Il sera plutôt à l'affût de l'anecdote sympa. Pas de questions trop pointues à redouter.

— Mm…

Carlo s'étira au saut du lit. Manifestement, l'attachée de presse faisait un retour en force. Il sourit et nota que Juliet s'interrompit net lorsqu'il se pencha pour récupérer son kimono.

Au soleil du petit matin, la peau de Carlo était de bronze, sa stature sculpturale. Irrésistible… Il était vraiment irrésistible… Le souffle de Juliet se noua et elle fit un pas en arrière, la tête vide de toute pensée. Emploi du temps, conseils pratiques, tout s'évanouit de son esprit.

— Bon, je file prendre ma douche et m'habiller, finit-elle tout de même par annoncer. Nous referons le point sur nos rendez-vous de la journée tout à l'heure, dans la voiture.

Son trouble ravissait Carlo. Son kimono sur le bras, il avança d'un pas.

— Peut-être que l'émission sera reportée.

— Ah non ! Touchons du bois !

Puis, visant la légèreté, elle ajouta dans un murmure :

— Intéressant, le motif de ton peignoir.

La légère fêlure dans sa voix ne fit qu'accentuer chez Carlo une érection naissante.

— Les flamants roses ? Ma mère a un sens assez baroque de l'humour, je dois dire.

Il ne l'enfila pas et se dirigea vers elle.

— Carlo, tu restes où tu es. C'est un ordre ! Pas un pas de plus, tu m'entends ?

Levant la main, elle battit en retraite et opéra une sortie précipitée. Carlo sourit et continua de sourire même après avoir entendu la porte de sa chambre se refermer, de l'autre côté du couloir.

Avec Juliet qui menait son monde à la baguette et Bill aux commandes de la voiture, leur journée à Houston fut réglée comme du papier à musique. Tous leurs interlocuteurs du jour réagirent avec enthousiasme, que ce soit la télévision, la radio ou les journalistes de presse. Quant à la séance de dédicace en librairie, elle avait été organisée de façon particulièrement festive et le public avait répondu présent. Carlo lancé, Juliet estima qu'elle pouvait s'éclipser un moment pour regarder son courrier et lire la presse.

Pour Los Angeles, rien que des articles dithyrambiques — mais elle n'en attendait pas moins. Les journalistes de San Diego auraient pu faire un effort pour étoffer leurs commentaires, mais Carlo avait eu droit à la première page dans un supplément week-end ainsi qu'à un article bien placé dans la rubrique gastronomique d'un autre titre. Rien à dire. Du côté de Portland et Seattle, on donnait une recette et on s'extasiait sans vergogne. Juliet s'en serait frotté les mains si elle n'avait pas été occupée à boire un café.

Denver, maintenant…

Une colonne entière dans la rubrique people ! Qui aurait pu penser une chose pareille ? Elle en sursauta de surprise, et le café déborda de sa tasse.

— Merde !

En fouillant dans son attaché-case, elle trouva deux Kleenex froissés et s'en servit pour éponger les dégâts. Elle s'accorda une seconde pour réfléchir et décida que ce n'était pas si gênant. Toute publicité était bonne à prendre, après tout. Et people, Carlo l'était, sans l'ombre d'un doute. L'essentiel, c'était que son nom apparaisse un peu partout, quel que soit le support.

Elle se plongea dans la lecture de l'article, hochant distraitement la tête en parcourant le premier paragraphe. Un potinage superficiel, mais plutôt bienveillant dans l'ensemble. Tout à fait le genre de papier susceptible de toucher un public qui ne lirait jamais une critique gastronomique. Tout compte fait, estima-t-elle, cette colonne était un coup de chance.

Mais elle changea d'avis en attaquant le second paragraphe.

Elle se leva si vite qu'elle ne remarqua pas, cette fois, qu'elle en avait renversé le café par terre. Son expression vira en une fraction de seconde de la stupéfaction à la fureur. Avec les plus grandes peines du monde, elle s'accorda cinq minutes pour reprendre le contrôle d'elle-même avant de regagner l'intérieur de la librairie.

Il ne restait normalement plus qu'un quart d'heure pour la séance de dédicace, mais Carlo avait encore une vingtaine de personnes devant lui. Et d'autres clients tournaient dans les rayons, son livre sous le bras, attentant manifestement une signature. Carlo en avait bien pour une demi-heure encore. Juliet serra les dents et rejoignit Bill, qui passa un bras aussi massif qu'affectueux autour de ses épaules.

— Ah ! Revoilà la belle Juliet ! Tu sais qu'il fait un tabac, ton chef italien ? Il se débrouille pour charmer les femmes sans pour autant se mettre les bonshommes à dos. Si ce n'est pas du grand art, ça ! Il est habile comme le diable, ce garçon.

— Je ne te le fais pas dire… Bill, je pourrais m'installer un instant dans ton bureau pour passer quelques coups de fil sans être dérangée ?

— Bien sûr. Viens, je vais te montrer mon antre.

Ils traversèrent le rayon psychologie, contournèrent les thrillers et le développement personnel, longèrent la littérature étrangère. Puis Bill s'immobilisa devant une porte avec le panonceau « privé ». Le bureau était spartiate et encombré de piles et de piles de livres.

— Voilà, essaie de te faire une place dans ce bazar. Prends tout le temps qu'il te faut.

— Merci pour tout, Bill. Vraiment.

Elle n'attendit même pas qu'il ait refermé la porte avant de composer le numéro de son assistante à New York.

— Deborah ? C'est Juliet.

— Je savais que tu appellerais ! Je crois que nous avons une super touche avec le *Times*. Quand tu seras de retour à New York, tu...

— Plus tard, Deb !

Juliet se pencha pour attraper un tube de comprimés dans son sac.

— J'ai regardé les critiques du livre, aujourd'hui.

— Elles sont très bonnes, non ?

— Un vrai bonheur, en effet...

Deborah laissa s'écouler un quart de seconde de silence.

— Quel enthousiasme ! dit-elle ensuite. J'imagine que c'est la page « potins » du journal de Denver qui te chiffonne ?

Juliet se leva et donna un coup de pied dans le fauteuil de bureau.

— Evidemment !

— Assieds-toi, Juliet.

Deb n'avait pas besoin de la voir pour savoir qu'elle était remontée comme un ressort.

— M'asseoir ? J'ai plutôt envie de prendre le premier avion pour Denver et de tordre le cou à cette idiote !

— L'assassinat d'échotiers n'est pas propice aux relations publiques.

— C'est un ramassis de propos orduriers !

— N'exagérons rien. Ce n'est pas de la grande littérature, mais ce n'est pas infâmant non plus.

Juliet fit un effort surhumain pour reprendre un semblant de contrôle sur elle-même, ce qui ne fut pas le cas de son estomac. Glissant un premier cachet entre ses lèvres, elle le croqua d'un coup sec.

— Ce n'est pas le moment de faire de l'ironie, Deb ! Je n'ai pas apprécié du tout les insinuations faites à mon sujet. « L'exquise compagne de voyage américaine de Carlo Franconi. » Sérieusement, j'ai l'air de quoi ? Comme si j'étais là seulement pour la parade ! Et là-dessus, elle enchaîne sur…

— Je sais, je sais, j'ai lu l'article. Et Hal, aussi, entre parenthèses.

Hal était le directeur de la communication chez Trinity Press. Juliet ferma les yeux, compta jusqu'à trois, puis demanda :

— Et alors ?

— Il est passé par des états assez variés, à vrai dire. Pour parvenir finalement à la conclusion que les commentaires de ce genre étaient inévitables et qu'ils ne faisaient qu'ajouter une touche supplémentaire à… l'aura sexuelle de Franconi.

Les doigts de Juliet se crispèrent sur le tube de cachets.

— Je vois… Et tant pis si je passe pour une poule de luxe, c'est ça ? Ravie de servir de faire-valoir !

— Tu n'en rajoutes pas un peu, là, Juliet ?

— Bon, je te laisse annoncer à ce cher Hal que tout s'est passé à la perfection à Houston. Et ne lui dis surtout pas que je t'ai appelée à cause de cet article stupide, O.K. ?

— Tes désirs sont des ordres.

Juliet souffla un grand coup, prit un stylo et se rassit.

— Et maintenant, ta nouvelle au sujet du *Times* ? Vas-y, je t'écoute…

Une demi-heure plus tard, alors qu'elle finissait de donner son dernier coup de fil, Carlo passa la tête par l'entrebâillement de la porte. La voyant au téléphone, il leva les yeux au plafond, se préparant à patienter, puis son regard tomba sur le tube de cachets déjà bien entamé.

— Oui, entendu, merci, Ed... M. Franconi apportera les ingrédients nécessaires et se présentera aux studios pour 8 heures Oui, tout à fait.

Elle fit entendre un rire joyeux, mais tapait nerveusement du pied sous la table.

— Oui, absolument délicieux ! Promis... A dans deux jours, alors. Au revoir.

Carlo attendit qu'elle ait raccroché pour s'approcher.

— Tu n'es pas venue me sauver de la foule vorace.

Elle leva lentement les yeux vers lui.

— Tu n'avais pas l'air d'avoir un besoin urgent de secours.

Le ton, l'expression le mirent aussitôt sur ses gardes. Restait à comprendre ce qui motivait ce revirement d'humeur. Il marcha jusqu'au bureau et prit le tube de sels antiacides.

— Tu es bien trop jeune pour te bourrer de ce genre de médicaments.

— Je n'ai jamais entendu dire que l'ulcère était lié à l'âge.

Il fronça les sourcils et cala une fesse sur un coin du bureau.

— Juliet, si je te pensais atteinte d'un ulcère, je t'embarquerais pour Rome dans l'heure et te mettrais à la diète et au repos forcé pour un mois.

Il glissa le tube de comprimés dans sa poche.

— Maintenant, explique-moi quel est le problème.

Elle rassembla hâtivement ses affaires et répondit, évitant soigneusement son regard :

— Il y en a eu plusieurs. Mais tout est réglé ou à peu près. Nous aurons quelques courses à faire nous-mêmes à Chicago pour tes *taglierini* aux Saint-Jacques, girolles, pancetta et petits pois. Si tu n'as plus rien à faire ici, nous pourrions...

— Non.

Il posa la main sur son épaule pour la maintenir assise.

— Ce n'est pas la perspective de quelques courses à Chicago qui te met dans cet état. Que s'est-il passé ?

La froideur avait toujours été la meilleure arme de Juliet. Sa voix se fit donc tranchante.

— Ecoute, Carlo, je n'ai pas arrêté de courir et...

— Tu crois que je ne te connais pas, depuis deux semaines ?

Il lui imprima une légère secousse impatiente.

— C'est lorsque tu te sens dépassée que tu te bourres d'aspirine ou autres poudres de perlimpinpin. Je n'aime pas te voir comme ça.

Elle tenta de repousser sa main et échoua.

— C'est mon travail qui veut ça, O.K. ? Tu es prêt pour partir à l'aéroport ?

— Nous avons tout le temps pour l'avion. Dis-moi ce qui te perturbe.

— Si tu tiens vraiment à le savoir...

D'un geste sec, elle tira l'article de Denver hors de son sac et le lui fourra entre les mains.

— Qu'est-ce que c'est ? Une coupure de presse ?

Il effleura l'article des yeux.

— C'est juste le bla-bla people habituel sur qui a été vu avec qui, à quel endroit et dans quelle tenue, non ?

— Plus ou moins.

— Mm...

Il commença à lire pour de bon et hocha la tête.

— Et tu as été vue avec moi.

Refermant son dossier, Juliet le glissa dans son attaché-case, tout en se répétant que perdre son calme n'améliorerait en rien la situation.

— Ça paraît inévitable compte tenu de la nature de mon travail...

Accoutumé à sa logique carrée, Carlo l'interrogea du regard.

— Mais tu considères que l'article laisse entendre autre chose, c'est ça ?

— L'article *dit* autre chose ! Quelque chose de faux.

— On parle de toi comme de ma compagne de route.

Il leva les yeux, comprenant parfaitement en quoi le ton de la chroniqueuse n'était pas au goût de Juliet.

— Le terme ne résume peut-être pas pleinement la situation, mais il n'est pas non plus inexact. Ça t'ennuie donc d'être vue comme ma compagne ?

Juliet n'était pas d'humeur à aborder la question sur un mode rationnel.

— Le mot « compagne », dans le sens où la journaliste l'entend, n'a rien de professionnel ni d'innocent. Je ne suis pas là pour voir mon nom lié au tien de cette façon, Carlo.

— De quelle façon, alors, Juliet ?

— Lis donc la suite ! Partout où tu apparais, je ne serais apparemment jamais très loin et je te garderais jalousement, comme si tu étais ma propriété privée. Et toi…

— … moi, je t'embrasserais la main dans des lieux publics comme si je n'avais qu'une hâte : te retrouver quelque part en privé, conclut Carlo en lisant. Et alors ? Quelle différence est-ce que ça fait ?

Elle se passa la main dans les cheveux.

— Carlo, si je suis ici, avec toi, c'est pour promouvoir ton livre. Cet article est passé entre les mains de mon responsable direct, de ma direction, de mes collègues. Tu ne vois pas que ce genre d'allégation peut ruiner ma réputation professionnelle ?

Il secoua la tête.

— Ce sont des potins sans gravité. Tu as des problèmes avec ta hiérarchie à cause de ça ?

Elle fit entendre un rire amer.

— Même pas, non. Il semblerait qu'ils en aient pris leur parti. Tout ce qui crée du buzz est bon à prendre. D'après eux, ça sert ton image.

— Bon, eh bien, parfait ! Quel est le problème, alors ?

— Le problème, Carlo, c'est que je ne suis pas là pour servir ton image ! répondit-elle avec une virulence qui les choqua l'un et l'autre. Je refuse d'apparaître dans la longue liste des noms et des visages liés à ta personne !

Carlo reposa l'article.

— C'est donc là que le bât blesse… Tu m'en veux, parce que les insinuations de cet article touchent d'un peu trop près à la réalité.

— Je ne veux pas passer pour ta conquête du moment.

Elle parlait d'une voix basse et furieuse, les poings enfoncés dans les poches de son jean.

— Je n'ai pas fait tout ce chemin, professionnellement, pour en être réduite à un nom sur la longue liste de tes conquêtes !

Il se leva en se demandant si elle avait cherché à l'insulter à dessein. Probablement que non. Pour elle, il s'agissait d'un alignement de faits. Pas d'une attaque en règle.

— C'est quoi, cette stupide obsession de la « liste » ? Je n'ai jamais tenu de comptes sordides de mes amours. Si tu as une liste dans ton esprit, c'est ta vision des choses, pas *ma* réalité !

— Il y a quelques semaines, c'était une actrice. Le mois dernier, on te voyait partout avec une présentatrice de la télévision grecque !

Il dut employer toute la force de sa volonté pour ne pas exploser.

— Je n'ai jamais affirmé que tu étais la première femme à entrer dans mon lit, Juliet. Pas plus que je ne m'attendais à être le premier dans le tien.

— C'est différent.

— C'est toi, maintenant, qui fais deux poids deux mesures.

Il froissa la coupure et la jeta dans la corbeille.

— Je n'ai pas la patience de jouer à ces petits jeux, dit-il en se dirigeant vers la porte.

— Carlo, attends, s'il te plaît…

Maîtrisant tout juste son exaspération, il se retourna lentement. Les mains toujours enfoncées dans les poches de son pantalon, Juliet faisait les cent pas entre les piles de livres.

— Ce n'était pas mon intention de passer mes nerfs sur toi. Ma réaction était déplacée et tu m'en vois désolée. Comme tu peux sans doute le comprendre, je n'ai pas les idées très claires en ce moment.

— C'est ce que je constate, en effet…

Difficile de ne pas entendre les accents coupants dans sa voix. Juliet soupira.

— Tout ce que je peux dire pour ma défense, c'est que ma carrière est très importante pour moi.

— Ça aussi, je l'avais compris.

— Mais je tiens à ce que ma vie privée reste privée. Faire l'objet de commentaires autour de la machine à café, très peu pour moi !

— Les gens parlent, Juliet, que tu le veuilles ou non. Alors, le plus simple, c'est de les laisser dire et de mener ta vie comme tu l'entends.

— Je n'ai pas ta décontraction dans ce domaine.

Elle souleva son attaché-case par la bride, puis le reposa.

— Ma place a toujours été dans l'ombre. Je prends les rendez-vous, j'organise, je conseille. Mais ce n'est pas *ma* tête qu'on voit dans les journaux. Il en a toujours été ainsi et je veux que ça continue.

— Il ne suffit pas toujours de vouloir, Juliet.

Carlo s'appuya au chambranle et l'observa avec attention.

— Ta colère ne vient pas uniquement de ces quelques lignes dans un canard local dont personne ne se souviendra plus dans une semaine.

Elle ferma les yeux un moment, puis se tourna vers lui.

— Tu as sans doute raison. Même si ce n'est pas vraiment de colère qu'il est question. Je me suis mise dans une position délicate avec toi, Carlo.

Il prit l'expression, la soupesa, l'examina.

— Une position délicate ?

— Ne le prends pas mal, s'il te plaît. Si je suis ici, c'est pour assurer la promotion de ton livre. Il est important pour moi que cette tournée se déroule de façon impeccablement professionnelle jusqu'au bout. Ce qui s'est passé entre nous...

— Ce qui s'est passé entre nous ?

— Ne complique pas les choses.

— Je vais les rendre plus faciles alors : nous sommes ensemble, Juliet. *Amants.*

Amants... Elle sentit son souffle se nouer dans sa gorge et se demanda s'il pensait vraiment lui avoir facilité la tâche. Pour lui, cet épisode n'était qu'une petite virée de plus au clair de lune, alors que, pour elle, il prenait des allures de course éperdue au cœur d'un ouragan.

— J'aimerais garder les deux aspects de notre relation complètement séparés.

Carlo eut la surprise de trouver sa demande touchante. Peut-être à cause du mélange détonant que représentaient la rêveuse idéaliste et la femme terre à terre et terriblement organisée en elle.

— Juliet, *mi amore*, à t'entendre, on pourrait penser que tu négocies un de tes contrats !

— Il y a peut-être un peu de ça.

Elle cherchait à rassembler ses pensées, mais le trouble reprenait le dessus.

— Je crois que j'aurais besoin de passer un arrangement clair avec toi.

La colère de Carlo était retombée. Dans les yeux de Juliet, il lisait tout autre chose que l'aplomb qu'elle imprimait à sa voix. Lorsqu'il fit un pas dans sa direction, il eut la satisfaction de la voir se raidir.

Il lui caressa doucement les cheveux.

— Tu sais, Juliet, tu peux toujours rédiger des clauses et prévoir des avenants, les sentiments ne se négocient pas.

— Mais on peut au moins, je ne sais pas, moi… les réguler !

Il lui prit les deux mains et les embrassa.

— Non, ma chère Juliet, on ne peut pas.

— Carlo, s'il te plaît…

— Tu aimes que je te touche, murmura-t-il. Lorsque nous sommes seuls mais aussi en compagnie ou au cœur de la foule. Si je te caresse la main de cette façon particulière, tu perçois le sens de mon geste. Parfois, il te parle de désir, mais pas forcément. Il m'arrive d'avoir juste envie d'être avec toi — de te parler ou de rester assis en ta compagnie. Réglementeras-tu la façon dont je dois te toucher la main et le nombre de fois par jour où je serai autorisé à te regarder et de quelle manière ?

— S'il te plaît… Ne tourne pas en ridicule ce que je cherche à te dire.

Ses doigts se resserrèrent autour des siens.

— S'il te plaît, Juliet, ne tourne pas en ridicule ce que je ressens pour toi.

— Carlo…

Mais elle ne pouvait — n'osait — aborder pareil sujet avec lui.

— Je voudrais juste que les choses restent simples entre nous.

— Impossible.

— Pourquoi ça ?

— Parce que… ça… est-ce que c'est simple, à ton avis ?

Il se pencha pour l'embrasser. Le contact de ses lèvres était si doux, si léger qu'on pouvait à peine le qualifier de baiser. Et pourtant, les jambes de Juliet se dérobèrent sous elle.

— Carlo, nous dévions de notre sujet.

Il passa les bras autour de sa taille. Ses mains glissèrent dans son dos. Ses lèvres coururent sur son visage.

— Je préfère de loin ce sujet à l'autre. Lorsque nous serons à Chicago, je veux passer la soirée seul avec toi.

— Nous avons rendez-vous à 22 heures pour boire un verre avec les...

— Annule.

— Carlo, tu sais très bien que je ne peux pas.

— Bon...

Il lui saisit le lobe de l'oreille entre les dents.

— J'écourterai alors la soirée sous prétexte que je suis fatigué, et nous passerons le reste de la nuit à faire de petites choses comme celle-ci.

Il darda la langue dans son oreille, puis revint à la zone si sensible, juste un peu plus bas. Juliet en frissonna si violemment qu'ils franchirent l'un et l'autre plusieurs paliers d'excitation.

— Carlo, tu ne comprends pas.

— Je comprends que j'ai envie de toi.

Son humeur bascula et il la saisit aux épaules.

— Si je te disais maintenant que je te désire plus que je n'ai jamais désiré aucune autre femme, tu ne me croirais pas.

Elle eut un mouvement instinctif de recul.

— Non, je ne te croirais pas. Tu n'as pas besoin de me tenir ce genre de discours.

— Parce que tu as peur. Peur d'y croire. Avec moi, tu n'auras pas la simplicité, Juliet. Mais je te promets d'être un amant inoubliable.

Elle se ressaisit suffisamment pour soutenir son regard.

— Je me suis déjà résignée à vivre l'inoubliable avec

toi, Carlo. Je ne me reproche pas d'être venue à toi hier soir. Et je n'ai aucun regret.

Un éclair passa dans le regard de Carlo.

— Puisque tu es si résignée, résigne-toi à ceci aussi : je me contrefiche de ce qu'écrivent les journaux et de ce qui se chuchote autour des machines à café, dans des bureaux de New York. Toi, ici, maintenant, c'est tout ce qui m'intéresse.

Juliet sentit alors quelque chose s'effondrer en elle sans bruit — un mur invisible, une défense érigée et consolidée au fil des années. Elle savait qu'elle avait tort de le prendre au mot. Franconi était Franconi. Si elle comptait pour lui, c'était à sa façon et à son heure. Mais une barrière interne était tombée et il lui faudrait du temps pour la remettre en place. Pour l'heure, se retrouvant sans défense, elle choisit d'être directe.

— Carlo, je ne sais pas comment gérer cette histoire avec toi. Je n'ai pas une expérience suffisante pour ça.

— Alors, ne gère pas. Fais-moi simplement confiance.

Il la reprit par les épaules et elle posa les mains sur les siennes, les tint un instant, puis les écarta.

— C'est trop tôt. C'est « trop » sur tous les plans, d'ailleurs.

Il arrivait à Carlo d'avoir à faire appel à des trésors de patience, en cuisine. Dans sa vie amoureuse, c'était très rarement le cas. Mais il savait que s'il poussait Juliet dans ses retranchements, il ne réussirait qu'à instaurer une distance supplémentaire.

— Pour le moment, contentons-nous de savourer l'instant, suggéra-t-il.

C'était exactement ce qu'elle voulait. Le plaisir de l'instant, rien de plus, rien de moins. Mais elle était au bord des larmes.

— Nous savourerons l'instant, oui.

Avec un léger soupir, elle prit son visage entre ses mains, comme il le faisait si souvent avec elle.

— Intensément, même.

Appuyant son front contre le sien, Carlo se demanda pourquoi ce bel engagement ne le satisfaisait qu'à moitié.

9

Juliet se dirigea vers la réception de leur hôtel de Chicago, vidée par la fatigue du voyage, mûre pour un verre de vin blanc à déguster en travers d'un fauteuil, les pieds déchaussés et les jambes sur les accoudoirs.

Le hall d'entrée lui fit une impression favorable. Les sols en marbre, les sculptures et les palmiers en pot présageaient, avec un peu de chance, une salle de bains luxueuse. Et elle avait la ferme intention de passer l'heure qui allait suivre immergée dans l'eau chaude et les huiles essentielles.

Elle sourit à la réceptionniste.

— Bonjour. Vous devez avoir une réservation aux noms de Franconi et Trent.

La jeune femme pianota sur son clavier.

— En effet… Pour deux nuits, c'est bien ça ? Tout est réglé. Si vous voulez juste remplir ces deux formulaires, M. Franconi et vous, je vais appeler le garçon d'étage.

Tout en notant son numéro de passeport sur sa fiche, Carlo observait Juliet du coin de l'œil. La beauté de son profil le fascinait. Ses traits accusaient une discrète fatigue, mais ses cheveux, sagement ramenés en catogan, restaient impeccablement coiffés. Elle semblait en état de diriger une réunion d'affaires de trois heures sans faiblir. Juste au moment où il se formulait cette pensée, elle ferma les yeux et s'étira le dos en se massant les épaules.

Il ressentit alors un vif besoin de prendre soin d'elle.

— Une chambre nous suffirait, Juliet.

Elle remonta son sac sur son épaule et signa son formulaire.

— Ne commence pas, Carlo. Les réservations sont faites.

— Mais c'est absurde ! Tu vas passer les deux nuits dans ma suite. A quoi bon payer une chambre supplémentaire qui restera inutilisée ?

La réceptionniste faisait poliment mine de ne rien entendre, tout en buvant chacune de leurs paroles. Juliet sortit sa carte de crédit et la posa froidement sur le comptoir. Carlo nota avec amusement qu'elle n'avait plus l'air fatigué du tout. Lui avait envie de faire l'amour avec elle pendant des heures.

— Toutes les dépenses de M. Franconi durant son séjour à l'hôtel seront prises en charge également, annonça-t-elle d'une voix très maîtrisée. Vous me préparerez une note...

Carlo poussa son formulaire en direction de l'employée avant de prendre appui sur le comptoir.

— Juliet, franchement, payer pour un lit qui ne sera même pas ouvert... Et puis, tu ne te sentiras pas ridicule à traverser et retraverser le couloir ?

La mâchoire crispée, Juliet récupéra sa carte de crédit.

— Je vais te dire ce qui est ridicule, chuchota-t-elle d'une voix sifflante. C'est ta tentative délibérée de me mettre mal à l'aise en public.

La réceptionniste leur sourit.

— Vous avez les chambres 1102 et 1108. Elles ne sont pas en face l'une de l'autre, mais du même côté du couloir.

— Ce sera parfait comme ça, merci.

Le groom avait déjà rassemblé leurs bagages et suivait, lui aussi, la conversation avec beaucoup d'intérêt. Juliet serra les lèvres, contrariée, et se dirigea vers l'ascenseur. Carlo lui emboîta le pas, tandis que la réceptionniste le suivait des yeux, manifestement charmée.

— Vraiment, Juliet, je suis surpris que tu te sentes mal à l'aise par rapport à quelque chose d'aussi simple.

— Je ne vois rien de simple dans cette situation !

Elle pressa d'un doigt rageur le bouton de l'ascenseur et, la voyant faire, Carlo réprima un sourire.

— Je suis désolé. C'est juste que tu as bien spécifié tout à l'heure que tu souhaitais que les choses soient simples entre nous.

— Arrête, s'il te plaît ! Ce que je dis est une chose. Ce que je *voulais dire* en est une autre.

— Subtile distinction, murmura Carlo en s'effaçant pour la laisser entrer dans la cabine.

Devant l'expression courroucée de Juliet, le groom dut commencer à prendre peur pour son pourboire, car il afficha son plus beau sourire.

— Vous êtes à Chicago pour quelque temps ?

— Pour deux jours, répondit Carlo avec sa cordialité habituelle.

— Ça vous laissera le temps de visiter un peu notre belle ville. Il faudra commencer par le lac, bien sûr, et…

— Nous sommes ici pour le travail, l'interrompit Juliet. Et nous n'aurons pas le temps de faire du tourisme…

— Je comprends.

Le groom poussa le chariot de bagages dans le couloir sans se départir de son sourire.

— Notre première étape sera la 1108.

Juliet sortit quelques billets de un dollar de son portefeuille.

— C'est la mienne. Ces deux sacs-là, s'il vous plaît.

Elle se tourna vers Carlo.

— Nous nous retrouvons ce soir à 22 heures au bar de l'hôtel pour boire un verre avec le critique gastronomique Dave Lockwell. D'ici là, tu es libre de tes faits et gestes.

— J'ai plein d'idées, en matière de faits et gestes !

Mais Juliet passa à côté de lui sans même l'honorer

d'un regard. Elle fourra les billets dans la main du porteur et disparut dans sa chambre.

Carlo estima alors qu'un délai d'une demi-heure devait suffire pour calmer les esprits. L'attitude de Juliet était plus une complication pour lui qu'un motif d'exaspération. Et il avait l'habitude, depuis l'enfance, de voir sa vie compliquée par les femmes. Il devait reconnaître qu'il trouvait même un charme naïf à l'attitude de Juliet. Pensait-elle vraiment que la réceptionniste et le garçon d'étage s'offusqueraient d'apprendre qu'ils couchaient ensemble ?

Le fait qu'elle s'inquiétait de leur réaction — et qu'elle s'en inquiéterait sans doute toujours — le touchait. La retenue, dans l'apparence du moins, faisait partie intégrante d'elle. Tout comme sa brûlante sensualité, qu'elle se gardait bien de laisser deviner. Dans ses vêtements sages, Carlo la trouvait irrésistible.

Il avait connu une telle diversité de femmes... Des toutes jeunes encore, aux grands yeux ingénus, et néanmoins cupides jusqu'au bout des ongles ; des sulfureuses, des artistes choyées, des carriéristes acharnées. Il s'était frotté aux caractères les plus contrastés : des filles qu'un rien rendait heureuses et d'autres que tout désolait en permanence. Il avait fréquenté des mélancoliques et des hautaines, des déjà-papillons et des encore-chenilles, des rapaces et des comblées. Mais Juliet Trent, à la voix calme et aux yeux vert d'eau, il ne savait pas dans quelle case la loger. A priori, elle avait toutes les qualités féminines qu'il était habitué à repérer, tout en n'en ayant aucune. Ce qu'il savait avec certitude, cependant, c'est qu'il avait envie de l'intégrer dans sa vie, d'une manière ou d'une autre.

La meilleure technique — en tout cas celle qu'il avait l'habitude de mettre en œuvre — consistait à étourdir une femme de son charme jusqu'au point de non-retour. Il allait s'y employer avec Juliet aussi et, une fois qu'ils en seraient là, il serait toujours temps pour lui de négocier l'étape suivante.

Il retira du soliflore la rose qu'il avait fait monter de chez le fleuriste en bas de l'hôtel. Il en huma une seule fois l'odeur, puis longea le couloir pour aller frapper à la chambre 1108.

Juliet venait de s'extraire d'un long bain parfumé. Si elle avait entendu frapper cinq minutes plus tôt, elle aurait hurlé. Mais elle avait atteint le stade où elle put enfiler tranquillement son peignoir pour ouvrir, sans surprise, à Carlo.

Elle n'était pas naïve au point de penser qu'un homme comme lui se laisserait arrêter par un simple claquement de porte. Si lui refermer la porte au nez lui avait procuré une indéniable satisfaction, lui ouvrir lui fit plaisir, parce qu'elle était prête.

La rose la prit au dépourvu, en revanche. Il ne semblait pas très avisé de flancher devant une simple fleur à longue tige et au bouton couleur soleil, mais elle n'en fut pas moins touchée. Du coup, son intention de mettre énergiquement les points sur les i vacilla.

— Tu sembles reposée…

Au lieu de lui donner la fleur, il lui prit la main. Et avant qu'elle ait eu le temps de décider si elle le laissait entrer ou non, il était à l'intérieur.

Allez, pose tes conditions.

Elle devait prendre fermement position, se rappela-t-elle, repoussant le battant derrière lui. Si elle ne le cadrait pas maintenant, elle finirait par perdre pied tout à fait.

— Puisque tu es là, Carlo, et que nous avons une heure devant nous, je propose que nous parlions.

— Que nous parlions ? Mais certainement.

Observateur par nature, il s'accorda le temps d'examiner les lieux. La valise de Juliet était ouverte sur la desserte. Faire et refaire ses bagages constituait un véritable pensum, lorsqu'on était ballotté sans fin d'une ville et d'un hôtel à l'autre. Pourtant, alors qu'ils entamaient leur troisième semaine de tournée, un ordre parfait régnait dans les affaires de Juliet. Le contraire l'aurait étonné, cela dit. Sur la table, tout était déjà en place pour le travail : dossiers, agenda, téléphone, stylo. Seule note vaguement désinvolte dans ce décor très structuré : la paire d'escarpins italiens à talons hauts abandonnée au milieu de la pièce, à l'endroit même où Juliet avait dû les quitter. Un de ces paradoxes, songea-t-il, qu'il apprenait à aimer chez elle.

— Ce serait plus facile pour moi de parler, si tu te posais dans ce fauteuil au lieu de fureter dans ma chambre.

Coopératif en diable, Carlo s'assit aussitôt et lui agita la rose sous le nez.

— Alors, de quoi veux-tu que nous parlions ? De notre programme ici, à Chicago ?

— Non… Si !

Elle avait une bonne douzaine de points à examiner avec lui pour cette étape. Mais pour une fois, elle laissa le professionnel passer au second plan.

— Enfin… plus tard.

Elle choisit de se donner un avantage, même faible, en restant debout.

— Pour commencer, je voudrais revenir ce qui s'est passé à la réception, tout à l'heure.

— Ah !

Comme il était italien, ce « Ah ! ». Et aussi amical qu'un sourire. Juliet l'aurait assassiné.

— Ton attitude était déplacée, Carlo.

— Tu crois ?

Il avait appris d'expérience que la meilleure façon de faire aboutir une stratégie était de procéder à coups de questions polies ou d'acquiescements purs et simples. La plupart du temps, cela lui permettait de tourner le résultat à son avantage, sans passer par un bain de sang.

— Tu as vraiment besoin de poser la question ?

Oubliant ses propres décisions tactiques, Juliet prit place sur le bord du matelas.

— Tu n'avais pas le droit d'étaler en public des éléments de l'ordre de notre vie privée.

— C'est vrai.

— Je…

L'entendre lui donner raison lui coupa l'herbe sous le pied. Le discours ferme, voire tranchant, qu'elle avait préparé en prenant son bain en tombait à plat.

— Je tiens à m'excuser, reprit Carlo. C'était très indélicat de ma part.

— N'exagérons rien !

Conformément à ce qu'il avait espéré, elle minimisa d'elle-même l'offense.

— Indélicat est un grand mot. C'était juste… malvenu.

Tenant toujours la rose à la main, il balaya l'argument.

— Tu es trop généreuse, Juliet. Si j'ai parlé ainsi tout à l'heure, c'est seulement en raison de ton pragmatisme. C'est un aspect de toi que j'admire.

Même s'il ne perdait pas son objectif de vue, Carlo avait pour principe de s'appuyer autant que possible sur la vérité.

— En dehors de ma propre famille, je n'ai rencontré que très peu de femmes à l'esprit réellement pratique. Ce trait de ta personnalité m'attire autant que la couleur de tes yeux, que la texture de ta peau.

Se sentant perdre du terrain, Juliet se tint un peu plus droite.

— Je ne te demande pas de flatter mon ego, Carlo. Il s'agit simplement de poser quelques règles de base.

Il hocha la tête, comme si elle venait d'abonder dans son sens.

— Tu vois ! Tu es trop pragmatique pour attendre de moi que je te flatte ou pour te laisser influencer par mes compliments. Comment voudrais-tu que je reste insensible à cette solidité en toi ?

— Carlo...

— Attends, je n'ai pas fini de développer mon argument.

Il recula juste assez pour maintenir son cap.

— Connaissant ton esprit pratique, je pensais que tu serais gênée comme moi par le gaspillage que représente la location de cette seconde chambre, alors que nous avons envie d'être ensemble. Tu as bien envie d'être avec moi, Juliet ?

Frustrée, elle secoua la tête. Il était en train de renverser la situation à son avantage, le traître !

— Carlo, ça n'a rien à voir et tu le sais.

Il haussa les sourcils.

— Ah non ?

— Je te parle de la frontière qui doit séparer nos relations professionnelles et privées.

— Une frontière qui est ardue à tracer, *mi amore*. Pour moi, elle est même impossible à matérialiser.

Ce qui était la vérité.

— J'ai envie de passer du temps avec toi. De ne pas laisser une seconde se perdre. Et là, c'est une heure entière qui s'est écoulée, toi dans ta chambre, moi dans la mienne. Ça me donne une impression de gâchis, de temps volé. Ce n'est pas seulement la nuit que je te veux avec moi. Mais à chaque instant. C'est très fort, ce que j'attends de toi, au fond.

Il était le premier surpris de s'entendre prononcer une telle déclaration. Il ne s'agissait pas d'une de ses habituelles formules destinées à séduire. Cette petite bombe lui était tombée des lèvres, comme si elle provenait de profondeurs enfouies où elle aurait vécu une vie clandestine.

Il se leva, conscient qu'il lui fallait un temps de répit pour se remettre du choc. Debout devant la baie vitrée, il observa les mouvements heurtés de la circulation urbaine. Le flot de voitures semblait faire un bond en avant, puis s'immobilisait, virait, hésitait, et repartait de plus belle. Comme la vie, en somme. On pouvait toujours se précipiter droit devant soi, rien ne permettait d'anticiper ce qui se présenterait sur votre chemin pour vous stopper net.

Les yeux rivés sur son dos, Juliet gardait le silence, déchirée entre ce qu'il avait dit, ce qu'il avait voulu dire et les émotions qui faisaient rage en elle. Depuis le début, elle avait en tête la définition que Carlo lui avait donnée d'une aventure : un tour de manège et un seul. Lorsque la musique s'arrêtait, tout le monde descendait sans se poser de questions. Or, en l'espace de quelques mots, il avait changé la donne. Et elle se demandait s'ils étaient l'un et l'autre prêts à franchir le pas.

— Carlo, puisque tu m'attribues cette qualité, je serai pragmatique. Il nous reste une semaine de tournée. Nous avons encore Chicago et quatre autres villes à affronter. Sincèrement, j'aurais préféré n'avoir rien d'autre à faire avec toi que l'amour.

Il se retourna et, même si le sourire qu'il lui adressa lui parut un peu bizarre, ce fut un sourire quand même.

— C'est ce que tu m'as dit de plus beau en l'espace de tous ces jours, de toutes ces villes !

Elle fit un pas vers lui. Il semblait absurde de s'inquiéter des risques alors qu'ils avaient si peu de temps à vivre ensemble.

— Ce qui se passe entre toi et moi, je ne l'oublierai jamais, même s'il m'arrivera sans doute de souhaiter effacer ces moments.

— Juliet, je…

— Non, attends ! J'ai envie de te consacrer mes jours et mes nuits, Carlo. Et une part de moi s'exaspère de voir tout ce temps perdu avec d'autres, ou à occuper des chambres séparées ou encore à nous consacrer à la promotion de ton livre, même si c'est lui qui nous a réunis au départ. Mais une autre part de moi sait que toutes ces activités sont nécessaires. C'est la vie telle qu'elle est, dans son continuum ; la vie qui sera toujours là, lorsque nous repartirons chacun de notre côté.

Non. Ne pas penser à ça maintenant. Si elle voulait que sa voix reste ferme, elle ne devait pas se projeter dans l'après-Carlo.

— Je passerai sans doute beaucoup de temps dans ta suite, mais j'ai besoin d'un lieu à moi, ne serait-ce que pour savoir qu'il existe. C'est peut-être ça, mon côté pragmatique.

Il se demanda s'il ne s'agissait pas plutôt de son côté vulnérable. Mais ne venait-il pas de s'en découvrir un, lui aussi ? Un talon d'Achille qui avait pour nom Juliet.

— Argument reçu cinq sur cinq. Gardons les deux chambres.

Ce ne serait peut-être pas un mal, après tout. Qui sait s'il n'aurait pas besoin d'un lieu pour se ressourcer à certains moments, lui aussi ?

— Pas de contre-arguments, alors ? Ni débat ni dispute ?

— Oh, *cara* ! Comme si nous nous disputions jamais, toi et moi !

Les lèvres de Juliet esquissèrent un sourire.

— Inconcevable, en effet.

Cédant à son envie autant qu'à Carlo, elle se pendit à son cou.

— T'ai-je déjà dit que lorsque j'ai vu ta photo pour la première fois, j'ai pensé que tu étais très beau ?

Il fit glisser doucement ses lèvres sur les siennes.

— Jamais, non. Mais je suis tout prêt à l'entendre.

— Talentueux, aussi, murmura-t-elle en l'attirant vers le lit... Et sexy. Très, très sexy.

— Ah, vraiment ?

Il se laissa entraîner sans opposer de résistance.

— Donc, dans ton bureau de New York, tu as décidé en regardant ma photo que nous serions amants quoi qu'il arrive ?

— J'ai décidé, dans mon bureau de New York, que quoi qu'il arrive, nous ne serions jamais amants.

Patiemment, sans hâte, elle entreprit de déboutonner sa chemise.

— J'ai pris la ferme résolution que je ne me laisserais jamais baratiner par un chef italien qui comptait autant de femmes à son actif que de spaghettis dans ses marmites. Mais...

Carlo lui mordilla le creux du cou.

— Je crois que je vais préférer ce qui vient après le « mais ».

— Mais je découvre qu'il est impossible de prendre des décisions fermes, lorsque les données dont on dispose sont incomplètes.

— T'ai-je jamais dit que ton pragmatisme m'excitait dangereusement ?

Il dénoua la ceinture de son déshabillé et elle soupira, déjà vaincue...

— T'ai-je jamais dit que j'étais incapable de résister à un homme qui m'apportait des fleurs ?

— Des fleurs ? Hou là...

Il souleva la tête et récupéra le bouton de rose tombé sur l'oreiller.

— Les apporter, c'est une chose. Les offrir, ce serait mieux !

Avec un rire heureux, elle l'attira de nouveau dans ses bras.

Juliet avait l'impression d'avoir vu plus de Chicago au cours de leur descente sur l'aéroport international d'O'Hare que pendant la journée et demie qu'ils passèrent sur place. Les trajets en taxi entre hôtel, studios de télévision, grands magasins et librairies n'avaient rien d'un parcours touristique. Tandis qu'ils couraient d'un lieu de rendez-vous à l'autre, elle se jura qu'à la première occasion, elle prendrait un billet pour une destination ensoleillée et s'accorderait quelques jours de vacances au cours desquels son plus gros effort de la journée serait de s'allonger au bord de l'eau pour ne plus en bouger.

Le seul moment un peu amusant de leur séjour consista en une expédition dans différents magasins pour acheter les ingrédients des *taglierini* aux Saint-Jacques. Carlo devait réaliser le plat dans son intégralité à l'occasion d'une émission télévisée matinale : *Parlons-en*. C'était une émission à forte audience, presque aussi populaire que le *Simpson Show* à Los Angeles. Pour Juliet, les enjeux étaient énormes. *Parlons-en*, qui entrait dans sa cinquième saison, restait à la fois controversée et plébiscitée par un public friand de polémique-spectacle.

Malgré les indéniables talents médiatiques de Carlo, elle était nerveuse comme un poisson rouge dans un bocal plein de piranhas. Elle savait que toute l'équipe de Trinity Press serait devant un écran. Si Carlo se faisait ovationner, ce serait un moment de triomphe qui n'appartiendrait qu'à lui. S'il se faisait siffler, on la tiendrait pour responsable de cet échec. Telle était la logique particulière qui sévissait dans le milieu des relations publiques.

Carlo, lui, était plus zen que jamais. Ses *taglierini*, affirmait-il, il serait capable de les préparer dans le noir, de mémoire et d'une seule main.

Comme Juliet entamait son sixième tour de la « green room », il secoua la tête.

— Détends-toi, *my darling*. Ce n'est qu'un plat de pâtes.

— N'oublie pas de donner les dates de tes interventions dans les villes suivantes. L'émission est nationale.

— Oui, tu me l'as déjà dit.

— Et reprécise le titre de ton livre.

— Ai-je déjà oublié de le faire une seule fois ?

— Mentionne également que tu as préparé ces mêmes *taglierini* pour le président des Etats-Unis, lorsqu'il est venu en visite à Rome, l'année dernière.

— Je tâcherai d'y penser. Juliet, tu ne boirais pas un café ?

Elle refusa d'un signe de tête et continua de faire les cent pas en essayant de lui dresser une liste exhaustive de consignes.

— J'en prendrais bien une tasse, moi...

Juliet désigna la cafetière du menton.

— Sers-toi.

Carlo savait que s'il lui trouvait quelque chose à faire, l'action la distrairait de son angoisse et elle cesserait de s'agiter sous son nez.

— Tu aurais le cœur de me laisser boire ce poison brunâtre qui chauffe là-dessus depuis l'aube ?

Elle s'immobilisa, se souvenant qu'elle avait pour mission de materner ses auteurs.

— Ne bouge pas. Je vais te trouver un café digne de ce nom.

— *Grazie.*

Elle s'arrêta sur le pas de la porte.

— La journaliste culinaire du *Sun* est susceptible de faire un saut ici juste avant l'émission.

— Oui, tu l'as déjà mentionné. Je te promets d'être adorable.

Marmonnant tout bas, elle disparut dans le couloir.

Carlo se renversa contre le dossier de son siège et allongea les jambes. Une fois que Juliet serait de retour avec son café, il se forcerait à l'avaler, alors qu'il n'en avait pas envie. Pas plus qu'il n'avait envie de prendre un énième avion dans l'après-midi. Pour Detroit, cette fois-ci. Il avait déjà oublié dans quel Etat américain se trouvait cette ville, mais peu importait. Ils y resteraient si peu de temps qu'il ne valait même pas la peine de se le faire préciser.

Unique consolation : à Detroit, il aurait une soirée seul à seule avec Juliet.

Et bientôt, ils seraient à Philadelphie, où il avait hâte de retrouver Summer. Les amis, il les déclinait par dizaines, et certains d'entre eux étaient très proches. Mais c'était la première fois qu'il ressentait ce besoin pressant de se confier en particulier. Avec Summer, il pouvait compter sur une écoute attentive ainsi qu'une totale discrétion et il s'exprimerait alors librement. Jusqu'alors, il ne s'était jamais inquiété des ragots qui se colportaient sur sa vie amoureuse. Mais avec Juliet… Avec Juliet rien ne se passait comme avec les autres.

Ses relations amoureuses passées n'avaient jamais donné lieu à l'installation d'habitudes. Il avait eu plaisir à se réveiller avec son amie du moment à son côté, mais n'avait jamais ressenti la présence d'aucune femme comme *nécessaire*. Celle de Juliet l'était. Il ne pouvait imaginer sa chambre à coucher à Rome sans elle, alors qu'elle n'y avait jamais mis les pieds. Et depuis quelque temps, il n'était même plus capable de visualiser une autre femme qu'elle dans son lit.

Ruminant ces pensées alarmantes, il se leva et arpenta la pièce, tout comme Juliet l'avait fait quelques instants plus tôt. Lorsque la porte s'ouvrit, il tourna la tête, se préparant à la voir entrer. Si la grande blonde qui surgit devant lui en riant n'était pas Juliet, il ne s'agissait pas d'une inconnue pour autant.

— Carlo ! Comme on se retrouve !

Lydia… Il sourit tout en se traitant intérieurement de

tous les noms. Il aurait dû faire le lien entre le nom de la journaliste du *Sun* et le visage de la jeune femme avec qui il avait passé un week-end, un an et demi plus tôt.

— Tu es très en beauté, Lydia.

Comme toujours, d'ailleurs. Lydia Dickerson ne se montrait jamais que sous son meilleur jour. Elle était intelligente, sexy et très peu inhibée. Carlo se souvenait également d'elle comme d'une excellente cuisinière et d'une critique culinaire avisée.

— C'est grandiose que tu sois de passage à Chicago ! L'interview, nous la ferons tranquillement, après l'émission. Mais j'avais hâte de te voir.

Elle pivota vers lui dans un tourbillon de jupes et de parfum aux accents de lilas.

— Ça ne t'embête pas au moins ?

Carlo lui prit la main en souriant.

— Bien sûr que non. Je suis toujours heureux de revoir les vieux amis.

Lydia noua en riant les bras autour de son cou.

— En fait, je devrais être furieuse contre toi, *mio cuore*. Je pensais que tu te serais manifesté hier soir. Tu as toujours mon téléphone ?

— Bien sûr.

Il posa les mains sur ses poignets, dans l'intention de les dénouer de son cou, tout en se demandant comment il allait se dépêtrer de cette situation.

— Il ne faut pas nous en vouloir, Lydia. Nous avons un emploi du temps inhumain et… et il y a une complication.

Il réprima une grimace en imaginant la réaction de Juliet si elle l'entendait parler de leur relation comme d'une « complication ».

Lydia se plaqua étroitement contre lui.

— Tu trouveras bien le moyen de dégager quelques heures pour les consacrer à une *vieille amie*, comme tu dis ! J'ai une nouvelle recette époustouflante que je voudrais te faire déguster.

Elle murmura le nom du plat comme elle aurait chuchoté celui d'une posture érotique à pratiquer au clair de lune.

— Je n'imagine rien de plus… *stimulant* que de cuisiner pour le plus grand chef italien du monde.

— Je me sens très honoré.

Il posa les mains sur ses hanches, dans l'espoir de la décoller de lui de la manière la moins insultante possible. La renversante proximité de Lydia ne suscitait rien en lui — pas même le plus petit début d'excitation.

— Je n'ai pas oublié tes extraordinaires talents de cuisinière, Lydia.

Dans le rire rauque de la jeune femme courut un long frisson sensuel.

— J'espère que tu n'as pas gardé que des souvenirs culinaires !

— Bien sûr que non, Lydia.

Carlo poussa un soupir et opta pour la franchise.

— Ecoute, je ne suis pas…

Il n'eut pas le temps de finir sa phrase. Café en main, Juliet fit quelques pas dans la pièce, puis s'arrêta net. Son regard glissa sur la fille-liane enroulée autour de Carlo, à la manière des vrilles d'une vigne. Quant à son chef italien préféré, son expression était impayable ! Elle regrettait de ne pas avoir d'appareil photo sous la main.

— Je vois que vous vous connaissez déjà, dit-elle, la voix aussi neutre, calme et sèche que son regard.

— Juliet, je…

— Je vous laisse quelques instants pour la… pré-interview. Tâche d'être prêt pour 8 h 50, Carlo. Il faudra le temps de vérifier que tout est bien en place sur le plateau.

Sans attendre sa réponse, elle sortit et referma la porte.

Toujours enlacée à Carlo, Lydia tourna la tête vers le battant clos.

— Oups !

Ils se détachèrent l'un de l'autre et Carlo laissa échapper un long soupir.

— Je n'aurais pas dit mieux.

A 9 heures, les nerfs tendus à craquer, Juliet, assise au milieu de l'assistance, dans le studio bondé, attendait l'apparition de Carlo devant les caméras. Lorsque Lydia se glissa sur le siège à côté du sien, elle gratifia la journaliste d'un petit signe de tête et reporta son attention sur le plateau. La cuisine reconstituée, pour autant qu'elle pouvait en juger, était idéale. Elle avait elle-même vérifié chaque détail avec un soin méticuleux.

Lorsque l'entrée de Carlo déclencha des applaudissements nourris, elle commença à respirer plus librement. Et une fois qu'elle le vit s'attaquer à la préparation des coquillages et des girolles, avec des gestes d'une précision chirurgicale et toute l'aisance verbale d'une star cathodique confirmée, elle se détendit tout à fait. Le public, une fois encore, était à ses pieds.

— Il est impressionnant, non ? murmura Lydia pendant une courte pause.

— Fabuleux…

— Nous avons fait connaissance à l'occasion du dernier passage de Carlo à Chicago.

— C'est ce qu'il m'a semblé comprendre, en effet. Je suis ravie que vous ayez pu vous déplacer pour l'occasion. Vous avez bien reçu l'exemplaire de presse que je vous ai envoyé ?

Lydia songea que Juliet Trent n'avait pas froid aux yeux. Elle passa son stylo d'une main à l'autre et changea de position sur son siège.

— Oui, je l'ai bien reçu. L'article devrait paraître dans

le supplément week-end. Je vous en ferai parvenir une copie, bien sûr.

— C'est très aimable à vous, merci.

— Mademoiselle Trent…

— Juliet, je vous en prie.

Pour la première fois, Juliet tourna la tête vers elle et lui sourit.

— Pas de formalités entre nous.

— O.K., Juliet… Je crains de m'être ridiculisée.

— Quelle idée !

— J'adore Carlo, mais je ne braconne pas sur les terres d'autrui, si vous voyez ce que je veux dire.

— Lydia, je ne connais aucune femme au monde qui n'adore pas Carlo.

Juliet croisa les jambes lorsque l'enregistrement de l'émission reprit, puis ajouta avec désinvolture :

— Et si je pensais que vous aviez la moindre intention de « braconner », comme vous dites, vous ne seriez même plus en état de ramasser votre stylo.

Lydia demeura interdite un instant, puis se renversa en riant contre son dossier. Eh bien ! Carlo était tombé sur une femme à poigne, apparemment. Bien fait pour lui !

— Je peux vous souhaiter bonne chance, Juliet ?

Juliet lui adressa un second sourire.

— Oui. Je pourrais en avoir besoin.

Juliet et Lydia paraissaient en bons termes, mais Carlo avait du mal à se concentrer, alors qu'il les voyait assises côte à côte dans le public. Il avait vécu avec Lydia une parenthèse de deux jours d'un érotisme torride. Il ne connaissait pas grand-chose d'elle à part sa passion pour l'huile d'olive et ses préférences pour le linge de lit en satin gris perle. Il savait d'expérience que la vie pouvait être inique et que des exécutions sans procès se pratiquaient tous les jours. C'était tout juste, d'ailleurs, s'il ne sentait pas le nœud de la corde se resserrer autour de son cou.

Prouver son innocence ne serait pas une mince affaire. Au pire, il aurait peut-être à ligoter et à bâillonner Juliet, mais il trouverait le moyen de se faire entendre.

Il composa son plat avec le doigté d'un artiste peintre achevant le plus subtil des portraits, s'adressa à la foule avec l'éloquence d'un homme de théâtre. Mais au fond de lui tournoyaient les pensées noires d'un homme que tout destine à l'échafaud.

A la fin de l'émission, il s'attarda avec l'animateur juste le temps que la politesse exigeait, puis laissa l'équipe technique se délecter des meilleurs *taglierini* aux Saint-Jacques qu'il ait jamais cuisinés. Il regagna la green room à grands pas mais, au lieu d'y trouver Juliet, il fut accueilli par Lydia qui l'attendait de pied ferme. Il n'eut d'autre choix que de contenir son impatience et de se prêter au rituel de l'interview.

Lydia ne lui facilita pas la tâche. Mais à sa connaissance, il était rare que les femmes fassent beaucoup d'efforts pour rassurer un homme que la culpabilité dévore. Elle prenait son temps, papotait comme si rien ne s'était passé. Elle posait ses questions, notait ses réponses. Et pas un instant la petite lueur ironique ne quitta son regard.

Au bout d'un moment de ce régime de torture, Carlo n'y tint plus.

— Bon, Lydia, qu'est-ce que tu lui as raconté ?

Elle lui jeta un regard innocent.

— A qui ? A ton attachée de presse ? C'est une très belle femme, entre parenthèses. Mais ce n'est sûrement pas moi qui critiquerais ton goût en matière de femmes.

Il jura et se leva, se demandant ce qu'un homme à bout de nerfs était censé faire de ses mains.

— Lydia, nous avons passé ensemble des heures délicieuses, mais ça s'arrête là.

— Je sais. Je pense que nous avons l'un et l'autre perdu le compte des « heures délicieuses » que nous avons vécues ici et là, avec des partenaires variés.

Elle se leva à son tour avec un léger haussement d'épaules. Ce qu'elle lisait dans le regard de Carlo lui inspirait une pointe d'envie. Mais même si elle comprenait sa position, elle n'était pas mécontente de le voir souffrir un peu.

Elle glissa carnet et stylo dans son sac.

— Ce que nous nous sommes raconté, Juliet et moi ? Oh ! Des histoires de filles, Carlo. Merci pour l'interview.

Arrivée près de la porte, elle se retourna avec l'ombre d'un sourire.

— Si jamais tu repasses par Chicago sans ta… complication, fais-moi signe. *Ciao !*

Livré à lui-même, Carlo chercha des yeux quelque chose à casser, à piétiner, à jeter par terre. Avant qu'il ait pu arrêter son choix, Juliet entra, tout affairée et en mode attachée de presse +++.

— Ah, tu es là ? Dépêche-toi, le taxi attend. Nous aurons tout juste le temps de passer à l'hôtel avant de filer à l'aéroport.

— Il faut que je te parle.

— On parlera tant que tu voudras, mais dans le taxi.

Comme les talons de Juliet claquaient déjà dans le couloir, il ne put que se lancer à sa suite.

— Lorsque tu m'as indiqué le nom de cette journaliste, je n'ai pas fait le lien.

— Pas fait le lien ?

Juliet tira sur la lourde porte en métal. A l'extérieur des studios, l'air brûlait comme dans un four. Quelques degrés de plus et Carlo aurait pu faire revenir ses champignons sur l'asphalte chauffé à blanc.

— Tu avais oublié que tu la connaissais, tu veux dire ? A force de voir du monde, c'est sûr, on finit par tout mélanger.

Elle monta à l'arrière du taxi et indiqua le nom de l'hôtel au chauffeur.

— Nous avons parcouru la moitié du pays, dit-il sombrement. Je finis par ne plus très bien savoir qui est qui.

Elle lui tapota la main avec un sourire compréhensif.

— Comment en irait-il autrement ? Detroit et Boston seront un tourbillon. Tu pourras t'estimer heureux si tu te souviens encore de ton propre prénom !

Elle sortit son poudrier et l'ouvrit pour vérifier son maquillage.

— Pour Philadelphie, je peux peut-être t'aider. Tu m'as bien dit que tu avais une... *amie*, là-bas ?

— Summer ? Ça n'a rien à voir.

Il lui prit le poudrier des mains.

— Je la connais depuis des années. Nous avons fait l'école hôtelière ensemble. Il n'y a jamais eu... Nous sommes de simples amis. Oh, et puis merde ! J'ai horreur d'avoir à m'expliquer, conclut-il, dégoûté.

— C'est ce que je constate.

Juliet compta posément ses billets pour régler le taxi lorsqu'il s'immobilisa devant l'hôtel. Juste avant de descendre, elle jeta un long regard à Carlo.

— Personne ne te demande d'explications.

— C'est ça !

Il l'attrapa par le bras juste avant les portes à tambour.

— Tu n'as peut-être rien demandé explicitement, mais tu poses la question quand même. On ne questionne pas qu'avec des mots.

— Je crois que la culpabilité t'obscurcit le jugement, Carlo.

Elle se glissa dans une aile de la porte à tambour et s'engouffra dans le hall.

— Coupable ! Tu as décidé d'avance que j'étais coupable !

Remonté à bloc, il la rattrapa devant la rangée d'ascenseurs.

— Je n'ai rien à me reprocher, Juliet. Pour que tu puisses poser un jugement, encore faudrait-il qu'il y ait eu faute !

Elle écouta calmement, entrant dans la cabine d'ascenseur.

— C'est tellement vrai, Carlo. C'est juste que tu ne me parais pas hanté par un besoin urgent de confession.

Il laissa échapper un flot de paroles outrées en italien, ce qui provoqua une réaction de repli prudent parmi les autres occupants de la cabine. Juliet affichait une attitude des plus sereines, songeant qu'elle ne s'était jamais autant amusée. Les autres passagers se plaquèrent au fond de la cabine pour laisser sortir Carlo, lorsque l'ascenseur s'immobilisa au premier.

— Tu préfères grignoter un morceau à l'aéroport ou attendre d'être à Detroit pour déjeuner ?

— Je me moque bien de manger ou pas !

— Drôle de philosophie pour un homme qui vit de sa cuisine.

En quelques pas légers, Juliet atteignit sa chambre.

— Dix minutes pour plier tes affaires, ça ira ? Je ferai monter le garçon d'étage.

Avant qu'elle ait eu le temps d'ouvrir sa porte, Carlo lui attrapa le poignet. Levant les yeux vers lui, elle se dit que c'était la première fois qu'elle le voyait *réellement* hors de lui. Il était temps !

— Il est hors de question que je fasse mes bagages avant que nous ayons réglé cette histoire !

— Quelle histoire ?

— Si je commets un délit ou un écart, c'est au grand jour, Juliet. Je ne suis pas homme à faire les choses par-dessous, O.K. ?

Il n'avait jamais été aussi près de l'explosion. Juliet haussa un sourcil sceptique.

— C'est Lydia qui avait les bras autour de moi.

— C'est vrai..., acquiesça Juliet avec un sourire. Je t'ai d'ailleurs vu te débattre en vain sous ses assauts. Elle aurait mérité d'être arrêtée et condamnée pour agression, cette femme !

Les yeux de Carlo, déjà sombres en eux-mêmes, étaient devenus presque noirs.

— C'est facile, les sarcasmes. Tu ne sais rien des circonstances.

— Au contraire !

Elle s'adossa contre la porte.

— Je crois les avoir assez bien saisies... Tu notes que je ne t'ai posé aucune question, que je n'ai formulé aucun reproche. Maintenant, si tu ne veux pas louper l'avion de midi, je te conseille de faire vite.

Pour la seconde fois, elle lui ferma sa porte au nez.

Pendant quelques instants, Carlo resta planté devant, soufflé. Il était habitué à un minimum de possessivité de la part de ses compagnes. A doses raisonnables, on pouvait même dire qu'il appréciait. Mais voilà qu'on lui accordait gentiment l'absolution avec une petite caresse sur la tête, assortie d'un sourire bon enfant. Jamais il n'avait vu une chose pareille. Il venait quand même de se faire pincer dans les bras d'une autre femme, merde ! Que ce soit en toute innocence ou non, il y aurait dû y avoir des limites à ce que Juliet était censée tolérer !

Jugeant la situation inacceptable, il frappa.

Juliet, qui avait encore la main sur la poignée, eut la sagesse de compter jusqu'à dix avant d'ouvrir.

— Tu as oublié quelque chose ?

Il examina ses traits avec attention pour vérifier qu'elle ne lui tendait pas un piège.

— Donc, tu n'es pas en colère ?

Elle ouvrit de grands yeux.

— Pourquoi le serais-je ?

— Lydia est très belle. Très sexy.

— Incontestablement.

Il entra dans la chambre.

— Et tu n'es pas jalouse ?

— Quelle idée !

Elle cueillit une poussière imaginaire sur sa manche.

— Si tu me surprenais dans les bras d'un autre homme en des circonstances similaires, tu te montrerais tout aussi compréhensif, non ?

Son visage se ferma, ainsi que la porte derrière lui.

— Je lui casserais la figure !

— Vraiment ?

Plutôt charmée par sa réponse, elle se détourna pour commencer à rassembler quelques affaires.

— J'imagine que ça vient de ton tempérament italien. Mes ancêtres à moi étaient plutôt posés... Tiens, passe-moi cette brosse, tu veux ?

Carlo s'exécuta.

— Posés ? Qu'est-ce que ça veut dire, exactement ?

— Que c'étaient des gens calmes. Pas très expansifs. Cela dit, une de mes aïeules — mon arrière-arrière-grand-mère, je crois — a surpris son homme en train de lutiner une fille de cuisine. A sa manière posée, elle l'a flanqué par terre en lui donnant un coup de poêle en fonte sur la tête. Je crois que ça a découragé définitivement son mari et qu'il a arrêté de chatouiller les servantes.

Elle plaça la brosse dans un étui et la rangea dans sa valise.

— On dit que je tiens d'elle, précisa-t-elle pensivement.

Carlo la prit par les épaules.

— Tu n'avais pas de poêle à ta disposition.

— Mais je suis inventive, Carlo, chuchota-t-elle en lui passant les bras autour du cou. Si je n'avais pas compris immédiatement la situation en voyant ta tête, le café que j'avais à la main, tu l'aurais reçu en plein visage. *Capisci ?*

— *Si.*

Il frotta en riant son nez contre le sien. Mais il ne la comprenait pas si bien que cela, en fait. Et c'était peut-être pour cette raison qu'elle l'enchantait tant. Il se pencha sur ses lèvres et laissa croître son enchantement.

— Dis-moi, Juliet... Il y a bien un deuxième avion pour Detroit, aujourd'hui ?

Elle s'était demandé s'il finirait par poser la question.

— Dans l'après-midi, oui.

Il fit descendre lentement la fermeture Eclair de sa robe.

— Sais-tu que la précipitation sous toutes ses formes est dommageable pour la santé ?

— Il me semble avoir entendu dire ça, oui.

— C'est pourquoi, d'un point de vue purement médical, il est recommandé de toujours prendre son temps. Nos rythmes de vie devraient être réguliers, continus, jamais en suraccélération. On dit qu'il est salutaire pour l'organisme de faire des pauses à intervalles réguliers. Ça pourrait être extrêmement malsain, en la circonstance, de boucler nos valises en catastrophe pour nous ruer à l'aéroport.

Sa robe glissa à ses pieds.

— Tu n'as pas tort.

— Songe qu'il serait désastreux que l'un de nous deux tombe malade en pleine tournée.

— Désastreux n'est pas un mot trop faible, en effet. Il serait peut-être même avisé que nous nous allongions sans attendre, afin de faire retomber notre niveau de stress ?

— Ça me paraît plus prudent, oui. Conserver notre santé devrait être une de nos grandes priorités.

La chemise de Carlo rejoignit la robe sur le tapis.

— Une priorité et une vocation ! renchérit-elle.

Ils tombèrent en riant sur le lit.

Carlo adorait la voir ainsi. Libre, simple, enthousiaste. Tout comme il aimait ses humeurs plus distantes, plus énigmatiques. Il pouvait prendre plaisir à sa compagnie de quantité de façons différentes, car elle changeait en permanence. Et en même temps, elle restait toujours la même.

Douce, comme elle l'était en cet instant. Chaude, partout où il la touchait. Voluptueuse à chaque endroit où il portait les lèvres. Elle pouvait se montrer soumise un instant et dominatrice le suivant.

Ils faisaient à présent l'amour en riant. Et Carlo savait à quel point il était rare et précieux de pouvoir s'aimer avec ce mélange de légèreté dans la gravité, d'ardeur dans l'abandon. Même lorsque leur désir s'accéléra, l'amusement subsista qui nourrissait leur plaisir sans lui faire de l'ombre. Et en ce court laps de temps, Juliet lui donna plus qu'il n'avait espéré trouver auprès d'une femme en une vie entière.

Elle ignorait qu'elle était cette femme-là — rieuse et bouillonnante, heureuse et désespérée à la fois. Il y avait tant de facettes d'elle-même dont elle ne savait rien, avant Carlo ! Chaque fois qu'il la touchait, elle se découvrait une autre. Et en même temps, c'était comme s'il l'avait touchée, caressée toute sa vie. Dans ses bras, elle se sentait à la fois neuve et désirable, sauvage et sentimentale, solide comme la Terre et fragile comme le verre. En l'espace de quelques minutes, il pouvait lui apporter un sentiment de satiété et de contentement, puis la précipiter vers de nouveaux abîmes de frénésie et de manque.

Plus elle recevait, plus il lui était aisé de donner. Ni elle ni lui n'avaient encore pris conscience qu'à chacune de leurs étreintes, l'intimité croissait, se propageait, étendait ses racines. Ce qui se tissait ainsi entre eux devenait trop solide pour qu'il leur soit encore possible de se tourner le dos sans souffrir. Peut-être, s'ils les avaient sentis venir, se seraient-ils défendus contre des sentiments qui les effrayaient l'un et l'autre.

Mais ils s'aimèrent sans l'ombre d'un pressentiment, avec toute la fougue de leur jeunesse, toute la profondeur que leur donnait la confiance.

10

Juliet raccrocha et jura avec force. Elle se leva, déclina encore une série de gros mots, puis s'approcha d'une des fenêtres de la suite. Pendant quelques instants, elle râla contre le monde en général et les conditions météorologiques en particulier.

Affalé sur le canapé, à l'autre bout de la pièce, Carlo eut la sagesse d'attendre qu'elle soit parvenue au bout de sa tirade.

— Alors ? C'est quoi le problème ?

— Nous sommes coincés ici !

Elle jura de nouveau, gardant les yeux rivés sur la fenêtre. Le brouillard était tellement épais que la ville entière semblait avoir été effacée de la carte.

— Tous les vols ont été annulés à cause de cette purée de pois. Impossible d'aller à Boston autrement qu'en tendant le pouce.

— En tendant le pouce ?

— Laisse tomber.

Elle se mit à faire les cent pas pour mieux réfléchir. Detroit avait été une bonne étape, avec une ronde continue de rendez-vous et de médias. Leur hôtel au Renaissance Center était superbe. Mais il était temps d'en repartir. Boston était juste à un saut de puce par avion, ce qui lui aurait laissé une soirée entière pour rédiger ses rapports.

Mais le brouillard était monté du lac, si épais que l'aéroport avait fermé ses portes.

Impossible de bouger, donc. Alors que le lendemain matin à 8 heures, Carlo était l'invité d'honneur d'une émission télé très populaire.

Carlo s'étira et changea de position. S'il avait eu de l'énergie à revendre, il se serait amusé à compter le nombre de fois où il s'était trouvé bloqué quelque part pour des raisons diverses et variées. Il lui revint le souvenir d'une danseuse de flamenco, à Madrid, qui l'avait distrait au point de lui faire manquer le dernier avion pour Rome. Mm… Autant éviter de mentionner cet épisode… En cas de projets compromis, sa philosophie restait très simple et toujours la même : prendre le bon côté des choses et la vie comme elle venait. Juliet, naturellement, avait une tout autre vision de la situation.

— Tu es inquiète pour l'émission télé de demain ?

— Evidemment que je suis inquiète !

Tout en arpentant la suite, elle faisait mentalement le tour des possibilités. Louer une voiture ? Non, ce n'était même pas la peine d'y penser. Même par temps clair, le trajet serait trop long. Affréter un vol tôt dans la matinée en espérant que le lendemain, le brouillard serait levé ? Elle scruta de nouveau le ciel. Leur chambre était au soixante-cinquième étage, mais ils auraient pu tout aussi bien se trouver soixante-cinq étages sous terre. Aucune émission au monde ne valait la peine de prendre des risques déraisonnables. Rien à faire ! Il fallait annuler pour cas de force majeure.

Cette conclusion établie, elle se laissa tomber dans un fauteuil, et posa ses pieds nus sur la table basse, à côté de ceux de Carlo.

— Je suis vraiment désolée, Carlo, mais je ne vois aucune solution. C'est le fiasco.

Carlo étira paresseusement les bras au-dessus de la tête.

— Le fiasco ? répéta-t-il en bâillant. Quelle idée ! Franconi ne connaît pas le fiasco.

Juliet ne put s'empêcher de rire.

— Je voulais dire que nous allons devoir annuler l'émission.

— « Annuler » ? Je croyais que c'était un mot qui ne figurait pas dans ton vocabulaire.

Elle poussa un long soupir.

— Eh bien, je l'intègre aujourd'hui. Il est matériellement impossible que nous soyons à Boston à 8 heures demain matin. Et cette émission était notre seule grosse manifestation là-bas. Pour le reste, j'avais juste programmé deux interviews et une dédicace. Et sans le passage télé, ça n'a plus tellement de sens.

Elle haussa les épaules.

— Il faut se faire une raison. L'étape Boston tombe à l'eau.

Les yeux mi-clos, Carlo décida que le canapé était un endroit parfaitement indiqué pour passer les quelques heures à venir.

— L'étape tombe à l'eau ?

Elle lui jeta un regard patient.

— *I Franconi* n'aura rien d'autre à faire au cours des prochaines vingt-quatre heures que de rester allongé sur le dos.

— Rien à faire, tu dis ?

— Strictement rien.

Il sourit, puis, avec une rapidité surprenante compte tenu de son air endormi, il se redressa, lui attrapa les deux mains et l'attira contre lui sur le divan.

— Très bien. Tu t'allonges avec moi, alors. Deux dos valent mieux qu'un, *mia bellissima*.

— Carlo !

Elle ne put éviter le premier baiser. Ou peut-être ne

mit-elle pas vraiment l'énergie nécessaire à s'en défendre. Mais elle savait qu'il était essentiel d'échapper au second.

— Stop ! Attends une seconde.

— Nous ne disposons que de vingt-quatre heures, lui rappela-t-il en lui mordillant l'oreille. Ne perdons pas une seconde, au contraire.

— Il faut d'abord que je…

Mais ses pensées se dispersaient dangereusement.

— Arrête, non, Carlo ! Il y a plein de dispositions urgentes à prendre.

— Quelles dispositions ?

Elle fit un rapide bilan de la situation. Elle avait rendu la clé de sa chambre dans la matinée. Mais, par commodité, ils avaient gardé la suite jusqu'à 18 heures. Elle aurait pu demander qu'on lui attribue une autre chambre pour la nuit, mais… compte tenu des circonstances, elle était prête à admettre cette fois que ce serait du gaspillage.

— Comme nous assurer auprès de la réception que nous pouvons garder la suite pour cette nuit, par exemple.

— La question est effectivement d'importance.

Il souleva la tête. Les joues de Juliet étaient empourprées, son regard légèrement chaviré. Il suivait le cheminement de ses pensées comme si elle avait parlé à voix haute, et ne pouvait qu'admirer la façon dont son intelligence fonctionnait en ligne droite, traitant systématiquement un point après l'autre.

— Il faut que je téléphone à New York pour informer Trinity Press. Après ça, il restera à prévenir Boston et à annuler toutes les manifestations. Une fois ces points réglés, il faudra changer les billets d'avion et…

— Je te soupçonne de vivre une véritable histoire d'amour avec le téléphone. Et c'est bien la première fois que je suis jaloux d'un objet inanimé !

— Communiquer, c'est partager, non ?

Elle tenta de s'extirper de son étreinte, mais échoua.

— Carlo Franconi…

— J'aime quand tu prononces mon nom avec cette petite pointe d'exaspération.

— Dans un instant, ce ne sera plus une *petite* pointe.

Carlo songea qu'il adorerait voir exploser sa colère.

— Tu ne m'as pas encore dit que j'avais été magnifique aujourd'hui.

— Carlo Franconi, tu as été magnifique aujourd'hui, comme toujours.

Lorsqu'il la tenait ainsi contre lui, il était si facile d'oublier le reste du monde ! Les coups de fil pouvaient attendre encore un peu. Ils n'avaient plus nulle part où aller, de toute façon.

— Tu as hypnotisé ton public avec tes *linguine*.

— Mes *linguine* sont fascinantes, en effet. J'ai subjugué le journaliste de *Free Press*.

— Tu l'as laissé sur le flanc. Après ton passage, Detroit ne sera plus tout à fait la même ville.

Il lui déposa un baiser sur le bout du nez.

— C'est vrai. Et Boston ne sait pas ce qu'elle perd.

— Ne remue pas le couteau dans la plaie. C'est…

Juliet s'interrompit et ce fut tout juste si Carlo ne vit pas ses cellules grises s'activer.

— Toi, tu viens d'avoir une idée !

Résigné, il la fit rouler sur lui et la regarda penser.

— Il n'y aucune raison pour que ça ne marche pas, murmura-t-elle. Si tout le monde est d'accord, nous pouvons rattraper le coup à notre façon.

— Et ce serait quoi, « notre façon » ?

— Tu affirmes être un magicien autant qu'un artiste.

— Ma grande modestie m'interdit de…

— Garde ton baratin pour les journalistes !

Elle se redressa de manière à se retrouver à cheval sur lui.

— Je me souviens de t'avoir entendu dire que tu

serais capable de cuisiner n'importe où, même dans une bouche d'égout.

Il se mit à jouer avec une de ses boucles d'oreilles, soudain sur ses gardes.

— Il est possible que j'aie affirmé ça. Je précise quand même que c'était juste une façon de parler.

— Et cuisiner à distance ?

Carlo fronça les sourcils : il ne comprenait pas, et la jupe de Juliet, relevée sur ses cuisses soyeuses, ne l'aidait pas à s'éclaircir les idées.

— Tu as des jambes vraiment extraordinaires… Cuisiner à distance, tu dis ?

— Absolument !

Excitée par son idée, Juliet se leva pour attraper un carnet et un stylo.

— Donne-moi la liste de tes ingrédients. Ce sont bien les *linguine* que tu pensais faire demain ?

— C'est ce qui était prévu, oui.

— Bon. Je dois avoir la recette quelque part dans mes fiches… L'idée, c'est que tu participeras à l'émission d'ici.

— D'ici ? Je veux bien être magicien, mais je n'ai pas le don d'ubiquité…

— Tu pourras laisser ta baguette au placard. L'animateur de l'émission — Paul O'Hara — confectionnera le plat en direct sur le plateau en suivant tes instructions. Toi, tu apparaîtras en duplex. C'est aussi simple que de guider un avion à distance !

— Non.

— Carlo…

Il prit tout son temps pour ôter ses chaussures.

— Tu voudrais que ce type qui sourit devant les caméras — ce O'Hara — cuisine *mes* linguine à ma place ?

Juliet lissa la ride verticale entre les sourcils de Carlo tout en réfléchissant à la faisabilité d'un tel projet et à ses retombées possibles.

— Ne me fais pas un caprice de star, Carlo ! Tu dis toi-même que si tu écris des livres de cuisine, c'est pour que le commun des mortels puisse réaliser des recettes simples et accessibles. Vrai ou faux ?

— Les réaliser, oui, maugréa-t-il en examinant ses ongles. Mais pas les réussir comme Franconi.

Juliet ouvrit la bouche, puis la referma aussitôt. Des questions d'ego étant en jeu, il s'agissait d'avancer sur la pointe des pieds. En tout cas jusqu'à ce qu'elle ait obtenu son accord.

— Ça va sans dire ! Personne ne s'attendra à ce que O'Hara cuisine les *linguine* comme toi. Mais nous pourrions tourner ce coup du sort météorologique à notre avantage et créer l'événement. En se servant de ton livre de cuisine à l'écran, tout en se faisant coacher par toi en duplex, O'Hara devrait cuisiner des *linguine* à peu près honorables. Ce n'est ni un gourmet ni un cuisinier professionnel, mais une personne ordinaire qui s'y prendra ni mieux ni moins bien que tes lecteurs potentiels. Comme tout un chacun, il commettra des erreurs que tu pourras alors rectifier en suivant sa prestation en direct. Si nous réussissons à le faire, les ventes de ton livre vont s'envoler.

Elle lui adressa un sourire enjôleur.

— Tu sais que tu peux le faire ! Tu as bien manifesté ton intention de m'apprendre à cuisiner, non ? Et je suis incapable de faire cuire un œuf. Je suis convaincue que tu peux diriger O'Hara à distance et faire ce qu'il faut pour qu'il concocte un plat acceptable.

— Naturellement que j'en suis capable !

Carlo croisa les bras sur sa poitrine et médita la proposition, les yeux fixés sur le plafond. La logique de Juliet était infaillible et son idée créative. Il devait même admettre qu'elle lui plaisait assez. Presque autant que la perspective de ne pas avoir à s'envoler pour Boston.

Mais plutôt que de céder tout simplement, il pouvait en profiter pour obtenir une contrepartie.

— O.K. J'accepte de me prêter à l'expérience. Mais à une condition.

— Laquelle ?

— Demain matin, je coacherai ton O'Hara. Mais ce soir…

Il prit le temps de sourire.

— … ce soir, je veux une répétition générale. Avec toi dans le rôle du cobaye.

Juliet cessa de tapoter sur son carnet avec la pointe de son crayon.

— Tu veux que je cuisine des *linguine* ? Moi ?

— Sous ma supervision, je te promets que tu peux réussir n'importe quoi.

Juliet réfléchit au marché et décida qu'elle pouvait accepter sans risque. La suite n'était pas équipée d'une kitchenette, cette fois-ci. Carlo devait probablement compter se servir des cuisines de l'hôtel et il n'était pas *entièrement* exclu qu'il obtienne cette faveur. Mais une fois qu'elle aurait trouvé le moyen de transformer ses pâtes en bouillie infâme, il serait toujours temps de faire appel au service d'étage pour commander un dîner correct. L'urgence, pour le moment, était de sauver ce qui pouvait l'être de Boston.

— Avec le plus grand plaisir. Et maintenant, il faut que je passe mes coups de fil avant qu'il ne soit trop tard.

Carlo ferma les yeux et décida de faire une sieste. S'il devait enseigner l'art de confectionner ses *linguine* deux fois en douze heures et à deux débutants, il avait besoin de prendre des forces.

— Réveille-moi quand tu auras terminé, O.K. ? Nous commencerons par une inspection en règle des cuisines de l'hôtel.

Ses démarches téléphoniques prirent presque deux

heures à Juliet et, lorsqu'elle raccrocha, après son ultime appel, elle avait le torticolis et des crampes aux doigts. Mais elle avait obtenu gain de cause : Hal avait décrété qu'elle était géniale et O'Hara trouvé que ce serait très *fun* de se prêter à l'expérience. Sur le plan technique, tout serait mis en place dans la soirée.

Victoire sur toute la ligne. Cette fois, Juliet eut un sourire presque amical pour le brouillard tenace qui stagnait au-dessus de la ville immobile. Ni la pluie, ni la tempête, ni l'obscurité de la nuit, aucun obstacle, jamais, n'arrêtait Juliet Trent !

Son regard tomba sur Carlo. Son assurance et son autosatisfaction vacillèrent alors sous l'effet d'une commotion interne. *Choc émotionnel*, diagnostiqua-t-elle. Un élément qu'elle n'avait pas envisagé en composant l'itinéraire de la tournée.

Sans doute ne pouvait-on se prémunir contre tous les aléas de l'existence. Certains accidents de parcours ne se réglaient pas à coups d'idées créatives ou d'effervescence téléphonique. Son histoire avec Carlo serait à vivre au jour le jour. Elle devait en prendre son parti : elle n'anticiperait rien, ne maîtriserait rien.

Encore quatre jours et le tour de carrousel serait terminé. La musique s'arrêterait, les chevaux de bois cesseraient de tourner et il serait temps pour elle de descendre du manège.

Elle mesurait l'inutilité de se projeter après cette échéance : elle ne distinguait rien au-delà de cette ligne de rupture, à part une suite de pages blanches. Elle se raccrochait à l'idée que la vie se construisait heure après heure, jour après jour. Une fois Carlo parti, il serait toujours temps de ramasser les morceaux.

Elle n'était pas naïve au point de penser qu'elle ferait l'économie des larmes. Pleurer sur Carlo paraissait incontournable. Mais elle pleurerait en toute discrétion et sans faire de vagues. *Tu te programmeras une journée de deuil*, décida-t-elle, fataliste, avant de jeter son agenda sur la table.

Allons, il était malsain de se focaliser sur leur séparation, alors qu'ils avaient encore quatre jours entiers devant eux. L'espace d'un instant, Juliet contempla ses mains vides et se demanda si elle aurait traversé le couloir pour frapper à la porte de Carlo en sachant où le tour de manège la conduirait. Puis son regard tomba sur son amant endormi et elle se contenta de le regarder dormir.

Même les yeux clos, alors que l'intensité de sa vie intérieure restait contenue, il la fascinait encore. Pas seulement parce qu'il était beau. Elle ne faisait pas partie de ces femmes capables de mettre leur vie sens dessus dessous pour une simple attirance physique. Parce qu'il était élégant. A l'intérieur comme à l'extérieur.

Elle se leva en souriant et se rapprocha du canapé où il dormait. Si pragmatique fût-elle, jamais elle n'aurait pu résister à l'élégance de Carlo.

Les regrets n'auraient pas leur place dans cette histoire. Ni maintenant ni dans cinq jours, lorsqu'ils seraient séparés par la largeur d'un océan. Les années passeraient, leurs vies s'écouleraient et se transformeraient, et elle continuerait de se souvenir de cette poignée de jours inoubliables.

« Pas une seconde à perdre », avait-il dit. Comme elle partageait son sentiment d'urgence ! Elle se débarrassa de sa robe et, par la force de l'habitude, la posa avec soin sur le dos d'une chaise. Puis elle défit ses cheveux et resta vêtue d'un body en dentelle claire tout sauf pratique.

Carlo se réveilla, le sang en feu et la tête chamboulée, percevant l'écho du parfum de Juliet. Dans ses cheveux. Sur sa peau. Soudain plus entêtant lorsque la bouche de Juliet s'empara de la sienne. Lorsqu'elle s'allongea sur lui de tout son long, il la sentit déjà brûlante de désir.

Avant même d'avoir pu rassembler ses premières pensées, il s'embrasa de même.

Elle n'était plus que dentelle, chair offerte et démesure du désir. Il n'eut pas le temps de se ressaisir, ni d'affiner son style. N'obéissant plus qu'à des impératifs aveugles, il l'attira contre lui, trouvant sous ses doigts la soie, la délicatesse, mais aussi la force et l'exigence.

Juliet se redressa sur les coudes pour lui déboutonner sa chemise, puis en écarta les pans pour permettre à leurs peaux de se retrouver, se frotter, s'éveiller l'une l'autre. Elle sentait le cœur de Carlo cogner à un rythme sauvage, animal, contre le sien. Ivre de son pouvoir sur lui, elle s'empara de nouveau de ses lèvres, avec la seule et unique obsession de le rendre fou de désir. Et cette prodigieuse folie, elle la sentait se propager en lui et croître, prête à les dominer.

Il la fit rouler pour l'acculer au dos du canapé, et elle lui céda volontiers les rênes. Avec un long gémissement, elle s'abandonna, récoltant ce qu'elle avait semé.

Aucune femme, jamais, n'avait soulevé pareille houle en lui. Prendre, dévorer, posséder devenaient des obsessions majeures. Ses doigts d'ordinaire si fiables, si habiles, s'escrimaient sur la dentelle, tirant et déchirant la matière fragile.

Ses mains finirent par trouver ce qu'elles cherchaient : les seins de Juliet, petits, ronds et parfaits, conçus pour se loger dans ses paumes ; sa cage thoracique, étroite et solide, sa taille. *A moi*… Ces deux mots, à eux seuls, le rendaient fou. Elle était sienne maintenant, comme elle l'avait été dans le rêve dont ses baisers l'avaient arraché.

Sur elle flottait l'odeur des secrets — de ces fragiles secrets de femme que les hommes n'élucident jamais qu'à demi. Sa saveur était celle du désir mûri, de la passion tremblante à laquelle tout homme aspire. De la pointe de la langue, il goûta la vallée subtile entre ses seins et la sentit frissonner violemment dans ses bras. Elle était forte ; de cela il n'avait jamais douté. Et dans sa force même, elle s'en remettait à lui, sans se retenir, sans se préserver. Pour son plaisir comme pour le sien.

La dentelle était imprégnée de son parfum et il aurait aimé se rouler dedans et se nourrir de son odeur, mais il voulait avant tout la nudité de sa peau et la débarrassa de ce qui restait du body.

Les mains dans les cheveux de Carlo, les sens exacerbés, Juliet ne pensait, ne respirait plus que pour lui. « Hier » et « demain » n'existaient plus. Elle aurait beau le nier farouchement, plus tard, ils étaient devenus partie l'un de l'autre, ne pouvant atteindre plaisir, excitation et joie qu'à travers l'autre, en l'autre et par l'autre. Leur dépendance était absolue. Et cela sur bien d'autres plans encore auxquels elle refusait de penser. Elle le désirait de toute son âme et rien, jamais, ne lasserait son désir. Carlo l'entraînait avec force et fureur, l'amenait à franchir des portes qu'ils avaient ouvertes pour la première fois ensemble et ne pourraient plus jamais traverser autrement qu'ensemble.

Elle s'abandonnait à la force, à la passion, à Carlo. Elle s'abandonnait toute...

Il se laissa glisser le long de son ventre pour boire le miel de son corps, les sucs de sa nuit, s'abreuver à la source même de sa féminité. De sa langue et de ses lèvres, il la conduisit à une première incandescence, se délectant de sa jouissance, comme si chacun de ses cris la liait plus étroitement à lui. Il voulait la noyer de plaisir, la soulever, vague après vague, jusqu'à ce qu'elle en tremble et en balbutie. Elle cria son nom et il songea qu'il voulait tout d'elle. C'était la seule pensée qui subsistait encore en lui. Il prendrait tout d'elle jusqu'à ce qu'elle soit prête à tout prendre de lui.

— Juliet, je te veux.

Son visage était au-dessus du sien, sa respiration laborieuse.

— Regarde-moi, Juliet.

Elle vacillait sur le fil du rasoir, entre raison et folie. Lorsqu'elle ouvrit les yeux, le visage de Carlo emplit son champ de vision. Elle n'avait pas d'autre souhait, plus d'autre aspiration que cela : le voir, ne voir que lui…

— Je te veux, répéta-t-il, alors que son sang survolté cognait à ses tempes. Rien que toi.

Elle s'enroula à lui, la tête renversée, le souffle court. Leurs regards se trouvèrent et restèrent arrimés l'un à l'autre. Quelque chose circula entre eux, une vague puissante d'émotions qu'ils n'auraient su nommer — un courant dangereux et sécurisant à la fois.

— Rien que toi, chuchota-t-elle.

Et elle l'accueillit.

Nus, moites, la peau brûlante encore, ils restaient enchevêtrés et silencieux, leurs chairs confondues, baignés de satiété. Des mots avaient été prononcés. Des mots nés de l'excitation du moment. Des mots, pensait Juliet, qu'il lui faudrait prendre garde de ne pas répéter, à présent que le plaisir était retombé. Ils n'avaient pas besoin de mots alors qu'il ne leur restait que quatre jours à passer ensemble. Elle brûlait néanmoins de les entendre encore, mais résistait à la tentation de les prononcer de nouveau.

Le plus simple serait qu'elle donne elle-même le ton. Il suffisait d'en adopter un et de s'y tenir. Ne pas exercer de pression. Elle garda les yeux fermés, le temps de se ressaisir.

Pas de regrets, surtout.

— Mm… Je pourrais rester comme ça une semaine entière !

Les mots étaient sincères, mais prononcés avec une

désinvolte indolence. Tournant la tête vers Carlo, elle lui sourit paresseusement.

— Tu es prêt pour une seconde sieste ?

Il y avait tant de mots qu'il voulait lui dire. Des mots qu'elle n'avait pas envie d'entendre. Ils avaient clairement fixé les règles et il se devait de les respecter. Tout aurait dû être très simple entre eux. De fait, ça ne l'était pas.

Il lui embrassa le front.

— Pas de seconde sieste, non, même si je ne pouvais rêver plus beau réveil que celui que tu viens de m'offrir. Mais c'est l'heure de ta prochaine leçon.

Juliet se mordilla la lèvre.

— Ma prochaine leçon ? Je croyais avoir passé brillamment toutes les épreuves et avoir été reçue à l'examen.

— Une leçon de *cuisine*, précisa-t-il en la pinçant gentiment à un endroit de son anatomie que les hommes ont la réputation d'affectionner.

Juliet rejeta ses cheveux dans son dos et le pinça en retour.

— Je pensais avoir réussi à te faire sortir cette idée de la tête.

— Franconi n'oublie jamais. Une petite douche rapide, un changement de tenue et hop ! Au boulot.

Elle s'exécuta sans rechigner, persuadée qu'aucune direction d'hôtel au monde n'accepterait de laisser un client donner un cours de cuisine dans ses locaux.

Une demi-heure plus tard, elle eut la preuve du contraire.

Carlo fit l'impasse sur la direction. Il ne voyait aucune raison de passer par une chaîne de commandement quelconque. Avec un bel aplomb, il traversa l'élégante salle à manger de l'hôtel et poussa tranquillement les portes des cuisines. Une intense activité y régnait. Si les fumets étaient enivrants, le niveau sonore était digne de celui d'un hall de gare.

Juliet restait convaincue qu'on les refoulerait avant qu'ils n'aient fait deux pas. Elle comptait fermement dîner au restaurant ce soir-là. Ou à la rigueur dans la suite. Même si elle avait joué le jeu en enfilant un jean et un T-shirt, elle n'avait aucune intention de se mettre aux fourneaux. Surtout pas dans un endroit aussi impressionnant que les cuisines d'un restaurant de luxe !

Mais là encore, les choses se déroulèrent bien différemment de ce qu'elle avait imaginé.

— Franconi ! Nom de Dieu !

La voix, tonitruante, s'éleva dans la pièce, et rebondit sur les murs. Juliet fit un bond en arrière.

— Carlo, je crois que nous devrions…

Elle s'interrompit net devant le sourire de Carlo.

— Pierre !

Un homme en tablier blanc, avec une grande moustache tombante et une figure rond comme une poêle à frire, s'approcha et gratifia Carlo d'une vigoureuse accolade. Son visage luisait de sueur, mais il se dégageait de lui une odeur rassurante d'épices et de tomates.

— Qu'est-ce que tu fiches dans mes cuisines, espèce de don juan italien ?

— Je les honore de ma présence. Je croyais que tu sévissais à Montréal, occupé, comme toujours, à empoisonner les touristes ?

— Ils cherchaient un chef au Centre Renaissance et ils m'ont supplié de venir.

L'homme, au fort accent français, haussa ses épaules massives.

— Qu'est-ce que tu veux ? Il a bien fallu que je m'y colle. Si personne ne se dévoue pour apprendre à ces malheureux Américains comment se nourrir correctement…

Carlo lui adressa un clin d'œil.

— Quelle abnégation ! Je parie qu'ils ont proposé de te payer au poids ! Le tien, bien sûr.

Le chef français porta les deux mains à son ventre rebondi et partit d'un grand rire.

— Toujours le même, hein, Carlo... Mais tu sais quoi ? Je me plais bien ici, aux Etats-Unis. Et toi ? Comment se fait-il que tu ne sois pas à Rome, à ravager le cœur des belles Italiennes ?

— Je termine une tournée de promotion pour mon dernier livre.

— Ah, c'est vrai... Toi et ta manie de pondre des bouquins de recettes !

Une exclamation dépitée retentit derrière eux. Pierre tourna la tête et se mit à hurler en français, si fort que les murs en tremblèrent. Puis, de nouveau tout sourires, il reporta son attention sur eux en rajustant sa toque.

— Et ça se passe comme tu veux, cette tournée américaine ?

— Elle ne pourrait pas se passer mieux, grâce à Juliet qui m'accompagne. C'est elle qui orchestre tout. Une fée de la promotion !

— Quel heureux homme tu fais, Carlo.

Juliet ne fut qu'à demi surprise lorsque Pierre lui prit la main pour y porter les lèvres.

— Je me demande si je ne vais pas écrire un livre de cuisine, moi aussi, murmura-t-il. Soyez la bienvenue ici, ravissante *Juliette.* Je suis entièrement à votre service.

Charmée, Juliet sourit.

— Merci.

Carlo secoua la tête.

— Ne te laisse pas embobiner par ce séducteur de Français ! Il a une fille de ton âge.

— N'importe quoi ! protesta Pierre en levant les yeux au ciel. Chloé vient tout juste d'avoir quinze ans. Si elle avait eu un jour de plus, j'aurais appelé ma femme en catastrophe pour qu'elle la garde cloîtrée à la maison.

Avec un prédateur aussi redoutable que Franconi dans les parages, toutes les précautions sont bonnes à prendre.

— Tu me flattes, mon vieux.

Les mains glissées dans les poches arrière de son jean, Carlo examina les lieux.

— Pas mal du tout, ta kitchenette. Mais qu'est-ce que je sens ? Je me trompe ou tu as du canard sur le feu ?

Pierre se rengorgea.

— Tu te souviens de ma recette de magret aux figues noires ?

— Si je m'en souviens ? Mes papilles en sont encore toutes frétillantes !

Juliet se trouva entraînée en direction des fourneaux, le bras de Carlo passé autour de ses épaules.

— Personne — je dis bien *personne* — ne connaît l'art de cuisiner le canard comme Pierre Horteux.

Les yeux noirs, dans le visage en forme de poêle à frire, brillèrent de plaisir.

— Tu n'en fais pas un peu trop là, Franconi ?

— Tu crois que je dis ça pour te flatter ? Aurais-tu oublié que Franconi ne ment jamais, même par politesse ?

Ils s'approchèrent pour regarder le second de Pierre découper la viande. Avec une sûreté de geste née d'une longue familiarité, Carlo préleva un morceau minuscule et le présenta à Juliet. Elle le dégusta et sourit aux anges.

— Sublime !

Carlo approuva.

— Ta recette a encore gagné en nuances et en finesse… Tu te souviens, quand nous avons collaboré pour le festin de mariage de je ne sais plus quel émir ? C'était quand, déjà ? Il y a cinq ans ? Six ans ?

— Sept, rectifia Pierre en soupirant.

— A nous deux, nous lui avons concocté quelque chose de mémorable. On s'était dépassés, ce jour-là.

— C'était la belle vie... Hé, là, jeune homme ! Doucement sur le paprika ! On n'est pas à Budapest, ici.

Après cette parenthèse, Pierre haussa les épaules avec une désinvolture toute française et reprit :

— Mais les meilleures choses ont une fin. Quand j'ai eu mon troisième enfant, j'ai renoncé à courir le monde.

Carlo inspecta l'espace de travail de son ami d'un œil connaisseur.

— Tu as fait un bon choix, en t'installant ici. Tu me céderais un petit coin de ton royaume, juste pour une heure ou deux ?

— Un petit coin de mon royaume ?

Carlo eut un sourire qui aurait amadoué un mur de prison.

— C'est un service que je te demande. J'ai promis à ma Juliet de lui enseigner l'art des *linguine*.

Les yeux de Pierre s'allumèrent d'une lueur de convoitise.

— Tes *linguine alle vongole in bianco* ?

— Elles-mêmes. C'est une de mes grandes spécialités, souviens-toi.

— Et comment, je m'en souviens ! Je te cède un coin de cuisine en échange d'une assiette bien garnie.

Carlo lui tapota l'estomac en riant.

— Pour toi, *amico,* il en faudra bien deux.

Pierre l'embrassa chaleureusement sur les deux joues.

— Je sens mes vingt ans revenir. Dis-moi de quoi tu as besoin pour ta recette et reviens dans une heure. Je me charge de te fournir le nécessaire.

Le temps de quelques emplettes et Juliet se retrouva enveloppée d'un grand tablier et coiffée d'un calot de cuisine. Elle aurait pu se sentir ridicule, mais Carlo ne lui en laissa pas le temps.

— Allez hop ! Tu commences par retirer les coques qui ont été mises à tremper dans l'eau froide salée pour les débarrasser des résidus de sable.

— Ces bestioles ne sont pas vivantes, au moins ?

— *Madonna,* vivant ou pas vivant, tout coquillage digne de ce nom considère que c'est un honneur d'entrer dans la composition des *linguine* de Franconi !

Juliet repêcha alors stoïquement les mollusques engoncés dans leurs coquilles fermées et les passa sous l'eau froide.

— Bon. Ça y est ? Tu peux les laisser de côté pour le moment et hacher cette gousse d'ail. Le plus finement possible. C'est la saveur qu'on recherche, pas la texture…

Armé d'un couteau et d'une planche, il lui fit une démonstration en un temps éclair. Elle termina tant bien que mal, en protestant que ce genre de tâche était beaucoup trop minutieux à son goût.

— Tout l'art du cuisinier est dans la précision, *cara*. Prends maintenant cet oignon que tu vas éplucher puis émincer.

— Eminquoi ?

Carlo sourit patiemment et lui montra comment placer ses mains et tenir son couteau sans le serrer. Au bout de quelques minutes, l'oignon fut ciselé et elle pleurait toutes les larmes de son corps.

— Je déteste cuisiner, marmonna-t-elle.

Carlo ne releva pas, se contentant de lui coller un faitout entre les mains.

— Très bien. Fais chauffer l'huile d'olive, maintenant.

Se conformant aux instructions, elle fit revenir l'ail, l'oignon ainsi qu'un petit piment langue d'oiseau, avant d'ajouter les coques.

— Voilà, juste une minute à feu vif… Maintenant, tu ajoutes la quantité de vin blanc que tu viens de mesurer. Et tu laisses cuire jusqu'à ce que les coquilles s'ouvrent.

Juliet surveilla la cuisson, fascinée de voir les coquillages s'entrouvrir un à un. Carlo suivait le fil des opérations par-dessus son épaule.

— Parfait. Maintenant, on retire les coques avec une

écumoire... Attention de ne pas te brûler. Il ne te reste plus qu'à filtrer le jus de cuisson.

Il la guida dans ses gestes, lui expliqua comment verser le jus filtré dans le faitout, l'aida à doser les aromates, à ajouter une tasse de fécule pour épaissir la sauce. Petit à petit, Juliet se piquait au jeu, prenait plaisir à créer, sentait une confiance s'installer à mesure que les fumets s'élevaient.

— Et ça ? Je le mets aussi ? s'enquérit-elle en désignant le persil plat qu'il lui avait demandé de ciseler.

— Hou là, non, surtout pas ! Seulement à la fin, sinon le goût se perdra. Baisse le feu maintenant et mets un couvercle. Nous allons laisser les saveurs se réveiller doucement, à leur rythme.

Juliet s'essuya le front du dos de la main.

— Tu parles de cette sauce comme si elle était vivante.

— Mes sauces *sont* vivantes.

Profitant d'un temps creux, Juliet observa l'activité frénétique autour d'elle et songea à la cuisine de sa mère, avec ses surfaces nettes toujours impeccables, ses odeurs accueillantes, son atmosphère paisible. Ce qui se passait autour d'elle ne ressemblait à rien de ce qu'elle avait connu jusque-là. La fièvre régnait dans les cuisines de Pierre Horteux. Des casseroles chutaient sur le carrelage, des jurons éclataient et tout semblait devoir être accompli dans la hâte. Des serveurs entraient et sortaient en coup de vent, des commis s'activaient sous les invectives, les oreilles écarlates.

— Les *linguine*, maintenant ! déclara Carlo, la ramenant soudain sans ménagement à ses tâches en cours.

Pour Juliet, les pâtes étaient des produits tout prêts que l'on trouvait dans des boîtes en carton, sur les rayons des supermarchés. Elle eut tout le loisir de réviser ses conceptions, lorsqu'elle se retrouva dans la farine jusqu'aux coudes, condamnée à mesurer, malaxer, pétrir, étaler jusqu'à ce que ses articulations crient grâce.

Lorsqu'elle dut aplatir une fois de plus sa pâte, elle comprit d'où Carlo tirait sa musculature et son inépuisable énergie. Cuisiner au quotidien pour vivre exigeait une forme d'athlète. Lorsque ses *linguine*, enfin, furent acceptées par le chef, elle avait les épaules broyées, comme après un après-midi entier de tennis.

Soufflant sur quelques cheveux échappés de son calot, et qui voletaient sur sa figure, Juliet leva les yeux vers le maître.

— Et maintenant ?

— Tu mets l'eau à bouillir. Avec une cuillère de gros sel.

— Une cuillère de gros sel, répéta-t-elle mécaniquement.

Lorsqu'elle se tourna de nouveau vers Carlo pour recevoir les instructions suivantes, il lui tendit un verre de vin.

— Tu n'as plus rien à faire jusqu'à ce que l'eau entre en ébullition.

— Super. Je peux mettre à feu doux ?

Carlo se mit à rire et l'embrassa. Puis il fit suivre ce premier baiser d'un second. Impossible de résister à la tentation. Elle sentait bon comme un matin de printemps.

— Tu es belle en blanc, tu sais.

Il essuya une trace de farine sur le bout de son nez.

— Tu es assez désordonnée, comme cuisinière, mon amour, mais tout à fait craquante.

Il n'en fallut pas plus pour que Juliet oubliât le fracas et l'agitation autour d'elle. Elle ajusta son calot.

— Comment ça *cuisinière* ? Ce n'est pas « chef » qu'on dit ?

Carlo ne put résister à la tentation de l'embrasser encore.

— Quelques *linguine* ne suffisent pas à faire un chef, jeune fille !

Elle eut tout juste le temps de finir son vin avant qu'il la remît à la tâche.

— L'eau bout. Attention, comme les pâtes sont fraîches, il faut les verser avec la plus grande délicatesse. Remue *tout* doucement… Oui, très bien. Encore un peu de patience et j'accepterai peut-être de t'embaucher dans mon restaurant.

— Non, merci. Sans façon.

Elle avait le visage baigné par la vapeur qui montait de la grande casserole et aurait été prête à jurer qu'elle sentait ses pores s'ouvrir un à un.

— Continue d'impulser un tout petit mouvement. Mais surtout, surtout, sois attentive à ne pas les faire trop cuire. Ce serait la catastrophe.

Il la resservit en vin blanc et l'embrassa sur la joue.

Elle tourna, égoutta, ajouta la sauce et les « *vongole* », saupoudra le tout de la quantité de persil préconisée par le maître. Lorsque Juliet eut enfin terminé, elle avait l'estomac si noué qu'elle aurait été incapable d'avaler quoi que ce soit. C'était le trac, ni plus ni moins, découvrit-elle, sidérée. Elle était aussi stressée que le jour où elle avait assuré la promotion de son premier livre !

Les mains jointes, elle regarda Carlo prélever une fourchetée pour la dégustation. Les yeux clos, il huma, prenant d'abord le temps de s'imprégner des arômes. Sans rouvrir les yeux, il porta ensuite les *linguine* à la bouche. Un silence de cathédrale était tombé dans les cuisines. Un rapide regard autour d'elle lui apprit que toute activité avait cessé et que Carlo était au centre de l'attention générale. Elle déglutit, suspendue à son jugement, ne sachant si elle allait vers la condamnation ou la grâce.

La sentence tardant à tomber, elle perdit patience.

— Alors ?

Carlo n'ouvrit même pas les yeux.

— Patience…

Un commis entra au pas de course et fut accueilli par un concert de « chut ! » et des gestes impérieux pour lui indiquer de faire silence. Carlo ouvrit alors les yeux et reposa lentement sa fourchette.

— *Perfetto!*

Il prit Juliet par les épaules et déposa cérémonieusement un baiser sur sa joue.

— C'est une réussite. Bravo!

Les applaudissements se déchaînèrent.

Avec un grand rire, Juliet ôta son calot et s'inclina.

— J'ai l'impression que je viens de remporter un marathon!

— Tu as créé.

Pendant que Pierre demandait de sa voix de stentor qu'on leur apporte d'urgence trois assiettes, Carlo lui prit les mains.

— Nous faisons une bonne équipe, toi et moi, Juliet.

Elle sentit quelque chose de doux et de douloureux se loger un peu trop près de son cœur. Quelque chose qui semblait vouloir se nicher là pour ne plus jamais en bouger…

— Oui, nous formons une bonne équipe, admit-elle en soutenant son regard.

11

A midi, le lendemain, tout était terminé. La démonstration de Carlo en duplex avait remporté tout le succès escompté. Juliet était restée rivée devant le téléviseur, à écouter la voix de Carlo en stéréo — à côté d'elle et à l'écran — pendant qu'il dirigeait O'Hara, passé derrière les fourneaux pour l'occasion. Lorsque Hal l'appela en personne pour la féliciter de son initiative, elle sut que ce coup d'essai avait été un coup de maître.

Rassurée et plutôt satisfaite d'elle-même, elle se laissa tomber de tout son long sur le lit.

— Mission accomplie !

Un sourire jusqu'aux oreilles, elle croisa les chevilles et étira les bras au-dessus de la tête.

— Tu avais peur que ça rate ? demanda Carlo.

Amusée, elle le regarda faire un sort au double petit déjeuner qu'ils avaient commandé sur le tard.

— J'avoue que je ne suis pas mécontente que tout se soit terminé sans casse.

— Tu te détruis la santé à toujours te faire du souci, *mi amore*.

Il n'en restait pas moins que, depuis trois jours, il ne l'avait pas vu sortir une seule fois ses comprimés. Et l'idée qu'il exerçait une action déstressante sur elle n'était pas pour lui déplaire.

— Avec mes *linguine*, ça marche à tous les coups, Juliet. Tu devrais être calme comme le jour !

— Dorénavant, c'est juré, je le serai. Et maintenant, il nous reste cinq heures avant le départ pour l'aéroport. Cinq heures d'affilée, libres, *entièrement libres*, Carlo !

Il se leva et vint s'asseoir sur le bord du lit. Il suivit du bout du doigt la cambrure du pied de Juliet. Elle était si adorablement jolie quand elle souriait, détendue, ne se souciant plus de rien que du plaisir de l'instant !

— Cinq heures, c'est un cadeau.

— Presque des vacances.

Juliet ronronnait sous ses caresses.

— Et de quelle manière aimerais-tu occuper ces cinq heures entièrement libres, *bella Giulietta* ?

Elle haussa les sourcils.

— Tu veux vraiment le savoir ?

— Bien sûr, murmura-t-il en lui embrassant les orteils un à un. C'est ta journée et je suis ton serviteur.

Se levant d'un bond, elle lui jeta les bras autour du cou et l'embrassa. Fort.

— Alors on va faire les magasins !

Un quart d'heure plus tard, ils déambulaient dans la première tour de l'immense centre commercial attenant à leur hôtel. Les gens s'attroupaient devant les plans du centre pour tenter de se repérer, mais Juliet passa son chemin, la tête haute. Aujourd'hui, elle ne voulait plus ni cartes, ni emplois du temps, ni itinéraires tout tracés. Aujourd'hui, toutes les destinations étaient possibles et l'heure à l'improvisation.

— Depuis le début de la tournée, nous sommes passés d'un centre commercial à l'autre et pourtant, j'en suis à zéro shopping depuis plus de deux semaines. Je ne me reconnais pas.

— Tu ne t'accordes pas assez de temps.

— Sans doute. Oh ! regarde !

Elle désigna une robe du soir argentée à paillettes.

— Flashy, déclara Carlo.

— Très, oui. Si je faisais vingt centimètres de plus, je pourrais peut-être la porter sans avoir l'air d'un sapin de Noël en modèle réduit... Ah, un magasin de chaussures !

Elle l'entraîna vers la vitrine suivante et Carlo découvrit alors son grand point faible. Le chemin qui menait au cœur de Juliet ne passait pas par la nourriture. Il n'était pas pavé non plus de fourrures et de diamants. Les tenues de soirée n'éveillaient chez elle qu'un intérêt assez tiède, tout comme les vêtements plus décontractés d'ailleurs. Mais les chaussures... Les chaussures étaient sa vraie passion ! En l'espace d'une heure, elle en avait examiné, manipulé et critiqué au moins une cinquantaine de paires. Elle tomba sur des baskets de ville soldées qu'elle acheta pour enrichir une collection déjà substantielle. Puis, après force essayages et en procédant par élimination, elle se retrouva à devoir choisir entre trois paires d'escarpins à talons — toutes de marque italienne.

— Tu fais preuve d'un goût très sûr, admit Carlo.

Avec la patience d'un homme accoutumé à ce genre d'expédition, il avait monopolisé un fauteuil et la regardait jongler avec ses trois paires, en proie aux affres de l'indécision. Il attrapa négligemment l'une des chaussures et jeta un coup d'œil sur la signature à l'intérieur.

— Ses chaussures sont parfaites et il a un faible pour mes lasagnes.

Les yeux écarquillés, Juliet pivota sur ses talons hauts.

— Tu le connais ?

— Evidemment ! Il déjeune chez Franconi au moins une fois par semaine.

— C'est mon héros...

Devant le regard vaguement vexé de Carlo, elle se mit à rire.

— Je peux passer huit heures debout avec ses escarpins

aux pieds sans avoir besoin d'une chirurgie orthopédique d'urgence en fin de journée… Autant dire que ce n'est pas rien ! Je vais prendre les trois, annonça-t-elle finalement.

Rassérénée par cette décision qui n'en était pas vraiment une, elle se rassit pour renfiler ses nouvelles chaussures de sport.

— Tu me surprends. Tant de chaussures et seulement deux pieds. Où est passé ton fameux pragmatisme ?

— Tout être humain a droit à au moins un vice.

Elle finit de nouer ses lacets.

— Je sais depuis longtemps que les Italiens sont les meilleurs chausseurs. Depuis peu, je découvre qu'ils sont également les meilleurs cuisiniers, ajouta-t-elle en l'embrassant sur la joue.

Sans même frémir à l'annonce du total, elle régla son triple achat, empocha son ticket de caisse, et ils reprirent leur déambulation dans les tours. Ils croisèrent une grappe de jolies filles qui suscita une attention admirative chez Carlo. Imaginant qu'elles devaient profiter de leur pause de midi pour faire du lèche-vitrines, il se retourna pour leur jeter un dernier regard par-dessus son épaule. Quoi de plus normal que d'admirer les masses laborieuses américaines en leurs heures de loisir ?

Juliet ne put s'empêcher de sourire devant l'intérêt flagrant que lui inspirait l'univers féminin en général.

— Tu vas finir par attraper un torticolis, à force de te vriller le cou comme ça !

Carlo lui adressa un clin d'œil.

— Ne te fais pas de souci pour moi. Je connais mes limites.

Sans l'ombre d'une inquiétude, Juliet enlaça ses doigts aux siens.

— Je n'en doute pas. Avec toutes ces années de pratique…

Ce fut au tour de Carlo de tomber en arrêt devant une

vitrine. Son regard avait été attiré par un collier ras du cou en améthyste et diamants.

— Il est élégant, non ? Ma sœur cadette, Alba, a toujours eu un faible pour le violet.

Juliet se pencha pour mieux regarder. Les petites pierres scintillaient, froides et brûlantes à la fois.

— Qui n'aurait pas un faible pour ce violet-là ? C'est une splendeur, ce collier...

— Elle accouche dans quelques semaines, expliqua Carlo en faisant signe au vendeur qui les observait, un espoir naissant dans les yeux. Montrez-le-moi, voulez-vous ?

— Mais naturellement, monsieur. C'est une pièce unique, bien sûr. Vous verrez que le travail est d'une rare finesse.

Il sortit le collier de sa vitrine fermée et le plaça d'un geste plein de révérence sur la paume de Carlo.

— Les diamants sont tous de grade élevé et font 1,3 carat. Quant aux améthystes...

— Je le prends.

Coupé net dans son argumentaire, le vendeur cligna des paupières.

— C'est un excellent choix, monsieur.

Avec un effort manifeste pour ne rien laisser paraître de sa surprise, il prit la carte de crédit que Carlo lui tendit en même temps que le bijou.

— Tu ne lui as même pas demandé le prix, chuchota Juliet.

Il lui tapota la main sans tourner la tête, examinant le reste du contenu de la vitrine.

— Ma sœur va devenir mère, répondit-il simplement. Et ce collier est fait pour elle... Ta pierre à toi serait plutôt l'émeraude, je pense.

Elle jeta un coup d'œil sur une paire de boucles d'oreilles d'un vert luminescent. La tentation qu'elle ressentit, purement féminine, fut brève et aisément surmontée.

Les chaussures, oui, c'était une dépense qu'elle pouvait justifier; les émeraudes, non. Elle secoua la tête et sourit à Carlo.

— Je me contenterai de bichonner mes pieds.

Le vendeur rendit à Carlo son reçu de carte bancaire et lui tendit le paquet.

— J'adore le lèche-vitrines! avoua Juliet comme ils sortaient de la joaillerie. Il m'arrive de passer des samedis entiers à flâner. C'est un des aspects de New York que j'aime le plus.

— Tu adorerais Rome, alors.

Disant cela, Carlo prit conscience qu'il voulait Juliet avec lui, dans sa ville. Il voulait l'entendre rire près des fontaines, la voir flâner sur les marchés; il avait envie d'avancer avec elle d'un pas lent dans le silence recueilli des églises, de danser avec elle jusqu'à l'aube dans les tavernes qui sentaient le vin et la sueur. Il la voulait auprès de lui dans son monde. Rentrer seul, ce serait rentrer vers rien. Pendant que ses pensées cheminaient dans son esprit, il porta la main de Juliet à ses lèvres et la maintint ainsi jusqu'à ce qu'elle s'immobilise.

— Qu'est-ce qu'il y a ? demanda-t-elle.

Une foule dense les enserrait. Le regard de Carlo se fit plus intense.

— Carlo ?

Ce qu'elle lisait dans ses yeux était sans commune mesure avec l'attitude de séduction courtoise qu'il manifestait envers presque toutes les autres femmes. Les forces qui émanaient de lui en cet instant étaient sombres et dangereuses. Lorsqu'un homme comme lui vous regardait ainsi, il n'y avait qu'une seule chose à faire : courir. Mais courir dans quelle direction ? Et pour quoi ? Vers lui, pour se jeter aveuglément dans ses bras ? Lui tourner le dos pour fuir à toutes jambes ?

Carlo se reprit, retenant des paroles qu'il savait définitives. Or prudence était le maître mot. Pour elle. Mais aussi pour lui.

Il revint alors à la légèreté.

— Si tu venais faire un tour à Rome, je te présenterais ton héros. Avec un peu de chance et un plat de lasagnes, tu aurais tes chaussures à prix coûtant.

Elle glissa son bras sous le sien.

— Tu me tentes, là. Je vais commencer à économiser pour le voyage. Oh ! Tu as vu ?

D'un air ravi, elle désigna, dans une vitrine surchargée, un énorme éléphant indien en céramique. C'était une mosaïque de dorures, de brillants, de couleurs vives. Massif et majestueux, il se tenait la tête haute et la trompe levée. Juliet en tomba instantanément amoureuse.

— Il est merveilleux : affreusement kitsch et totalement inutile !

Carlo songea que l'éléphant aurait sa place chez lui, parmi les autres pièces bizarres et surchargées qu'il avait collectionnées au fil des années. Mais il n'aurait jamais imaginé un instant que les goûts de Juliet se situaient dans les mêmes sphères.

— Je vais de surprise en surprise avec toi, Juliet.

Elle rougit légèrement et haussa les épaules.

— Je sais qu'il est monstrueux. Mais j'ai un faible pour les objets bizarres.

— Alors il faut que tu voies ma maison.

— Ta maison ?

Il se mit à rire.

— Mon dernier achat « décoratif » est une énorme chouette. Elle tient un pauvre rongeur dans ses serres.

— C'est terrible ! fit-elle avec un petit bruit qui ressemblait à un rire de collégienne.

Puis elle l'embrassa.

— Je suis sûre qu'elle me plairait, ta chouette.

— D'après ce que tu me dis, je le crois, oui. Quant à

notre ami le pachyderme, je pense qu'il mérite de trouver un foyer.

— Tu l'inclus dans ta collection de *freaks* ? Génial !

Elle se cramponna à sa main, enthousiaste comme une petite fille, lorsqu'ils pénétrèrent dans la boutique. Des odeurs de bois de santal flottaient dans l'air et des carillons tintaient doucement, activés par un ventilateur. Elle laissa Carlo régler avec la vendeuse la question du transport et flâna avec délice entre les clochettes en cuivre, les lions en albâtre, les services à thé ornementaux et les tissus chamarrés.

Elle vivait la journée la plus heureuse, la plus détendue qu'elle ait connue depuis des semaines — voire des mois. Une journée-talisman, à laquelle se raccrocher lorsqu'elle serait seule de nouveau et prise dans le tourbillon d'une nouvelle tournée. Accaparée par un nouvel auteur, un nouveau livre.

Elle entendit soudain la vendeuse éclater de rire à une remarque de Carlo et elle tourna la tête vers eux. Elle ignorait, avant de le rencontrer, qu'il existait des hommes tels que lui — sûrs d'eux, cent pour cent hétérosexuels et néanmoins capables de vivre avec les femmes dans une intimité incroyablement complice. Il était arrogant, aussi. Mais généreux. Impérieux, mais tendre ; un peu trop satisfait de lui-même, mais intelligent et sensible.

Si elle avait eu la faculté de faire apparaître d'un coup de baguette magique l'homme dont elle pourrait tomber amoureuse, il aurait ressemblé à…

Stop !

Non, l'homme dont elle pourrait tomber amoureuse ne ressemblerait en rien à Carlo Franconi. Impossible… Carlo n'était pas l'homme d'une seule femme. Et elle… Eh bien, elle n'était la femme d'aucun homme. Ils étaient trop attachés à leur liberté, l'un et l'autre. Faire fi de cela, ce serait pour elle renoncer à tout ce qui avait donné sens à sa vie adulte. A tout ce qu'elle avait construit depuis dix ans. Elle ne devait pas oublier que Carlo et elle s'étaient engagés pour un unique tour de carrousel.

Elle prit une profonde inspiration et attendit que son soudain vague à l'âme s'estompe. Le résultat se fit un peu espérer. Affichant un sourire dégagé, elle rejoignit Carlo à la caisse.

— Alors ça y est ? L'adoption est en bonne voie ?

— Tout est réglé, oui. Notre ami sera bientôt à la maison. Peu après notre propre retour, en fait.

— Alors souhaitons-lui bon voyage. Et songeons au nôtre. Philadelphie nous attend.

Le bras passé autour de ses épaules, Carlo l'entraîna dans le dédale que formait le vaste complexe commercial.

— On attend d'être dans l'avion avant que tu me briefes sur mon futur marathon pennsylvanien ?

— Tu vas faire un malheur, comme d'habitude. Mais tu auras peut-être besoin de mes comprimés multivitaminés avant la fin du séjour.

— Oh, non, je n'arrive pas à le croire !

Consternée, Juliet se laissa tomber sur un banc à côté du tapis à bagages qui avait cessé de tourner.

— Nos valises sont parties à Atlanta !

Carlo, qui avait perdu le compte des fois où il était arrivé à destination sans ses bagages, n'en fut pas plus ému que cela.

— On les récupère quand ? demanda-t-il simplement.

— Vers 10 heures demain matin. Enfin… en principe.

Elle était partie de Detroit en jean et T-shirt, mais ce n'était pas très grave, ses fonctions d'attachée de presse lui permettant de rester à l'arrière-plan, songea Juliet, dont le cerceau était déjà à l'œuvre pour organiser un plan B.

Elle pouvait en outre se débrouiller avec les produits de toilette fournis par la compagnie.

Mais Carlo…

Il portait un sweat-shirt relativement informe, un jean usé et des chaussures de sport qui avaient vu des jours meilleurs. S'il avait été auteur de polars glauques, passe encore. Mais Franconi avait sa réputation d'élégance italienne à tenir. Impossible de le lâcher sur un plateau de télévision avec ces hardes sur le dos.

— Carlo, nous devons t'acheter au moins une tenue correcte.

— J'ai des quantités de tenues correctes. Et elles arrivent demain matin.

— Mais pas à temps pour ton premier rendez-vous… A 8 heures, tu es l'invité vedette de *Hello, Philadelphia*. De là, nous filerons directement prendre un petit déjeuner avec des journalistes du *Reporter* et de l'*Inquirer*. A 10 heures, lorsque nos valises seront censées arriver à l'hôtel, tu seras trop occupé à répondre aux questions du présentateur d'un programme radio pour récupérer tes affaires. Après ça…

— Tu m'as déjà communiqué notre emploi du temps, Juliet. Et puis, qu'est-ce que tu trouves à redire à ce jean ? Les trucs usés, c'est tendance, non ?

Juliet secoua la tête.

— Ne fais pas celui qui ne comprend pas, Carlo. Nous fonçons directement dans le grand magasin le plus proche.

— Grand magasin ? Franconi ne s'habille que sur mesure !

— Cette fois, ce sera du prêt-à-porter. Dépêchons… Le temps presse.

Elle héla un taxi, réfléchissant toujours.

— Macy's ! Emmenez-nous chez Macy's, lança-t-elle au chauffeur. Avec un peu de chance, nous y serons avant la fermeture. Il est déjà 20 heures.

Lorsqu'ils arrivèrent, Juliet calcula qu'ils disposaient d'une demi-heure, pas plus. Râlant tant et plus, Carlo se laissa traîner à l'intérieur du vénérable bâtiment qui avait abrité un des premiers grands magasins du pays.

Se lançant alors dans une course folle contre la montre, Juliet le poussa vers une rangée de pantalons.

— Quelle taille ?

— Trente et un.

— Celui-ci, dit-elle en lui tendant un pantalon gris clair.

— Je préfère le blanc.

— Le gris passera mieux devant les caméras… Pendant que tu l'essaies, je vais te trouver une chemise.

Le laissant avec son cintre à la main, elle se précipita dans le rayon voisin.

— Ta taille ?

— Je ne m'y retrouve pas, dans vos tailles américaines, grommela-t-il.

— Aucune importance. J'ai l'œil… Tiens, prends ce T-shirt, plutôt. Ça fera plus décontracté. Essaie déjà l'ensemble. Je vais voir ce que je trouve comme veste.

— J'ai l'impression de faire les courses avec ma mère, maugréa-t-il avant de disparaître dans une cabine d'essayage.

Juliet trouva une assez jolie ceinture en cuir souple, puis, après avoir rejeté une demi-douzaine de modèles, arrêta son choix sur une très belle veste en lin vert sauge.

Lorsque Carlo sortit de derrière le rideau, elle lui fit enfiler la veste et recula de quelques pas pour examiner le résultat.

— C'est parfait ! Vraiment très chouette. Décontracté mais pas relâché.

— Franconi ne s'habille qu'à Rome. Et pas n'importe où à Rome.

— Sur Franconi, n'importe quel vêtement paraît avoir été conçu sur mesure par les meilleurs stylistes.

— Tu dis ça uniquement pour que je te cède…

— L'heure est grave, Carlo. Je suis prête à faire les plus viles courbettes.

Elle le fit pivoter sur lui-même et le poussa vers la cabine.

— Bon. Enlève-moi tout ça. Je m'occupe des caleçons.

Il lui jeta un regard qui disait clairement qu'il perdait patience.

— Il y a des limites, Juliet !

— Ne t'inquiète de rien, susurra-t-elle, Trinity Press réglera la note. Fais vite. Nous avons juste le temps de te trouver une paire de chaussures.

Ils passèrent à la caisse quelques minutes après l'annonce que le magasin s'apprêtait à fermer ses portes.

— Et voilà ! Tu es entièrement paré pour un passage télé en fanfare !

Avant que Carlo s'en chargeât lui-même, elle rassembla les paquets.

— Il ne nous reste plus qu'à trouver un taxi pour l'hôtel et nous serons sauvés.

— Je porterai tes chaussures américaines la mort dans l'âme.

— Comme je te comprends ! lui assura-t-elle en toute sincérité. Simple mesure d'urgence, *caro*.

Il se trouva bêtement désarmé par ce premier mot tendre. Elle ne lui en avait encore jamais dit. Emu qu'elle baisse ainsi sa garde, il lui pardonna de l'avoir mené à la baguette comme elle venait de le faire.

— Tu susciterais l'admiration de ma mère, tu sais.

— Ah bon. Pourquoi ?

L'esprit ailleurs, Juliet essayait d'arrêter un taxi.

— C'est la seule femme, jusqu'à présent, qui ait réussi à me traîner de force dans un magasin pour choisir des vêtements à ma place. Et ça fait bien vingt ans qu'elle ne s'y risque plus.

Juliet passa ses paquets d'un bras à l'autre.

— Toutes les attachées de presse sont des mères

abusives. Je pensais que tu t'en étais aperçu, depuis trois semaines...

Il se pencha et lui saisit le lobe de l'oreille entre les dents.

— Je te préfère nue et au lit qu'habillée et jouant au sergent-chef.

Un taxi pila près du trottoir et Juliet se demanda si c'était le crissement de ses freins qui l'avait momentanément privée de sa respiration. Se ressaisissant, elle poussa Carlo et les paquets à l'intérieur.

— Pour les trois jours à venir, tu auras affaire aux deux.

Il était presque 10 heures lorsqu'ils arrivèrent au Cocharan House. Carlo ne fit aucune remarque sur les chambres séparées qu'on leur attribua à la réception, mais se jura intérieurement que Juliet n'occuperait que sa suite. La tournée se terminait trois jours plus tard et l'essentiel de leur temps serait dévoré par leurs engagements. Il était donc hors de question de sacrifier une seule minute des quelques heures précieuses dont ils disposaient encore.

Dans l'ascenseur, il ne dit pas un mot et se contenta de fredonner tout bas pour lui-même, tandis que Juliet bavardait avec le porteur.

Lorsqu'ils arrivèrent à la porte de sa suite, il saisit Juliet par le bras.

— Vous pouvez poser tous nos paquets ici, annonça-t-il au chasseur. Mlle Trent et moi-même avons un travail urgent à faire. Nous trierons tout ça tout à l'heure.

Avant que Juliet ne pût ouvrir la bouche, il sortit un billet de sa poche, se chargeant lui-même du pourboire. Elle garda le silence jusqu'au moment où le porteur les laissa seuls.

— Carlo, qu'est-ce que tu fabriques ? Je t'ai déjà dit que...

— Que tu voulais disposer de ta propre chambre ? Tu en as une à ton nom, juste à deux pas. Mais tu restes ici. Bon, je propose maintenant que nous commandions une bouteille de leur meilleur vin et que nous nous installions confortablement pour le boire... A moins que tu ne préfères un thé ou un jus de fruits ?

— Je préférerais avoir la liberté de mes faits et gestes !

— Moi aussi.

Il désigna ses nouveaux vêtements avec un sourire en coin.

— Simple mesure d'urgence, *cara*.

Décourageant... Il était tout simplement décourageant !

— Carlo, si tu voulais bien essayer de comprendre que...

Sa protestation se perdit dans un grommellement inaudible car on frappait à la porte. Carlo alla ouvrir.

— Summer !

Il y avait du plaisir dans sa voix. Tournant la tête, elle le vit enlacer tendrement la femme jeune, belle et brune qui venait d'entrer.

— Carlo ! Je commençais à m'inquiéter ! Tu devais arriver il y a plus d'une heure.

Dans la voix de la nouvelle venue, Juliet repéra des notes venues d'ailleurs — un soupçon d'intonations à la française assorti d'une pointe de distinction britannique. Summer s'écarta de Carlo et Juliet fut frappée par le mélange d'élégance, d'éclat et de grâce qui émanait d'elle. Carlo prit son visage exquis entre ses mains, comme il l'avait si souvent fait avec elle-même, et l'embrassa tendrement.

— Oh ! Ma petite pâte à chou, tu es plus belle que jamais !

— Et toi, Franconi, toujours aussi...

Summer s'interrompit en découvrant soudain sa présence.

— Bonjour ! Vous devez être l'attachée de presse de Carlo ?

— En effet, répondit Carlo à sa place. Summer, voici Juliet Trent...

Il se sentait tendu comme un adolescent présentant sa première petite copine à sa mère.

— Juliet, voici Summer Cocharan, la meilleure pâtissière d'un côté comme de l'autre de l'Atlantique.

Summer s'avança pour serrer la main de Juliet.

— Il me flatte parce qu'il espère que je lui confectionnerai un de mes mille-feuilles.

— Au moins deux, rectifia Carlo, puis il demanda, désignant Juliet : Pas vrai qu'elle est belle ?

Summer nota l'embarras de Juliet, et perçut dans la voix de Carlo une émotion qu'elle ne lui connaissait pas.

— Elle est très belle, oui.

Pui, s'adressant à Juliet :

— Travailler avec Carlo est une horreur, je suppose ?

Juliet rit de bon cœur.

— Il a des côtés tyranniques, mais on ne s'ennuie pas une seconde.

Le regard rapide — et incroyablement intime — qu'elle échangea avec Carlo n'échappa pas à la vigilance de Summer. Ainsi, songea-t-elle, elle ne s'était pas trompée… Il y avait bien autre chose entre eux qu'une relation professionnelle. Il était temps !

— Au fait, Carlo, je te remercie de m'avoir recommandé ce jeune garçon de Denver, Steven…

Carlo se tourna vers elle avec un visible intérêt.

— Il fait l'affaire, alors ?

— C'est une très bonne recrue.

— Le jeune garçon qui voulait devenir cuisinier, murmura Juliet.

L'émotion lui noua la gorge. Ainsi, Carlo n'avait pas oublié.

— Vous avez rencontré Steven, Juliet ? C'est un jeune homme passionné, travailleur… Je pense que ton idée de l'envoyer dans une école hôtelière française sera payante, Carlo. Il a l'étoffe d'un chef, ce garçon.

— Tant mieux, tant mieux…

Carlo prit la main de Summer dans la sienne et la tapota avec affection.

— Je parlerai à sa mère et je prendrai les dispositions nécessaires.

Médusée, Juliet l'interrogea du regard.

— Tu comptes l'envoyer à Paris ?

Carlo haussa les épaules, comme s'il s'agissait d'une affaire courante.

— Ça reste le meilleur endroit pour apprendre le métier. Une fois qu'il sera formé, il suffira que je vienne le débaucher pour le prendre avec moi à Rome.

Summer sourit.

— Peut-être. C'est à voir…

Carlo s'apprêtait à financer la formation d'un jeune garçon qu'il avait simplement croisé à une séance de dédicace ? Juliet était confondue. Quelle sorte d'homme pouvait à la fois passer vingt minutes à se mettre dans tous ses états pour un nœud de cravate et faire preuve d'une aussi belle générosité envers un inconnu ? Comme elle avait été naïve de penser, ne serait-ce qu'un instant, qu'elle savait qui était Carlo Franconi !

— C'est un très beau geste, Carlo.

Il fixa un instant sur elle un regard déconcertant. Puis il haussa de nouveau les épaules.

— Il arrive toujours un moment dans la vie où il faut savoir rendre ce que l'on a soi-même reçu. J'ai été jeune, moi aussi. Avec ma mère pour seul soutien… En parlant de mères, d'ailleurs, comment va Monique ? demanda-t-il à Summer.

— Elle nage toujours dans le bonheur. Keil est à l'évidence l'homme qu'elle recherchait.

Elle se tourna en riant vers Juliet.

— Désolée pour ces apartés. Nous sommes de vieux, vieux amis, Carlo et moi.

— Ne soyez pas désolée. Carlo m'a dit que vous aviez fait l'école hôtelière ensemble.

— Il y a environ un siècle. A Paris.

— Et maintenant, Summer a épousé son grand diable d'Américain. Où est Blake, *cara* ? Il prend le risque de te laisser seule avec moi ?

— Jamais très longtemps…

L'homme qui entra dans la suite à cet instant affichait une impeccable élégance, même après une journée de travail de douze heures. Blake était plus grand et plus large que Carlo, mais Juliet fut sensible à la proximité de style entre les deux hommes. Ils donnaient l'un et l'autre une impression de puissance, tant sexuelle qu'intellectuelle.

— Blake, voici Juliet Trent… Elle est chargée de faire en sorte que Carlo file droit pendant sa tournée.

— Lourde tâche !

Un serveur entra, poussant une desserte à roulettes avec une bouteille de champagne dans son seau à glaçons et des coupes. D'un signe de tête accompagné d'un sourire, Blake indiqua au garçon qu'il pouvait se retirer.

— Summer m'a dit que ton emploi du temps à Philadelphie était serré ?

De la main, Carlo désigna Juliet.

— C'est elle qui tient la cravache.

Mais il lui effleura l'épaule d'un geste familier et tendre qui trahissait leur intimité aussi sûrement que s'il l'avait proclamée à voix haute.

Summer déclina le verre de champagne.

— J'ai pensé que je pourrais faire un saut aux studios demain matin pour assister à ta démonstration culinaire, Carlo. Il y a une éternité que je ne t'ai pas regardé cuisiner.

— Très bonne idée !

Carlo prit une gorgée et se détendit en laissant le vin pétillant couler dans sa gorge.

— Avec un peu de chance, je trouverai le temps d'aller

inspecter tes nouvelles installations. Vois-tu, Juliet, Summer est venue ici pour repenser la conception des cuisines de Blake et pour procéder à des agrandissements. Du coup, elle s'est attachée aux lieux et elle est restée.

Summer échangea un regard amusé avec son mari.

— En fait, je me suis tellement attachée que j'ai décidé d'agrandir encore.

Carlo haussa les sourcils avec curiosité.

— Vous ouvrez une nouvelle Cocharan House ?

— Nous lançons un nouveau Cocharan tout court, rectifia Summer.

Juliet vit le moment précis où l'annonce fit sens dans l'esprit de Carlo. Elle savait que les émotions résonnaient fort chez lui. Elles brillèrent dans son regard alors qu'il reposait son verre.

— Tu vas avoir un enfant ?

— En janvier, oui.

Summer sourit et lui tendit la main.

— Je ne sais pas encore si j'aurai les bras assez longs pour atteindre les fourneaux, lorsque je préparerai le repas de Noël avec un ventre grand comme ça.

Carlo lui embrassa les doigts, puis la prit dans ses bras.

— Nous en avons fait du chemin, tous les deux, *cara mia*.

— Un long chemin, oui.

— Tu te souviens de l'histoire du manège ?

Summer songea au voyage en catastrophe qu'elle avait fait à Rome pour fuir Blake et ses sentiments pour lui.

— Tu m'as dit que j'avais peur d'attraper le pompon et tu m'as convaincue d'essayer. Je ne l'oublierai pas.

Il murmura quelque chose en italien qui fit monter les larmes aux yeux de Summer.

— Moi aussi, je t'adore, Carlo. Et maintenant, portons un toast et rions, trinquons, plaisantons ! On va abréger la séquence émotion pour aujourd'hui.

Carlo reprit son verre de champagne et passa son bras libre autour des épaules de Juliet.

— Alors, je lève mon verre. Tournez manège ! Tournez sans trêve…

Juliet plongea le nez dans son champagne pour atténuer la douleur sourde qui lui vrillait soudain le cœur.

Cuisiner devant les caméras était un exercice que Summer connaissait bien. Elle passait plusieurs heures par an à assurer des démonstrations filmées pour la télévision, tout en dirigeant les cuisines du Cocharan House de Philadelphie. Dans les grandes occasions, et lorsque le prix versé justifiait le déplacement, il lui arrivait encore de voyager ici et là pour quelques bons clients. Mais pour l'essentiel, elle apprenait à être heureuse dans sa vie privée.

Elle avait souvent cuisiné avec Carlo, tantôt dans des palais ou des demeures de luxe, tantôt dans l'espace nettement plus modeste de l'appartement qu'elle gardait encore à Paris, mais elle ne se lassait jamais de le regarder lorsqu'il était aux fourneaux. Si elle avait la réputation de procéder à ses créations avec la précision et la concentration d'un chirurgien du cerveau, Carlo, lui, avait l'élan, l'inventivité d'un artiste. Elle avait toujours admiré son aisance et savourait avec un plaisir chaque fois renouvelé son délicieux cabotinage.

Lorsqu'il eut mis la dernière touche au plat qu'il avait baptisé, sans véritable immodestie, de son propre nom, Summer applaudit avec le reste de l'assistance. Mais si elle était venue jusqu'aux studios ce matin-là, ce n'était pas seulement pour soutenir l'ego d'un vieil ami. S'il y avait quelqu'un au monde qu'elle connaissait presque mieux qu'elle-même, c'était Carlo. Elle s'était plusieurs fois fait la réflexion qu'ils étaient composés tous les deux du même bois.

— *Bravo*, Franconi. Belle prestation.

Pendant que l'équipe entreprenait de servir l'assistance, Summer se leva pour embrasser cérémonieusement l'artiste sur la joue.

Carlo la serra dans ses bras.

— Je reconnais que j'ai été grandiose, une fois de plus.

— Où est Juliet ?

Il leva les yeux au plafond.

— Au téléphone, comme d'habitude. *Dio*… Cette fille passe sa vie pendue au bout du fil !

Summer vérifia l'heure à sa montre. Elle avait pris soin de noter l'emploi du temps de Carlo.

— J'imagine qu'elle n'en a plus pour très longtemps. Je sais qu'elle a programmé un brunch à l'hôtel avec des journalistes.

— A propos d'hôtel, tu m'as juré que tu me ferais tes super choux à la crème revisités à la rose, lui rappela-t-il.

— C'est fait. En échange, sauras-tu nous trouver un endroit discret où nous pourrions être tranquilles tous les deux ?

Il sourit et prit sa pire voix de séducteur italien.

— Le jour où Franconi ne satisfera plus une demande de tête-à-tête dans un coin caché avec une femme superbe, la Terre cessera de tourner sur son axe.

— C'est tout à fait mon avis. Ou presque…

Elle passa son bras sous le sien et se laissa guider. Carlo emprunta un couloir et poussa une porte qui donnait sur un débarras éclairé par une simple ampoule au plafond.

— Magnifique ! Tu as toujours eu un sens inné du décor, *caro*.

Il s'installa sur une pile de cartons avec un grand sourire.

— Puisque, à l'évidence, ce n'est pas après mon corps superbe que tu en as, de quoi veux-tu me parler, Summer ?

— De *qui*, plutôt… De toi, mon cher.

— Quoi de plus naturel, en effet ?

— Tu sais que je t'aime d'amitié, Carlo.

Le soudain sérieux de Summer le fit sourire. Il lui prit les deux mains.

— Un amour d'amitié partagé. Pour toujours.

— Tu te souviens de ton précédent passage à Philadelphie, il n'y a pas si longtemps, pour la promotion d'un de tes livres ?

— Tu te demandais comment t'y prendre pour réaménager la cuisine de l'Américain, tout en n'acceptant pas l'attirance que tu ressentais pour lui.

— Alors que j'étais amoureuse et que je ne voulais pas l'être. Tu as été de bon conseil, ce jour-là. Puis, de nouveau, lorsque je suis venue te voir à Rome. Je voudrais te rendre service à mon tour.

— Par des conseils ?

— Tends la main et attrape le pompon à ton tour, Carlo ! Ensuite, ne le lâche plus.

— Summer…

— Qui te connaît mieux que moi ? l'interrompit-elle.

Il haussa les épaules.

— Personne.

— J'ai su que tu l'aimais dès l'instant où tu as prononcé son nom. Nous avons trop de points communs, toi et moi, pour nous raconter des histoires.

Que tu l'aimais… Il demeura assis un instant dans le plus grand silence. Depuis plusieurs jours, maintenant, il tournait autour du grand mot. Et de ses conséquences.

— Juliet n'est pas comme les autres, admit-il finalement. Et je crois que ce que je ressens pour elle est nouveau.

— Tu le crois ?

Il soupira, reconnaissant par là sa défaite.

— Bon, O.K. Mais le genre d'amour dont nous parlons mène à de l'irréversible : un engagement, le mariage, des enfants…

Summer porta la main à son ventre. Des peurs résiduelles subsistaient encore en elle, mais il ne lui était pas nécessaire de les évoquer à voix haute pour que Carlo le sache.

— Tu m'as dit un jour, quand je t'ai demandé pourquoi tu ne t'étais jamais marié, qu'aucune femme encore n'avait fait trembler ton cœur. Tu te souviens de ce que tu m'as assuré que tu ferais, si tu la rencontrais un jour ?

— J'ai dit que je me précipiterais à la mairie sans me poser plus de questions…

Il se leva et glissa les mains dans les poches du pantalon que Juliet lui avait choisi la veille.

— C'est facile de dire ce genre de trucs *avant* que le cœur ne commence à trembler… Je ne veux pas la perdre, Summer.

L'aveu prononcé, il soupira.

— Tant qu'il n'y avait pas d'enjeux pour moi, l'amour me paraissait simple comme un jeu d'enfant. Mais j'ai peur de mal m'y prendre avec Juliet. Elle est insaisissable. Il y a des moments où je la tiens dans mes bras et où je sens qu'une partie d'elle m'échappe. Je comprends son indépendance, son ambition. Je les admire, même.

— Le fait d'être mariée à Blake n'a rien changé aux miennes.

Carlo lui sourit.

— C'est vrai. Elle te ressemble tellement !

La grimace de Summer le fit sourire.

— Vous êtes têtues comme cent mulets de Castille, l'une et l'autre ! Et déterminées à être les meilleures dans votre domaine. Ce sont des qualités que j'ai la faiblesse de trouver attirantes chez les femmes très belles.

— Merci pour le compliment… Mais ça ne me dit pas où est ton problème.

— Toi, tu m'accorderais ta confiance ?

Summer marqua un instant de surprise.

— Bien sûr. Quelle question !

— Elle, non. Elle ne peut pas — ne veut pas, plutôt. Me donner son corps — même une partie de son cœur —, oui. Mais sa confiance, non. Et j'en ai besoin, Summer.

Elle s'appuya pensivement sur un cageot.

— Juliet t'aime ?

— Je ne sais pas.

Une ignorance difficile à admettre pour un homme qui se vantait de lire à livre ouvert dans le cœur des femmes. Il eut un faible sourire. Finalement, celle qui comptait le plus pour un homme était aussi la plus malaisée à comprendre. Avec d'autres, il se serait senti sûr de lui, capable de guider et de façonner leurs sentiments à sa guise. Avec Juliet, il n'était plus sûr de rien.

— Il y a des moments où je la sens très proche de moi et d'autres où elle se dérobe. Jusqu'à hier, je ne savais pas encore très bien où j'en étais moi-même.

— Et tu sais maintenant ?

— Je veux passer le reste de ma vie avec elle. Lorsque je serai un vieil homme et que je m'assiérai près des fontaines à regarder passer les jeunes filles, elles seront toujours Juliet pour moi.

Summer lui posa la main sur l'épaule.

— Ça fait peur, non ?

— A qui le dis-tu ! C'est terrifiant.

Mais déjà un peu moins depuis qu'il avait pu en parler et exprimer ses craintes et ses espoirs à voix haute.

— Tu vois, Summer, j'ai toujours pensé que l'amour serait une chose simple : une évidence dans le regard, de longues marches au clair de lune, la main dans la main, puis le mariage comme aboutissement logique. Comment aurais-je pu prévoir que je m'enticherais d'une tête de mule d'Américaine qui passe sa vie au téléphone ?

Summer appuya son front contre le sien avec un rire léger.

— Tu crois que j'aurais imaginé faire ma vie avec

un Américain buté ? Mais Blake est mon homme. Tout comme Juliet est la femme faite pour toi.

Il l'embrassa sur la tempe.

— Et comment je fais pour l'en convaincre ?

Elle lui passa la main sur la joue, riant de plus belle.

— C'est le plus grand baratineur d'Italie qui me pose cette question ? Si elle a la tête dure, fais-la-lui perdre. Sers-toi de tes talents, Franconi !

Juliet commençait à paniquer sérieusement, lorsqu'elle repéra enfin Carlo. Il déambulait dans le couloir, Summer à son bras, placide et souriant comme un touriste en goguette. A la première vague de soulagement succéda une flambée de colère.

— Carlo ! J'ai retourné les studios sens dessus dessous ! Où étiez-vous passés, tous les deux ?

Il se contenta de sourire et lui effleura la joue.

— Tu passais tes coups de fil.

Juliet s'interdit de jurer devant Summer.

— La prochaine fois que tu t'éloignes comme ça, pense à égrener des petits cailloux blancs dans ton sillage ! En attendant, j'ai un chauffeur de taxi très mal luné qui s'impatiente devant la porte.

Tout en entraînant Carlo vers la sortie, elle fit un effort de civilité envers Summer.

— Alors ? Qu'est-ce que tu as pensé de la démonstration ?

— C'est toujours un moment de bonheur pour moi de regarder Carlo cuisiner. Mon seul regret, c'est que vous restiez si peu de temps à Philadelphie. Cela dit, il est peut-être plus prudent que vous ne vous attardiez pas trop.

Carlo poussa la porte et s'effaça pour les laisser passer.

— Ah bon ? Pourquoi ?

— Notre ami français sera de passage la semaine prochaine.

La porte claqua comme un boulet de canon.

— LaPointe ?

Juliet se retourna. Ce n'était pas la première fois qu'elle l'entendait prononcer ce nom avec cette violence meurtrière.

— Carlo…

Il leva la main, refusant toute interruption.

— Qu'est-ce que ce chien de Gaulois vient faire ici ?

Summer rejeta les cheveux en arrière, le regard tourné vers l'intérieur, les sourcils froncés.

— Exactement la même chose que toi. Il a encore écrit un livre.

— Le con ! Il est tout juste bon à cuisiner des charognes pour les hyènes.

— Des hyènes enragées, précisa Summer.

Voyant ses deux compagnons s'échauffer dangereusement, Juliet leur prit à chacun un bras.

— Nous pouvons peut-être poursuivre cette aimable conversation dans le taxi ?

— Tu n'auras pas à subir cette brute, promit Carlo à Summer sans paraître avoir remarqué l'interruption. Je vais le hacher menu.

Summer secoua la tête.

— Ne t'inquiète pas, je saurai le recevoir. Et ça amuse beaucoup Blake, au demeurant.

Carlo poussa un sifflement faussement admiratif, alors que les nerfs de Juliet se trouvaient sévèrement mis à l'épreuve.

— Ça l'amuse ! Les Américains, je te jure… Je crois que je vais revenir à Philadelphie pour l'assassiner.

Juliet tenta de le pousser physiquement en direction du taxi.

— Carlo, voyons… Tu sais bien que tu n'as aucune envie de tuer Blake.

— Pas Blake, Maxime LaPointe ! rectifia-t-il avec une fureur explosive.

— Mais qui c'est, ce LaPointe, à la fin ?

— Un chien !

Summer hocha la tête.

— Un goret ! Mais j'ai des projets pour lui. Il descend à la Cocharan House... Je me ferai un plaisir de lui préparer personnellement ses repas, précisa-t-elle d'un ton suave, en faisant mine d'examiner ses ongles d'un air détaché.

Carlo la souleva de terre en riant et l'embrassa.

— La vengeance, ma chérie, est encore plus douce que ton vacherin glacé !

Rasséréné, il la reposa et rajusta sa veste.

— LaPointe était avec nous à l'école hôtelière, expliqua-t-il à Juliet. Il nous a fait les coups les plus infâmes. Je refuse de me trouver sur le même continent que ce type.

A bout de patience, Juliet adressa une mimique d'excuse au chauffeur de taxi fulminant.

— Tu seras de retour en Italie lorsque ce LaPointe viendra ici. Alors, aucune raison de t'énerver.

Le visage de Carlo s'éclaira.

— C'est vrai... Summer, tu m'appelleras pour me raconter la « chute du chien LaPointe » ?

— Bien sûr.

Retrouvant sa bonne humeur, Carlo reprit tranquillement la conversation là où ils l'avaient laissée au moment où Summer avait mentionné le Français.

— La prochaine fois que nous viendrons à Philadelphie, nous composerons un repas de roi pour Juliet et Blake, déclara-t-il. Mon veau et ta bombe glacée au chocolat. Le vrai goût du péché, Juliet, tu ne le connaîtras que lorsque tu auras pris ta première cuillerée de la bombe au chocolat de Summer.

Il n'y aurait pas de prochaine fois pour eux. Juliet en avait douloureusement conscience, mais elle réussit à sourire.

— Dommage que nous repartions ce soir pour New York.

Summer s'installa dans le taxi et donna un coup de coude à Carlo.

— N'oublie pas, hein ? Mission perte de tête !

— Mission quoi ? demanda Juliet en prenant place sur le siège passager, à côté du chauffeur grommelant.

Carlo sourit et échangea un regard complice avec Summer, tout en prenant sa main dans la sienne.

— Rien, rien... C'est juste une vieille expression française.

12

New York n'avait pas changé. Debout devant la fenêtre de son bureau, Juliet reprenait contact avec le spectacle familier sous ses yeux. Il y faisait peut-être un peu plus chaud qu'avant son départ, mais les conducteurs y étaient toujours aussi impatients, les passants aussi pressés, le vacarme de la rue aussi assourdissant. Non, vraiment, New York n'avait pas changé du tout.

Elle, si.

Trois semaines plus tôt, elle contemplait ce même paysage urbain dans un tout autre état d'esprit. Sa principale préoccupation était alors de s'investir à bloc dans la tournée et d'en faire un triomphe. Pour elle-même. Plus que le livre de Carlo, c'était sa carrière qu'elle souhaitait promouvoir. Elle voulait faire un carton et avait atteint ses objectifs.

A l'instant même, Carlo recevait un journaliste du *Times* dans sa suite. Elle avait inventé une demi-douzaine d'excuses pour ne pas assister à l'interview. Carlo s'était incliné devant ses prétextes habituels : détails à régler, nouveaux rendez-vous à prendre. Mais la vérité, c'est qu'elle éprouvait le besoin de s'isoler un moment.

Plus tard, il y aurait un entretien avec le chroniqueur culinaire d'un excellent magazine d'actualité et un photographe avait été dépêché pour l'occasion. La démonstration de Carlo chez Bloomingdale serait retransmise à la télévision. *L'Art de Franconi : la pasta en mode majeur* avait grimpé jusqu'à la cinquième place dans la liste des meilleures ventes. Et son patron était sur le point de la canoniser.

Pourtant, Juliet ne se souvenait pas de s'être jamais sentie aussi malheureuse.

Son histoire avec Carlo touchait à sa fin. Le lendemain soir, il embarquerait pour Rome, pendant qu'elle grimperait dans un taxi pour regagner son appartement solitaire. Pendant qu'elle déferait ses valises, il survolerait l'Atlantique, occupé certainement à flirter avec une hôtesse de l'air ou à faire du charme à sa voisine. Telle était sa nature ; elle l'avait su dès le début.

Elle appuya le front contre la vitre. Alors qu'elle aurait dû se délecter de ses succès et commencer à organiser son travail pour le livre suivant, elle ne parvenait pas à voir plus loin que les prochaines vingt-quatre heures.

Il lui arrivait précisément ce qu'elle s'était toujours juré d'éviter. Ne s'était-elle pas promis, quoi qu'il se passe, de ne jamais, *jamais* perdre ses objectifs professionnels de vue ? Sa carrière, elle l'avait construite à la force du poignet, en partant du bas de l'échelle. Tout ce qu'elle possédait sur Terre, elle l'avait acquis par son travail. Sans jamais envisager de partager la vie qu'elle s'était construite. Son célibat s'était imposé comme une évidence d'ordre pratique. Pendant toute son adolescence, elle avait pu observer ce qui se passait lorsqu'on laissait trop de mou aux rênes de sa propre existence et qu'un autre finissait par s'en emparer.

Sa mère avait aveuglément remis sa vie entre les mains de son père. Sa carrière prometteuse d'infirmière avait fini en peau de chagrin, sa pratique du soin se bornant à la pose de pansements sur des genoux égratignés d'enfants. Elle avait sacrifié le meilleur d'elle-même pour un homme qui tenait certes à elle, mais n'avait pas été capable de lui rester fidèle.

Ses sentiments pour Carlo menaçaient-ils de la rendre aussi vulnérable, aussi imprudente que sa mère l'avait été ?

Elle secoua la tête avec force. S'il y avait une chose dont elle restait certaine, c'est qu'elle ne pourrait jamais vivre comme sa mère. Survivre, peut-être. Mais *vivre,* non.

Qu'elle le veuille ou non — qu'elle en ait la force ou non —, il lui fallait donc voir plus loin que les prochaines vingt-quatre heures.

Attrapant son carnet, elle se dirigea vers le téléphone. Dans une vie d'attachée de presse, il y avait toujours des appels à passer.

Avant qu'elle ait pu composer le premier numéro, Carlo entra.

— J'avais pris ta clé, expliqua-t-il avant qu'elle ne lui posât la question. Je ne voulais pas te déranger au cas où tu aurais décidé de faire une petite sieste. Mais j'aurais dû deviner à quoi tu serais occupée.

D'un geste résigné, il désigna le téléphone avant de se laisser tomber dans un fauteuil. Il avait l'air tellement content de lui que Juliet sourit malgré elle.

— L'interview s'est bien passée, on dirait ?

— A la perfection.

Carlo allongea les jambes avec un soupir de satisfaction.

— Le journaliste avait essayé ma recette de raviolis aux épinards et à la ricotta avant notre rencontre. Il pense — à raison — que je suis un génie.

Elle regarda l'heure à sa montre.

— Très bien. Un autre futur groupie doit être déjà en route. Si tu parviens à le convaincre de ton génie…

— S'il est un tant soit peu perspicace, il s'en convaincra de lui-même.

Elle éclata de rire et vint s'agenouiller près de lui.

— Ne change pas, Carlo !

Il se pencha pour lui prendre le visage entre les mains.

— L'homme que je suis aujourd'hui, je le serai encore demain.

Oui, mais le lendemain, il serait parti…

Allons ! Elle penserait au trou noir du futur plus tard. Elle l'embrassa. Avec tendresse, d'abord ; puis avec un peu moins de tendresse. Le souffle coupé, elle s'obligea à écourter le baiser.

— Et tu t'habilles comme ça pour l'interview ?

Carlo jeta un regard désinvolte sur sa chemise en lin et son jean.

— A l'évidence, oui. Si j'avais eu l'intention de mettre autre chose, ce serait fait.

— Mm…

Elle l'examina, s'efforçant de se mettre à la place du viseur de la caméra.

— C'est un excellent choix, tout compte fait. Ce sera bien dans l'esprit du magazine.

— *Grazie*.

Il se leva.

— Et quand sera-t-il question d'autre chose entre nous que de journalistes et d'interviews ?

— Lorsque tu auras fait ce qu'il faut pour gagner ta croûte, Franconi.

— Tu es dure, Trent.

— En acier trempé.

Mais elle ne put résister à la tentation de passer les bras autour de son cou et de lui prouver le contraire.

— Une fois que tu auras ébloui le chroniqueur gastronomique, nous prendrons un taxi pour aller chez Bloomingdale's.

Il l'attira plus près, ajustant son corps au sien.

— Et après ?

— Après, nous boirons un verre avec ton traducteur.

De la pointe de la langue, il suivit l'arc de son cou.

— Et ensuite ?

— Ensuite, tu pourras disposer librement de ta soirée.

— Ce sera un souper dans ma suite, alors.

Leurs lèvres se trouvèrent, se soudèrent, puis s'écartèrent.

— Je pense pouvoir me libérer pour l'occasion, chuchota-t-elle.

— Champagne ?

— C'est toi la star. Tout ce que tu voudras.

— Toi compris ?

Elle posa sa joue contre la sienne. Ce soir, leur dernier soir, elle se donnerait sans restriction.

— Moi compris.

Il était déjà 22 heures passées lorsque, enfin libres de tout engagement, ils sortirent de l'ascenseur et se dirigèrent vers la suite de Carlo. L'appétit de Juliet s'était envolé depuis un moment, mais son enthousiasme pour la soirée, lui, ne s'était pas estompé.

— Je suis estomaquée chaque fois que je te vois te produire en public ! Si tu avais choisi de faire du show-biz, tu aurais une étagère entière couverte d'Oscars.

— C'est juste une question de timing, *innamorata*.

— Et de charisme. Tu leur aurais fait avaler n'importe quoi tellement ils étaient subjugués.

— J'ai eu du mal à me concentrer ce soir pourtant, avoua-t-il en s'immobilisant devant la porte pour la prendre dans ses bras. Je ne pensais qu'à une chose : au moment où je me retrouverais enfin seul avec toi.

— Tu mérites d'autant plus ton Oscar. Toutes les femmes de l'assistance étaient persuadées que tu ne parlais que pour elles.

— Il est vrai que j'ai eu deux ou trois propositions intéressantes.

Elle haussa les sourcils.

— Ah, vraiment ?

Il lui mordilla le menton avec un regain d'espoir.

— Jalouse ?

Elle lui enserra la nuque.

— Pas le moins du monde. Je suis là. Elles non.

— Quelle arrogance ! Je crois que j'ai encore un numéro de téléphone dans ma poche de chemise.

— Essaie de l'attraper, et je te brise le poignet !

La menace ravit Carlo. Il aimait ce jaillissement d'agressivité chez une femme dont la peau avait la texture des pétales de rose.

— Je me contenterai peut-être de sortir ma clé, alors.

— Ça me paraît plus avisé.

Amusée, Juliet s'écarta pour lui permettre d'ouvrir. Elle entra à son tour, et s'immobilisa presque aussitôt, médusée par le spectacle qui s'offrait à elle. La pièce entière n'était qu'un océan de roses. Il devait bien y en avoir une centaine, arrangées dans des paniers, enchevêtrées dans des vases, répandues dans des coupes. Et des fragrances dignes d'un jardin anglais par un tiède après-midi d'été embaumaient l'air.

— Mon Dieu, Carlo, tu as dévalisé une serre ?

— Je n'ai dévalisé personne. Juste commandé.

Elle s'immobilisa pour humer un gros bouton incarnat.

— Tu as commandé ces roses pour toi ?

Carlo sortit la fleur du vase et la lui tendit.

— Pour toi, Juliet, rien que pour toi.

Profondément touchée, elle répéta :

— Pour moi ?

— Tu devrais toujours être entourée de fleurs. Et les roses sont celles qui te ressemblent le plus, murmura-t-il en lui prenant la main pour poser les lèvres au creux de son poignet.

Une seule rose. Des roses par centaines. Carlo ne

connaissait pas la demi-mesure. Une fois de plus, il la bouleversait, mettait son cœur sens dessus dessous.

— Je ne sais que dire.

— Elles te plaisent ?

— Si elles me plaisent ? Naturellement, quelle question. Mais…

— Alors il est inutile d'ajouter quoi que ce soit. Tu m'as promis de partager avec moi un souper fin et une bouteille de champagne.

Il lui prit la main pour la conduire jusqu'à la table déjà mise devant la grande baie et la ville éclairée à leurs pieds. Un magnum de champagne reposait dans un seau de glace ; de hautes bougies blanches attendaient d'être allumées. Carlo souleva un couvercle en argent et dévoila deux demi-homards simplement passés au gril. Juliet n'avait encore jamais rien vu d'aussi superbe que le décor qu'il avait créé.

— Comment t'es-tu débrouillé pour orchestrer cette mise en scène, alors que tu étais occupé toute la journée ?

Carlo lui avança une chaise.

— Je me suis arrangé avec le service d'étage. Moi aussi, je suis capable d'organiser et de planifier, *my love*.

Une fois qu'elle fut assise, Carlo alluma les bougies et régla l'intensité de la lumière jusqu'au point où l'argenterie commença à luire doucement dans la pénombre. Puis il appuya sur un bouton et la voix pure d'une soprano lyrique coula autour d'eux.

Juliet effleura l'une des bougies pendant que Carlo prenait place en face d'elle et débouchait le champagne. Juste avant que la mousse ne franchisse le goulot, il versa le liquide pétillant. Fascinée, elle regarda les bulles monter en petites colonnes vives et pressées.

Il avait donc décidé de faire un feu d'artifice de leur dernière nuit ensemble… Cela lui ressemblait tellement, ce grand geste ! Tendre, généreux, d'une exubérance toute latine. Lorsqu'ils se sépareraient, le lendemain, ils garderaient l'un et l'autre une poignée de souvenirs brûlants et teintés de féerie légère.

Pas de regrets. Surtout pas de regrets, se répéta-t-elle. C'était devenu son leitmotiv inlassable.

Elle lui sourit.

— Merci.

— Au bonheur, Juliet. Au tien et au mien.

Elle fit tinter son verre contre le sien et le regarda observer la couleur, les bulles du champagne, puis le humer avant d'en déguster une gorgée.

Elle soupira d'aise.

— Quel luxe... Certaines femmes, en se voyant servir mets fins et champagne, pourraient soupçonner que tu en as après leur corps.

— Serait-ce ton cas ?

Elle se mit à rire en portant la coupe à ses lèvres.

— Je l'espère ! Je compte dessus, même.

Le simple fait de l'entendre rire rendait Carlo fou de désir. Qu'en irait-il après des années de vie commune ? Leurs élans se feraient-ils plus profonds, plus sereins ? A quoi pouvait bien ressembler une vie où l'on se réveillait confortablement chaque matin auprès de la femme aimée ?

Par moments, le désir les surprendrait, encore à demi endormis, et monterait en douceur pour les entraîner vers les étreintes et le plaisir ; à d'autres, ils se contenteraient de rester blottis dans la sécurité du sommeil et de la nuit. Il avait toujours considéré le mariage comme sacré, presque mystérieux. A présent, il le voyait comme une aventure, une exploration, un parcours qu'il ne voulait emprunter qu'avec une femme et une seule.

Juliet dégusta le homard et crut défaillir.

— Quelle merveille. Je suis fichue, Carlo !

Il remplit de nouveau son verre.

— Fichue ? Comment ça ?

— Entre un champagne tel que celui-ci et la petite coupe de *prosecco* que je m'offrais de temps en temps, il y a un monde de différence.

Elle referma une seconde fois les lèvres sur la chair délicate du homard, ferma les yeux et gémit sans retenue.

— En trois semaines, ma relation à la nourriture a été bouleversée de fond en comble. J'ai pris quelques plis regrettables qui vont vider mon porte-monnaie et me faire gagner deux tailles de vêtements.

— Tu as appris à te détendre et à t'alimenter avec raffinement et intelligence. C'est plutôt un progrès, non ?

— Si je dois continuer sur cette voie, je vais être obligée d'apprendre à cuisiner.

— Je t'ai dit que je te donnerais des cours.

— C'est fait ! Je m'en suis plutôt bien sortie avec les *linguine*, non ? Approuvées et dégustées par deux chefs.

— Une belle réussite, oui. Mais une leçon, ce n'est rien. Il faut des années — une vie — pour apprendre l'art subtil de la gastronomie.

— Alors, tant pis. Il faudra que je me réconcilie avec mes vieux amis, les plats cuisinés industriels.

Carlo frémit.

— Ah non, sacrilège ! Impossible à présent que ton palais est éduqué… Mon offre de cours de cuisine tient toujours, tu sais. Je peux te prendre en stage.

Le pouls de Juliet s'emballa. Elle se concentra pour rétablir le calme en elle, mais il refusa de se stabiliser. Elle sourit non sans mal.

— Il ne te reste plus qu'à écrire un nouveau livre de cuisine. La prochaine fois que tu feras une tournée, tu m'enseigneras l'art des raviolis ou de l'osso-buco.

Parle ! Parle ! Tant qu'elle papotait, elle n'était pas en danger de penser, au moins.

— Si tu rédiges un ouvrage par an, je devrais pouvoir suivre le rythme. Quand tu reviendras par ici, l'année prochaine, je serai prête pour le cours suivant. Peut-être qu'entre-temps, j'aurai monté ma propre agence. Comme ça, tu pourras faire appel à moi directement. Après trois best-sellers, tu auras les moyens de t'offrir une attachée de presse personnelle.

— Une attachée de presse personnelle ? C'est une bonne idée, ça…

Il serra ses doigts plus fort entre les siens, puis lui lâcha la main. Il sortit une enveloppe de sa poche.

— Tiens. J'ai quelque chose pour toi.

Juliet reconnut le logo de la compagnie aérienne et fronça les sourcils.

— Il y a un problème pour ton vol, demain ? Je pensais que…

Sa voix se perdit dans un murmure lorsqu'elle vit son propre nom sur le billet à destination de Rome.

— Viens avec moi, Juliet. Rentre à la maison avec moi.

Les doigts de Juliet se crispèrent sur le billet d'avion. Carlo lui proposait de jouer les prolongations. Il lui offrait un peu plus de temps avec lui. Et un peu plus de souffrance à la clé. Elle attendit un peu, le temps de reprendre le contrôle de sa voix. De ses mots.

— Je ne peux pas, Carlo. Nous savions l'un et l'autre que la tournée aurait une fin.

— La tournée, oui. Mais notre histoire, non.

Il avait cru qu'il serait sûr de lui, confiant, allègre même… Pas un instant, il n'avait anticipé la maladresse, l'inquiétude, la difficulté à trouver les mots justes.

— Je n'ai pas envie de te quitter, Juliet.

Lentement, avec soin, elle reposa le billet. Et découvrit que cela faisait mal, physiquement mal, de retirer sa main.

— C'est impossible.

— Rien n'est impossible. Nous sommes faits pour durer, toi et moi.

Le ventre de Juliet se noua. D'une façon ou d'une

autre, il lui fallait trouver une parade, dévier le cours de ses mots, les rediriger en surface. Ne pas laisser voir qu'ils l'avaient atteinte au plus profond d'elle-même et que son cœur était sur le point d'éclater.

— Carlo, nous avons des obligations professionnelles l'un et l'autre. Et des milliers de kilomètres séparent nos deux lieux de travail. Dès lundi, nous serons de nouveau à pied d'œuvre chacun de notre côté, avec un océan et quelques milliers de kilomètres entre nous.

Carlo secoua la tête.

— Nos activités professionnelles, ce ne sont pas des choses qui *doivent* être. Alors que toi et moi, si. Toi et moi, c'est essentiel, Juliet ! Si tu as besoin de quelques jours pour boucler les choses ici, à New York, nous attendrons. Et la semaine prochaine ou dans quinze jours, nous nous envolerons pour Rome ensemble.

Choquée, Juliet se leva. Ses jambes tremblaient.

— *Boucler les choses ici, à New York ?* Non mais, tu entends ce que tu dis ?

Il l'entendait oui. Et il se demandait ce qu'étaient devenues les belles phrases qu'il avait voulu prononcer. Il lui lançait des exigences à la figure, alors qu'il voulait parler sentiments, lui montrer qu'il avait besoin d'elle. Il trébuchait alors qu'il avait toujours eu le pied sûr. Et même s'il était furieux de s'y prendre aussi mal, il avait les plus grandes difficultés à retrouver un sol plus solide sous ses pieds.

— Je te dis simplement que je n'ai pas envie de te quitter.

Il se leva à son tour et lui agrippa les épaules. La lumière des bougies dansait sur leurs deux visages égarés.

— Les emplois du temps, les horaires, c'est du vent, ça, Juliet ! Tu ne vois pas que je t'aime ?

Elle se raidit, comme s'il l'avait giflée. Elle avait mal partout, subissait mille blessures, habitée par la conscience aiguë que ces mots-là, il les avait prononcés si souvent qu'il avait probablement perdu jusqu'au souvenir des femmes à qui il les avait adressés.

— Ah non, Carlo ! Ne joue pas à ce jeu-là avec moi !

Sa voix manquait de force, mais ses yeux jetaient des éclairs.

— Si je suis restée avec toi jusqu'à maintenant, c'est justement parce que tu ne m'as jamais insultée avec ça.

— *Insultée ?*

Stupéfait d'abord, puis furieux, il lui secoua les bras.

— Je *t'insulte* en t'aimant ?

— En utilisant une formule toute faite qui s'est usée à force de trop servir, oui !

Les doigts de Carlo se desserrèrent lentement de ses épaules, puis ses bras finirent par retomber le long de son corps.

— Après tout ce qu'il y a eu entre nous, tu me lances mon passé à la figure ? Toi aussi, tu as eu un vécu sexuel et amoureux avant de me connaître, Juliet.

— Ça n'a rien à voir et tu le sais. Je n'ai pas fait une carrière internationale dans la séduction tous azimuts !

Elle savait que c'était une attaque gratuite, mais elle ne songeait qu'à se protéger.

— Je t'ai dit ce que je pensais de l'amour, Carlo. Je refuse de laisser des sentiments me détraquer le cerveau, bouleverser ma carrière et me couper de mes objectifs. Tu… tu me tends un billet d'avion pour Rome en me disant « viens ». C'est un peu facile, non ? Il faudrait que je lâche tout ce que j'ai ici, tout ce que j'ai construit, pour que nous puissions aller jusqu'au bout de notre brève passion ? Et une fois le stade de la lassitude atteint, il se passera quoi, pour moi ?

Le regard de Carlo se fit de glace.

— Les passions brèves, Juliet, je les connais bien. Je sais où elles commencent et je sais où elles se terminent. Je te demandais de devenir ma femme.

Comme frappée par la foudre, Juliet fit un pas en arrière. Carlo lui demandait de l'épouser ?

La panique l'aveugla, lui monta à la gorge comme un sanglot.

— Non, chuchota-t-elle, terrifiée.

S'élançant vers la porte, elle sortit dans le couloir et courut jusqu'à l'ascenseur sans se retourner.

Il fallut trois jours à Juliet pour rassembler assez de forces, se lever et reprendre le travail. Elle n'avait eu aucune difficulté à convaincre son patron qu'elle était malade et devait être remplacée pour le dernier jour de la tournée de Carlo. La première réaction de Hal, lorsqu'il la vit revenir, fut d'ailleurs de lui conseiller de retourner chez elle et de se remettre au lit sur-le-champ.

Juliet n'ignorait pas qu'elle avait une mine de déterrée : elle était terriblement pâle, avait les yeux creusés. Mais elle était également déterminée à suivre le programme qu'elle s'était fixé avant même sa rupture avec Carlo : se reprendre en main et tenter de recoller les morceaux. Or elle n'y parviendrait jamais si elle restait recroquevillée dans sa chambre à fixer le mur devant elle.

— Deb, je voudrais commencer à organiser la tournée avec Lia Barrister pour son dernier roman.

— Tu as l'air d'un fantôme échappé de sa tombe, Juliet…

Juliet leva les yeux des documents qu'elle avait commencé à compulser.

— Merci, Deb. Tu as toujours eu un sens inné du compliment.

— Si tu veux mon avis, tu devrais avancer tes vacances de quelques semaines et aller te poser au soleil. Tu as besoin de repos, Juliet.

— J'ai surtout besoin d'une liste d'hôtels à Albuquerque pour ma tournée d'août.

Deb ouvrit la bouche pour insister, puis renonça avec un haussement d'épaules.

— Je te les apporte. En attendant, jette un coup d'œil à ces articles que j'ai rassemblés pour toi. Tous concernent Franconi. Des problèmes de coordination ? ajouta Deb d'un ton doucereux, constatant que Juliet avait renversé sa boîte de trombones par terre.

— Montre-moi…

— Dans l'ensemble, la presse est assez enthousiaste. Il n'y a qu'une note négative…

Deb sortit un article de son dossier et l'examina avec un froncement de sourcils.

— C'est l'interview d'un chef français qui vient de débuter une tournée ici.

— LaPointe ?

Deborah leva vers elle des yeux impressionnés.

— LaPointe, oui. Comment tu as deviné ?

— Juste un sale pressentiment…

— Quoi qu'il en soit, le nom de ton chef italien a été mentionné à l'occasion d'un reportage sur LaPointe, parce que la journaliste avait eu l'occasion de s'entretenir quelques semaines plus tôt avec Franconi. Et ce M. LaPointe a éreinté notre ami. Tiens, lis… Tu vas voir qu'il n'y va pas de main morte…

Juliet lui prit l'article des mains et parcourut rapidement les expressions que Deborah avait surlignées en jaune.

— … un âne qui n'est bon qu'à cuisiner pour les sous-développés du palais, lut-elle à voix haute… Plats huileux, amidonnés et sans véritable substance…

L'article se poursuivait dans la même veine, mais Juliet ne jugea pas utile d'en lire plus. Elle croisa mentalement les doigts pour que Summer menât à bien sa vengeance.

Froissant l'article, elle le jeta dans la corbeille à papier.

— Si ces inepties parviennent aux oreilles de Carlo, il est capable de provoquer ce LaPointe en duel.

— A coups de broche à poulet mouchetée ?

Juliet n'eut pas le cœur de saluer ce trait d'humour d'un sourire.

— Qu'est-ce que tu as d'autre ?

— Il se pourrait que nous ayons un problème à Dallas, répondit Deb en lui tendant le dossier. La chroniqueuse, dans un excès d'enthousiasme, a reproduit dix recettes prises dans le livre.

Juliet jura.

— *Dix* recettes ?

— Compte-les toi-même. J'imagine que Franconi va bondir, lorsqu'il verra ça.

Juliet feuilleta jusqu'à trouver la prose de Jenny Tribly. L'article était enthousiaste et admiratif. Pour parler de Carlo et de sa cuisine, la timide Jenny avait choisi une formule originale : composer un repas italien complet, des *antipasti* aux *dolce*, en reproduisant textuellement les recettes tirées de *L'Art de Franconi : la pasta en mode majeur.*

— Elle est folle ou quoi ? marmonna Juliet. Elle aurait pu en donner deux sans que ça fasse l'ombre d'un remous. Mais là, franchement…

— Tu crois que Franconi réagira comment ?

— Mal. C'est une bonne chose pour cette fille qu'elle se trouve à des milliers de kilomètres de lui ! Appelle-moi le service juridique, veux-tu ? S'il décide de l'attaquer en justice, ce serait bien d'avoir des données précises.

Après avoir passé deux heures au téléphone, Juliet avait l'impression d'être redevenue elle-même. Ou presque. La sensation de vide qui subsistait, elle l'attribuait au fait qu'elle n'avait rien mangé à midi — le matin non plus, d'ailleurs. De temps en temps, une phrase entière de son interlocuteur entrait par une oreille et ressortait par l'autre. Mais quoi de plus hermétique que le jargon juridique ?

Il ressortait néanmoins de sa conversation téléphonique

que Trinity Press pouvait porter plainte ou discréditer Jenny Tribly sur le plan professionnel. Dans les deux cas, cela occasionnerait les pires complications, sans parler des deux autres auteurs programmés à Dallas dans l'été.

La première chose à faire, bien sûr, était d'informer Carlo. Elle ne pouvait pas se contenter de jeter l'article à la corbeille et d'oublier son existence. Ne serait-ce que pour des raisons éthiques évidentes. Restait à déterminer comment elle allait s'y prendre. Demander au service juridique de se charger du message ? Le faire passer par son éditeur italien ? Ou prendre sur elle et lui écrire ?

Ecrire ne devrait pas être trop difficile, estima-t-elle en jouant avec son stylo. Elle avait pris sa décision, dit ce qu'elle avait à dire et était descendue du manège à l'heure prévue initialement. Ils étaient adultes et responsables l'un et l'autre.

Alors pourquoi le simple fait de *penser* son nom lui donnait-il envie de hurler comme un animal blessé ?

Jurant à mi-voix, elle se leva et ses pas la portèrent jusqu'à la fenêtre. Ces mots qu'il avait prononcés... il ne les pensait pas vraiment. Comment imaginer qu'ils puissent être sincères ? Pour la millième fois depuis le départ de Carlo, elle fit défiler dans son esprit la scène qui avait précédé la rupture.

Pour un homme comme lui, la vie entière n'était qu'idylle, séduction, célébration des sens. Remplir une pièce de roses, de bougies, et faire couler le champagne était un scénario basique pour lui. Et quoi de plus tentant, dans un contexte aussi approprié, que de chuchoter un « Je t'aime » ?

Je t'aime... Des mots si simples. Si faciles à prononcer. Des mots calculateurs et mensongers. Dans la bouche d'un homme comme Carlo, ils ne pouvaient être pris pour argent comptant.

Et cette demande en mariage ? Toute sa vie, Carlo avait

manœuvré habilement pour éviter qu'on lui passe la corde au cou. Il était passé maître dans l'art de l'esquive. Il savait qu'elle ne voulait pas d'un tel engagement, en plus ; elle lui en avait donné les raisons. Voilà pourquoi il lui avait dit qu'il voulait l'épouser : parce qu'il était sûr qu'elle refuserait ! Il lui faudrait attendre plusieurs années avant de pouvoir simplement *commencer* à penser mariage. Elle devait rester axée sur ses objectifs professionnels avant de relâcher la pression.

Pourquoi alors ne parvenait-elle pas à oublier la façon dont Carlo la faisait rire, la façon dont il attisait son désir, d'un mot, d'un regard, d'un sourire ? Les souvenirs, les sensations ne s'atténuaient en rien avec le passage interminable des jours. Ils semblaient gagner en intensité, au contraire, devenir hallucinations. Quelquefois — trop souvent —, elle le revoyait devant elle comme s'il avait été vraiment là, percevait de façon presque tangible la chaleur de ses paumes sur ses joues.

Elle effleura le petit cœur en pendentif qu'il lui avait offert. Elle n'avait pas eu la force de s'en défaire. Le temps ferait son œuvre, se répéta-t-elle. Encore un peu de patience. Peut-être serait-il plus sage de laisser au service juridique le soin de prendre contact avec lui, tout compte fait.

— Juliet ?

Deborah se tenait dans l'encadrement de la porte.

— Oui ?

— Ça fait deux fois que je t'appelle.

— Désolée…

— Un paquet vient d'être livré pour toi. Tu veux que je te l'apporte ici ?

Etrange question, songea Juliet en retournant à son bureau.

— Bien sûr.

Deb ouvrit la porte en grand.

— Par ici, s'il vous plaît…

Un livreur en uniforme entra alors en poussant devant lui à l'aide d'un diable une caisse de bois presque aussi grande que la table de travail.

— Je vous la pose ici, madame ?

— Euh… Oui… Ce sera parfait, merci.

D'un geste expert, le livreur dégagea le diable.

— Et voilà ! Juste une petite signature…

Juliet signa mécaniquement à l'endroit indiqué, les yeux rivés sur l'énorme paquet qui encombrait la pièce. Elle n'était toujours pas sortie de sa contemplation lorsque Deb revint avec un petit pied-de-biche.

— Qu'est-ce que tu as commandé ?

— Rien.

Deb lui tendit l'outil avec impatience.

— Allez, ouvre ! Je meurs de curiosité.

— Je n'ai aucune idée de ce que ça peut être.

Glissant le levier sous le couvercle, Juliet entreprit de le soulever.

— A moins que ma mère n'ait décidé de me fourguer le vieux service de table en porcelaine de ma grand-mère. Ça fait des années qu'elle menace de me l'expédier.

— Dans une caisse pareille, elle a pu en loger dix, de services.

— Il y a probablement beaucoup d'emballage et trois fois rien dedans.

Juliet mit toute sa force pour ouvrir et le couvercle de bois céda enfin. Elle écarta des monceaux de chips de polystyrène.

— Il est pourvu d'une trompe, le service en porcelaine de ta grand-mère ?

— Une quoi ?

— Une trompe.

Trop impatiente pour attendre, Deb plongea les mains dans le polystyrène.

— On dirait un éléphant !

En voyant les premiers éclats de verroterie, Juliet cessa de se poser des questions.

— Aide-moi à le sortir de là.

A elles deux, elles réussirent à dégager l'éléphant de céramique de la caisse et à le poser sur le bureau.

Deb secoua la tête, effarée.

— C'est hallucinant, ce truc ! Je n'ai encore jamais rien vu d'aussi laid !

Juliet sourit.

— Oui. Je sais.

— Quel genre de cinglé a pu t'envoyer une monstruosité pareille ?

Juliet caressa amoureusement le dos de l'animal.

— Un genre de cinglé bien particulier.

— Ma fille de deux ans pourrait monter dessus, déclara Deb en repérant une carte, au milieu des déchets d'emballage. Tiens, regarde donc qui est l'expéditeur. Tu sauras contre qui porter plainte.

Juliet se mordit la lèvre. Non, elle ne prendrait pas la carte. Et ne l'ouvrirait surtout pas. Il suffirait de remballer l'éléphant et de le retourner à son légitime propriétaire. Aucune femme pragmatique au monde ne fondrait d'émotion devant un machin pareil.

Elle prit l'enveloppe et la déchira d'une main fébrile.

N'oublie pas.

Elle se mit à rire. Lorsque les premières larmes commencèrent à couler, Deb, visiblement dépassée par la situation, vint lui poser la main sur l'épaule.

— Juliet… Tu es sûre que tout va bien ?

— Non.

La joue pressée contre le dos de l'éléphant, elle rit et pleura de plus belle.

— Je viens de perdre la tête.

En descendant d'avion à Rome, tôt le lendemain matin, Juliet sut aussitôt qu'il était trop tard pour espérer la retrouver, cette tête perdue. Elle s'exilait avec un unique sac de voyage dans lequel elle avait jeté en vrac les premières affaires qui lui étaient tombées sous la main. Si elle l'avait perdu en route, elle aurait été incapable d'en nommer le contenu. Son sens pratique ? Laissé derrière elle, à New York. Ce qui se passerait au cours des prochaines heures déterminerait si elle retournerait le chercher ou non.

Elle donna l'adresse de Carlo au chauffeur de taxi et se cala contre la banquette, prête à se laisser étourdir par ses premières impressions de la Ville éternelle. Peut-être aurait-elle tout juste le temps d'effectuer une visite plus détaillée avant de rentrer chez elle. Ou peut-être que cette ville deviendrait *sa* ville. Il y aurait des décisions à prendre. Mais elle avait bon espoir qu'ils seraient deux pour le faire.

Elle vit des palais, des couleurs chaudes, de l'ultramoderne et des vestiges antiques. Et surtout les fontaines dont Carlo lui avait tant parlé. Son cœur battait à se rompre. A Trévi, elle demanda au chauffeur de l'attendre et courut, se frayant un chemin dans la foule, pour jeter une pièce de monnaie dans la fontaine des amoureux. Elle fit un vœu et regarda la pièce tomber et rejoindre des milliers de ses semblables sur le fond du bassin, témoins d'autant de rêves, d'autant d'espoirs. Quelques-uns des vœux qui avaient été lancés là par des inconnus s'étaient forcément réalisés, non ? La confiance rejaillit, saluée par la claire musique de l'eau.

Un peu plus tard, le chauffeur s'engouffra à vive allure dans une rue calme du centre, puis fit halte au dernier moment — à la romaine, dans une stridulation de freins. Juliet fouilla dans son sac, le ventre noué, sortit son portefeuille et batailla avec les coupures étrangères. Avec un sourire amusé, le chauffeur se chargea de prélever lui-même le montant de sa course, en ne comptant qu'un pourboire modéré, car le ciel était bleu et la jeune et jolie Américaine si visiblement amoureuse…

Sans s'octroyer le moindre temps d'arrêt de peur de perdre courage, Juliet s'élança dans l'escalier et sonna à la porte de Carlo. Tout ce qu'elle avait prévu de lui dire, toutes les belles phrases qu'elle avait préparées se mélangeaient dans sa tête pour former une bouillie incompréhensible. Elle avait perdu son entrée en matière, mais lorsque la porte s'ouvrit, elle était prête.

La femme était jeune, brune, très belle, toute en courbes harmonieuses. Juliet la regarda, pétrifiée, vidée d'un coup de son élan. *Déjà !* fut tout ce qu'elle parvint à penser. Moins d'une semaine s'était écoulée depuis leur séparation et une autre femme avait pris ses quartiers chez Carlo. Sur le point de tourner les talons et de s'enfuir, elle se reprit, redressa la tête et soutint le regard de l'inconnue.

— Bonjour. J'aimerais parler un instant à Carlo, s'il vous plaît.

La jeune femme hésita brièvement avant de lui adresser un sourire lumineux.

— Vous êtes anglaise ?

Juliet acquiesça d'un léger signe de tête. Elle avait parcouru trop de chemin, pris trop de risques pour baisser les bras au premier obstacle.

— Américaine, en fait.

— Je m'appelle Angelina Tuchina. Entrez, je vous en prie…

— Juliet Trent.

Angelina lui serra la main presque avec effusion.

— Ah, mais oui ! Carlo m'a parlé de vous !

Juliet faillit lui éclater de rire au nez.

— Comme ça lui ressemble…

— Mais il ne m'avait pas prévenue que vous viendriez nous rendre visite à Rome. Tenez, c'est par ici… Nous étions en train de prendre le café. Il m'a horriblement manqué pendant son séjour aux Etats-Unis, cet affreux garçon ! Alors je l'ai gardé bouclé ici de force pour rattraper le temps perdu.

Sa joyeuse désinvolture sidéra Juliet. Elle décida *urbi et orbi* qu'Angelina et ses semblables déchanteraient rapidement. Car elle comptait bien être la seule, désormais, à « rattraper le temps perdu » avec Carlo.

Angelina la conduisit jusque dans un vaste *salone* où Juliet, stupéfaite, découvrit Carlo dans un fauteuil en satin au dossier haut en compagnie d'une autre jeune femme. D'une *très, très* jeune femme. Elle était assise sur ses genoux et ne devait pas avoir plus de cinq ans.

— Carlo, *amore,* tu as de la visite.

Carlo leva les yeux et le sourire qu'il adressait à l'enfant s'évanouit. Un grand désordre se fit dans sa tête.

— Juliet...

Angelina les observait, intriguée.

— Tenez, Juliet, laissez-moi vous débarrasser.

Elle prit sa veste et son sac tout en guettant les réactions de Carlo avec un intérêt soutenu. C'était la première fois qu'elle le voyait réduit au silence par une femme.

— Rosa, tu viens saluer Juliet ? Rosa est ma fille.

L'enfant se laissa glisser des genoux de Carlo et s'approcha en ouvrant de grands yeux.

— *Buon giorno,* Juliet.

Rosa leva les yeux vers sa mère et un déluge de paroles en italien s'en suivit. Angelina éclata de rire et souleva la fillette dans ses bras.

— Elle dit que vous avez les yeux aussi verts que ceux de la princesse dont Carlo vient de lui raconter l'histoire... Carlo, tu pourrais peut-être proposer à Juliet de s'asseoir ?

Avec un soupir indigné, Angelina finit par lui désigner elle-même un fauteuil.

— Je vous en prie, mettez-vous à l'aise. Vous n'en

voudrez pas à mon frère de sa distraction. Lorsqu'il invente des contes pour Rosa, il perd tout sens des réalités.

Son *frère* ? Examinant plus attentivement Angelina, Juliet retrouva, presque à l'identique, la forme des yeux de Carlo, et leur éclat, à la fois doux et sombre. A une première réaction de soulagement et d'euphorie vint se mêler la mortification d'avoir réagi aussi bêtement.

Angelina regarda sa montre, puis prit sa fille par la main et se dirigea vers son frère, toujours assis et silencieux. Elle l'embrassa sur la joue.

— Il est temps pour nous de rentrer. Merci pour le café, Carlo…

Tout en prenant congé, Angelina projetait déjà de faire un crochet par la boutique de leur mère pour lui raconter l'histoire de l'Américaine qui avait réduit Carlo au mutisme.

— A la prochaine, Juliet ? J'espère que nous aurons bientôt l'occasion de faire plus ample connaissance…

Juliet serra la main que lui tendait la sœur de Carlo et lui signifia d'un sourire qu'elle avait reçu son message cinq sur cinq.

— Merci, Angelina. Je pense que nous nous reverrons, oui.

— Inutile de nous raccompagner, Carlo. Nous trouverons notre chemin. *Ciao, fratello.*

Carlo regarda partir sa sœur, incapable de prononcer un mot. Juliet fit le tour de la pièce, s'immobilisant tous les deux pas pour admirer ses collections. Les cultures les plus variées y étaient représentées sous forme d'œuvres d'art aussi hardies que volumineuses. L'ensemble aurait dû être pesant, hétéroclite, avec des allures de musée de province. Mais il était joyeux, au contraire, et plutôt amical, n'était une pointe d'ostentation narcissique. Du Carlo tout craché, en somme.

Elle finit par se tourner vers lui.

— Tu m'as dit que ta maison me plairait et tu avais raison.

Il réussit à se lever mais pas à s'avancer vers elle. Même s'il avait laissé une part de lui-même à New York, il n'en gardait pas moins sa fierté.

— Je croyais que tu refusais de mettre un pied à Rome.

Juliet haussa les épaules, renonçant, tout compte fait, à se jeter à ses pieds comme elle avait envisagé de le faire.

— Souvent femme varie. Tu devrais le savoir, Carlo, toi qui connais les femmes en général. Et qui me connais en particulier. Tu sais que je n'ai pas l'habitude de laisser des questions professionnelles en suspens.

— Tu es venue ici pour des raisons *professionnelles* ?

Remerciant le ciel d'avoir eu la bonne idée de s'en munir, Juliet ouvrit son sac et en sortit l'article de la revue de Dallas.

— Je pense que ceci devrait t'intéresser…

Comme elle ne bougeait pas, Carlo fut contraint de s'approcher pour lui prendre le document des mains. L'odeur de son parfum lui fit mal. Trop de souvenirs, trop de souffrances étaient liés à ces fragrances.

— Tu as fait tout le voyage jusqu'à Rome pour me remettre un bout de papier en mains propres ?

— Commence peut-être par prendre connaissance de l'article avant que nous passions à autre chose.

Pendant un long, long moment, il maintint son regard rivé au sien. Puis il parcourut le texte des yeux.

— Encore du bla-bla-bla de journaliste… Hé ! Mais qu'est-ce que ça veut dire ? Elle se moque de moi ?

Au brusque changement de ton, les lèvres de Juliet frémirent.

— Il me semblait bien que ça retiendrait ton attention.

La liste d'insultes en italien qui suivit fut longue, mais Juliet identifia sans trop de mal les noms d'oiseaux dont il qualifia l'infortunée Jenny Tribly. Il marmonna ensuite quelque chose au sujet d'un couteau qui lui aurait été planté dans le dos. Puis il réduisit l'article en une boule de papier serrée et visa le foyer de la cheminée éteinte à l'autre extrémité de la pièce. Juliet nota, non sans intérêt, qu'il atteignit sa cible.

— *Porca miseria!* Mais à quoi pensait-elle, cette fille ?

— A faire son travail. Avec un peu trop d'enthousiasme.

— Son *travail* ? C'est du travail de journaliste, ça, de recopier mes recettes ? Et de travers, en plus !

Outré, il se mit à arpenter la pièce en gesticulant.

— Elle s'est trompée dans les proportions. Les quantités sont fausses ! Trop de zeste d'orange dans mon sauté de veau ! Un scandale !

— J'avoue que l'erreur de proportions m'a échappé. Quoi qu'il en soit, tu as le droit d'exercer des représailles.

— Des représailles ?

Le mot lui plut et il gesticula de plus belle.

— C'est juste. Je vais prendre l'avion pour Dallas et lui tordre son cou de poulet, à cette…

— C'est une possibilité, bien sûr.

Juliet dut s'interrompre et serrer les lèvres pour ne pas éclater de rire. Dire qu'elle s'était imaginé pouvoir vivre sans lui !

— Autre possibilité : lui intenter un procès. Mais après avoir étudié la question, je suis parvenue à la conclusion qu'une lettre ferme de protestation serait de loin la solution la plus satisfaisante.

— Tu plaisantes ! Cette fille m'assassine, elle massacre mon veau, et je me contenterais de protester vaguement par écrit !

Juliet s'éclaircit la voix et réussit à trouver des mots d'apaisement.

— Je comprends ton ressenti, Carlo. Mais je ne crois pas que Jenny Tribly ait pensé à mal. Souviens-toi de l'interview. Elle était intimidée, complètement novice, très peu sûre d'elle. Et tu lui as fait boire un cocktail. Ta présence, combinée à la margarita, a dû lui monter à la tête.

— Je rédigerai la lettre moi-même.

— Parfait. Et tu demanderas à ton avocat de la relire avant de l'envoyer.

Carlo la fusilla du regard. Puis son expression changea.

— C'est uniquement pour me parler de Jenny Tribly que tu as fait le voyage jusqu'ici ?

S'exhortant au courage, Juliet prit alors sa destinée en mains.

— Je suis venue à Rome, annonça-t-elle simplement.

Carlo jugea qu'il ne pourrait pas se rapprocher plus sans la toucher. Et s'il la touchait, il ne jurait plus de rien. La blessure ne s'était pas refermée. Il se demandait si la plaie ne resterait pas à jamais béante.

— Je vois que tu es venue à Rome. La question, c'est pourquoi ?

— Parce que je n'ai pas oublié.

Puisqu'il ne venait pas à elle, il ne lui restait plus qu'à faire un pas vers lui.

— Je ne pouvais pas oublier, Carlo. Tu m'as demandé de venir et j'ai eu peur. Tu m'as dit que tu m'aimais et je ne t'ai pas cru.

Il replia ses doigts pour obliger ses mains à se tenir tranquilles.

— Et maintenant ?

— Maintenant, j'ai encore peur. Dès l'instant où j'ai été seule, où j'ai su que tu étais parti pour de bon, je n'ai plus pu me raconter d'histoires. Même lorsqu'il m'a fallu admettre que je t'aimais, quelque part en cours de tournée, je pensais encore qu'il y aurait moyen d'en guérir.

— Juliet…

Il tendit les bras vers elle, mais elle recula d'un pas.

— Je crois qu'il vaut mieux que tu me laisses finir

d'abord… S'il te plaît, Carlo, l'implora-t-elle, en le voyant esquisser un mouvement dans sa direction.

— Alors, finis vite. J'ai besoin de te sentir contre moi.

— Oh ! Carlo…

Elle ferma les yeux et lutta pour ne pas perdre le fil de ses arguments.

— Je veux croire qu'une vie avec toi est possible sans que j'aie à renoncer à qui je suis, à qui j'ai besoin d'être. Mais je t'aime tellement, tu vois, que j'ai peur de tout lâcher sur un coup de tête, dès l'instant où tu me le demanderas.

— *Dio,* quelle femme !

Ne sachant si elle devait le prendre pour une insulte ou un compliment, Juliet se tint coite. Carlo, lui, entreprit de faire le tour de la pièce, les mains enfoncées dans les poches.

— Tu ne comprends donc pas que je t'aime trop pour te demander de changer, Juliet ! Si je t'aime, c'est précisément parce que tu es qui tu es. Et la logique veut que si j'aime Juliet Trent parce qu'elle est Juliet Trent, alors, je ne peux avoir qu'un désir : qu'elle reste Juliet Trent !

— Oui, mais… je…

— Je sais, je sais. Je me suis mal exprimé, l'autre fois. Cette nuit-là, lorsque je t'ai dit que je t'aimais, je m'y suis pris comme le dernier des ânes. J'étais dans l'urgence de vouloir te retenir, j'avais une peur bleue de te perdre, je ne savais pas comment te faire comprendre que toi et moi, ça ne devait pas s'arrêter là. Mais les mots qui viennent si facilement lorsqu'il s'agit de n'importe quelle femme se dérobent quand ils s'adressent à la femme unique.

— Je n'ai pas su croire à ton « je t'aime », chuchota-t-elle.

Avant qu'elle ait pu l'en empêcher, il lui avait saisi les mains et les avait portées à ses lèvres.

— J'ai repensé à ce que je t'ai dit, ce soir-là. Tu as cru que je te demandais de renoncer à ta vie pour me suivre ici. Ce que j'attends réellement de toi, c'est à la fois moins et beaucoup plus que ça. J'aurais dû te dire : « Juliet, tu es devenue ma vie et sans toi, je ne suis plus que la moitié de moi-même. Inventons une façon d'être ensemble. »

— C'est ce que je voudrais aussi.

Elle se coula dans ses bras.

— Je suis jeune, je peux encore repartir de zéro. Je commencerai par prendre des cours intensifs d'italien. Il doit bien se trouver un éditeur, ici, à Rome, qui voudra s'attacher les services d'une attachée de presse américaine.

Il l'écarta de lui pour plonger son regard dans le sien.

— Comment ça, repartir de zéro ? Tu veux monter ta propre agence. Tu me l'as dit.

— Ça n'a pas d'importance. Je peux…

— Si, Juliet, ça a une grande importance, au contraire. Pour toi, mais aussi pour moi. Dans un an ou deux, tu auras ta propre agence, à New York. Qui mieux que moi sait que tu es faite pour réussir brillamment dans ton métier ? J'ai envie de pouvoir me vanter de toi autant — sinon plus — que je me vante de moi-même.

Elle ne put s'empêcher de rire.

— Mais ton restaurant est ici, à Rome.

— Absolument. Aussi, j'ai pensé que tu pourrais peut-être envisager d'ouvrir une antenne ici. Apprendre l'italien me paraît être une excellente décision. Je te l'enseignerai moi-même, avec toute l'intensité voulue.

— Je ne suis pas sûre de comprendre, Carlo… A quoi ressemblera notre vie, si tu travailles à Rome alors que ma base reste New York ?

Il l'embrassa parce que cela faisait trop longtemps. Puis la serra fort contre lui car elle était prête à lui offrir ce qu'il n'attendait pas d'elle. Ce qu'il ne se serait jamais permis de lui demander.

— Je n'ai pas encore eu le temps de t'exposer mes projets,

mais j'envisage d'ouvrir un second restaurant. Franconi's, c'est à Rome, bien sûr — le meilleur, l'inégalable.

Juliet chercha de nouveau ses lèvres, envoyant momentanément valser tout autre projet d'avenir que celui de quémander un baiser.

— Inégalable, bien sûr.

— Et un nouveau Franconi's à New York serait simplement deux fois meilleur que le meilleur.

— A New York !

Elle releva la tête, chercha son regard.

— Tu penses ouvrir un restaurant à *New York* ?

— Je fais plus qu'y penser. J'ai déjà quelqu'un sur place qui recherche l'emplacement idéal. Tu vois, Juliet, tu ne m'aurais pas échappé bien longtemps.

— Tu serais revenu me chercher ?

— J'attendais juste le temps nécessaire pour me calmer, afin d'être certain de ne pas t'étrangler. Nous avons nos racines dans deux pays ; nos vies s'ancreront donc entre New York et Rome.

La solution était si simple ! Elle avait juste oublié l'infinie générosité de Carlo. A présent, elle se souvenait de tout ce qu'ils avaient déjà partagé. De tout ce qu'il leur restait encore à mettre en commun.

Elle cligna des yeux pour chasser les larmes qui menaçaient de déborder.

— Je suis désolée, Carlo. Je n'ai pas su te faire confiance.

— Pas plus que tu ne t'es fait confiance à toi-même.

Il prit son visage entre ses paumes et glissa les doigts dans ses cheveux.

— *Dio,* Juliet, tu m'as tellement manqué ! Je veux que nous échangions nos alliances, que tu portes ma marque comme je porterai la tienne.

— Il faut beaucoup de temps pour se marier en Italie ?

Il la fit tourbillonner dans ses bras, un sourire radieux sur les lèvres.

— J'ai des relations. Dès la fin de la semaine, tu m'auras… comment on dit déjà ? Sur le dos !

— Et vice versa. Emmène-moi dans ton lit, Carlo.

Elle pressa son corps contre le sien, éprouva sa rassurante solidité, consciente que, très vite, il lui faudrait plus de proximité encore.

— Je te veux en moi, chuchota-t-elle. Je veux que tu me montres à quoi ressemblera notre vie.

— Souvent j'ai pensé à toi, ici… Avec moi. Dans cette maison.

Se souvenant des paroles qu'elle lui avait jetées à la figure, il lui embrassa la tempe, puis s'écarta d'elle pour ne plus lui tenir que les mains.

— Tu sais que je n'ai pas vécu comme un moine, *cara*. Je ne m'en suis jamais caché. Je ne peux pas réécrire le passé et je n'en ai pas le désir. Il y a eu beaucoup de femmes dans mon lit avant toi, c'est vrai…

— Oh ! Carlo…

Elle serra ses doigts plus fort.

— Je n'ai aucune envie d'être la première femme dans ton lit. Je préfère être la dernière.

— Juliet, *mi amore*. Mon cher, mon tendre, mon pragmatique amour. C'est avec toi que j'ai envie de réinventer la vie tous les matins.

Elle posa un doigt sur ses lèvres.

— Chut ! Tu les entends ?

— Quoi ?

— Les flonflons du manège. La musique.

Elle lui ouvrit les bras.

— Il tourne toujours, on dirait. On repart pour un grand tour ?

AU FEU DE LA PASSION

1

Il était sûr que l'encens et les bougies feraient partie du décor, aussi incontournables que la boule de cristal, le jeu de tarots et le marc de café. Cette incursion dans le monde de l'irrationnel constituait pour lui une expérience inédite qu'il n'aurait manquée à aucun prix. Producteur de documentaires pour la télévision, David Brady mettait un point d'honneur à s'impliquer personnellement dans la plupart de ses reportages. Mais plus que la conscience professionnelle, c'est la curiosité qui l'avait poussé à aller lui-même interviewer cette voyante.

Contre toute attente, elle ne portait pas de turban. La femme qui lui ouvrit la porte du coquet pavillon de Newport Beach avait l'allure de quelqu'un qui fréquente les tables de bridge plutôt que les tables de spiritisme. Elle sentait la poudre de riz, et non le musc, comme il l'avait secrètement espéré. Un court instant, il crut avoir affaire à l'employée de maison ou à la dame de compagnie de la célèbre sibylle.

— Bonjour. Je suis Clarissa DeBasse, dit la femme, tout sourires. Entrez, monsieur Brady. Vous arrivez pile à l'heure.

— Madame DeBasse.

Masquant sa déconvenue, David serra la main qu'elle lui tendait. Certes, elle n'avait pas la tête de l'emploi, mais la grande majorité des spirites étaient en définitive des gens comme les autres. Sans aucun signe particulier.

— C'est très aimable à vous de me recevoir, dit-il. Mais comment avez-vous deviné qui j'étais ?

A sa poignée de main, Clarissa sentit d'instinct qu'elle avait affaire à un homme intègre et digne de confiance. C'était tout ce qu'elle lui demandait pour l'instant.

— Il ne s'agit pas de clairvoyance, expliqua-t-elle, mais de logique. Nous avions rendez-vous à 13 h 30.

Si son agent ne l'avait pas appelée pour le lui rappeler, David Brady l'aurait trouvée dans son potager, en train de biner ses salades.

— J'en déduis, poursuivit-elle d'un ton badin, que votre attaché-case contient non pas des échantillons de lessive, mais le contrat que je suis censée signer. Je parie également que le trajet depuis Los Angeles a été long et éprouvant, et que vous prendriez volontiers une tasse de café.

— Exact.

Il entra dans la salle de séjour, une pièce accueillante, avec de jolis rideaux bleus aux fenêtres et un canapé trois places qui s'affaissait dans le milieu.

— Asseyez-vous, monsieur Brady. Le café est encore chaud. Il n'attendait plus que vous.

Se méfiant du canapé, David s'installa dans un fauteuil tandis que Clarissa prenait place en face de lui et servait le café dans deux tasses et sous-tasses dépareillées. Habitué à se fier à sa première impression, David sut d'emblée à quoi s'en tenir. Avec sa silhouette tout en courbes gracieuses et sa robe de coton à fleurs, Clarissa ne correspondait décidément pas à l'image qu'il s'en était faite. Elle avait un joli visage, assez peu marqué. Elle avait aussi un très bon coiffeur : sa coupe de cheveux était irréprochable, et son blond cendré très naturel. Lorsqu'elle lui tendit sa tasse, il remarqua qu'elle portait des bagues à presque tous les doigts. Voilà qui le rassurait un peu, d'une certaine manière.

— Merci, vous êtes très aimable, dit-il. Mais pour être tout à fait franc, pas du tout telle que je vous imaginais.

Nullement décontenancée, elle se carra dans son fauteuil.

— Vous vous attendiez peut-être à ce que je vous ouvre la porte avec une boule de cristal dans les mains et un corbeau sur l'épaule ?

Son regard ironique en aurait mis plus d'un à la torture. Mais David, lui, haussa les sourcils.

— Quelque chose dans ce goût-là.

Il but une gorgée de café, qu'il se retint de recracher. Amer, le breuvage avait au moins le mérite d'être chaud.

— J'ai lu pas mal de choses à votre sujet, continua-t-il. Et je vous ai vue dans *The Barrow Show*. A l'écran, vous êtes... très différente.

— Le show-biz, que voulez-vous ! Vous avez de la chance de me voir chez moi : en règle générale, je laisse à mon agent le soin de négocier mes contrats. Mais comme vous teniez beaucoup à me rencontrer, j'ai pensé que nous serions plus à l'aise ici pour faire connaissance.

David acquiesça, charmé par les fossettes qui se dessinaient dans ses joues quand elle souriait.

— Je vous ai déçu, si je comprends bien, déclara-t-elle tout à trac en le fixant droit dans les yeux.

— Non, pas du tout.

N'allant pas pousser la politesse jusqu'à finir son café, David reposa sa tasse.

— Madame DeBasse...

— Clarissa, rectifia-t-elle avec un sourire si chaleureux qu'il n'eut pas à se forcer pour sourire à son tour.

— Clarissa, je préfère jouer cartes sur table.

— Cela tombe bien, moi aussi !

Il y avait une telle candeur dans son regard qu'il en fut un instant déconcerté. Si cette femme était un vulgaire escroc, une arnaqueuse professionnelle, elle cachait bien son jeu.

— J'ai un esprit très cartésien, dit-il. Les phénomènes psychiques, la divination, la télépathie ne font pas partie de mon univers quotidien.

Les mains croisées sur les genoux, elle l'écoutait avec bienveillance sans trahir aucune émotion particulière. Cette impassibilité acheva de le déstabiliser.

— La série d'émissions que j'entends consacrer à la parapsychologie n'a pour moi d'autre vocation que de distraire les téléspectateurs.

— Je comprends, et je ne vous en tiens pas rigueur.

Un gros matou noir, surgi de nulle part, bondit soudain sur ses genoux. Machinalement, Clarissa se mit à le caresser.

— A mon âge et avec mon expérience, je commence à avoir l'habitude. Je sais que ces choses-là fascinent beaucoup de gens, et les interpellent. Je ne suis pas une fanatique, rassurez-vous, dit-elle en dorlotant le chat pelotonné sur ses genoux. Il se trouve que j'ai reçu un don à ma naissance, et que j'ai le devoir de le mettre à profit.

— Le devoir ?

Il fouilla dans ses poches à la recherche de ses cigarettes. Il n'y avait pas de cendrier.

— Absolument. Tenez, prenez ça, dit Clarissa en sortant du tiroir de la table basse une coupelle de faïence bleue. Lorsqu'un enfant se voit offrir une caisse à outils pour son anniversaire, il a deux options : soit il apprend à s'en servir, auquel cas il va pouvoir réparer toutes sortes de choses, et éventuellement scier les pieds de la table, soit il fourre la boîte dans un placard et n'y pense plus. C'est cette dernière option que choisissent la plupart des médiums. Ils trouvent les outils trop difficiles à manipuler, ou n'ont tout simplement pas envie de se compliquer la vie. Avez-vous déjà eu une expérience psychique, David ?

Il alluma une cigarette.

— Non, jamais.

— Vous semblez bien sûr de vous. Ne me dites pas que vous n'avez jamais éprouvé une impression de déjà-vu ?

Il réfléchit un instant.

— On a tous eu, à un moment ou à un autre, la sensation d'avoir déjà fait telle chose, ou déjà visité tel endroit.

— Peut-être. Et l'intuition, vous en faites quoi ?

— Vous considérez l'intuition comme un don surnaturel ?

— Oui, bien sûr. Tout dépend de sa force et de la manière dont elle est canalisée et utilisée. Les gens n'exploitent pour la plupart qu'une infime partie de leurs facultés.

— C'est l'intuition qui vous a permis de retrouver Matthew Van Camp ?

Une ombre passa dans le regard de la voyante.

— Non.

Cette femme était décidément déconcertante. L'affaire Van Camp l'avait propulsée sur le devant de la scène. Il pensait qu'elle ne demanderait pas mieux que d'en parler, de s'étendre sur le sujet. De toute évidence, il se trompait.

Perplexe, David expira lentement la fumée de sa cigarette sous l'œil circonspect du chat.

— Clarissa, cette histoire remonte à dix ans en arrière, mais elle reste l'une de vos plus belles réussites, même si elle est également la plus controversée.

— C'est exact. Matthew a vingt ans, maintenant.

— On dit qu'il serait mort si Mme Van Camp n'avait pas insisté, contre l'avis de son mari et celui de la police, pour que vous participiez à l'enquête.

— On dit aussi que cette affaire a été un coup monté de A à Z, rétorqua-t-elle d'un ton égal. La carrière d'Alice Van Camp a redémarré en flèche, après cette histoire. Vous avez vu le film ? Il est magnifique et elle joue divinement bien.

Si elle croyait noyer le poisson, elle se trompait. Il n'était pas venu pour parler avec elle de cinéma.

— Ecoutez, Clarissa, pour les besoins de l'émission, il faudrait que vous m'en disiez un peu plus sur cette affaire.

Elle se rembrunit et fit la moue, sans cesser toutefois de caresser son chat.

— Ce que vous me demandez là est un peu délicat, David. Les Van Camp ont été gravement traumatisés par cette histoire. La remettre sur le tapis risquerait de réveiller en eux de très mauvais souvenirs.

En vrai professionnel, David savait quand et comment négocier.

— Et si les Van Camp donnaient leur accord ?

— Il faudrait voir, dit-elle en considérant pensivement le chat qui s'était mis à ronronner avec un bruit de tondeuse à gazon. Vous savez, David, j'aime beaucoup vos émissions. S'il était passionnant, votre reportage sur l'enfance maltraitée était aussi très dérangeant.

— C'était le but recherché.

— Oui, je l'avais deviné.

Elle faillit lui confier que bien d'autres choses étaient dérangeantes, mais il était trop tôt pour lui parler plus avant de ses facultés et de sa manière de les gérer.

— Et là, avec ce sujet, vous espérez quoi ? demanda-t-elle.

— J'aimerais réaliser un bon reportage, qui donne à réfléchir et invite à se poser des questions.

En la voyant sourire, il comprit qu'il avait bien fait de ne pas chercher à la berner.

— Et vous, vous vous en posez ?

Il écrasa son mégot de cigarette dans la coupelle.

— Je réalise l'émission. Le reste va dépendre de vous.

Sa réponse parut la satisfaire au-delà de toute espérance.

— Vous êtes quelqu'un de bien, David. J'accepte de vous aider.

— Voilà qui fait plaisir à entendre. Je suppose que vous souhaitez jeter un coup d'œil au contrat et…

— Non, coupa-t-elle au moment où il s'apprêtait à ouvrir son attaché-case. Vous verrez cela avec mon agent.

— Parfait, dit-il, soulagé de ne pas avoir à traiter directement avec elle. Si vous me communiquez ses coordonnées, je lui ferai parvenir le contrat sans délai.

— Il s'agit de l'agence Fields, à Los Angeles.

Cette information le laissa bouche bée. Mine de rien, elle s'offrait les services de l'une des plus prestigieuses agences artistiques de la côte Ouest.

— Je prends contact avec elle cet après-midi même. Je suis ravi de travailler avec vous, Clarissa.

— Vous permettez que je regarde les lignes de votre main ?

S'il n'avait pas été assis, il serait tombé à la renverse. Docile, il lui tendit sa paume.

— Vais-je partir en croisière ?

Elle ne sourit pas, mais ne s'offusqua pas non plus de sa plaisanterie. Elle n'accorda qu'un bref regard à sa main, se concentrant plutôt sur son visage, qu'elle scruta avec une froideur d'entomologiste. Agé d'une trentaine d'années, le spécimen observé était un beau brun à l'air ténébreux. Il avait des traits virils, et sous ses sourcils épais et noirs de jais, ses yeux vert pâle apportaient une douceur inattendue. La bouche était charnue, sensuelle à souhait. Carrée mais élégante, la main qu'elle tenait dans la sienne avait de longs doigts fins. Cette main d'artiste paraissait incongrue sur une silhouette athlétique comme la sienne. Mais Clarissa voyait bien au-delà des apparences.

— Vous êtes un homme solide, David, tant sur le plan physique qu'intellectuel et émotionnel.

— Je vous remercie.

— Ne croyez pas que je cherche à vous flatter. Dans vos relations avec les femmes, cette force peut vous jouer des tours si vous ne la tempérez pas par un peu de tendresse. C'est pour cela, je suppose, que vous n'êtes pas marié.

Il dressa l'oreille, brusquement intéressé par ses révélations. Mais l'absence d'alliance à son annulaire avait probablement suffi à la renseigner sur son statut marital.

— Aussi banal que cela puisse paraître, je n'ai pas rencontré la femme de ma vie.

— Pour banal que ce soit, c'est parfaitement vrai dans votre cas. Il vous faut une femme dotée d'une force égale à la vôtre. Vous allez la rencontrer très prochainement. Cela n'ira pas de soi, bien entendu. Si vous voulez que ça marche, vous avez intérêt, l'un et l'autre, à ne pas négliger la tendresse dont je vous parlais il y a un instant.

— Je vais donc rencontrer la femme de ma vie, l'épouser et avoir avec elle beaucoup d'enfants ?

— Je ne prédis pas l'avenir, déclara Clarissa. Jamais. Et je ne lis les lignes de la main qu'à quelques rares privilégiés. Mais quelque chose me dit que vous et moi allons nous voir souvent et que nous serons très vite étroitement liés. Cette perspective n'est pas pour me déplaire, dit-elle en guise de conclusion avant de lâcher la main de David.

— A moi non plus, dit David en se levant. J'espère vous revoir bientôt, Clarissa.

— Je l'espère aussi.

Elle se leva à son tour et posa délicatement le chat par terre.

— File, à présent, Mordred.

David suivit des yeux l'animal qui sauta d'un bond sur le canapé à moitié défoncé.

— Mordred ? Le traître des chevaliers de la Table ronde ?

— La légende ne l'a pas gâté, dit Clarissa. Il est vrai qu'il n'a pas eu de chance. Difficile d'échapper à son destin, n'est-ce pas ?

Elle le scruta de nouveau bizarrement, comme si elle cherchait à percer ses secrets les mieux gardés.

— Oui, sans doute, murmura David tandis que son hôtesse le raccompagnait à la porte.

— J'ai beaucoup apprécié notre conversation, David. Revenez quand vous voulez.

Il reviendrait, songea-t-il, une fois dehors. Il ne savait pas d'où lui venait cette certitude, mais une chose était sûre : il reviendrait.

— Je n'ai jamais dit le contraire, Abe. Ce type est un excellent réalisateur, mais Clarissa et lui, ça ne collera pas, si tu veux mon avis.

A.J. Fields arpentait la pièce de cette démarche fluide et décidée qui dénotait chez elle un trop-plein d'énergie. Elle s'immobilisa un instant pour rectifier la position d'un tableau sur le mur. Puis elle se tourna vers son associé, Abe Ebbitt, assis à son bureau, les mains comme d'habitude croisées sur le ventre. Ses lunettes lui tombaient sur le nez, mais il n'en avait cure. Placide, il regardait A.J. s'agiter.

— Tu as vu ce qu'il est prêt à payer ? demanda-t-il en grattant sur son crâne d'œuf une maigre touffe de cheveux.

— Clarissa n'a pas besoin d'argent.

Abe faillit sortir de ses gonds. Comment A.J. pouvait-elle proférer une telle énormité ?

— Et la notoriété ? risqua-t-il d'une voix calme.

— Je ne suis pas sûre que cette notoriété-là l'intéresse.

— Tu la couves trop, A.J.

— Je suis là pour ça, répliqua-t-elle en s'asseyant sur le coin de son bureau.

Quand elle fronçait les sourcils, c'était mauvais signe. Abe savait qu'il ne pourrait rien en tirer, aussi préféra-t-il ne pas insister. Il avait pour elle beaucoup de respect et d'admiration et c'est pourquoi, lui, l'agent fétiche des grandes stars d'Hollywood, travaillait avec elle plutôt qu'à son compte. Il aurait pu être son père. Ou son patron.

Dix ans plus tôt, c'est elle qui aurait été sous ses ordres et non l'inverse. Mais cette hiérarchie ne le dérangeait pas. Comme il se plaisait à le dire, seul un homme de génie pouvait tenir tête à une femme de génie. Et il fallait bien reconnaître qu'à eux deux, ils formaient une sacrée équipe.

— Elle a accepté de faire cette émission, marmonna A.J. au bout de trois minutes. J'ai l'impression…

Elle se mordit la lèvre. Cette expression, elle l'avait bannie de son vocabulaire.

— J'ai bien peur, corrigea-t-elle, que ce ne soit une erreur. Elle risque d'être tournée en ridicule et ça, je ne le veux à aucun prix.

— Tu devrais lui faire un peu plus confiance. Et veiller à ne jamais faire entrer les sentiments dans les affaires.

— J'essaie, Abe, tu le sais bien.

C'était la clé de sa réussite, le premier commandement de son décalogue personnel. Par la force des choses, elle avait appris très jeune à se distancier de ses émotions. Grandir avec une mère distraite au point d'oublier de payer les traites de la maison ne vous donne pas vraiment le choix. Ou vous tenez les cordons de la bourse et gérez les comptes, ou vous coulez corps et biens. A.J. y avait tellement pris goût qu'elle avait décidé d'en faire son métier. Elle n'avait pas sa pareille pour veiller sur les intérêts d'une célébrité, promouvoir sa carrière et lui éviter les faux pas. Son agence artistique, en plein centre-ville, témoignait de sa réussite. Mais elle n'avait pas fait carrière en acceptant n'importe quoi.

— Je vois Brady cet après-midi. Ma décision dépendra de ce qu'il ressortira de cette entrevue.

Abe lui décocha un sourire complice.

— Tu vas lui demander combien ?

— Je me contenterai de dix pour cent. Mais avant d'aborder l'aspect financier, je tiens à savoir exactement ce qu'il compte mettre dans ce reportage et quelle position il entend défendre.

— Il paraît que c'est un dur à cuire.

— On dit la même chose de moi, rétorqua A.J. du tac au tac.

— Tu ne vas en faire qu'une bouchée, prédit Abe en s'extirpant péniblement de son fauteuil. Il faut que j'y aille, ma grande; j'ai un rendez-vous. Tiens-moi au courant.

— Bien sûr.

A.J. ne vit même pas son associé sortir. Le regard fixe, elle se préparait mentalement à rencontrer David Brady. Elle aimait ce qu'il faisait, et cela ne pouvait que la disposer favorablement à son égard car elle était plutôt exigeante, même s'il lui arrivait, dans certaines circonstances et moyennant un cachet confortable, de laisser ses clients jouer les potiches dans des spots publicitaires minables. Mais Clarissa DeBasse n'était pas une cliente comme les autres. Elle était sa première cliente. La seule à lui avoir fait confiance dans les premiers temps de son activité. Alors cette cliente-là, c'était assez normal qu'elle la chouchoute, qu'elle la *couve*, comme disait Abe. David Brady avait beau réaliser de remarquables documentaires pour la télévision, il allait devoir se montrer convaincant s'il voulait obtenir l'aval d'A.J. Fields, et donc la participation de Clarissa à son émission.

A une époque, A.J. elle-même avait dû faire ses preuves. Les quinze personnes qui travaillaient sous ses ordres aujourd'hui dans un luxueux complexe de bureaux n'avaient pas toujours été là. Dix ans plus tôt, elle courait après les clients et négociait les contrats depuis une cabine téléphonique en se vieillissant pour être plus crédible. Il fallait avoir du cran pour confier sa carrière à une gamine de dix-huit ans. Clarissa n'avait pas hésité.

La jeune femme roula les épaules pour se débarrasser d'un début d'ankylose. Le problème avec Clarissa, c'était qu'elle était tête en l'air à un point inimaginable. A.J. devait tout gérer à sa place, aussi bien ses rendez-vous que sa carrière.

Elle avait l'habitude. Sa mère était une femme adorable, mais définitivement fâchée avec les contingences du quotidien. A dix ans, A.J. tenait les comptes de la maison, dressait la liste des courses et congédiait les représentants de commerce qui sonnaient à la porte. Non qu'elle soit affligée d'une mère indigne ou déclarée irresponsable. Elle avait grandi dans un climat favorable à son épanouissement intellectuel et affectif. Mais les rôles avaient été inversés.

C'est la vie, songea A.J. en se levant. *On n'échappe pas à son destin*. Et ce n'était pas Clarissa qui la contredirait.

Contournant son bureau, elle alla s'asseoir dans son fauteuil, une monstruosité qui jurait avec le reste du mobilier, sobre et épuré, mais était prétendument parfaitement assorti à la couleur de ses yeux. Il n'y avait que sa mère pour lui offrir un fauteuil en cuir bleu saphir !

A.J. saisit en soupirant le contrat DeBasse. Elle avait le temps de l'éplucher une dernière fois avant l'arrivée de David Brady. Il ne lui fallut que quelques secondes pour recentrer ses pensées sur le contrat qu'elle avait sous les yeux, mais pas loin d'une heure pour le relire attentivement. Elle finissait de prendre des notes quand sa secrétaire l'avertit de l'arrivée de M. Brady.

Lorsque la porte s'ouvrit, elle se leva, le salua et lui tendit la main, mais veilla à rester derrière son bureau. Il était capital de montrer d'emblée qu'elle était en position de force. De plus, en le laissant venir à elle, elle se donnait le temps de le jauger et de se forger une première idée du personnage. Avec un physique aussi avantageux, il aurait pu être un de ses clients. Lui décrocher des contrats aurait été pour elle un jeu d'enfant. Comme inspecteur de police taciturne, ou cow-boy solitaire, il aurait fait merveille au cinéma. Dommage…

David put lui aussi mettre à profit les quelques mètres qui le séparaient du bureau pour observer son interlocutrice tout à loisir. Il ne l'imaginait pas aussi jeune. Ni aussi mignonne — dans le genre strict, limite coincé. Pas assez de formes à son goût, songea-t-il distraitement. La coupe ample de son tailleur ne la mettait guère en valeur, et seul son chemisier vermillon apportait une touche de fantaisie à sa tenue. Mais elle avait une très jolie bouche et des yeux d'un bleu hallucinant, en partie masqués par des lunettes qui lui mangeaient le visage. Ils échangèrent une poignée de main tout ce qu'il y a de plus formelle.

— Asseyez-vous, je vous en prie. Dois-je vous faire servir un peu de café ?

— Non, merci.

David attendit pour s'asseoir qu'elle ait elle-même pris place dans son fauteuil. Lorsqu'elle croisa les mains sur le contrat, il constata qu'elle ne portait ni bagues ni bracelets. Juste une montre.

— Je crois savoir que nous avons des relations communes, mademoiselle Fields. C'est curieux que nous ne nous soyons jamais rencontrés…

— Oui, en effet, admit-elle avec un sourire bref. Mais en tant qu'agent, je préfère rester dans l'ombre. Vous avez fait la connaissance de Clarissa DeBasse, je crois ?

— Oui, absolument.

Ils étaient partis pour tourner autour du pot un bon moment, conclut David en se carrant dans son siège.

— Elle est charmante. Je ne vous cacherai pas que je l'imaginais autrement, disons plus… excentrique.

Cette fois, A.J. sourit pour de bon et David révisa son jugement : elle était carrément jolie et, en d'autres circonstances, il n'aurait pas hésité à lui faire la cour.

— Oui, Clarissa est assez déconcertante. En ce qui

concerne votre projet, je ne le trouve pas assez détaillé. J'aimerais savoir *exactement* en quoi consiste ce reportage.

— Il s'agit d'un documentaire sur les phénomènes psychiques, englobant la voyance, la télépathie, la chiromancie, ainsi que tout ce qui a trait au spiritisme.

— Vous voulez dire les tables tournantes et les maisons hantées ?

David haussa les sourcils, surpris par la pointe de sarcasme qu'il perçut dans la voix de la jeune femme.

— Vous semblez très critique pour quelqu'un qui compte un médium parmi ses clients ?

— Ma cliente ne communique pas avec les morts et ne lit pas dans le marc de café, précisa A.J. en se renversant dans son fauteuil pour mieux asseoir son autorité. Si Mme DeBasse a prouvé à maintes reprises qu'elle avait le don de seconde vue, elle n'a jamais prétendu avoir des pouvoirs surnaturels.

— Supranormaux.

— Je vois que vous vous êtes documenté. Les spécialistes parlent effectivement de phénomènes « supranormaux ». Mais Clarissa n'est pas du genre à se faire mousser.

— C'est précisément l'une des raisons pour lesquelles j'aimerais l'avoir dans mon émission.

L'emploi du possessif n'échappa pas à A.J. Si David Brady s'investissait personnellement dans son travail, c'était plutôt bon signe. Il n'allait pas s'amuser à se ridiculiser.

— J'ai discuté avec des voyantes, des scientifiques, des parapsychologues et des bohémiennes, continua-t-il. Vous n'imaginez pas tout ce que j'ai pu entendre.

— Oh si, je l'imagine très bien !

— Certains témoignages étaient complètement farfelus, d'autres parfaitement véridiques. Je me suis entretenu avec les directeurs de plusieurs instituts de parapsychologie réputés. Tous m'ont parlé de Clarissa.

— Clarissa s'est toujours mise à leur disposition. Elle a accepté tous les tests et contrôles possibles et imaginables.

David s'étonna, là encore, de l'aigreur de ses propos. Quand sa cliente jouait les cobayes, A.J. ne percevait bien sûr aucune commission. C'était peut-être ce qui lui était resté en travers de la gorge…

— Je veux explorer le champ d'application des sciences dites occultes, et en fixer les limites. Le public sera invité à poser des questions. En cinq fois une heure, je peux aborder un grand nombre de phénomènes.

D'un geste étudié, qu'elle pratiquait depuis des années, A.J. se mit à pianoter du bout des doigts sur son bureau.

— Et en quoi, au juste, consiste la prestation de ma cliente ?

Clarissa DeBasse était sa carte maîtresse, mais David jugea préférable de ne pas la jouer tout de suite.

— Mme DeBasse est une célébrité. Elle a prouvé qu'elle avait réellement un don de seconde vue. Notamment à l'occasion de l'affaire Van Camp.

— Cela remonte à dix ans, fit remarquer A.J. en tripotant un crayon.

— Mais tout le monde a encore les faits présents à l'esprit. Le fils d'une star de cinéma est kidnappé sous les yeux de sa nourrice. Les ravisseurs exigent un demi-million de dollars en échange de l'enfant. La mère, complètement paniquée, s'emploie aussitôt à rassembler la somme. La police patauge. Au bout de quarante-huit heures, l'enquête n'ayant pas avancé d'un pouce, la mère contacte une amie : une voyante qui lui a fait son thème astral et qui lit parfois les lignes de la main. La voyante accourt et touche des objets appartenant à l'enfant — son gant de base-ball, sa peluche préférée, le haut de pyjama qu'il a porté la nuit précédant l'enlèvement. Elle peut alors décrire les ravisseurs et localiser l'endroit où l'enfant est retenu prisonnier. Elle va jusqu'à dépeindre la pièce dans laquelle il se trouve, précisant que le plafond est écaillé. Le soir même, l'enfant est rendu à ses parents.

David prit une cigarette, l'alluma et souffla la fumée.

— Un tel exploit ne s'oublie pas comme ça, mademoiselle Fields. L'intérêt du public sera aussi vif aujourd'hui qu'il y a dix ans.

Elle se taisait, luttant pour garder son calme et se maudissant intérieurement de ne pas y parvenir.

— Beaucoup de gens pensent que l'affaire Van Camp est un coup monté. Cela risque de relancer la polémique. Ma cliente devra de nouveau prêter le flanc à la critique.

— Elle a l'habitude, je suppose.

Si le regard d'A.J. avait été une mitraillette, il aurait été tué sur le coup.

— Il n'empêche que je ne vais pas la laisser aller au casse-pipe. Si c'est pour la mettre à l'épreuve que vous l'invitez dans votre émission, il est hors de question qu'elle signe ce contrat.

— Ecoutez, mademoiselle Fields, je sais bien que vous êtes payée pour protéger les intérêts de vos clients, mais là, je ne vous comprends pas. Chaque fois qu'elle fait l'actualité, Clarissa est mise à l'épreuve. Si les caméras et les questions lui sont à ce point préjudiciables, elle devrait peut-être changer de métier. Vous êtes son agent : je pensais que vous croiriez un peu plus en ses facultés.

— Peu importe ce que je crois !

Elle s'apprêtait à se lever pour les renvoyer, lui et son contrat, lorsque son téléphone sonna. Etouffant un juron, elle décrocha le combiné.

— Je ne veux pas être dérangée, Diane. Qui ? Ah, très bien. Passez-la-moi.

— Je suis désolée de te déranger au bureau, A.J.

— Ce n'est pas grave, mais je suis en rendez-vous, alors…

— Oui, je sais, répondit Clarissa d'un ton contrit. Avec cet homme exquis qu'est David Brady.

— Cette opinion n'engage que toi.

— Je me doutais que la confrontation serait houleuse. Mais, tu sais, j'ai bien réfléchi : ce contrat, je vais le signer. Je n'oublie pas que tu es mon agent, rassure-toi. Je te laisse régler tous les détails et négocier ce qui peut l'être, mais je veux faire cette émission. Je sens qu'il faut que je la fasse.

A.J. comprit à son ton que sa décision était irrévocable. Contre les intuitions de Clarissa, elle n'avait aucune chance.

— Il faudrait peut-être que nous en parlions, suggéra-t-elle.

— Oui, bien sûr. Mais commence par fignoler ce contrat pour que je puisse le signer le plus vite possible.

Si elle ne s'était pas retenue, A.J. aurait envoyé des coups de pied dans son bureau.

— D'accord. Mais je tiens à ce que tu saches que *moi aussi*, j'ai un pressentiment.

— Cela ne m'étonne pas. Que dirais-tu de venir dîner à la maison, ce soir ?

A.J. reconnaissait bien là Clarissa, qui invitait les gens à manger pour mieux faire passer la pilule. Le hic, c'est qu'elle était une cuisinière exécrable.

— Ce soir, je ne peux pas. J'ai un repas d'affaires.

— Demain, alors ?

— Entendu. A demain soir.

Après avoir raccroché et s'être excusée auprès de David Brady, A.J. revint sur leur désaccord.

— L'affaire Van Camp n'étant pas mentionnée dans le contrat, c'est à Mme DeBasse de décider d'en parler ou non dans l'émission.

— Oui, bien sûr. Je me suis déjà mis d'accord avec elle sur ce point.

Il avait réponse à tout, le monstre ! A.J. eut la désagréable impression que Clarissa et lui avaient comploté dans son dos.

— Il faudrait par ailleurs préciser dans le contrat ce que vous attendez de Mme DeBasse.

— Pas de problème.

David comprit qu'il avait gagné la partie. Il s'en était fallu de peu qu'elle ne le fiche dehors. Le téléphone avait sonné à point nommé, et lui avait sauvé la mise. Il était prêt à parier sa chemise que c'était Clarissa qui avait appelé, obligeant A.J. à jouer en temps réel son rôle d'intermédiaire.

— Je vais faire modifier le contrat en conséquence, dit-il sans pouvoir réprimer un petit sourire satisfait. Vous en aurez un exemplaire dès demain.

Pas si vite !, songea A.J. en se calant dans son fauteuil.

— Si nous devons faire affaire, monsieur Brady, il reste un dernier point à éclaircir.

— Lequel ?

— Le cachet de ma cliente.

A.J. rajusta ses lunettes sur son nez et feuilleta le contrat.

— Il est très inférieur aux cachets qu'elle reçoit d'habitude. Vingt pour cent de plus nous semblent être un minimum.

David ne put masquer sa surprise. Il s'attendait à ce que la question du cachet vienne sur le tapis. Mais pas au dernier moment ! Il commençait à comprendre pourquoi A.J. Fields passait pour l'un des meilleurs agents artistiques de la côte Ouest…

— Comme vous le savez, la télévision publique ne dispose pas des mêmes moyens que les chaînes privées. En tant que producteur, je peux peut-être vous obtenir cinq pour cent, mais certainement pas vingt.

— C'est insuffisant, déclara A.J. en retirant ses lunettes.

Ses yeux paraissaient plus grands sans, et d'un bleu encore plus intense.

— Je sais que la télévision publique est pauvre. Je sais aussi, monsieur Brady, que vous êtes l'un des producteurs les mieux payés. Quinze pour cent ! conclut-elle avec un sourire enjôleur. C'est mon dernier mot.

Typique !, songea-t-il en soupirant. Ces agents étaient bien tous les mêmes ! Elle voulait dix pour cent, ces dix pour cent que son budget l'autorisait à lui concéder. Mais il fallait jouer le jeu jusqu'au bout.

— Mme DeBasse se voit déjà offrir bien plus que n'importe qui d'autre sous contrat chez nous.

— Elle est l'invitée vedette de votre émission. Je sais aussi ce qu'est l'audimat.

— Sept pour cent.

— Douze.

— Dix.

— Marché conclu ! dit A.J. en se levant. J'attends la version définitive du contrat.

— Vous l'aurez demain sans faute. S'il n'y avait pas eu ce coup de fil, commença David en se levant à son tour, vous m'auriez envoyé paître, n'est-ce pas ?

Elle le dévisagea. Ce type était d'une perspicacité redoutable. Et d'une habileté rare. Il allait plaire à Clarissa.

— Sans l'ombre d'un doute.

— Ne manquez pas de remercier Clarissa pour moi.

Lorsque d'un air suffisant, David lui tendit la main, A.J. sentit que son précieux sang-froid approchait de nouveau dangereusement du point d'ébullition.

— Au revoir, monsieur...

Soudain, la voix lui manqua. A peine l'avait-elle touché qu'un flot d'émotions tumultueuses la submergeait, lui fauchant les jambes.

— Mademoiselle Fields ?

Eût-il été un fantôme qu'elle ne l'aurait pas regardé autrement. Elle était blême, et la main qu'il tenait dans la sienne était molle et glacée. Machinalement, il la prit par le bras, certain qu'elle allait s'évanouir d'une seconde à l'autre.

— Vous devriez vous asseoir.

— Pardon ? dit A.J. en se dégageant. Non, tout va bien. J'ai eu une absence. Voilà ce que c'est que d'abuser du café et de ne pas assez dormir !

S'il l'approchait, s'avisait encore de la toucher, elle était perdue ! Il fallait absolument l'en empêcher.

— Je suis contente que nous soyons tombés d'accord, monsieur Brady. Je me charge de faire suivre le contrat à ma cliente.

Elle avait retrouvé ses couleurs et son regard n'avait plus cette fixité étrange et si impressionnante. David hésitait cependant à prendre congé. Elle avait quand même failli se trouver mal.

— Asseyez-vous, ordonna-t-il.

— Mais puisque je vous…

— Ne discutez pas : faites ce que je vous dis.

Il la prit par le coude et la força à s'asseoir.

— Vous tremblez comme une feuille.

Sans crier gare, il s'agenouilla devant elle.

— Je vous conseille d'annuler ce repas d'affaires et de vous offrir une bonne nuit de sommeil.

Elle croisa les mains sur ses genoux pour le dissuader de les prendre dans les siennes.

— Ne vous en faites pas pour moi.

— Quand une femme manque de s'évanouir à mes pieds, je me sens un peu obligé de m'en occuper.

Galvanisée par l'ironie qu'elle perçut dans ces mots, A.J. recouvra son sang-froid.

— Oh, pour ça, je vous fais confiance !

D'un geste nonchalant, il lui toucha la joue.

— Bas les pattes ! dit-elle en se dégageant d'une secousse.

Sa peau était d'une douceur infinie, constata-t-il *in*

petto en se promettant de revenir plus tard sur cette découverte.

— Je voulais juste m'assurer que vous alliez mieux, railla-t-il. Si cela peut vous rassurer, vous n'êtes pas du tout mon genre.

Elle le fusilla du regard.

— Encore une chance !

En la voyant bouillonner de rage contenue, David fut pris d'une furieuse envie de rire. Et d'un désir tout aussi irrépressible de la prendre dans ses bras.

— Diminuez le café, conseilla-t-il en se relevant avant de quitter la pièce à toute vitesse.

A.J. remonta ses genoux sous son menton et y posa son front. Seigneur ! songea-t-elle, atterrée. Comment allait-elle bien pouvoir se sortir de là ?

2

A.J. fut tentée de s'arrêter en chemin pour s'offrir un hamburger. Par flemme, elle y renonça mais se consola en pensant qu'il valait mieux qu'elle s'abstienne, si elle voulait faire honneur au dîner de Clarissa. Quand on a faim, on se montre généralement moins difficile.

Elle roulait avec le toit ouvert et essayait de se détendre. Mais les quarante minutes du trajet ne lui suffiraient probablement pas à décompresser. Le contrat que David Brady lui avait retourné comme prévu ayant été modifié selon ses désirs, elle n'avait pourtant aucune raison tangible de s'opposer à ce que sa cliente le signe. Depuis la visite de Brady, la veille, ses antennes vibraient en continu, cependant.

Sans doute sa réaction était-elle quelque peu excessive. Elle n'aurait jamais eu ce malaise ridicule, si elle ne s'était pas levée aussi brusquement. David Brady n'avait rien à voir là-dedans, essayait de se persuader A.J.

Au bout d'une quinzaine de kilomètres, force lui fut d'admettre qu'il était bel et bien fautif. Cet aveu la mit dans tous ses états.

Il fallait absolument qu'elle se calme avant d'arriver à Newport Beach. On ne pouvait rien cacher à Clarissa DeBasse, et A.J. savait qu'elle ne manquerait pas de l'interroger sur l'impression que lui avait faite David Brady.

Elle faillit s'arrêter sur le bord de la route pour l'appeler d'une cabine téléphonique et décommander. Mais là encore, elle renonça.

« Respire calmement ! » s'intima-t-elle en s'efforçant de se rappeler ses exercices de yoga. Lorsque la tension physique se fut un peu relâchée, elle mit la radio à fond pour s'empêcher de penser.

Comme toujours, la vue du minuscule pavillon, de sa pelouse impeccable et de ses coquets volets blancs l'emplit de fierté. Avec l'argent que lui avaient rapporté ses livres et ses passages à la télévision, Clarissa aurait pu s'acheter une villa à Beverly Hills. Mais elle ne s'y serait jamais sentie aussi bien que dans cette maison de poupée qu'A.J. l'avait aidée à choisir.

Calant sous son bras le sac contenant la bouteille de vin qu'elle avait apportée, A.J. poussa la porte, rarement verrouillée.

— Coucou ! Je suis un malfrat d'un mètre quatre-vingt-dix et cent trente kilos venu faire main basse sur les bijoux. Il faudrait juste me dire où ils se trouvent.

— Zut ! J'ai encore oublié de fermer la porte !

Clarissa sortit de la cuisine en s'essuyant les mains sur un tablier tout taché. Elle avait les joues rouges d'être restée au-dessus de ses casseroles, mais le sourire aux lèvres.

— Eh oui, tu as *encore* oublié ! dit A.J.

Tandis qu'elle embrassait Clarissa, elle essaya de deviner, juste à l'odeur, ce qu'il y aurait à manger.

— Un pain de viande, l'informa Clarissa d'un ton enjoué. J'ai une nouvelle recette.

— Oh.

A.J. aurait dû prendre un air réjoui, marquer d'une manière ou d'une autre son approbation. Au moins par politesse. Mais elle n'avait toujours pas digéré le dernier pain de viande qu'elle avait ingurgité chez Clarissa, aussi préféra-t-elle changer de sujet.

— Tu as une mine superbe, déclara-t-elle. On jurerait

que tu fais du jogging tous les matins et que tu as pris un abonnement chez Elizabeth Arden.

— Penses-tu ! Je me fiche pas mal de vieillir. Ce sont les soucis qui donnent des rides. Tu ferais bien de t'en souvenir.

— J'ai vraiment l'air d'une harpie ? s'enquit A.J. en posant son porte-documents sur le guéridon pour enlever ses chaussures.

— Je n'ai jamais dit ça. Mais tu as l'air préoccupée et ça se voit.

— Je meurs de faim, si tu veux le savoir. A midi, je n'ai rien avalé d'autre qu'un malheureux sandwich.

— Tu n'es pas raisonnable. Tu devrais faire des repas équilibrés. Je te l'ai dit cent fois. Suis-moi dans la cuisine. C'est pratiquement prêt.

Soulagée d'avoir réussi à noyer le poisson, A.J. lui emboîta le pas.

— Alors, reprit Clarissa, implacable. Qu'est-ce qui te tracasse ?

— J'étais *sûre* que tu ne lâcherais pas le morceau ! grommela A.J. tandis qu'on sonnait à la porte.

— Tu veux bien aller ouvrir ? demanda Clarissa en se précipitant sur ses casseroles. Il faut que je surveille les choux de Bruxelles.

— Des choux de Bruxelles ? Il ne manquait plus que ça !

A.J. regrettait de plus en plus de ne pas s'être arrêtée dans un fast-food.

— Vous n'avez pas l'air franchement ravie de me voir.

Une main sur la poignée de la porte, elle regardait David avec des yeux ronds.

— Que venez-vous faire ici ?

— Dîner, répondit-il sans se démonter. Même sans chaussures, remarqua-t-il en entrant, vous êtes plutôt grande pour une femme.

A.J. referma la porte sans chercher à masquer sa contrariété.

— Clarissa ne m'avait pas dit qu'il s'agissait d'un dîner d'affaires.

— Dans son esprit, ce n'en est pas un. Elle ne m'a pas invité pour parler affaires, mais par pure sympathie.

David se demandait ce qui le fascinait autant chez la rigide A.J. Fields. Il comptait sur cette soirée pour obtenir deux ou trois éléments de réponse.

— Pourquoi ne pas jouer le jeu ? demanda-t-il.

Par égard pour sa mère, qui s'était donné beaucoup de mal pour lui inculquer quelques principes d'éducation, la jeune femme se sentit obligée de faire bonne figure.

— Comme vous voudrez, David. Mais vous prenez des risques, sachez-le.

— Pardon ?

A.J. ne put s'empêcher de sourire.

— Nous allons manger du pain de viande. Le champagne, dit-elle en le débarrassant de la bouteille qu'il avait dans les mains, nous sera d'un grand secours. J'espère qu'à midi, vous avez fait un copieux déjeuner ?

Quand elle avait cet air espiègle, cette étincelle de malice dans les yeux, David la trouvait irrésistible.

— Pourquoi cette question ?

Elle lui tapota l'épaule.

— Vous le découvrirez bien assez tôt. En attendant, venez vous asseoir : je vais vous servir à boire.

— Aurora ?

— Oui ? répondit machinalement A.J.

— Aurora ? répéta David comme pour mieux juger de la sonorité de ce prénom. Cela vous va mieux que des initiales.

— Je vous préviens, dit la jeune femme, le regard flamboyant de colère, si vous vous avisez de diffuser l'info, je le saurai. Et je vous le ferai payer, croyez-moi !

Il se frotta l'arête du nez, peinant à garder son sérieux.

— Je serai muet comme une tombe.

— Aurora, c'était…, commença Clarissa en débouchant de la cuisine. David, bien sûr ! s'exclama-t-elle, avec un grand sourire. Comme c'est gentil à vous d'être venu.

Ils étaient l'un à côté de l'autre, remarqua-t-elle à part soi. Cela augurait d'un bon début.

— Et à vous de m'avoir invité.

David s'avança vers son hôtesse et lui prit la main. Quand il la porta à ses lèvres, Clarissa rosit de plaisir.

— Du champagne ? C'est la fête. Nous l'ouvrirons une fois le contrat signé. A.J., occupe-toi donc de notre invité. Je n'en ai plus pour longtemps.

Ce contrat, A.J. savait que sa cliente le signerait envers et contre tout et qu'il serait vain de chercher à l'en dissuader.

— Je peux lui proposer de la vodka, dit-elle en se tournant vers David. Comme c'est moi qui l'ai achetée, je sais ce qu'elle vaut.

— Parfait, confirma David. Avec des glaçons, si ce n'est pas trop vous demander.

Il la regarda se diriger vers un buffet bas dont elle sortit une bouteille et des verres.

— Merveilleux ! s'exclama A.J. lorsqu'elle découvrit que le seau à glace était plein. Elle a pensé à le remplir.

— Vous semblez très bien connaître Clarissa.

— C'est le cas. Elle est pour moi bien davantage qu'une simple cliente, expliqua A.J. en servant la vodka. Voilà pourquoi je me fais autant de souci pour cette émission.

Il s'avança pour prendre son verre. Le parfum de la jeune femme lui caressa les narines. Il se demanda si ce sillage était censé attirer les hommes, ou par sa discrétion les tenir à distance, au contraire.

— Du souci ? Mais pourquoi donc ?

Puisqu'il leur fallait travailler ensemble, autant jouer la carte de la franchise, décida A.J. en confiant à mi-voix :

— Clarissa ne se méfie pas assez. Cette fâcheuse tendance à se livrer trop facilement lui a valu toutes sortes d'ennuis.

— Vous me croyez capable de lui causer du tort ?

A.J. but une gorgée de vodka.

— Je me pose la question.

— Je l'aime beaucoup, vous savez, déclara David en enroulant autour de son doigt une des mèches de cheveux de la jeune femme.

Ce geste, il ne l'avait pas prémédité, et elle ne l'avait pas vu venir. Il laissa retomber sa main presque aussitôt, ne lui laissant pas le temps de protester.

— C'est une femme très attachante, poursuivit-il.

Pour se donner une contenance, il gagna la fenêtre et fit mine de s'intéresser aux moineaux qui voletaient dans le jardin autour de leur mangeoire. Les ignorant superbement, le chat profitait du dernier rayon de soleil pour faire une petite sieste.

A.J. attendit pour parler d'avoir recouvré un tant soit peu de sang-froid et de professionnalisme.

— Je suis ravie de savoir que vous l'appréciez, mais en tant que producteur, vous avez des obligations : il faut que l'émission soit bonne. Or la fin justifie les moyens, non ?

— Oui, d'une certaine façon.

Ce qui le troublait, songea David en se resservant un verre de vodka, c'était sa tenue décontractée. En femme d'affaires guindée, elle lui avait semblé beaucoup moins dangereuse que dans cette petite jupe blanche qu'elle portait sans veste, juste avec un chemisier. En plus, elle était pieds nus et elle avait les cheveux en bataille. Mais elle n'était décidément pas son genre.

— Pour autant, je ne suis pas homme à profiter des gens que j'invite dans mes émissions. Je fais mon travail, A.J., et tout ce que je demande, c'est un minimum de collaboration.

— Il n'y a rien de plus normal. Mais le mien, de travail, consiste à protéger les intérêts de Clarissa.

— A priori, nos objectifs ne sont pas incompatibles.

— Voilà, c'est prêt ! claironna joyeusement Clarissa.

Aïe ! les choses s'étaient gâtées, songea-t-elle en constatant que ses invités étaient maintenant chacun à un bout de la pièce. L'ambiance était pour le moins tendue. Mais comme ils étaient aussi têtus l'un que l'autre, ce n'était pas vraiment étonnant. Elle se demanda combien de temps il leur faudrait pour se rendre compte qu'ils se plaisaient mutuellement. Et pour tomber dans les bras l'un de l'autre...

— J'espère que vous avez faim.

A.J. reposa son verre vide en souriant d'un air chafouin.

— David m'a dit qu'il mourait de faim. Tu vas devoir lui servir une double ration.

— Tant mieux. Allons vite manger, dit Clarissa.

Elle les conduisit dans la salle à manger, et les fit s'asseoir autour de la table sur laquelle trônaient deux chandeliers.

— J'adore dîner aux chandelles, pas vous ? demanda-t-elle.

Sous cet éclairage, il fallait reconnaître que le pain de viande avait bien meilleure mine, songea A.J.

— C'est Aurora qui a apporté le vin. Je vous laisse le servir, David. Je m'occupe du pain de viande.

— Il est magnifique, dit David en se demandant pourquoi A.J. riait sous cape.

— Merci. Vous êtes californien de naissance, David ? s'enquit Clarissa, tout empressée à trancher le pain de viande.

— Non, je suis originaire de l'Etat de Washington.

— C'est une très belle région, mais il y fait si froid.

David ne s'en était jamais plaint. S'il s'était bien adapté au climat de Los Angeles, les hivers longs et rigoureux de son enfance lui manquaient.

— J'ai grandi dans l'Est, continua Clarissa. Je suis venue il y a trente ans, quand je me suis mariée. Mais il m'arrive encore, en automne, de regretter mon Vermont natal. Aurora, tu devrais prendre des légumes. Il faut que tu veilles à avoir une alimentation équilibrée.

A.J. se servit une cuillerée de choux de Bruxelles qu'elle n'avait nullement l'intention de manger.

— Cette année, tu pourrais peut-être y retourner, suggéra A.J. après avoir avalé une généreuse rasade de beaujolais pour faire passer le pain de viande.

— Je vais y réfléchir. Vous avez de la famille, David ?

Il contemplait son assiette d'un air accablé. Quelle recette Clarissa avait-elle donc suivie pour que ce soit aussi infâme ?

— Euh, oui, dit-il. J'ai deux frères et une sœur.

Sous l'œil goguenard d'A.J., il mastiquait avec application.

— Moi aussi, je viens d'une famille nombreuse, dit Clarissa. J'ai eu une enfance très heureuse.

Tapotant la main d'A.J., elle ajouta :

— Aurora est fille unique.

— Cela ne m'a pas empêchée d'avoir une enfance heureuse, déclara A.J. en riant.

La jeune femme eut pitié de David, qui engouffrait stoïquement sa platée de purée.

— Qu'est-ce qui vous a fait choisir le documentaire ? demanda-t-elle poliment.

— On n'a pas à se casser la tête à chercher une intrigue, expliqua-t-il entre deux bouchées. Il suffit d'avoir un thème et de trouver un moyen de le présenter de manière attractive.

— La vocation d'un documentaire n'est pas de distraire, mais d'instruire, d'informer.

— Je ne suis pas professeur. Un documentaire qui montre les choses telles qu'elles sont et incite les gens à se poser des questions peut être aussi divertissant qu'un feuilleton.

Il était tellement craquant en invité poli qui se force à finir son assiette qu'A.J. se surprit à le trouver à son goût.

— Le cinéma ne vous a jamais tenté ?

— J'aime bien la télévision. Mais je trouve dommage que les programmes soient aussi pauvres. Entre la téléréalité et les émissions de variétés tapageuses et vulgaires, les spectateurs ne sont vraiment pas gâtés.

— C'est vrai, admit A.J., mais certaines de ces émissions battent des records d'audience et de longévité. *Empire*, par exemple, a déjà quatre ans d'existence.

Elle se garda bien d'avouer qu'elle était elle-même une fan d'*Empire*.

— Tout le problème est là, justement. Cela prouve bien que les gens ont perdu tout sens critique.

— Une émission n'a pas besoin d'être éducative pour être bonne. Les chaînes publiques ont un peu tendance à oublier qu'après s'être coltiné huit heures de travail, les embouteillages pour rentrer, les devoirs des enfants, le dîner à préparer, les traites de la voiture à payer, le téléspectateur moyen a besoin de se détendre.

— Certes, dit David, amusé de voir la jeune femme s'enflammer. Mais ce n'est pas une raison pour l'abrutir.

— Je ne regarde pas assez souvent la télévision pour avoir un avis tranché sur la question, intervint Clarissa. Mais, dis-moi, A.J., ce n'est pas toi qui représentes cette jolie actrice qui tient le rôle principal dans *Empire* ?

— Si. Audrey Cummings n'est pas seulement belle, elle joue aussi très bien. Elle a incarné plusieurs héroïnes shakespeariennes et nous venons de lui décrocher le rôle de Maggie dans un remake de *La Chatte sur un toit brûlant*.

A.J. but une gorgée de vin et lança à David :

— Voilà justement une pièce populaire qui n'a certes pas

les prétentions intellectuelles d'un opéra de Verdi. Depuis sa sortie, son succès ne s'est pourtant jamais démenti.

— La télévision publique ne passe pas que des opéras de Verdi, protesta David, qui sentait bien que la conversation avait pris un tour dangereux mais ne voulait pas pour autant jeter l'éponge. Vous n'avez pas vu le reportage consacré à Taylor Brooks, je suppose ? C'est le portrait le plus complet qu'on ait jamais fait d'un rockeur.

A son tour, il prit son verre et fit mine de porter un toast.

— Ne me dites pas que vous êtes son agent, à lui aussi ?

— Non.

Bien décidée à lui river son clou, A.J. n'hésita qu'une fraction de seconde avant d'ajouter :

— Nous sommes sortis ensemble, il y a deux ans. J'ai pour principe de ne jamais mélanger vie privée et relations professionnelles.

— Vous avez bien raison, dit David. C'est un principe très sage.

— Contrairement à vous, je n'ai rien contre la télévision. Sinon, je ne vous aurais jamais laissé engager ma meilleure cliente.

— Je vous ressers du pain de viande ? proposa Clarissa.

— Pas à moi ; je suis repue, répondit A.J. Mais David va sûrement en reprendre.

— J'adore le pain de viande, mais je n'ai plus faim du tout.

Il se leva avec un soulagement évident.

— Je vais vous aider à débarrasser, offrit-il aimablement.

— Oh, non, ce n'est pas la peine, dit Clarissa en se levant à son tour. Aurora, aurais-tu l'obligeance de montrer à David ma collection ? Je crois que je l'ai un peu déçu, la première fois qu'il est venu.

— D'accord, dit A.J.

D'une main, elle ramassa son verre, de l'autre, elle fit signe à David de la suivre.

— Vous avez fait mouche, dit-elle. Clarissa ne montre pas sa collection à n'importe qui.

— Vous m'en voyez flatté. Mais peut-être préféreriez-vous que je garde mes distances ?

Elle n'aurait su dire pourquoi, mais A.J. aurait en effet préféré qu'il ne s'approche pas de Clarissa à plus de cinquante kilomètres. Et d'elle à plus de cent !

— Clarissa a les amis qu'elle veut.

— Oui, mais vous les avez à l'œil. Ils n'ont pas intérêt à lui faire une entourloupe.

— Exactement. Venez, c'est par ici, dit-elle en le précédant dans une pièce située à l'autre bout du couloir. Au clair de lune, ce serait plus bien impressionnant. Il faudra faire sans.

De longs et lourds rideaux masquaient les fenêtres, sans aucun doute pour dissuader les curieux, songea David, car la pièce aurait été plus à sa place dans quelque tour ou donjon moyenâgeux que dans ce riant pavillon de banlieue.

La boule de cristal qui l'avait tellement fait fantasmer semblait le narguer, sur son étroit guéridon de palissandre. Incapable de résister plus longtemps, il s'approcha de l'objet mais n'osa pas le toucher. Dans une petite vitrine, un jeu de tarots, visiblement très ancien, attira son attention. En l'examinant de plus près, il vit que les cartes avaient été peintes à la main. De l'animisme au vaudou, les livres que contenait la bibliothèque englobaient absolument tous les phénomènes paranormaux. Sur l'étagère du milieu trônait un chandelier bizarre, représentant une femme nue levant les bras au ciel.

Une planchette oui-ja gravée de pentagrammes était posée sur la table. Des masques en argile, bois, céramique ou papier mâché s'alignaient le long du mur du fond. Il y avait aussi des baguettes de sourcier et des pendules, des pyramides de différentes tailles, un vieux grelot indien bien usé, ainsi que des chapelets de perles de jais ou d'améthyste.

— C'est plus conforme à l'idée que vous vous faisiez de Clarissa, non ? demanda A.J. au bout d'un petit moment.

— Il m'a suffi de cinq minutes pour comprendre que Clarissa n'avait pas besoin de toute cette camelote.

Il avait fait la réponse appropriée. Elle essaya de ne pas trop s'en réjouir.

— En fait, Clarissa s'amuse à collectionner les attributs de la profession, expliqua-t-elle.

— Elle ne les utilise pas ?

— Non, c'est juste un passe-temps. C'est une amie, autrefois, qui lui a offert ce jeu de tarots dégoté chez un antiquaire, en Angleterre. Puis la collection s'est enrichie au fil des années.

— Cela vous contrarie, on dirait ?

A.J. haussa les épaules.

— Tant que Clarissa se contente de les regarder, je n'y vois rien à redire.

— Avez-vous déjà essayé ce truc ? demanda David en lui montrant la tablette oui-ja.

— Non.

Il aurait juré qu'elle mentait.

— Vous ne croyez à rien de tout cela, si je comprends bien ?

— Je crois en Clarissa. Tout le reste est de la mise en scène.

— Vous n'avez jamais eu envie de lui demander de se pencher sur cette boule de cristal et de vous prédire l'avenir ?

— D'une part, Clarissa n'a pas besoin de boule de cristal. De l'autre, elle ne prédit pas l'avenir.

— Pour quelqu'un qui a autant de pouvoirs, c'est bizarre.

— Je n'ai jamais dit qu'elle ne *pouvait* pas le faire. Si elle ne le fait pas, c'est parce qu'elle ne *veut* pas le faire.

David, qui tripotait un talisman en ivoire, s'immobilisa.

— Et pour quelles raisons ?

— Clarissa déplore toutes les escroqueries auxquelles ce genre de prédictions donne lieu. Elle a toujours refusé de prédire quoi que ce soit, à quelque prix que ce soit.

— Mais si elle en est capable, c'est un peu dommage.

— Elle se sent responsable de l'usage qu'elle fait de son don, et ne veut pas risquer de l'utiliser à mauvais escient.

— Vous voulez dire qu'elle met ses facultés en veilleuse ?

— En partie. Un médium reçoit et transmet la réalité suprasensible en fonction de ce qu'il est prêt à recevoir et à transmettre.

— Vous êtes bien informée, à ce que je vois…

Il était diaboliquement perspicace, se souvint-elle tout à coup. La plus grande prudence s'imposait.

— Au contact de Clarissa, on finit par apprendre tout un tas de choses, expliqua-t-elle d'un ton qu'elle voulut désinvolte.

David marcha droit sur elle et planta son regard dans le sien. Puis il lui prit son verre des mains et but une gorgée de vin.

— J'ai l'impression que cette pièce vous met mal à l'aise, A.J. A moins que ce ne soit moi ?

— Vos intuitions vous égarent, David. Clarissa pourra vous aider à les affiner, si cela vous intéresse.

— Vous avez les mains moites, fit-il remarquer en saisissant dans la sienne la main de la jeune femme. Et votre pouls bat à tout rompre. Ce n'est pas une intuition, ma chère, c'est un constat !

Il fallait à tout prix qu'elle se ressaisisse. Levant crânement les yeux vers lui, elle déclara :

— La faute en incombe au pain de viande.

— Hier, déjà, vous avez failli vous évanouir. Je vous fais un drôle d'effet, on dirait.

Plus dévastateur que drôle, songea A.J. avec une ironie amère. Elle n'en avait pas dormi de la nuit.

— Je vous ai expliqué ce qui s'était passé.

— Je n'en ai pas cru un mot. Vous m'avez raconté n'importe quoi, et si j'en suis persuadé, c'est sans doute parce que je suis troublé, moi aussi. Vous m'intriguez beaucoup, Aurora.

Elle avait appris à contrôler ses émotions. Il l'avait bien fallu. C'était le moment ou jamais de montrer sa maîtrise d'elle-même. Elle lui reprit tranquillement son verre et le vida d'un trait. Mais lorsqu'elle sentit le goût de sa bouche sur le rebord du verre, elle comprit son erreur.

— David, je vous rappelle que je ne suis pas votre genre.

— Exact, dit-il en glissant derrière sa nuque une main qu'il enfouit dans sa chevelure. Mais je m'en fiche.

Comme il se penchait vers elle, A.J. hésita. Ou elle prenait lâchement la fuite, ou elle restait de glace face à l'offensive. Elle choisit cette dernière option. Ce fut sa seconde erreur.

Il savait s'y prendre avec les femmes. Il savait les rendre pantelantes de désir. Sans hâte aucune, sa bouche effleura celle d'A.J. qui se figea. Du bout de la langue, il explora ses lèvres tandis que sa main continuait de lui caresser la nuque. Elle frémit et ferma les yeux, s'abandonnant peu à peu aux baisers qu'il déposait maintenant tout le long de sa mâchoire.

A son corps défendant, A.J. finit par céder sous l'assaut de ses baisers. Lorsque le verre de vin lui glissa des mains et atterrit sur la moquette, ni l'un ni l'autre ne s'en aperçurent.

Pour le parfum, il ne s'était pas trompé. De près, la fragrance devenait capiteuse, grisante, mystérieuse, et semblait comme exsudée par la peau elle-même. Ce parfum, il sut d'instinct qu'il ne l'oublierait jamais. Ni non plus la femme qui le portait.

Lorsqu'il revint à sa bouche, ses lèvres étaient entrouvertes, offertes à ses baisers. Mais il recula lentement. Il se sentait en danger. La croqueuse d'hommes se révélait être une femme douce et sensible qui risquait de l'avoir par les sentiments. Cela donnait matière à réflexion.

— Je crois que vous aussi, Aurora, vous me faites un drôle d'effet, murmura-t-il, aussi bouleversé qu'elle.

Elle avait le ventre en feu, les jambes en coton, l'esprit en déroute.

— Si nous devons travailler ensemble..., commença-t-elle.

— Nous *allons* travailler ensemble, déclara David.

Elle poussa un soupir excédé.

— Il va falloir que vous appreniez les règles de base. Je ne couche pas avec n'importe qui, et en tout cas jamais avec mes clients ou mes relations de travail.

Il fut soulagé de l'apprendre, mais évita soigneusement de se demander pourquoi.

— Cela restreint sacrément votre champ d'action.

— Ce sont mes affaires, rétorqua-t-elle sèchement. Ma vie privée est totalement dissociée de ma vie professionnelle.

— C'est un principe louable qui dans une ville comme L.A. ne doit pas être facile à mettre en œuvre. Quoi qu'il en soit...

Il s'interrompit pour replacer derrière l'oreille de la jeune femme une mèche de cheveux qui s'était échappée.

— Je ne vous ai pas demandé de coucher avec moi.

A.J. lui saisit le poignet pour le repousser.

— Je vous déconseille de le faire, si vous ne voulez pas essuyer une rebuffade qui vous ferait perdre la face.

— Le risque n'est pas bien grand, dit-il en lui caressant la joue d'un doigt nonchalant. De perdre la face, j'entends.

— Arrêtez ça tout de suite.

Il la dévisagea sans vergogne. Cette fille avait décidément quelque chose. Elle n'était ni d'une beauté transcendante, ni particulièrement sexy, pourtant. Pourquoi la désirait-il à ce point et l'imaginait-il nue, lovée contre lui ?

— Il y a quelque chose entre nous, dit-il.

— Oui, une franche hostilité, répliqua-t-elle.

Il lui décocha un sourire à mille watts qui l'électrisa.

— Certes, admit David. Mais nous nous connaissons depuis trop peu de temps pour nous détester vraiment. Et d'ailleurs, il y a trente secondes, je me voyais en train de vous faire l'amour. Croyez-moi, je ne réagis pas comme ça avec toutes les femmes que je rencontre.

A.J. sentit ses paumes devenir moites, de nouveau.

— Dois-je en être flattée ?

— Notre collaboration sera nettement plus fructueuse si nous apprenons à nous connaître, susurra-t-il.

Elle avait une folle envie de battre en retraite. C'était si suspect qu'elle s'obligea à camper sur ses positions.

— Mettons les choses au point : je représente Clarissa DeBasse, et à ce titre je défends ses intérêts et la protège. Si vous cherchez à lui nuire, que ce soit sur le plan professionnel ou sur le plan personnel, je vous massacre. Cela mis à part, nous n'avons rien à craindre l'un de l'autre.

— L'avenir le dira.

Alors seulement, A.J. s'autorisa à reculer d'un pas. Elle ne prenait pas la fuite, elle allait juste éteindre la lumière.

— J'ai une réunion très tôt demain matin. Allons signer ce contrat, Brady. Puis chacun de nous fera ce qu'il croit devoir faire.

3

La préparation d'une nouvelle émission mettait généralement l'équipe en transe. Chacun s'investissait à fond dans le projet. David le premier. Jongler avec les chiffres afin d'équilibrer le budget était un exercice périlleux dont se jouait son esprit pratique. Faire coïncider les fonds qui lui étaient alloués avec les moyens techniques à mettre en œuvre était une gageure que sa créativité relevait avec un enthousiasme chaque fois renouvelé. Si cela n'avait pas été le cas, il n'aurait jamais choisi de faire ce métier.

On disait de lui qu'il savait ce qu'il voulait et ne renonçait jamais. Cette opiniâtreté ne s'exerçait pas dans le seul cadre de sa vie professionnelle. Plus qu'un trait de caractère, elle était chez lui une seconde nature. En tant que réalisateur, il était exigeant — souvent intransigeant, aux dires de certains metteurs en scène. En tant qu'homme, il était généreux — pas toujours chaleureux, aux dires de certaines femmes.

David laissait à ses collaborateurs la bride sur le cou. Mais qu'ils s'avisent de prendre la mauvaise direction, et il avait tôt fait de les remettre dans le droit chemin. Il était ouvert à la discussion, et même prêt à accepter les compromis. Mais compromis ou pas, il finissait toujours par imposer son point de vue et sa manière de faire.

Dans sa vie privée, il se montrait tendre et conciliant

avec ses compagnes. Il se prêtait à tous leurs caprices, accédait à tous leurs désirs. Mais qu'elles s'avisent de devenir envahissantes et il avait tôt fait de les remettre à leur place. Là encore, il lui arrivait de revenir sur ses positions. Mais fondamentalement, il ne changeait pas d'un iota.

S'ils le trouvaient exigeant, les metteurs en scène n'hésitaient pas à retravailler avec lui. Et les femmes qui lui reprochaient sa froideur sautaient de joie lorsqu'elles entendaient sa voix au téléphone.

Il n'y avait là aucun calcul de sa part. Ce n'était pas un genre qu'il se donnait. Simplement, David faisait toujours passer en premier ses convictions et son bien-être personnels.

Dès que le projet fut agréé, qu'ils eurent été d'accord sur le découpage de l'émission et sur les endroits où elle serait enregistrée, David put enfin se mettre au travail. Le premier volet serait consacré à Clarissa DeBasse. Elle lui était sympathique. Et pas seulement à cause de son agent.

Il avait prévu initialement d'interviewer Clarissa chez elle, mais A.J. Fields lui signifia qu'il n'en était pas question. Que la vie privée de Mme DeBasse était sacrée. Qu'il était inutile d'insister. David trouva aussitôt la parade : il fit recréer en studio l'intérieur douillet de la voyante et recruta pour l'interviewer un journaliste qui avait de la bouteille. Sérieux, consciencieux, et reconnu dans le milieu, Alex Marshall était l'homme de la situation.

Pour le reste, David donna carte blanche à son équipe. S'il avait eu, par le passé, quelques démêlés avec son metteur en scène, les reportages qu'ils avaient réalisés ensemble avaient été primés. Au fond, seul le résultat final comptait.

— Et le filtre, bon sang ! hurla le metteur en scène. Il faut soigner l'ambiance. Ce studio ressemble peut-être à un show-room Roche et Bobois, mais on doit jouer le jeu. En piste, Alex ! J'aimerais voir ce que ça donne.

— O.K.

Alex éteignit son cigare et s'avança sous les projecteurs. David consulta sa montre. Clarissa était en retard. Dans dix minutes, si elle n'était toujours pas arrivée, il la ferait appeler par un de ses assistants. Tandis que le metteur en scène peaufinait l'éclairage, Alex répétait son intro. Tout était nickel. Constatant qu'on n'avait pas besoin de lui, David décida d'aller téléphoner lui-même à Clarissa. Ou d'appeler l'agence, plutôt. Tant pis si A.J. le prenait mal.

— Oh, David, je vous prie de m'excuser.

Clarissa trottinait dans sa direction, méconnaissable. Son chignon, très travaillé, lui donnait un petit air glamour et la rajeunissait de plusieurs années. Elle était élégante, maquillée avec soin, et portait autour du cou, en pendentif, une énorme améthyste du plus bel effet.

— Clarissa, vous êtes resplendissante, dit-il en lui tendant les mains.

— Merci, mon cher. Il a fallu que je me prépare à toute vitesse. J'étais persuadée que l'interview était demain. Quand Aurora est arrivée, j'arrosais mes pétunias.

David ne put s'empêcher de scruter le bout du couloir.

— A.J. est là ?

— Elle gare sa voiture. Vous savez, je m'en veux beaucoup de lui causer tous ces tracas.

— Elle n'a pas l'air de s'en plaindre.

— Bien sûr que non. Aurora est d'une telle générosité.

Il préféra s'abstenir de tout commentaire.

— On y va, ou vous préférez d'abord boire un thé ou un café ?

— Non, pas d'excitant quand je travaille. Ils ont tendance à me brouiller l'esprit. Vous me paraissez tendu, David, remarqua Clarissa, qui n'avait toujours pas lâché ses mains.

Lorsqu'il vit arriver A.J., sa nervosité monta encore d'un cran.

— Sur un tournage, j'ai du mal à ne pas l'être, répondit-il, l'esprit ailleurs.

A.J. avait une démarche très féline, à la fois souple et rapide, qu'il n'avait encore jamais eu l'occasion d'observer.

— Cela n'explique pas tout, déclara Clarissa. Mais je ne veux pas me mêler de ce qui ne me regarde pas. Ah, voilà Aurora. On y va ?

— Nous n'attendions plus que vous, murmura David, les yeux toujours rivés sur A.J.

— Bonjour, David. J'espère que nous n'avons pas bouleversé vos plans.

Elle était directe, à l'aise, aussi professionnelle que la première fois qu'il l'avait vue. Curieusement, il remarqua qu'elle ne portait pas de rouge à lèvres. Et il se demanda si elle s'était parfumée. Il aurait bien voulu s'approcher pour en avoir le cœur net. Mais il prit le bras de Clarissa.

— Non, pas du tout. Je suppose que vous voulez assister à l'émission ?

— Oui, naturellement.

— C'est par ici, dit-il à Clarissa en poussant la porte du studio. Voici le metteur en scène, Sam Cauldwell. Sam…

Apparemment, David se moquait pas mal de déranger son metteur en scène en plein travail. Le fait qu'il attende que Cauldwell vienne à lui n'échappa pas à A.J. Elle pouvait difficilement le lui reprocher : à sa place, elle aurait fait pareil.

— Sam, reprit David, je te présente Clarissa DeBasse.

Cauldwell s'empressa de lui serrer la main.

— Enchanté, madame DeBasse. La lecture de vos deux livres m'a été d'un grand secours dans la préparation de cette émission.

— Je suis très flattée. J'espère qu'ils vous ont plu.

Dubitatif, Cauldwell haussa les sourcils.

— Ce qui est sûr, c'est qu'ils ont éveillé ma curiosité.

— Mme DeBasse est prête à commencer quand vous voulez.

— Parfait, répondit Cauldwell. Veuillez prendre place ici. Nous allons tester le micro et vérifier une dernière fois l'éclairage.

A.J. ne lâchait pas Cauldwell des yeux. David s'en étonna.

— C'est une habitude, chez vous, de garder toujours un œil sur vos clients ?

— Oui. Mais vous semblez faire la même chose avec vos metteurs en scène, non ?

— Allons là-bas, dit David sans relever le sarcasme. Vous verrez mieux.

Elle le suivit docilement tandis que Clarissa faisait la connaissance du présentateur de l'émission. Grand, mince, le teint hâlé et les cheveux grisonnants, Alex Marshall était un fringant quinquagénaire visiblement assez sûr de lui.

— Le choix du présentateur est très judicieux, remarqua-t-elle.

— Il fallait quelqu'un qui inspire confiance.

— Certes.

— Alex Marshall a vingt-cinq ans de métier, et il n'est pas du genre à cautionner n'importe quoi. Ou plutôt n'importe qui. Si vous faites venir sur le plateau une diseuse de bonne aventure, il n'hésitera pas à la mettre en boîte.

A.J. le regarda droit dans les yeux.

— Clarissa n'a rien à craindre de ce côté-là.

David hocha lentement la tête.

— J'en suis convaincu. J'ai essayé de vous joindre, la semaine dernière.

— Oui, je sais, répondit A.J. en se demandant ce qu'Alex avait bien pu dire de si drôle à Clarissa, qui riait aux éclats. J'ai été débordée. En tout cas, la reconstitution du salon de Clarissa est vraiment réussie. On s'y croirait presque.

— C'était le but recherché. Pourquoi m'évitez-vous, A.J. ?

Il se planta devant elle, de manière à lui boucher la vue et à l'obliger à le regarder. Pour se venger, elle le détailla de pied en cap, passant en revue ses vieilles baskets, son pantalon froissé, et sa chemise à col ouvert.

— J'espérais que vous capteriez le message.

— J'aurais pu renoncer, répondit David en caressant du doigt le quartier de lune en argent qu'elle portait au revers de sa veste. Mais je sais qu'elle ne me laissera pas faire, dit-il avec un regard oblique en direction de Clarissa.

A.J. s'attendait à ce qu'il lui tienne ce genre de discours, s'y était préparée mentalement, avait réfléchi à ce qu'elle lui répondrait. Mais c'était moins facile qu'elle ne l'imaginait.

— Ecoutez, David, vous n'êtes pas homme à vous accrocher à tout prix, surtout quand aucun espoir n'est permis.

— Non, en effet, dit-il sans cesser de tripoter la broche. Pas plus que vous n'êtes femme à feindre l'indifférence par coquetterie.

— Je ne feins rien du tout. Mon indifférence est bien réelle, si vous voulez le savoir. Et si vous vous poussiez, cela m'arrangerait. Vous me gênez, figurez-vous.

— Je crois que je n'ai pas fini de vous gêner, marmonna David en s'écartant.

Après quarante-cinq minutes de discussions, mises au point et réglages, l'enregistrement put enfin commencer. A.J. trouva le temps long, mais elle était soulagée de savoir David occupé. Quant à Clarissa, elle attendait, un verre d'eau à la main, qu'on veuille bien commencer.

Lorsque tout fut prêt, Alex vint s'asseoir à côté d'elle et engagea la conversation. A ses questions, Clarissa répondait avec précision et concision, dans un langage simple que tout un chacun pouvait comprendre. Il fut question de clairvoyance, de divination, d'astrologie. Parfaitement à l'aise, Clarissa s'en sortait à merveille.

A.J. baissa sa garde. Tout se passait pour le mieux.

Puis un assistant apporta un jeu de cartes.

A.J. se leva d'un bond, prête à intervenir. Mais d'un imperceptible mouvement de tête, Clarissa lui fit signe de ne pas bouger.

— Il y a un problème ? demanda David.

La jeune femme ne l'avait pas entendu venir. Ses yeux se braquèrent sur lui tels deux canons de fusil.

— Ce n'était pas prévu dans le contrat, lança-t-elle.

Surpris par sa réaction, il observa ce qui se passait sur le plateau.

— Les cartes ? Nous en avons discuté avec Clarissa.

— La prochaine fois, Brady, c'est avec moi qu'il faudra en discuter, gronda-t-elle entre ses dents.

Il s'abstint de répondre et reporta son attention sur Alex, dont la voix grave et bien timbrée s'éleva dans le studio.

— Madame DeBasse, on utilise couramment les cartes pour tester la perception extrasensorielle.

— En effet. Mais ce test n'est pas toujours probant. La télépathie aussi peut se mesurer au moyen des cartes.

— Vous-même avez subi ce genre de tests dans plusieurs universités et centres de recherches aux Etats-Unis et en Angleterre.

— Absolument.

— Auriez-vous l'obligeance de nous expliquer la manière dont cela se passe ?

— Oui, bien sûr. En général, on utilise pour ces tests des cartes de deux couleurs et cinq formes. Des carrés, des cercles, des lignes brisées, etc. A partir de là, on peut mathématiquement déterminer la part du hasard, et la part de ce qui ne relève *pas* du hasard. Avec deux couleurs, par exemple, on tombe juste une fois sur deux. Si le sujet observé réussit un score supérieur à cinquante pour cent, on peut supposer qu'il ne se fie pas seulement au hasard.

— Cela semble assez simple.

— Avec les couleurs seules, c'est effectivement simple. Prenons les formes, à présent. Dans un jeu de vingt-cinq cartes, si le sujet totalise quinze bonnes réponses, ses facultés extrasensorielles sont indéniables.

— Oui, mais comment faites-vous pour deviner de quelle carte il s'agit ? demanda Alex en battant nonchalamment les cartes qu'il avait dans les mains. Quand on vous montre une carte, vous avez une précognition ?

— Il s'agit plutôt d'une image mentale.

— Vous voulez dire que vous *voyez* la carte ?

— Quand vous lisez, monsieur Marshall, les mots, les phrases se forment dans votre esprit. C'est à peu près la même chose, expliqua Clarissa avec un sourire.

David, qui ne perdait pas une miette de la démonstration, songea qu'elle connaissait diablement bien son affaire.

— Je vois, dit le présentateur, pour le moins sceptique. Cela fait appel à l'imagination.

— Ce genre de facultés implique une maîtrise totale de l'imagination et une très grande concentration.

— Est-ce à la portée de tout le monde ?

— Les avis sont partagés. Certains chercheurs pensent que n'importe qui peut développer des pouvoirs extrasensoriels. Que cela s'apprend. D'autres soutiennent que ces pouvoirs sont innés. On naît médium et, en aucun cas, on ne le devient. Ma position se situe entre les deux.

— C'est-à-dire ?

— Je pense que chacun d'entre nous possède un certain degré d'intuition. Mais rares sont ceux qui utilisent et développent cette faculté. La plupart des gens préfèrent la laisser de côté. C'est plus confortable.

— Vos pouvoirs ont été reconnus. Nous aimerions que

vous nous en fassiez la démonstration. Acceptez-vous de tenter l'expérience, madame DeBasse ?

— Oui, sans problème.

— Voici un jeu de cartes ordinaire. Il a été acheté ce matin et vous ne l'avez jamais eu en mains. Est-ce bien exact ?

— Oui, je confirme. Les cartes et moi, nous ne faisons pas bon ménage, confia Clarissa avec un petit sourire d'excuse.

Admiratif, David applaudit mentalement.

— Si j'en choisis une au hasard, dit Alex en tirant une carte du paquet, pouvez-vous me dire de quelle carte il s'agit ?

— Non.

Elle souriait toujours tandis que David s'apprêtait à faire signe de couper.

— Il faut que vous la regardiez, monsieur Marshall, comme si vous vouliez l'imprimer dans votre esprit.

Alex s'exécuta aussitôt.

— Je ne vous trouve pas très concentré, dit Clarissa. Mais il s'agit d'une carte rouge. Ah, voilà qui est beaucoup mieux ! C'est le neuf de carreau, annonça-t-elle d'un ton triomphant.

La caméra fit un gros plan sur le visage stupéfait du présentateur, qui retourna la carte. Il s'agissait bien du neuf de carreau.

Il procéda à un deuxième essai, tout aussi confondant. La troisième fois, Clarissa fronça les sourcils.

— Vous essayez de m'induire en erreur en mémorisant une carte différente de celle que vous avez tirée. Cela complique un peu les choses, mais l'image qui s'impose à moi est celle du dix de pique.

— Extraordinaire ! s'exclama Alex en retournant le dix de pique. C'est fascinant !

— Oh, vous savez, cela se pratique couramment dans

les arrière-salles de café. N'importe quel petit malin peut arriver au même résultat. En procédant différemment, bien sûr.

— Vous voulez dire qu'il y a un truc ?

— Cela peut être truqué. Pas en ce qui me concerne. N'étant pas très habile, je n'essaierai même pas. Mais il y a des gens qui font ça très bien.

— Vous avez débuté en lisant les lignes de la main, enchaîna Alex en reposant le jeu de cartes.

— Il y a de cela de nombreuses années. Ce n'est pas sorcier. Il suffit de parcourir un ou deux ouvrages de vulgarisation pour savoir repérer et interpréter les lignes de la main, expliqua Clarissa en tendant ses deux paumes. Mais ce n'est pas tant aux lignes que s'intéresse un médium quand il prend votre main dans la sienne. C'est à ce qu'il perçoit de vous à travers votre main.

Alex l'écoutait avec intérêt, mais il n'avait pas l'air plus convaincu pour autant.

— J'ai un peu de mal à croire qu'il vous suffit de toucher ma main pour percevoir ce que je ressens.

— Vos émotions sont en général assez facilement déchiffrables. Elles s'expriment de mille façons qui n'ont rien à voir avec la divination. Maintenant, si je prends votre main et vous dis d'emblée que vous êtes un homme de communication et que vous gagnez bien votre vie, ce ne sera pas vraiment un scoop. Mais je peux sans doute aller un peu plus loin. Si vous permettez…

Clarissa prit la main d'Alex dans la sienne.

— Oh ! fit-elle en le dévisageant d'un air consterné.

A.J. voulut intervenir, mais David l'en empêcha.

— Laissez-la faire, dit-il à mi-voix. C'est un documentaire ; cela doit rester spontané. Au besoin, nous pourrons couper.

— Ce sera à Clarissa de décider.

La main de Clarissa était douce et ferme sous celle d'Alex, mais elle faisait des yeux comme des soucoupes.

— C'est si grave que ça ? demanda-t-il, mi-figue, mi-raisin.

Elle émit un petit rire et s'éclaircit la voix.

— Oh, non, pas du tout. Mais vous émettez de très fortes vibrations, monsieur Marshall.

— C'est ce qu'on dit.

— Vous êtes veuf. Votre femme est morte il y a une quinzaine d'années. Vous avez été un mari exemplaire et un excellent père, continua Clarissa avec un sourire.

— Cela fait toujours plaisir à entendre, mais ça aussi, je le savais déjà.

Clarissa ne releva pas.

— Vos enfants sont aujourd'hui tous les deux bien établis dans la vie. C'est un gros souci de moins, même s'ils ont été relativement faciles à élever. Votre fils, cependant, vous a donné du fil à retordre, à une époque. Mais certaines personnes mettent plus de temps que d'autres à trouver leur voie, n'est-ce pas ?

Alex ne souriait plus. A son tour, il la fixait.

— Oui, sans doute, murmura-t-il.

— Vous êtes un perfectionniste, aussi bien dans votre travail que dans votre vie privée. Cela mettait la barre un peu haut pour votre fils. Comme tous les parents, vous vous inquiétiez de son avenir. Un peu trop, peut-être. Mais maintenant qu'il va devenir père, vous êtes plus proches. La perspective d'avoir des petits-enfants vous enchante. En même temps, elle vous fait réfléchir à votre propre avenir. A mon avis, vous auriez tort de prendre votre retraite. La pêche, c'est bien joli, mais un homme tel que vous, dans la force de l'âge, qui aime se démener et relever des défis risque de s'ennuyer ferme au fond de sa barque. Vous devriez plutôt…

Elle s'interrompit brusquement et secoua la tête.

— Pardonnez-moi. J'ai tendance à me laisser emporter quand quelqu'un m'intéresse. Et dans ces cas-là, j'ai toujours peur d'en dire trop.

— Non, pas du tout. Madame DeBasse, vous êtes vraiment stupéfiante.

— Coupez !

Sam Cauldwell se retint d'aller remercier Clarissa à genoux pour cette révélation. Qui aurait soupçonné qu'Alex Marshall envisageait de prendre sa retraite ? Personne n'en avait soufflé mot.

— Je veux voir l'enregistrement dans trente minutes. Merci, Alex, tu as été parfait. Madame DeBasse…

Il lui aurait de nouveau serré la main s'il n'avait craint d'émettre de mauvaises vibrations.

— Merci pour votre prestation. Je suis impatient de vous retrouver pour le deuxième volet de cette émission.

Il était encore en train de la féliciter lorsque A.J. la rejoignit. La jeune femme savait ce qui allait se passer. Un technicien viendrait parler à Clarissa d'un « truc bizarre qui lui était arrivé ». Un autre lui demanderait de lui lire les lignes de la main. Les questions fuseraient et, en moins de deux, Clarissa serait assaillie de toute part.

— Si tu es prête, je te ramène chez toi, proposa A.J.

— Je croyais que nous nous étions mises d'accord, dit Clarissa en cherchant des yeux son sac à main. Newport Beach est bien trop loin pour que tu fasses l'aller et retour. Je prendrai un taxi.

A.J. lui tendit le sac que Clarissa lui avait confié avant d'entrer sur le plateau.

— Ah, merci. Je me demandais où il était passé.

— Un chauffeur va vous raccompagner, proposa obligeamment David en se gardant bien de regarder A.J., dont il sentait la franche hostilité. Il est hors de question de vous laisser rentrer en taxi.

— C'est très gentil.

— Merci, mais ce ne sera pas la peine, dit sèchement A.J.

— Non, en effet, intervint Alex. J'espère que Mme DeBasse m'autorisera à la reconduire chez elle — après avoir accepté mon invitation à dîner.

— Avec plaisir, répondit Clarissa sans laisser à A.J. le temps de placer un mot. Vous ne m'en voulez pas, au moins, pour ce que j'ai dit tout à l'heure ?

— Non, pas du tout. Vous m'avez beaucoup impressionné.

— Vous me flattez. Je te remercie, A.J., d'être restée pendant tout l'enregistrement, dit Clarissa en embrassant son agent sur la joue. Bonsoir, David.

— Bonsoir, Clarissa. Alex. Passez une bonne soirée.

David les regarda s'éloigner, bras dessus bras dessous.

— Joli couple ! murmura-t-il.

A.J. se tourna vers lui comme si elle voulait le mordre.

— Pauvre crétin !

Elle était sur le point de pousser les portes du studio lorsqu'il la rattrapa.

— Quelle mouche vous a piquée ?

S'il n'avait pas eu ce sourire narquois sur les lèvres, elle se serait peut-être contrôlée.

— Je veux voir cet enregistrement, Brady. Si les quinze dernières minutes ne me plaisent pas, il faudra les couper.

— Si je me rappelle bien les termes du contrat, vous n'avez aucun droit de veto.

— Il n'était pas prévu dans le contrat que Clarissa lirait les lignes de la main, rétorqua la jeune femme du tac au tac.

— Je vous l'accorde. Alex a improvisé, mais tout s'est très bien passé, alors où est le problème ?

— Comment cela, où est le problème ? Vous étiez là, bon sang ! tempêta A.J. en poussant d'un coup d'épaule les portes du studio.

David la rattrapa par le bras.

— J'étais là, oui. Mais j'ai raté quelque chose, on dirait.

— Clarissa était mal à l'aise. Quand elle a pris la main d'Alex, elle a senti quelque chose qui l'a perturbée. Regardez la bande. Vous verrez que pendant plusieurs secondes, elle le fixe sans rien dire.

— Cela ajoute au mystère. C'est excellent pour l'émission.

— Je me fiche pas mal de votre émission ! riposta A.J. en se dégageant si vivement qu'il faillit aller valdinguer dans le mur. Je n'aime pas la voir comme ça. Clarissa est un être humain, pas une marchandise, que diable !

— O.K., pas la peine de vous énerver.

David lui courait après tandis qu'elle se dirigeait vers la sortie d'un pas de grenadier.

— Quoi qu'il en soit, elle n'avait pas l'air perturbé quand elle est partie.

— Vous avez outrepassé vos droits et je déteste ça. Avec ces cartes débiles, tout d'abord. J'en ai marre qu'on la mette tout le temps à l'épreuve.

— Les cartes étaient incontournables, A.J. Ce test, elle l'a passé des dizaines de fois dans des conditions autrement plus stressantes.

— Justement ! Ce n'était pas la peine de le lui imposer de nouveau. Même chose pour les lignes de la main.

Après avoir dévalé deux à deux les marches conduisant au parking, A.J. se dirigea vers sa voiture, David sur ses talons.

— Je ne sais pas ce qui l'a perturbée. J'aurais voulu le lui demander, mais ce grand escogriffe à voix de velours ne m'en a pas laissé le temps.

— Alex ? dit David sans pouvoir réprimer un éclat de rire. Vous, alors, vous êtes impayable !

Blême de colère, les lèvres pincées, elle le foudroya du regard.

— Vous trouvez ça drôle ? Clarissa a suivi ce type je ne sais où. Elle va passer la soirée avec lui et se laisser raccompagner alors qu'elle ne sait rien de lui. Si jamais il lui arrive quelque chose…

David leva les yeux au ciel.

— Que voulez-vous qu'il lui arrive ? Alex Marshall n'est pas un détraqué. Et Clarissa est assez grande pour savoir ce qu'elle fait — et pour sortir avec qui bon lui semble.

— Elle ne sort pas avec lui !

— Ah bon ?

Renonçant à répondre, A.J. fit volte-face et commença à s'éloigner.

— Pas si vite ! dit David en se plaçant devant elle. Je n'ai pas l'intention de vous poursuivre à travers toute la ville.

— Retournez au studio et visionnez cet enregistrement.

— Je n'ai pas d'ordre à recevoir de vous. Ce n'est pas ma faute si vous êtes paranoïaque, A.J. Je ne comprends pas que vous fassiez toute une histoire parce qu'une cliente accepte une invitation à dîner.

— Clarissa est ma mère, si vous voulez le savoir !

Cet aveu leur coupa le sifflet à tous les deux. Comment ne l'avait-il pas deviné ? se demanda David sans lâcher la jeune femme, qui peinait à recouvrer son souffle. A la forme du visage, aux yeux surtout, c'était pourtant évident.

— Mince, alors !

— Oui, comme vous dites, marmonna A.J. en s'adossant au capot d'une voiture, garée derrière elle. Cela doit rester entre nous. Ne dites rien à personne, surtout.

— Pourquoi ?

— Parce que Clarissa et moi préférons que ça ne se sache pas. Il s'agit de notre vie privée.

— Je comprends mieux, maintenant, pourquoi vous la couvez autant. Mais je pense quand même que vous en faites un peu trop.

— Pensez ce que vous voulez, mais poussez-vous ! J'aimerais pouvoir regagner ma voiture.

David ne bougea pas d'un pouce.

— Si vous vous mêlez autant de la vie de votre mère, c'est peut-être que la vôtre manque d'intérêt.

— Ma vie ne vous regarde pas, Brady.

— Pas pour l'instant, mais notre collaboration m'oblige à m'intéresser à celle de Clarissa. Lâchez-lui un peu la bride, que diable !

Il avait raison, bien sûr, et cela la rendit encore plus furieuse.

— Vous ne pouvez pas comprendre.

— Peut-être pourriez-vous m'expliquer ?

— Imaginez qu'Alex Marshall en profite pour lui extorquer une interview, pour la harceler de questions…

— Pourquoi ne l'aurait-il pas invitée simplement parce qu'il la trouve charmante et d'agréable compagnie ? Vous semblez douter du pouvoir de séduction de Clarissa.

— Je ne veux pas qu'elle souffre.

Plutôt que d'essayer de la convaincre, probablement en pure perte, David opta pour une tout autre stratégie.

— Allons faire un tour, proposa-t-il.

— Pardon ?

— Un tour en voiture. Tous les deux. Je vous signale au passage, dit David en souriant, que la voiture contre laquelle vous vous appuyez est la mienne.

— Oh, pardon, marmonna A.J. en se redressant. Je dois retourner au bureau. J'ai du travail. J'ai tout laissé en plan.

— Ça attendra bien demain. Une balade le long du bord de mer vous fera le plus grand bien.

Tout en parlant, David avait sorti ses clés de voiture et déverrouillé les portières.

C'était tentant, songea A.J., honteuse de s'être bêtement laissé emporter. Le grand air, la vitesse lui videraient la tête.

— Vous allez la décapoter ?

— Oui, bien sûr.

C'était exactement ce dont elle avait besoin, constata-t-elle, un instant plus tard. La radio à tue-tête rendant toute conversation impossible, David la laissait tranquille, aussi put-elle fermer les yeux et lâcher prise.

Cela faisait des lustres qu'elle n'avait pas roulé ainsi, sans but, sans contrainte horaire, juste pour le plaisir. Et c'était si bon...

Qui était-elle vraiment ? se demandait David en la regardant s'affaisser peu à peu sur son siège, s'abandonner à une douce somnolence. Un agent intraitable qui exigeait dix pour cent de commission sur tous les contrats qu'elle négociait ? Une jeune femme très attachée à sa mère, qui défendait bec et ongles les intérêts de celle-ci, s'opposait farouchement à toute exploitation abusive de son image, mais n'oubliait pas de prendre son pourcentage au passage ?

Lui qui pourtant était si perspicace, d'habitude, quand il s'agissait de se faire une opinion des gens qui l'entouraient, ne savait pas quoi en penser. Quand il l'avait embrassée, elle lui avait paru si fragile, si vulnérable. Cette facette de sa personnalité ne correspondait pas à l'image qu'elle donnait. Qu'elle *se* donnait. Pourquoi ce décalage ?

— Vous avez faim ?

Elle souleva les paupières et tourna la tête vers lui. Son regard le frappa. Comment avait-il pu ne pas remarquer la ressemblance avec Clarissa ? Dans la forme et la couleur de leurs yeux, et dans cette intensité si particulière qu'elles avaient toutes deux dans le regard ? L'idée qu'elles avaient peut-être d'autres points communs lui effleura l'esprit. Mais il ne s'y attarda pas.

— Pardonnez-moi, murmura-t-elle. J'étais un peu ailleurs.

Mais elle aurait pu décrire son visage dans ses moindres détails. Depuis ses pommettes saillantes jusqu'à la fente au milieu de son menton : rien ne lui avait échappé. Exhalant un soupir, elle s'étira longuement.

— Vous avez faim ? répéta David.

— Oui, un peu. Combien de kilomètres avons-nous parcourus ?

Pas encore assez, songea-t-il fugacement.

— Une trentaine, je pense. Vous avez le choix, dit-il en se garant au bord de la route et en lui indiquant le restaurant qui se trouvait d'un côté, et le fast-food, de l'autre.

— Je mangerais bien un hamburger. A condition qu'on puisse s'asseoir sur la plage.

— J'ai de la chance de sortir avec une femme qui se contente d'aussi peu.

— Nous ne sortons pas ensemble !

— J'avais déjà oublié. En ce cas, vous paierez votre part.

C'était la première fois qu'il l'entendait rire d'aussi bon cœur. Il en fut tout chamboulé.

— Qu'avez-vous choisi ? demanda-t-il, au comptoir.

— Un maxi-cheese-burger, une grande portion de frites et un milk-shake au chocolat.

Ils passèrent commande et regardèrent, en attendant d'être servis, des baigneurs qui s'amusaient à sauter dans les vagues. Les mouettes faisaient un vacarme épouvantable, se disputant les restes de nourriture abandonnés sur la plage.

— Je vous suis, dit David en s'emparant lestement des sacs en papier contenant leur repas.

— Allons au bord de l'eau. J'aime bien regarder les gens se baigner.

Elle se déchaussa et, ses sandales à la main, s'avança sur la plage. Puis, sans se préoccuper le moins du monde de sa jupe en lin, A.J. s'assit dans le sable. Les yeux rivés sur ses longues jambes fines, en partie dévoilées, David l'imita.

— Je crois que je me suis un peu énervée, tout à l'heure, s'excusa-t-elle en prenant la boîte qu'il lui tendait.

— Un peu beaucoup, dit David.

Elle mordit à belles dents dans son cheese-burger.

— J'ai horreur de ça. Je passe pour être dure en affaires, mais je ne suis pas une enquiquineuse. Le problème, c'est que dès qu'il s'agit de Clarissa, je perds toute objectivité.

Il cala dans le sable les gobelets en carton.

— Quand on aime quelqu'un, l'objectivité n'existe plus.

— Clarissa est si bonne. Intérieurement, je veux dire. Les gens comme elle se font facilement avoir. Elle a tendance à donner trop d'elle-même. Si on la laissait faire, Dieu sait ce qu'elle deviendrait…

— Heureusement que vous êtes là ! dit David, moqueur, en lui tendant le sachet de frites.

— On voit bien que vous ne la connaissez pas, rétorqua A.J., piquée au vif.

— Ce n'était pas une critique. Je ne demande pas mieux que de comprendre. Parlez-moi de votre enfance.

C'était un sujet qu'elle n'abordait jamais. Mais elle n'avait pas non plus l'habitude de manger des frites sur la plage avec ses relations de travail.

— Elle a été — est toujours — une mère formidable. Clarissa est si douce et si généreuse.

— Et votre père ?

— Il est mort quand j'avais huit ans. Comme il était représentant de commerce, il n'était pas souvent à la maison. Ses affaires marchaient plutôt bien, expliqua la jeune femme avec un petit sourire mélancolique. On a eu de la chance de ne pas se retrouver sur la paille. Nous avions de quoi vivre, mais Clarissa oubliait régulièrement de payer les factures. Alors on nous coupait le téléphone. C'est à ce moment-là, je pense, que j'ai commencé à tout prendre en charge.

— Vous n'étiez qu'une gamine.

— N'empêche que je me débrouillais beaucoup mieux qu'elle, affirma A.J. avec un sourire épanoui qui révéla deux discrètes fossettes, tout à fait semblables à celles de Clarissa. Puis elle s'est lancée dans la voyance et nous avons eu quelques rentrées d'argent. Aider les autres, les rassurer, leur redonner confiance était chez elle un véritable besoin. Notre salle de séjour ne désemplissait pas. Les gens du voisinage étaient très intrigués. Mais ceux-là mêmes qui venaient régulièrement consulter Clarissa se montraient distants, et parfois carrément méfiants, quand on les croisait dans la rue.

— Pour vous, ça n'a sans doute pas été facile à vivre.

— Cela dépendait des fois. Clarissa faisait comme si de rien n'était. Elle ignorait superbement ceux qui nous tournaient le dos. Sa réputation s'est étendue peu à peu. Je devais avoir douze ou treize ans quand elle a fait la connaissance des Van Camp. La première fois que j'ai vu des acteurs de cinéma à la maison, je n'en revenais pas. Mais je me suis vite habituée. Quand on leur proposait un rôle, ils appelaient Clarissa pour savoir s'ils devaient l'accepter. Elle avait beau leur dire que c'était à eux, et à eux seuls, de décider, ils continuaient, à chaque fois, de lui demander son avis. Puis le petit Van Camp a été kidnappé et là, ça a vraiment été le cirque. Les médias campaient sur la pelouse et le téléphone n'arrêtait pas de sonner. A Newport Beach, où je l'ai finalement poussée à s'installer, elle est plus tranquille. Même quand on la sollicite pour une affaire qui fait la une des journaux.

— Comme les meurtres de Ridehour, par exemple.

D'un seul coup, A.J. se leva et marcha vers la mer. David lui emboîta le pas.

— Vous n'imaginez pas l'épreuve que cela a été pour elle, dit la jeune femme d'une voix tremblante en croisant les bras sur sa poitrine. J'ai tenté de la dissuader de s'investir dans cette affaire, mais elle n'a rien voulu entendre.

La sentant sur le point de craquer, David posa une main sur son épaule.

— Pourquoi cherchiez-vous à la dissuader de s'en mêler puisqu'elle pouvait aider les enquêteurs ?

— Elle prend les choses trop à cœur. Elle ne pensait plus qu'à ça, n'en dormait plus la nuit, en oubliait de manger. Cette affaire a commencé à l'obséder bien avant qu'on fasse appel à elle. Vous n'imaginez pas quel enfer cela peut être pour quelqu'un comme elle. Les cinq jeunes filles assassinées, je sais qu'elle les voyait. Quoi qu'en dise Clarissa, c'est terrible, parfois, d'avoir ce genre de don.

— Admettons que vous lui demandiez d'arrêter. Le pourrait-elle seulement ?

A.J. passa les doigts dans ses cheveux, que le vent avait ébouriffés.

— En théorie, oui. Mais dans la pratique, Clarissa est bien incapable de s'arrêter. Il faut qu'elle donne. J'ai fini par l'accepter. Je m'assure simplement qu'elle ne donne pas à n'importe qui.

— Et vous ? demanda David.

La voyant tiquer, il se demanda ce qui lui déplaisait dans sa question.

— Etes-vous devenue agent artistique pour protéger votre mère ?

Elle se détendit et répondit en souriant :

— Oui, en partie. Mais j'aime beaucoup ce métier. Je crois que je suis vraiment faite pour ça.

— Et Aurora dans tout cela ?

Il la prit aux épaules et la regarda droit dans les yeux.

— Aurora n'est là que pour Clarissa, répondit A.J. en se blindant intérieurement contre les émotions indésirables qu'elle sentait poindre en elle. Moi seule sais comment me protéger et protéger ma mère.

— Contre quoi ?

— Il se fait tard, David.

— Oui, concéda-t-il distraitement tandis que sa main glissait vers le cou gracieux de la jeune femme. J'étais en train de penser que j'avais commencé à vous embrasser, Aurora, mais que je n'avais jamais eu l'occasion de terminer.

Il avait de grandes mains viriles. Elle l'avait remarqué dès la toute première fois, mais ce détail prit soudain à ses yeux une importance capitale.

— Cela vaut peut-être mieux ainsi, murmura-t-elle.

— Je le crois aussi. Dieu sait pourtant que j'en ai envie !

— Cela va passer.

— Pourquoi ne pas faire un essai, juste pour voir ? Vous n'avez rien à craindre. Nous sommes sur une plage publique et il fait encore jour.

Comme il l'attirait à lui, elle se raidit.

— Vous avez peur ?

Pourquoi cela l'excitait-il autant ? Il n'aurait su le dire.

— Non, mentit A.J. avec un aplomb qui l'étonna elle-même.

Cette fois, il ne mènerait pas la danse. C'est elle qui prendrait l'initiative, décida A.J. en nouant résolument les bras autour du cou de son partenaire, et en écrasant sa bouche sur la sienne.

David eut l'impression que ses pieds s'enfonçaient dans des sables mouvants et que le bruit des vagues enflait démesurément, grondant à ses oreilles comme le tonnerre un soir d'orage. Il croyait pouvoir contrôler la situation, faire de ce baiser une simple expérience. Mais c'était sans compter sur la chaleur, la douceur, la saveur exquise des lèvres qui s'étaient emparées des siennes. Tant qu'à perdre la tête, pourquoi faire les choses à moitié ? se dit-il en rendant son baiser à la jeune femme.

Tout allait beaucoup trop vite, beaucoup trop loin, songeait A.J., prise de panique. Mais ses hormones en folie se moquaient éperdument de cet avertissement. Cet homme, il le lui fallait. Elle le désirait comme jamais encore elle n'avait désiré personne. Les doigts enfoncés dans les cheveux qui frisottaient sur sa nuque, elle se plaqua contre lui en gémissant. C'était sûrement une bêtise. Une énorme bêtise. Jamais pourtant elle ne s'était sentie aussi sûre d'elle.

Une mouette piqua soudain au-dessus de leurs têtes, ne laissant derrière elle qu'une ombre furtive et l'écho de son cri, qui mit brusquement fin à ce moment de folie.

Lorsqu'ils se séparèrent, A.J. fit un pas en arrière. Un léger froid se glissa entre eux. Elle l'aurait voulu polaire pour éteindre le brasier qui faisait rage en elle. Si David ne l'avait pas tenue aux épaules, elle aurait tourné les talons.

— Allons chez moi, proposa-t-il d'une voix rauque.

Plongeant les yeux dans son regard voilé, A.J. comprit qu'elle était en danger. Accepter, c'était risquer de lui donner bien plus qu'il ne demandait.

— Non, David. C'est impossible. Croyez bien que je regrette ce qui s'est passé.

— Moi aussi, dit-il en reculant à son tour. Mais cela ne change rien à ce que nous éprouvons l'un pour l'autre.

— Nos vies sont ce que nous en faisons. Je sais ce que je veux et ne veux pas dans la mienne.

— Les besoins changent, évoluent. Rien n'est immuable, argua David, qui partageait pourtant cette vision des choses.

— Cela dépend des besoins.

— Et si je vous disais que j'ai besoin de vous.

Le cœur d'A.J. s'emballa. Elle déglutit péniblement.

— Je vous répondrais que vous vous fourvoyez. Je ne suis pas votre genre, David, je vous le rappelle. Fiez-vous à votre première impression. C'est souvent la bonne.

— Dans votre cas, j'ai besoin d'un peu plus d'éléments pour me prononcer.

— A votre guise. En attendant, il faut que je rentre. Je veux appeler Clarissa et m'assurer que tout s'est bien passé.

Il la prit par le bras une dernière fois.

— Vous ne pourrez pas toujours vous servir d'elle, Aurora.

Elle darda sur lui un regard aussi pénétrant que celui de sa mère.

— Je ne me sers pas d'elle. Contrairement à vous.

Sur ce, elle fit volte-face et retraversa la plage en direction de la route.

4

L'éclat argenté de la lune faisait miroiter les lattes du parquet ciré sur lequel ondoyait l'ombre majestueuse d'un chêne, juste derrière la fenêtre. La brise nocturne diffusait le parfum subtil des jacinthes. Quelque part, un robinet coulait. On entendait l'eau glouglouter. Un tableau, au mur, accrochait le regard. Ces grandes taches rouges et ces lignes violettes sur la toile blanche symbolisaient l'énergie, le mouvement, le désir et la frustration. Il y avait une glace en pied, aussi. A.J. y voyait son reflet tout entier.

Elle y apparaissait floue, éthérée, lointaine. L'atmosphère irréelle dans laquelle elle baignait lui donnait l'impression qu'elle n'aurait qu'un pas à faire pour entrer dans le miroir et disparaître à jamais. Une sensation de froid la traversa de part en part. Quelque chose l'effrayait. Mais quoi ? La raison de cette peur était aussi insaisissable que son reflet dans la glace. Son instinct lui dictait de s'en aller. De partir le plus vite possible, avant de découvrir de quoi il s'agissait. Mais au moment où elle tournait les talons, quelque chose s'interposa.

L'agrippant aux épaules, David lui bloquait le passage. Ses yeux luisaient dans la pénombre, farouches et impatients. Le désir qu'ils éprouvaient l'un pour l'autre saturait l'air au point de le rendre irrespirable.

Non, je ne veux pas. Avait-elle prononcé ces mots ou

les avait-elle seulement pensés ? La réponse, en tout cas, ne se fit pas attendre. Le ton était dur, cassant :

— Vous ne pourrez pas toujours fuir, Aurora. Pas plus me fuir moi que vous fuir vous.

Puis elle se sentit glisser le long d'un tunnel vertigineux dont les parois mouvantes commençaient à s'enflammer.

A.J. s'assit, haletante et tremblante. Les premières lueurs de l'aube filtraient à travers les fenêtres de sa chambre. Il n'y avait là ni jacinthes odorantes, ni tableau bariolé, ni ombres inquiétantes.

C'était juste un rêve. Un mauvais rêve, songea-t-elle, le cœur battant, en repoussant une mèche de cheveux collée à son front. Mais pourquoi lui avait-il paru si réel ? Il lui semblait sentir encore sur ses épaules la pression des doigts de David Brady.

S'il l'obsédait au point de s'insinuer dans ses rêves, ce n'était pas tellement étonnant. Elle se demandait où en était le documentaire qu'il préparait, et ce qu'il pouvait bien mijoter. Ces deux dernières semaines, elle avait travaillé dur. La dernière fois qu'elle s'était accordé un peu de répit, c'était le soir où elle avait dîné avec lui sur la plage.

Mais mieux valait ne pas y penser, oublier ce qui s'était passé, ce qui avait failli arriver, ce qu'ils s'étaient dit et pas dit. Elle préférait se concentrer sur ce qu'elle avait à faire.

Elle ne se rendormirait pas. Bien qu'il soit à peine 6 heures, A.J. repoussa drap et couverture et se leva. Une tasse de café noir et une bonne douche lui remettraient les idées en place. Il le fallait, car la journée s'annonçait chargée.

Sa cuisine était spacieuse et bien rangée. Elle ne supportait pas le désordre, même dans une pièce où elle ne passait qu'en coup de vent. Les plans de travail et l'électroménager rutilaient de tous leurs feux. Non pas tant à cause de la diligence de la femme de ménage que parce qu'ils n'étaient presque jamais utilisés. Descendant les deux marches qui conduisaient à la salle de séjour, A.J. se dirigea vers la cafetière, qu'elle mit en marche après l'avoir déprogrammée, car elle était censée démarrer à 7 h 05. Quinze minutes plus tard, lorsqu'elle sortit de la douche, l'arôme du café frais, si rassurant, emplissait l'appartement. Elle but un premier café pour achever de se réveiller, puis avala une poignée de vitamines en guise de petit déjeuner. Une seconde tasse de café à la main, elle regagna sa chambre. Tout en examinant le contenu de sa penderie, elle se remémora la liste de ses rendez-vous.

Son premier client de la matinée était un acteur très en vue, et un peu caractériel, qui venait de décrocher le rôle principal dans une série télévisée. Ce rendez-vous serait suivi d'une séance de débriefing avec toute son équipe. A l'heure du déjeuner, le réalisateur Bob Hopewell l'attendait dans un restaurant branché. Si elle arrivait à lui fourguer deux de ses poulains pour son prochain film, elle n'aurait pas perdu son temps.

Il lui fallait jouer la carte de l'élégance, décida-t-elle en jetant son dévolu sur un ensemble de soie sauvage grège qu'elle revêtit en deux temps trois mouvements. Comme elle épinglait au revers de sa veste sa broche en forme de croissant de lune, son rêve lui revint à l'esprit et elle se revit, apeurée et perdue, si différente de la femme efficace et sûre d'elle qu'elle était ce matin.

Dans la vie réelle, elle ne pouvait pas se permettre d'être vulnérable. L'agent artistique autant que la femme devait rester sur ses gardes. Au moindre signe de faiblesse, elle risquait de se faire dévorer vivante par la concurrence, ou par l'homme dont elle ne s'était pas suffisamment méfiée.

Moins de vingt minutes plus tard, elle ouvrait la porte de son complexe de bureaux. Il n'était pas rare qu'elle arrive la première. Elle avait pris cette habitude au début de sa carrière, alors qu'elle officiait dans un studio au quatrième étage d'un immeuble sans ascenseur. A l'époque, son personnel se limitait à une secrétaire à temps partiel qui avait toujours rêvé de devenir mannequin. A.J. employait aujourd'hui deux réceptionnistes, deux assistantes et un cheptel d'agents ultra-compétents. Confiés à un professionnel, l'aménagement et la décoration des lieux n'avaient rien d'ostentatoire. La patine des murs pêche, le mobilier sobre et élégant, les vases en cuivre montraient cependant qu'elle avait réussi dans le métier et qu'elle n'avait plus rien à prouver.

Comme il était encore tôt, A.J. décida de se débarrasser des coups de fil qu'elle devait passer sur la côte Est. En une petite demi-heure, elle abattit un travail considérable, donnant verbalement son accord pour que son client caractériel aille faire un bout d'essai à New York, négociant le renouvellement de contrat d'un autre comédien, qui tenait l'affiche au théâtre depuis plusieurs mois, et déclenchant le courroux d'un producteur en refusant une offre qu'elle jugeait indigne de son client.

Lorsqu'elle raccrocha, elle n'était pas mécontente d'elle-même. Elle savait que le producteur reverrait sa proposition à la hausse. L'acteur qu'il voulait pour le rôle méritait un gros cachet. Elle avait lu le script. C'était un rôle difficile, physiquement et nerveusement épuisant. Les acteurs suaient souvent sang et eau sur un tournage. Les payer avec un lance-pierres lui semblait immoral, aussi A.J. ne ménageait-elle jamais ses efforts pour leur obtenir une meilleure rétribution.

En attendant l'heure de son premier rendez-vous, elle se plongea dans ses dossiers. Un bruit de pas lui fit lever le nez et tendre l'oreille.

Elle consulta sa montre. Lequel de ses collaborateurs était assez zélé pour arriver d'aussi bonne heure ? Intriguée, elle se leva pour aller voir. Les pas cessèrent aussitôt. Et si c'était un fou ? songea-t-elle soudain en se figeant. La peur au ventre, elle s'empara d'un lourd presse-papiers en bronze.

Les pas reprirent, de plus en plus proches. Ils s'arrêtèrent devant son bureau. S'efforçant de respirer normalement, de ne pas céder à la panique, A.J. traversa la pièce sur la pointe des pieds et se posta derrière la porte. Brandissant le presse-papiers d'une main, elle saisit la poignée de la porte de l'autre, prit une grande inspiration et ouvrit d'un coup. Alors qu'elle s'apprêtait à lui fracasser le crâne, David attrapa son bras au vol.

— C'est comme ça que vous accueillez vos clients ?

— Bon sang ! grommela la jeune femme en laissant choir le presse-papiers sur la moquette. Vous m'avez fait une peur bleue. Qu'est-ce qui vous prend de venir traîner ici à une heure aussi matinale ?

— Il me prend que, comme vous, je me suis levé tôt.

Les genoux flageolants, A.J. s'affala dans un fauteuil.

— La différence, c'est que je suis ici dans mon bureau. Je peux y venir à l'heure qui me chante. Que voulez-vous, Brady ?

— Je serais tenté de vous dire que je m'ennuyais de vous.

— Epargnez-moi vos boniments.

— En réalité, je pars à New York tourner une scène en extérieur. Je ne vais pas avoir une minute à moi pendant les deux prochains jours. Je voulais vous laisser un message pour Clarissa.

Il n'avait aucun scrupule à mentir. De toute façon, il n'avait pas le choix. A.J. Fields n'était pas le genre de femme à qui il pouvait avouer de but en blanc qu'il crevait d'envie de la voir. Elle serait partie en courant ou l'aurait fichu dehors.

— Je vous écoute, dit-elle en tendant la main vers un bloc-notes. Je transmettrai votre message. Mais à l'avenir, soyez un peu plus prudent. J'aurais pu vous tuer.

— La porte était ouverte, et comme il n'y avait personne à la réception, je me suis aventuré dans les couloirs en espérant tomber sur quelqu'un qui pourrait prendre le message.

C'était assez logique, dans le fond, mais A.J. lui en voulait de lui avoir fait la peur de sa vie avant 9 heures du matin.

— Je vous écoute, répéta-t-elle d'un ton sec.

David n'avait pas la moindre idée de ce qu'il allait lui raconter. Fourrant ses mains dans ses poches, il balaya du regard la pièce soigneusement rangée et si joliment décorée.

— J'aime bien votre bureau, dit-il.

Les dossiers sur lesquels elle avait travaillé étaient empilés sur un coin du bureau. Il n'y avait pas un trombone qui traînait.

— Vous êtes quelqu'un de très ordonné, fit-il remarquer.

— Oui, dit-elle en tapotant son calepin avec la pointe de son stylo. Alors, ce message pour Clarissa ?

— Comment va-t-elle, au fait ?

— Très bien.

Il s'approcha de l'unique tableau qui était au mur. Une marine dans des tons de pastel.

— Vous vous faisiez du souci pour elle, l'autre soir. Vous vous demandiez si elle ressortirait vivante de ce dîner avec Alex.

— Elle a passé une excellente soirée, marmonna A.J. Il paraît que cet Alex est un vrai gentleman et que sa conversation est passionnante.

— On dirait que cela vous chagrine ?

— Clarissa n'a pas l'habitude de… ce genre de sortie.

Se sentant ridicule, A.J. posa son calepin et gagna la fenêtre.

— Le fait qu'elle sorte avec un homme pose un problème ?

— Non, bien sûr que non. C'est juste que…

Elle n'aurait pas dû parler de choses qui ne regardaient que sa mère, mais il y avait si peu de gens qui étaient au courant de leur parenté, qu'elle ne put s'empêcher de confier à David ce qu'elle avait sur le cœur.

— J'ai remarqué que quand elle parlait de lui, elle avait l'air troublé. Dimanche, ils ont passé la journée ensemble. A faire du bateau. A ma connaissance, Clarissa n'était jamais montée dans un bateau de sa vie.

— Elle fait des découvertes.

— C'est bien ce qui m'inquiète, avoua A.J. dans un souffle. Avez-vous idée de ce que c'est que de voir sa mère s'amouracher de quelqu'un ?

— Non, pas vraiment.

Il songea à sa propre mère, au couple modèle qu'elle formait avec son père. Elle lui préparait de bons petits plats et recousait ses boutons. Il sortait les poubelles et réparait le grille-pain.

— Ce n'est pas marrant, croyez-moi. Après tout, je ne sais quasiment rien de cet homme. Il est charmant, ça oui. Mais si j'en crois ce qu'on m'a dit, il a été charmant avec la moitié des femmes de la côte Ouest !

— Si vous vous entendiez, railla David en la rejoignant à la fenêtre. On dirait une mère de famille qui se fait du souci pour sa fille de quinze ans. Si Clarissa était une femme ordinaire, il y aurait peut-être de quoi s'inquiéter. Mais ses facultés la mettent à l'abri de pas mal d'embrouilles, non ? Les gens mal intentionnés, elle doit les repérer à cent mètres.

— Non, pas forcément. Quand les sentiments s'en mêlent, ses pouvoirs n'opèrent plus. Surtout quand ça commence à devenir sérieux.

— En ce cas, vous devriez peut-être vous méfier de vos propres sentiments.

Il la sentit se raidir. Il n'eut pas besoin de la toucher, ni même de s'approcher pour s'apercevoir de son trouble.

— L'affection que vous avez pour votre mère, et votre souci constant de la protéger, vous poussent à voir le mal partout. Ces sentiments, il serait peut-être bon que vous leur trouviez une autre cible, non ?

— Clarissa est la seule personne au monde capable de les susciter.

— Curieuse façon de dire les choses ! Vous arrive-t-il de prendre en compte vos propres besoins ? demanda David en caressant doucement les cheveux de la jeune femme.

— Cela ne vous regarde pas.

— Vous avez le ton et la manière de dissuader les gens d'insister. Je vous vois très bien passer au fil de l'épée les hommes qui auraient l'audace de se mettre sur votre chemin.

Bizarrement, la colère qui flamboyait dans ses yeux bleus l'incitait à la provoquer.

— Mais avec moi, A.J., ça ne marche pas !

— J'ai eu tort de penser que je pouvais vous faire confiance.

— Le fait que vous n'ayez pas hésité une seconde devrait vous donner à réfléchir.

— Pourquoi me poussez-vous à bout ?

— Parce que je vous désire.

Il était si près d'elle que son parfum l'emprisonnait dans ses volutes grisantes.

— Parce que je rêve de vous faire l'amour longuement, dans un endroit tranquille où rien ni personne ne viendra nous déranger. Mais comme je n'en dors plus la nuit, ce rêve, je ne peux le faire qu'éveillé.

La gorge d'A.J. était douloureuse à force d'être sèche, et ses mains glacées.

— Je crois vous avoir dit que je ne couchais pas à droite et à gauche.

— C'est une excellente chose, murmura David. Vous et moi, nous n'avons pas besoin de ça. Je crois que votre personnel arrive ; je vais vous laisser travailler. Juste une précision : je suis prêt à accepter vos conditions, l'heure et le lieu qui vous conviendront, mais il faut que vous sachiez que j'ai l'intention de passer plus d'une nuit avec vous. Bien plus d'une nuit...

Si elle ne s'était pas retenue, elle aurait ramassé le presse-papiers et le lui aurait jeté à la figure. Mais elle devait garder son sang-froid, surtout en présence de ses employés.

— Brady ? dit-elle alors qu'il avait déjà la main sur la poignée de la porte.

Il se retourna et lui sourit.

— Oui ?

— Vous avez oublié le message pour Clarissa.

— Ah oui ? Faites-lui toutes mes amitiés. A bientôt, très chère.

Lorsqu'il déverrouilla la porte de sa chambre d'hôtel, David n'avait pas la moindre idée de l'heure qu'il était. Tout ce qu'il savait, c'était qu'il allait encore devoir accomplir des miracles pour ne pas faire exploser son budget, car le tournage avait duré un jour de plus que prévu. Conformément à ses instructions, la femme de chambre n'avait pas touché aux papiers qui s'amoncelaient sur le guéridon de l'entrée. Il les ramassa, appela la réception et commanda du café. Puis il se mit au travail. En deux heures, il réussit à retomber sur ses pattes... et à remplir le cendrier.

L'institut de parapsychologie dans lequel ils avaient tourné l'avait beaucoup impressionné. Comme tous les instituts, il était poussiéreux et étouffant, et comme tous les scientifiques, ceux de Danjason s'étaient montrés plutôt secs et concis dans leurs explications. A tel point que

David se demanda s'ils convaincraient les téléspectateurs, ou s'ils les endormiraient.

Les expériences lui avaient cependant paru intéressantes car l'institut testait non seulement des médiums, mais aussi des gens ordinaires. En outre, les procédés utilisés et les résultats obtenus étaient rigoureusement scientifiques. On soumettait les données à la théorie des probabilités mathématiques. C'était plutôt ardu et sûrement pas à la portée du premier quidam venu. David, lui, avait l'impression que tout cela était le fait du hasard.

Mais dès qu'on réunissait des scientifiques de haut niveau et que l'on mettait à leur disposition du matériel ultrasophistiqué, les phénomènes paranormaux devenaient un sujet d'étude extrêmement sérieux. Surtout quand après des dizaines d'années d'expériences laborieuses, l'étude de ces phénomènes accédait enfin au statut de science.

Il y avait eu ensuite une visite à Wall Street, où ils avaient interviewé un agent de change doté de pouvoirs paranormaux. L'homme ne s'était pas caché d'utiliser son don pour jouer en Bourse et gagner des millions de dollars. Ce n'était rien d'autre qu'une technique, avait-il expliqué, à peu près comme la lecture, l'écriture ou le calcul. Il avait également déclaré que certains des dirigeants des plus grosses sociétés au monde avaient mis à contribution ce même don pour obtenir leur poste et y rester. A l'entendre, la perception extrasensorielle était un outil aussi indispensable aux affaires que l'ordinateur ou la règle à calcul.

Une science, un moyen de gagner de l'argent, une émission de télévision… David repensa à Clarissa. Elle n'avait pas eu besoin de s'appuyer sur une quelconque technologie de pointe, ni d'émailler son discours de formules mathématiques obscures. Elle n'avait pas péroré sur les tendances boursières ou le cours du Dow Jones. Elle avait juste parlé de ses pouvoirs, quels qu'ils soient.

Voilà qu'il se mettait à y croire ! constata-t-il en se passant les mains sur le visage. Ses propres recherches lui avaient pourtant montré que pour une expérience menée en laboratoire sous contrôle scientifique, il y avait des dizaines de fraudeurs qui profitaient de la crédulité des gens pour leur faire gober n'importe quoi. Qu'il perde son objectivité, et son documentaire était fichu.

Clarissa restait, quoi qu'il en soit, le pivot central de son émission, pivot autour duquel s'articulait tout le reste. Les yeux mi-clos, David se représenta mentalement la première partie du documentaire. Il s'ouvrirait sur l'interview des parapsychologues en blouse blanche procédant à des tests extrêmement rigoureux. Suivrait une séquence montrant Clarissa en train d'expliquer à Alex, dans un langage simple et compréhensible de tous, à peu près les mêmes phénomènes. Le numéro de cirque que leur avait fait l'agent de change de Wall Street, filmé dans son bureau panoramique en haut d'un gratte-ciel, viendrait ensuite. Puis la parole serait de nouveau donnée à Clarissa, confortablement installée dans son canapé. On enchaînerait avec le tour de passe-passe du médium en smoking qu'ils avaient déniché à Las Vegas. Toujours aussi posée, aussi sobre, Clarissa DeBasse se soumettrait alors à l'expérience du jeu de cartes que lui avait proposée Alex au débotté.

C'était pas mal du tout, conclut David avec un soupir de satisfaction. Mais il lui fallait une accroche, quelque chose qui parle d'entrée de jeu aux téléspectateurs.

Il n'eut pas à chercher longtemps. Les affaires de meurtre que Clarissa avait aidé à élucider conviendraient parfaitement. L'interview d'Alice Van Camp ne devrait pas être trop difficile à obtenir. Il aurait plus de mal à entrer en contact avec un des acteurs de l'affaire Ridehour. A.J. essaierait peut-être de lui mettre des bâtons dans les roues, mais il passerait outre.

Combien de fois avait-il pensé à elle au cours des trois derniers jours, revécu en pensée les moments délicieux qu'ils avaient partagés sur la plage, rêvé de la prendre de nouveau dans ses bras… pour ne plus jamais la lâcher ?

Aurora. La douce, tendre et fragile Aurora. David savait qu'il avait tort de penser à Aurora plutôt qu'à l'inflexible A.J. Fields, toujours si sûre d'elle, et toujours prête à en découdre. Mais dans sa chambre d'hôtel, il se sentait bien seul. C'était à Aurora qu'il songeait. C'était Aurora qu'il désirait comme un fou.

Sur un coup de tête, il prit le téléphone et enfonça les touches à toute vitesse. La sonnerie retentit quatre fois avant qu'elle décroche.

— A.J. Fields.

— Bonjour.

— David ?

Elle rattrapa de justesse la serviette qu'elle avait enroulée autour de ses cheveux mouillés.

— Comment allez-vous ? demanda-t-il.

— Je sors de la douche, expliqua-t-elle en essayant d'enfiler son peignoir sans lâcher le téléphone. Il y a un problème ?

Le problème, c'était qu'il y avait entre eux près de cinq mille kilomètres et qu'il aurait donné tout ce qu'il avait pour être près d'elle en cet instant.

— Non, pourquoi y en aurait-il un ?

— Quand on m'appelle à cette heure-là, c'est souvent pour m'annoncer une mauvaise nouvelle. Quand êtes-vous rentré ?

— Je vous appelle de New York.

Bon sang, que c'était bon d'entendre sa voix ! songea David en se carrant dans son fauteuil.

— Et vous êtes déjà levé ? s'étonna-t-elle.

— En fait, je ne me suis pas encore couché.

Cette fois, elle manqua de réflexe et la serviette atterrit sur ses pieds nus.

— Je vois. Ah, les folles nuits de Manhattan ! Difficile d'y résister, n'est-ce pas ?

Il considéra d'un œil morne les papiers disséminés sur la table et songea, en regardant la tasse vide, aux litres de café qu'il avait éclusés pour se tenir éveillé, et en voyant le cendrier plein, à toutes les cigarettes qu'il avait fumées pour se donner le courage de continuer.

— Oui. Ici, on fait la fête jusqu'au matin.

— Je n'en doute pas, dit A.J. en se baissant pour ramasser la serviette. Vous deviez avoir quelque chose d'important à me dire pour vous arracher à toute cette liesse.

— Il fallait que je vous parle.

La jeune femme se mit à se frictionner la tête sans ménagement.

— Oui, ça, j'avais compris, murmura-t-elle. Mais de quoi ?

— De rien.

— Brady, vous avez bu ou quoi ?

Il eut un petit rire bref.

— Non. Ni bu ni mangé depuis une éternité. En quoi le fait que j'aie envie de bavarder avec vous serait-il anormal ?

— Les producteurs font rarement la causette aux agents, surtout à plusieurs milliers de kilomètres de distance, et d'aussi bon matin.

— Il faut savoir innover. Comment allez-vous, A.J. ?

— Bien, et vous ? demanda-t-elle en s'asseyant sur son lit.

— Pas trop mal. Les choses prennent tournure. Mais là, tout de suite, je suis un peu fatigué, confia-t-il en bâillant. Nous avons interviewé hier une équipe de physiciens passablement rasoirs et je me suis entretenu avec une femme qui prétend avoir fait plusieurs expériences au-delà des limites du corps.

A.J. ne put s'empêcher de sourire.

— J'ai entendu parler de ce genre d'expériences.

— Elle m'a raconté qu'elle avait visité l'Europe de cette façon.

— C'est bien de pouvoir faire l'économie du billet d'avion.

— Oui, évidemment.

Le ton découragé de sa voix amusa la jeune femme.

— On dirait que vous peinez à séparer le bon grain de l'ivraie, Brady ?

— C'est à peu près ça. Et nous ne sommes pas au bout de nos peines. Nous devons encore rendre visite à un chiromancien dans les hauteurs du Maryland, faire un saut en Virginie pour aller voir une maison prétendument hantée par une jeune fille et un chat, et interviewer en Pennsylvanie un hypnotiseur spécialisé dans la régression néonatale.

— Tout un programme ! Et des heures d'amusement en perspective.

— Vous n'avez aucun projet de déplacement, je suppose ?

— Non, pourquoi ?

— Parce que je ne serais pas fâché de vous voir.

Le cœur d'A.J. fit une embardée dans sa poitrine, mais elle s'efforça de garder la tête froide, trouvant même le courage de se moquer.

— David, vos déclarations me rendent toute chose.

— La poésie, ce n'est pas trop mon truc, s'excusa-t-il.

Zut de zut ! Il s'y prenait comme un manche.

— Si je vous avais dit que je pensais à vous et que j'avais envie de vous voir, vous m'auriez envoyé promener. Compte tenu de ce que me coûte cet appel, ce serait un peu dommage.

— Vous avez un budget à respecter, il ne faut pas l'oublier !

— Vous voyez ? Ça commence ! dit-il, amusé. Ecoutez, je propose que nous fassions une petite expérience.

A.J. s'allongea sur son lit. Elle avait déjà dix bonnes minutes de retard, mais c'était le cadet de ses soucis.

— Quelle sorte d'expérience ?

— Vous allez me dire quelque chose de gentil… pour changer. Cela nous permettra de repartir sur de nouvelles bases. Je vous écoute, insista David après un silence qui semblait parti pour s'éterniser.

— Je cherche.

— Vous y mettez de la mauvaise volonté.

— Ça y est : j'ai trouvé ! Votre documentaire sur les femmes au gouvernement était passionnant et étonnamment impartial. On n'y sentait aucun parti pris, ni pour un sexe ni pour l'autre.

— C'est un début, mais vous ne pourriez pas trouver quelque chose d'un peu plus personnel ?

— D'un peu plus personnel ? minauda-t-elle au téléphone en contemplant le plafond. Je sais ! S'il vous prenait un jour l'envie de passer de l'autre côté de la caméra, je me charge de faire de vous une star.

— Je suis sûr que c'est le genre de compliment que vous balancez dix fois par jour.

— Je vous trouve un peu difficile. Et si je vous disais que vous pourriez, éventuellement, être un compagnon acceptable ? Vous avez un physique supportable et vous n'êtes pas complètement idiot.

— Cela manque un peu d'enthousiasme, A.J.

— C'est à prendre ou à laisser.

— Poussons l'expérience un peu plus loin. Acceptez de passer une soirée avec moi : vous pourrez vérifier la validité de votre hypothèse.

— Vous voudriez que je laisse tout en plan ici pour aller vérifier une théorie en Pennsylvanie, ou je ne sais où ?

— Je serai de retour dans le courant de la semaine prochaine.

Elle hésita un millième de seconde, se sermonna pour la forme et céda à son impulsion.

— Vendredi, sort le film dans lequel joue Hastings Reed, qui est un de mes clients et semble bien parti pour décrocher un oscar.

— Vous ne pouvez pas oublier un peu vos clients, A.J. ?

— J'ai pu avoir deux places pour la première. Je vous invite à m'accompagner.

— Vous m'invitez à *sortir* avec vous ?

— Je vous conseille de ne pas faire le malin, Brady.

— Je passerai vous chercher.

— A 20 heures. Je vous laisse, maintenant. Je vais être en retard au bureau.

— Aurora ?

— Oui ?

— N'oubliez pas de penser à moi de temps en temps.

— Au revoir, Brady.

A.J. raccrocha. Assise sur son lit, elle se demanda ce qui lui avait pris. Elle qui boycottait tous les événements mondains et médiatiques, pourquoi s'était-elle engagée à aller à cette première ? Avec David Brady, par-dessus le marché !

Il y avait des siècles qu'elle ne s'était pas laissé courtiser par un homme. Mais où cela l'avait-il menée ? Elle avait pleuré pendant des jours et des jours sur ses espoirs déçus et elle avait maudit sa naïveté.

Depuis, elle avait fait du chemin. Elle n'était plus une gamine, mais une femme d'affaires prospère et aguerrie qui, autour d'une table de négociations, pouvait sans problème tenir tête à dix David Brady. L'ennui, c'était qu'en dehors d'un bureau, elle se sentait infichue de faire face. Même à un seul.

Comme elle se désolait de cette inaptitude, son regard croisa la pendule. Jurant entre ses dents, la jeune femme bondit à bas du lit. Avec tout ça, elle était bien en retard.

5

Elle s'offrit une nouvelle robe. Pour un soir de première, elle pouvait difficilement faire autrement. Et en son for intérieur, elle savait cependant que cette robe, elle l'avait achetée pour Aurora, et non pour A.J.

A 19 h 55 le vendredi soir, plantée devant son miroir, elle jugeait du résultat. Cela changeait des tailleurs qu'elle portait d'habitude. Mais peut-être le contraste était-il trop radical ?

Cette robe avait au moins le mérite d'être noire. Le noir était passe-partout et indémodable. Elle pivota d'un côté, puis de l'autre. Et elle n'était pas « m'as-tu vu » pour deux sous. Maintenant, il aurait sans doute mieux valu choisir quelque chose de plus discret que cet étroit fourreau de shantung qui moulait outrageusement ses formes… quand il ne les dévoilait pas. Comment avait-elle pu ne pas s'apercevoir que le tissu collait autant ? En fait, elle avait bien dû le voir. Mais dans un moment de folie, elle avait décidé de l'acheter quand même parce que dans cette robe, au moins, elle n'avait pas l'air d'une femme d'affaires. Dans cette robe, elle se sentait féminine. Elle se sentait belle et désirable. Ce qui, en contrepartie, risquait de lui attirer pas mal d'ennuis.

Mais la petite veste brodée de perles qu'elle avait prévu de porter par-dessus allait la tirer d'embarras.

Forte de cette pensée, A.J. fixa autour de son cou un

joli médaillon en argent monté sur un cordon noir. Elle le centrait sur sa poitrine lorsque la sonnette retentit. Sans se presser, elle se glissa dans ses escarpins, vérifia le contenu de son sac et sortit sa veste de la penderie. En se dirigeant vers la porte, elle se rappela qu'il s'agissait d'une expérience et qu'elle devait donc vivre cette soirée comme telle.

Elle ne s'attendait pas à ce qu'il lui apporte des fleurs. Cela correspondait si peu au personnage. Il eut l'air aussi surpris qu'elle, si bien qu'ils restèrent un long moment à se dévisager sans rien dire.

Elle était éblouissante. Il lui avait toujours trouvé du charme, l'avait toujours trouvée sexy, dans son genre un peu froid, un peu distant. Mais ce soir, elle était à tomber. Sa robe bustier n'avait ni strass ni paillettes, mais elle épousait son corps adorable et cela suffisait à la rendre remarquable.

Il avança d'un pas. S'éclaircissant la voix, A.J. recula d'autant.

— Pile à l'heure ! dit-elle en plaquant un sourire sur ses lèvres.

— Je regrette déjà de ne pas être venu plus tôt.

A.J. prit les roses d'un air un peu blasé, mais elle mourait d'envie d'enfouir son visage dans les pétales odorants.

— Merci. Elles sont superbes. Voulez-vous boire quelque chose pendant que je les mets dans un vase ?

Il déclina son offre. La contempler suffisait à son bonheur.

— J'en ai pour une minute.

Il profita qu'elle tournait le dos pour admirer sa nuque gracieuse, ses omoplates fines et soyeuses. Son regard glissa le long de son dos jusqu'à l'endroit où, la courbure s'inversant, il change de nom. La gorge sèche, il s'en voulut d'avoir refusé le verre qu'elle lui proposait.

Pour se changer les idées, il reporta son attention sur

l'appartement. En matière de décoration, A.J. n'avait visiblement pas les mêmes goûts que Clarissa.

La pièce était à peu près aussi froide et aussi lisse que celle qui vivait dedans. Pas tant à cause des murs blancs et de l'absence de mobilier. David ne détestait pas ce côté zen. Ce qui le gênait davantage, c'était qu'Aurora ait mis aussi peu d'elle-même dans cet appartement. Comme dans son bureau, chaque chose était scrupuleusement à sa place. Il n'y avait ni photo ni souvenir exposés, nulle part. Aucune babiole. Rien qui puisse révéler quoi que ce soit de la vie ou du passé de la jeune femme. Ce constat lui donna encore plus envie de savoir ce qu'elle semblait si soucieuse de cacher.

Lorsqu'elle reparut, A.J. était calme et impassible. Elle avait disposé les roses dans un grand vase en cristal de Baccarat, le seul qu'elle possédait.

— Allons-y, si vous voulez, proposa-t-elle. Nous pourrons observer les stars tout à loisir. Ce n'est pas la même chose que de déjeuner avec elles ou d'assister à un tournage.

— Vous êtes une vraie sorcière, murmura David. Votre peau si blanche, et cette robe si noire. Il ne manque plus que l'odeur de soufre.

Ses mains tremblaient un peu quand elle attrapa sa veste.

— L'une de mes ancêtres a été brûlée vive, vous savez.

Il lui prit la veste des mains et l'aida à l'enfiler.

— Cela ne m'étonne qu'à moitié.

— C'était à Salem, au moment des événements, expliqua la jeune femme.

Elle feignit de ne pas remarquer qu'il s'était débrouillé, en l'aidant à passer sa veste, pour lui caresser furtivement les épaules.

— Sorcière, elle ne l'était pas plus que Clarissa. Elle n'avait que vingt-cinq ans et elle était très belle, paraît-il.

Elle n'aurait évidemment jamais dû prévenir ses voisins que leur grange allait prendre feu… deux jours plus tard.

— Et c'est pour cela qu'elle a été exécutée ?

— Les gens réagissent parfois de façon très violente aux choses qui les dépassent.

— Nous avons interviewé un agent de change qui fait un malheur à la Bourse de New York en « voyant » les choses par anticipation.

— Les temps changent, conclut A.J. en ramassant son sac. Mon ancêtre est morte seule et pauvre comme Job. Elle s'appelait Aurora. On y va ?

Ils sortirent l'un derrière l'autre, sans rien dire.

— Cela vous a marqué, apparemment, d'avoir une soi-disant sorcière parmi vos ancêtres ?

A.J. appela l'ascenseur.

— Tout le monde n'en a pas une dans son arbre généalogique, dit-elle en haussant les épaules. Quant à son histoire, elle donne à réfléchir. Je sais par expérience qu'il faut se méfier des réactions que peuvent avoir les gens. Ils se font parfois des idées qui les poussent tantôt à condamner sans appel, tantôt à gober n'importe quoi. Dans les deux cas, c'est très dangereux.

Tout en montant dans l'ascenseur, David répondit :

— D'où votre souci constant de protéger Clarissa contre ces deux extrêmes.

— Exactement.

— Et vous ? C'est pour vous protéger que vous cachez que Clarissa est votre mère ?

— Je n'ai rien à craindre de ma mère, rétorqua A.J. d'un ton qu'elle aurait voulu moins agressif. Il se trouve juste que cela facilite nos relations professionnelles.

— C'est logique. Vous avez toujours réponse à tout, A.J.

La jeune femme se demanda s'il fallait le prendre comme un compliment.

— Il se trouve aussi que je connais beaucoup de monde.

Je n'aimerais pas que mes clients débarquent à tout bout de champ dans mon bureau parce qu'ils ont perdu leur diamant et qu'ils comptent sur ma mère pour le retrouver. Votre voiture est au parking ?

— Non, elle est garée juste devant. Ce n'était pas une critique, Aurora, mais une simple question.

Elle sentit sa colère retomber comme un soufflé.

— Pas de problème. Je suis un peu chatouilleuse dès qu'il s'agit de Clarissa. Je ne vois pas votre voiture, dit-elle en lorgnant du coin de l'œil une limousine grise rutilante.

Comme il gardait le silence, elle regarda de nouveau la limousine en haussant les sourcils.

— Si je m'attendais à ça ! Alors là, vous m'impressionnez !

Le chauffeur s'empressait déjà d'ouvrir la portière.

— C'était le but recherché. Je vous en prie, dit David en s'effaçant cérémonieusement pour la laisser prendre place dans le véhicule.

A.J. se glissa à l'intérieur. Ce n'était pas la première fois qu'elle montait dans une limousine. Il lui arrivait parfois d'aller chercher ses clients ou de les raccompagner à l'aéroport en limousine. Mais elle considérait cela comme un luxe. Tandis qu'elle se prélassait, David débouchait une bouteille de champagne.

— Les roses, la limousine, le champagne : vous ne faites pas les choses à moitié ! Cela m'impressionne beaucoup, Brady, mais il faut que vous sachiez que…

Il ne la laissa pas finir.

— N'allez pas tout gâcher, dit-il en servant le champagne. N'oubliez pas que nous sommes censés vérifier l'hypothèse selon laquelle je pourrais faire un compagnon acceptable. Je ne m'en sors pas trop mal, jusque-là, non ?

Elle prit la flûte qu'il lui tendait et la porta à ses lèvres. Tout cela était trop beau pour être vrai. Mais A.J. savait tenir les hommes à distance.

— Vous vous en sortez d'autant mieux que je n'ai pas

l'habitude de faire l'objet de tant d'attentions. D'habitude, c'est moi qui chouchoute les autres.

— Quel effet cela vous fait-il d'être chouchoutée à votre tour ?

— Je crains d'y prendre goût, répondit-elle en retirant ses chaussures pour enfoncer ses pieds dans la moquette. Je crois que je pourrais rester assise là pendant des heures.

D'un doigt nonchalant, il lui caressa le cou, juste sous l'oreille, là où la peau est si blanche à force de ne jamais voir le soleil.

— Vous tenez vraiment à voir ce film ? demanda-t-il dans un souffle.

A.J. tressaillit malgré elle. Tandis qu'une salve de frissons venait mourir au creux de son ventre, elle songea que David Brady n'était pas un homme comme les autres.

— Oui, répondit-elle en pensant « non » et en tendant son verre pour qu'il la resserve. Je suppose que vous avez l'habitude de ce genre de choses.

— Des premières ? Non, je n'aime pas l'ostentation.

— Je vois ça, ironisa-t-elle en regardant autour d'elle.

— Ce soir, je fais une exception. Pour vous.

Il leva son verre en souriant, heureux de la voir si détendue, apparemment si bien en sa compagnie.

— Mais vous, avec votre métier, vous devez assister à toutes les réceptions huppées ?

— Sûrement pas. En fait, j'ai horreur de ça.

— Pourquoi diable y allons-nous, en ce cas ?

— Cela entre dans le cadre de notre expérience.

La limousine s'arrêta au bord du trottoir sur lequel se pressait une foule bruyante et compacte jugulée par des barrières qui obligeaient ceux qui voulaient entrer dans le cinéma à faire la queue sur plusieurs rangs. Les appareils photo cliquetaient, les flashes crépitaient. L'excitation était à son comble. Tel un couple de stars, ils furent accueillis par un concert de hourras, bravos et vivats.

— C'est incroyable, grommela David en l'entraînant loin des paparazzi qui les bombardaient sans pitié.

— Dieu que je n'aimerais pas être une actrice ! Essayons de trouver un coin sombre.

— Je suis partant.

Elle ne put s'empêcher de rire.

— Vous alors, vous avez de la constance !

— A.J. ? A.J., comment ça va, ma chérie ?

Avant d'avoir compris ce qui lui arrivait, la jeune femme se retrouva plaquée contre un giron confortable.

— Merinda ! Je suis contente de vous voir.

— Et moi donc ! s'exclama Merinda MacBride, la nouvelle coqueluche d'Hollywood. C'est tellement rassurant de tomber sur un visage connu.

Des pendeloques en diamant qu'elle avait aux oreilles à la robe de sequins qui semblait avoir été peinte sur elle, la star brillait comme un arbre de Noël. Elle décocha à A.J. un sourire d'une blancheur aveuglante.

— Vous êtes divine.

— Merci. Vous n'êtes pas venue seule ? s'informa A.J.

— Non. Je suis avec Brad..., Brad...

Renonçant à retrouver le nom de famille de son compagnon, elle sourit de nouveau.

— Avec Brad, dit-elle simplement. Il est allé me chercher à boire. Mais vous non plus, vous n'êtes pas venue seule, remarqua-t-elle en se tournant vers David.

— Merinda MacBride, David Brady.

— Enchanté, fit-il en serrant — et non baisant, comme de toute évidence elle l'espérait — la main qu'elle lui tendait. Je vous ai vue à l'écran et je vous ai trouvée formidable.

Elle le jaugea des pieds à la tête, sans la moindre gêne.

— Vous êtes aussi un client d'A.J. ?

— David est producteur.

Amusée par la lueur de convoitise qu'elle vit s'allumer

dans les yeux bleu porcelaine de l'actrice, A.J. attendit plusieurs secondes avant de préciser :

— De documentaires. Je suis sûre que vous avez vu ses reportages à la télévision.

— Naturellement, mentit Merinda avec un grand sourire. J'admire beaucoup les producteurs. Surtout quand ils sont aussi séduisants.

— J'ai un ou deux scripts à vous faire lire, dit A.J. pour détourner son attention.

— Vraiment ? Vous pouvez me les envoyer ?

— Lundi matin sans faute.

— Il faut que je parte à la recherche de Brad avant de me le faire souffler. J'ai été ravie de vous connaître, David. J'espère avoir d'autres occasions de vous rencontrer. Merci d'avance, A.J. On déjeune ensemble un de ces jours, O.K. ?

— O.K. On s'appelle.

David n'attendit même pas que l'actrice se soit éloignée pour faire part de ses commentaires à A.J.

— Et vous supportez ça toute la journée ?

— Chut !

— Je vous plains sincèrement, dit-il en suivant des yeux Merinda qui ondoyait dans la foule telle une sirène dans les flots.

— Merinda est un peu spéciale mais, à l'écran, elle est vraiment géniale.

— Je suis sûr qu'elle est bourrée de talents, dit David d'un ton de connaisseur.

Comme A.J. lui faisait les gros yeux, il s'empressa de préciser :

— Je parle de son talent d'actrice, bien sûr. Elle excelle dans *Un jour, c'est tout*.

A.J. n'arriva pas à sourire. Elle s'était donné un mal de chien pour que Merinda obtienne le rôle.

— Vous avez vu ses films, alors ?

— Je ne vis pas au fond des bois. C'est le premier film dans lequel on la voit autrement que dans le plus simple appareil.

— C'était aussi la première fois que je la représentais.

— Elle a de la chance de vous avoir pour agent.

— Merci, mais je ne suis pas perdante, vous savez. Merinda est une véritable mine d'or.

— Je dirais plutôt que c'est de la dynamite. Mais comme je tiens à rester en vie, je me garderai bien d'y toucher.

Leur progression à travers la foule reprit, lente et laborieuse, constamment interrompue par de nouvelles rencontres. Entre ses clients, ses collaborateurs, ses connaissances, A.J. avait fort à faire, congratulant les uns, saluant les autres et déclinant les invitations de tous à prendre un verre après le film.

Lorsque, enfin, ils purent entrer dans le cinéma, ils décidèrent d'un commun accord de s'asseoir dans le fond de la salle.

— Comment faites-vous pour avoir l'air aussi blasé, A.J. ? Vous faites la bise à des dizaines de stars, mais semblez n'en tirer aucune gloire.

— Cela fait partie du métier. Je ne suis pas blasée : je garde les pieds sur terre. Vous n'avez rien à m'envier. La seule fois où je vous ai vu la langue pendante, c'était devant une bombe qui ne demandait qu'à vous sauter dessus.

Il s'apprêtait à répondre, mais elle lui cloua le bec d'un « chut ! » impérieux.

— Taisez-vous. Le film va commencer et j'ai horreur de rater le générique.

Elle connaissait bien l'acteur qui tenait le rôle principal. Elle était non seulement son agent, mais aussi son amie, sa confidente, celle à qui il venait raconter ses déboires conjugaux, celle qui le réconfortait quand il avait le moral à zéro, celle qui ne manquait jamais de souhaiter leur anniversaire à chacun de ses trois enfants. Mais à la seconde où il apparut sur l'écran, elle oublia qui il était dans la vie réelle et se laissa totalement prendre au jeu du personnage qu'il jouait dans le film.

L'action se déroulait dans le Connecticut, dans une grande maison sinistre qui s'apprêtait à être le théâtre d'un meurtre. Lorsqu'un coup de tonnerre retentit, plongeant la maison dans l'obscurité, A.J. saisit le bras de David et se rencogna dans son siège. N'étant pas homme à dédaigner une occasion aussi belle, il passa un bras autour de ses épaules.

La dernière fois qu'il était allé au cinéma avec une fille, il devait avoir dix-huit ans. Pendant toutes ces années, il avait vraiment manqué quelque chose, songea-t-il tandis que la jeune femme, terrorisée, se blottissait contre lui. Grisé par son parfum, il finit par perdre le fil de l'histoire, somme toute assez peu mouvementée comparée au tumulte de son cœur. Lorsque les lumières se rallumèrent dans la salle, il regretta le temps où la séance comportait deux films d'affilée.

— Super, non ? dit A.J., les yeux brillant d'excitation.

— Vraiment super. Si l'on se fie aux applaudissements, votre client a fait mouche.

Gênée par une promiscuité qui n'avait plus lieu d'être, A.J. s'écarta un peu.

— Tant mieux. C'est moi qui l'ai persuadé d'accepter le rôle. S'il avait fait un flop, je passais à la trappe.

— Et maintenant qu'il est sûr de remporter le gros lot ?

— Seul son talent en est la cause. Mais c'est assez normal. Cela ne vous ennuie pas qu'on s'en aille avant que ce soit de nouveau la cohue ?

— Non, au contraire.

Il se leva et la guida à travers les grappes de spectateurs qui s'agglutinaient déjà dans les allées. Ils n'avaient pas fait trois pas qu'une voix, derrière eux, interpella la jeune femme.

— A.J. ? Où t'enfuis-tu comme ça ?

Le grand et beau Hastings Reed les avait rattrapés. Quoique fier de sa prestation, l'acteur, anxieux, se demandait ce qu'il fallait penser de l'accueil du public.

— Tu n'as pas aimé ?

A.J. s'empressa de le rassurer.

— Bien sûr que si, dit-elle en se haussant sur la pointe des pieds pour l'embrasser sur la joue. Tu es magnifique, dans ce film. C'est ton plus beau rôle.

Il lui témoigna sa gratitude en la serrant à l'étouffer dans ses bras musclés.

— On verra ce que disent les critiques, grommela-t-il.

— Prépare-toi à recevoir des louanges à n'en plus finir. Hastings, je te présente David Brady.

— Brady ? Le producteur ?

— Absolument.

— J'adore ce que vous faites, déclara l'acteur en secouant énergiquement la main de David. Je suis président honoraire de l'association contre l'enfance maltraitée. Votre reportage a fait prendre conscience aux gens d'un problème dont ils ne soupçonnaient pas la gravité dans ce pays. Pour tout vous dire, c'est après l'avoir vu que j'ai eu envie de faire quelque chose pour le combattre.

— Cela fait plaisir à entendre. Notre but était de sensibiliser les téléspectateurs à ce qui est devenu un fait de société.

— Je me suis senti d'autant plus concerné que j'ai moi-même des enfants. Si jamais vous faites une suite, vous pouvez compter sur ma participation. A titre gracieux, bien entendu, précisa-t-il avec un clin d'œil complice.

— Qu'est-ce que vous complotez, tous les deux ? demanda A.J., qui s'était retournée un instant pour saluer quelqu'un.

L'acteur la serra de nouveau contre lui en riant.

— Elle est formidable. Je ne sais pas ce que je serais

devenu sans elle. Quand je pense que je ne voulais pas de ce rôle ! C'est elle qui m'a forcé à l'accepter.

— Comme tu y vas ! Je n'ai jamais forcé personne.

— Elle m'a harcelé, tanné jusqu'à ce que je cède. Et je ne l'en remercierai jamais assez.

La tenant à bout de bras, il l'examina de haut en bas.

— Waouh ! Tu es à croquer, ce soir. Je ne t'avais encore jamais vue habillée comme ça.

Pour mettre un terme à ses compliments, A.J. entreprit de lui arranger son nœud de cravate.

— Si mes souvenirs sont bons, dit-elle d'un ton badin, la dernière fois que je t'ai vu, tu portais un jean crasseux et tu sentais le crottin de cheval.

— Je veux bien te croire. Tu viens au Chasen, bien sûr ?

— A vrai dire, je crois que je…

— Tu viens. Je dois donner une ou deux interviews, mais ce sera vite fait. Je te retrouve là-bas dans une demi-heure.

Il tourna les talons et disparut, englouti par la foule.

— Sacré bonhomme ! murmura David.

— Comme vous dites ! Mais je me serais bien passée d'aller au Chasen. Je peux prendre un taxi : ne vous sentez surtout pas obligé de m'y accompagner.

— Une femme doit toujours repartir au bras de l'homme avec lequel elle est arrivée.

— Nous ne sommes pas au bal.

— La règle s'applique quand même. En avant pour le Chasen !

— D'accord. Mais nous y faisons juste un saut.

Le « saut » se prolongea jusqu'à 3 heures du matin.

Le champagne coulait à flots et le buffet disparaissait sous des montagnes de canapés au caviar et de petits-fours. En dépit de ses réticences, A.J. trouva la fête très réussie. La musique était assourdissante, mais personne n'avait l'air de s'en plaindre. Pas question, de toute façon, de s'isoler dans un coin pour bavarder tranquillement, car entre ses clients et les nombreux contacts de David, ils connaissaient à peu près tout le monde. Pris dans ce tourbillon de mondanités, ils ne virent pas le temps passer.

Sur la piste de danse bondée, ils purent se ménager quelques instants en tête à tête.

— C'est exactement le genre d'ambiance que je fuis d'habitude, déclara A.J. sans s'offusquer de la main qui lui caressait langoureusement le dos.

— Pourquoi ?

— Parce que travaillant dans l'ombre, je ne m'y sens pas à ma place. C'est sûrement plus facile pour vous.

La fatigue, l'alcool, le plaisir de la fête conjuguant leurs effets, elle dansait avec David joue contre joue, heureuse de le sentir tout contre elle, de humer cette légère odeur de sueur à laquelle se mêlaient des effluves capiteux d'après-rasage.

— Vous êtes vous-même un artiste, continua-t-elle. Un créatif, tout du moins. Mon rôle à moi se borne à rédiger des contrats et à négocier des cachets.

— Vous l'avez voulu ainsi, non ?

— Je ne me plains pas. Surtout ce soir, dit-elle en se lovant encore plus étroitement contre lui.

— Je donnerais cher pour que nous soyons seuls tous les deux, murmura-t-il au creux de son oreille.

— Ce ne serait pas raisonnable, objecta-t-elle.

Mais lorsqu'il posa ses lèvres sur sa tempe, elle le laissa faire.

— Qui parle d'être raisonnable ?

— Moi, répondit A.J. en s'écartant pour lui sourire. J'ai besoin d'ordre, de discipline, de sécurité.

— Pour quelqu'un qui a choisi de travailler dans le show-business, ce n'est pas banal.

— Les contrats, j'en fais mon affaire. Les risques, je les leur laisse.

— Du moment que vous empochez vos dix pour cent, le reste vous importe peu, si je comprends bien ?

— C'est tout à fait ça.

— Si vous m'aviez dit cela quand on s'est rencontrés, je vous aurais peut-être crue. Mais je vous ai vue à l'œuvre avec Clarissa.

— Ce n'est pas la même chose, vous le savez bien.

— Certes. Mais ce soir, je vous ai vue avec Hastings. Vous prenez très à cœur le destin de vos clients, A.J. Vous cherchez à vous persuader qu'ils ne sont rien d'autre que des signatures au bas de vos contrats, mais moi, je sais qu'ils sont bien plus que cela. Je sais aussi que vous leur donnez beaucoup de vous-même, et je vous admire énormément pour ça. Pour ça, et pour plein d'autres choses.

Il ponctua sa déclaration d'un léger baiser sur les lèvres qu'elle ne songea même pas à esquiver.

— Je ne mélange jamais les affaires et les sentiments.

— Vous mentez.

— Il peut m'arriver de faire quelques entorses à la vérité, mais de mentir, jamais.

— Ce soir, à la première, vous étiez pourtant prête à toutes les pirouettes pour flatter cet acteur.

D'un geste exaspéré, A.J. repoussa les cheveux qui lui venaient sur les yeux. David devinait toujours tout.

— Hastings a constamment besoin d'être rassuré. Pour son prochain film, j'espère pouvoir lui obtenir un demi-million de dollars supplémentaire.

— *Lui* obtenir ? Même vos expressions vous trahissent !

— Vous tirez vos conclusions un peu vite.

— Non, pas du tout. Je suis juste en train de découvrir vos petits secrets. J'ai décidé que je vous aimais bien, A.J. Cela vous pose un problème ?

Elle trébucha et se rattrapa à lui.

— A tout prendre, je préfère encore vous taper sur le système.

— Alors je vous rassure tout de suite : mon système est complètement chamboulé. Il y a des centaines de personnes autour de nous et je n'ai qu'une envie : vous arracher cette satanée robe pour vous avoir enfin nue dans mes bras.

— Ce n'est pas ce que je voulais dire, se défendit A.J. en essayant d'ignorer le frisson qui lui parcourait l'échine. Vous êtes quelqu'un de raisonnable, David. Vous avez les pieds sur terre.

— Je ne demanderais pas mieux que de perdre la tête et d'aller faire un tour au septième ciel, si vous acceptez de m'y accompagner.

Elle se surprit à sourire bêtement. Cela ressemblait tellement à un conte de fées. Mais il y avait longtemps qu'elle ne croyait plus au prince charmant.

— David, dit-elle en le prenant aux épaules, vous semblez oublier quelques petits points de détail. Primo, nous travaillons ensemble. Cela exclut donc toute possibilité de liaison sérieuse entre nous. Secundo, pendant le tournage de ce documentaire, ma seule préoccupation est, et restera, Clarissa. Tertio, je cours toute la journée, alors le peu de temps libre dont je dispose, je le garde pour moi. Et enfin, je ne suis pas faite pour l'amour. Je suis trop égoïste et bien trop exigeante.

— Voilà qui est très clair. On s'en va ? suggéra David après lui avoir appliqué un baiser fraternel sur le front.

— D'accord.

Un peu déroutée de le voir rendre les armes sans résistance, A.J. alla récupérer sa veste, puis ils quittèrent l'ambiance survoltée de la discothèque, accueillant avec soulagement l'air frais et le silence de la nuit.

— Le bruit et la fureur ne sont supportables qu'à petites doses, fit remarquer la jeune femme en se glissant à l'intérieur de la limousine.

— Il faut de la modération en toute chose.

— Sans elle, la vie serait intenable.

A peine s'était-elle assise sur le siège capitonné, bien à l'abri derrière les vitres teintées, que David revint à la charge, plus déterminé que jamais.

— Primo, dit-il, je suis le producteur de ce documentaire, et vous, l'agent d'une des protagonistes. Notre collaboration étant limitée, je ne vois pas ce qui nous empêcherait de nouer une relation. D'ailleurs, elle existe déjà.

Son regard brillait d'un éclat sauvage qu'elle n'avait pas remarqué sur la piste de danse. Une sourde appréhension l'envahit.

— David…

— Je vous ai laissée parler, alors laissez-moi finir. Secundo, vous pouvez assister au tournage et ne pas lâcher Clarissa d'une semelle, si cela vous chante. Tertio, nous travaillons tous les deux comme des fous et, pas plus vous que moi, nous n'avons de temps à perdre en excuses boiteuses et en faux-fuyants. Et quatrièmement, l'amour n'a pas attendu que vous soyez faite pour lui pour vous tomber dessus. Que vous le veuilliez ou non, il va bien falloir vous rendre à l'évidence.

Le regard de la jeune femme se durcit. Son ton changea.

— Quelle évidence ? Celle qui consiste à prendre vos désirs pour des réalités ?

— Celle que bon gré, mal gré, il vous faudra admettre.

Le désir, la frustration, la colère, la passion : elle en sentit toute la force et la démesure lorsqu'il écrasa sa bouche sur la sienne. Son instinct l'incita à le repousser, à tenter de lui échapper, car elle savait que si elle le laissait faire, elle était perdue. Mais David n'était pas dupe, apparemment : il comprit que c'était d'elle qu'elle se méfiait, et non de lui.

Alors il resserra son étreinte et pressa plus avidement encore ses lèvres sur celles de la jeune femme, jusqu'à lui faire oublier ses peurs, ses doutes, ses résolutions les plus farouches, jusqu'à ce qu'elle s'abandonne enfin.

Avec un gémissement étouffé, A.J. referma ses bras autour de lui. Ses doigts remontèrent voluptueusement le long de son large dos et s'enfouirent dans ses cheveux. Elle avait envie de sentir tout contre elle son corps si ferme et si viril, infiniment troublant. Un flot de sensations vertigineuses la submergea tandis qu'il l'embrassait avec fougue.

Mais en homme affamé, David cherchait déjà d'autres délices. Délaissant sa bouche, il dévora son cou, ses épaules, sa gorge dénudée. Ses grandes mains affolées couraient le long de ses flancs, emprisonnaient ses seins en émoi. A.J. n'arrivait plus à respirer. Son cœur battait à tout rompre. Jamais personne ne l'avait désirée avec une telle urgence.

Poussée par ses propres démons, elle se mit à son tour à le caresser fébrilement. Lorsqu'il fut aussi pantelant qu'elle, leurs lèvres se joignirent de nouveau et leurs langues reprirent leur folle sarabande. Ce baiser, loin de l'apaiser, souleva en elle un raz de marée d'émotions violentes. En proie à la passion la plus débridée, elle se sentit irrésistiblement entraînée par cette vague de désir qui lui donnait une audace inouïe. Jurant entre ses dents, David la renversa sur la banquette de la limousine et s'abattit sur elle.

Allongée sous lui, elle n'était que douceur et tendre fragilité. Le désordre de sa chevelure et le rose de ses joues la rendaient encore plus désirable. La caresse de ses doigts de fée sur ses joues aiguisa un peu plus la faim dévorante qu'il avait d'elle.

— C'est de la folie, murmura A.J. Cela n'aurait jamais dû arriver.

Mais c'était arrivé. Elle savait depuis le début que ça arriverait. C'était aussi inéluctable que l'attraction terrestre.

— Il faut arrêter ça tout de suite.

— Pourquoi ?

— J'ai mes raisons, dit-elle dans un souffle. Vous ne pouvez pas comprendre.

— S'il y a un autre homme, je m'en moque éperdument.

— Non, il n'y a personne. Personne d'autre, assura-t-elle en plongeant son regard dans le sien.

Pourquoi hésitait-il ? Elle était là, offerte, à deux doigts de lui céder. Il n'avait qu'à se servir au lieu de se demander ce que cachait la supplique muette qu'il lisait dans ses yeux. Mais aussi grand que soit le désir qui lui mordait les entrailles, il ne pouvait faire abstraction de la réticence de la jeune femme.

— Ce n'est peut-être ni le moment ni l'endroit, admit-il de mauvaise grâce. Mais un jour, Aurora, ce qui doit être sera.

Tout au fond d'elle-même, elle savait qu'il avait raison. Mais elle ne pouvait pas, elle *ne devait pas* se résoudre à l'accepter.

— Lâchez-moi, David.

Dépité et frustré, il l'aida à se relever.

— A quel jeu jouez-vous ?

Elle était glacée. Elle frissonnait malgré elle.

— J'essaie de sauver ma peau.

— Mais qu'est-ce que vous racontez ? En quoi le fait d'être avec moi, de faire l'amour avec moi, vous met-il en danger ?

— Ce serait trop long à expliquer, trop compliqué, dit-elle tandis que la limousine ralentissait devant chez elle.

— Comment cela, compliqué ? Il n'y a rien de plus simple. Nous avons envie l'un de l'autre. Nous sommes adultes et libres de nos actes. Des tas de gens deviennent amants tous les jours sans que rien de catastrophique ne leur arrive.

— *Des tas de gens*, répéta-t-elle d'un ton empreint

d'amertume. Si j'étais comme eux, tout serait tellement plus simple. Mais les choses étant ce qu'elles sont, il ne manquerait plus que je tombe amoureuse de vous.

Avant qu'il puisse l'en empêcher, elle avait ouvert la portière et sauté sur le trottoir.

— Aurora, attendez !

Il la rattrapa, lui prit le poignet, mais elle se dégagea.

— Vous ne pouvez pas partir comme ça.

— Laissez-moi.

— Vous me devez des explications, insista David en la retenant par le bras.

— Laissez-moi, répéta-t-elle d'une voix qui se brisa. Il est tard et je suis fatiguée. Je n'ai plus les idées très claires.

— Cette discussion, nous l'aurons, A.J. Je vous le garantis.

— D'accord. Mais je vous en prie, allez-vous-en. J'ai besoin d'être seule.

Il pouvait affronter sa colère, mais il était désarmé face à sa fragilité.

— Très bien, dit-il en la laissant partir.

Il attendit jusqu'à ce qu'elle soit entrée dans l'immeuble. Des explications, il en aurait plus tard. Rien ne pressait. Ils reparleraient de tout cela à froid. C'était préférable. En attendant, s'il voulait dormir un peu, il avait intérêt à la chasser le plus vite possible de son esprit.

6

Masquant tant bien que mal sa nervosité, A.J. prit la tasse de thé que Clarissa lui tendait en souriant.

— Je suis contente que tu sois venue me rendre visite. C'est si rare que tu puisses te libérer l'après-midi.

— Abe s'occupe très bien de l'agence en mon absence.

— Il est la gentillesse faite homme. Comment va son petit-fils ?

— Abe lui passe tous ses caprices.

— Les grands-parents sont faits pour ça, non ?

Soucieuse de ne pas montrer combien elle aurait aimé, elle aussi, avoir un petit-fils à gâter, Clarissa baissa les yeux.

— Alors, ce thé, comment le trouves-tu ?

— Ça change un peu, répondit poliment A.J. qui voulait s'épargner un mensonge. C'est quoi ?

— De l'infusion de cynorhodon. Le fruit de l'églantier est connu pour ses vertus calmantes. Cela devrait te faire du bien. Il y a longtemps que je ne t'avais pas vue aussi à cran.

A.J. reposa sa tasse et se leva pour marcher de long en large. Elle savait, quand elle avait pris son après-midi, qu'elle viendrait voir Clarissa. Elle avait besoin d'aide. Elle avait besoin d'elle.

— Maman, dit-elle en se rasseyant brusquement sur le canapé. Je ne sais plus quoi faire. Comment vais-je me sortir de là ?

Clarissa prit tout son temps pour répondre. C'était la première fois que sa fille exprimait son désarroi. Elle ne pouvait pas la laisser comme ça.

— Tu as peur, Aurora.

La jeune femme jaillit de nouveau du canapé.

— Je suis morte de trouille. Je me sens complètement dépassée. Je ne contrôle plus rien.

— Il faut parfois savoir lâcher prise.

— Pour moi, c'est impossible, dit-elle en regardant sa mère. Tu ne devrais avoir aucun mal à le comprendre.

Clarissa réprima un soupir. Elle aurait tellement voulu que sa fille, son unique enfant, soit en paix avec elle-même.

— Tu as peur de souffrir, n'est-ce pas ? Tu t'es juré que cela n'arriverait jamais plus, mais tu aimes David. Tu l'*aimes*, Aurora.

A quoi bon prétendre le contraire ? S'il y avait une personne à qui on ne la faisait pas, c'était bien Clarissa.

— J'essaie de garder la tête froide, maman.

— Quel mal y a-t-il à aimer un homme ?

— David n'est pas un homme comme les autres. Il est unique, exceptionnel. Et puis, ajouta A.J. après une pause, je sais ce qu'il en coûte de tomber amoureuse.

— Tu étais si jeune, à l'époque, dit Clarissa en reposant brutalement sa tasse dans la soucoupe. Il ne faut pas confondre un simple béguin avec l'amour véritable, qui est beaucoup plus profond et qui s'inscrit dans la durée.

Incapable de rester en place, A.J. tournait en rond.

— Qui te dit que ce n'est pas un simple béguin ? Que ce que j'éprouve pour lui n'est pas purement sexuel ?

Clarissa ne s'offusqua pas le moins du monde.

— Il n'y a que toi qui puisses répondre à cette question. Mais il me semble que tu n'aurais pas pris ton après-midi pour venir me voir si tu pensais que tout cela n'était qu'une banale histoire de fesses.

En riant, A.J. revint s'asseoir à côté d'elle.

— Il n'y en a pas deux comme toi, maman.

— Cela a dû être dur, parfois, non ? demanda Clarissa.

— Jamais, répondit A.J. en posant la tête sur son épaule. Ç'a été formidable. *Tu* es formidable.

— Ton père m'a beaucoup aimée, tu sais. Il ne s'est jamais posé de questions et ne s'est jamais plaint. Je n'ose pas imaginer ce qu'aurait été ma vie si je n'avais pas fait abstraction de tout le reste pour l'aimer en retour.

— Papa était un être à part. Les hommes ne sont pas tous aussi… compréhensifs.

Clarissa se tut un instant, puis elle s'éclaircit la voix, comme chaque fois qu'elle avait quelque chose de grave à annoncer.

— Alex aussi me prend telle que je suis.

A.J. releva brusquement la tête.

— Alex ?

Clarissa était rouge comme un coquelicot.

— Tu veux dire qu'Alex et toi, vous… ?

— Il m'a demandée en mariage.

— Quoi ? Tu vas épouser Alex ? Mais tu le connais à peine ! Voyons, maman, réfléchis : on ne se marie pas sur un coup de tête !

Clarissa la regardait en souriant de toutes ses dents.

— Quelle autorité, ma chérie. Je n'ai jamais été capable d'un tel sermon.

— Je ne te sermonne pas, grommela A.J. Mais cela m'ennuierait beaucoup que tu t'engages là-dedans sans vraiment prendre le temps d'y réfléchir.

— C'est bien ce que je disais. Je suppose que tu dois tenir cela de ton père. De mon côté, on ne s'encombrait pas d'autant de scrupules.

— Maman…

— Tu te souviens, sur le plateau de l'émission, quand Alex m'a demandé de lui lire les lignes de la main ?

A.J. savait ce que Clarissa s'apprêtait à lui dire.

— Tu as eu un flash, n'est-ce pas ?

— Je dois reconnaître que j'ai été un peu déconcertée. Je ne m'attendais pas à découvrir que je pouvais encore plaire. Surtout à un homme comme Alex. Et j'étais bien loin de me douter que je n'étais moi-même pas à l'abri du coup de foudre.

— Ce n'est pas une raison pour précipiter les choses.

— J'ai cinquante-six ans, ma chérie. Pendant très longtemps j'ai vécu seule sans jamais m'en plaindre. C'était sans doute ma destinée. Mais aujourd'hui, j'ai envie d'autre chose. A vingt-huit ans, tu es une femme épanouie et indépendante. Pour autant, tu ne devrais pas avoir peur de lier ta vie à celle d'un homme.

— Nos situations sont très différentes.

— Non, pas tant que cela. Tout le monde a besoin d'amour et de tendresse. Si David est l'homme de ta vie, tu le sauras assez vite. Le plus dur pour toi, ce sera de l'admettre.

— Il ne voudra peut-être pas de moi. J'ai tellement de mal à m'accepter moi-même.

— Oui, je sais. Cela m'a donné bien du souci. Je ne peux pas faire grand-chose pour toi, Aurora. Ton avenir t'appartient. Je ne peux même pas te prédire ce qu'il sera.

— Je ne te le demande pas.

— Je le sais bien. Interroge ton cœur, ma chérie, et oublie un peu les risques auxquels tu t'exposes.

— Je ne suis pas sûre que mon cœur soit un bon conseiller.

— Fais-lui confiance, pour une fois. Je ne peux pas te dicter ta conduite, mais je peux te dire mon sentiment. David Brady est un honnête homme. Il a ses défauts, bien sûr, mais foncièrement, c'est quelqu'un de bien. Cela a été un plaisir de travailler avec lui, et ce matin, quand il a appelé, j'ai été ravie de l'entendre.

— David a appelé ? demanda A.J., sur le qui-vive. Pourquoi ? Que voulait-il ?

— Oh, c'était juste pour me soumettre les idées qu'il a eues pour la suite du reportage, expliqua Clarissa en tripotant la serviette en dentelle qu'elle avait sur les genoux. Il est à Rolling Hills, aujourd'hui. Il voulait visiter cette vieille demeure qui a si mauvaise réputation.

— Celle qu'on dit hantée ?

— Les avis sont assez partagés. Mais je pense que David a bien préparé sa visite. Le débat sera sûrement passionnant.

— Mais quel est le rapport avec toi ?

— Le rapport ? Je ne sais pas. Nous avons parlé de la maison. Il a dû se dire que cela devait m'intéresser.

Rassurée, A.J. s'en voulut de s'être aussi vite dressée sur ses ergots. David n'aurait jamais osé la court-circuiter.

— Nous nous sommes aussi mis d'accord sur la suite de notre collaboration, continua Clarissa. Il est prévu que j'aille au studio… mercredi. Oui, je crois bien que c'est mercredi. Et la semaine suivante, je vais chez les Van Camp. L'enregistrement se fera directement dans le salon d'Alice.

A ces mots, le sang d'A.J. ne fit qu'un tour.

— Quoi ? Il a maintenu son projet ? Sans m'en parler ?

L'air contrit, Clarissa croisa les mains sur ses genoux.

— J'ai fait quelque chose de mal ?

Folle de rage, A.J. se leva.

— Toi, non, dit-elle à sa mère. Mais lui, il va me le payer. Voilà ce que c'est que de faire confiance aux gens !

Ramassant son sac, elle gagna la porte en deux enjambées.

— Tu ne vas nulle part mercredi jusqu'à ce que je sache exactement de quoi il retourne. Ne t'inquiète pas, maman, je m'occupe de tout.

— Je te fais confiance, ma chérie.

Dès que la porte d'entrée eut claqué, Clarissa se rassit tranquillement dans son canapé. Elle avait fait tout ce qui était en son pouvoir. Maintenant que les choses étaient lancées, il fallait laisser faire le destin.

— Voyez avec lui pour reporter le rendez-vous. Ou bien demandez à Abe de le recevoir à ma place, cria A.J. dans son téléphone, un œil sur le semi-remorque derrière lequel elle se traînait depuis au moins cinq minutes.

— Abe a un rendez-vous à 15 h 30. Ça risque d'être difficile.

— S'il a affaire à Barbara, Montgomery risque de se braquer. Annulez, Diane, et convenez avec lui d'un autre rendez-vous. Dites-lui que... j'ai eu un empêchement de dernière minute. Une affaire à régler de toute urgence.

— Entendu. Ce n'est pas trop grave, j'espère ?

Un sourire sans joie étira les lèvres d'A.J.

— Cela pourrait bien le devenir.

— Hou là, ça sent mauvais ! Où puis-je vous joindre ?

— Nulle part. Si c'est important, laissez-moi un message. Je vous rappellerai.

— Pigé, dit la secrétaire. Je vous souhaite bonne chance.

— Merci, dit A.J. avant de raccrocher, plus remontée que jamais.

S'il croyait pouvoir jouer au plus fin avec elle, il se trompait ! Elle allait lui montrer qui était le plus fort. David Brady n'avait plus qu'à numéroter ses abattis.

Mais encore fallait-il qu'elle le trouve ! songea-t-elle en se penchant sur sa carte routière.

Lorsque la première goutte de pluie s'écrasa sur son pare-brise, elle jura entre ses dents. Jouant décidément de malchance, elle se trompa de sortie et prit à plusieurs reprises la mauvaise intersection. Vingt minutes plus tard, réduite à errer sur une route défoncée au beau milieu d'un orage fracassant, elle pestait tout ce qu'elle pouvait et maudissait David Brady de l'avoir mise dans cette galère.

La maison lui apparut enfin. Sous la pluie battante, au milieu des éclairs, la grande bâtisse victorienne était sinistre à souhait. A se demander s'il n'avait pas programmé cet orage exprès ! La jeune femme écrasa rageusement la pédale de frein et sortit de sa voiture. Déjà bien pleine, la coupe déborda lorsqu'elle s'enfonça jusqu'aux chevilles dans une flaque de boue.

David la vit arriver à travers la fenêtre du salon. Aujourd'hui, il avait vraiment toutes les guignes. Le travail n'avançait pas et il n'avait pas la tête à ce qu'il faisait. Et comme en plus, il manquait cruellement de sommeil, il n'était pas à prendre avec des pincettes. Lorsqu'il ouvrit la porte, il était aussi furieux qu'elle.

— Que diable êtes-vous venue faire ici ?

Elle avait les cheveux dégoulinants, son tailleur était trempé et ses escarpins en chevreau probablement fichus.

— Il faut que je vous parle, Brady.

— En ce cas, appelez mon secrétariat et prenez rendez-vous. Je suis en plein travail.

— Il faut que je vous parle *maintenant* ! dit-elle en le poussant contre la porte. De quel droit vous permettez-vous de prendre des dispositions avec un de mes clients sans me consulter auparavant ? Si vous voulez filmer Clarissa dans vos studios la semaine prochaine, c'est à *moi* qu'il faut le demander. Est-ce clair ?

Il repoussa la main qu'elle avait plaquée sur son torse.

— Je vous rappelle que Clarissa est sous contrat chez nous pour toute la durée du tournage. Par conséquent, je n'ai rien à vous demander.

— Vous feriez bien de relire le contrat, Brady. Il stipule que les lieux, dates et heures sont à définir avec son agent.

— O.K. Je vous enverrai un planning. Si vous voulez bien m'excuser…

Il repoussait déjà la porte, mais elle fut plus rapide que lui.

— Je n'ai pas fini, déclara-t-elle en se carrant dans l'embrasure.

Les deux électriciens qui travaillaient dans l'entrée s'interrompirent pour les regarder.

— Moi, si. Fichez-moi le camp, si vous ne voulez pas que je vous fasse jeter dehors.

— Je vous conseille de modérer vos propos... si vous ne voulez pas que ma cliente attrape une laryngite aiguë avec extinction de voix totale.

— Pas de menaces, A.J., dit-il en l'agrippant par les revers de sa veste. Cela suffit comme ça. Je vous attends dans mon bureau demain à la première heure. Nous parlerons, puisque vous y tenez tant.

— Monsieur Brady, on vous demande en haut.

Il ne la lâcha pas tout de suite. Pâle et échevelée, les traits tendus, les narines frémissantes, elle semblait prête à lui arracher les yeux. Il s'en fut de peu qu'il ne la prenne dans ses bras et ne couvre de baisers son visage convulsé de rage. Qu'il n'écrase sa bouche sur la sienne pour l'empêcher de riposter, de respirer. Mais ce qu'il aurait voulu par-dessus tout, c'était la faire souffrir autant que lui souffrait.

— Allez au diable ! grommela-t-il en la repoussant brutalement avant de faire volte-face pour monter à l'étage.

D'une main, la jeune femme se retenait au chambranle. Son cœur battait à tout rompre, ses oreilles bourdonnaient et un voile rouge lui obscurcissait la vue. Il y avait des années qu'elle n'était pas entrée dans une telle fureur. Remontée à bloc, elle se précipita dans l'escalier, plus décidée que jamais à en découdre.

— Encore vous ! constata David d'un ton flegmatique.

Debout sur le palier, il s'apprêtait à rejoindre son équipe, qui l'attendait pour les prises de vues.

— Il n'y a pas de demain qui tienne, lança A.J. en lui emboîtant le pas.

Le couloir était étroit et sombre, et des toiles d'araignées pendaient du plafond. Ecaillés, fissurés, les murs portaient les traces de tableaux disparus. Lorsqu'elle pénétra dans la pièce, juste derrière David, A.J. reçut comme un choc. Alors qu'elle ouvrait la bouche pour lui crier quelque chose, elle se figea, en proie à une sensation de froid intense, comme si la température avait brutalement chuté de vingt degrés.

Elle ne remarqua ni les projecteurs, ni les caméras, ni les rouleaux de câbles qui encombraient la pièce. Mais tandis que son regard fixe contemplait le papier peint délicatement fleuri et le lit à baldaquin drapé de satin rose, tout lui était perceptible : l'odeur des roses fraîchement coupées dans le vase en cristal posé sur la coiffeuse en acajou, les traces d'usure sur le tabouret bas au bout du lit, le brillant des meubles frottés à la cire d'abeille. Elle voyait et entendait tout. Absolument tout.

— *Tu m'as trompé. Tu as couché avec lui, Jessica.*

— *Non! Non, je te jure que non. Je t'en supplie, Charles, ne fais pas ça. Je t'aime. Je...*

— *Tu mens! Tais-toi. Je ne veux plus jamais t'entendre.*

Il y eut des cris de terreur, des cris de douleur puis un grand silence, encore plus angoissant. A.J. lâcha son sac pour se boucher les oreilles.

— A.J., que se passe-t-il ? demanda David en la secouant comme un prunier.

Elle l'agrippa par sa chemise. L'air hébété, elle murmura :

— Pauvre Jessica ! Quelle fin atroce !

Il prit ses mains glacées dans les siennes. Elle avait le teint crayeux et tremblait de tous ses membres. Mais plus impressionnant encore était son regard fixe et vitreux.

— Quelle Jessica ? demanda-t-il aussi calmement que possible.

— Il l'a tuée. Là, dans ce lit. Il l'a étranglée de ses propres mains. Elle criait comme une damnée alors il a serré, serré, jusqu'à ce que…

— A.J. ! dit David en lui prenant le menton pour l'obliger à le regarder. Il n'y a pas de lit. Il n'y a rien de tout cela.

Comme un plongeur émergeant brusquement des profondeurs océanes, elle secoua la tête et prit une grande inspiration. Une vague de nausée lui tordit l'estomac.

— Laissez-moi ! cria-t-elle avant de se précipiter hors de la pièce, bousculant au passage les techniciens encore sous le choc de la scène à laquelle ils venaient d'assister.

La main sur la bouche, elle traversa le couloir en courant et dévala l'escalier quatre à quatre. Elle était dehors, sous la pluie battante, lorsque David la rattrapa. Un éclair déchira le ciel juste au-dessus de leurs têtes, et la pluie redoubla.

— Où allez-vous ?

Il dut crier pour couvrir le fracas du tonnerre.

— Je…

A.J. jeta autour d'elle un regard éperdu.

— Je rentre en ville.

— Je vous raccompagne.

— Non. Lâchez-moi !

— Je ne vous laisserai pas prendre le volant dans cet état, rugit David en l'entraînant vers sa voiture, dans laquelle il la poussa sans ménagement. Ne bougez pas d'ici, ordonna-t-il en refermant la portière.

N'ayant pas la force de partir, elle fut bien obligée d'obéir. Mais dans une minute, elle aurait récupéré et pourrait s'en aller, songea-t-elle en essayant d'arrêter de trembler. Lorsque David reparut, cependant, elle avait toujours aussi peu d'énergie et tremblait comme une feuille. Il la débarrassa de son sac et l'enveloppa dans une couverture.

— L'un des techniciens va ramener votre voiture, l'informa-t-il avant de démarrer.

Ils roulèrent en silence sur la route défoncée. La pluie crépitait sur le toit. Sous sa couverture, A.J. ne bougeait pas.

— Pourquoi ne m'avez-vous rien dit ? demanda David.

— Dit quoi ?

— Que vous étiez comme votre mère.

A.J. se recroquevilla sur son siège, enfouit sa tête dans ses bras et éclata en sanglots.

Il ne manquait plus que ça ! songea-t-il en jurant entre ses dents. Elle l'avait épouvanté tout à l'heure, quand il l'avait découverte derrière lui, pâle et transie, terrorisée par une scène qu'elle était seule à voir.

En dépit de son scepticisme, de ses préventions à l'égard des parapsychologues, des voyantes de foire et des médiums qui prédisaient l'avenir à la chaîne, David savait qu'elle avait vraiment vu ou perçu quelque chose.

Du diable s'il savait maintenant quoi lui dire, quoi faire pour la réconforter !

Elle pleurait toutes les larmes de son corps. Ce qui s'était passé dans la maison, elle n'y était pour rien, pourtant. Strictement rien. Ce genre de choses se produisait toujours au moment où elle s'y attendait le moins.

La pluie cessa et un pâle rayon de soleil perça à travers les nuages. A.J. se redressa sur son siège.

— Je suis désolée.

— Je ne veux pas de vos regrets. Je veux des explications.

— Je n'en ai pas, dit A.J. en se séchant les joues du revers de la main. Je vous serais très reconnaissante de bien vouloir me reconduire chez moi.

— Je vais vous ramener. Mais comme je tiens à ce que nous ayons une petite discussion, nous allons d'abord passer à la maison.

Elle n'eut pas le courage de protester, de s'indigner du procédé. La tête contre la vitre, elle ne réagit pas lorsque, au lieu de tourner dans sa rue, ils continuèrent tout droit en direction des collines, sur les hauteurs de la ville.

Ils s'engagèrent dans une allée menant à une maison contemporaine, avec de grandes fenêtres qui ouvraient sur une belle pelouse bordée de massifs de fleurs.

— Je croyais que vous aviez un appartement en ville.

— Cela a été le cas longtemps. Jusqu'à ce que je décide que j'avais besoin d'oxygène.

Il récupéra le sac de la jeune femme sur la banquette arrière et prit son attaché-case. A.J. descendit de voiture. Sans rien dire, elle le suivit dans la maison.

Il y avait des peintures aux murs et des tapis persans sur les sols carrelés. Pour gagner la salle de séjour, il fallait descendre quelques marches. Sans un mot, David alla mettre du petit bois dans la cheminée pour faire une flambée.

— Il faut que vous enleviez vos vêtements. Ils sont tout trempés. La salle de bains est à l'étage, au bout du couloir. Il y a un peignoir accroché derrière la porte.

— Merci, dit-elle d'une toute petite voix.

Elle se sentait misérable, tant sur le plan physique que mental. Il ne restait rien de la morgue qui lui servait d'habitude de bouclier.

— David, ne vous sentez surtout pas obligé de…

— Je vais préparer un peu de café, dit-il en l'abandonnant devant la cheminée.

Le petit bois craquait joyeusement, les flammes commençaient à lécher les bûches de chêne et l'odeur du feu de bois, chaleureuse et réconfortante, à se répandre dans toute la pièce. Immobile, A.J. luttait contre les larmes qui menaçaient de couler de nouveau, contre le froid intérieur qui paralysait ses membres, contre ce sentiment de déchéance qu'elle avait si souvent ressenti dans les mêmes circonstances.

Il ne fallait pas qu'elle pleure. Surtout sur David Brady, décida-t-elle en se secouant. Elle n'allait pas se rendre malheureuse pour lui. Ni pour aucun autre homme. A.J. Fields n'était pas du genre à se laisser abattre.

Forte de cette pensée, la jeune femme monta prendre une douche. Puis elle sortit de son sac sa trousse de maquillage et s'appliqua à réparer tant bien que mal les dégâts. Lorsqu'elle enfila le peignoir de David, elle reconnut son odeur et s'empressa de zapper ce détail pour le moins troublant.

De retour dans la salle de séjour, elle se laissa guider par l'arôme du café frais pour trouver la cuisine.

David était debout devant la fenêtre, perdu dans ses pensées. Il avait mis quelque chose à réchauffer sur la cuisinière.

— David ? dit-elle d'une voix incertaine en croisant frileusement les bras sur sa poitrine.

Il se retourna lentement, attentif à ce qu'il allait dire. Une telle confusion régnait dans son esprit qu'il aurait pu faire un impair. Ce n'était pas le moment ; elle avait l'air si fragile.

— Le café est prêt. Vous devriez vous asseoir.

— Merci.

Faussement désinvolte, elle s'assit sur un tabouret, derrière le comptoir.

— J'ai pensé que vous aimeriez manger quelque chose, dit-il en s'approchant pour lui servir son café. J'ai fait réchauffer de la soupe.

Les yeux de la jeune femme se mirent à picoter furieusement.

— Vous n'auriez pas dû vous donner tant de mal.

Sans un mot, il versa deux louchées de soupe bouillante dans un bol qu'il posa devant elle, avec une cuiller.

— Elle a l'air délicieuse, déclara A.J., sur le point de fondre en larmes. David, il faut que vous sachiez que…

— Mangez d'abord, dit-il en s'asseyant à côté d'elle, une tasse de café à la main. Ma mère disait toujours qu'il n'y a rien de tel qu'un bol de soupe pour guérir tous les maux.

— Pourquoi ne posez-vous pas de questions ? Ce serait tellement plus simple. J'y répondrais et le problème serait réglé une fois pour toutes.

La plaie était à vif, il le sentait. Qui avait bien pu la blesser ? Et quand ?

— Je n'ai pas l'intention de vous soumettre à un interrogatoire.

Elle lui lança un regard de défi.

— Pourquoi pas ? Vous avez envie de savoir ce qui s'est passé dans cette pièce, non ?

— Oui, évidemment. Mais je ne vous sens pas prête à en parler.

— Pas prête ? se gaussa A.J. Comment pourrais-je l'être ? Vous voulez savoir à quoi elle ressemblait ? Elle était brune, aux yeux bleus, et portait une longue robe d'intérieur boutonnée jusqu'au cou. Son nom était Jessica. Elle n'avait que dix-huit ans quand son mari l'a étranglée dans un accès de jalousie. Il s'est ensuite donné la mort avec le pistolet caché dans le tiroir de la table de chevet. Cela vous ira, pour le reportage, ou il vous faut davantage de détails ?

David ne répondit pas tout de suite. Qui était la femme qui venait de lui narrer d'un ton détaché une expérience à vous donner froid dans le dos ? Qui était cette femme qu'il avait tenue dans ses bras, embrassée, et tellement désirée ?

— Ce qui s'est passé n'a rien à voir avec le reportage, assura-t-il. Je pense que rien ne serait arrivé, si vous n'aviez pas été aussi... bouleversée. Emotionnellement déstabilisée.

A.J. repoussa le bol de soupe sans même y goûter.

— Depuis le temps, j'ai l'habitude, pourtant. Si je n'avais pas été aussi en colère, aussi énervée, je pense en effet que rien ne serait arrivé.

— Vous arrivez à vous prémunir contre ce genre de choses ?

— Oui, en général j'y arrive assez bien.

— Ce... don vous gêne à ce point ?

A.J. se leva de son tabouret.

— Ce n'est pas drôle, croyez-moi ! Il faut s'appeler Clarissa pour y trouver son compte. Il faut avoir sa générosité, sa grandeur d'âme.

Incapable de rester en place, elle marcha jusqu'à la fenêtre.

— Je donnerais tout ce que j'ai pour être comme tout le monde, confia-t-elle. J'ai parfois l'impression d'être un monstre. Quand j'étais petite, je faisais des rêves prémonitoires. Je savais d'avance combien la chatte de ma meilleure amie aurait de petits et de quelle couleur ils seraient. Et quand l'une de mes camarades perdait une poupée, je lui disais où sa mère l'avait rangée, sur quelle étagère de l'armoire elle l'avait mise. Je ne me trompais jamais. Les parents de mes amis ont commencé à se méfier. Ils ont interdit à leurs enfants de me fréquenter.

— C'est sûrement très difficile à vivre.

— Oui. A six ans, on ne comprend pas. Clarissa me réconfortait du mieux qu'elle pouvait, mais le mal était fait. Je n'ai plus parlé des rêves ni de rien à personne. Puis mon père est mort.

La voix de la jeune femme se brisa. Pour empêcher les larmes de couler, elle pressa brièvement ses deux poings sur ses yeux.

— Non, je vous en prie, dit-elle en entendant David repousser son tabouret. Je vous demande juste une seconde.

Elle prit une profonde inspiration et rouvrit les yeux.

— Il était en déplacement. Je me suis réveillée en pleine nuit avec la certitude effroyable de sa mort. Je suis allée voir Clarissa. Elle ne dormait pas. Assise dans son lit, elle pleurait en silence. Sans un mot, je me suis glissée dans son lit. Ensemble, nous avons attendu que le téléphone sonne.

— Quand je pense que vous n'aviez que huit ans, murmura David.

— Je me suis débrouillée ensuite pour ne plus avoir de prémonitions ou perceptions extrasensorielles. J'arrivais à bloquer les images. Il se passait parfois plusieurs mois sans que j'aie le moindre flash. Mais si j'avais le malheur de me mettre en colère, de perdre mon self-control d'une manière ou d'une autre, je m'exposais à en avoir de nouveau.

— C'est ce qui s'est passé tout à l'heure. Je vous avais énervée.

— Oui, un peu, répondit sobrement A.J. en le fixant.

— Je suis vraiment navré. Mais je pense sincèrement que vous devriez cesser de considérer ce don comme une maladie qu'il vous faut à tout prix éradiquer de votre vie.

Au point où elle en était, songea la jeune femme en revenant vers le comptoir, autant aller jusqu'au bout.

— A vingt ans, quand je me suis lancée dans la vie active, j'ai rencontré un homme qui tenait une boutique sur la plage. Il louait des planches de surf, vendait des produits solaires et tout un tas de bricoles. Sa décontraction, sa liberté de pensée m'ont d'autant plus fascinée que je trimais dix heures par jour pour essayer de faire mon trou. C'était la première fois que je m'intéressais vraiment à un homme. Je suis tombée raide amoureuse de lui. Avant de comprendre ce qui m'arrivait, je me suis retrouvée fiancée. Il m'avait même offert la bague, précisa

A.J. avec un petit rire amer en se glissant de nouveau sur le tabouret.

Elle s'interrompit et ferma un instant les yeux, comme pour puiser en elle la force de continuer.

— Puisque nous allions nous marier, il m'a semblé que nous ne devions pas avoir de secret l'un pour l'autre.

— Vous ne lui aviez rien dit ?

— Non, répondit-elle d'un ton vindicatif, comme si elle se sentait attaquée. J'ai commencé par lui présenter Clarissa. Puis je lui ai dit que… Enfin, je lui ai dit. Il a cru que je me vantais et m'a mise au défi de lui prouver que je n'inventais rien. Je croyais tellement en notre histoire que je n'ai pas hésité. Je lui ai donné toutes les preuves qu'il voulait. Sauf qu'après, il m'a regardée comme si… comme si…

Elle déglutit pour se débarrasser de la boule qui s'était formée dans sa gorge et empêchait les mots de sortir.

— Je suis désolé, murmura David.

Elle haussa les épaules.

— J'aurais dû m'y attendre, dit-elle en tripotant sa cuiller. Quoi qu'il en soit, mon fiancé s'est évanoui dans la nature. Du jour au lendemain, je n'en ai plus eu aucune nouvelle.

Les mots venaient difficilement et semblaient la faire terriblement souffrir, comme des éclats de métal qu'on extrait un à un d'une blessure.

— J'ai fini par aller chez lui. Je voulais lui jouer la grande scène de la rupture, lui rendre la bague qu'il m'avait offerte. Quand je repense à la manière dont il m'a reçue, j'ai presque envie de rire. On aurait dit qu'il n'osait pas me regarder, et encore moins m'approcher. Je lui faisais peur.

La plaie était loin d'être refermée. David aurait voulu lui tendre la main, mais il se sentait si maladroit.

— Ce n'était pas l'homme qu'il vous fallait.

A.J. secoua vigoureusement la tête.

— Je n'étais pas la femme qu'il lui fallait. Cela m'a servi de leçon. Je sais maintenant que l'honnêteté ne paie pas toujours. Vous imaginez le cirque, à l'agence, si mes clients savaient ? Entre ceux qui appelleraient pour que je leur dise à quelle audition ils ont le plus de chances d'être pris, et ceux qui me demanderaient de les accompagner à Las Vegas pour les aider à gagner à la roulette, j'aurais de quoi devenir folle.

— Voilà pourquoi vous préférez qu'on ne sache pas que Clarissa est votre mère. C'est aussi à cause de votre métier, je suppose, que vous mettez vos facultés en veilleuse ?

— Oui, bien obligée. Après ce qui s'est passé aujourd'hui, je crains le pire, confia A.J. en vidant d'un trait sa tasse de café.

— J'ai dit à Sam que je vous avais parlé du meurtre et que vous n'avez pas supporté de vous retrouver sur les lieux du drame.

David se leva pour prendre la cafetière et la resservir.

— L'équipe risque de faire quelques commentaires sur l'imagination débordante qu'ont parfois les femmes, mais cela n'ira pas plus loin, assura-t-il. Votre secret est préservé.

Une telle délicatesse de sa part toucha la jeune femme. Elle ne s'attendait pas non plus à autant de compréhension.

— Merci de m'avoir sauvé la face. Mais vous, comment avez-vous réagi, quand vous avez compris ce qui se passait ? Avez-vous eu peur ? Je vous sens encore mal à l'aise. Troublé.

— Je le suis sans doute un peu. Mais il y a de quoi, avouez. Depuis que je sais qu'on ne peut rien vous cacher, je me demande ce que cela fait de ne pas avoir de jardin secret.

— Je comprends, dit-elle en se levant, de nouveau raide et digne. Tout le monde a droit à un minimum d'intimité. Merci encore, David. Mes vêtements doivent être secs, maintenant. Je vais me rhabiller, si vous voulez bien m'appeler un taxi.

— Non, dit-il en lui bloquant le passage.

— Par pitié, n'en rajoutez pas. C'est déjà bien assez compliqué comme ça.

— Ce n'est pas mon intention, croyez-moi ! Troublé, je le suis depuis le premier jour. Je vous désire comme je n'ai jamais désiré personne, Aurora. Et rien d'autre ne compte pour l'instant.

— Pour l'instant, peut-être. Mais demain, vous verrez les choses autrement.

Il la prit dans ses bras.

— Vous êtes déjà en train de me prédire l'avenir ?

— Il n'y a pas de quoi rire.

— Il vaut mieux en rire qu'en pleurer, non ? Mais si vous cherchiez à lire dans mes pensées, là tout de suite, vous verriez que je n'ai d'autre envie que de vous attirer dans mon lit.

Le cœur d'A.J. battait comme un tambour.

— Et demain ?

— On se fiche pas mal de demain, dit-il en s'emparant de sa bouche comme d'une place forte trop longtemps convoitée. Seul compte le désir que nous avons l'un de l'autre. Restez, Aurora, je vous en prie.

A.J. capitula sans résistance.

7

La clarté laiteuse de la lune noyait la pièce d'une blancheur irréelle. Le parfum suave des jacinthes embaumait l'air et le ruisseau qui serpentait en contrebas de la maison faisait entendre son doux murmure. Se remémorant son rêve dans ses moindres détails, A.J. se figea sur le seuil de la chambre, tous ses sens en alerte maximum.

Le tableau était bien là, avec ses taches rouges et ses lignes violettes. Lorsqu'elle tourna la tête, A.J. vit son reflet dans la porte vitrée.

— Tout cela, je l'ai rêvé, dit-elle d'une voix presque inaudible en reculant d'un pas.

Où était le rêve ? Où était la réalité ? La frontière semblait si ténue qu'elle n'était plus très sûre de pouvoir faire la différence. Jusqu'à quel point était-elle programmée pour vivre ce qu'elle s'apprêtait à vivre ? Etait-ce le destin qui avait mis David Brady sur son chemin ? Avait-elle seulement son mot à dire ?

— Non, je ne veux pas, murmura-t-elle en faisant volte-face.

Mais comme elle s'y attendait, David la prit aux épaules et la ramena dans la chambre. Elle discernait mal les traits de son visage. Seul son regard fébrile luisait dans la pénombre.

— Vous ne pourrez pas toujours fuir, Aurora. Pas plus me fuir moi que vous fuir vous.

Sa voix était altérée par le désir impérieux qu'il avait d'elle. Il fondit sur sa bouche comme un rapace sur sa proie, avec une voracité dont il ne se serait jamais cru capable. Les réticences de la jeune femme, son hésitation, avaient fait sauter les digues de tous ses contrôles, donnant ainsi libre cours à un élan primordial, brut et sauvage, aussi impérieux et aussi vieux que le monde.

Sa bouche était impatiente, ses mains partout sur elle. Il la pressait contre lui, avide de la faire sienne, avec ou sans son consentement. A.J. savait — avait toujours su — cependant que la décision finale n'appartenait qu'à elle. Il lui fallait affronter lucidement la réalité de ses actes, et accepter les conséquences qu'ils auraient sur sa vie. Ce qui allait se passer entre eux était inéluctable. En l'acceptant, elle obéissait à un instinct profond, à un élan de tout son être. Mais elle prenait aussi un risque. Il y avait quelque chose d'excitant à se mettre en danger. L'adrénaline agissait en elle comme une drogue puissante dont les effets se démultipliaient de seconde en seconde. Avec un grognement sourd, elle prit dans ses mains le visage égaré de David et s'abandonna à la passion.

Il ne s'agissait de rien d'autre que d'assouvir ce désir fulgurant, irrépressible, qui lui dévorait les entrailles depuis trop longtemps. Faire l'amour avec David n'allait pas nécessairement changer la face du monde.

Sa reddition, il l'enregistra immédiatement. Mais entre ses bras, A.J. lui parut soudain plus passionnée et plus déterminée que jamais. La faim qu'elle avait de lui n'était pas moins grande que celle qu'il avait d'elle. Cette attirance à laquelle ni l'un ni l'autre ne pouvaient se soustraire plus longtemps était aussi prometteuse que dangereuse. Car si elle leur garantissait beaucoup de plaisir, elle risquait également de les faire beaucoup souffrir. Parfaitement au fait de ce qui les attendait, ils s'effondrèrent sur le lit, agrippés l'un à l'autre comme deux bêtes furieuses luttant au corps à corps.

Dans sa hâte à la dévêtir, David écarta d'un geste brusque les pans du peignoir tandis que sa bouche affamée ne cessait de se repaître de ses lèvres, de son cou, de sa gorge offerte. Elle grogna de plaisir en sentant sur la peau délicate de ses seins la morsure de sa barbe naissante. Lorsqu'il captura entre ses lèvres ses mamelons durcis, elle se cabra en poussant un gémissement étouffé. Il voulait la soumettre, l'obliger à demander grâce, mais elle répondait à ses baisers et à ses caresses avec la même fièvre, la même faim à assouvir. Dressée contre lui, elle se mit en devoir de le débarrasser de sa chemise. En prise aux boutonnières récalcitrantes, ses doigts s'affolèrent, tirèrent, déchirèrent. Elle brûlait de le toucher, le sentir, le caresser partout à la fois.

Sa large poitrine frémissait sous ses paumes. Elle sentait ses pectoraux se contracter et son cœur cogner sourdement. Elle se laissait griser par l'odeur de sa peau à la texture un peu rude et par la sensation de puissance que lui donnait chacun des gémissements de plaisir qu'elle lui arrachait. Elle le voulait tout à elle, elle voulait lui faire perdre la tête.

Le lit ne fut bientôt plus qu'un champ de bataille sur lequel ils se livraient une lutte acharnée, telles deux créatures mythiques ivres de volupté, emportées par un élan primitif plus sauvage, plus ancien que la nuit même…

Lorsqu'il la crucifia sur le lit, bloquant ses bras au-dessus de sa tête, elle se servit de sa bouche pour le combattre et faire voler en éclats le peu qui lui restait de maîtrise de soi. Elle s'arc-bouta contre lui, sauvage et déchaînée, et comme électrisée par les caresses qu'il lui prodiguait. Refusant de lui laisser l'avantage, d'un violent coup de reins elle le fit basculer et s'abattit sur lui pour l'assaut final.

Pantelant, David tremblait d'impatience et de frustration.

Lascive et volontaire, A.J., à califourchon sur lui, écrasait sa chair à la meurtrir, et lui, essoufflé, sans courage, luttait pour la subir une seconde encore. Jamais aucune femme avant elle n'avait suscité en lui une telle urgence. Torturé par l'envie qu'il avait d'elle, il avait l'impression qu'il allait mourir, se dissoudre dans une gigantesque explosion de douleur et de désir mêlés. Dans la clarté lunaire, il la voyait, amazone intrépide, ses mains avides de le caresser, le débusquer sous le reste de ses vêtements, sa bouche insatiable traçant des sillons brûlants dans son cou, sur son torse, sur son ventre, et poursuivant plus bas encore son exploration incandescente.

Lorsqu'il se retrouva nu, tout entier livré à la torture de ses mains fébriles, de ses lèvres, de ses dents et de sa langue, David crut devenir fou. Mais jamais folie ne lui avait paru plus douce. Cette sensualité insouciante, ce tempérament ardent, volcanique, s'il les avait soupçonnés chez cette femme d'apparence si froide et si réservée, il n'en avait mesuré ni l'ampleur ni les effets dévastateurs. Elle n'était que passion et volupté.

Ce n'était pas un rêve, songeait A.J., l'esprit en déroute. Jamais elle ne s'était sentie exister avec une telle intensité. L'agrippant aux épaules, David la renversa sous lui et sans lui laisser le temps de reprendre son souffle, il se fondit en elle, la pénétrant d'un fougueux coup de reins qui la fit se raidir et se tendre comme un arc tandis que la jouissance irradiait tout son corps en vagues incontrôlables. Ce tsunami de plaisir emporta ses dernières réticences et tous les conseils de prudence auxquels elle tentait vainement de s'accrocher. Etroitement enlacés, membres mêlés, ils se soumirent l'un l'autre dans un concert de gémissements rauques, de soupirs et de halètements.

Allongés côte à côte, aussi épuisés que deux naufragés rejetés sur le rivage après la tempête, ils essayaient de rassembler quelques forces et de recouvrer leurs esprits.

A.J. s'aperçut que ses bras et ses jambes emprisonnaient toujours David. Elle voulut s'écarter, mais cela exigeait d'elle un effort de volonté qu'elle se sentait incapable de fournir. Leurs corps rassasiés l'un de l'autre, elle n'avait aucune raison de rester, pourtant. D'où lui venait ce besoin de se nicher contre lui, de lui murmurer au creux de l'oreille des mots doux, des paroles folles, des serments, et d'attendre avec lui le lever du jour ?

David lui effleura les lèvres d'un baiser. Non, aucune femme avant elle ne l'avait aussi complètement réduit à sa merci. Tant d'enthousiasme et de passion l'avaient désarmé. Cette bataille, il ne l'avait pas seulement perdue. Il y avait laissé un peu de lui-même.

— Tu as froid ? demanda-t-il en la sentant frissonner.

— Ça s'est rafraîchi, on dirait.

C'était plausible. Pas question de lui avouer qu'elle ne risquait pas d'avoir froid… tant qu'elle était dans ses bras.

— Tu veux que je ferme la fenêtre ?

— Non.

Le murmure du ruisseau et le parfum des jacinthes contribuaient à la magie de l'instant. Elle ne voulait pas y renoncer.

— Alors glisse-toi là-dessous, dit-il en tirant sur le drap, tire-bouchonné sous eux. Qu'est-ce que c'est que ça ? demanda-t-il en remarquant les ecchymoses sur son bras. C'est moi qui t'ai fait ça ?

A.J. haussa les épaules et s'empressa de lui reprendre son bras. Il ne fallait surtout pas qu'elle se laisse attendrir par la douceur de sa voix.

— Ce n'est rien. Je m'en remettrai, tu sais.

Elle espérait dire vrai.

— Je ne serais pas étonnée que tu aies quelques marques, toi aussi, ajouta-t-elle d'un ton badin.

Il lui décocha un sourire complice qui fit chavirer le cœur de la jeune femme.

— Nous n'y sommes pas allés de main morte, admit-il.

— Tu regrettes ? demanda-t-elle en lui mordillant l'épaule.

— Si tu ne trouves rien à y redire, moi non plus.

Sans crier gare, il roula de nouveau sur elle et la neutralisa en lui bloquant les bras au-dessus de la tête.

— Ecoute, Brady…

— J'aime beaucoup t'affronter au corps à corps, Fields.

— A condition que tu aies le dessus.

Sa voix rauque, ses joues en feu, l'accélération de son pouls sous ses doigts réactivèrent le désir qu'il avait d'elle.

— J'avoue que j'aimerais bien garder le dessus toute la nuit. Qu'en penses-tu, ma jolie ?

Avec des torsions de sorcière, elle essaya de se dégager. En pure perte. Elle était bel et bien clouée au lit. Sous le regard ironique de David, elle se sentait aussi humiliée que s'il lui avait cloué le bec dans une joute verbale.

— Je ne peux pas rester.

— Pourquoi ?

Parce que si prendre un peu de bon temps avec lui était une chose, passer la nuit avec lui en était une autre.

— Parce que j'ai du travail demain et que…

— Je te déposerai chez toi à la première heure. Tu pourras te changer.

Il sentait durcir sous sa paume les pointes de ses seins. Il les agaça du pouce, pour avoir le plaisir de voir son regard s'assombrir.

— Il faut que je sois à l'agence à 8 h 30.

— Nous nous lèverons tôt, assura-t-il en embrassant le pourtour de sa bouche. Je crois que nous n'allons pas beaucoup dormir, de toute façon.

A.J. sentait qu'elle était en train de perdre du terrain. Son corps vibrait comme une lyre dont il pinçait les cordes pour en tirer la plus douce des mélodies. Mais le plus grand virtuose n'était pas à l'abri des fausses notes. Et il arrivait parfois qu'une corde se casse...

— Je n'ai pas l'habitude de découcher.

— Pour moi, tu peux bien faire une exception.

Si elle devait lâcher du lest, autant que ce soit en connaissance de cause.

— En quel honneur devrais-je faire cette exception ?

Il ne manquait pas d'arguments persuasifs. Mais il préférait lui faire la guerre plutôt que l'amour. C'était beaucoup moins risqué.

— Nous n'allons pas nous arrêter au premier round, Aurora. Ce serait vraiment dommage.

Très dommage, elle en convenait. Mais il était hors de question qu'il lui impose ses conditions.

— Lâche-moi, Brady.

Au ton de sa voix et à la lueur farouche qui brillait dans ses yeux bleus, il comprit que la partie était loin d'être gagnée. Perplexe, il la lâcha.

Sans cesser de le fixer, elle prit son visage entre ses mains. Un sourire énigmatique naquit sur ses lèvres.

— Je crois que nous n'allons pas dormir du tout, dit-elle avant de plaquer ses lèvres sur les siennes.

Il faisait encore nuit lorsque A.J. ouvrit un œil pour remonter la couverture. Elle étira doucement ses membres endoloris puis se retourna et chercha des yeux le cadran lumineux du réveil. Il n'était nulle part.

Elle se rappela alors qu'elle n'était pas chez elle. Mais où était passé David ? Et quelle heure pouvait-il bien être ? se demanda la jeune femme en se redressant contre les oreillers, tout hébétée de sommeil.

La nuit qu'ils venaient de passer, elle ne l'avait pas rêvée. Les courbatures qu'elle avait dans tout le corps et les bleus sur ses bras témoignaient de leurs ébats passionnés.

Elle sentait encore sur sa bouche le goût de ses baisers et sa peau gardait l'odeur de son eau de toilette. Non, elle n'avait rien inventé, mais ce plaisir partagé n'adoucissait en rien la dure réalité de cette aube blafarde.

Tout brutal que soit l'atterrissage, elle ne regrettait rien, cependant. Car si elle avait enfreint l'un de ses grands principes, elle avait agi en connaissance de cause. Même au cœur de la passion, elle savait très bien ce qu'elle faisait et elle en assumait pleinement les conséquences.

Elle ramassa le peignoir de David et l'enfila prestement. La réalité était incontournable. Elle allait devoir l'affronter le plus lucidement possible, car seules les midinettes confondaient attirance sexuelle et sentiment amoureux.

Nouant soigneusement la ceinture du peignoir autour de sa taille, elle sortit de la chambre et gagna le rez-de-chaussée.

Les premières lueurs de l'aube filtraient à travers les baies vitrées de la salle de séjour. Debout devant la fenêtre, David ne se retourna pas. Derrière lui, un bon feu de bois flambait dans la cheminée, mais l'atmosphère était glaciale.

— Quand j'ai fait construire la maison, je tenais à ces fenêtres à l'est pour pouvoir contempler le lever de soleil, expliqua-t-il en tirant avidement sur sa cigarette, dont le bout incandescent luisait dans la pénombre. Chaque matin, j'ai droit à un spectacle unique, sans cesse renouvelé.

Elle ne l'imaginait pas contemplatif. Mais elle n'aurait jamais pensé non plus qu'il vivrait en haut des collines, loin de l'agitation de la ville. Que savait-elle, au juste, de l'homme avec qui elle avait passé la nuit ?

— Le soleil se lève généralement sans moi, dit A.J. en enfonçant les mains dans les poches du peignoir pour se donner une contenance.

— Je tiens beaucoup à ce petit rituel. Il m'aide à

surmonter les difficultés qui peuvent surgir tout au long de la journée.

— La journée s'annonce difficile ? demanda la jeune femme, les doigts crispés sur la boîte d'allumettes enfouie dans une des poches du peignoir.

Il se tourna vers elle. Malgré ses yeux cernés et ses cheveux en bataille — ou peut-être à cause d'eux — elle lui parut plus féminine et plus attirante que jamais. Aurora J. Fields était assurément une sacrée difficulté, mais il se serait fait couper en deux plutôt que de le lui avouer.

— Tu sais, je crois que…

Les mains dans ses poches, il s'avança vers elle.

— … nous n'avons pas assez parlé, hier soir.

A.J. inspira pour se donner du courage.

— Nous avions beaucoup mieux à faire, dit-elle avant d'ajouter, pour couper court à une conversation qui risquait d'être houleuse : il faut que j'aille m'habiller et que je file à l'agence.

Elle avait déjà tourné les talons, mais il la rappela.

— Aurora. Juste une question. Qu'as-tu ressenti la première fois que tu m'as vu, dans ton bureau ?

— Hier soir, dit-elle en lui faisant de nouveau face, je t'en ai dit plus que je n'aurais dû. Bien plus.

Il en avait parfaitement conscience. D'ailleurs, il s'était demandé pourquoi elle lui avait fait toutes ces confidences. Mais elle seule pouvait répondre à cette question.

— Tu m'as parlé de tes facultés et des tours qu'elles t'avaient joués dans le passé. Je veux connaître ton ressenti sur ce que toi et moi sommes en train de vivre aujourd'hui.

— Je vais être en retard, David. Il faut que j'y aille.

— Tu es toujours en train de fuir, Aurora.

Elle s'arrêta au pied de l'escalier et fit volte-face.

— Je ne fuis pas. Il se trouve simplement que je ne vois pas l'intérêt de remettre ça sur le tapis. Ces choses-là ne regardent que moi.

— Que tu le veuilles ou non, elles me regardent aussi, dit David calmement. En arrivant dans ma chambre, hier soir, tu as dit que tu l'avais vue en rêve. Vrai ou faux ?

Un petit mensonge lui aurait épargné de fastidieuses explications. Mais elle n'avait jamais su mentir.

— Contre les rêves, on ne peut rien faire. Rien de rien. Ils échappent à tout contrôle. Tu le sais aussi bien que moi.

— Raconte-moi ce rêve.

A.J. sentit ses ongles s'enfoncer dans ses paumes. Elle ne lui dirait que ce qu'elle voudrait bien lui dire. Il n'arriverait pas à lui tirer les vers du nez.

— J'ai rêvé de ta chambre. J'aurais pu te la décrire dans ses moindres détails. Vise un peu le drôle d'énergumène que tu as en face de toi !

— Arrête de t'apitoyer sur toi-même, dit-il en s'avançant vers elle. Ça ne te va pas du tout. Tu savais que nous allions devenir amants, n'est-ce pas ?

— Oui.

— Tu l'as su le premier jour, dans ton bureau, quand après t'être mise en colère, nous nous sommes serré la main, comme ça.

Il l'obligea à sortir sa main de sa poche et la prit dans la sienne.

— Qu'essaies-tu de prouver, David ? Tu t'informes pour ton documentaire ?

Il avait compris que son agressivité était un moyen de se protéger, aussi ne s'offusqua-t-il pas de ses sarcasmes.

— Tu le savais, insista-t-il, implacable. Et tu as eu peur. Mais pour quelle raison ?

— Je venais de comprendre que j'allais devenir la maîtresse d'un homme que je trouvais d'ores et déjà détestable. Cela te suffit comme raison ?

— Je veux bien que cela t'ait contrariée, mais effrayée, je ne vois vraiment pas pourquoi. Tu avais peur, aussi, à l'arrière de la limousine. Et hier soir, également, quand tu es entrée dans ma chambre.

Elle essaya de se dégager.

— Tu dis n'importe quoi.

Il s'approcha encore et lui effleura la joue de l'index.

— Vraiment ? Regarde comme tu as peur.

— Pas du tout. C'est juste que je n'aime pas me sentir harcelée. Tu n'as pas le droit de t'immiscer dans ma vie privée ou dans mes sentiments, quoi qu'il y ait eu entre nous.

Elle avait raison, bien sûr. Il n'avait aucun droit sur elle. Comment avait-il pu l'oublier ?

— Je te demande pardon. Mais j'ai vu dans quel état tu étais en entrant dans cette pièce, hier après-midi.

— C'est du passé. Nous n'allons pas revenir là-dessus.

Pour lui, la conversation était loin d'être close. Il jugea préférable, cependant, de laisser tomber pour l'instant.

— Et j'ai bien entendu ce que tu as dit hier soir. Je ne veux pas être responsable d'un nouvel épisode du même genre.

— Tu n'es responsable de rien du tout. C'est moi, ou plutôt les circonstances qui sont à l'origine de ces épisodes. En vingt-huit ans, j'ai eu le temps d'apprendre à faire avec.

— Oui, j'imagine. Mais de ton côté, il faut que tu comprennes qu'en trente-six ans d'existence, je n'avais jamais été directement confronté à ce type de phénomènes.

— A ta place, je suppose que moi aussi je serais méfiante, sceptique et intriguée, dit A.J. d'un ton aigre.

— Arrête de penser à ma place ! explosa David avec une soudaineté qui les surprit tous les deux.

Lorsqu'il la prit par les épaules, elle ne réagit pas.

— Je me fiche de ce que les autres ont dit ou ont fait en pareilles circonstances. Je ne suis pas comme eux, A.J. Nous avons passé la nuit ensemble mais, pour moi, tu es toujours un mystère. J'hésite à te toucher de peur de déclencher quelque chose. Ce n'est pourtant pas l'envie qui m'en manque, crois-moi ! Si je suis descendu d'aussi bonne heure, c'est parce que je brûlais de te prendre dans mes bras et que le seul moyen de m'en empêcher était de me lever.

Sans réfléchir, elle posa les mains sur les siennes.

— Que veux-tu, David ?

Il la lâcha en soupirant.

— Je n'en sais rien. Il va me falloir un peu de temps pour y voir plus clair.

A.J. acquiesça d'un signe de tête.

— Cela me semble raisonnable.

— Ce qui l'est nettement moins, c'est que je n'envisage pas de me séparer de toi un seul jour.

Le cœur de la jeune femme manqua un battement.

— David, je...

— Jamais je n'avais ressenti entre les bras d'aucune femme ce que j'ai ressenti entre les tiens cette nuit.

Subjuguée par cette voix rauque, altérée par une passion qu'il ne cherchait ni à dissimuler ni à contenir, A.J. faillit baisser sa garde.

— Merci du compliment, mais je ne te demande rien.

— Je le sais bien, dit-il en riant. N'empêche que c'est la stricte vérité. Viens t'asseoir deux minutes.

Il la prit par la main et la fit s'asseoir à côté de lui, sur une marche de l'escalier.

— La nuit dernière, je ne me suis pas posé de questions. L'urgence était ailleurs, dit-il en passant un bras autour de sa taille. Mais ce matin, j'ai eu tout le temps de cogiter. Tu n'es pas une femme parmi d'autres, A.J. Tu es *la* femme pour moi, celle avec qui j'ai envie de partager mon lit très longtemps.

Elle se tourna vers lui. Il n'y avait aucune tendresse dans l'expression de son visage, juste une farouche détermination.

— Tu m'as l'air drôlement sûr de toi, dit-elle.

— Pourquoi ne le serais-je pas ? Ce que j'éprouve pour toi, tu l'éprouves pour moi. C'est un bon départ, non ?

Il était effectivement plus simple, et incontestablement plus sage, de s'en tenir à cela. Elle acquiesça.

— Pas de promesses, pas de serments, dit-elle. D'accord ?

Une petite voix se récriait en lui avec véhémence, mais il s'empressa de la faire taire.

— D'accord.

A.J. sentit le piège se refermer sur elle. Il était déjà trop tard pour reculer.

— Les relations professionnelles d'un côté, la vie privée de l'autre. Pas d'interférence entre les deux.

— D'accord, répéta David.

— Et quand l'un d'entre nous n'y trouve plus son compte, chacun reprend sa liberté sans faire d'histoires et sans rancune.

— D'accord. Tu veux un engagement contractuel ?

Elle le scruta longuement.

— Il vaudrait peut-être mieux, dit-elle avec un petit sourire. Les producteurs sont paraît-il des gens de mauvaise foi.

— Les agents sont paraît-il des gens cyniques.

— Des gens prudents, corrigea-t-elle en lui pinçant le menton. Mais nous sommes payés pour veiller au grain. A propos, nous n'avons pas tout réglé en ce qui concerne Clarissa.

— Nous en reparlerons aux heures de bureau, mon ange.

— N'essaie pas de noyer le poisson. Il nous faut régler cela aujourd'hui même.

— Entre 9 heures et 17 heures.

— Appelle l'agence et… Oh, zut ! s'exclama soudain la jeune femme en se relevant d'un bond. J'ai complètement oublié d'écouter mes messages.

— La sécurité de la nation est en danger, railla David en se levant à son tour.

— Je devais reporter mes rendez-vous. J'ai été absente presque toute la journée d'hier. Où est le téléphone ?

— Moi, en tout cas, j'en ai bien profité.

— David, je ne plaisante pas !

— Moi non plus, dit-il en glissant une main dans l'échancrure de son peignoir.

— David ! protesta-t-elle faiblement. Je te demande juste une minute.

Un sourire prometteur aux lèvres, il lui dénoua sa ceinture.

— Une minute, c'est trop court. Bien trop court.

— Je crois que j'ai un rendez-vous en début de matinée.

— Je crois que tu n'as rien de prévu avant midi.

La jeune femme avait glissé les mains sous sa chemise. Il se demanda si elle s'en était rendu compte.

— Ce qui est sûr, c'est qu'il faut que nous fassions l'amour. Ici et maintenant.

— Après, dit A.J. dans un souffle.

— Avant.

La chute du peignoir mit fin au débat.

8

A.J. n'avait plus aucune raison d'être sur la défensive. Sa première nuit avec David remontait à dix jours et, depuis, ils filaient le parfait amour. Chaque fois qu'ils le pouvaient, ils passaient la soirée ensemble. Ils se promenaient sur la plage main dans la main, ou dînaient en tête à tête dans quelque restaurant chic, ou bien rentraient assouvir en privé la faim qu'ils avaient l'un de l'autre. Jamais rassasié, David en réclamait toujours plus. Il la désirait comme au premier jour. De cela, au moins, elle était sûre.

Mais loin de baisser sa garde, la jeune femme vivait en permanence sur le fil du rasoir. Chaque jour, elle devait reconstruire une à une les barrières que David démolissait chaque nuit. Il aurait été trop risqué de s'en passer. Elle veillait à ne pas s'impliquer plus que nécessaire dans une relation qu'elle savait fondée sur une simple attirance sexuelle. Un jour ou l'autre, David se lasserait d'elle. Elle s'y attendait et s'y préparait mentalement.

Avec cette épée de Damoclès suspendue au-dessus de la tête, elle se sentait dans une grande insécurité. Il était évident que la passion qui faisait rage en eux se consumerait peu à peu et finirait par s'éteindre car ils n'avaient pas grand-chose d'autre en commun. David lisait des essais et des romans à thème. Elle avait un penchant pour les polars et les bluettes. Il l'emmena au festival international du film d'auteur. Elle aurait préféré regarder à la télévision une vieille comédie musicale avec Gene Kelly et Judy Garland.

Plus cela allait, et plus il lui paraissait évident qu'ils n'étaient pas faits pour s'entendre. Tout les séparait, en dehors du désir qu'ils éprouvaient l'un pour l'autre et qui agissait comme un aimant. Mais avec le temps, l'attraction diminuerait. A.J. ne se faisait aucune illusion.

Sur le plan professionnel, elle se sentait nettement plus à l'aise pour traiter avec David d'égale à égal. Dans ce domaine, elle avait fourbi ses armes depuis longtemps. En échange des prestations supplémentaires de Clarissa dans le documentaire qu'il était en train de réaliser, elle exigea qu'il s'engage à faire la promotion du prochain livre de sa cliente.

Les négociations, fort âpres, avaient duré deux jours entiers, à l'issue desquels ils étaient enfin tombés sur un accord dont chacun d'eux pensait être le grand bénéficiaire.

Clarissa les laissait se chamailler. Entre ses plantations, ses recettes de cuisine, et ses préparatifs de mariage, elle avait d'autres chats à fouetter. Lorsque A.J. lui avait annoncé triomphalement qu'on allait parler de son livre à la télévision, c'est à peine si elle avait réagi, préoccupée qu'elle était par la pièce montée qu'elle envisageait de confectionner elle-même.

— Maman, rends-toi compte : une critique dans une émission littéraire aussi prestigieuse que *Book Talk* est une aubaine que beaucoup d'auteurs t'envieraient.

Passablement énervée par les quarante-cinq minutes de trajet et de discussions stériles avec Clarissa, A.J. déboula en trombe dans le parking du studio d'enregistrement.

— Oh, mais je suis ravie, tu sais. Mon éditeur va leur faire parvenir quelques exemplaires de lancement. Aurora, tu crois que, pour le mariage, on pourrait organiser une garden-party ? J'ai un peu peur pour mes azalées.

Repérant un emplacement libre, A.J. donna un violent coup de volant.

— Combien d'exemplaires a-t-il prévu d'envoyer ?

— Je ne sais plus. J'ai dû le noter quelque part. Le problème, c'est qu'il pourrait pleuvoir. En juin, le temps est tellement imprévisible.

— Trois exemplaires me semblent être un minimum. Juin, dis-tu ? Mais c'est le mois prochain !

— Tu n'imagines pas tout ce que j'ai à faire d'ici là.

De surprise, A.J. en avait perdu les pédales, si bien que la voiture avait calé. Les mains sur le volant, elle se tourna vers sa mère.

— Le mariage était prévu pour l'automne, non ?

— Au départ, oui. En octobre, mes chrysanthèmes valent vraiment le coup d'œil mais, comment dire… ? Alex est un peu impatient. Ma chérie, je sais que je ne conduis pas, mais tu devrais peut-être retirer la clé de contact.

A.J. s'exécuta en ronchonnant.

— Voyons, maman, c'est de la folie ! Comment peux-tu épouser un homme que tu ne connais que depuis deux mois ?

— Penses-tu vraiment que ce soit une question de temps ? demanda Clarissa avec un sourire bienveillant. N'est-ce pas plutôt une question de sentiments ?

— Les sentiments ne sont pas immuables.

— L'amour n'offre aucune garantie, Aurora. Même pour des gens comme toi et moi.

— C'est bien ce qui m'inquiète, confia A.J. en ouvrant sa portière.

Elle allait dire deux mots à Alex Marshall. Sa mère se comportait comme une midinette qui s'amourachait du meilleur footballeur du collège.

— Tu n'as aucun souci à te faire, ma chérie. Je sais parfaitement à quoi je m'engage. Mais si cela peut te rassurer, parles-en avec Alex.

Lorsque Clarissa se fut extirpée de la voiture, A.J. la prit par le bras.

— Il faut bien que quelqu'un s'en fasse, maman. Et je t'interdis d'essayer de lire dans mes pensées.

— Je n'ai pas à me donner cette peine. C'est écrit sur ton front. Est-ce que je suis décoiffée ?

A.J. l'embrassa sur la joue.

— Non, maman, tu es parfaite.

— Tant mieux, dit Clarissa avec un petit gloussement. Je me préoccupe beaucoup de mon apparence, depuis quelque temps. Mais Alex est si séduisant. Tu ne trouves pas ?

— Si, répondit A.J. du bout des lèvres.

Il était séduisant, cultivé, courtois et élégant. Mais cela cachait sûrement quelque chose, songeait la jeune femme en poussant les portes du studio.

— Clarissa. Tu es magnifique ! s'exclama Alex en se précipitant à leur rencontre.

Il regardait sa fiancée comme si elle avait été la huitième merveille du monde. Il prit ses deux mains dans les siennes et les serra avec emportement, les yeux rivés sur A.J., dont il semblait quêter l'approbation.

— Monsieur Marshall, dit-elle froidement en lui tendant la main.

Lâchant à regret les mains de Clarissa, il serra la sienne.

— Bonjour, mademoiselle Fields. Votre conscience professionnelle vous honore. Ce n'est pas mon agent qui se donnerait tant de mal. Cela dit, je me serais fait un plaisir d'aller chercher Clarissa.

— Oh, il faut toujours qu'elle s'en fasse pour moi, dit Clarissa en espérant détendre l'atmosphère. Je suis tellement tête en l'air qu'elle doit me rappeler chaque fois ce que je dois dire et ne surtout pas dire dans les interviews.

— Je vais voir si tout est prêt.

Comme elle se dirigeait vers le plateau, A.J. croisa David.

— Bonjour, vous ! lança-t-il en l'attrapant par la taille. Tu assistes à l'enregistrement ?

— Je veille sur ma cliente, Brady. Elle est…

Machinalement, elle avait jeté un coup d'œil par-dessus son épaule. Lorsqu'elle vit sa mère dans les bras d'Alex, elle en resta bouche bée. Tendrement enlacés, au vu et au su de tous, les deux quinquagénaires s'embrassaient.

— Entre de bonnes mains, on dirait. Viens t'asseoir une minute, proposa David en l'entraînant vers une alcôve aménagée en salon.

— Non, ça va, murmura A.J. Je ferais mieux de…

— Tu ferais mieux de t'occuper de tes affaires, ça oui !

En elle, la stupeur fit place à la colère.

— Je te rappelle que Clarissa est ma mère.

David se dirigea vers la machine à café et remplit deux gobelets.

— Justement. Tu n'as pas à te mêler de sa vie privée.

— Tu crois que je vais rester à la regarder pendant qu'elle… pendant qu'elle…

— Prend un peu de bon temps ? suggéra David en lui tendant un gobelet de café qu'elle vida presque d'un trait.

— Elle s'est laissé entraîner. Elle n'est plus en mesure de raisonner, elle est…

— Amoureuse, compléta David.

Excédée, la jeune femme finit son café et alla jeter le gobelet dans la poubelle.

— Arrête de me couper la parole. J'ai horreur de ça.

— Je sais, dit-il en souriant. Et si nous passions la soirée chez toi, pour changer ? Nous pourrions faire l'amour dans toutes les pièces. Que dis-tu de ce programme ?

— David, essaie de te mettre à ma place. Je me fais beaucoup de souci pour Clarissa. Je devrais…

— Tu devrais plutôt t'en faire pour toi-même. Et pour moi, dit-il en plaquant ses mains sur les hanches de la jeune femme.

— J'aimerais que tu…

— Je sais exactement ce que tu aimes, susurra David tout contre sa bouche. Tu veux une démonstration ?

Le cœur battant, A.J. le repoussa.

— David, tu enfreins nos règles. Nous étions bien d'accord : pas de marivaudage pendant les heures de travail.

— Tu vas me faire inculper pour harcèlement sexuel ? demanda-t-il en glissant les mains sous sa veste. Voyons un peu ce que tu portes là-dessous.

Elle sentit ses genoux fléchir, sa tête tourner, son sang dévaler dans ses veines comme un torrent en crue.

— David, je ne plaisante pas. Il était bien entendu que…

Lorsqu'il commença à agacer du bout de la langue sa lèvre inférieure, elle renonça à résister plus longtemps.

Au diable leurs règles et toutes les consignes de prudence qu'elle s'était juré de suivre ! songea-t-elle en fondant une fois de plus sous les caresses de David et en abdiquant sous ses baisers torrides.

Ses mains étaient toujours aussi expertes et exigeantes, sa bouche toujours aussi vorace, son désir toujours aussi vif. Ils étaient coincés entre la machine à café et la poubelle, mais ils n'en avaient cure. Plus rien n'existait autour d'eux. Ils étaient seuls au monde.

— Hum…

Clarissa baissa les yeux, moins pour masquer son embarras que sa jubilation. Entre A.J. et David, le courant passait au-delà de toute espérance.

— Je crois que tout est prêt et que l'enregistrement va pouvoir commencer, dit-elle.

D'une main fébrile, A.J. remit de l'ordre dans sa tenue.

— J'arrive tout de suite, maman.

Dès que Clarissa eut tourné les talons, elle laissa échapper une bordée de jurons.

— Vous êtes quittes, fit remarquer David d'un ton badin.

Cette remarque lui valut un regard meurtrier.

— Il n'y a pas de quoi rire.

— Tu veux que je te dise, A.J. ? Tu te prends trop au sérieux.

— Peut-être, dit-elle en se baissant pour ramasser son sac. N'empêche que nous aurions été dans de beaux draps si un de tes collaborateurs nous avait surpris.

— Il aurait vu son producteur embrasser une très jolie femme. Il n'y a pas de quoi fouetter un chat.

— Nous sommes ici pour travailler, pas pour nous embrasser. Tu peux être sûr qu'en moins d'une heure, tout le monde aurait été au courant.

— Et alors ?

— Comment cela, et alors ? C'est ce que nous voulions à tout prix éviter, David. Ni ton équipe ni mes employés à l'agence ne sont censés savoir que nous couchons ensemble.

Il haussa les sourcils.

— Nous étions d'accord sur le principe de ne pas mélanger vie privée et vie professionnelle, mais, à ma connaissance, il n'a jamais été question de tenir secrète notre liaison.

— Je ne tiens pas à faire la une des magazines people ! rétorqua A.J.

David était furieux. Il aurait été incapable de dire pourquoi. Mais furieux, il l'était bel et bien.

— Tu ne laisses guère de place à la négociation, dit-il.

— C'est possible, dit-elle en se plantant devant lui. Mais je préfère éviter les commérages dans un premier temps, et les regards compatissants dans un second, quand tout sera fini entre nous.

Nul besoin d'être devin pour comprendre qu'elle redoutait ce moment-là depuis le début. Ce constat amer le blessa plus cruellement qu'il ne l'aurait cru.

— Je vois. A l'avenir, nous tâcherons d'être plus discrets. Allons-y, dit-il en se dirigeant vers le plateau.

Il s'en voulait de le prendre aussi mal. A.J. avait une

attitude saine et parfaitement logique. Elle n'exigeait ni promesse ni serment et elle n'en faisait pas. Ces règles du jeu, il les comprenait d'autant mieux qu'il les avait lui-même longtemps appliquées. Elle veillait à ce que ses sentiments n'interfèrent pas avec sa vie professionnelle. Il avait fait la même chose, à une époque. Avec d'autres femmes.

Mais aujourd'hui, ces règles ne s'appliquaient plus.

C'était son problème, songea-t-il tandis qu'on s'activait sur le plateau à changer une ampoule qui venait de claquer, interrompant inopinément l'enregistrement. Il lui appartenait de le résoudre d'une manière ou d'une autre. Mais il n'y avait pas trente-six solutions : ou il acceptait de jouer le jeu, ou il trouvait un moyen de le faire évoluer.

Dans son tailleur bon chic bon genre, A.J. faisait très femme d'affaires. Il la regarda rejoindre Alex d'un pas décidé. Elle avait l'air de savoir ce qu'elle voulait, et lui parut aussi lisse et dangereuse qu'une bombe à neutrons.

David prit une cigarette et l'alluma d'un geste rageur. Il venait d'opter pour la solution numéro deux.

— Monsieur Marshall, puis-je vous parler une minute ?

Alex discutait avec un machiniste, mais A.J. n'hésita pas à l'interrompre. Il fallait qu'elle lui dise ce qu'elle avait sur le cœur.

— Oui, bien sûr. Nous avons même le temps d'aller prendre un café, dit-il en lui offrant son bras avec cette galanterie très désuète qui n'appartenait qu'à lui.

Bras dessus, bras dessous, ils gagnèrent l'alcôve où un peu plus tôt, elle était venue avec David. Cette fois, c'est elle qui remplit les gobelets de café. Elle s'apprêtait à lui servir le petit discours qu'elle avait préparé, mais Alex lui coupa l'herbe sous le pied.

— Vous voulez me parler de Clarissa, je suppose ? Cela vous ennuie si je fume ? demanda-t-il en tirant un cigare d'un élégant étui en cuir grainé.

— Non, je vous en prie. J'aimerais beaucoup, en effet, que nous parlions de Clarissa.

Il tira avec force sur son cigare pour l'allumer.

— Elle m'a dit que nos projets de mariage vous contrariaient un peu. Dans la mesure où j'ignorais que vous étiez sa fille, je ne comprenais pas. Alors elle m'a tout raconté. Et si on s'asseyait ?

A.J. s'assit du bout des fesses sur l'un des fauteuils. Cela ne se passait pas du tout comme elle l'avait prévu.

— Je suis contente de savoir que Clarissa vous a mis au courant. Cela simplifie les choses. Si je me préoccupe autant du sort de ma mère, c'est parce qu'elle compte beaucoup pour moi.

— Pour moi aussi. Mais vous êtes bien placée pour savoir à quel point elle est adorable.

— Oui, dit la jeune femme, désorientée par le tour inattendu que prenait la conversation. Clarissa est merveilleuse. Mais vous vous connaissez depuis si peu de temps…

— Il a suffi de cinq minutes, vous savez. Mademoiselle Fields… A.J., reprit-il en souriant. Je peux me permettre de vous appeler par votre prénom puisque, bientôt, je serai votre beau-père.

Son *beau-père* ? Elle faillit en avaler de travers son café. Si sa mère l'épousait, Alex serait effectivement son beau-père. Bizarrement, ce détail lui avait échappé.

— J'ai un fils de votre âge, reprit-il. Et une fille un peu plus jeune. Je sais que cela ne doit pas être facile de voir votre mère refaire sa vie.

— La question n'est pas là.

— Si, bien sûr. Vous êtes aussi précieuse aux yeux de Clarissa que mes enfants le sont aux miens. Nous allons nous marier, A.J., mais le bonheur de votre mère sera imparfait si vous désapprouvez son choix.

— Je ne sais pas quoi vous dire, monsieur Marshall

— ou plutôt Alex. Vous avez parcouru le monde, vu toutes sortes de choses étonnantes en vingt-cinq ans de carrière. Ses talents et ses facultés mis à part, Clarissa est une femme très ordinaire.

— Elle est la femme rêvée pour un homme comme moi. Après toutes ces années d'errance, j'ai envie de me poser. J'envisageais de prendre ma retraite, mais je n'en avais parlé à personne, même pas à mes enfants. J'aspirais à autre chose qu'à courir après les scoops. Quand j'ai rencontré Clarissa, j'ai su presque tout de suite qu'elle était celle que j'attendais. Je veux passer le reste de ma vie auprès d'elle.

A.J. contemplait ses mains en silence. Qu'y avait-il de plus beau, pour une femme, que d'être l'objet d'un amour aussi entier et aussi absolu ?

— Alex, dit-elle avec un petit sourire, ma mère vous a-t-elle déjà préparé à dîner ?

— Oh, oui, plusieurs fois. Elle m'a confié tout à l'heure qu'elle nous avait mitonné une bolognaise pour ce soir. Sa cuisine est comme elle : pleine de surprises et de fantaisie.

— Alors là, vous m'épatez, dit A.J. en riant. Je crois que maman a tiré le bon numéro. Je suis contente pour elle.

Alex se pencha pour l'embrasser sur la joue.

— Merci, dit-il simplement.

— Prenez soin d'elle, murmura-t-elle, la gorge serrée, avant de se lever. Nous devrions aller la rejoindre. Elle doit se demander où nous sommes passés.

— Cela m'étonnerait. Vous savez bien que Clarissa sait toujours tout.

— Et cela ne vous pose pas de problème ? Le fait qu'elle soit médium ?

— Non, pourquoi ? Cela fait aussi partie de son charme.

— Oui, évidemment, dit la jeune femme sans grande conviction.

Sur le plateau, Clarissa semblait guetter leur retour. Elle les accueillit avec un grand sourire.

— Pour le mariage, je m'occupe de tout, annonça A.J. sans préambule. Et ce n'est pas négociable.

Clarissa rosit de bonheur.

— Comme c'est gentil, ma chérie, mais c'est beaucoup de tracas. Tu n'as pas besoin de ça.

— Tout ce que tu as à faire, c'est de choisir ta robe et de te faire belle. Je me charge du reste. D'accord ?

— Si tu y tiens.

— J'y tiens beaucoup, dit A.J. en embrassant sa mère sur la joue. Je crois qu'on t'attend, maman.

La jeune femme alla s'asseoir au fond, comme d'habitude.

— Te voilà rassurée ? demanda David qui s'était empressé de la rejoindre.

— Plus ou moins. Dès que l'enregistrement est fini, je m'attaque aux préparatifs du mariage.

— Ce sera bien assez tôt demain. Pour ce soir, j'avais d'autres projets, dit David avec un sourire coquin.

David était un homme de parole. A.J. venait de rentrer et avait juste eu le temps d'ouvrir l'annuaire téléphonique à la rubrique « Traiteurs » lorsqu'on sonna à la porte. L'annuaire dans les mains, un doigt glissé à l'intérieur pour ne pas perdre sa page, elle alla ouvrir.

— Je croyais que tu avais des choses à faire. Je ne t'attendais pas avant 20 heures.

— J'ai fait vite, dit David en passant sur ses lèvres une langue gourmande. Il est encore tôt, mais nous sommes en dehors des heures de bureau.

— C'est vrai, admit A.J. avec un sourire.

Avec une lenteur délibérée, il entreprit de lui déboutonner son chemisier.

— Si tu ne réponds pas au téléphone, la messagerie prendra le relais au bout de quatre sonneries.

— Au bout de six. Mais je n'attends aucun appel. Tu as faim ? demanda la jeune femme en le prenant par la taille.

— Une faim de loup.

Il essaya de résister le plus longtemps possible au désir qu'il avait de la prendre dans ses bras, mais il ne tint pas plus de trente secondes.

— Je n'ai rien d'autre à te proposer qu'une brandade de morue surgelée.

— Ce n'est pas grave. Je sais comment me rassasier.

Dégrafant sa jupe, qui glissa à terre, il la saisit par les hanches.

— Je te fais confiance, murmura A.J. en le débarrassant de son sweater.

Sans le quitter des yeux, elle promena lentement ses mains sur son torse puissant, s'attardant voluptueusement dans la toison sombre de sa poitrine. A.J., qui ne portait plus, en dehors de son chemisier grand ouvert sur un soutien-gorge pigeonnant, qu'une culotte et des bas, se pressa violemment contre lui. Elle voulait le rendre fou de désir. Mais lorsqu'elle sentit ses mains à lui partout sur elle, elle crut devenir folle.

Tout l'après-midi, David l'avait dévorée du regard. Il la tenait enfin dans ses bras et pour la première fois depuis qu'ils étaient amants, elle semblait disposée à s'abandonner complètement.

Ils se laissèrent lentement glisser sur le sol, où il la recouvrit de son corps.

Elle ne put endiguer le flot de sensations qui la submergea tandis que David l'entraînait dans une folle chevauchée.

Lorsqu'elle se mit à trembler de désir et à murmurer son nom, il comprit qu'il ne voulait rien tant que l'entendre l'appeler encore et encore et crier de plaisir. Il acheva de la dévêtir et incapable de canaliser plus longtemps le désir impétueux qui cascadait en lui, il la pénétra d'un violent coup de reins.

Ils surent alors tous deux qu'ils n'étaient plus les mêmes.

La chaleur et le poids de David l'engloutissaient. Les doigts enfoncés dans la moquette, elle se laissa emporter par la jouissance qui déferla en elle par vagues successives avec une force et une rapidité stupéfiantes. Mais il ne l'avait pas encore rejointe. Dressé au-dessus d'elle, luisant de sueur et aussi pantelant qu'elle, il se retenait héroïquement. Elle vit son regard se voiler, elle le sentit frémir et l'entendit gémir tandis qu'il lâchait prise et se précipitait à son tour, libre de toute attache, dans les abîmes insondables du plaisir.

— J'aime bien te voir nue, murmura David en s'appuyant sur un coude pour pouvoir la contempler tout à son aise. Mais je dois reconnaître que tes bas sont diablement sexy.

Lorsqu'il lui caressa le haut de la cuisse, elle bougea à peine.

— Ils sont surtout pratiques à enfiler et à retirer, dit-elle d'une voix ensommeillée.

— Je confirme, déclara David d'un ton plein de sous-entendus.

— Ce n'est pas ce que je voulais dire.

N'ayant aucune envie de se lancer dans une discussion interminable, elle se blottit tendrement contre lui.

Il adorait son côté câlin, cette manière qu'elle avait de se coller à lui après l'amour. Le visage enfoui dans ses cheveux, il la caressait doucement.

— Et si nous allions prendre une douche ? proposa-t-il soudain, comme sous le coup d'une inspiration.

— Maintenant ? Pourquoi n'allons-nous pas plutôt au lit ?

— Tu es insatiable, à ce que je vois. Allez, viens !

Il se redressa et la souleva dans ses bras.

— Lâche-moi, David. C'est ridicule !

— Je me sens toujours un peu ridicule quand j'ai une femme nue sur les bras.

Il ne la posa à terre qu'une fois dans la salle de bains.

— Tu dois pourtant avoir l'habitude, dit A.J. en ouvrant d'un geste brusque les robinets de la douche.

— Je l'ai un peu perdue, ces derniers temps.

Sans crier gare, il la poussa dans le bac à douche, sous le jet d'eau chaude.

— Mes cheveux ! cria-t-elle en le fusillant des yeux.

Comme il la regardait d'un air goguenard, elle prit la savonnette et commença à se laver.

— Tu sembles d'humeur badine, ce soir. Cela change de ce matin où tu faisais la tête.

— Je faisais la tête ? dit-il hypocritement en lui prenant le savon des mains pour continuer ce qu'elle avait commencé.

— Nous n'étions pas d'accord, souviens-toi. Mais je ne t'en veux pas. Je suis contente que tu sois venu ce soir.

C'était plus qu'il n'en espérait.

A.J. noua les bras autour de son cou et l'embrassa à pleine bouche.

— Quand tu ne joues pas les producteurs, je t'aime beaucoup, David.

Venant d'elle, c'était tout à fait inespéré. Mais aussi tellement moins que ce dont il avait besoin…

— Quand tu ne joues pas les agents artistiques, je t'aime beaucoup, Aurora.

Au moment où elle sortait du bac à douche, la sonnette retentit.

— Zut ! dit-elle en se précipitant sur une serviette.

— J'y vais.

En un tournemain, David avait noué une serviette autour de ses hanches. Sans lui laisser le temps de protester, il sortit de la salle de bains pour aller ouvrir.

Elle enfila son peignoir, bien décidée à lui emboîter le pas. Et si c'était un collègue de l'agence ? Qu'allait-elle bien pouvoir inventer pour expliquer la présence de David Brady chez elle ? Tout nu, en plus. Non, il valait mieux qu'elle reste où elle était.

Puis elle repensa avec horreur aux vêtements, qui avaient voltigé aux quatre coins de la salle de séjour. Prenant son courage à deux mains, elle sortit de sa cachette.

Il y avait une nappe blanche sur la table de la salle de séjour. Et deux bougeoirs en métal argenté. A la lumière des bougies, la porcelaine et le cristal étincelaient de mille feux.

Elle se figea et attendit des explications. Mais David était en train de signer le papier que lui tendait un homme en smoking noir.

— J'espère que vous êtes satisfait, monsieur Brady.

— Tout est absolument parfait.

— Nous viendrons débarrasser à l'heure qui vous conviendra, dit l'homme avant de les saluer tour à tour et de se retirer.

D'un pas incertain, A.J. s'avança vers la table.

— David… qu'est-ce que c'est que ça ?

— Du coq au vin, répondit-il en soulevant la cloche qui recouvrait le plus grand plat. Je l'avais commandé pour 20 heures. Ils sont très ponctuels.

Il alla ramasser son pantalon et le plus naturellement du monde, il l'enfila après s'être débarrassé de la serviette.

A.J. s'approcha encore. Lorsqu'elle vit la rose rouge, dans le soliflore, une émotion indésirable lui noua la gorge.

— C'est une sacrée surprise, bredouilla-t-elle. Je ne m'y attendais pas.

— Tu m'as dit une fois que tu aimais être gâtée. Alors je te gâte, expliqua David en mettant son sweater.

Elle cligna des yeux pour refouler les larmes qui menaçaient de déborder.

— Je vais aller m'habiller.

Elle avait déjà tourné les talons, mais il la saisit aux épaules.

— Tu es très bien comme ça.

— Je n'en ai pas pour longtemps.

Sa voix avait dû l'alerter, car il l'obligea à se retourner.

— Que se passe-t-il ? demanda-t-il en écrasant une larme qui roulait sur la joue de la jeune femme.

— Rien. C'est idiot. Je te demande juste une minute.

Il l'avait déjà vue pleurer. Mais à chaudes larmes, avec de gros sanglots démonstratifs. Son chagrin avait quelque chose de doux qui le bouleversa.

— Cela te rend toujours aussi malheureuse quand un homme t'invite à dîner ?

Elle essaya de sourire à travers ses larmes.

— Je ne m'attendais pas à autant de délicatesse de ta part.

Il prit sa main et embrassa ses doigts.

— Tu me prenais pour un soudard ?

David était en train de gagner du terrain, de prendre une place de plus en plus grande dans son cœur et dans sa vie. A.J. sentit qu'elle était en danger. Comme jamais encore elle ne l'avait été.

— Ce n'est pas ce que je voulais dire, dit-elle dans un souffle. David, ne me donne pas trop d'espoir.

Il avait vu juste : elle craignait d'être déçue. Elle ne voulait pas risquer de souffrir en s'investissant dans une relation qu'elle pensait vouée à l'échec. Lui-même avait toujours veillé à garder la tête froide… jusqu'à un certain soir, sur la plage.

— La machine est lancée, Aurora. Ni toi ni moi ne pouvons l'arrêter.

A.J. soupira. Dix fois déjà on lui avait tourné le dos. Du jour au lendemain, sans regret, sans un mot d'explication, les amis, les amants l'avaient laissée tomber. David ferait peut-être la même chose, mais pour l'instant, il était là, aimant et dévoué. Pourquoi ne pas profiter de ce bonheur inespéré ?

— Ce soir, en tout cas, nous n'essaierons même pas, dit-elle en lui caressant tendrement la joue.

9

— Article 15, clause B, dicta A.J. à sa secrétaire. Le libellé manque de précision Ma cliente prend très à cœur son rôle de mère et fera l'impossible pour ne pas faillir à ses devoirs. La nourrice qui accompagnera le bébé sur les tournages sera à sa charge, mais le véhicule utilisé pour tous les transports devra être équipé par vos soins d'un lit auto sécurisé. Il vous appartient également de prévoir…

A.J. s'interrompit. C'était la troisième fois depuis qu'elle avait commencé à dicter cette lettre qu'elle perdait le fil.

— Les couches ? suggéra Diane avec obligeance.

— Vous voulez bien relire ?

Diane obtempéra.

— Ah, oui, j'y suis. Le parc. Ils doivent aussi prévoir un parc. Cette femme est d'une exigence rare. A croire que la maternité lui est montée à la tête.

— C'est plutôt étonnant chez une actrice qui passe pour être une séductrice impitoyable.

— Là, pour le coup, son image risque de changer du tout au tout.

— Je fais partir ce courrier aujourd'hui ?

— Pardon ?

— Vous voulez que la lettre parte ce soir ?

— Ce soir ? Euh, oui, ce serait préférable. Déjà 17 heures ? s'exclama A.J. en consultant sa montre. Je ne m'étais pas rendu compte qu'il était si tard. Pardonnez-moi, Diane, de vous avoir retenue.

— Ce n'est pas grave. Mais vous semblez avoir l'esprit ailleurs, fit remarquer Diane avec un petit sourire complice. Le pont n'a pourtant pas encore commencé.

— Le pont ?

— Le pont du Memorial Day, A.J., dit Diane du ton patient qu'on prend avec les grands malades. Ce fameux long week-end du mois de mai que l'on attend toute l'année.

— Il m'était complètement sorti de la tête, celui-là.

Non, ce n'était pas la perspective d'un week-end en amoureux qui la rendait aussi distraite. Le cours de sa vie lui échappait. Elle avait l'impression de ne plus rien contrôler, d'avancer à l'aveuglette sans trop savoir où elle allait. Difficile, dans ces conditions, de se concentrer sur quoi que ce soit.

— Mais vous, Diane, vous avez sûrement des projets. Laissez cela et filez. Il n'y aura pas de distribution lundi, de toute façon. Nous ferons porter cette lettre par coursier mardi.

— J'ai un programme effectivement assez chargé : *sea, sex and sun !* Il doit passer me chercher dans une heure.

— Allez-y, Diane, il ne faut pas le faire attendre. Gare aux coups de soleil !

Après le départ de la secrétaire, A.J. retira ses lunettes et se frotta pensivement l'arête du nez. Que lui arrivait-il ?

Le surmenage, peut-être ? songea-t-elle en empilant machinalement les dossiers posés sur son bureau. Le travail avait toujours été un palliatif à ses soucis. Ou le manque de sommeil. Elle dormait mal… depuis qu'elle dormait seule. David s'était absenté et bien que ce soit difficile à admettre, il lui manquait.

Il lui manquait terriblement. Quel mal y avait-il à cela ? Elle n'était pas dépendante au point de ne pas pouvoir vivre sans lui. Mais elle s'était habituée à sa présence. Il n'en finirait pas de se rengorger s'il savait qu'elle passait son temps à penser à lui. Dégoûtée, la jeune femme se mit au travail.

Au bout de deux minutes, ses pensées la ramenèrent à David. C'était sa faute, aussi. Quel besoin avait-il de commander ce dîner aux chandelles, ou de lui faire livrer un bouquet de marguerites le jour de son départ pour Chicago ? A ce train-là, elle allait devenir abominablement romantique.

Il était grand temps qu'elle se ressaisisse, décida-t-elle en reprenant son stylo. Au diable David Brady ! Quand on frappa à sa porte, quelques minutes plus tard, elle avait de nouveau le nez en l'air… et le regard dans le vide. Elle sursauta, poussa un juron et cria « Entrez ! » d'un ton énervé.

— Tu n'arrêtes donc jamais ? demanda Abe, sur le pas de la porte.

Arrêter ? C'était à peine si elle avait commencé !

— J'ai deux ou trois bricoles à régler de toute urgence. Le contrat Forrester va arriver à échéance. On a intérêt à se manifester sans attendre. Il est de plus en plus connu et…

— Je l'appelle mardi matin sans faute et je lui mets la pression. Mais là, il est l'heure que j'aille m'occuper de ma marinade.

— Pardon ? dit A.J. en le regardant avec des yeux ronds.

— Dimanche, nous faisons un barbecue, expliqua Abe avec un clin d'œil. Pour une fois que ma femme me laisse faire la cuisine, j'ai plutôt intérêt à ne pas rater mon coup. Je te mets une entrecôte de côté ?

— Non, je te remercie. Sans vouloir t'offenser, la dernière que j'ai mangée chez toi a vraiment eu du mal à passer.

— Le boucher m'avait refilé de la vieille carne.

— Le boucher a bon dos, dit A.J. avec un sourire

indulgent. Profite bien de ton week-end, Abe. Et sois d'attaque mardi.

— Pas de problème. Si tu changes d'avis, pour l'entrecôte, tu es la bienvenue.

— Merci.

A.J. se remit au travail tandis que l'agence finissait de se vider avec force rires et claquements de portes.

David la regardait sans rien dire. Dans les couloirs, c'était la débandade, mais elle, elle restait assise à son bureau, imperturbable. La fatigue qu'il avait ressentie dans l'avion s'envola d'un seul coup. Elle était si jolie quand elle avait cet air sérieux, les lunettes perchées sur son nez. Les marguerites qu'il lui avait offertes trônaient sur son bureau, incongrues dans cet univers froid et impersonnel. La vue du bouquet le fit sourire. La vue de la jeune femme réactiva son désir.

Il aurait voulu la prendre là, au milieu de ses dossiers si soigneusement empilés. Sous son tailleur strict, elle portait sans doute des dessous affriolants qu'il n'aurait eu aucun scrupule à lui arracher. Il lui aurait fait l'amour sauvagement, assouvissant enfin tous les fantasmes qu'il nourrissait secrètement depuis son départ.

A.J. continuait à écrire, malgré le trouble inexplicable qu'elle sentait poindre en elle. Ses hormones lui jouaient des tours, décidément ! Contrariée, elle se massa la nuque. L'air semblait s'être chargé d'électricité.

Soudain, elle comprit. Avant même de le voir, elle sut que David était là. Ses mains devinrent moites, son cœur s'emballa.

Elle n'eut pas l'air surpris. Il n'avait pourtant fait aucun bruit, aucun mouvement. Le fait qu'elle ait senti sa présence le troubla beaucoup moins que la manie adorable qu'elle avait de plisser les yeux pour le regarder.

Elle aurait voulu lui sauter au cou, elle aurait voulu

qu'il la fasse valser dans ses bras. Mais elle se contenta de lever un sourcil et de reposer son stylo sur son buvard.

— Tu es de retour ?

— Oui. Je me doutais que tu serais encore à l'agence, dit-il en s'appuyant au chambranle de la porte.

La jeune femme esquissa un sourire.

— Tu as eu un pressentiment ? A moins que ce ne soit de la télépathie ?

— Question de logique, tout simplement, répondit David en souriant à son tour et en s'avançant vers le bureau. Tu as l'air en pleine forme.

Se renversant dans son fauteuil, elle le scruta longuement.

— Le voyage a été fatigant, on dirait ?

— Oui, assez. J'avais hâte de rentrer.

Il prit une marguerite dans le vase et la lui glissa derrière l'oreille avant de s'asseoir sur le bord du bureau.

— Tu fais quelque chose, ce soir ?

Si elle avait eu quelque chose de prévu, elle aurait annulé sans l'ombre d'une hésitation. Mais elle fit mine de consulter son agenda.

— Non, rien du tout.

— Et demain ?

Le cœur battant, elle tourna la page de son semainier.

— Non, je ne crois pas.

— Dimanche non plus ?

— Les agents artistiques ont droit à un jour de repos, comme tout le monde.

— Et lundi ?

Elle tourna encore une page.

— C'est un jour férié ; l'agence est fermée. Je vais en profiter pour lire quelques scripts et me faire les ongles.

— Je vois. Au cas où tu n'aurais pas remarqué, nous sommes en dehors des heures de bureau.

Le cœur d'A.J. se mit à battre comme un tambour, son sang à bouillonner dans ses veines.

Elle n'hésita qu'une fraction de seconde avant de prendre la main qu'il lui tendait pour l'aider à se lever.

— Viens chez moi.

Jusque-là, elle avait toujours refusé. Mais ce soir, ils n'en étaient plus là. Lorsqu'elle se baissa pour prendre sa serviette, il l'arrêta d'un geste.

— Non, pas ce soir, dit-il en lui embrassant le bout des doigts.

— Je voulais juste…

— Non, Aurora, pas ce soir. Je t'en prie.

Elle reposa la serviette, prit son sac à main, et ils sortirent du bureau, main dans la main. David ne l'avait pas embrassée, ni même prise dans ses bras, mais ce simple contact avait suffi à apaiser ses sens émoustillés.

Pensant repasser à l'agence le lendemain, elle ne voyait aucun inconvénient à laisser sa voiture au parking, aussi suivit-elle docilement David jusqu'à la sienne.

— Tu es venu directement de l'aéroport ? demanda-t-elle en voyant la valise sur la banquette arrière.

Occupé à déverrouiller les portières, il ne répondit pas.

— C'est drôle, j'ai exactement la même, continua la jeune femme.

David se glissa au volant et tourna la clé de contact.

— C'est la tienne, dit-il tout à trac.

— La mienne ? Je ne me souviens pas de te l'avoir prêtée.

— Tu ne m'as rien prêté. La mienne est dans le coffre.

Il sortit du parking et se faufila dans les embouteillages.

— Je me suis arrêté chez toi en revenant de l'aéroport, expliqua-t-il. Ta femme de ménage a fait ta valise pour le week-end.

— Elle a fait ma valise ? répéta A.J., stupéfaite. Tu ne manques pas de culot, Brady. Mais qu'est-ce qui t'a pris d'aller demander à ma femme de ménage de faire ma valise et de…

— Cette femme est un amour. Je pensais que tu

préférais avoir quelques affaires de rechange, mais si cela n'avait tenu qu'à moi, je t'aurais laissée toute nue tout le week-end. Encore que pour se balader dans les bois, ce ne soit pas très pratique.

Les mâchoires douloureuses à force d'être crispées, A.J. essaya de se détendre.

— Tu *pensais* ? Si tu t'étais servi de tes neurones, tu n'aurais pas pris le risque de venir à l'agence sans savoir si j'étais libre ce week-end et si j'avais envie de partir avec toi.

— Cela aurait été vraiment dommage.

— Dommage pour qui ?

— Pour nos projets, dit-il en pressant l'allume-cigares. Pendant ces trois jours, je n'ai pas l'intention de te quitter des yeux un seul instant.

— Et mes intentions, à moi, tu en fais quoi ? C'est peut-être viril de... d'embarquer de force une femme pour le week-end, mais j'aurais préféré être consultée. Arrête la voiture.

— Pas question.

Il s'attendait à un coup d'éclat de ce genre. Il s'en était même réjoui par avance. Il y avait longtemps qu'il ne s'était pas autant amusé.

Elle poussa un soupir excédé.

— Ton scénario est nul. Un enlèvement n'a rien d'excitant.

David alluma une cigarette et souffla nonchalamment une grande volute de fumée.

— C'est ce que je pensais jusqu'à aujourd'hui. Mais je me trompais.

— Tu vas le regretter, crois-moi, dit-elle en se renfonçant dans son siège, les bras croisés sur sa poitrine.

— Je regrette déjà... de ne pas y avoir pensé plus tôt.

Le coude posé sur la vitre ouverte, il prit la route qui grimpait vers le haut de la ville. Murée dans un silence réprobateur, A.J. rongeait son frein. Elle ne desserra pas les dents pendant tout le reste du trajet jusqu'à chez lui. Dès que la voiture fut arrêtée, elle ouvrit la portière, attrapa son sac et fila. Lorsque David la saisit par le bras, elle fit volte-face et le menaça avec son sac à bandoulière.

— Tu veux te battre ? demanda-t-il.

— Je ne te ferai pas ce plaisir, riposta-t-elle en se dégageant. Fiche-moi la paix, je rentre à pied.

Il considéra d'un air goguenard sa jupe droite et ses escarpins à talons aiguilles.

— Tu n'iras pas bien loin.

— Cela me regarde.

— Tu ne me laisses pas vraiment le choix.

Elle n'eut pas le temps de réagir que déjà il la prenait à bras-le-corps et la jetait sur son épaule.

— Lâche-moi tout de suite, espèce de brute !

— Une petite minute, dit-il en se hâtant vers la maison.

— Immédiatement ! ordonna-t-elle en lui flanquant un coup de sac dans le dos. Ce n'est pas drôle.

— Tu plaisantes ?

Elle profita de ce qu'il mettait la clé dans la serrure pour tenter de lui échapper.

— Calme-toi, A.J. Tu vas finir par te rompre le cou.

— Tu n'as pas le droit ! protesta la jeune femme en se contorsionnant. David, c'est indigne de toi. Tu as perdu la tête, mais tu peux encore te ressaisir et je passerai l'éponge.

Sourd à ses protestations, il commença à grimper l'escalier. A.J. essaya en vain d'attraper la rampe.

— Je te propose un marché : si tu me reposes maintenant, je te laisserai la vie sauve.

— D'accord, dit-il en la faisant basculer en arrière.

Elle n'eut pas le temps d'avoir peur qu'il s'effondrait avec elle sur le lit.

— Mais qu'est-ce que tu as dans la tête ? demanda-t-elle, ulcérée, en s'asseyant tant bien que mal.

— Toi.

Sidérée, elle suspendit le coup qu'elle s'apprêtait à lui flanquer dans les côtes pour le tenir à distance.

— J'ai pensé à toi tout le temps. Pas une seule seconde, je n'ai cessé de te désirer. Même à dix mille pieds d'altitude, je pensais à toi et à ce que je te ferais quand je te reverrais.

— Tu es… C'est complètement dingue.

— Peut-être. Quoi qu'il en soit, dans l'avion du retour, j'ai décidé de t'amener ici, et de te garder plusieurs jours d'affilée pour moi tout seul.

Il lui caressait la nuque très doucement, comme s'il craignait de l'effaroucher. Elle sentit son trouble augmenter de manière exponentielle.

— Si tu me l'avais demandé…

— Tu te serais défilée, coupa-t-il. Une nuit, passe encore. Mais tu aurais prétexté je ne sais quoi pour ne pas rester davantage.

— Pas du tout.

— Peux-tu m'expliquer pourquoi tu n'as jamais passé un seul week-end avec moi ?

— J'avais mes raisons, dit-elle en se tordant les mains.

Il posa sa main sur les siennes et hocha la tête.

— La vraie raison, c'est que tu as peur que je ne finisse par prendre trop de place dans ta vie et dans ton cœur.

— C'est ridicule. Je n'ai pas peur de toi.

— De moi, non. C'est de nous, Aurora, que tu as peur. Moi aussi, j'ai peur, confia David à mi-voix.

La gorge sèche, la jeune femme gardait le silence. La confusion la plus totale régnait dans son esprit. Entre David et elle, c'était purement sexuel, scandait une petite voix dans sa tête.

— Oublions tout cela, dit-elle en passant un bras autour de lui.

— Tôt ou tard, il faudra faire face.

Elle posa ses lèvres sur les siennes, les goûta, les agaça du bout de la langue.

— En attendant, fais-moi l'amour.

Elle avait glissé ses mains sous sa chemise et s'était mise à le caresser, à le titiller avec une hâte fébrile. Sentant sa propre raison chavirer, il poussa un juron et l'attira à lui.

— C'est excellent pour la santé.

— Le foie de veau aussi, rétorqua A.J. à bout de souffle en s'adossant contre un arbre.

Ils avaient traversé le ruisseau, derrière chez lui, et parcouru environ un kilomètre et demi à travers bois. Mais le sentier était raide et ce trekking, conduit par David, qui avançait au pas de grenadier, l'avait complètement épuisée.

— C'est magnifique, tu ne trouves pas ? dit-il en revenant sur ses pas pour lui faire admirer le paysage.

Les oiseaux s'égosillaient dans les hautes frondaisons des arbres et, partout où le soleil s'infiltrait, poussaient des fleurs sauvages qu'elle aurait été bien incapable de nommer. Même pour une citadine dans l'âme, c'était un cadre assurément idyllique.

— Si. Quand on habite au centre-ville, on a du mal à croire qu'il puisse y avoir encore des endroits comme celui-ci.

— C'est la raison pour laquelle j'ai choisi de vivre dans les collines. La voie rapide commençait à me sortir par les yeux.

— La voie rapide, mais aussi les repas d'affaires, les soirées mondaines et tout le saint-frusquin.

— Absolument. A la fin d'une journée de travail, c'est bon de se retrouver au calme. Cela permet de prendre du recul.

— Moi, quand je rentre, je mets mon casque sur la tête et je décompresse en écoutant Rachmaninov.

— Je fais exactement pareil.

— Oui, mais moi, en général, je commence par envoyer quelques coups de pied, histoire de bien me défouler.

Il lui embrassa le sommet du crâne en riant.

— A chacun sa méthode. Attends de voir la vue, tout en haut.

A.J. se baissa pour se masser les mollets.

— Je crois que je vais rentrer t'attendre à la maison. Rapporte-moi une photo.

— Taratata ! Tu as besoin de t'aérer. Te rends-tu compte que nous avons passé près de trente-six heures au lit ?

— Oui, mais combien à dormir ? Je crois que j'ai eu mon compte d'exercice pour aujourd'hui.

Il la regarda étirer ses muscles endoloris. En jean et en T-shirt, elle n'avait pas grand-chose à voir avec l'A.J. Fields de la célèbre agence artistique. Il savait cependant comment relancer sa motivation.

— Je suis en bien meilleure forme que toi, apparemment.

— Alors là, ça m'étonnerait !

Elle s'élança sur le sentier, bien décidée à relever le défi. Mais David lui imposait un train d'enfer. Le dos ruisselant de sueur, les jambes en compote, au bout d'un kilomètre, elle se laissa tomber sur une grosse pierre.

— C'est bon, j'abandonne.

— Plus que cent mètres et nous pourrons redescendre de l'autre côté. C'est un peu plus court.

— Non. Tu ne me feras pas faire un pas de plus. Je dors ici cette nuit.

— Tu veux que je te porte ?

— Non. Laisse-moi tranquille.

— Si tu ne te laisses pas porter, tu te laisseras peut-être corrompre.

— Essaie toujours.

— J'ai un cabernet-sauvignon que je gardais pour les grandes occasions.

Elle se mordit la lèvre inférieure.

— De quelle année ?

— Soixante-dix-neuf.

— Pas mal. Cela devrait m'aider à parcourir les cent derniers mètres.

— Et puis il y a cette côte de bœuf que j'ai sortie du congélateur ce matin, et que je vais faire cuire sur la braise.

Elle se passa la langue sur les lèvres. Elle salivait déjà.

— Je devrais pouvoir faire la moitié du chemin de retour.

— Tu es dure en affaires.

— C'est ce qu'on dit.

— Je te propose des fleurs. Des brassées de fleurs en prime.

— Le temps que nous arrivions, les fleuristes seront tous fermés.

— On voit bien que tu es une fille de la ville. Regarde un peu autour de toi.

— Tu vas me cueillir des fleurs ?

Dans un élan de gratitude, elle lui jeta les bras autour du cou.

— Je sens mes forces revenir. Je vais peut-être réussir à rentrer.

En souriant, elle s'installa confortablement sur sa pierre tandis qu'il s'enfonçait dans les fourrés pour lui composer un bouquet.

— Je préfère les bleues, cria-t-elle en riant parce qu'il ronchonnait.

Pas une seule seconde, depuis le début du week-end, elle ne s'était ennuyée ou n'avait regretté d'être restée. David était facile à vivre, conciliant, et toujours prêt à se mettre en quatre pour lui faire plaisir.

Elle avait découvert que préparer le petit déjeuner, puis

le déguster en sa compagnie, suffisait à la mettre de bonne humeur pour toute la journée. Quel bonheur de ne pas avoir à courir ! Elle n'avait pas eu une seule pensée pour l'agence et le seul effort intellectuel qu'elle ait fourni en près de deux jours avait consisté à remplir, au lit, une grille de mots croisés. Et encore ! David, insatiable, ne l'avait pas laissée finir.

Ce bouquet de fleurs serait en quelque sorte la cerise sur le gâteau. Elle les mettrait dans un vase, près de la fenêtre, où elles seraient du plus bel effet. Sauf que là, bel rimait avec mortel.

Elle se figea, tous ses sens aux aguets. Les oiseaux s'étaient tus. L'air semblait s'être densifié. David lui apparut très lointain, comme si elle l'observait avec une longue-vue. Une douleur fulgurante la traversa. S'arrachant à la pierre sur laquelle elle s'était écorché les doigts, elle courut vers lui.

— Non !

Le cri qu'elle pensait avoir poussé n'était en réalité qu'un murmure imperceptible. Elle l'appela, mais aucun son ne sortit de sa gorge. A la troisième tentative, sa voix résonna enfin.

— David ! Arrête tout de suite.

Il se redressa juste au moment où elle se jetait dans ses bras. Ce regard terrifié, il le connaissait. Il n'était pas près d'oublier la transe qu'elle avait eue dans la maison hantée.

— Aurora, que se passe-t-il ? s'enquit-il, la gorge serrée par l'angoisse.

— Ne touche plus à ces fleurs, David. Je t'en prie.

Il y avait une telle urgence dans sa voix qu'il ne pouvait qu'obtempérer.

— D'accord, dit-il en scrutant son visage d'un air interrogateur. Mais ce ne sont que des fleurs.

Une main sur la poitrine pour calmer les battements frénétiques de son cœur, la jeune femme secoua la tête.

— Si tu y touches, tu es mort, dit-elle d'une voix comme assourdie en regardant fixement les fleurs qu'il s'apprêtait à cueillir au pied d'un rocher ensoleillé.

S'efforçant de ne pas céder à la panique qui le gagnait à son tour, David laissa choir son bouquet et ramassa un bâton, dans le chemin. Puis il prit la main d'A.J. et s'approcha du massif de jacinthes des bois, qu'il se mit à fouailler énergiquement. Il entendit le sifflement du serpent lorsqu'il se dressa et se jeta sur le bâton, qui faillit lui échapper des mains. Sans demander son reste, David s'empressa de ramener A.J. sur le chemin.

— Je veux rentrer, dit-elle tout net.

Elle lui sut gré de ne pas la questionner ni même de chercher à la réconforter. Qu'aurait-elle pu lui dire ? Pendant ces quelques secondes interminables, elle avait fait une découverte encore plus effrayante que ce serpent tapi dans le massif de fleurs. Elle avait découvert qu'elle aimait David. Elle l'aimait de tout son cœur, de toute son âme. Les règles, les mises en garde n'avaient rien empêché. David pouvait la blesser gravement, de manière irrévocable, en l'abandonnant.

Aussi préféra-t-elle garder le silence. Comme il ne parlait pas non plus, elle se sentit rejetée et malheureuse comme les pierres. Le premier soin de David, en arrivant, fut de sortir du placard une bouteille de cognac. Il lui en servit un verre qu'il lui tendit sans un mot, et vida d'un trait la moitié du sien.

L'alcool lui brûlait la gorge mais, au bout de quelques gorgées, elle recouvra son calme et sa maîtrise de soi.

— Tu peux me raccompagner maintenant, si tu veux.

Il se versa encore une lampée de cognac.

— Qu'est-ce que tu racontes ?

Les mains crispées autour de son verre, elle expliqua :

— Ce genre d'incident met généralement les gens mal à l'aise. Si tu préfères que je parte, je comprendrai.

Comme il la regardait sans rien dire, elle reposa son verre.

— Je n'en ai pas pour longtemps à préparer mes affaires.

— Si tu bouges d'ici, dit-il d'une voix dangereusement calme, je ne réponds plus de moi. Assieds-toi, Aurora.

— David, épargne-moi tes questions.

Elle sursauta lorsqu'il jeta son verre dans l'évier.

— Nous n'en sommes plus là, il me semble.

Il criait. C'était après lui qu'il en avait et non pas après elle. Mais cela, A.J. ne pouvait pas le deviner.

— Est-il possible d'envisager une discussion quelconque, un contact, en dehors du sexe et des négociations ? rugit-il.

— Nous nous étions mis d'accord sur…

Le mot « accord » le fit sortir de ses gonds. Il proféra une telle grossièreté que la jeune femme en eut la chique coupée.

— Tu m'as probablement sauvé la vie, Aurora. Que veux-tu que je te dise ? Merci ?

Elle déglutit plusieurs fois avant de répondre.

— Ne dis rien. Je crois que c'est préférable.

Il s'approcha d'elle mais sans la toucher.

— Je suis moi aussi sous le choc de ce qui s'est passé. Mais je ne vais pas pour autant te considérer tout à coup comme un monstre. Je te suis infiniment reconnaissant, même si je m'y prends très mal pour te le montrer.

— Ça va, David, dit la jeune femme d'une voix chevrotante. Je ne te demande rien.

— Tout ce que tu veux, je te le donnerai, dit-il en prenant son visage dans ses mains. Que veux-tu, Aurora ? Dis-le-moi.

La tentation était forte. En y cédant, elle perdrait un peu plus de terrain ; elle le savait. Mais les mains de David étaient si douces, et son regard si tendre.

— Prends-moi dans tes bras. Juste une minute.

Il la serra contre lui comme on berce une enfant venue quémander un câlin.

— Tu as envie d'en parler ? demanda-t-il lorsqu'il la sentit moins tendue.

— J'ai eu un flash. Le bouquet que tu étais en train de composer m'est soudain apparu comme extrêmement dangereux. Les fleurs étaient noires, hideuses et coupantes comme des lames de rasoir. Quand je t'ai vu te pencher sur ces jacinthes des bois, mon sang n'a fait qu'un tour.

— Je ne m'étais pas encore approché d'elles.

— Non, mais cela n'allait pas tarder.

— En effet. Je m'apprêtais à les cueillir.

Il se tut un instant pour la serrer plus étroitement.

— N'empêche que je n'ai pas rempli le contrat : je n'ai pas de fleurs à t'offrir.

— Cela ne fait rien, assura-t-elle en pressant ses lèvres dans son cou.

Comme il prenait sa main pour l'embrasser, il vit le sang séché au dos de ses doigts.

— Mais… tu saignes ! Comment t'es-tu fait ça ?

Elle replia ses doigts en grimaçant.

— Aucune idée. Tout ce que je sais, c'est que ça me fait mal.

— Viens ici.

Il la conduisit à l'évier et fit couler de l'eau froide sur ses phalanges écorchées.

— Aïe ! gémit-elle en essayant vainement de se soustraire à ses soins.

— Je n'ai jamais été un modèle de douceur, marmonna-t-il.

— Je m'en étais rendu compte, railla-t-elle d'un ton plein de sous-entendus.

L'air préoccupé, il sécha soigneusement la main de la jeune femme.

— Montons à l'étage. Je vais te mettre un peu de désinfectant.

— Non, ça pique. Et puis, ce n'est qu'une égratignure.

— Cela pourrait s'infecter. Je préfère ne pas prendre de risques, dit David en l'emmenant de force à la salle de bains.

Avant qu'elle ait pu dire ouf, il avait sorti un flacon de l'armoire à pharmacie et pulvérisé le désinfectant sur ses doigts.

— La vache!

— Voilà, dit-il en soufflant sur sa main. Dans une minute, tu ne sentiras plus rien.

— Je ne demande pas mieux que de te croire, maugréa Aurora.

— Nous allons préparer à dîner. Comme ça, tu n'y penseras plus.

— Je te rappelle que c'est toi qui es censé faire à manger.

— C'est vrai, dit-il en l'embrassant sur le front. Je dois sortir un instant. Je m'occupe de la viande tout de suite après.

— Ne compte pas sur moi pour éplucher les légumes. Je vais plutôt aller me faire couler un bain.

— Bonne idée. Si l'eau est encore chaude à mon retour, tu me feras une petite place dans la baignoire.

La question lui brûlait les lèvres, mais elle s'abstint de lui demander où il allait. Depuis la fenêtre de la chambre, elle le regarda monter dans sa voiture et s'éloigner. Puis elle s'assit sur le lit pour retirer ses chaussures. Une grande lassitude, tant physique que mentale, s'empara d'elle. Aussi molle qu'une poupée de chiffon, elle s'étendit et ferma les yeux.

David revint à la maison avec une brassée d'asters cueillis dans le jardin d'un voisin compréhensif. Il avait dans l'idée de les jeter dans l'eau du bain pour dérider la jeune femme. Il aimait l'entendre rire. Il l'aimait elle, surtout, et ne voulait pas la perdre.

Il monta l'escalier à pas de loup. En passant devant la

chambre, il la vit, couchée en travers du lit. Il songea avec émotion que c'était la première fois qu'il la voyait dormir.

Les lèvres entrouvertes, les cheveux épars, elle lui parut fragile, et plus attendrissante que jamais. Elle avait les traits délicats et des poignets d'une finesse incroyable. Il remarqua aussi la ligne de son cou, si pure, si gracieuse.

Peut-être ne l'avait-il jamais vraiment regardée, songea-t-il, ébahi par ses découvertes. Mais là, pour le coup, il se rattrapait.

Il profita de son sommeil pour la contempler tout son soûl. Il l'avait vue fébrile, dans ses bras, il l'avait vue inflexible, dans son bureau, mais la voir abandonnée, vulnérable, sans défense, le troubla jusqu'au tréfonds de son être.

Une grande bouffée de tendresse l'étreignit. Il n'aurait jamais pensé qu'Aurora, qui n'avait été jusque-là que passion et déraison, puisse susciter en lui quelque chose d'aussi doux.

Lorsqu'il lui effleura la joue, juste pour le plaisir de sentir sous ses doigts la chaleur et la douceur de sa peau, elle bougea, battit des paupières, et murmura d'une toute petite voix :

— David ?

— Je t'ai apporté quelque chose, dit-il en s'asseyant sur le lit après y avoir déposé les asters.

Elle eut cet air surpris et un peu embarrassé qu'il trouvait adorable et qui le poussait à multiplier les marques d'affection.

— Tu n'aurais pas dû, bredouilla-t-elle.

Sans hâte mais avec une gravité teintée de ferveur, il inclina la tête et lui effleura les lèvres d'un baiser d'une tendresse infinie, aussi grande que celle qu'il avait éprouvée en la regardant dormir.

— David ?

Il enfouit les doigts dans ses cheveux, non pas sous

l'emprise de la passion, mais pour les caresser, en apprécier la texture.

— Tu es si belle, murmura-t-il comme pour lui-même. Je ne suis pas sûr de te l'avoir jamais dit.

Un éclat étrange brillait dans le regard dont il la couvait. Ses traits étaient sombres, et néanmoins illuminés par une ardeur secrète qu'elle ne lui avait jamais vue. Elle l'attira à elle, se porta à la rencontre de son désir.

— Ce n'est pas nécessaire, murmura-t-elle.

Il l'embrassa de nouveau, sans impatience, sans exigence aucune. C'était tellement inhabituel qu'elle en conçut une certaine frustration.

— Fais-moi l'amour, David.

— C'est ce que je suis en train de faire. Sans doute pour la première fois.

— Je ne comprends pas, dit-elle tandis qu'il lui ouvrait grand les bras, l'invitant à se blottir contre sa poitrine.

— Moi non plus.

Comme s'il se livrait à un rituel, avec une attention grave et recueillie, il lui effleura les tempes, les paupières, les lèvres. Ses mains le démangeaient de la caresser dans la lumière rasante du crépuscule, mais il se maîtrisait, attendait qu'elle se détende, s'abandonne, se laisse enfin aller à autre chose que la simple volupté.

Elle avait l'impression d'être en apesanteur : légère et libre comme l'air. Le plaisir coulait en elle comme un vin clair, puis un vin plus corsé lorsqu'elle sentit le goût de sa langue mêlée à la sienne. Jamais ses sens ne lui avaient paru plus aiguisés, mieux armés pour percevoir et éprouver.

Il l'entendit prononcer son nom dans un souffle. Ce n'était pas un cri, juste un murmure. La serrant contre lui, il l'embrassa avec ferveur.

Elle n'avait ni la force ni l'envie de prendre des initiatives. Pour la première fois, elle lui abandonnait son corps et laissait parler ses émotions. Elle se sentait libre, libre de l'aimer. Lorsqu'il entreprit de la dévêtir, elle ouvrit les yeux pour le contempler.

Sans la quitter du regard, il lui ôta son T-shirt. Puis elle se redressa pour lui enlever sa chemise. Il l'aida et, prenant sa main dans la sienne, il porta ses doigts meurtris à ses lèvres, embrassa son poignet, sa paume, puis ses lèvres jusqu'à ce qu'elle frissonne et de nouveau murmure son nom.

Avec une lenteur torturante, il fit glisser son jean le long de ses jambes, s'interrompant ici et là pour goûter les carrés de peau qu'il dévoilait. Sentant les battements frénétiques de son pouls à la pliure de ses genoux, il y posa les lèvres, s'y attarda longuement. Lorsque la jeune femme laissa échapper un gémissement rauque, il se débarrassa de son propre jean et s'allongea sur elle, savourant le contact de sa peau nue contre la sienne.

Eblouie par les sensations nouvelles que faisait naître en elle cette attente qui s'étirait, se prolongeait délicieusement, A.J. renonça à penser de manière cohérente. Son corps n'était plus seulement dévolu au plaisir, à la jouissance. Il faisait l'objet d'une adoration quasi mythique de la part de David, qui attendait d'elle la même dévotion pour son corps à lui.

Comme dans un rêve qu'elle n'aurait jamais osé faire, elle l'entendit lui murmurer au creux de l'oreille des mots d'amour et des serments. Peu importe ce que demain lui réservait. Ce soir, elle avait envie d'y croire. Le parfum des fleurs se répandait dans l'air tiède. Froissés sous eux, les pétales exhalaient leurs senteurs enivrantes.

Il se fondit en elle et commença à se mouvoir avec lenteur, adoptant un rythme envoûtant qui la fit onduler et s'arquer contre lui en gémissant. Aucune femme avant elle ne lui avait procuré un tel sentiment de puissance, mais il refusa de se laisser griser et de renoncer à cette douceur, cette tendresse dont il avait ignoré jusque-là à quel point elles pouvaient être excitantes.

Le sang martelait ses tempes, rugissait dans ses oreilles. David, cependant, tenait bon, conservant la même cadence lente et mesurée. Lorsqu'il se sentit sur le point de basculer, il dit très bas :

— Regarde-moi, Aurora ! Je veux te voir sombrer avec moi.

Mais même quand son contrôle vola en éclats, la tendresse subsista.

10

Alice Robbins avait percé au cinéma dans les années soixante. Jeune, ambitieuse et talentueuse, elle avait quitté sa province et rallié cet Eldorado qu'était — et est encore — Hollywood pour toutes les stars en herbe. Si toutes ne font pas carrière, Alice, elle, avait réussi au-delà de toute espérance.

Ses turpitudes conjugales et son divorce très conflictuel avaient fait presque autant de bruit que les rôles qu'elle avait incarnés à l'écran. Ils avaient aussi largement contribué à sa notoriété. Sa beauté ne l'avait pas seulement mise à l'abri du chômage : elle lui avait valu de nombreux succès auprès des hommes. Ses amours s'étalaient sur les pages de tous les magazines. A la veille de ses trente ans, Alice Robbins était une actrice adulée et une femme comblée. Mais sa vie ne prit vraiment un sens que lorsqu'elle rencontra Peter Van Camp, un magnat de l'industrie de presque vingt ans son aîné.

Ils s'étaient mariés au bout de seulement deux semaines, pendant lesquelles la presse s'était déchaînée en conjectures : l'épousait-elle pour l'argent, pour le pouvoir ou pour le prestige ? Elle l'épousait parce qu'elle l'aimait, tout simplement.

Alice avait commencé par renoncer à son nom, pour prendre de son plein gré celui de son mari, puis, après la naissance de leur fils, un an plus tard, elle avait également renoncé à sa carrière. Pendant dix ans, elle s'était consacrée à sa famille.

Un jour, le bruit avait couru qu'Alice Van Camp allait peut-être se laisser convaincre de renouer avec le cinéma. La nouvelle avait défrayé la chronique. On parlait d'un contrat de plusieurs millions de dollars et on annonçait déjà le film du siècle.

Un mois avant la sortie du film, son fils, Matthew, avait été enlevé.

David connaissait toute l'histoire. Mais si le passé tumultueux d'Alice Van Camp avait fait couler beaucoup d'encre, les médias ne s'étaient guère étendus sur le kidnapping de l'enfant. La police avait livré très peu d'informations et Clarissa DeBasse était restée pour le moins évasive. Jusque-là, aucun des époux Van Camp n'avait accordé d'interview à ce sujet. Ils y consentaient enfin et se disaient prêts à répondre à toutes les questions, mais David savait que le terrain était miné. La plus grande prudence s'imposait.

Les techniciens avaient été triés sur le volet, l'équipe réduite au minimum. Une star telle qu'Alice Van Camp méritait bien quelques égards.

Sa villa, à Beverly Hills, était protégée par un portail électrique et un mur de près de quatre mètres de haut. A l'entrée du parc, un gardien en uniforme vérifia leur identité. Il leur fallut ensuite parcourir plusieurs centaines de mètres pour arriver à la maison.

Blanche, avec des colonnes doriques, des balcons à foison et des pergolas garnies de roses en pleine floraison, cette villa lui avait été offerte par son mari lorsqu'elle avait renoncé au cinéma.

Chargées de fleurs, les branches des cerisiers japonais ployaient au-dessus de la pelouse impeccable sur laquelle se pavanait un paon. Les orangers et les citronniers embaumaient délicieusement.

Si A.J. voyait ça ! songea David en se garant derrière la camionnette de la régie. Depuis quelques jours, il n'arrêtait pas de penser à elle. Elle l'obsédait, mais il préférait ne pas trop chercher à savoir pourquoi.

Pas plus qu'il ne souhaitait analyser en profondeur la nature des sentiments qu'il éprouvait pour elle. Etait-ce du désir ? Il la désirait chaque jour un peu plus. De l'amitié ? Curieusement, ils étaient amis presque autant qu'amants. De la complicité ? Difficile à dire. A.J. livrait si peu d'elle-même. Mais il avait compris que la femme dynamique et déterminée était aussi une femme tendre et fragile.

A la fois ardente et réservée, entreprenante et vulnérable, elle était désarmante de contradictions et constituait pour lui une énigme fascinante dont il brûlait de percer le mystère.

C'était peut-être ce côté insaisissable qui l'avait le plus séduit chez elle. La plupart des femmes qu'il avait connues étaient si conformes à leur image. Elégantes. Cultivées. Ambitieuses. Il était attiré par un certain type de femme. Toujours le même. A.J. en faisait partie. Mais pas Aurora. Or l'une étant indissociable de l'autre, force lui était de composer avec les deux.

En tant qu'agent, elle était satisfaite des négociations qu'elle avait menées au nom de Clarissa, y compris de la séquence qui allait être tournée chez les Van Camp. Mais la fille aimante et dévouée qu'elle était aussi s'inquiétait des répercussions que cela risquait d'avoir sur sa mère.

Les dés étaient jetés, de toute façon, songea David en gravissant les marches du porche de la villa des Van Camp. En tant que producteur, il n'était pas mécontent de la tournure que prenait le reportage, mais en tant qu'ami et amant, il aurait aimé pouvoir rassurer A.J. d'une manière ou d'une autre. Elle le fascinait. Elle l'intriguait. Et, chose qu'aucune autre femme n'avait faite jusque-là, elle le préoccupait. Devait-il en conclure qu'il l'aimait ? Si c'était le cas, il avait vraiment du souci à se faire…

— Vous avez changé d'avis ? demanda Alex en le voyant hésiter sur le pas de la porte.

David haussa les épaules et appuya sur la sonnette.

— Non, il n'y a pas de raison.

— Clarissa est partante, en tout cas.

Mal à l'aise, David se balança d'un pied sur l'autre.

— Et cela vous suffit ? demanda-t-il.

— Oui, bien sûr. Clarissa sait ce qu'elle fait.

David se demanda s'il n'y avait pas là un sous-entendu.

— Alex…, commença-t-il sans savoir exactement ce qu'il allait lui dire.

Mais la porte s'ouvrit et il ne put continuer. Une soubrette à l'accent français prit leurs noms et les fit patienter dans un salon qui ressemblait à un décor de cinéma, avec son mobilier imposant et tape-à-l'œil et ses couleurs criardes. Un piano demi-queue trônait au milieu de la pièce.

— Comme discrétion, on fait mieux, commenta Alex.

— Certes, dit David en embrassant du regard les brocarts chatoyants et le candélabre dégoulinant de papilles en cristal qu'il se souvenait avoir vu dans *Music at Midnight*. Mais Alice Van Camp est l'une des rares stars qui puissent se permettre de faire leur propre publicité.

— Merci du compliment.

Très digne, souriante et toujours d'une beauté à couper le souffle, Alice Van Camp se tenait sur le seuil. Elle était de ces femmes qui aiment à se faire admirer et ne s'en cachent pas. Comme tous ceux qui ne l'avaient jamais vue qu'à l'écran, David fut frappé par sa petite taille. Mais lorsqu'elle s'approcha, son charisme lui fit oublier ce détail.

— Monsieur Brady, dit-elle en lui tendant la main.

Ses cheveux blond foncé encadraient un visage au teint

de porcelaine et sans la moindre ride. S'il n'avait su son âge, David aurait pensé qu'elle allait sur ses trente ans.

— Enchantée. J'ai une grande admiration pour les journalistes — quand ils ne déforment pas mes propos.

— Madame Van Camp, dit David en prenant entre les siennes la main délicate de l'actrice. Au risque de ne pas être très original, je ne peux m'empêcher de louer votre beauté.

Elle laissa échapper ce rire doux, un peu rauque, qui avait envoûté les hommes pendant plus de vingt ans.

— L'absence d'originalité n'est pas toujours un défaut. J'ai vu quelques-uns de vos reportages, monsieur Brady. Mon mari préfère les documentaires aux films. Je me demande pourquoi il m'a épousée.

— Moi, je le sais, dit David. Je suis un de vos fans. J'ai vu tous vos films.

— Tant que vous ne me dites pas que cette passion dure depuis que vous êtes tout petit, je ne peux qu'en être flattée. Si vous voulez bien me présenter à l'équipe, nous pourrons commencer.

David l'admirait depuis des années, mais dix minutes en sa compagnie suffirent à la lui faire trouver encore plus extraordinaire. Elle échangea quelques mots avec chacun des membres de l'équipe, du metteur en scène au cadreur.

Ayant suggéré à Sam de tourner sur la terrasse, ils y emmenèrent le matériel et s'installèrent pendant que la bonne leur préparait des rafraîchissements et de quoi se sustenter entre les prises. Elle attendit que les réflecteurs soient en place et se prêta de bonne grâce aux essais de micro et d'éclairage. Puis Alex entra en piste.

— Madame Van Camp, pendant vingt ans, vous avez été une actrice très célèbre et parmi les plus admirées.

— Merci, Alex. Ma carrière a effectivement beaucoup compté dans ma vie.

— Presque autant que votre famille. C'est de celle-ci dont il va être essentiellement question ici. Et plus particulièrement de votre fils. Il y a dix ans, vous avez frôlé la tragédie.

— Oui, en effet, dit-elle en croisant les mains. Une tragédie dont je ne me serais probablement jamais remise.

— Vous n'en aviez jamais parlé en public auparavant. Puis-je vous demander ce qui vous a décidée à le faire ?

Un léger sourire flotta sur ses lèvres tandis qu'elle se carrait dans son fauteuil en rotin.

— Il y a un temps pour tout. Pendant des années, j'ai été incapable de parler de ce qui s'était passé. Plus tard, il m'a semblé inutile de revenir là-dessus. Mais aujourd'hui, quand j'entends les nouvelles, ou que je vois des photos d'enfants disparus, je pense au chagrin des parents.

— Vous pensez que cette interview va les aider ?

— Pas à retrouver leur enfant, non, répondit Alice, visiblement émue, mais peut-être à supporter cette épreuve. Il ne m'était jamais venu à l'idée de les faire profiter de mon expérience. Mais Clarissa a tellement insisté.

— C'est Clarissa DeBasse qui vous a demandé de faire cette interview ?

— Clarissa ne demande jamais rien, dit-elle, amusée. En discutant avec elle, je me suis rendu compte qu'elle avait vraiment foi en ce projet. Voilà pourquoi j'ai accepté.

— Vous lui faites confiance.

— Elle m'a rendu mon fils.

Ces mots avaient fusé avec une telle spontanéité qu'Alex en fut touché. Il marqua une pause afin de donner à ce cri du cœur une plus grande intensité dramatique. Dans le jardin, derrière eux, un oiseau s'égosillait.

— Justement, c'est ce dont nous aimerions parler ici. Pourriez-vous nous dire comment vous avez fait la connaissance de Clarissa DeBasse ?

David, debout dans un coin, hors du champ, l'écouta exposer les circonstances de sa rencontre avec la voyante.

A.J. lui avait déjà raconté comment un jour, sur un coup de tête, Alice Van Camp était allée voir Clarissa avec une amie. Séduite par sa gentillesse et sa simplicité, elle l'avait chargée de faire le thème astral de son mari, dont c'était bientôt l'anniversaire. Tout pragmatique qu'il était, Peter Van Camp avait été impressionné par les révélations de Clarissa.

— Elle a dit des choses sur moi qui m'ont beaucoup troublée, expliquait Alice. Il ne s'agissait pas de prédictions, mais de ce que je ressentais, de ce qui m'avait influencée et de ce qui me préoccupait. Il y a des choses qu'on n'a pas forcément envie d'entendre. Mais je suis retournée la voir par curiosité, parce que j'étais intriguée. Au fil du temps, nous sommes devenues amies.

— Vous croyiez en ses pouvoirs ?

Pensive, Alice ne répondit pas tout de suite.

— Au départ, je suis allée la consulter plutôt pour m'amuser. J'avais besoin de fantaisie, de nouveauté. Je dois dire que je n'ai pas été déçue, dit-elle avec un sourire.

— Si je comprends bien, vous êtes allée la voir pour vous changer les idées.

— Oui, absolument. J'ai tout d'abord pensé qu'elle était simplement perspicace, que tout n'était qu'une question de déduction. Mais il est vite devenu évident qu'elle avait un don. Je ne connais pas grand-chose à tous ces phénomènes, et je n'accorde aucun crédit aux boniments des diseuses de bonne aventure qui sévissent sur Sunset Boulevard. Mais je crois que certains d'entre nous sont dotés d'une sensibilité plus grande, ou mieux exercée.

— Pourriez-vous nous dire ce qui s'est passé lorsque votre fils a été kidnappé ?

— C'était le 22 juin, il y a presque dix ans. J'ai l'impression que c'était hier, dit Alice en fermant un instant les yeux. C'est terrible de perdre un enfant, même pour peu de temps. Il faut affronter la peur et la culpabilité. Matthew était avec sa nourrice, lorsqu'il a été enlevé. Nous la connaissions depuis plus de cinq ans et elle adorait Matthew. Nous lui faisions entièrement confiance. Quand j'ai recommencé à travailler, je lui ai passé le relais sans la moindre arrière-pensée.

— Votre fils allait sur ses dix ans lorsque vous avez renoué avec le cinéma.

— Oui. Il était déjà pas mal autonome. Peter et moi ne voulions pas l'élever dans du coton. Jenny l'amenait souvent au studio pendant le tournage. L'après-midi, ils allaient au parc. Si j'avais su que la routine pouvait être dangereuse, j'aurais veillé à ce que les habitudes ne s'installent pas. Nous évitions au maximum d'exposer Matthew sous les feux des projecteurs, non pas parce que nous craignions pour son intégrité physique, mais parce que nous tenions à ce qu'il ait une éducation à peu près normale. Bien sûr, il arrivait parfois que des gens le reconnaissent ou que des paparazzi le prennent en photo.

— Cela vous ennuyait ?

— Non, pas vraiment. Disons que j'étais habituée à ce genre de choses, expliqua Alice en souriant. Nous préservions autant que possible notre vie privée, mais pas au point d'en faire une fixation. Je ne suis pas sûre qu'une plus grande vigilance aurait empêché quoi que ce soit.

En était-elle vraiment certaine ? Le soupir qu'elle exhala semblait démentir ses propos.

— Nous avons appris par la suite que les promenades de Matthew au parc étaient surveillées.

— La police a soupçonné la nourrice de Matthew d'être complice du rapt.

— Cela n'avait aucun sens, déclara Alice d'un ton péremptoire. Pas une seule seconde je n'ai douté de sa bonne foi et de son dévouement. Elle a été innocentée, bien sûr. D'ailleurs, Jenny est toujours à mon service.

— Les enquêteurs ont trouvé son témoignage incohérent.

— Jenny était en état de choc lorsqu'elle est rentrée du parc. Elle se reprochait sa négligence. Assise sur un banc, elle regardait Matthew jouer au football avec d'autres enfants. Une jeune femme est venue lui demander un renseignement. Elle prétendait avoir raté son bus et ne pas connaître la ville. Elle a détourné son attention seulement quelques minutes, mais cela a suffi. Jenny a juste eu le temps de voir Matthew s'engouffrer dans une voiture, à l'orée du parc. La demande de rançon est arrivée dix minutes à peine après son retour à la maison.

Elle mit une main sur ses lèvres pour les empêcher de trembler.

— Je suis désolée. Je vous demande juste une minute.

— On coupe ! ordonna Sam.

David se précipita vers l'actrice.

— Vous voulez boire quelque chose, madame Van Camp ?

Elle secoua la tête, le regard dans le vague.

— Non merci. C'est moins facile que je ne pensais. Dix ans n'ont rien effacé.

— On peut appeler votre mari, si vous le souhaitez.

— Peter n'a jamais été à l'aise face aux caméras. C'est moi qui lui ai conseillé d'aller faire un tour. J'aurais mieux fait de m'abstenir.

— Nous pouvons nous arrêter là pour aujourd'hui.

— Non, ça va aller, dit-elle en prenant une profonde inspiration. Je n'aime pas laisser les choses en plan. Aujourd'hui, Matthew est étudiant. La vie lui sourit. Il est beau, intelligent et amoureux. C'est tout ce qui compte, finalement. Que tout se soit bien terminé.

Elle sourit à David et croisa de nouveau les mains. Le rubis qu'elle portait au majeur droit luisait comme une tache de sang.

— Les choses auraient pu mal tourner. Très mal tourner. Vous connaissez la fille de Clarissa, monsieur Brady ?

Un peu décontenancé, David fronça les sourcils.

— Oui.

Elle apprécia sa retenue.

— Je n'exagérais rien tout à l'heure : Clarissa est vraiment une amie. Les mères se font souvent du souci pour leurs enfants. Vous avez une cigarette ?

Sans un mot, il lui alluma une cigarette et la lui tendit. Alice souffla la fumée lentement.

— C'est un agent hors pair. Et quel tempérament ! Figurez-vous que je voulais signer avec elle et qu'elle a refusé.

De surprise, David faillit en laisser choir sa cigarette.

— Quoi ?

Alice se mit à rire. Elle semblait de nouveau parfaitement détendue.

— Je suis passée à l'agence quelques mois après l'enlèvement. A.J. a cru que je m'adressais à elle par gratitude à l'égard de sa mère. Il y avait peut-être un peu de cela. Quoi qu'il en soit, elle n'a pas voulu de moi. A ce moment-là, pourtant, elle cherchait à s'agrandir. Son intégrité m'a vraiment épatée. A tel point qu'il y a quelques années, je l'ai relancée.

Alice s'amusait de voir David boire ses paroles comme du petit-lait. Clarissa ne s'était pas trompée sur les sentiments du producteur à l'égard de sa fille.

— Son agence marchait bien. Elle jouissait d'une excellente réputation. Mais là encore, A.J. m'a éconduite.

— A.J. est quelqu'un de totalement imprévisible, marmonna David.

— Je crois qu'elle tient beaucoup à se faire accepter telle qu'elle est. Le problème, c'est que quand on l'accepte telle qu'elle est, elle ne le voit pas forcément, dit Alice en écrasant sa cigarette après la deuxième bouffée. Nous pouvons reprendre, si vous voulez. Je suis prête.

Quelques secondes plus tard, indifférente à la caméra

braquée sur elle, elle évoquait les heures terribles qui avaient suivi l'enlèvement.

— Nous étions d'accord pour payer. Peu nous importait le montant de la rançon. Peter voulait prévenir la police. Moi non. Les ravisseurs avaient été formels : nous ne devions contacter personne. Ils téléphonaient toutes les deux ou trois heures pour nous donner leurs instructions. Nous avions accepté leurs conditions, mais ils exigèrent davantage. Ils voulaient voir jusqu'où nous irions pour récupérer Matthew. C'était d'une cruauté indicible. Pendant ce temps, la police recherchait activement la voiture que Jenny avait vue et la jeune femme avec qui elle avait parlé. Mais l'une comme l'autre semblaient s'être évanouies dans la nature. Au bout de quarante-huit heures, nous ne savions rien de plus.

— Vous avez donc décidé de faire appel à Clarissa DeBasse.

— Je ne sais plus quand l'idée m'en est venue. Je restais en permanence près du téléphone, dans l'attente d'un appel. Je ne dormais plus. Je ne mangeais plus. Je ne faisais qu'attendre. Dans un cas comme celui-là, on se sent affreusement impuissant. Je me suis souvenue qu'un jour, Clarissa m'avait aidée à retrouver une broche en diamant que j'avais égarée. Cette broche, Peter me l'avait offerte à la naissance de Matthew, alors j'y tenais beaucoup. Un enfant, c'est différent, bien sûr, mais j'ai pensé qu'il fallait tenter le coup. La police désapprouvait. Peter n'était pas très emballé, lui non plus, mais il savait que j'avais besoin de me raccrocher à quelque chose. J'ai donc appelé Clarissa et je l'ai mise au courant.

Ses yeux s'emplirent de larmes qu'elle ne chercha pas à refouler.

— Quand Clarissa est arrivée, j'ai éclaté en sanglots. Elle s'est assise à côté de moi et m'a parlé longtemps. Elle a essayé de réconforter Jenny, aussi, car la pauvre petite continuait de se fustiger. La police s'est montrée plutôt hostile, mais Clarissa n'en a pas pris ombrage. Elle leur a expliqué qu'ils faisaient fausse route, dit Alice en séchant d'un revers de main les larmes qui coulaient sur ses joues. Après tout le mal qu'ils s'étaient donné pour trouver une piste, cela leur a fait un choc, évidemment. Elle leur a dit que Matthew n'avait pas quitté la ville, comme ils le croyaient. Elle a alors demandé à toucher un vêtement porté par Matthew juste avant son enlèvement. Je lui ai apporté son pyjama. Il était bleu, avec des petites voitures sur le haut. Elle l'a gardé dans les mains un certain temps. Sans rien dire. J'avais envie de lui crier de faire quelque chose, de la supplier à genoux de retrouver Matthew.

Alice se tut un instant. Son émotion était palpable.

— Clarissa a dit que Matthew était tout près. Les ravisseurs avaient appelé de San Francisco, mais Matthew était séquestré à Los Angeles. Elle a décrit la rue, puis la maison dans laquelle il se trouvait. C'était une maison blanche avec des volets bleus, au coin d'un lotissement. Elle a précisé que la pièce dans laquelle on l'avait enfermé était plongée dans l'obscurité. Ce détail m'a bouleversée parce que je savais que Matthew avait peur du noir. Il y avait deux personnes dans la maison : un homme, et la femme qui avait parlé à Jenny, au parc. Elle a décrit également la voiture qui était garée dans l'allée.

— La police a suivi la piste qu'elle leur a indiquée ?

— Au début, ils étaient sceptiques. Mais ils ont envoyé des voitures patrouiller dans la ville à la recherche de cette maison. Quand ils l'ont trouvée, je crois qu'ils ont été aussi surpris que Peter et moi avons été soulagés. Les ravisseurs ne s'attendant pas à voir débarquer la police, ils ont pu être appréhendés sans difficulté. Ils étaient bien deux, comme l'avait dit Clarissa, et le troisième se trouvait à San Francisco, d'où il passait les appels. La voiture qui avait servi à l'enlèvement a été également retrouvée.

Clarissa a attendu avec nous le retour de Matthew, sain et sauf. Plus tard, il m'a parlé de la pièce dans laquelle on l'avait enfermé. Elle était telle que l'avait décrite Clarissa.

— Madame Van Camp, d'aucuns ont prétendu que le kidnapping de votre fils et sa libération rocambolesque n'étaient qu'un coup monté destiné à vous faire de la publicité, à la veille de la sortie de votre film.

— Les gens pouvaient bien penser ce qu'ils voulaient. Tout ce qui m'importait, c'était d'avoir retrouvé Matthew.

— Grâce à Clarissa DeBasse ?

— Indéniablement.

— Coupez ! lança Sam au cameraman avant de s'approcher d'Alice. Madame Van Camp, encore quelques prises de vues et ce sera terminé.

David estima que sa présence n'était plus nécessaire. Il avait exactement ce qu'il voulait pour son documentaire. Alice Van Camp avait été parfaite. C'était une actrice hors pair, mais dans cette interview elle avait joué le jeu de la sincérité. Aux yeux des téléspectateurs, la star ne serait qu'une mère comme les autres, qui avait souffert et craint pour la vie de son enfant. Son témoignage avait en outre le mérite de recentrer le reportage sur Clarissa DeBasse.

Il lui sembla comprendre un peu mieux les réticences d'A.J. Evoquer ces événements douloureux n'avait pas été facile pour Alice Van Camp. Selon toute vraisemblance, Clarissa avait souffert avec elle par empathie.

Incapable de se décider à partir, il attendit la fin du tournage. Alice, bien que visiblement fatiguée, raccompagna elle-même l'équipe jusqu'à la porte.

— Quelle femme remarquable ! s'extasia Alex.

— Il en existe quelques-unes. Mais vous êtes bien placé pour le savoir, il me semble, lui rétorqua David.

— Vous l'êtes aussi, mon cher. Et je le dis en toute objectivité, croyez-moi.

— A.J. et moi n'en sommes pas encore là, précisa David.

— D'après Clarissa, vous n'en êtes pas très loin.

David, qui s'apprêtait à ouvrir la portière de sa voiture, se figea.

— Et elle en pense quoi ?

— Le plus grand bien.

Adossé à son capot, il alluma une cigarette et en tira nerveusement deux ou trois bouffées.

— Vous étiez sur le point de me demander quelque chose, tout à l'heure, lui rappela Alex. Allez-y, posez votre question, si vous en avez toujours envie.

Cela le perturbait depuis un bon moment. Cette question, il fallait qu'il la pose.

— Clarissa est… un peu spéciale. Je voulais savoir si cela vous posait un problème.

Alex tira longuement sur son cigare.

— Au début, l'existence de ce qui peut être considéré comme un sixième sens m'a un peu dérangé, admit-il en toute simplicité. Mais mes sentiments pour elle ont eu tôt fait de prendre le dessus. Ce n'est pas le cas pour vous ?

Comme David gardait le silence, Alex expliqua :

— Clarissa n'a pas de secret pour moi. Elle m'a dit que sa fille était comme elle.

— A.J. aurait sans doute préféré qu'elle se taise.

— C'est possible. Mais la question n'est pas de savoir ce qu'elle aurait préféré, mais de savoir ce que vous voulez. L'ennui, chez les hommes de votre âge, c'est qu'ils se croient trop vieux pour prendre des risques inconsidérés et trop jeunes pour se fier à leurs intuitions. Je suis bien aise de ne plus avoir trente ans.

Sur ces mots, il se dirigea vers la voiture de Sam avec qui il rentrait en ville.

En s'engouffrant dans la sienne, David songea qu'il ne pouvait effectivement plus se permettre de prendre des risques insensés. Et que s'il se fiait à ses intuitions, il avait de grandes chances de se retrouver sur le flanc.

Mais il avait vraiment très envie de la voir. De la voir maintenant.

A.J. fit la grimace lorsqu'elle tira sa serviette du siège passager. Bourrée de dossiers, elle pesait une tonne. La perspective de passer la soirée à travailler était loin de l'enchanter, mais elle avait pris du retard, l'interview d'Alice Van Camp ayant monopolisé toute son attention.

Mais tout cela était terminé, Dieu merci, et il lui fallait maintenant s'occuper de ses autres clients. Après avoir vérifié que ses portières étaient bien verrouillées, elle se retourna… et se heurta à David.

— J'adore te rentrer dedans, murmura-t-il en glissant ses mains sur les hanches de la jeune femme.

Elle avait quelque chose qui ne tournait pas rond. David et elle étaient amants. Pourquoi avait-elle encore le souffle coupé et les jambes en guimauve dès qu'elle le voyait ? Pourquoi ce besoin de lui sauter au cou en riant ?

Mais elle se contenta de lui sourire.

— Je ne m'attendais pas à te voir ce soir.

— Cela t'embête ?

— Non, dit-elle en lui passant une main dans les cheveux. Comment s'est passé le tournage ?

Au ton de sa voix, il sentit qu'elle était tendue. Il n'était pas venu pour se disputer avec elle.

— On ne peut mieux. J'adore ton parfum, murmura-t-il en l'embrassant dans le cou.

— David, nous sommes dans le parking, je te le rappelle.

— Mmm. Mmm.

Il se mit à lui mordiller le lobe de l'oreille, ce qui eut pour effet de l'électriser de la tête aux pieds. Elle voulut se dérober mais il captura sa bouche et lui infligea un long baiser langoureux.

— Je n'arrête pas de penser à toi, Aurora. Je n'arrive

pas à te chasser de mon esprit. A croire que tu m'as jeté un sort !

— Tais-toi, dit-elle d'une voix altérée en se pressant contre lui.

— Tu refuses le dialogue. Un jour ou l'autre, pourtant, il faudra que nous parlions, toi et moi.

Elle redoutait ce moment car elle savait qu'il sonnerait le glas de leurs amours.

— Une autre fois, David. Je t'en prie. Viens avec moi et profitons simplement l'un de l'autre.

— Ça te va comme ça ? demanda-t-il, partagé entre le désir de mettre enfin les choses à plat et celui de la prendre dans ses bras.

Non, bien sûr. C'était loin de lui suffire. Mais la liste de tout ce qu'elle avait envie de vivre avec lui était si longue qu'il valait encore mieux se taire.

— Oui, cela me va très bien, mentit-elle d'un ton presque vindicatif. Tu es venu pour quoi, David ?

— Pour te voir. Pour te serrer dans mes bras. Parce que je n'en peux plus d'être loin de toi.

— Je n'ai pas besoin d'autre chose.

A qui essayait-elle de faire croire cela ? A lui ? Ou à elle ? Incapable de répondre à ces questions, elle lui tendit la main.

— Et je suis prête à te le prouver.

Parce qu'elle l'attirait comme un aimant, parce qu'il n'était pas encore tout à fait sûr de ses sentiments, David prit sa main et la suivit dans son appartement.

11

— Tu es bien sûr que c'est ce que tu veux ?

A.J. ne voulait surtout pas lui forcer la main.

— Absolument sûr et certain.

— Toute ta soirée va y passer.

— Tu es pressée de te débarrasser de moi ?

— Non, dit-elle en souriant, mais pas encore tout à fait convaincue. Tu as déjà fait ce genre de choses ?

Il prit le col de son chemisier entre le pouce et l'index pour en apprécier la matière. A.J. avait un faible pour la soie.

— Jamais. Je suis novice.

— Tu es prêt à exécuter tous mes ordres ?

Il glissa un doigt dans l'échancrure de son chemisier.

— Tu ne me fais pas confiance ?

Elle pencha la tête et le considéra pensivement.

— Je suis un peu sceptique, mais étant donné les circonstances, je suis prête à tenter le coup. Prends une chaise, dit-elle en lui montrant la table, derrière elle, sur laquelle s'entassaient des papiers.

Elle lui tendit un crayon soigneusement taillé.

— Tu vas commencer par biffer tous les noms que je te cite. Ce sont ceux des invités qui ont répondu favorablement. Sous chaque nom, tu notes aussi le nombre de personnes. Il faut que je sache combien il y aura de convives. Le traiteur a besoin de cette information avant la fin de la semaine.

— Facile !

— On voit bien que tu n'as jamais eu affaire à un traiteur, grommela A.J. en s'asseyant à son tour.

— Et ça, c'est quoi ? demanda David, un doigt pointé sur une autre pile de papiers.

— Les noms des gens qui ont envoyé un cadeau. Mais on les laisse de côté pour l'instant. Quand nous connaîtrons le nombre de convives, il nous faudra faire le compte de ceux qui viennent de loin afin que je puisse m'occuper des réservations, à l'hôtel.

Il contempla les piles de papiers posés devant eux.

— Je croyais qu'il s'agissait d'un mariage discret, en toute simplicité ?

Elle lui jeta un regard condescendant.

— Ce sera tout, sauf discret. J'ai passé deux matinées en pourparlers avec des fleuristes et près d'une semaine à négocier avec des traiteurs.

— Et tu en conclus quoi ?

— Qu'il vaut mieux se faire enlever par son fiancé. Bon, si on...

— Tu serais partante ?

— Partante pour quoi ?

— Pour te laisser enlever.

A.J. éclata de rire.

— S'il me prend un jour l'envie de me marier, dit-elle en s'emparant d'une des piles de papiers, je crois que je filerai à Las Vegas pour expédier la cérémonie dans la première chapelle venue.

— Ce n'est pas très romantique.

— Je ne le suis pas spécialement, affirma la jeune femme.

— J'ai un peu de mal à le croire.

David posa sa main sur la sienne. Ce geste, à la fois possessif et en même temps très naturel, la troubla.

— Dans le monde des affaires, il vaut mieux ne pas l'être, fit-elle remarquer.

— Et en dehors des affaires ?

— Le romantisme a tendance à masquer la réalité des choses, à nous les montrer autrement. Les illusions, c'est bien joli sur une scène ou à l'écran, mais je les apprécie nettement moins dans la vie.

— Ta vie, tu la vois comment, Aurora ? Tu ne m'as jamais parlé de tes objectifs, de tes rêves, de tes ambitions.

Pourquoi lui posait-il toutes ces questions ? Si elle avait eu les réponses, encore. Mais c'était si compliqué…

— La réussite professionnelle a toujours été ma priorité.

Il acquiesça d'un signe de tête.

— Cet objectif-là est atteint. Quoi d'autre ?

Il attendait, espérant d'elle un mot, un signe qui lui ferait comprendre qu'elle avait besoin de lui. Car pour la première fois de sa vie, il avait envie de cette dépendance et l'appelait de tous ses vœux.

— Eh bien, je…

Elle cherchait ses mots. Il était bien le seul à la faire bafouiller. Que pouvait-elle lui dire ? Que souhaitait-il entendre ?

— Je crois que j'accorde beaucoup d'importance au fait que cette réussite, je ne la doive qu'à moi-même.

— Est-ce la raison pour laquelle tu n'as pas voulu d'Alice Van Camp pour cliente ?

— Elle t'en a parlé ?

Il n'avait pas été question entre eux de l'interview. A.J. avait soigneusement évité d'aborder le sujet.

— Elle me l'a juste signalé.

A.J. avait retiré sa main. Il se demanda pourquoi, chaque fois qu'ils commençaient à parler de choses un peu personnelles, elle se dérobait.

— C'était très généreux à elle de venir me trouver alors que je débutais dans le métier et que… j'en bavais.

Elle haussa les épaules et se mit à tripoter son crayon.

— Mais elle le faisait par gratitude pour ma mère. Mon premier gros contrat, je voulais le décrocher toute seule.

— Plus tard, tu l'as de nouveau refusée comme cliente.

— Nous étions devenues trop proches. Et comme tu le sais, les affaires et les sentiments ne font pas bon ménage. Tu veux un peu de café ?

Elle ne tenait plus en place, et cherchait un prétexte pour se lever et s'éloigner de David.

— Avec moi, tu as bien dérogé à ta règle, dit-il en la fixant.

Il vit ses doigts se crisper sur le crayon.

— Oui, murmura-t-elle.

— Pourquoi ?

Au prix d'un effort colossal, elle parvint à soutenir son regard. Il la tenait au creux de sa main, elle le savait. Si elle lui avouait qu'elle l'aimait, qu'elle était tombée amoureuse de lui presque à la seconde où elle l'avait vu, il pourrait la broyer à tout moment. Elle serait totalement à sa merci. Et elle renierait le principe sur lequel elle avait fondé toute sa vie. Mais à défaut de la vérité, elle pouvait lui dire quelque chose d'acceptable, qui faisait écho aux sentiments qu'il éprouvait pour elle.

— Parce que j'avais envie de toi. C'est aussi simple que ça, dit-elle d'une voix étonnamment maîtrisée.

David ressentit un pincement dans la région du cœur.

— Et cela te suffit ?

Elle savait qu'il la ferait souffrir. Chaque mot qu'il prononçait était comme de l'acide versé sur une plaie à vif.

— Pourquoi en serait-il autrement ? dit-elle en s'efforçant de sourire, l'air aussi détaché que possible malgré la douleur.

— Oui, pourquoi ? dit-il tout bas.

Il alluma une cigarette.

— Il faut que tu saches que nous consacrons une partie

du reportage à l'affaire Ridehour, dit-il en guettant sa réaction. Clarissa a accepté de s'exprimer sur ce sujet.

— Oui, elle me l'a dit. Le tournage se terminera là-dessus, d'après ce que j'ai compris ?

— C'est ce qui est prévu.

La table qui les séparait mettait autant de distance entre eux qu'un canyon. Une distance que David se sentait incapable de combler, en dépit de toute sa bonne volonté.

— Tu n'as pas l'air d'approuver, dit-il. Clarissa ne s'est pas fait prier, pourtant. Cela ne lui pose aucun problème, apparemment.

— Il y a des choses que tu ignores, David.

— Lesquelles ?

— Si je l'ai poussée à déménager et à garder secrète sa nouvelle adresse, c'est parce qu'elle était submergée d'appels à l'aide. Les gens la sollicitaient pour toutes sortes de choses. Certains vivaient de véritables tragédies.

— Elle ne pouvait pas tous les aider.

— C'est bien pour cela qu'il fallait qu'elle déménage. Au début, elle a été plus tranquille. Jusqu'à ce qu'elle reçoive l'appel de San Francisco.

— Concernant les meurtres de Ridehour.

— Oui, répondit A.J., la gorge serrée. Et là, il n'y a pas eu moyen de la raisonner. Elle n'a rien voulu entendre. Quand je l'ai vue faire sa valise, s'apprêter à partir, j'ai décidé de l'accompagner. Cela a été l'expérience la plus traumatisante de ma vie. Clarissa a eu des visions terribles, confia la jeune femme en pressant fortement ses mains l'une contre l'autre pour les empêcher de trembler. Et j'en ai eu aussi.

Elle n'avait jamais parlé à personne de cet épisode, et cela lui coûtait énormément. Fermant les yeux, elle puisa en elle la force de ne pas s'effondrer.

Ne sachant comment la réconforter, David posa sa main sur les siennes et demanda doucement :

— Pourquoi ne m'en avais-tu jamais parlé ?

Elle rouvrit les paupières et prit une profonde inspiration.

— C'est un souvenir atroce. Je n'ai jamais eu, ni auparavant ni depuis, de flashes aussi terribles.

— Nous couperons au montage, déclara David.

Elle le regarda d'un air éberlué.

— Pourquoi ?

Il glissa doucement sa main entre les deux siennes. Il aurait voulu pouvoir lui dire, lui expliquer, mais les mots lui manquaient.

— Parce que cela te fait du mal. C'est une raison suffisante.

Elle contempla leurs mains enlacées. Celle de David lui parut solide, fiable. Cela la rasséréna.

— Si Clarissa a accepté de parler de cette affaire, il faut en parler. Elle ne comprendrait pas que tu fasses l'impasse.

— Il n'est pas question de Clarissa, mais de toi, Aurora. Je t'ai promis un jour de ne jamais t'imposer ce genre d'épreuves. Ce n'est pas pour manquer à ma parole à la première occasion.

— Le fait que tu sois prêt à couper cette partie du reportage suffit à me rassurer sur les sentiments que tu as pour moi.

— Ces sentiments, j'aurais peut-être dû te les témoigner plus tôt.

Une grande langueur envahit la jeune femme. Mais elle se secoua et rétorqua :

— Tu ne me dois rien, David. Je crois que je m'en voudrais terriblement si tu coupais ton reportage pour moi. Oublions le passé. Il est grand temps que j'apprenne à me colleter avec la réalité.

— Le problème est peut-être que tu te frottes un peu trop à elle.

— C'est possible. Quoi qu'il en soit, ne change rien pour moi et réalise cette interview le mieux possible.

— Je vais essayer. Tu veux y assister ?

— Non. Clarissa a Alex, maintenant.

Il perçut dans sa voix à la fois son regret et sa résignation.

— Alex est fou amoureux d'elle.

— Oui, je sais, dit-elle d'un ton de nouveau enjoué. Et j'ai bien l'intention de leur offrir un magnifique mariage.

Il sourit, heureux de voir qu'elle avait repris le dessus. Sa joie de vivre finissait toujours par l'emporter et cela faisait partie de son charme.

— Nous ferions bien de nous y mettre, suggéra David en désignant du menton les piles de papiers.

Ils passèrent les deux heures suivantes à dresser diverses listes, à calculer le nombre de caisses de champagne qu'il fallait commander et à discuter des mérites comparés de la mousse de saumon et du cocktail de crevettes.

Elle ne s'attendait pas à ce que David s'investisse autant dans les préparatifs de mariage. Elle le trouva si efficace qu'elle décida de lui confier le soin de placer les invités le jour de la cérémonie.

— J'aime beaucoup travailler avec toi, dit-il tandis qu'elle vérifiait une dernière fois la liste des convives qui dormiraient à l'hôtel.

— Mmm ?

— Si jamais un jour j'ai besoin d'un agent, ce sera toi.

Elle leva les yeux et demanda :

— Dois-je le prendre comme un compliment ?

— Non, pas spécialement.

Elle sourit. Lorsqu'elle retira ses lunettes, elle lui parut soudain beaucoup plus fragile.

— C'est bien ce que je pensais, dit-elle. Mais une fois que j'aurai communiqué toutes ces informations au traiteur, ça en sera un, crois-moi. Les invités me sauront gré de leur avoir évité les boulettes de bœuf de Clarissa. Mais je reconnais que sans toi, je serais loin d'avoir terminé. Cela mérite bien une récompense. Il y a quelque chose qui te ferait plaisir ? demanda-t-elle d'un air coquin.

— Pour commencer, je prendrais volontiers ce café que tu me promets depuis une éternité.

— Je te l'apporte tout de suite. Oh, zut ! C'est l'heure d'*Empire*.

Comme elle se précipitait vers la télévision, David secoua la tête.

— Complètement droguée ! marmonna-t-il en la regardant s'installer dans le canapé, les yeux déjà scotchés à l'écran. Et dire que je ne m'en étais même pas aperçu ! Tu sais qu'il existe des centres où l'on peut te sevrer de ce genre de dépendance.

— Chut ! dit A.J., soulagée de n'avoir raté que le générique. J'ai une cliente qui joue dedans. Elle a été prise pour quatre épisodes, mais si ça marche, elle signera pour la suite.

Résigné, il alluma une cigarette et s'assit à côté d'elle.

— Ils sont rediffusés, de toute façon.

— Non, pas celui-là. C'est le pilote de la série dérivée, qui sera diffusée tout l'été.

— Une série dérivée ? Comme si une heure par semaine de sexe et de déchéance ne suffisait pas !

— Les gens adorent ça, déclara la jeune femme en plongeant la main dans un ramequin d'amandes grillées. Celui-là, c'est Derek, le patriarche. Il a fait fortune dans le commerce maritime et la contrebande. Il veut que ses enfants prennent sa suite. Et sous la douche, là, c'est Angelica, sa seconde femme. Elle l'a épousé pour le fric et elle en profite bien, mais elle déteste ses enfants.

— Et ils le lui rendent bien, je parie ?

— Gagné ! dit-elle en lui tapotant la cuisse. Mais le gros hic, c'est que la fille illégitime d'Angelica va essayer de s'incruster. C'est elle, ma cliente.

— La fille ne vaut pas mieux que la mère, si je comprends bien ?

— Une vraie garce ! Angelica n'a jamais avoué à Derek qu'elle avait eu une fille, alors son arrivée engendre évidemment quelques problèmes. Surtout quand Beau, le fils aîné de Derek…

— J'ai perdu le fil, se lamenta David en passant un bras au-dessus du dossier du canapé. Je vais me contenter d'admirer la plastique des actrices et leurs cabriolets dernier cri.

— Ne me dis pas que tu préférerais regarder la migration des pélicans. Tiens, la voilà, ma cliente !

A.J. se mordillait la lèvre. Elle ne perdait pas une parole, un geste, une expression de sa protégée. Il songea en souriant que s'il lui avait fait remarquer qu'elle semblait décidément prendre très à cœur le sort de ses poulains, elle l'aurait rabroué.

— Elle se débrouille drôlement bien, murmura-t-elle pendant les spots publicitaires. Une ou deux saisons dans la série et nous refuserons les rôles principaux au cinéma.

— Elle a un débit très naturel. Quel cours de théâtre a-t-elle fréquenté ? demanda David en picorant à son tour des amandes grillées.

— Aucun. Elle est venue en car de Kansas City et a débarqué dans mon bureau avec pour seules références les pièces dans lesquelles elle avait joué au lycée.

— C'est comme ça que tu recrutes tes clients ?

— En général, je laisse à Abe ou à une de mes assistantes le soin de recevoir les jeunes comme elle. Et de leur faire la leçon. Mais elle, j'ai tout de suite vu qu'elle en voulait. Non. Pas de cette façon, précisa-t-elle en réponse à sa question muette. J'essaie toujours de juger les gens sur leurs potentialités. J'ai vu, vraiment vu, qu'elle avait un physique intéressant, une voix bien timbrée, et une furieuse envie de réussir. Je l'ai envoyée à tous les castings, à toutes les auditions, en pensant que si elle tenait le coup, le succès ne se ferait pas attendre. Et en effet, conclut-elle tandis que le feuilleton recommençait.

— Il faut avoir du cran pour venir faire le siège d'une des plus prestigieuses agences d'Hollywood.

— Dans cette ville, celui qui n'en a pas se fait rétamer en moins de deux. Mais tu le sais bien puisque tu y as fait ton trou, toi aussi. Et tu ne me feras pas croire que c'est juste une question de chance, dit A.J. en posant la tête sur l'épaule de son compagnon.

— Il faut savoir ce qu'on veut et tout mettre en œuvre pour l'obtenir. Mais travailler d'arrache-pied ne suffit pas toujours. Il faut aussi prendre des risques et donner de sa personne. Et ne jamais s'endormir sur ses lauriers.

— C'est plutôt ingrat, comme métier. Pourquoi le fais-tu ? demanda A.J., qui semblait avoir oublié son sacro-saint feuilleton.

— Par masochisme.

— Non, sérieusement ? insista-t-elle.

— Parce qu'à chaque fois que je regarde un de mes documentaires à la télévision, je suis aussi émerveillé qu'un enfant devant ses cadeaux de Noël.

— Je comprends. J'ai assisté à la remise des oscars, il y a quelques années. Et deux de mes clients l'ont remporté. Ça a été pour moi, assise dans la salle, un moment d'émotion vraiment très intense. Il y a des gens qui ne comprennent pas qu'on puisse être heureux par procuration. Mais quand tu sais que tu es pour quelque chose dans ce genre de réussite, tu te sens tellement bien. Peu importe que ton nom ne soit pas sur toutes les lèvres.

— Tout le monde ne court pas après la célébrité.

— Le tien, en tout cas, pourrait devenir célèbre, dit-elle en se redressant pour le regarder. Je ne dis pas ça parce que…

Parce que je t'aime. La phrase faillit lui échapper.

Comme il haussait les sourcils en attendant la suite, elle s'empressa d'improviser.

— Parce que nous sommes amis. Avec une bonne équipe et de gros moyens, tu pourrais facilement t'imposer comme l'un des dix meilleurs réalisateurs sur la place.

— Merci du compliment. Je sais que ce n'est pas de la flatterie et que tu penses sincèrement ce que tu dis.

— Je t'ai vu à l'œuvre et j'ai vu le résultat. Et puis, je ne suis pas trop mal placée pour en juger.

— Quoi qu'il en soit, à ce stade, je ne suis pas attiré par le cinéma, confia David en caressant la joue de la jeune femme. La fiction ne m'intéresse pas. Je préfère les faits réels.

— Alors réalise un film basé sur un fait réel.

C'était un défi qu'elle lui lançait. Il le comprit à son regard, grave, presque solennel.

— Quoi, par exemple ?

— J'ai un script.

— A.J., je…

— Non, écoute-moi. Juste une minute, supplia-t-elle tandis qu'il la faisait basculer sur le canapé et s'allongeait sur elle.

— Je préférerais te mordiller les oreilles.

— Tu me mordilleras tout ce que tu voudras. Mais écoute-moi d'abord.

— Tu veux encore négocier ? s'indigna-t-il.

Intrigué par l'excitation qu'il voyait briller dans les yeux d'A.J., il ne put s'empêcher de demander :

— C'est quoi, ce script ?

— J'ai eu des contacts avec George Steiger. Tu le connais ?

— Oui, nous nous sommes déjà rencontrés. C'est un excellent écrivain.

— Il a écrit un scénario, et il se trouve que celui-ci vient justement d'atterrir sur mon bureau.

— Comme ça ? Par hasard ?

Elle lui avait rendu quelques services. Il la sollicitait de nouveau. Elle n'avait pas l'habitude de se démener pour rien. Cela allait à l'encontre des principes pour lesquels elle s'était toujours battue.

— Pas exactement, mais peu importe les circonstances. Ce scénario est une vraie mine d'or, David. Il relate l'histoire des Cherokees et de leur périple sur la Piste des Larmes, lorsqu'ils ont été chassés de Georgie pour être parqués dans des réserves, dans l'Oklahoma. Le narrateur principal est un enfant. On sent son désarroi, sa déception d'avoir été trahi, et en même temps son envie d'espérer encore, malgré tout. Ce n'est pas un western classique, ni un mélo plein de bons sentiments. Ce sont les faits tels qu'ils se sont réellement passés. Tu pourrais en faire un film superbe.

Elle était décidément très persuasive, savait convaincre, même allongée sur un canapé.

— A supposer que je sois intéressé, rien ne prouve que Steiger, lui, ait envie de travailler avec moi.

— Il se trouve que je lui ai parlé de toi.

— Par hasard, je suppose ?

— Oui, répondit A.J. avec un petit sourire en posant ses mains sur les hanches de David. Il aime beaucoup ce que tu fais. Incidemment, il m'a demandé si je t'avais touché un mot de son scénario. Comme ça, juste pour information.

— Bien sûr, railla David en se plaquant contre elle. Tu serais en train de jouer les agents que cela ne m'étonnerait pas.

— Pas du tout. J'essaie juste de t'aider.

Ces mots, et le ton solennel avec lequel elle les avait prononcés, le touchèrent au plus profond. Il ne dit rien pendant quelques instants.

— Chaque fois que je crois t'avoir cernée, tu trouves un moyen de m'échapper, murmura-t-il.

— Tu veux bien le lire ?

Il l'embrassa sur la joue.

— Je parie que tu ne vas pas tarder à m'en mettre une copie sous le nez.

— Il se trouve que j'en ai une dans mon sac, justement, dit A.J. en riant. Tu vas adorer.

— C'est toi que j'adore.

— Alors montre-le-moi.

Jamais aucun ordre ne lui avait fait plus plaisir à entendre. Malgré son empressement à l'exécuter, David s'exhorta à la patience. Il savait que leur plaisir à tous deux serait plus intense s'ils s'aimaient sans violence, s'ils prenaient tout leur temps et parvenaient enfin, à force de baisers, de caresses, de complicité et de tendresse, à vaincre leurs défenses.

Tandis qu'avec ses lèvres, sa langue, ses dents, David parcourait une fois de plus les chemins les plus secrets de son corps, tandis qu'avec ses mains si fortes, si douces, il l'explorait méticuleusement, elle s'accrochait à lui comme à un radeau, ancrait désespérément sa bouche à la sienne.

— Je te veux, David, dit-elle dans un souffle.

Le cœur de David fit une embardée. Ces mots, il les avait souvent entendus. Dans d'autres bouches. Peut-être A.J. les lui avait-elle déjà dits. Dans la fureur de la passion.

— Répète-moi ça.

Sa voix était grave et voilée. Il s'était redressé pour pouvoir la regarder et il avait saisi son menton entre ses doigts.

— Répète-moi ça, Aurora, ordonna-t-il, ses yeux rivés aux siens.

— Je te veux.

Il l'embrassa si fougueusement qu'elle renonça à parler, et même à penser. Elle sentait son avidité à la posséder tout entière, mais elle se savait incapable de lui donner son cœur.

Lorsqu'elle fut nue contre lui, offerte avec tant de confiance et de volupté à ses regards et à ses caresses, il se mit à trembler de désir et d'impatience.

Elle frémissait, vibrait, se hérissait de plaisir sous ses doigts devenus experts. Mais si David savait comment l'embraser, elle-même n'ignorait plus rien des caresses à lui prodiguer pour l'électriser.

Il aspirait à davantage. Chaque fois qu'il lui faisait l'amour, il espérait d'elle un autre don que celui de son corps. Il savait qu'un jour, il finirait par la supplier. Pour elle, il était prêt à tout, car elle demandait si peu.

— Dis-moi ce que tu veux, dit-il très bas.

— Toi. Je ne veux que toi.

Elle flottait au-dessus des nuages malmenés par l'orage qui s'annonçait. L'air était lourd, la chaleur moite et étouffante. David possédait son corps, car elle le lui avait abandonné sans résistance. Quant à son cœur, dont elle défendait si farouchement l'accès, elle sentait qu'il ne résisterait plus très longtemps.

De très loin, comme si sa voix lui parvenait à travers une brume épaisse, elle s'entendit crier son nom.

— David. Garde-moi toujours près de toi.

— Je crois que la télévision est restée allumée, murmura David.

A.J. noua les bras autour de sa taille.

— Ce n'est pas grave.

— Si on ne bouge pas, on va finir par passer la nuit sur le canapé.

— Ce n'est pas grave, répéta A.J. d'une voix alanguie.

En riant, il l'embrassa dans le cou, là où pulsait son sang.

— Il suffirait de peu de chose pour que nous soyons plus à l'aise, dit-il en basculant à regret sur le côté.

— C'est vrai que le lit serait plus confortable, admit-elle sans pour autant faire mine de bouger.

— Dans l'immédiat. Mais je pensais à plus long terme.

Blottie contre lui, se nourrissant de sa force et de sa chaleur, elle avait un peu de mal à secouer sa léthargie.

— Comment cela ?

— Passer la soirée ensemble nous oblige à courir de chez l'un à chez l'autre, à penser à prendre sa brosse à dents, et à repasser chez soi le lendemain matin pour se changer.

— Cela ne me gêne pas.

Lui, si. Plus il s'attachait à elle et moins cette situation le satisfaisait. Mais comment le lui dire ? *Je t'aime.* Cela semblait si simple, pourtant. Mais il ne l'avait jamais dit à personne et se demandait si cela ne risquait pas de la faire fuir. C'était un risque qu'il préférait ne pas prendre. Peut-être qu'en biaisant, il parviendrait à la convaincre…

— Il y a sans doute un moyen de remédier à cette situation.

Elle ouvrit un œil. Il vit son front se plisser dangereusement.

— Quel moyen ?

Avec A.J., il était impossible de ruser. Ou même simplement de tergiverser.

— Ton appartement étant en ville, pendant la semaine, il est plus pratique que ma maison.

— Certes.

Elle n'avait plus ce regard vague, noyé, qu'il aimait tant lui voir après l'amour. Il s'en voulut de la pousser dans ses retranchements et lui en voulut de lui rendre la tâche aussi difficile.

— Mais le week-end, ma maison est bien agréable.

Nous pourrions habiter chez toi pendant la semaine, et chez moi le week-end.

Elle ne répondit pas tout de suite. Des dizaines de pensées se bousculaient dans sa tête, et une sirène d'alarme stridente s'était déclenchée. Il avait parlé d'un « moyen » de remédier à la situation. Ses considérations étaient d'ordre pratique.

— Tu suggères que nous vivions ensemble.

Il attendait un peu plus d'enthousiasme de sa part. Mais elle était sur la défensive.

— C'est ce que nous faisons déjà, non ? dit-il.

— Non, David. Nous couchons ensemble.

Une gifle en pleine figure ne lui aurait pas fait plus d'effet. Elle n'avait rien compris. Elle ne voyait pas à quel point il avait besoin d'elle, combien il tenait à elle. Il s'assit sur le canapé et commença à se rhabiller.

— Tu es en colère, constata-t-elle en ramassant son chemisier par terre.

— Plutôt déçu. Je ne pensais pas qu'il faudrait là aussi négocier.

— Je te signale que tu ne m'as pas laissé le temps de la réflexion.

Il la regarda d'un air dur qui renforça sa détermination.

— Si tu as besoin de réfléchir, il vaut mieux laisser tomber.

— Tu ne me laisses aucune chance, David. Ce n'est pas très gentil.

— J'en ai assez d'être gentil. Plus qu'assez !

Il fallait qu'il parte avant d'en dire trop.

Vêtue de son seul chemisier, A.J. bondit sur ses pieds.

— Tu proposes tout à trac que nous vivions ensemble, et tu te mets en colère parce que je te demande de me laisser le temps d'y réfléchir. Tu es complètement illogique, David.

— Depuis que je te connais, je crois que j'ai perdu toute logique, en effet.

Il aurait dû être loin, déjà. Il aurait dû se taire. Mais c'était plus fort que lui. Il l'agrippa par le bras et la tira à lui.

— Je ne peux pas me contenter d'un petit tour rapide entre tes bras et des draps quand ça t'arrange.

Folle de rage, elle se dégagea brutalement.

— A t'entendre, je ne suis qu'une…

— Non, coupa-t-il. Tu n'es pas seule en cause. C'est de nous dont il s'agit. Toi et moi, c'est comme ça que nous fonctionnons. Et cela ne me convient pas.

Elle savait que cela arriverait. Elle s'y était préparée. Mais elle avait du mal à l'accepter et se retenait de le supplier de rester. Se raccrochant au peu d'amour-propre qui lui restait, elle releva la tête et dit :

— Je ne sais pas ce que tu veux.

Il la regarda fixement tandis qu'elle luttait contre les larmes qui emplissaient ses yeux.

— C'est vrai, tu ne le sais pas. Et c'est bien là le problème.

Il sortit avant de se jeter dans ses bras. Résignée, elle ne fit pas un geste pour le retenir.

12

A.J. s'agitait, courant d'un bout à l'autre du jardin, recomptant les chaises pliantes qu'on était en train de mettre en place, s'énervant parce que les tables n'étaient pas disposées comme elle le souhaitait. Pendant que le traiteur s'affairait dans la cuisine, le fleuriste achevait de garnir la terrasse. Le parfum des gerbes de roses et de lis se mêlait à celui des plantes de Clarissa. L'air embaumait délicieusement.

Tout se passait à merveille. Sa mère était sur le point d'épouser l'homme qu'elle aimait, il faisait un temps superbe et la fête s'annonçait réussie. Sur quoi allait-elle bien pouvoir se défouler ?

Jamais elle ne s'était sentie aussi déprimée. Elle aurait voulu rentrer chez elle, s'enfermer dans le noir et rester couchée toute la journée. Et tant pis si elle était pathétique. David, de toute façon, n'était plus là pour le lui reprocher.

Depuis qu'ils avaient rompu, elle pouvait de nouveau se consacrer entièrement à l'agence. En deux semaines, elle avait abattu un travail de titan. Les contrats se multipliaient comme des petits pains, à tel point qu'elle envisageait d'augmenter son personnel et de renoncer à ses vacances à Saint-Croix.

Elle se demanda s'il viendrait.

Quel besoin avait-elle de penser à lui ? se morigéna-t-elle. Il était sorti de sa vie à la seconde où il était sorti de chez elle, la laissant complètement désemparée. Elle avait dû se faire violence pour ne pas enfreindre les règles qu'ils avaient établies. Il n'avait pas appelé. Elle s'était bien gardée de le faire.

Sauf une fois, où elle n'avait pas pu s'en empêcher, admit-elle en soupirant. Mais il n'était pas chez lui. David Brady n'était pas du genre à se morfondre. D'ailleurs, A.J. Fields était elle-même bien trop indépendante et trop occupée pour passer son temps à pleurnicher sur ses amours défuntes.

Mais elle avait rêvé de lui, et s'était réveillée en pleine nuit parce qu'il était là et qu'elle savait mieux que personne combien les rêves pouvaient parfois être cruels.

La page était tournée, songea-t-elle. David n'avait été… qu'une aventure. Les aventures ne se terminaient pas toujours dans la joie et la bonne humeur. Un grand fracas lui fit lever les yeux. Une des intérimaires qu'elle avait engagées pour la journée venait de renverser une pile de chaises. Trop heureuse d'échapper à ses sombres pensées, A.J. s'empressa d'aller l'aider à les ramasser.

Lorsqu'elle entra dans la maison, elle trouva Clarissa, encore en peignoir, en train de noter la recette de la tourte au saumon commandée au traiteur.

— Maman, tu ne crois pas qu'il serait temps de t'habiller ?

Clarissa leva les yeux et sourit en caressant le chat blotti sur ses genoux.

— Rien ne presse. Il est encore tôt. Tu as vu ce temps magnifique ? Cela va peut-être te paraître idiot, mais pour moi, c'est un signe.

— Des signes, tu peux en voir partout, à ce compte-là, dit A.J. en se dirigeant vers la cafetière avant de changer d'avis et d'ouvrir la porte du réfrigérateur.

Indifférente aux bougonnements du traiteur, elle sortit une bouteille de champagne.

— Viens, maman. Je vais t'aider à te préparer.

— Je ne suis pas sûre que le champagne soit une bonne idée. Je risque d'être pompette, avertit Clarissa en la suivant dans la salle à manger où A.J. prit deux flûtes en cristal.

— Eh bien, nous serons deux ! Et puis, il vaut mieux être pompette que morte de trac.

En entrant dans la chambre de sa mère, elle se jeta sur le lit, comme quand elle était enfant.

— Je n'ai pas le trac, assura Clarissa avec un grand sourire.

A.J. fit sauter le bouchon de champagne jusqu'au plafond.

— Une mariée doit avoir le trac. Mais si tu ne l'as pas, ce n'est pas grave, parce que je l'ai pour deux.

Clarissa prit la flûte qu'elle lui tendait et s'assit sur le lit à côté d'elle.

— Ma chérie, il faut que tu arrêtes de te faire du souci pour moi.

— Tu sais bien que je ne peux pas. Je t'aime, maman, et je voudrais tant que tu sois heureuse.

— Moi aussi, je voudrais que tu le sois, dit Clarissa en serrant la main d'A.J. dans la sienne. Parle-moi un peu de toi.

A.J. comprit tout de suite où elle voulait en venir. Elle posa sa flûte de champagne sans y avoir touché et se leva.

— Ce n'est pas le moment. Il faut que tu…

— Tu souffres, je le vois bien.

A.J. se rassit sur le lit en soupirant.

— Je savais dès le début ce qui m'attendait. J'étais lucide.

Clarissa posa sa flûte pour prendre sa fille dans ses bras.

— Pourquoi as-tu tant de mal à accepter qu'on puisse t'aimer ? Est-ce ma faute ?

— Non, pas du tout. C'est comme ça et personne n'y peut rien. David et moi… avons eu une liaison… torride, qui s'est éteinte toute seule.

— Mais tu es toujours amoureuse de lui.

A.J. ne se donna pas la peine de nier. A quoi bon ? Clarissa lisait en elle à livre ouvert.

— Ça, c'est mon problème. J'en fais mon affaire, dit A.J. très vite pour ne pas être tentée de s'apitoyer sur son sort. Un jour comme aujourd'hui, nous ne devrions pas parler de choses tristes.

— Un jour comme aujourd'hui, j'ai envie de voir ma fille heureuse. Et lui, il en pense quoi ? Tu crois qu'il est amoureux de toi ?

Clarissa était têtue. Et A.J. incapable de se taire plus longtemps.

— Je crois que je lui plaisais. Et qu'il ne détestait pas que je lui tienne tête. Nos relations professionnelles étaient assez tendues, mais cela ne nous empêchait pas de bien nous entendre par ailleurs. J'ai l'impression, toutefois, que cela ne lui suffisait pas, confia A.J. en se passant une main dans les cheveux. On aurait dit qu'il cherchait à entrer dans ma tête.

— Et ça, c'est quelque chose que tu n'aimes pas.

— Je ne suis pas un animal de laboratoire, dit A.J. en se levant.

Pendant quelques instants, Clarissa la regarda marcher de long en large. Elle bouillonnait intérieurement. Il aurait fallu crever l'abcès, donner libre cours à ce trop-plein d'émotions.

— Tu es sûre que c'est comme ça qu'il te voyait ?

— Je n'en sais rien. Mais David est quelqu'un de très cérébral : quand un sujet le passionne, il se penche dessus et l'étudie sous toutes les coutures.

— Mais qui te dit que c'est à tes facultés psychiques qu'il s'intéressait ? C'est peut-être à toi, tout simplement.

— Je suppose que je ne le saurai jamais. Mais même si je l'intéressais, je crois que mes facultés le gênaient. Quoi qu'il en soit, la question ne se pose plus puisque nous avons compris que cette relation ne nous mènerait nulle part.

— Pourquoi ?

— Parce qu'elle ne correspondait pas à ses… ou plutôt à nos attentes. Nous avions établi des règles.

— A propos de quoi vous êtes-vous disputés ?

— Il voulait que nous vivions ensemble.

— Oh, fit Clarissa en hochant doctement la tête. Ce n'est pas une décision qu'on prend à la légère. C'est une étape importante pour un couple. Une forme d'engagement.

— Oui, mais lui, c'est surtout le côté pratique qu'il voyait, dit A.J., pleine d'amertume. Toujours est-il que j'ai demandé à réfléchir et que là, il s'est mis en colère. Il était furieux.

— Forcément. Son amour-propre en a pris un coup.

Comme A.J. s'apprêtait à riposter, Clarissa reprit :

— C'est votre orgueil qui a tout fait capoter.

Cela changeait singulièrement la donne. A.J. essaya de se persuader qu'il n'en était rien, mais elle se sentait fléchir.

— Je ne voulais pas le blesser. Je voulais juste…

— Te protéger, compléta Clarissa. Mais ce faisant, tu ne pouvais que le blesser. Quand on aime, Aurora, quand on aime vraiment, il faut savoir prendre des risques.

— Tu penses que je devrais aller le trouver ?

— Je pense que tu devrais écouter ton cœur.

Son cœur ? Il était en lambeaux.

— A t'entendre, c'est simple comme bonjour.

— C'est pourtant la chose la plus difficile au monde. On peut toujours étudier les phénomènes psychiques, créer des laboratoires de recherche dans les plus grandes universités et des instituts de parapsychologie ultrasophistiqués, mais seul un poète peut comprendre combien il est difficile d'aimer.

— Poète, tu l'as toujours été un peu, dit A.J. en posant

la tête sur l'épaule de sa mère. Mais imagine qu'il me rejette ?

— Ce ne sera pas la fin du monde. Tu pleureras et souffriras pendant quelque temps. Et un jour, tu recolleras les morceaux et la vie continuera. Ma fille n'est pas du genre à se laisser abattre.

— Et ma mère est la plus belle et la plus merveilleuse qui soit, dit A.J. en prenant sa flûte de champagne et en tendant la sienne à Clarissa. A quoi allons-nous lever nos verres ?

— A l'espoir. Il n'y a que ça de vrai.

A.J. se changea dans la chambre que sa mère avait aménagée pour elle lorsqu'elle s'était installée dans la maison. En dix ans, elle avait dû y dormir quatre ou cinq fois, mais Clarissa avait décidé que c'était sa chambre, et que ça le resterait. Elle y passerait peut-être la nuit, une fois que les invités seraient tous partis et les mariés envolés pour leur lune de miel. Elle pourrait y faire le point et demain, peut-être trouverait-elle le courage d'écouter son cœur…

Et si David la rejetait ? Et s'il l'avait déjà oubliée ? songea-t-elle devant le miroir. Cela faisait beaucoup de « si ». Une chose était sûre, en tout cas. Elle l'aimait. Les risques, elle les prendrait. Elle n'avait pas le choix.

Redressant les épaules, elle contempla son reflet. Il y avait des années qu'elle n'avait pas porté une robe aussi romantique. De style Empire, toute de soie et de dentelle, dans un ton de bleu assorti à celui de ses yeux, c'était une robe de princesse comme en rêvent toutes les petites filles.

En prenant le bouquet de roses blanches orné d'un long ruban de satin, A.J. imagina que c'était elle qui se mariait. Quel effet cela lui ferait-il de lier sa vie à celle d'un homme ? Elle aurait le trac, la gorge sèche, les jambes en coton. Rien que d'y penser, elle en avait le vertige.

Etait-ce une prémonition ? s'inquiéta-t-elle en se retenant à la commode. Mais non, il n'y avait aucune raison. C'était sa mère qui allait s'engager à aimer, honorer et chérir son époux jusqu'à ce que la mort les sépare. S'arrachant à ses réflexions, la jeune femme jeta un coup d'œil catastrophé à sa montre. Si elle n'accélérait pas un peu le mouvement, les invités allaient rappliquer et personne ne serait là pour les accueillir.

Les enfants d'Alex furent les premiers à arriver. Elle ne les avait vus qu'une fois, la veille au soir, aussi étaient-ils un peu empruntés vis-à-vis d'elle, et elle encore réservée vis-à-vis d'eux. Mais lorsque la fille d'Alex lui proposa un coup de main, A.J. la prit au mot. Le reste de la troupe allait débarquer d'un moment à l'autre, et elles ne seraient pas trop de deux pour s'occuper de tout le monde.

— A.J., dit Alex en la rejoignant dans le jardin où elle avait escorté un couple d'invités. Tu es ravissante.

Il lui parut pâle sous son hâle, et tendu.

— Attends de voir la mariée.

— J'aimerais bien qu'elle vienne, confia-t-il en tripotant son nœud de cravate. Autant je suis à l'aise sur un plateau de télévision, autant là, au milieu de tous ces gens que je ne connais pas, pour la plupart…

— Je parie que tu vas faire un tabac. Tu devrais aller faire un tour à l'intérieur et boire une bonne rasade de bourbon.

— Oui, tu as raison. J'en ai bien besoin.

A.J. le suivit du regard tandis qu'il se faufilait dans la maison par la porte de derrière. Elle s'apprêtait à reprendre son rôle d'hôtesse lorsqu'elle le vit. David. A l'entrée du jardin, là où il y avait toujours un souffle d'air. Le cœur battant, elle s'étonna de ne pas avoir perçu sa présence et se demanda, tandis qu'elle se sentait pousser des ailes, si c'était elle, par la seule force de sa pensée, qui l'avait fait venir.

Immobile, il semblait attendre quelque chose. D'instinct, elle sut qu'elle devrait faire le premier pas.

Elle était si jolie, songea-t-il, tandis qu'elle s'avançait vers lui. On l'aurait crue sortie d'une féerie. La brise, qui embaumait de toutes les fleurs du jardin, soulevait la dentelle bordant l'encolure de sa robe. Il sentit son cœur se gonfler d'émotion et de tristesse à l'idée du temps perdu, de toutes ces heures passées à ne point l'aimer.

— Je suis contente que tu sois venu, dit-elle.

Il avait décidé de rester chez lui. Puis, sans trop savoir comment, il s'était retrouvé dans sa voiture, en smoking, roulant vers le sud.

— Tout a l'air de très bien se passer, fit-il remarquer. Tu gères parfaitement la situation.

Elle ne gérait plus rien du tout. Elle brûlait de se jeter à son cou, mais il était si froid, si distant…

— Oui, nous allons pouvoir commencer. Je fais asseoir les derniers invités et je vais chercher Clarissa.

— Je m'occupe d'eux.

— Tu n'es pas obligé. Je…

— Je t'avais promis de le faire.

Son ton sec brisa net ses élans et l'incita à ravaler ses envies.

— Merci. Je te laisse, alors.

Elle tourna les talons et rentra dans la maison pour se réfugier dans sa chambre. Il ne fallait pas que Clarissa la voie dans cet état.

Quel imbécile ! Mais pourquoi n'avait-elle rien dit ? Pourquoi n'avait-*il* rien dit ? Pourquoi les choses étaient-elles si compliquées ? Quand il l'avait vue, belle comme le jour, il avait failli ramper à ses pieds. Mais cela lui ressemblait si peu. L'espace d'un instant, il avait cru apercevoir dans son regard cette tendresse, cet amour, dont il avait tant besoin. Puis elle lui avait souri, comme à n'importe quel autre invité.

Cela ne pouvait pas durer, décida-t-il en s'efforçant de faire bonne figure aux hôtes de Clarissa. Avant la fin de la journée, A.J. et lui allaient avoir une discussion. Et il faudrait bien qu'elle accepte ses conditions. Ce serait comme ça et pas autrement. Pour une fois, ce serait lui qui mènerait la danse.

L'orchestre qu'A.J. avait engagé, après en avoir auditionné une demi-douzaine, jouait en sourdine sur une estrade de bois, au fond du jardin. Les chaises étaient alignées derrière un treillage couvert de pois de senteur. La jeune femme alla tranquillement s'asseoir à sa place. Au passage, elle adressa à Alex un petit sourire d'encouragement tandis que Clarissa, rayonnante, faisait son apparition, en robe de soie vieux rose.

Tous les invités se levèrent tandis qu'elle s'avançait solennellement, les yeux rivés à ceux d'Alex. On aurait dit qu'elle ne voyait que lui, que rien d'autre au monde n'existait.

Face à face, mains jointes, ils contractèrent les liens sacrés du mariage.

La gorge nouée par l'émotion, les yeux embués de larmes, A.J. regarda sa mère jurer à Alex amour et fidélité éternels. En elle la tristesse de la perdre le disputait au désir qu'elle avait de la voir heureuse. La cérémonie terminée, elle la serra dans ses bras avec effusion.

— Je te souhaite tout le bonheur possible, maman.

— Je suis, et serai très heureuse. Et je sais que tu le seras aussi.

A.J. n'eut pas le temps de réagir que Clarissa passait dans d'autres bras. Elle-même devait s'occuper du buffet, prendre soin des invités. Tout cela allait l'occuper, la distraire de ses pensées.

— Clarissa, vous êtes resplendissante, dit David, qui

avait attendu que la mariée soit moins accaparée pour s'approcher.

— Merci, David. Je suis contente que vous soyez venu. Aurora a besoin de vous.

— Vous croyez ?

Avec un soupir, Clarissa prit ses mains dans les siennes.

— Faire des projets, c'est bien joli. Mais ce qui compte, ce sont les sentiments, dit-elle calmement.

— Vous ne jouez pas franc-jeu.

— C'est ma fille, David. A plus d'un titre.

— Je le sais bien.

— Vous devriez en discuter avec elle. Aurora n'a jamais été fichue d'extérioriser ses sentiments, mais, avec les mots, elle est parfaitement à l'aise. Parlez-lui, David.

— C'était bien mon intention.

Clarissa lui tapota la main en souriant.

— Tant mieux. Je vous conseille de goûter à la tourte au saumon. J'ai réussi à extorquer la recette au traiteur. Vous verrez, elle est fantastique.

— Pas autant que vous, dit David en l'embrassant sur la joue.

A.J. naviguait d'un groupe d'invités à l'autre, s'affairait de la cuisine au buffet, une coupe de champagne à la main. Elle mangeait du bout des lèvres, et goûta à peine à la pièce montée, décorée de cygnes en sucre et de cœurs entrelacés.

— Je voulais te dire que j'avais lu le scénario de Steiger, l'informa David en regardant les couples qui dansaient sur la pelouse.

— Et alors ? Tu es intéressé ?

— Oui, mais cela ne veut pas dire que ça se fera. J'ai rendez-vous avec Steiger lundi.

— Super ! s'exclama A.J., incapable de cacher sa joie.

— Si le film se fait, ce sera en grande partie grâce à toi.

— Je serais très flattée.

Lorsqu'il lui prit le coude, elle sursauta.

— Je n'ai pas dansé la valse depuis mes treize ans, dit-il en l'entraînant au milieu des autres couples. Ma mère m'obligeait à danser avec mes cousines. A l'époque, les filles ne m'intéressaient pas. Depuis, j'ai bien changé.

Il passa un bras autour de sa taille.

— Tu es tendue, fit-il remarquer.

Elle essayait de se concentrer sur le tempo, sur ses pas et sur ceux de David, afin de se distancier de l'émotion qu'elle éprouvait à être de nouveau dans ses bras.

— Je veux que tout soit parfait pour Clarissa.

— Tu n'as plus à t'en faire pour ça. Ta mère est aux anges.

Elle dansait avec Alex et semblait effectivement nager dans le bonheur.

— C'est vrai, admit-elle en soupirant malgré elle.

— Tu as parfaitement le droit de te sentir un peu triste.

— Non, ce serait de l'égoïsme.

— Tu es trop dure avec toi-même.

Il respirait son parfum et en était troublé.

— J'ai l'impression de l'avoir perdue.

— Il n'en est rien, assura-t-il en effleurant des lèvres sa tempe. Ça va passer. Dans quelques jours, tu n'y penseras plus.

S'il continuait à lui murmurer des paroles de réconfort, à être doux et gentil, elle allait fondre en larmes.

— David, murmura-t-elle. Tu m'as manqué.

Ces mots, qui étaient un aveu de faiblesse, lui firent presque honte. Elle sentait que la couche d'orgueil qui la protégeait commençait à s'effriter dangereusement.

— Aurora.

Elle se sentit vulnérable, tout à coup. Sans défense.

— Non, ne dis rien. Je voulais juste que tu le saches.

— Il faut que nous parlions.

Elle allait acquiescer mais une annonce, au micro, lui imposa silence.

— Pour le lancer de bouquet, nous invitons toutes les femmes célibataires à se mettre en rang.

— Allez, viens, A.J., dit la fille d'Alex en la prenant par le bras. On va voir qui sera la prochaine.

Elle trouvait cette coutume un peu ridicule. Lorsqu'elles furent toutes en rang, à pouffer comme des collégiennes, elle chercha David des yeux. De sorte qu'elle ne vit pas venir le bouquet que sa mère venait de lancer. Pour ne pas le recevoir en pleine figure, elle leva les mains et le rattrapa. Cet exploit lui valut moult félicitations et taquineries.

— Serait-ce un autre signe ? dit Clarissa en l'embrassant.

— Le signe que ma mère a des yeux dans le dos et sait sacrément bien viser ! Tu devrais peut-être le garder, suggéra A.J., le nez dans le bouquet au parfum enivrant.

— Non, ça porte malheur.

— Tu vas me manquer, maman.

Clarissa embrassa sa fille de nouveau.

— Deux semaines, ça passe vite, assura-t-elle.

Quelques instants plus tard, les mariés quittaient la fête sous les poignées de riz et les acclamations des invités.

A.J. continua de jouer son rôle d'hôtesse. Puis les gens commencèrent à s'en aller et à la tombée de la nuit, l'orchestre s'apprêta à partir aussi.

— Tu dois être fatiguée, après cette longue journée ?

Elle sursauta et se tourna vers David.

— Je te croyais parti.

— J'étais dans le coin, pourtant. Tu veux un peu de café ?

A.J. sourit et essaya d'avoir l'air à l'aise.

— Il en reste ?

— Je viens d'en faire, répondit David en l'entraînant vers la maison. Où sont-ils partis pour leur lune de miel ?

— En mer. J'imagine assez mal Clarissa hissant les voiles, mais que ne ferait-on pas par amour ?

Sa voix se brisa. Elle se détourna pour cacher ses larmes. Sans un mot, David sortit un mouchoir de sa poche et s'approcha pour sécher ses joues.

— Je me sens vraiment bête, bredouilla A.J.

— Il n'y a aucun mal à ça, Aurora. Il faut juste savoir l'accepter.

Elle se moucha bruyamment, sans souci d'élégance.

— J'ai horreur de ça.

— Personne n'aime particulièrement ça. Tu as fini de pleurer ?

Elle renifla deux ou trois fois, but une gorgée de café.

— Oui, dit-elle en se séchant les yeux d'un revers de main.

— Répète-moi que je t'ai manqué.

— J'ai eu un moment de faiblesse, commença-t-elle en plongeant le nez dans sa tasse.

David la lui retira des mains.

— Arrête de te dérober et dis-moi ce que tu veux, ce que tu ressens.

— Je veux que tu reviennes.

Si seulement il pouvait parler, dire quelque chose au lieu de la regarder fixement, songea la jeune femme, mortifiée.

— Continue, je t'écoute.

— David, plaida-t-elle, tu ne me facilites pas les choses.

Il brûlait de la toucher et devait s'exhorter à la patience. Il fallait aller jusqu'au bout, coûte que coûte.

— C'est vrai, mais pour moi aussi, c'est difficile.

— D'accord, je vais essayer, dit-elle en inspirant un grand coup. David, pendant ces deux semaines, j'ai eu tout le temps de réfléchir à ta proposition. Il me semble que la vie à deux, dans les conditions que tu as décrites, serait parfaitement envisageable.

Elle négociait, encore et toujours, songea David, perplexe. Comment l'obliger à sauter le pas ?

— Moi aussi, j'y ai beaucoup réfléchi. Et j'ai changé d'avis.

Un coup de poing dans le plexus ne lui aurait pas fait plus d'effet. Le souffle coupé, elle crut qu'elle allait s'évanouir.

— Je vois, dit-elle, plus morte que vive.

Une gorgée de café s'imposait de toute urgence, mais ses mains tremblaient tant qu'elle n'osa pas prendre sa tasse.

— Ce mariage a été formidable. Tu as fait du bon boulot, A.J.

Elle ferma les yeux, réprimant une furieuse envie de pleurer.

— Merci. C'est très gentil.

— Je me disais que tu pourrais continuer sur ta lancée.

— Oui, pourquoi pas ? Je pourrais peut-être même en faire mon métier.

— Je n'irais pas jusque-là. Mais si tu pouvais prendre en charge le nôtre, ce serait déjà pas mal.

Elle pressait ses doigts sur ses paupières. Il ne fallait pas qu'elle pleure. Pas tout de suite. Pas devant lui.

— Le nôtre ? De quoi parles-tu ?

— De notre mariage, pardi ! Tu m'écoutes ou tu rêves ?

Elle se tourna lentement vers lui. Un sourire au coin des lèvres, David la regardait avec tendresse.

— Qu'est-ce que tu racontes ?

— C'est toi qui as rattrapé le bouquet. Je suis superstitieux.

— Je ne trouve pas ça drôle, dit-elle, sur le point de le planter là.

David la rattrapa par le bras.

— Qui a dit que ça l'était ? Cela fait douze jours que je ronge mon frein tout seul dans mon coin. Que je pense à toi nuit et jour et dépéris d'amour. Chaque fois que je fais un pas vers toi, tu recules d'autant. Et tous les projets que j'avais avec toi, tu les as réduits à néant.

— Ce n'est pas en me criant dessus que tu vas arranger quoi que ce soit.

— Rien ne s'arrangera tant que tu continueras d'imaginer je ne sais quoi et que tu refuseras de m'écouter. Cette situation, je ne la voulais pas plus que toi. Ma vie me convenait très bien telle qu'elle était.

— Tout va bien, alors, puisque j'étais, moi aussi, satisfaite de la mienne.

— Nous sommes dans le pétrin, toi et moi. Parce que plus rien ne sera jamais plus comme avant.

Pourquoi avait-elle tant de mal à respirer ? La colère ne lui coupait pas le souffle, d'habitude…

— Et pourquoi, s'il te plaît ?

— Devine ? dit David avant de l'embrasser rageusement, comme s'il voulait les punir tous les deux.

Mais très vite, ses lèvres se firent douces et elle se sentit fondre entre ses bras.

— Pourquoi n'essaies-tu pas de lire dans mes pensées ? Fais-le pour moi, Aurora. Juste une fois.

Elle s'apprêtait à protester, mais il lui cloua le bec d'un baiser. Le jour déclinait et, dans le jardin, les oiseaux donnaient la sérénade au soleil couchant. Jamais elle ne s'était sentie aussi en phase avec son environnement. Son cœur caracolait dans sa poitrine. Elle était libre. Libre d'aimer, de donner et de recevoir sans craindre de souffrir en retour. Elle n'avait plus peur.

— David, murmura-t-elle en refermant ses bras autour de lui. Dis-moi que je ne rêve pas. Que je ne me trompe pas.

— La première fois que je l'ai vue, ta mère m'a dit qu'il fallait que j'apprenne la tendresse. Le premier week-end que tu as passé chez moi, je t'ai trouvée endormie sur le lit, et j'ai compris, en te regardant, ce qu'était vraiment la tendresse. J'ai découvert ce jour-là que j'étais tombé amoureux de toi. Mais je ne savais pas comment m'y prendre pour me faire aimer de toi.

— Mais je t'aimais déjà. Je ne pensais pas que...

— Tu aurais mieux fait de moins penser. Et moi aussi. A toujours vouloir se ménager l'un l'autre et se protéger soi-même, toi et moi, on a failli passer à côté de l'essentiel. L'amour, ça ne marche pas comme les affaires.

— J'avais peur de tout perdre en exigeant trop.

— Et moi de t'effrayer en t'avouant mes sentiments de but en blanc. Que de temps perdu inutilement !

— J'avais peur que tu n'arrives pas à m'accepter telle que je suis.

— Je t'aime, Aurora. J'aime la personne que tu es, j'aime ce que tu fais, j'aime ta personnalité. Que pourrais-je te dire d'autre ?

Elle ferma les yeux, en proie à une grande paix intérieure. Clarissa avait eu raison de l'encourager à espérer.

Il la tenait tout contre lui. Lorsqu'elle rouvrit les yeux, il vit dans son regard qu'elle lui avait enfin ouvert son cœur.

— Je veux partager ta vie, fonder un foyer, avoir des enfants, dit-il d'un trait. Jamais personne avant toi ne m'avait inspiré de tels sentiments.

Elle prit son visage entre ses mains et l'approcha tout près du sien.

— Et je te garantis qu'il n'y en aura jamais d'autre. Je t'aime, David, murmura-t-elle en se noyant dans ses yeux verts.

Il la serra contre lui avec emportement.

— Que veux-tu, Aurora ? demanda-t-il dans un souffle.

— Passer ma vie avec toi. Et t'aimer encore dans l'au-delà.

Composé et édité par HarperCollins France.

Achevé d'imprimer en février 2020.

CPI
BLACK PRINT

Barcelone

Dépôt légal : mars 2020.

MIXTE
Papier issu de sources responsables
FSC® C108412
FSC
www.fsc.org

Pour limiter l'empreinte environnementale de ses livres, HarperCollins France s'engage à n'utiliser que du papier fabriqué à partir de bois provenant de forêts gérées durablement et de manière responsable.

Imprimé en Espagne.